KB150679

제 무덤 판 여우

FEEL PREMIUM EDITION
제 무덤 파는 여우
上
은빛광대 장편 소설

목차

서장

노란 유채꽃들과 연록색의 청보리들이 스쳐 지나가는 바람에 나부끼는 넓은 들판. 그 뒤로 넓게 퍼진 산등성이가 우아한 곡선을 그리고 있었다. 하늘 높이 치솟은 태양은 따스한 기운을 머금은 채 빛을 내리쬐고 있다.

그중 유독 눈에 띄는 곳은 들판 가운데 있는 거대한 느티나무. 그 아래로는 아무런 잡초도 자라지 않는 텅 빈 공터가 존재했다. 거기 검갈색의 흙으로 이뤄진 토양 위로 이질적인 것이 놓여 있었다.

고급스러운 비단으로 만들어진 돗자리와 그 위에 놓인 하얀 그릇, 거기에다 광택이 자르르 흐르는 초록, 노랑, 연분홍색의 꿀떡. 하지만 그것들보다 더 이상한 것은 그 주위로 아무런 인기척도 느껴지지 않는다는 것이었다.

고요하기만 한 그곳에 얼마 지나지 않아 불청객이 찾아들었다.

부스럭부스럭.

제법 높게 솟은 수풀 사이를 헤치며 하얀 머리카락을 가진 소녀가 고개를 빼꼼 내밀었다. 그리고 어떤 냄새를 맡는 듯 코를 실룩거렸다.

쿵쿵.

주변을 휘휘 바쁘게 돌아보며 무언가를 찾던 소녀의 푸른 눈동자가 그릇 위에 놓인 예쁜 꿀떡에서 멈췄다. 뒤이어 얼굴에 맺히는 환한 웃음. 눈, 코, 입이 오밀조밀하게 모인 소녀가 그렇게 웃자 그 누가 봐도 흐뭇하게 미소를 지을 광경이 만들어졌다.

소녀가 입맛을 다시며 수풀 밖으로 몸을 내밀었다. 그러자 목덜미를 따라 푸른 깃이 무릎까지 이어지는 하얀색 포(상체부터 하체까지 이어지는 긴 의복)가 드러났다. 가느다란 허리는 동백꽃이 수놓인 넓적한 허리띠로 동여매어 있었고 무릎 아래론 새하얀 맨다리와 맨발이 가리는 것 없이 공기 중에 그대로 드러나 있었다.

여기까지는 복색이 좀 기이하긴 해도 그렇게 크게 사람과 다를 바가 없었다. 문제는 소녀가 수풀에서 완전히 몸을 다 빼었을 때 드러나는 이질적인 것이었다.

살랑살랑.

그녀의 엉덩이 가에서 각각의 움직임을 보이며 흔들리는 아홉 개의 꼬리. 소녀가 인간이 아니라는 명백한 증거. 영스러운 종족들 중 하나인 구미호.

기이한 장소에 나타난 기이한 존재인 소녀는 콧노래를 흥얼거리며 돗자리로 다가가 꿀떡을 집어 먹기 시작했다. 제법 배가 고팠는지 볼이 미어터져라 입으로 꿀떡을 넣으면서도 행복한 미소를 짓고 있었다.

파사삭.

그 순간 돗자리가 있던 장소를 중심으로 수풀 속에서 병사들이 솟아올라 소녀를 향해 활을 겨누었다. 갑작스러운 변화에 소녀는 꿀떡을 먹는 걸 멈추고 눈을 휘둥글게 떴다. 흉흉해진 분위기 속에 잔뜩 얼어 있던 소녀는 자신도 모르게 입 안을 가득 채운 꿀떡을 그대로 꿀꺽 삼켜 버렸고…….

“캑캑캑.”

목에 걸렸는지 가슴을 두들기며 땅바닥을 뒹굴었다.

소녀가 한참을 그렇게 있었을까?

“물이라도 좀 마시지요.”

가는 미성과 함께 그녀 앞으로 물이 가득 담긴 잔이 내밀어졌다. 소녀는 앞뒤 생각할 겨를도 없이 잔을 받아 벌컥벌컥 들이켰다. 위급한 상황을 간신히 넘기자 소녀는 자신에게 도움을 준 이를 떠올리고 고개를 들었다.

“아…….”

푸르스름한 머리를 가진 청년이 코에 걸린 안경을 스윽 밀어 올리며 소녀를 영 탐탁지 않다는 듯 내려 보고 있었다. 청년은 슬쩍 손을 들어 긴장한 병사들에게 활시위를 내리라 명한 뒤 헛기침을 두어 번 했다.

“험험, 제 말을 알아들을 수 있는지요?”

그리고 간절함이 담긴 말을 꺼내었다. 소녀는 여전히 바닥에 주저앉은 채 별말 없이 고개를 끄덕였다. 긍정의 답을 들은 청년은 다시 한 번 간절함을 담아 조심스럽게 말을 이었다.

“혹시 이 사람으로 둔갑할 수 있겠습니까?”

그와 함께 손에 들고 있던 두루마리를 홱 펼쳐 보였다. 하얀 백지 위로 한 여인이 제법 세세하게 그려져 있었다. 균형 잡힌 몸매와 우아하게 뻗은 목선, 흑단 같은 머리와 흑요석 같은 눈동자, 제법 고집 있어 보이는 눈매와 꽉 다문 앵두빛 입술까지.

소녀는 입에 손가락을 문 채로 그 여인을 몇 번이고 훑어본 뒤에 옷을 손으로 탁탁 털며 일어났다. 그리고 그 자리에서 한 바퀴 빙그르르 돌아 보였다. 그와 함께 소녀의 하얀 머리는 검게 타오르고 귀엽던 얼굴은 강단 있게 변했다. 조금은 어리숙해 보이던 몸은 성숙한 여인의 태가 나는 몸으로 바뀌어 있었다.

그리하여 변한 소녀는 그림 속의 여인과 판박이처럼 똑같았다.

"아…… 완벽해!"

청년은 감탄사를 터뜨리며 손뼉을 쳤다. '드디어!' 란 말을 한없이 반복하던 그는 소녀의 두 손을 꽉 잡으며 입을 열었다.

"우리 계약하도록 하지요."

밑도 끝도 없이 튀어나온 말에 소녀가 고개를 갸웃거리기만 하자 청년은 재빨리 뒤이어 말을 이었다.

"앞으로 이런 꿀떡을 원하시는 대로 드실 수 있게 해 드리겠습니다!"

그 단 한마디에 주춤하던 소녀는 필사적으로 고개를 끄덕였다.

1장

화려한 감옥으로 들어간 여우

고선제국. 대륙의 가장 한가운데에 있는 유일무이한 제국. 본디 5백 년 전 수백수천으로 나뉘어져 끊임없이 먹고 먹히던 대전쟁 시대에는 대륙 한구석에 있던 작고 약한 소국이었다. 하지만 청룡왕 영류연이 왕이 된 이후로 모든 전쟁에서 승승장구, 대륙 통일이라고 봐도 좋을 업적과 함께 지금의 제국을 이루었다.

고서에 의하면 이때 청룡왕 영류연은 영스러운 종족 중 하나인 용족과 계약을 맺어 힘을 얻었다 하며 혹자는 용족과 연을 이어 이후 황족의 핏줄에 청룡의 수호가 깃들게 되었다고 한다. 그 진위 여부가 어찌 되었든 실제로 고선제국의 황족들은 바람을 다루는 능력을 태어날 때부터 타고난다고 한다.

고선제국을 세운 청룡왕, 아니 청룡황제는 넓은 정복지를 홀로 다스리기엔 힘듦을 알고 이제까지 함께한 네 명의 친우들에게 공왕이란 칭호를 내려 각각 동서남북의 지역을 다스리도록 했다. 그리하여 고선제국의 중앙은 황제직할령이라 불리며 황제가 직접 다스리게 되었고 동서남북의 지역은 공왕령 혹은 공왕국, 공국이라 불리며 공왕들이 다스리게 되었다.

이제부터 펼쳐질 야담은 네 공왕국 중 동공국에서 벌어지는 구미호와 동공왕의 이야기이다.

— 천일야담 중 '여우야담'

이야기꾼 홍

톡톡톡.

동공궁의 편전.

동공왕은 어좌에 앉은 채 팔걸이를 손가락으로 두드리고 있었다. 편전은 오직 침묵만이 가득 쌓여 그 작은 울림조차 크게 들리게 하고 있었다. 좌우로 늘어앉은 신하들은 고개를 푹 숙인 채 바들바들 떨며 서로 눈치를 보았다.

동공왕 앞에 부복한 신위대장 흑영은 식은땀을 흘리며 자신의 처분을 기다렸다. 이 미쳐 버린 폭군 앞에선 그 누구라도 긴장할 수밖에 없으리라. 그때 동공왕의 입꼬리가 스윽 올라갔다.

"그래, 아직도 찾지 못했다고?"

그 한마디가 마치 칼날과 같이 편전 안을 휘저었다. 흑영은 절로 떨리는 목소리를 가다듬으며 보고를 이어 갔다.

"예, 전하. 동공궁을 중심으로 한양과 그 일대를 철저하게 뒤졌으나 그 흔적조차 발견하지 못했습니다. 수십 날을 계획하여 달아나신 것 같습니다. 그게 아니라면 이렇게 감쪽같이 사라지실 리가 없다고 생각합니다."

"그래?"

감정이 한 점조차 묻어 나오지 않는 무감각한 어투로 답한 동공왕이 자리에서 일어서 옆에 있던 검을 집어 들었다. 그는 황금으로 빛나는 검을 스윽 살펴보더니 망설임 없이 칼집을 빼어 던져 버렸다.
텅 터덩.
칼집은 요란한 소리를 내며 편전 바닥에 튕겨 나갔다. 동공왕은 손가락으로 검날을 훑어 내리며 흑영에게로 다가갔다.
"흐음— 고작 여인 하나에 공왕국의 최고 호위군이 뚫리지 않나 최고 추적 집단이 손을 못 쓰지 않나……. 이거 그 위명이 허명이 될 만큼 모두 나태해진 모양이군."
동공왕은 검을 뻗어 흑영의 턱을 들어 올렸다. 그에 신위대장은 지독한 광기에 휩싸인 왕의 흑안과 마주하게 되었다. 숨이 턱턱 막힐 정도의 어두운 기세에 그는 이를 꽉 깨물며 떨림을 감추었다.
"무능력한 놈은 더 이상 필요 없다고 생각하는데 어찌 생각하나?"
"아직 하루밖에 지나지 않았나이다. 조금 더 기다리시면……."
"그 조금이 얼마나 조금일까? 하루? 이틀? 이러는 시간에도 그녀는 계속 이곳에서 멀어져 가고 있겠지. 안 그런가?"
흑영의 직언을 가로막으며 분노를 은은히 뿜어내는 동공왕, 검은 용포를 입은 그의 입가가 아찔할 정도의 살기를 품고 뒤틀렸다. 곧이어 은빛 섬광이 허공을 갈랐다.
촤악.
살이 갈라지는 소리와 비릿한 피비린내가 확 퍼져 나갔다. 그와 함께 주위에 있던 신하들의 안색이 새하얗게 질렸다. 동공왕은 뺨에 튄 핏방울 닦아 내며 어깨를 부여잡고 있는 신위대장의 옆으로 대충 검을 던졌다. '팍' 하며 박힌 검이 파르르 떨리는 걸 내려 보던 동공왕은 다시 표정이 사라진 얼굴로 명을 내렸다.
"하루를 더 주지. 그녀를 잡아 내 앞으로 데려와라."
"명을 받잡습니다."
어깨가 사선으로 깊게 베여 피가 뚝뚝 떨어지는 상태로 흑영이 답하자 동공왕은 그의 곁을 지나쳐 홀로 편전 밖으로 나섰다. 흑영은 깊은 한숨을 삼키며 뒷감당 불가의 사고를 친 친우를 떠올렸다.

"서아란, 벗어나지 못하는 걸 알잖아. 이런 건 그분의 분노만 더 살 뿐이야."

"이제부터 당신의 이름은 '서아란' 입니다. 알겠습니까?"

"서아란?"

"예, 서아란. 잠깐, 둔갑은 푸시지 마시고요!"

구미호 소녀를 데려온 푸른 머리의 청년 진예호는 소녀에게 끊임없이 그 사실을 주입시켰다. 그에 아란의 모습을 한 소녀는 뚱한 표정을 지으며 입술을 비죽일 뿐이었다. 그러나…….

"꿀떡입니다."

예호가 접시를 내밀자마자 환하게 미소를 짓는다. 꼭 어린아이를 데려다가 사기 치는 느낌에 그는 영 뒤가 찜찜했다. 아니 그게 맞는 건가? 분명 본모습일 때는 여인보단 소녀의 모습에 가까웠으니까. 거기에다 이쪽은 꿀떡 하나만으로 이 아이를 죽을지도 모르는 곳으로 보낼 생각이니.

마루에 걸터앉아 다리를 앞뒤로 흔들며 열심히 꿀떡을 씹어 삼키는 구미호를 보던 그는 인상을 팍 찌푸리며 겉옷을 벗어 그녀의 다리 위로 덮었다. 아무리 진짜가 아니라고 하나 그의 아가씨의 모습으로 다리를 훤히 드러내 놓는 건 영 거슬린다.

소녀가 귀찮다는 듯 겉옷을 치우려고 하자 예호는 재빨리 입을 놀렸다.

"꿀떡 뺏어 갑니다."

그에 '칫' 하는 소리를 내며 소녀가 불평불만이 가득 드러난 얼굴로 볼을 부풀린다. 평소의 아가씨라면 절대 볼 수 없는 귀여운 얼굴이라 예호는 저도 모르게 올라가려는 입꼬리를 빠르게 잡아챘다. 그러면서도 그는 자신의 임무를 철저하게 시행했다.

"흠흠 그럼 아란 아가씨."

"……."

역시 반응이 없다. 열심히 꿀떡을 먹을 뿐. 예호는 방긋 웃으며 이번엔 좀 더 목소리를 높여 입을 열었다.

"아란 아가씨?"

"……?"

그제야 반응을 보이며 예호를 돌아보는 소녀. 뭔가 이해가 안 간다는 듯 고개를 갸웃거리는 모습에 그의 이마에는 사 차로가 개통되었다. 참을 인 세 번이면 살인도 면한다고 했다. 예호는 이번엔 그녀를 손으로 가리키는 친절한 실마리를 보여 주며 말했고 소녀는 친절하게 그의 인내심을 툭 끊어 놓았다.

"아란 아가씨?"

"아란 아가씨가 누구……."

"이젠 당신이 아란 아가씨라고! 이 빌어 처먹을 구미호야!! 계약을 했으면 그 계약 내용을 듣는 척이라도 해!!"

"으갸갸갸갸!"

소녀의 뺨을 있는 힘껏 당기며 소리치자 소녀는 두 팔을 휘휘 저으며 비명을 질러 댔다. 어제 데려온 이후부터 이런 일의 반복이었다. 처음엔 영스러운 존재라 나름 조심스럽게 대하려고 했으나…… 이건 뭐 그냥 잉여(剩餘)다. 얼마나 복장이 터지던지 예호는 처음의 조심스럽던 행동마저 벗어던져 버리고 이렇게 구박을 해 댔다.

"힝……."

결국 붉어진 뺨을 부여잡고 눈물을 글썽거리는 소녀. 완전 백치를 데려다가 가르치는 기분이다. 예호는 답답한 마음에 가슴만 치며 한숨을 푹푹 내쉴 뿐이었다. 그때 주위가 부산스러워지더니 빠른 발걸음 소리가 들려왔다. 곧이어 나타난 풍채 좋은 중년 남자의 모습. 예호는 자리에서 벌떡 일어나 그에게 고개를 숙였다.

서아란의 아버지인 서진인이 매서운 눈으로 순진하기 그지없는 소녀를 내려 보며 입을 열었다.

“그래, 교육은 순조로운가?”

“그게…… 힘들 것 같습니다.”

예호의 딱딱한 어조에 서진인은 긴 수염을 쓸어내리며 잠시 고민에 빠졌다. 벌써 그의 딸이 동공왕에게서 도망친 지 사흘째였다. 그리고 그 시간만큼 동공왕의 신경은 더욱더 날카로워지고 궁은 점점 아수라장으로 변해 갔다. 벌써 그의 분노에 다친 궁인과 관료들이 수두룩했다. 간신히 있는 인내심 없는 인내심을 짜내어 살인만은 참고 있는 듯하지만…… 그것도 곧 조만간이었다.

“아란아…… 어쩌자고. 그의 비(妃)가 되는 게 싫다는 건 알지만 그래도 포기해야 될 것은 포기해야 될 것이 아니냐.”

서진인은 푸념하듯 혼잣말을 뱉었다.

왕비로 내정되어 있던 진인의 딸 아란. 그녀는 여인이라면 그 누구라도 바랄 자리를 한사코 거부했다. 서진인은 끝까지 자신의 뜻을 꺾지 않았던 딸을 떠올리며 골치 아프다는 듯 손가락으로 관자놀이를 꾹꾹 눌렀다.

어릴 적부터 아란이 현 동공왕과 사이가 좋아 보인 것도 있었고 그 폭군에 대한 두려움도 있었다. 하여 딸에게 따로 의견을 구하지도 않고 왕실에서 내려온 청혼을 받아들였다. 제 딸도 당연히 그 혼인을 받아들이리라 생각하며. 그 후 아란에게 결과만을 통보했다. 그때 보인 딸의 경악 어린 표정이란. 허나 이미 모든 게 정해진 일이었다. 어차피 왕명을 거부할 힘이 그에게 없었을뿐더러 만약 거부했더라도 동공왕이라면 강제로 성혼을 성사시킬 것이 틀림없었다.

왕실에서 보낸 예물들이 수북이 그의 저택에 쌓이고 다른 귀족들이 인사를 하러 들를 때마다 아란의 표정은 마치 얼음처럼 차가워졌다. 그래도 어쩔 수 없는 일이라고 그 아이도 결국은 받아들일 수밖에 없을 거라 생각했다. 허나 생각지도 못한 사달이 일어나고야 말았다.

도주. 도저히 이 성혼을 받아들일 수 없다는 편지 한 장만 남겨 놓고 그녀는 사라져 버렸다. 그 즉시 서진인은 은밀히 사람을 풀어 딸을 찾으려 했으나 안타깝게도 그가 찾기도 전에 아란이 도주했다는 소문이 먼저 동공왕의 귀에 들어갔다. 그리고 이어진 왕실 추적대의 움직임. 그렇게 아란은 도주 이틀 만에 붙잡혀 돌아왔을 뿐 아니라 즉시 왕궁 깊은 곳으로 옮겨져 감금되다시피 했다.

이후로도 계속 이어진 도주 시도. 그 시도는 그녀가 궁문에 다가가기도 전에 거의 다 저지되었다. 그리고 그런 일들이 반복될수록 동공왕의 집착 역시 갈수록 수위를 높여 갔다. 서진인은 답답한 마음에 딸을 찾아가 왜 그렇게까지 하느냐고 그만 포기하고 받아들이라고 설득을 했었다. 그러나 돌아온 대답은 냉랭하기 그지없었다.

'아버지께선 딸을 팔아 그렇게도 권력을 얻고 싶으십니까?'

자신의 그런 모습이 딸에겐 권력을 탐하는 잔혹한 아비로 보였던 걸까? 아니 솔직히 권력에 욕심이 없다고 할 수는 없었지만 그래도 아비를 그렇게까지 취급한단 말인가? 순간 치밀어 오른 분노를 억누르며 그렇게까지 필사적으로 도망치는 이유를 동공왕에게 말해 차라리 그를 설득해 보라고 했었다.

'이유를 말하면 그가 절 풀어 줄까요? 아니요. 오히려 그 원인을 부숴 버리고 제 날개를 꺾은 채 새장 속에 처박아 놓겠지요. 아니, 어쩌면 약점으로 잡고 절 협박할지도 모르겠고요.'

틀린 말이 아니기에 도저히 반박할 수가 없었다. 서진인, 그가 아는 동공왕이라면 결코 제 것을 포기하는 사내가 아니니. 오히려 완전히 망가뜨려서라도 제 곁에 놓아둘 것이다.

그 일이 있고 삼일 후 그녀는 왕궁에서 흔적도 없이 자취를 감추었다. 덕분에 현재 왕궁은 피바람이 몰아치기 직전이었다. 만약 아란이 계속해서 나타나지 않는다면…….

서진인은 까마득한 앞날에 온몸에 소름이 돋아 올랐다. 그는 바짝 말라 오는 입술을 침으로 적시며 제 딸의 모습을 한 인외의 존재를 못마땅하게 내려 보았다. 마음에 들지 않더라도 일단 눈속임이라도 해서 동공왕의 분노를 잠재워야 했다. 들킨다면 끝장이지만 유예기간 동안 아란을 찾아 되돌려 놓으면 어느 정도 후폭풍이 줄어들리라.

서진인은 혹시나 하는 마음에 예호에게 다시 질문을 던졌다.

"아예 가망이 없는 것이냐?"

"예, 희망이 보이지 않습니다. 애초에 꿀떡에 답삭 걸려들었다는 것에서부터……."

아란이 궁에서 사라진 날 서진인의 명에 의해서 예호는 급히 둔갑 능력이 있는 인외의 존재들을 찾았다. 물론 그런 이들이 쉽게 찾아지는 것은 아니었으나 다행히도 한양 가까이에 있는 작은 마을에서 목격된 구미호에 대한 소문을 들을 수는 있었다.

어떤 아낙이 짐을 들고 산을 넘어가다가 길을 잃었을 때 홀연히 나타나 도와준 하얀 구미호. 감사의 보답으로 아낙이 무언가를 주려고 하자 보자기에 들어 있는 꿀떡만 그 자리에서 먹어 치우고 사라졌다고 했다. 그래서 혹시나 해서 그 산 아래의 들판에 꿀떡을 준비해 놓고 매복해 있었는데……. 일각도 안 되어 덫에 덥석 걸려들었다.

자신이 생각해도 말도 안 되는 미끼에 혀를 차고 있었는데 그것에 걸린 구미호는 또 뭐란 말인가. 한동안 예호는 얼떨떨해 정신을 차릴 수가 없었다. 어찌 됐건 운이 매우 좋았다고 생각했는데 지금 와서 보니 반치기도 이런 반치기가 없다.

예호는 순진하게 고개를 갸웃거리는 소녀를 내려다보며 깊은 한숨을 내쉬었다.

“교육은 되었다. 이대로 동공왕에게 넘긴다.”

그때 서진인에게서 감당 불가의 말이 흘러나왔다. 예호가 말도 안 된다는 듯 두 눈을 크게 뜨자 그는 쓰게 웃으며 입을 열었다.

“아란이의 흔적이 인근 절벽에서 끊겼다더군. 절벽 아래 흐르는 수로를 이용해 도주한 것 같다.”

상상을 초월하는 말에 예호는 입이 쩍 벌어졌다. 아니 아무리 왕이 싫다고 해도 그렇게 목숨까지 걸고서 도망갈 일이란 말인가? 조금 말괄량이 끼가 있어 옛적에도 종종 예상하지 못한 일들을 터뜨리던 아가씨였지만 이번 건 너무했다. 아니 정도를 훨씬 넘었다. 예호가 불안한 듯 손톱을 짓씹는 사이에도 서진인은 계속해서 말을 이어 나갔다.

“우린…… 그 강의 하류 쪽에 떠밀려 온 아란이를 발견한 거네. 그리고 아란이는 급류에 휩쓸려 가던 중 바위에 머리를 잘못 부딪쳐 백치가 된 거고.”

“눈 가리고 아웅일 뿐입니다.”

“아무리 동공왕이더라도 인외의 존재에게 힘을 빌린다는 건 생각하지 못했을 걸세. 인외의 존재가 그렇게 인간에게 자주 모습을 드러내는 것도 아니고 만난다고 해도 쉽게 힘을 빌려주는 것 또한 아니니. 어떻게든 조금이라도 시간을 벌어 주겠지.”

그러니 목숨을 건 사기극을 실행해야 될 때였다.

톡톡톡.

동공왕은 눈앞의 상소문들을 보며 의자의 팔걸이를 검지로 두드리고 있었다. 이윽고 그는 재밌다는 듯 입꼬리를 비틀어 올렸다.

“내 옆자리가 비니 기회라고 달려드는 꼬락서니하고는.”

상소문에 적힌 것들은 하나같이 모두 같은 말들의 반복이었다.

비(妃)의 자리에 내정되었음에도 책임을 내팽개치니 서가(家)의 규수에겐 왕의 곁이 어울리지 않사옵니다. 비의 자리는 지엄한 것입니다. 지금 서가의 규수를 찾는 일에 과도한 병력이 낭비되고 있습니다.

서론은 이렇게 시작하여…….

새로운 여인을 곁에 두심이 좋을 듯합니다. 왕국에 간택령을 내려 참한 규수들을 살펴보심을 권합니다. 백가(家)의 규수가 어질고 문무에 뛰어나니 비(妃)의 자리에 적합할 것으로 사료되옵니다.

이렇게 대놓고 목적을 드러낸다.

동공왕은 상소문에 적힌 관료들의 이름을 대충 훑어보며 피식 비웃음을 흘렸다.

"백가 중심으로 뭉친 귀족파인가. 하긴 그쪽이 아니면 이렇게 겁대가릴 상실한 생각을 적어 올릴 놈들이 있을 리가 없지."

어떻게든 없는 세력을 꾸역꾸역 모아 힘을 기르기에 어디까지 하나 궁금해서 그냥 놓아두었다. 그런데 이렇게 깜찍한 짓거릴 저지르다니. 그의 입가에서 웃음이 사라짐과 동시에 싸늘한 살기가 사방으로 뻗어 나갔다.

"이놈들이 오 년 전의 일을 잊은 모양이야. 역시 해충은 가끔씩 쓸어 줘야 된다니까. 이번 기회에 모조리 죽여 버릴까?"

피 맛이 좀 그립기도 하고 말이지. 근래 들어 아란 때문에 너무 참았다. 최대한 잔혹한 짓은 하지 않고 부드럽게 일을 처리하다 보니 제법 쌓인 게 많은 모양이다. 그녀가 곁에 있을 당시엔 잘 몰랐는데 이렇게 떨어져 있으니 허기가 확 밀려 들어왔다.

동공왕은 느긋하게 자리에서 일어나 등 뒤에 걸린 검붉은 검을 향해 손을 뻗었다. 앞으로 벌일 피의 숙청을 떠올리자 절로 등줄기를 따라 짜릿한 희열이 치솟았다. 적의 목을 베고 배를 찢어 내장을 토해내게 하리라. 피로 몸을 씻고 울음소리를 감미로운 가락으로 삼아 잔혹하고 아름다운 축제를 벌일 것이다.

'당신은 악마가 아니에요.'

움찔.

그 순간 머릿속을 스치는 여인의 목소리에 그의 손이 움찔하고 멈추었다. 잠시만 떨어져 있어도 그리움에 몸부림치게 하는 그녀의 음성. 동공왕의 안색이 일순 흐려졌으나 이내 키득거리며 비틀린 웃음을 내뱉었다.

"아니, 난 악마야. 그것도 완전히 미쳐 버린."

그런 나의 고삐를 잡고 있는 게 너야. 내 차가운 심장을 움켜쥐고 인간같이 따스한 온기를 불어넣는 게 바로 너라고. 네가 있기에 난 인간처럼 흉내 낼 수 있는 거라고. 그러니까…… 날 거부하지 말았어야지. 날 버려두고 도망가지 말았어야지.

이건 경고야. 빌어먹을 귀족들은 물론 너에게까지 주는 경고. 네가 날 버려두면 내가 어떻게 변하는지 보여 주는 그런…….

동공왕은 킬킬대며 허공에 멈춘 손을 움직여 다시 검을 향해 뻗었다. 반쯤 황홀함에 잠긴 그의 손길이 검에 닿기 직전이었다.

"전하! 신위대장의 전갈이옵니다!"

내시의 다급한 목소리가 방 안으로 들려왔다. 동공왕은 감격의 순간에 초를 친 그의 목소리에 와락 야차처럼 얼굴을 구겼다.

저놈을 어찌할까? 우선 팔다리를 토막 낸 뒤에 벌레처럼 기는 모습을 구경하다 모가질 베어 버릴까? 아니면 저놈의 양아들 놈을 끌고 와 눈앞에서 회를 친 다음 그 절망에 빠진 얼굴을 구경할까?

내시는 방 안에서 흘러나오는 불길한 기운이 강해지자 뭔가 잘못됐다는 걸 깨달았다. 분명 무슨 이유에서든지 자신이 왕의 심기를 거스른 것이리라. 이대로라면 죽는다. 본능적으로 그것을 알아챘기 때문일까? 얼굴이 새하얗게 질린 내시는 격식에 어긋남에도 불구하고 시위대장의 전갈을 방 밖에서 큰 소리로 전했다.

"아란 아가씨를 찾았다고 합니다!"

그것이 바로 자신의 유일한 생명줄이기에.

우뚝.

그리고 그 소식은 다행히도 동공왕의 다음 행동을 막는 데 성공했다. 그는 재빨리 몸을 돌려 문을 부수고 튀어나와 그 소식을 전한 내시의 멱살을 틀어잡았다.

"지금 어디에 있다고 하더냐!"

광기가 넘실거리는 용안이 내시를 잡아먹을 듯이 노려보았다. 당장이라도 혼절할 것 같은 기분을 꾹 내리누르며 내시는 덜덜 떨리는 음성으로 말을 이었다.

"지, 지금 오, 오고 계신다고……."

쾅.

그 말이 끝나기도 전에 동공왕은 내시를 내팽개치고 빠르게 달려나갔다.

아주 한 끗 차이로, 아비규환의 미래가 간신히 비켜 갔다.

"그러니까 오 년 전 귀족들 절반 가까이를 피의 숙청으로 쓸어 내신 분입니다. 당시 공신가문이고 뭐고 없이 다 작살났습니다. 거기에다 노인부터 갓난아이까지 모조리 죽였단 말이지요. 쉽게 말해 역대 최고의 폭군이십니다. 요즘은 조금 순해지신 것 같지만…… 아란 아가씨, 그러니까 당신 말고 진짜 아란 아가씨가 사라지신 이후 다시 그 미치광이 성질이 튀어나오고 있으니 궁에 들어가서는 첫째도 조심, 둘째도 조심, 셋째도 조심해야 됩니다. 알겠습니까?"

예호는 아란이 된 소녀에게 계속해서 당부했다. 그에 진지한 얼굴로 고개를 끄덕이며 답하는 그녀.

"음…… 알았다. 나 조심 잘해. 숨어, 잘."

"아니, 절대절대절대 숨지 마십시오. 그분이 있으라고 한 곳에만 있으면 됩니다. 그러면 꿀떡을 원할 때 원하시는 만큼 원 없이 드실 수 있을 겁니다."

조심 잘한다는 말은 꿀떡 낚시에 그대로 낚인 화상이 할 말은 아니라고 보지만. 그렇다고 조잡한 솜씨로나마 숨어 다닌다면 동공왕의 눈이 회까닥 뒤집혀 그가 또 무슨 일을 벌일지 모른다. 예호는 어눌하게 말하는 소녀를 볼 때마다 영 뒤가 찜찜했으나 어쩔 수 없이 이 역할을 믿고 맡길 수밖에 없었다. 지금으로서는 딱히 다른 수가 있는 것도 아니니까.

덜커덕.

마차가 제대로 된 길로 들어서자 아란이 '우와' 감탄사를 터뜨리며 창 쪽으로 바짝 붙었다. 그리고 빠르게 말을 다다다 쏟아 냈다.

"본 적 없다. 나, 수도 안. 예쁘다, 예쁘다!"

"지금 그런 거에 신경 쓸 때가 아닙니다! 나중엔 더 예쁜 거 많이 볼 수 있으니까 지금은 제가 하는 말에 집중 좀 해 주십시오."

"히야! 저기 저기 기와 녹색……."

"집! 주—웅!"

"히이익!"

결국 성질이 폭발한 예호가 아란의 귀를 잡아당기며 소리를 지른다. 귀를 부여잡은 채 눈물을 글썽거리며 볼을 부풀리는 그녀를 보니 그는 속이 쉼 없이 쓰려 옴을 느꼈다. 당장이라도 이 보모 역할을 때려치우고 싶어도 일단 궁에 도착하기 전에 최소한의 것은 주지시켜야 되지 않겠는가.

"궁에 들어가게 되면 옆에 앉은 청이가 시중인으로서 웬만한 건 다 도움을 줄 겁니다. 그러니 먹고 씻고 싸고 자는 문제는 크게 신경 쓰지 않으셔도 될 겁니다. 문제는 지금 당신의 말투입니다."

“내 말?”

“예, 왕 앞에 가서도 그렇게 반말을 찍찍 뱉으면 사달이 난다 그 말입니다. 그러니 최소한 존댓말 정도는 대강 할 줄 아셔야죠.”

지금 어눌한 말을 보니 걱정이 지붕을 뚫고 하늘로 올라갈 지경이다만, 예호는 신중한 표정으로 말을 이었다.

“지금부터 당신은 말을 할 때 무조건 끝에 ‘다’ 나 ‘까’ 를 붙여서 끝내야 됩니다. 알겠습니까?”

그에 아란은 그처럼 신중한 표정이 되어 고개를 끄덕이며 잠시 생각하더니 입을 열었다. 이윽고 예호의 표정은 석상처럼 굳어 버렸다.

“알았다.”

“이봐요. ‘다’ 나 ‘까’ 로…….”

“알았다니까?”

……팰까? 순간 예호는 진지하게 고민했다. 그러나 들끓는 속을 숨기며 스스로를 다독였다. 상대는 멍청한 계집이다. 그냥 백치야. 수준에 맞게 이야기해 줘야 해.

“말을 정정하도록 하지요. ‘습니다’ 나 ‘습니까’ 로 끝나게 말해 주십시오.”

“알았다습니다?”

“……됐습니다. 그냥 끝에 ‘요’ 를 붙이는 게 나을 것 같군요.”

“알았어요.”

“낫네요.”

포기하면 편하다. 뭐, 왕궁 예법엔 안 맞지만 아란 아가씨를 그리 아끼는 분이시니 대충 넘어가 주실 거다. 예호는 울며 겨자 먹기 식으로 자기 합리화를 하며 고개를 끄덕였다.

덜커덕.

어느새 궐문에 도착했는지 마차가 멈춰 섰다. 예호는 마차 문을 열며 아란의 손을 잡고 내리는 것을 도와주었다. 그와 동시에 궐문 앞에서 대기하고 있던 병사들이 그들의 주위를 에워쌌다. 혹시 모를 도주를 막기 위함이리라.

그 위압적인 모습을 보며 예호는 심장이 당장 목구멍으로 튀어나올 듯 거세게 뛰는 느낌을 받았다. 이제부터 되돌릴 수 없다. 들키면 동공왕의 분노가 두어 배로 폭발하는 거고 그 덤터기는 궁 안의 모든 이들이 모조리 뒤집어쓰게 되는 거다. 예호는 고개를 숙여 이제부터 계속 아란의 행세를 하게 될 그녀에게 다시 한 번 주지시켰다.

"제가 알려 드린 걸 늘 숙지하시고요. 혹시 답답하다고 궁 밖으로 뛰쳐나오면 안 됩니다. 둔갑도 절대 푸시면 안 되고요. 알겠습니까?"

"알았어요."

아란이 된 소녀는 입술을 오물거리며 고개를 끄덕였다. 그에 예호는 쓰게 웃음을 지었다.

"제가 함께하는 것은 여기까지입니다. 무슨 일이 있어도 들키지 않길 빌게요."

그리고 살아서 다시 만나길 빌겠습니다. 그는 마지막 말은 속으로 꿀꺽 삼켰다. 그 순간 거대한 궐문이 스르륵 열리기 시작했다. 그리고 묵직한 위압감을 내뿜으며 검은 용포를 입은 이가 모습을 드러냈다. 동공국에 유일무이한 존재이자 태양, 피에 미친 광귀(狂鬼), 바로 동공왕이었다.

그의 검은 눈동자가 아란과 가까이 붙어 있는 예호에게로 향했다. 그와 함께 농도 짙은 살기가 주변에 깔렸다. 그 의미는 아주 단순했다. 당장 내 것에게서 비켜.

예호는 황급히 그녀에게서 떨어지며 재빨리 동공왕을 향해 고개를 숙였다.

"동공국의 태양을 뵙습니……."

"인사는 됐으니 이만 꺼져라."

동공왕은 어느새 다가와 예호와 아란 사이를 가로막고 서 있었다. 싸늘히 일갈을 한 그는 아란의 팔목을 강하게 움켜쥐며 자신의 품으로 끌어당겼다. 고통에 인상을 찌푸리며 바르작거리는 소녀를 보며 예호는 필사적으로 고개를 저었다. 그에 소녀는 발버둥을 멈추고 뚱하게 볼을 부풀렸다.

제 품에 아란을 꼭 끌어안았기에 그녀의 뚱한 표정을 보지 못한 동공왕은 그제야 풀어진 미소를 지었다. 허나 곧 비릿하게 입꼬리를 비틀며 아란의 귓가에 속삭였다.

"이번 외유는 즐거웠더냐?"

"……."

"이젠 절대로 도망치지 못한다. 널 너무 느슨하게 대한 것 같더군. 이번엔 그 무엇보다 완벽한 새장을 만들어 주마. 차마 다른 곳으로 날아가지 못하도록."

"……?"

아란이 이해가 안 된다는 표정으로 올려 보자 동공왕은 그녀의 눈과 시선을 마주하며 맹세와 같은 말을 내뱉었다.

"넌 날 벗어나지 못해."

"아……."

아란이 멍하니 입을 벌리자 그는 강하게 그녀의 말을 끊어 냈다.

"영원히……."

앞으로도 영원토록. 섬뜩함이 잔뜩 배어 나오는 그의 목소리가 그녀를 옭아맸다. 그리고 아귀처럼 입을 벌리고 있는 궐문으로 끌어 들였다.

서가(家) 대가옥의 깊은 곳. 서진인은 침통한 표정으로 눈앞에 고개를 숙이고 있는 예호를 내려다보았다.

"그것은?"

무거운 침묵 속에서 나온 첫마디. 예호는 쓰게 웃으며 궁 안으로 삼켜지던 소녀의 모습을 떠올렸다.

"안전하게 도착했습니다."

도착한 장소가 안전하지 않다는 게 문제면 문제랄까. 서진인은 '허―' 하고 한숨을 터뜨리며 중얼거렸다. 최대한 오래 버텨 줬으면 좋겠다고. 아란을 찾기 전까지…….

"만약 들키게 된다면 그 소녀는 물론이고 서가에게까지 그분의 진노가 쏟아지겠지요. 어쩌면 이 일로 모두 죽을지도 모르겠습니다."

"아니 죽는 건 그 인외의 것뿐이지."

"예?"

그 중얼거림을 들은 예호가 씁쓸히 답한 말에 서진인이 고개를 좌우로 젓자 그가 이해하지 못하겠다는 듯 되물었다. 서진인은 별것 아니라는 것처럼 궁을 향해 시선을 돌리며 말했다.

"그것이 정체를 들키는 순간 우리는 그것이 인외의 것인 줄 몰랐다며 발을 뺀다. 그러면 그것만이 왕의 눈을 흐리려한 요물이 되어 처형당하겠지. 그렇다고 우리가 책임을 완전히 피할 수는 없겠지만 적어도 명줄은 보존할 수 있을 게야."

한 생명의 죽음을 그저 돌무더기가 무너지는 광경을 보았다는 것처럼 이야기하는 무뚝뚝한 말에 예호가 소름이 돋듯 한차례 몸을 부르르 떨었다. 그런 그의 모습을 본 서진인은 수염을 쓸어내리며 혀를 찼다.

"쯧쯧, 양심 때문에 목숨까지 걸 수는 없는 노릇이 아닌가. 그것도 인간이 아닌 생면부지의 것임에야."

아무리 그래도 죄 없는 아이를 끌어들여 그딴 식으로 쓰고 버리겠단 말인가? 예호의 눈썹이 불만을 품고 한차례 꿈틀했으나 결국 그 정도에서 멈출 뿐, 그는 이내 두 눈을 질끈 감고 감정을 속으로 삭였다.

못이라도 박힌 듯 가슴이 아려 왔지만 결국 도달하는 결론은 순응이었다. 그는 서진인의 아랫사람이었고 그가 하고자 하는 것에 따라 움직여야 했다.

'따지면 나도 다를 바가 없지 않은가?'

훗날 궁에서 그 아이가 정체를 들켜 휘몰아치게 될 소란에서 자신이 발을 빼든 빼지 않든 그 아이가 죽게 된다는 건 변하지 않는 일이었다. 그리고 그러한 궁으로 아이를 던져 넣은 사람은 바로 자신. 그 아이가 신묘한 능력이 있어 재앙의 화마를 피할 수 있다면 모를까.

데려온 날부터 그가 구박을 해도 그냥 두들겨 맞기만 하고 별 반항도 못 했던 아이. 할 줄 아는 것이라곤 둔갑술 외에는 보여 준 게 없는 백지처럼 순수한…….

"미안하다."

예호는 작게 읊조리는 것을 끝으로 아이에 대한 모든 것을 손에서 내려놓았다.

오물오물오물.

"……아란이 꿀떡을 이처럼 좋아하는 줄은 처음 알았군."

동공왕은 행복한 표정을 지으며 꿀떡을 연신 입으로 나르는 아란을 내려 보았다. 마치 세상을 다 가진 것 같은 그녀의 태도에 허망하게 웃던 그는 고개를 돌려 그녀의 시중인으로 따라온 청이를 보았다. 아란을 바라볼 때의 부드럽던 눈길이 순식간에 북풍한설같이 변했다.

"그래, 머리를 다쳐서 백치가 되었다?"

"……예, 그러합니다."

전신을 옥죄어 오는 기운에 청이는 간신히 입술을 열어 대답을 꺼내 놓았다. 그리고 이어지는 정적. 그 속에서 동공왕은 그녀를 눈으로 해체하듯이 노려보았다. 청이는 당장이라도 혼절할 것 같은 상태임에도 두 다리에 힘을 꽉 줘서 억지로 버텨 냈다. 잠깐이지만 배로 느껴지는 긴 시간을 끝낸 것은 '픽' 하며 새어 나온 그의 웃음소리였다.

"하긴 그러지 않고서야 풍옥전(風獄殿)에 들어오는데 이리 얌전할 리가."

바람을 가두는 감옥이란 의미의 전각. 그 이름만으로 어떤 이들이 이곳의 주인이 되었는지 짐작이 갈 만했다. 동공왕은 마루에 앉아서 열심히 식사하는 아란의 뒤로 다가가 풀썩 주저앉았다. 그리고 마음에 들지 않는다는 듯 미간을 찌푸리며 재차 질문을 던졌다.

"그렇다면 짐을 잊었다는 것인가?"

"송구하지만 그러하옵니다, 전하. 그뿐만 아니라 가주님과 곁에 있던 시중인들, 친우까지 모두 기억하지 못하옵니다."

청이는 정해진 각본대로 재빠르게 말을 읊었다. 그사이 아란은 빈 접시를 곁에 있는 궁녀에게 내밀고 꿀떡이 놓인 또 다른 접시를 받아 챙겼다. 곁에 있는 동공왕에겐 티끌만 한 관심도 없는 모습. 경계심 같은 건 한 치도 없이 완전히 풀어져 있었다. 즉, 짧게 요약해서 예호의 당부 따윈 아주 가볍게 씹어 드신 행태였다.

"뭐, 그래도 날 피하려 하지 않는 건 마음에 드는군."

동공왕은 기분 나쁜 와중에도 그러한 점은 괜찮았는지 아란을 쓱 끌어다 자신의 품속 깊이 안착시켰다. 그의 접촉에도 그녀는 귀찮다는 듯 바르작거리기만 할 뿐 혐오나 경멸의 감정을 내비치진 않았다. 그게 또 즐거워 그의 입가가 부드럽게 호선을 그렸다.

아란은 과도하게 친밀한 행위에 이걸 피해야 하나 잠시 고민했다. 곰곰이 생각을 하며 예호에게서 들은 자신의 역할을 떠올린다.

동공왕이란 존재에게 반려는 아니지만 하여튼 그거랑 동급의 존재가 있는데 어느 날 갑자기 사라졌다. 그래서 동공왕이란 자가 미치기

일보 직전인데 그 반려를 찾기 전까지 그녀 행세를 하며 그자의 마음 진정시켜 달라.

그걸로 고민 끝. 아란은 다시금 식사에 집중했다. 그에 동공왕이 불만스럽다는 듯 입술을 비죽였다. 자신에 대한 거부 반응이 없어진 건 좋았지만 아예 신경을 쓰지 않는 것 또한 마음에 들지 않았다. 그는 아란의 턱을 잡아 자신을 향해 얼굴을 돌렸다.

"응?"

아란은 갑작스러운 행위에 놀란 듯 눈을 동그랗게 뜨고 동공왕을 빤히 올려 보았다. 그리고 이내 오물거리며 입 안에 씹고 있던 음식을 꼴깍하며 삼켰다. 그 모습이 묘하게 색기가 있어 보이는 것은 동공왕만의 착각일까? 꿀떡을 먹으며 반지르르하게 기름기가 도는 입술이 참으로 유혹적으로 보였다.

원한다. 그러면 가지면 된다. 그는 망설임 없이 그녀의 입술을 자신의 입술로 덮쳤다. 거기서 멈추지 않고 그녀의 입술을 열어 설육(舌肉)을 밀어 넣었다.

진득하기 그지없는 행위에 궁녀들이 황급히 뒤돌아서고 청이도 얼굴을 붉히며 고개를 푹 숙였다.

한입에 씹어 삼킬 듯한 집요한 입맞춤은 한참 동안 이어졌다. 얼마의 시간이 지났을까. 그는 혀로 아란의 치열을 부드럽게 쓸어내리는 것을 마지막으로 입술을 떼어 냈다. 그리고 둘 사이를 잇는 가느다란 은빛의 실.

동공왕은 포만감에 젖은 맹수와 같은 눈으로 그녀를 가만히 바라보았다. 아란은 크게 놀란 상태 그대로 경직되어 있……는 듯 보였으나 다시 고개를 돌려 자신의 주어진 몫이 담긴 그릇으로 손을 뻗었다.

"꿀떡만 한 취급도 못 받는군."

허탈하게 웃으면서도 그는 그녀의 목에 입술을 묻고 비볐다.

한편 아란은 자신의 식사를 자꾸 방해하는 동공왕이 점차 거슬리기 시작했다. 한두 번이면 상관없는데 계속 안고 물고 빨고 하는 게 여간 귀찮은 게 아니었다. 아란은 어찌하면 잠시라도 그를 떼 놓을 수 있을까 생각했다.

예호의 말대로라면 도망가지만 않는다면 동공왕이란 자는 자신의 부탁을 대부분 다 들어줄 거라고 했다. 그럼 지금 귀찮게 하지 말아 달라고 부탁해야 되는데…… 귀찮다라는 인간의 언어가…… 잘 기억이 나지 않는다.

아란은 그 작은 머리를 맹렬히 회전하며 멀리서 구경했던 인간들의 모습을 하나둘 떠올렸다. 그래! 그때 그 인간이 귀찮게 구는 다른 인간에게 분명 그렇게 말했다! 그런데 동공왕에게 말을 할 때 존댓말로 '요' 를 붙이라고 했으니까 끝말을 조금 고치면…….

아란은 환하게 웃으며 홱 뒤돌아 동공왕을 바라보았다. 그리고 그녀 딴에는 정중한 어투로 말을 이었다.

"당신, 정말 시발이에요."

"……."

"……."

"……!"

그 한마디의 파급효과는 매우 컸다. 동공왕의 얼굴이 단단히 굳은 것은 물론이요 늘어선 궁녀의 안색이 시체처럼 시퍼렇게 질렸다. 사계절 모두 눈이 내린다는 북방의 기후처럼 변한 듯 서늘함이 주변을 감쌌다.

청이는 안면의 혈색이 급격히 뒤로 후퇴하다 못해 발끝을 따라 피가 쫙 빠져나가는 것 같은 끔찍한 기분을 느꼈다. 눈을 감아도 떠도 자신의 목이 댕강 잘려서 바닥을 데굴데굴 굴러다니는 미래밖에 보이지 않았다.

끝이다. 끝이라고. 끝장났다고!

다리가 후들후들 떨리다 못해 눈앞이 아득해지고 바닥이 꺼지는 느낌이 끊이질 않았다. 청이가 그대로 혼절하기 직전 동공왕으로부터 광소(狂笑)가 터져 나왔다.

"크큭큭큭큭 그래, 그래야지 아란이지. 크크크큭."

재밌어 죽겠다는 듯 그가 그렇게 웃어 보이자 아란은 상황을 파악하지 못한 채 고개를 갸웃거렸다. 그녀의 인간 언어 미숙으로 인한 실수가 지금 상황에선 가장 큰 문제를 만들었다.

뚝.

멈추지 않을 것 같던 광포한 웃음은 어느 순간 뚝 멈추었다. 기묘한 기운이 일렁거리는 눈으로 아란을 내려 보던 그가 입꼬리를 비틀어 올리며 명을 내렸다.

"오늘 밤, 여기서 아란과 합궁한다."

그에 여기저기에서 신음성이 터져 나왔다. 참고 참았던 왕이 결국 폭발해 버린 것이다. 그 순간 청이가 새하얗게 굳은 얼굴로 나서서 오체투지 하며 비명처럼 말을 내뱉었다.

"아, 아니 되옵니다! 아직, 아가씨는 성인이 아니옵니다!"

목숨을 건 외침. 청이는 지금 여기 있는 아란의 정체를 알고 있었다. 만약 왕이 가짜 아란과 몸을 섞고, 이후 그녀의 정체가 드러나게 된다면? 상상도 하기 싫은 끔찍한 예측에 청이는 필사적으로 말을 이어 나갔다.

"두, 두 달! 두 달만 기다리시면 아가씨께서 성인식을 치르십니다! 그때까지만 참아 주시옵소서!"

꿈틀.

그와 동시에 동공왕의 뺨이 불쾌하다는 듯 실룩하고 움직였다. 당장이라도 저년의 목을 비틀어 버리고 싶지만 곁에 있는 아란이 지켜보는 상황에선 차마 그럴 수 없었다. 그는 짜증이 잔뜩 담긴 음성으로 말했다.

"따지면 고작 두 달밖에 남지 않은 거지. 지금하고 그때하고 별반 큰 차이가 있을까? 어차피 아이를 가질 수 있는 몸인 건 마찬가지지거늘."

"아직 성인식을 치르지 않았기 때문에 아가씨를 곁에 두시며 근 일 년간 손대지 않으셨다 들었습니다! 그런데 고작 두 달을 더 참지 못하십니까? 후에 아가씨가 기억을 되찾았을 경우를 생각해 주옵소서! 이 모든 것은 아가씨를 위함입니다!"

달달달달.

말을 끝낸 청이는 미친 듯이 떨면서 자신의 처분을 기다렸다. 그녀의 앞으로 그림자가 진다. 그녀는 두 눈을 질끈 감고 살려 달라고 하늘을 향해 끊임없이 기도했다. 그때 동공왕이 한쪽 무릎을 꿇고 앉아 손을 뻗어 청이의 턱을 들어 올렸다.

"모든 게 아란을 위함이다?"

"예, 예, 그러합니다. 어, 어차피 아가씨는 평생 전하의 곁에 계실 것이 아닙니까?"

살기가 뚝뚝 떨어지는 눈이 청이를 찢어발길 듯 노려보았다. 흑색의 눈동자 안으로 시뻘건 안광이 은은히 휘몰아치며 상대를 압박해 갔다. 하지만 그가 잠시 눈을 감고 뜬 사이 살기와 함께 붉은 안광이 씻은 듯이 사라져 버렸다.

"그래, 일 년을 참았는데 고작 두 달을 버티지 못할까. 네 말에 넘어가 주도록 하지."

동공왕은 그녀의 턱을 탁 놓으며 자리에서 일어서 다시 아란에게 다가갔다. 그리고 그녀의 뺨을 부드러이 쓰다듬으며 이마에 가볍게 입을 맞추고 말을 이었다.

"그래, 모든 건 너를 위해."

그 말을 뱉은 후 그는 그녀의 귓가에 대고 속삭였다.

"제현, 그게 내 이름이다. 이번엔 잊지 말고 잘 기억해 두어라."

동공왕 제현은 그 말만 남긴 채 마루 아래로 내려서서 대문을 향해 걸어 나갔다. 부드러이 바람이 불어온다. 허공에 휘날리는 그의 검은 머리카락, 그리고 그의 몸을 둘러싼 흑색 용포. 그것이 밝은 회색의 돌길과 정원의 푸른 광경을 배경으로 한데 어우러져 기이한 분위기를 뿜고 있었다. 그 뒤로 궁녀들이 재빨리 따라나섰다.

"제현……."

아란은 멍하니 동공왕의 이름을 중얼거리며 그의 뒷모습을 바라보았다. 그가 문을 나서서 사라지고도 한참을 그렇게 있던 그녀는 고개를 돌려 마룻바닥에 추욱 늘어진 청이에게로 시선을 던졌다. 그리고 고개를 갸웃하며 질문을 던졌다.

"나 아기도 낳아야 해?"

사선을 넘나들었던 청이의 복장을 끼익 긁는 소리였다.

제현은 대전에 들어서는 순간 우뚝하고 발걸음을 멈추었다. 그리고 쓱 고개를 돌려 궁녀들을 훑어보았다. 이내 무언가를 발견한 듯 번뜩하고 붉은 안광을 내뿜는 그.

"거기, 어린 나인을 빼고 모두 물러가거라."

그 왕명에 따라 궁녀들은 몸을 굽힌 채 뒷걸음질 치며 문밖으로 빠져나갔다. 다만 지목당한 어린 궁녀만이 몸을 덜덜 떨며 움츠리고 있을 뿐이었다. 제현은 서늘한 웃음을 입에 걸며 궁녀에게 다가갔다.

가까이서 보니 소녀보다는 아이에 가까운 모습이었다. 그리고 궁녀에게 입혀진 옷은 마치 자기에게 안 맞는 듯 조금 커 보였다. 어린아이가 어른 흉내를 내는 모양을 절로 떠올리게 했다.

"이런 어린아이까지 궁녀로 일을 하던가?"

그는 그녀의 뺨을 조심스럽게 쓰다듬으며 혼잣말 같은 물음을 던졌다. 어린 궁녀는 입술을 파르르 떨며 동공왕과 눈을 마주치지 않으려 필사적으로 시선을 아래로 깔았다. 그에 제현이 감미로운 음성으로 입을 열었다.

"고개를 들어 날 보거라."

왕명은 절대적이다. 그녀는 조심스럽게 얼굴을 들어 용안을 올려보았다. 그리고 그 순간 제현의 손이 궁녀의 목을 가볍게 감싸 쥐었고…….

뚜두두둑.

……그대로 뒤틀어 꺾어 버렸다. 순간 어린 나인의 눈에서부터 생기가 빠르게 빠져나갔다. 힘을 잃은 몸이 바닥으로 추락하는 건 당연한 수순이었다.

"역겹군."

제현은 마치 더러운 것을 만진 듯 제 손을 탁탁 털고 뒤돌아 걸어갔다. 더 이상 볼일이 없다는 것처럼. 그러나 어린 나인의 목소리가 그의 발길을 붙잡았다.

"너무하십니다, 전하. 어찌 이 불쌍한 어린아이의 목을 비트십니까?"

그는 얼굴을 확 구긴 채 홱 뒤돌아섰다. 그곳엔 목이 비틀어진 그대로 서 있는 어린 궁녀가 있었다. 소름 끼치기 그지없는 광경임에도 제현은 삐딱하게 서며 코웃음을 칠뿐이었다.

"꼬맹이 흉내는 그만 내지? 흉물스러우니까. 뱀 새끼 주제에 어디서 낄 곳 안 낄 곳 구분하지 못하고 신경을 건드리느냐?"

"칫, 재미없게."

그녀의 입에서 전과 다른 목소리가 흘러나왔다. 궁녀는 손을 들어 자신의 머리를 쥔 후 다시 우두둑 꺾어 제자리에 맞추었다. 그 순간 그녀의 모습이 뒤틀리더니 어느새 요염한 여인이 그 자리를 대신하고 있었다.

진한 갈색 머리와 치켜 올라간 눈꼬리에 매끄러운 입술. 특히 왼쪽 눈 아래에 있는 점이 묘한 색기를 뿜어내고 있었다. 기묘한 분위기를 풍기는 여인. 분명한 건 목이 꺾이는 정도론 죽지 않는 인외의 존재라는 것이다. 마치 서양의 드레스를 닮은 복식을 한 그녀는 팔짱을 끼며 풍만한 가슴을 모아 가슴골을 강조했다.

"그러지 말고 같이 놀아요? 어때요?"

그녀가 풍성한 머릿결을 사르륵 흩트리며 눈웃음을 치자 제현은 대놓고 역겹다는 태도를 취했다.

"천박한 몰골하곤."

"평가가 너무 박하시네요. 다른 수컷들은 곧바로 발정이 나 제게 허겁지겁 달려들던데요."

그런 것들치고 목숨줄 제대로 달고 돌아간 놈들은 없었지만. 그녀는 여전히 목석같은 그의 태도에 혀를 차며 곰방대를 꺼내 입에 물었다. 그것에 따로 불을 붙이지 않았음에도 연기가 피어오르며 묘한 향을 퍼뜨렸다. 동공왕은 주변을 점점 채우기 시작하는 연기를 손으로 흩트리며 입을 열었다.

"언제까지 날 따라다닐 거지?"

"당신을 연모하는 여인에게 너무 매정하게 말씀하시네요."

"연모는 개 같은 소리. 내 심장을 뜯어 먹고 싶은 거겠지. 다른 요물들처럼."

그의 말이 끝남과 동시에 여인의 눈이 황금빛으로 변하더니 동공이 세로로 길게 찢어졌다. 꼭 먹이를 노리는 뱀의 눈처럼. 이무기 여울은 색기 가득한 웃음을 입가에 매단 채 동공왕에게 한 걸음 더 다가갔다.

"저를 본능에 충실한 잡것들과 비교하시면 섭하지요. 전 당신의 심장에서 풍겨 오는 그 향기를 맡는 것만으로 충분하답니다. 요력이 담뿍 담긴 그 황홀한 향이면……."

하지만 제현은 더럽다는 감정이 그대로 드러난 표정으로 한 걸음 물러섰다.

"이제 좀 꺼져 줬으면 좋겠군. 매번 마주하기가 곤욕스러우니."

그 순간 여울은 깔깔대며 큰 소리로 웃음을 터뜨렸다. 재밌어 죽겠다는 듯 배를 부여잡고 박장대소하던 그녀는 너무 웃어 눈가에 고인 눈물을 살포시 훑어 내며 말했다.

"그리 제가 싫으시면 쫓아내시면 되잖습니까. 저와 처음 만났을 당시면 힘이 약해 힘들었을지 몰라도 지금이라면 가능하실 텐데요?"

그와 동시에 제현의 얼굴이 확 구겨졌다. 여울은 '흐응~' 콧소리를 내고는 그의 주위를 빙글빙글 돌며 느긋하게 말을 이어 갔다.

"제가 곁에 머물러 있는 덕분에 잡것들이 당신께 접근하지 못하지 않습니까? 제가 좀 귀찮더라도 더 귀찮은 일을 미리 방지해 주니 험한 소리를 하셔도 쫓아내진 않으시는 것이겠지요."

"……."

"뭐 공생 관계라는 겁니다. 전 당신에게 귀찮은 것들이 접근하는 것을 막아 주고 그 대가로 요력이 그윽한 향기를 독점하고. 당신이 절 사랑해 주신다면 더 바랄 게 없겠으나 그건 힘들 거 같구요. 뭐 계속 열심히 유혹은 해 보겠지만."

그녀는 도톰한 입술을 혀로 살짝 핥으며 그에게 다가가 귓가에 대고 속삭였다.

"그건 그렇고 오늘 들어온 '그것' 은 어찌하실는지요?"

촤악.

말이 끝남과 동시에 여울의 신형이 반으로 찢겨 나갔다. 허나 피가 튀어 오른다거나 살점이 떨어진다거나 하는 일은 일어나지 않았다. 어느새 저 멀리 이동해 있는 여울은 계단에 앉은 채 살기를 사방으로 떨쳐 내는 그를 바라보고 있었다.

제현의 오른손은 방금 그 공격을 가한 게 자신이라는 듯 검붉은 기운을 피워 올리고 있었다. 여울은 평소엔 꺼려해 쓰지 않는 요력을 뽑아내고 있는 그를 보며 쓰게 혀를 찼다. 너무 자극했구나.

"만약…… 그녀를 건드린다면…… 쫓아내는 것에 그치지 않고 갈기갈기 찢어 주마."

"왜? 그녀는……."

여울은 이해할 수 없는 그의 태도에 질문을 던지려다가 무언가 깨달은 듯 말을 뚝 멈추었다. 그리고 놀랍다는 듯 두 눈을 크게 떴다가 재빨리 감정을 갈무리했다. 그사이 제현은 한 마디 한 마디 짓씹듯 말을 이어 나갔다.

"아란의 털끝 하나라도 상하게 한다면, 그리고 그녀가 궁 밖으로 벗어나게 만든다면! 생사투(生死鬪)를 각오하는 게 좋을 것이다."

그에 여울은 자신의 예상이 맞았음을 확신할 수 있었다.

'동공왕은 그 여우의 둔갑을 알아채지 못했다.'

사랑하는 대상의 모습이기에 그의 눈이 흐려졌다는 건 변명이 되지 못했다. 실제로 그녀가 아란의 모습으로 둔갑했을 때 동공왕은 눈을 마주하자마자 곧바로 검부터 날렸었다. 즉, 그 여우의 둔갑술이 완벽에 가깝다는 의미. 만약 여울도 인외의 존재가 아니라 인간이었다면 알아채지 못하지 않았을까?

'맹해 보이던데 제법이네?'

그녀는 속으로 작게 감탄을 터뜨리며 눈앞에서 요력을 갈무리하는 동공왕을 빤히 바라보았다. 만약 지금 그의 곁에 있는 아란이 가짜란 걸 알게 되면 어떤 일이 일어날까? 여울은 짓궂은 미소를 지었다.

"앞으로 재미있어지겠는데?"

한양 북부 쪽에 조성되어 있는 사냥터. 긴 분홍빛 머리를 질끈 묶은 여인이 옆에 있는 말의 갈기를 부드러이 쓸어내리며 저 멀리 시선을 던지고 있었다. 몸을 단단히 감싸는 여성용 사냥복은 그녀의 가녀린

몸매를 그대로 드러내고 있었다. 섬섬옥수가 바람에 흩날리는 앞머리를 뒤로 쓸어 넘기자 여인의 청순한 얼굴이 나타났다.

겉으로 봐서는 개미 하나 죽이지 못할 여리디여린 여인으로만 보인다. 그러나 그녀의 정체는 감히 좋게 넘길 것이 되지 못했다.

현 귀족파의 수장, 백세악의 독녀 백사린. 더 중요한 것은 대부분 세력가의 아가씨들이 그러하듯 백가(家)의 권세만 등에 업은 철없고 세상 물정 모르는 계집이 아니라 문무(文武)를 겸비한 철혈의 여인이라는 점이었다. 스스로를 갈고닦고 자신을 무너뜨리려는 적을 제거하며 단단히 자신만의 기반을 다진 여인.

백가를 떼어 놓고 본다고 해도 차마 무시할 수 없는 존재였다.

"아가씨! 아가씨!"

그때 한양 쪽에 어린 시비가 황급히 달려오는 것이 보였다. 백사린은 무심히 시선을 돌려 숨이 턱까지 찬 아이를 바라보았다. 그녀 앞에 도착하고 나서도 한참을 헉헉거리던 시비는 방금 들고 온 급한 소식을 사린에게 전하였다.

"그그, 서가의 말괄량이가 다시 잡혀 왔답니다!"

그 순간 사린의 아미가 한순간 꿈틀하며 불편한 심기를 드러냈다. 그 소식은 단 하나의 사실만을 나타내었다. 자신에게 생긴 작은 기회의 소실. 이 나라의 왕비로 가는 길에 방해물이 나타나 또다시 그녀의 발목을 붙잡았다.

"하아— 도망을 치려면 제대로 칠 것이지."

순한 얼굴에 걸맞지 않게 스산한 목소리가 흘러나왔다. 사린은 왕비의 자리에 어울리지 않는 서가의 계집이 도저히 마음에 들지 않았다. 왕의 총애를 받아 왕비로 내정되었다면 그에 대한 책임감이라도 가지든가. 배포도 없고 그저 자기가 원하는 대로 되지 않는다고 떼만 써 대는 철없는 것일 뿐이었다.

총애만 따지고 보면 후궁으로 들여도 되겠지만 왕께선 자신의 옆자리에 단 한 사람만을 두겠다고 하시니.

"이대로라면 그 서가의 말괄량이가 진짜로 왕비가 될지도 모릅니다! 대대로 왕비를 배출한 가문은 우리 백가인데 어찌…… 어찌……."

어린 시비는 발을 동동 구르면서 쉼 없이 재잘거렸다. 그 말은 그대로 사린의 마음을 콕콕 쑤셔 댔다. 그녀는 어릴 때부터 왕비 후보자로서 키워졌다. 그렇기에 그 길 하나만을 보며 필사적으로 달려왔다. 몇 날 며칠을 밤을 새워 가며 공부했으며 고고한 몸가짐을 가지도록 매일 회초리를 맞으며 자세를 교정했었다. 심지어 여인의 몸으로 무술까지 익히며 어느 한 곳 부족하지 않도록 그렇게 자신을 채워왔다.

자신은 그러할진대…….

"그런데 왕께선 왜 사사로운 감정에 휘둘리실까? 그 자리는 감정으로 좌우되어선 안 되는 지고한 자리일진대."

결국 원망이 담긴 말을 토해 내게 된다. 그렇다고 그녀가 왕에게 의무와 책임 같은 것만을 원하느냐 하면 그것도 아니었다. 어릴 적 왕궁에 몇 번 들러 동공왕을 스쳐 지나가게 될 때면 저분이 내 미래 낭군님이구나 하며 저도 모르게 웃음꽃을 피우곤 했었다. 그녀는 이미 귀족파 사이에서 차대 왕비로 추대되기로 반쯤 내정되어 있었다. 말이야 그렇지 실질적으로 이미 다음 세대 왕비나 마찬가지였다. 그랬기에 그녀가 가질 수밖에 없었던 동공왕에 대한 궁금증이 이윽고 연모의 감정으로 그 색이 변하였다.

하지만 그것도 한 여인의 등장으로써 한순간의 꿈으로 떨어져 버렸다.

"시작도 하기 전에 버려진 몰골이구나."

서가의 계집이 자신보다 왕비에 더 어울리는 재목이었다면 차라리 인정하고 넘어갈 수 있었다. 그러나 지금 돌아가는 꼴을 보아하니 도저히 승복할 수 없었다. 사린은 두 눈을 꼭 감고 뒤엉키는 감정을 추스른 후 천천히 눈꺼풀을 들어 올렸다. 그리고 소식을 가져온 시비를 향해 최대한 담담하게 물음을 던졌다.

"그래, 지금 서아란은 어쩌고 있다더냐? 또다시 울고불고 발버둥을 치고 있다더냐?"

"저, 그게……."

어린 시비는 묘한 어조로 말을 늘였다.

무언가 달라진 것이 있다! 그것을 직감적으로 느낀 백사린은 눈을 빛내며 다음 말을 재촉했다.

"무슨 일이 있더냐?"

"그게…… 도주하다 머리를 다쳐서 백치가 되었다고 하였습니다."

이건…… 생각보다 더 큰 사건이었다. 그 계집이 백치가 되었다니. 이건 좋은 기회일수도 오히려 더 나쁜 상황일 수도 있었다.

"왕께선 그 계집이 더 이상 도망칠 일이 없으니 기뻐하시고 계시겠구나."

허나 귀족들은 미친 듯이 들고 일어나겠지. 백치를 왕비의 자리에 앉힐 수 없다고 상소가 쉼 없이 올라갈 것이다. 문제는 왕의 반응이었다. 서아란이 백치가 되었으니 현 상황에 순응해 새로 왕비를 들이고 아란을 후궁으로 들인다면 만사형통이겠지만…… 오히려 분노하여 오 년 전과 같이 귀족들을 학살하신다면…….

사린은 빠르게 머리를 굴리며 거대한 장기판을 살폈다. 눈앞에 떨어진 떡에만 정신이 팔린 귀족들은 분명 왕의 심기를 거스를 게 뻔했다. 아무리 예측해 보아도 얼마 지나지 않아 생길 피의 향연이 눈에 선하다.

"일단 서가의 계집 상태에 대해 좀 정확히 짚어 보아야겠구나. 적아 양가(家)의 차녀 양유우에게 이틀 뒤에 함께 다도를 즐기며 이야기하자 기별을 넣으려무나."

사린은 어린 시비, 적이에게 그리 명하며 화살통에서 화살을 꺼내

각궁에 시위를 걸었다. 적이가 황급히 뒤로 물러서자 그녀는 작은 목소리로 읊조렸다.

"서아란, 네게 작은 희망이라도 보인다면 다행이겠지만……."

그리고 얼마 지나지 않아 들새들이 푸드덕 날아오르자 그녀는 한 치의 망설임도 없이 활시위를 놓았다.

쐐애액.

삐이—익.

공기를 가르며 날아간 화살은 들새 무리의 가장 안쪽에 있던 어린 새의 몸통에 박히며 제 역할을 마쳤다. 사린은 자신이 행한 결과로 추락하는 새를 보며 섬뜩한 미소를 지었다.

"그게 아니면 영원히 사라져 줘야겠어."

"제발 아니 되옵니다!"

"아가씨, 부탁드려요! 제발요!"

초여름으로 접어들어 슬슬 더워지는 시기임에도 궁녀들은 등골이 오싹해지는 상황에 직면해 있었다. 어제 다시 궁에 잡혀 돌아온 아란이란 아가씨의 돌발 행동 덕분이랄까? 청이도 궁녀들과 함께 한몫 거들고 있었고 문을 지키고 있던 병사들도 진을 친 채 아란에게 애걸복걸하고 있었다.

"이이익!"

아란은 낑낑거리며 문을 향해 한 발짝을 내디뎠다. 그와 동시에 그녀 몸에 매달려 있던 궁녀와 청이가 그대로 딸려 왔다. 아란은 괴력을 내뿜으며 문을 향해 팔을 쭈욱 뻗었다. 그녀에게는 반드시 그곳에 도달해야겠다는 의지가 보였다.

이를 본 병사들의 표정이 창백해졌다. 나가는 걸 막아야 되긴 하는

데 그들이 사내인 이상 아란의 몸에 함부로 손을 대선 안 된다. 전에 아란이 도주를 시도했을 때 병사 하나가 그녀를 뒤에서 꽉 끌어안은 채 버티다가 그대로 동공왕에게 발각, 다음 날 소리 소문도 없이 사라져 버렸다.

"아가씨 제발 안으로 들어가요!"

"저희 모두 죽습니다!"

어제저녁 아란은 풍옥전 여기저기를 빨빨대고 돌아다니며 이곳저곳을 열심히 구경했다. 모든 게 신기해 죽겠다는 듯 신나게 방방 뛰어다녔으나 그것도 한 시진 정도. 결국 보이는 게 그것이 그것이다 보니 지루한 듯 축 늘어져 버렸다.

그리고 오늘. 아란은 당당히 정문으로 탈옥을 진행 중이었다. 물론 그걸 보고 기함한 이들이 총출동한 것이고.

"나갈래! 나갈래!"

아란의 외침에 모든 이들의 표정이 사색이 되는 건 당연한 일이었다. 그때였다.

"아침부터 무슨 소란이지?"

주변 온도를 확 떨어뜨리는 목소리가 들렸다. 언제 나타난 건지 문에 삐뚜름하게 기대 서 있는 동공왕이 그들의 행태를 무섭게 노려보고 있었다. 궁녀들과 청이는 그 즉시 아란에게서 떨어져 그를 향해 고개를 숙였다.

"동공국의 태양께 인사드립니다."

그런 그녀들을 보며 멀뚱히 서 있던 아란도 따라서 인사를 하려 했으나 고개를 숙이기도 전에 손가락 하나가 그녀의 이마를 꾹 눌러 움직임을 막았다. 어느새 코앞에 와 있는 동공왕이 살벌한 미소를 지은 채 물음을 던졌다.

"나가고 싶다?"

"응."

물론 아란은 당당히 대답했다. 그의 표정이 무섭게 굳어지는 건 당연한 수순이었다. 그런 그의 반응에 그녀는 고개를 갸웃하다가 무언가 깨달았다는 듯 한 마디를 더 이었다.

"……요."

"……."

당연히 정답이 아니다. 말없이 제현이 아란을 빤히 내려 보자 그녀는 천진난만하게 다시 입을 열었다.

"음…… 나 나갈래……요. 저, 전하?"

그리고 자신이 제대로 말한 건지 머릿속으로 되짚어 보곤 옳게 말했다는 듯 스스로 고개를 주억였다. 허나 제현의 못마땅하다는 태도는 여전히 변함이 없기에 그녀는 다시 그를 불렀다.

"전하?"

"제현."

"에?"

"제현이다. 어제 가르쳐 줬을 텐데?"

이름을 가르쳐 주었다고 해도 누가 함부로 왕의 이름을 막 부르겠는가? 진짜 서아란도 지금까지 그의 이름을 단 한 번도 부른 적은 없었다. 그가 왕명이라고 말해도 꼬박꼬박 전하라고 불렀었다. 하지만…… 지금 아란은 그딴 것 따윈 알 바 아니었다.

"음, 제현. 나 나가고 싶다……요."

여전히 신경을 북 긁는 말이 뒤에 붙지만 제현으로선 아란에게 처음으로 이름이 불린 역사적인 순간이었다. 그는 조금 더 욕심을 내어 사족을 덧붙였다.

"말도 편히 해도 된다."

"제현, 나 나가고 싶다."

이런 말은 잘 들어서 좋군. 덕분에 어느 정도 기분이 풀어진 그는 아란의 턱을 쓱 들어 올리며 부드러운 어조로 물었다.

"왜 나가고 싶지?"

답은 단순했다. 지루하니까. 문제는 그녀가 지루하다는 인간의 언어를 전혀 모른다는 것. 그녀는 끙끙대며 고민하다 자신이 아는 짧은 인간 언어 지식으로나마 말을 이었다.

"여기 없다. 동물 없다. 물 없다. 나무 없다. 변함없다."

그에 제현은 빙긋 웃음을 지었다. 그것도 무언가 뒤가 구린 미묘한 느낌의 미소. 그는 그녀의 머리를 쓱쓱 쓰다듬으며 귓가에 속삭였다.

"하루만 얌전히 기다려라. 원하는 걸 선물해 주마."

"하루만?"

"그래 하루만."

"참는다. 그럼. 나는."

동공왕은 아란을 전각 안으로 들여보냈다. 그렇게 아란은 꿀떡을 먹고 방바닥을 뒹굴고 먼 산을 보다가 저녁에 일찍 잠자리에 들었다. 그리고 아란이 잠든 사이, 한밤중에 풍옥전으로 인부들이 우르르 몰려들어 왔으나 깊은 잠에 푹 빠진 그녀는 아무런 눈치도 챌 수 없었다. 물론 동공왕의 조치로 인해 소음이 최대한 생기지 않게 공사가 진행된 탓도 있었다.

그리하여 다음 날. 아란이 아침에 눈을 뜨고 밖으로 나왔을 때는 앞마당이 어제와 다른 풍경으로 바뀌어 있었다. 작은 크기의 나무와 꽃들이 여기저기 심겨 있고 적당한 크기의 연못이 조성되어 있었다. 거기에다 토끼 두어 마리가 폴짝폴짝 뛰어다니고 있었다.

아란은 눈을 크게 뜨며 '와—' 하고 감탄사를 터뜨렸다.

"선물이 마음에 드는가?"

새벽부터 기다린 듯 동공왕이 풍옥전의 기둥에 몸을 기댄 채 물음을 던져 왔다. 그녀는 맹렬히 고개를 끄덕이며 펄쩍펄쩍 뛰었다.

"멋있다. 아름답다. 음음…… 신기하다?"

뭔가 이상한 말이 끼었지만 어쨌건 좋다는 의미였다. 제현은 기분 좋은 웃음을 지으며 품에 안고 있던 하얀 토끼를 그녀에게 넘겨주었다. 특별히 훈련받은 것으로 인간에게 거부감을 느끼지 않는 토끼였다.

아란은 폭신폭신한 하얀 털에 얼굴을 부비며 '헤—' 웃음을 지었다. 코를 실룩거리는 토끼의 모습이 제법 귀여운 모양이었다. 그렇게 그녀가 눈앞의 것에 정신이 팔린 지 정확히 한 시진하고 일각 후…….

"아가씨 제발!!"

"우리 좀 살려 주시어요!"

또다시 궁녀들을 주렁주렁 매단 채 낑낑거리며 정문을 향하는 아란이였다. 그리고 기다렸다는 듯 다시금 등장하는 제현.

"뭐가 문제지."

이곳에서 나가지 못한다는 게 문제라는 걸 뻔히 알면서도 그는 능청스럽게 되물었다. 그에 또다시 적당한 말을 찾기 위해 고심하는 그녀. 여기 한곳만 있으니 지루하다. 더 넓은 곳으로 나가고 싶다. 그녀는 이번에야말로라고 다짐하며 말을 이었다.

"여기 너무 좁다."

"그래? 하루만 기다려라."

그리고 하루 뒤 풍옥전의 정원이 두 배로 커져 있었다. 벽을 허물고 확장 공사를 실행한 것이다. 그 모습을 보며 아란은 이게 아닌데란 얼굴로 고심했다. 제현은 입가를 미끄러뜨리듯 웃으며 그런 그녀를 품에 안은 채 내려 보았다.

'넌 여기서 나가지 못해.'

원하는 게 있으면 뭐든 다 줄 것이다. 금은보화는 물론 고운 비단이나 의복, 희귀한 화백의 작품들도 구해 줄 수 있다. 하고 싶은 게 있으면 뭐든 다 하게 해 줄 것이다. 놀잇거리가 필요하면 창고에 한가득 채워 주고 배우고 싶은 게 있으면 최고의 선생들을 붙여 줄 것이다.

싫어하는 이가 있다면 제거해 줄 것이고 친구가 필요하다면 얼마든지 만들어 줄 수 있다.

다만, 여기 그가 마련한 튼튼한 새장 안에서.

다시는 손안에서 그만의 작은 새를 놓아주는 일이 없을 것이다. 알게 모르게 수십의 철창을 치고 그 위로 수백의 사슬로 감싸리라. 그녀가 아무리 발버둥 쳐도 소용없다는 걸 깨닫고 포기하도록.

그렇게 언제나 함께…….

늘 섬뜩함으로 감싸이던 그의 눈동자에 어울리지 않게 아련함이 살짝 어렸다.

백가(家)의 가옥. 별당채의 정원에 여럿의 여인들이 모여 다과를 나누고 있었다. 그녀들 중심에서 백사린은 고요히 찻물로 입술을 적시며 떠들썩한 이야기들의 흐름을 음미하였다.

"동공왕께선 도대체 그런 계집의 무엇이 좋다 하여 그리 집착하시는 건지."

"따지자면 아직 성인식도 치르지 않은 아이가 아닙니까?"

"들리는 소문에 의하면 성인식을 치르는 즉시 성혼을 하고 합방한다고 합니다."

현재 서아란의 행각은 여인들 사이에서 뜨거운 감자와 같은 화두였다. 동공국에서 여성으로서 누릴 수 있는 최고 높은 지위인 왕비. 그리고 왕은 '서아란'이란 오직 한 여인에게만 그 자리를 허락했다. 다른 여인에게 단 한 번도 눈길을 돌리지 않고 지고지순하게 하나의 꽃만을 바라보았다.

다만 그 꽃이 그분을 거부한다는 게 문제였다.

귀족가의 여인들은 그러한 상황을 기회로 여겼다. 현 왕이 광폭한 성정을 가졌든 이미 마음의 주인이 있든 상관없이 파고들 틈이 보인다는 것만으로 스스로를 단장하여 그에게 나아간 여인들이 수십. 왕비의 자리는 그만큼 유혹적이기 그지없는 자리였다.

그중에는 사내들이 넋 놓고 바라볼 정도의 미색이 뛰어난 여인도, 은은하고 고고한 분위기를 풍기는 여인도, 화려한 재능을 가진 여인도 있었으나 그의 마음을 돌린 이는 단 한 명도 없었다. 도리어 왕의 심기를 거슬러 목이 떨어진 이들이 나오기까지 했다.

결국 목숨이 아까워 왕에게 달려들던 이들이 하나둘 사라져 갔고 작금에서야 왕의 곁을 노리는 이는 오직 백사린, 그녀 혼자만이 남았다. 물론 겉으론 드러내지 않고 상황을 살펴보며 기회를 노리고 있지만 말이다.

"제까짓 게 무엇이라고 그리 목을 빳빳이 세운답니까? 동공왕의 총애를 받는다는 사실만으로도 하늘에 감사를 드려야 할 터인데."

"어릴 적에 어울려서 아는 터인데 도저히 여인으로서의 자세가 되어 있지 않았습니다. 무가의 여식도 아니면서 건방지게 검을 들고 사내들의 행태를 흉내 내지 않나, 심지어 옷을 더럽히면서까지 남자애들과 뒹굴고 놀았습니다."

"저런, 그렇게 천박할 수가!"

여인들은 점입가경으로 아란을 헐뜯기 시작했다. 백사린은 살포시 이마를 찡그렸다. 이대로 놔두면 듣는 제 귀가 더 더러워질 지경이었다. 그녀는 언제 인상을 지었냐는 듯 순하게 웃어 보이며 중재에 나섰다.

"너무 흥분하신 듯합니다. 말이 너무 과하게 갔습니다. 그런 식으로 하자면 왕께선 그런 여인을 마음에 두셨으니 왕의 안목이 잘못되었다는 이야기가 되는 것입니다. 말씀을 조심해 주셨으면 좋겠습니다."

서가(家)의 계집이 욕을 듣는 건 상관없지만 그로 인해 간접적으로

나마 왕이 듣게 되는 흉은 참을 수 없다. 말투는 조곤조곤 부드럽게, 그리고 내용에는 뼈를 담아서. 백사린의 말에 여인들의 불평불만이 한순간에 멈추었다. 하지만 여인들 중에서도 눈치 없이 나서는 이가 하나 끼여 있었다.

"솔직히 왕께서 좀 이상하신 것 아닙니까? 저희 중 누구라도 그 계집에 비해 못난 이가 있습니까? 차라리 제가 그 자리에 있다 하여도 백배 천배는 더 나을 것입니다."

손가락에 화려한 가락지를 여럿 낀 여인이 불만이 가득한 얼굴로 토로했다. 그에 그녀를 향해 사린의 싸늘한 눈길이 꽂혔다. 상인의 집안인 정가(家)의 채련은 그러한 사실을 눈치채지 못하고 주변 여인들에게 계속 동의를 구했다. 물론 이 자리에서 가장 높은 위치에 있는 이의 심기가 불편하다는 걸 안 다른 규수들은 꿀 먹은 벙어리처럼 채련을 피해 딴청을 피울 뿐이었다.

"정가(家)의 채련이라 하였던가요?"

그 순간 사린이 조용히 입을 떼었다. 그에 채련은 분위기 파악도 하지 못한 채 환히 웃으며 답했다.

"그러합니다."

"기억하도록 하겠습니다."

사린은 옥구슬이 굴러가는 듯한 목소리로 말했다. 어차피 둘러말하여도 알아듣지 못할 이다. 감히 왕에 대해 함부로 평을 내리고 경고조차 제대로 알아듣지 못하는 계집 따위, 그 집안이 쓸모 있다 하여도 버리는 게 나을 것이다. 그런 집안을 대체할 다른 가문들은 많다.

사린의 말을 제대로 이해하지 못하고 그녀의 눈에 들었다며 즐거워하는 채련을 보며 그곳에 모인 규수들이 서로 눈짓을 주고받았다. 그리고 높은 분의 눈 밖에 난 이의 처분을 결정하였다. 그녀들의 세상에서 이제 정가의 계집은 매장당한다. 사린은 귀족 규수란 것들이 은밀하게 주고받는 신호에 순간 얼굴에 혐오의 빛을 띠었으나 재빠르게 표정 관리를 하였다.

어차피 저들의 이런 심리를 이용해 손 안 대고 처리해 버릴 예정이었으니. 그녀는 속으로 쓰게 웃으며 서가의 계집을 떠올렸다.

사린도 어느 정도는 새들처럼 시끄럽게 떠드는 여인들의 말을 인정했다. 확실히 서아란은 여인의 몸가짐 따위는 신경 쓰지 않는 말괄량이였다. 거기에다 그녀 기준이긴 하지만 왕비가 되기엔 여러모로 부족해 보이는 부분들이 보였었다. 그러나…… 왕의 마음을 잡아 끄는 어떤 부분이 필시 있을 것이다. 그게 여인들과 그녀가 가지는 중요한 생각의 차이였다.

사린은 관리를 하여 언뜻 보기엔 말끔하지만 실제론 자잘하게 굳은살이 박힌 제 손을 내려 보았다. 서가의 계집이 어찌 왕의 눈길을 잡았을까 고민하며 그녀가 가진 것들을 살피고 그것들을 흉내 내듯 따라 했다. 검을 들고 무술을 익혔으며 장구를 치는 법을 배웠으며 독한 술도 입에 대 보았다.

당장 이러한 것들은 쓸모가 없을지도 모른다. 하지만 왕을 소름 끼치게 싫어하는 서가(家)의 계집이 도주하여 사라진다면? 그리하여 몇 년의 시간이 흘러 버린다면? 왕께서 그 계집을 아련히 그리워만 할 때 그 계집의 흔적이 보이는 자신이 나타난다면?

만약에…… 만약에……. 그리한다면 티끌만 한 가능성이지만 그분의 마음을 잡을 수 있지 않을까?

사린은 잠시나마 꿈과 같은 미래를 그리며 옅은 미소를 지었다. 그러나 그 일이 실제가 되기 위해선 서아란이 사라져야만 한다. 사린은 입가를 굳히며 슬쩍 양가(家)의 차녀 양유우를 향해 눈길을 던졌다.

일을 획책하기 전에 일단 그 계집의 상태를 알아야 한다. 머릿속이 완전 백지인가, 아니면 전처럼 본능적으로나마 왕을 거부하는가, 그것도 아니라면 조금의 찌꺼기가 남아 왕비의 자질을 익힐 가능성이라도 보이는가?

마지막의 경우라면 사린은 자신의 결정을 재고해 볼 수밖에 없다. 서가의 계집을 가르쳐 왕비에 올려놓을 수 있다면 큰 문제 없이 모든 일이 해결된다. 그게 마음에 들지 않더라도, 왕에 대한 자신의 연모의 감정을 죽여야 한다고 해도.

하지만 그게 아니라면? 당연히 그녀를 완벽하게 세상에서 제거해야만 한다.

"서가(家)의 규수께서 도주하는 도중에 머리를 다치시어 기억상실에 걸렸다더군요."

사린이 화제를 바꾸며 슬쩍 운을 띄우자 또다시 여인들은 새 떼처럼 재잘거리기 시작했다. 소문을 들었다느니, 백치가 되어 말도 제대로 못 한다느니, 궁녀의 말로는 꿀떡만 찾는 먹보가 되었다느니. 그녀는 일부러 그런 정보들이 중구난방으로 튀어나오길 기다렸다가 흘리듯 슬쩍 말을 더했다.

"흐음— 기억을 모두 잃었다 하시니 전에 배우셨던 공부들도 모두 헛것이 되었겠군요. 예절 같은 것도 잊은 건 물론이고 장기인 검술도 쓰지 못하시겠군요."

그와 동시에 옆에 멀뚱히 있던 양유우가 순간 눈을 빛내었다. 역시 예상대로랄까?

과거 양유우의 오라비인 양유성이 검술을 익히던 서아란을 비웃었던 일이 있었다. 계집 따위가 그딴 걸 배워서 무엇을 하겠느냐고. 그에 울컥한 서아란은 양유성에게 검술 대결을 청했고 그녀를 우습게 보았던 그는 이번 기회에 건방진 계집의 콧대를 꺾어 주자는 심산으로 그 승부를 받아들였었다.

결과는 양유성의 참패. 그것도 단 세 번의 부딪힘 만에 검을 놓치고 아란의 목검에 머리가 깨졌다. 계집에게 검으로 패했다는 치욕적인 기억을 가지게 된 양유성은 이를 으득으득 갈면서 그때부터 서아란이라면 치를 떨게 되었다. 그 불명예로 인해 가문으로부터도 냉대 아닌 냉대를 받게 된 그로선 그녀가 끔찍하게 싫을 수밖에 없었다.

'그런 양유성과 매우 친하게 지내던 이가 양유우였던가.'

유비무환이랬다. 귀족 간의, 그리고 귀족 자제 간의 정보를 자그마한 것이라도 꿰고 있는 그녀는 마치 뱀과 같은 눈길로 양유우를 훑어보았다.

"그래도 무술이란 것은 몸으로 익히는 법, 비록 기억을 잃었다 하여도 몸은 기억하고 있지 않을까요?"

그래도 나름 무가의 여식이라 그런지 양유우는 제법 괜찮은 소리를 흘렸다. 백사린은 고아하게 찻잔을 들어 입술을 적신 후 여유로운 태도로 말을 이어 갔다.

"위협적인 상황에서 몸의 기억이란 것이 순간순간 튀어나올 수는 있겠지요. 하지만 장기적으로 이루어지는 대결 같은 것에선 거의 쓸모가 없는 것이지 않을까요?"

"그것도 맞는 말이군요."

그에 양유우가 곧바로 수긍하며 고개를 끄덕이자 백사린은 부추기는 것을 멈추고 슬쩍 뒤로 빠졌다. 그러면서도 은근슬쩍 상대를 띄워주는 것은 잊지 않았다.

"제가 무술을 조금 익혔다고 하나 실제 무가의 분들보다는 잘 알지 못할 겁니다. 그저 부족한 예측일 뿐이지요."

"전 무가의 여식이라지만 무술을 전혀 익히지 않았는걸요. 오히려 백가(家)의 규수께서 더 정확히 아실 겁니다."

백사린의 낮춤에 양유우도 스스로를 낮췄으나 기분은 좋은지 그녀의 입가가 작게 실룩였다. 그래, 이 정도면 되었다. 더 이상의 자극은 과하고 불필요하다고 느낀 백사린은 말을 바꾸어 얼마 후에 벌어질 왕의 탄일로 화제를 돌렸다.

일 년 중 왕궁이 개방되는 몇 안 되는 날 중 하나였다. 귀족가의 여인은 들떠서 그날 어떻게 꾸미고 궁을 방문할 것인가에 대해 떠들어 대기 시작했다. 백사린은 눈을 곱게 접은 채 그녀들의 이야기를 받아 넘겨 주며 흘깃 양유우에게 시선을 던졌다.

왕궁이 개방되는 날이라는 주제에 도무지 집중을 못 하는 모습. 무엇에 신경이 팔려 있는지 상대의 머리를 열어 보지 않아도 훤하였다.

'계획대로네.'

남매의 성격이 다혈질이라 곧 얼마 가지 않아 사고를 쳐 줄 것이다. 그리고 지금 서가의 계집이 어떤 상태일지 대강 알 수 있겠지.

그녀는 앞으로 일어날 사고를 느긋한 태도로 기다리기만 하면 되었다.

늦은 밤, 아란은 잠에 들지 못해 마루로 나와 멍하니 앉아 있었다. 남들이 보기엔 편하게 두 다리를 쭈욱 뻗은 채 앉아 있는 것처럼 보이지만 막상 아란은 영 불편하기 짝이 없다는 얼굴이었다.

「불편해.」

그녀의 입에서 기이한 언어가 흘러나왔다. 들리기는 들리는데 그 의미를 알 수 없는 신묘한 말이었다. 마치 바람 소리를 닮은 것 같으면서도 물방울이 또르르 굴러가는 소리를 닮은 것 같은. 그렇게 자연이 속삭이는 듯한 목소리. 인간의 성대로는 감히 흉내 낼 수 없는 '마루의 말', 즉 천어(天語).

아란은 자신이 입은 옷을 쭈욱 당기며 입술을 삐죽였다. 밖에선 편하게 속옷하고 포만 입고 다녔는데 여기 들어오고 나선 이것저것 몸을 감싸는 건 왜 이리도 많은지. 속옷 위에 속바지를 입고 그 위에 속치마와 속저고리를 입고 그제야 진짜 옷을 입는다. 추가로 외출하거나 할 땐 겉옷을 걸치기까지. 그나마 이것도 아란이 답답하다고 발버둥 쳐서 줄인 것이었다.

늘 편하게 지냈던 그녀에겐 이런 인간의 복장은 너무나 거추장스러웠다. 평민 여성들이야 속바지 같은 건 생략하기도 하지만. 그래도 그녀의 입장에선 많이 입고 다니는 편이었다.

「인간들은 참 불편하게 사는구나.」

한숨과도 같은 한탄을 뱉었을 때였다.

「그만큼 겉치레를 중히 여기는 종족이니까.」

아란 외에 아무도 없는 공간에서 고혹적인 목소리가 들려왔다. 같은 천어이지만 아란의 것과는 전혀 다른 느낌. 어떤 이든 그 목소리를 듣는 순간 자신도 모르게 홀려 버릴 정도로 지독히 매혹적인 음성. 이는 각자의 성품을 그대로 드러내게 하는 천어의 특성상 생기는 기이한 차이였다.

「음, 이번엔 말을 걸어 주네? 전에는 계속 멀리서 구경만 하고 가던데.」

아란은 이미 알고 있었다는 듯 놀라지 않고 반응했다. 그에 차가운 밤공기 사이로 긴 갈색 머리를 휘날리는 여인이 모습을 드러냈다. 둥그런 보름달 아래로 은은한 달빛을 받으며 걸어오는 여인은 이질적인 아름다움을 풍기고 있었다. 잠시만 정신을 놓으면 자신도 모르는 환상의 세상으로 빠져 버릴 것만 같은 그런.

「이무기가 여기에 무슨 일로?」

「그러는 구미호는 여기에 무슨 일로?」

이무기 여울은 아란의 물음에 눈웃음을 치며 되레 되물었다. 왼쪽 눈 아래에 있는 점이 그녀의 색기를 한결 더해 주고 있었다.

「신선에 가까운 아이니 '요화(妖花)의 정' 인 동공왕의 심장을 노리고 오진 않았을 테고.」

아란은 멍한 표정으로 여울을 올려다보았다. 그리고 그 얼굴만큼 어벙한 답을 내놓았다.

「아…… 제현한테서 뭔가 묘한 향이 난다고 했는데 그거였구나.」

「……쿡 역시 맹해.」

여울은 아란의 말에 깔깔거리며 재밌다는 듯 통쾌한 웃음을 터뜨렸다. 그러곤 아란에게 손을 뻗어 그녀의 턱을 살짝 들어 올려 시선을 맞춘 후 다시 물음을 던졌다.

「그래서 여기에 온 이유는?」

「음…… 꿀떡을 먹으러? 여기에 있으면 먹고 싶을 때 얼마든지 먹을 수 있다고 했거든.」

실제로도 배 터지도록 먹고 있고. 아란은 꿀떡을 떠올리자 또 먹고 싶어지는지 입맛을 다셨다. 반면 황당하다는 표정을 지은 여울은 어이없다는 듯 고개를 절레절레 저으며 뒤로 물러섰다.

정체가 들킨다면 그녀는 요물로 몰려 목숨에 위협을 받을지도 모른다. 무엇보다 위험한 건 동공왕. 그가 완전히 눈이 뒤집어져서 덤빈다면? 이무기인 그녀조차도 그런 그와의 싸움은 상당히 꺼려졌다. 이리저리 따져 봐도 손해뿐인 결과만이 나오니. 어쩌면 큰 상처를 입고 몸을 추스르려 몇 년간 기운을 다스려야 될지도 모를 일이다.

남을 해하는 데 특화된 요괴인 그녀가 그러할진대 눈앞의 맹한 구미호야 어떠하랴. 안 봐도 그 끝이 금방 예상되었다.

꿀떡이라…… 고작 그런 거로 이런 위험한 곳에 들어온 거야? 그녀는 그 말이 목 아래까지 치솟았지만 속으로 꾹 눌러 담았다. 지루하기만 한 궁에 이런 재밌는 일이 생겼는데 그 구경거리를 놓칠 수야 없지 않은가?

자신의 목숨이 칼날 위에 놓인 걸 모르는 구미호는 순진하게 고개를 갸웃거리기만 했다. 여울은 입술로 혀로 살짝 핥으며 '흐응~' 하며 콧소리를 냈다.

「일단은 이 전각에서 나가고 싶은 거지?」

「응. 여긴 너무 심심해. 처음엔 좀 신기했는데 늘 같은 장면이니까.

좁기도 하고 여기저기 구경을 다니고 싶기도 하고.」

아란은 그간 불만이 많이 쌓였는지 여울이 말을 트여 주자 다다다 쏟아 내기 시작했다. 참으로 알기 쉬운 성격이야. 이모저모 마음에 드는 아이였다. 그에 이무기는 씨익 웃으며 곰방대를 꺼내 입에 물었다.

「그럼 약간의 도움을 주도록 할까?」

「응응!」

곧장 반색하며 방방 뛰는 아란. 만약 둔갑을 하지 않았더라면 아홉 개의 꼬리가 신나게 흔들거렸을 거다. 그 모습이 눈에 선해 여울은 웃음이 멈추지 않았다.

「생각보다 간단해. 동공왕이 좋아할 만한 걸 해 줘.」

「좋아할 만한 게 뭔데?」

「그건 유흥을 위해서 네게 비밀로 해 둘게. 내가 몽땅 이야기해 버리면 재미없잖아. 노력하는 자! 하늘이 도우리라!」

「에— 그게 뭐야!」

아란은 볼을 부풀리며 짜증스레 목소리를 높였지만 여울은 그저 짓궂은 미소를 지으며 손을 흔들 뿐이었다. 그와 함께 허공중에 스르륵 녹아 들어가듯 사라져 갔다. 그 모습을 보며 아란이 황급히 손을 휘저으며 입을 뻐끔거리자 이무기는 자기에게 다가오라고 손짓을 했다. 그에 아란이 발등에 불 떨어진 듯 후다닥 다가오자 여울은 속삭이듯 말을 이어 갔다.

「한 가지 실마리를 더 주자면…….」

일부러 말을 늘이며 손바닥으로 그녀의 뺨을 감싼 여울은 고개를 내려 제 입술로 상대의 입술에 쪽 하며 가볍게 도장을 찍었다. 잠깐의 부드러운 접촉. 여울은 멍하니 있는 구미호를 내려 보며 색스러운 웃음을 지었다.

「그럼 여우 아가씨, 잘해 봐.」

그 말을 끝으로 그녀는 풍옥전에서 완전히 모습을 감추었다. 홀로 남아 버린 아란은 혼이 나간 표정으로 자신의 입술을 쓸어 보았다. 아직까지 묘한 온기가 남아 있는 듯했다.

「입끼리 박치기 하는 게 도움이 돼?」

아니 혼이 나간 게 아니라 그 귀띔을 이해하지 못한 것 같다만.

날이 밝았다. 인간의 애정 표현에 대한 지식이 전무(全無)한 아란은 끙끙 고민하다 결국 날밤을 새웠다. 그녀가 눈이 반쯤 퀭하여 마루에 앉아 있는 걸 처음 발견한 건 청이였다.

"히에엑! 아가씨 설마 밤을 새신 거예요?"

경악에 찬 소리를 지르는 청이를 올려다보며 아란은 울상을 지었다.

"히잉, 모른다. 나, 뭐 한다?"

정확한 상황을 모르고서는 문맥이 맞지 않는 저 문장의 뜻을 알아차릴 수 있을 리가 없다. 청이는 답답한 제 가슴만 치며 그녀를 일으켰다.

"일단 씻고 옷 갈아입고요. 화장도 조금 해야겠네요. 곧 있으면 동공왕 전하께서 오실 텐데 이런 모습으로 맞아들일 수 없잖아요."

왕이란 직위는 매우 바쁜 위치다. 그렇기에 제현은 아침에 한 번 점심에 한 번 저녁에 한 번 이렇게 식사 시간 때를 이용해 그녀를 찾아왔다. 맘 같아선 하루 종일 이곳에 있고 싶어 했지만 아란을 강제로 붙잡아 둘 수 있는 왕이란 권력을 유지하기 위해 열심히 제 역할을 하고 있는 그였다.

하여튼 왕이 그렇게 잠깐 짬을 내어 들르는 시간. 안 그래도 밉보이지 않게 하기 위해선 최대한 예쁜 몰골로 그의 앞에 아란을 내놓아야 했다. 청이는 바쁘게 그녀를 이끌고 움직이기 시작했다. 멍하니 허공을 보며 가만히 있는 아란을 끌어다 씻기고 옷을 갈아입히고 화장대 앞에 앉혀서 분을 칠했다.

"눈썹은 다 됐으니까 눈 좀 살짝 감아 보세요. 네, 그렇게요. 아이구 잘하신다. 됐구요. 이젠 눈 뜨세요. 입 살짝 벌리시고 옳지, 자 이젠 앙 하고 입술로 무세요. 다 됐다!"

그녀를 완전 아이 취급 하며 화장을 다 끝낸 순간 밖에서 왕이 도착했음을 알려 왔다. 청이는 번개처럼 방문을 열고 아란을 스윽 밀어 동공왕 앞에 대령해 놓았다. 제현은 자신 앞으로 온 공물을 자연스럽게 제 품 안으로 끌어당겼다. 그리고 만족스러운 맹수의 모습으로 웃으며 그녀의 머리를 살살 쓰다듬었다.

한편 아란은 아직도 그 자그마한 머리를 팽팽 돌리고 있었다. 동공왕이 좋아하는 거, 동공왕이 좋아하는 거, 동공왕이 좋아하는 거.

만난 첫날엔 목에 입술을 묻고 이후 어젯밤 여울이 했던 것처럼 입술과 입술을 맞대었었다. 아니, 좀 더 진득했던 것 같지만. 그건 그렇고 그날 이후엔 자신을 끌어안기만 하고 그 이상 다른 짓을 하지 않았다.

'그럼 끌어안는 걸 좋아하는 건가?'

입맞춤보다 그게 더 신빙성 있게 느껴지는지 아란은 답삭 제현을 마주 끌어안았다. 그리고 그 순간 제현의 몸이 단단히 경직되었다. 웃는 모습 그대로 얼어 버린 그를 올려다보며 아란은 이게 아닌가란 생각을 했다.

'역시 이무기가 했던 것처럼 입끼리 박치기해야 하나?'

허나 제현의 입술은 생각보다 높은 곳에 위치했다. 낑낑대어 봤자 전혀 닿지 않는다. 결국 아란은 차선으로 그의 목에 입술을 묻고 비볐다. 첫날 그가 그녀에게 했던 것을 떠올리며. 그리고 그 순간 시야가 반전되었다.

홱 돌려져 제현의 얼굴이 보인다고 생각하는 순간 입술을 크고 단단한 것이 덮쳤다. 상대를 마치 삼켜 버리기라도 할 것 같은 입맞춤이 이어졌다. 탐하고 탐해도 부족하다고, 그녀가 가진 마음 한 방울마저 모조리 빨아들이고 싶다고 호소하는 듯한 몸짓이었다. 하지만 갑작스럽던 입맞춤은 갑작스럽게 끝이 났다.

아란을 강제로 확 떼어 놓은 제현은 짐승이 그르릉거리는 것만 같은 소리를 내며 거칠게 숨을 내쉬었다.

"내가 너를 어찌해야 될까. 내가 정말 너를……."

여태 들끓는 욕망을 억지로 참아 내었다. 그녀가 겁을 먹지 않게 품에 안을 수 있다는 것으로, 곁에 두고 원할 때 손을 뻗을 수 있다는 것만으로 만족하려 했다. 그러할진대 이 아이는……. 과연 그녀가 그의 무엇을 건드린 건지 알고나 있을까?

제현은 순진하게 올려 보는 그녀를 내려 보며 자꾸 목이 마르는 것을 느꼈다. 그리고 갈구하게 된다. 조금만 더…… 조금만 더 나아가는 것은 괜찮지 않을까?

그때 아란은 환하게 웃으며 입을 열었다.

"나 준다. 원하는 거. 대신 나가고 싶다."

그 한마디에 전신을 뜨겁게 달구던 열기가 순식간에 빠져나갔다. 오히려 섬뜩한 한기가 온몸을 가득 채웠다. 이젠 자신을 희생하면서까지 내게서 벗어나려는가? 제현은 아란의 양어깨를 꽉 쥐며 야차처럼 얼굴을 일그러뜨렸다. 그녀가 고통에 인상을 찌푸리는 것조차 무시하며 으르렁거렸다.

"전에 말했듯이 넌 여기서 나가지 못해. 영원히."

한 자 한 자 씹어 삼키듯 내뱉는 그를 올려다보던 아란이 순간 움찔하더니 시선을 다른 곳으로 옮겼다 다시 원위치로 되돌렸다. 그리고 입을 오물거리며 말을 이어 나갔다.

"나 궁 밖으로 안 나간다. 우리가 살 곳 보고 싶다."

움찔.

그제야 그의 양손에서 힘이 풀렸다. 아란이 하는 말이 평소와 달리 또박또박하고 부드럽게 이어졌지만 이미 그녀가 한 말에 반쯤 풀어져 버린 제현은 그 사실을 전혀 눈치채지 못했다. 그럼에도 그로선 그녀를 풍옥전 밖으로 내보내는 데는 회의적이었다. 하지만 다음에 이어진 말이 치명타였다.

"나도 우리 아이가 살 곳 알아야 된다."

그 한마디가 묘하게 가슴을 먹먹하게 만들었다. 평생이 간다고 해도 듣지 못할 거라 생각했던 말을 듣자 제현은 목이 콱 메여 왔다. 그는 간신히 입을 열었다.

"……백련각까진 허락해 주지. 단 병사 넷과 궁녀 둘을 동반하고 움직인다는 조건하에."

"응, 알았다. 고맙다."

아란은 그것만으로도 기쁜 듯 덥석 그의 목을 끌어안았다. 제현의 심장이 쿵쿵 거칠게 뛴다. 그는 눈앞으로 보이던 풍경이 뿌옇게 흐려지자 눈에 억지로 힘을 줬다. 그 순간 뒤에 있던 내시가 조심스럽게 이만 돌아가 봐야 된다고 알려 왔다. 제현은 슬쩍 아란을 제게서 떼어 놓고 그녀의 머리를 조심스럽게 쓰다듬었다.

"나중에 보러 오지."

그 말과 함께 제현은 뒤돌아서 떼어지지 않는 걸음을 억지로 옮겼다. 상상치도 못했던 기쁨을 끌어안고서.

"하여튼 맹한 것이라니까."

여울은 기와지붕에 앉은 채 저 멀리 풍옥전에서 벌어진 소동을 바라보았다. 그렇게까지 실마리를 주었는데 말이야. 잘하다가 단 한마디로 모든 걸 뒤집어엎을 뻔했다. 그대로 가다간 진짜 아란이 있던 때와 똑같이 될 것 같기에 결국 참다못한 그녀가 아란의 귓가에 몇 마디를 속삭여 주었다.

아란은 그녀가 읊어 주는 그대로 제현에게 말했고, 여울은 가볍게 혀를 차며 저 멀리서 제게 신나게 손을 흔드는 구미호를 향해 대충 손을 들어 보였다. 저런 맹한 것이 전쟁터와 마찬가지인 이곳에서 얼마나 버틸 수 있을지 심히 걱정이었다.

"뭐, 그래도 귀여운 게 마음에 드는군."

여울의 입가에 매끄러운 웃음이 걸렸다.

2장

미움받는다는 것

"산속, 그것도 외길에서 마차를 끌고 가다 마주 오는 사람들을 만나게 되었습니다. 그들도 외길을 꽉 채우는 마차를 끌고 오고 있고요. 이때 당신은 어찌해야 될까요?"

깐깐해 보이는 중년 여성이 코끝에 걸린 안경을 슥 밀어 올리며 물었다. 냉담해 보이기까지 하는 그 눈빛은 눈앞에서 고민에 빠진 채 끙끙거리는 아란에게 닿아 있었다. 이번엔 또 무슨 어이없는 답변을 할까 하는 의문이 든다.

그때 아란이 주먹으로 손바닥을 내려치며 '아하!' 하며 감탄성을 터뜨렸다.

"가진 거 다 내놓으면 목숨만은 살려 주지."

"……."

"통행료를 내면 안전하게 지나갈 것이야?"

"……."

"얘들아 모두 묻어 버려라?"

"……."

중년 부인의 표정이 점차 굳어 가자 그녀는 예상되는 다른 답변들을 내놓았다. 허나 중년 부인의 안색은 나아질 줄 몰랐다. 아란은 고개를 갸웃거리며 산속에서 털보 아저씨들이 지나가는 행인을 상대로 했던 대사들을 다시금 떠올렸다. 분명 저런 말들이었는데.

칼이나 도끼 같은 걸 들고 가죽옷을 입은 그들이 그런 말을 내뱉자 행인들은 무언가를 꺼내 상대에게 주었고 별다른 충돌 없이 서로 지나쳐 갔던 것으로 기억한다. 도저히 무엇이 잘못된 건지 알 수 없는 아란이였다.

한편 아란의 선생으로 붙여진 소화부인은 심각한 얼굴로 종이 위에 적혀진 마지막 글자를 붓으로 죽 그었다. 그녀를 가르치기에 앞서 그녀의 수준을 보고자 몇 가지 질문을 던졌었다. 그리고 간단한 평가로 나온 결과는 참으로 처참하였다. 백치가 된 수준이 아니라 기억이 뒤섞여 상식까지 아주 괴상망측하게 되어 버렸다.

냉담하게 혀를 차는 소화부인의 모습에 옆에서 발을 동동 구르고 있던 청이가 조심스럽게 질문을 던졌다.

"어느 수준으로 가르치실 건가요?"

"……유(幼, 10세)."

"……예?"

"……아니 말을 잘못했네. 유아기 정도로 맞춰서 교육을 준비하도록 하지."

아니, 수준이 더 낮아졌어! 청이는 한심하기 그지없는 평가에 깊은 한숨을 포옥 내쉬었다. 소화부인은 들고 온 서책을 챙기며 자리에서 일어섰다. 그에 청이가 황급히 자리에서 일어서자 아란은 멋모르고 따라 일어섰다.

"저, 배웅하겠습니다."

"됐네. 그 시간에 왕궁의 기본적인 것이나 숙지시키게."

그녀의 예의 바른 말에 싸늘한 일갈을 한 중년 부인은 머리가 지끈거린다는 듯 관자놀이를 지그시 누르며 풍옥전을 나섰다. 이모저모로 좋지 않은 모습만 각인시킨 듯하다. 청이는 더 이상 잡혀 있을 필요가 없어지자 딴 곳으로 놀러 가려는 아란의 뒷덜미를 덥석 잡아챘다. 아란은 의아하다는 듯 되돌아보며 입을 삐끔거렸다.

"왜?"

"왜긴 왜예요. 어서 앉아요. 이대론 정말 안 되겠으니까."

청이는 그녀를 다시 제자리에 위치시킨 다음에 맞은편에 털썩 주저앉았다. 하루하루 하는 행태가 심장을 떨어뜨렸다 튀어 오르게 했다 하며 사람을 미칠 지경에 만드니 최소한의 것은 가르쳐 놓아야 했다. 그녀는 주변에 궁녀나 다른 이들이 있는지 살펴본 다음에 입을 열었다.

"지금 아가씨 주변 상황이 어떻게 돌아가는지 알아요?"

"음— 제현의 반려가 사라졌다. 반려 돌아올 때까지 내가 그 반려다. 제현 발작 막는다."

"예, 일단 그게 가장 기초죠. 이제부터 더 자세한 걸 알려 줄 테니까 잘 들어 둬요. 알겠죠?"

"알았다."

청이는 큼큼 헛기침을 두어 번 한 다음에 이야기를 풀어 나갔다.

현 동공왕인 제현은 정확히 말하자면 적장자가 아니었다. 그렇다고 후궁의 아들이냐 하면 그것도 아니었다. 당시 왕이 술김에 일을 치러서 궁녀가 회임하여 낳은 아이, 그게 바로 제현이었다. 문제는 그의 어미가 궁 밖으로 도주해서 낳아 기른 아이란 것. 그런데 왜 승은을 입은 그녀가 후궁이 되지 않고 도망을 쳐야 했는가? 그 답을 알기 위해선 당시 궁의 상황을 알아야 했다.

전대 동공왕의 집권 시기에 한 명의 왕비와 두 명의 후궁이 치열하게 권력 다툼을 벌이고 있었다. 그리고 제현의 어미는 두 후궁 중 하나의 세력 아래에 있는 이였다. 그녀가 왕의 변덕이라고는 하지만 승은을 입었다는 것 자체로써 자신이 모시고 있는 후궁을 배반한 것이자 그 세력에게서 배척받게 된다는 것을 의미했다. 어쩌면 아이를 낳기도 전에 목숨줄이 끊길 수도 있는 아주 위협적인 일이었다.

결국 그 궁녀가 택한 것은 야밤을 틈타 도주를 하는 것. 도주 후 동공국에서도 가장 동쪽에 있는 요계산림(妖界山林)이라고 불리는 곳으로 숨어들었다. 그곳은 인외의 존재들, 그것도 인간을 해하는 요괴들이 자주 출몰하는 산이라 관군들조차 접근을 꺼려 하는 장소였다. 산의 경계 쪽에서 자리를 틀은 그녀는 결국 제현을 낳아 기르게 되었다. 장소가 장소인지라 종종 요괴들에게 습격을 받았지만 운이 좋았달까? 그곳 주변에 살던 도사와 인연을 이어 살아남을 수 있었다고 한다.

"도사?"

"예, 그때 인연으로 지금 성수청(星宿廳)에서 일하고 계신다고 합니다. 그리고 말을 좀 끊지 마시죠."

청이는 의문을 표하는 아란에게 친절히 알려 주면서 이야기 흐름을 이어 갔다.

하여튼 그들이 그렇게 위험한 곳에서 삶을 연명하는 사이 궁에서의 권력 다툼은 점차 극에 달했다. 세자와 왕자들에 대한 암살 시도가 끊임없이 이어졌고 결국 연회 때 생긴 화재로 후사는 씨가 말라 버렸다. 이미 환갑을 넘긴 왕에게서 또다시 후사를 보기가 요원하던 차라 혹시 모를 왕의 핏줄을 조사하던 중 제현의 존재를 깨닫게 됐다. 그리하여 궁에선 요계산림까지 사람을 보내어 제현과 그 어미를 데리고 오게 되었다. 그러나 이미 몸이 약해진 그의 어미는 궁까지 오는 길에 중한 병에 걸려 얼마 못 가 목숨을 잃고 말았다.

다소 좋지 않은 일이 있었으나 제현을 세자에 봉하고 나서 궁의 사람들은 한시름 놓았다. 하지만 수라장의 시작은 그때부터였다. 광폭한 성정을 가진 세자는 사람을 죽이는 것을 가볍게 여기고 하루에 꼭 한 번 이상의 패악을 부렸다. 그렇다고 무능하느냐 하면 오히려 천재(天才)라고 봐도 좋을 정도로 국정을 잘 다스렸다. 그에 이러지도 저러지도 못하던 차에 그의 고삐를 쥐는 이가 등장했으니 바로 '서아란' 이었다. 제현은 그녀에게 놀라울 정도로 깊이 빠져들었고 그녀가 자라서 왕비의 자리에 오르게 될 것이라는 소문이 퍼져 나갔다.

문제는 대대로 왕비를 배출하는 가문인 백가(家)와 흑가(家)였다. 흑가에선 대놓고 반발을 했고 백가에서도 은연중에 불편한 심기를 드러냈다. 그러던 차에 결국 사건이 터졌다. 흑가에서 서아란에 대한 암살을 시도했다가 제현에 의해 실패로 돌아가 버린 일이었다. 이때 제현은 한번 크게 폭발을 했다. 그의 분노에 흑가는 물론이고 그의 세력에 연관된 귀족가(家)들이 모조리 쓸려 나갔다.

"당시 동공왕의 보령은 열일곱이셨고 아란 아가씨의 나이는 열하나였습니다. 사 년이 흘러 왕께선 저희 아가씨에게 약혼을 청하셨고, 그리고 일 년 뒤인 지금 저희 아가씨는 성인식을 두 달 앞두고 사라지셨습니다."

동공국에서 성인식을 남성은 열일곱에 여성은 열여섯에 치른다. 그리고 귀족가나 왕가 사이에서 약혼을 한 경우에는 성인식과 동시에 성혼하는 경우가 대부분이었다. 그런데 아란이 그 일을 얼마 앞두고 종적을 감춰 버린 것이다.

탕.

청이는 탁자를 두 손으로 강하게 내려치며 얼굴을 아란에게 들이밀었다.

"이 상황에서 바로 당신이 여기 들어와 있는 것입니다. 만약 정체를 들킨다고 상상해 보십시오. 열여섯에 귀족의 반절에 해당하는 사람들을 학살했고 그 전에도 심심하면 궁녀나 내시 모가지를 따던 그분이란 말입니다. 그러니 조심 또 조심해야 됩니다. 그분의 심기도 최대한 거스르지 말고요. 알겠습니까!"

"아, 응."

그녀의 박력에 아란은 살짝 움츠러든 채 고개를 끄덕였다. 청이는 그제야 몸에 힘을 풀고 자리에 풀썩 앉으며 잡설을 덧붙였다.

"그리고 모두들 쉬쉬하고 있지만 그분의 탄생에 대한 안 좋은 비화도 있습니다. 어머니, 그러니까 태왕비께서 요계산림에서 계시다 보니 배 속에서부터 요기를 품고 태어났다고 하기도 하고, 혹은 천살성의 정기를 받고 태어났다고도 합니다."

인간들 중 간혹 별의 기운이나 땅속에 흐르는 지맥의 기운을 받아 태어나는 자들이 있는데 그들을 '장수'라고 불렀다. 그러한 이들은 보통 인간들에 비해 몇 배나 되는 재능을 타고난다고 한다. 아란은 그 사실을 떠올리며 곰곰이 생각에 빠졌다.

확실히 천살성에 요력이 넘치는 그곳에서 기운을 받았다면 '요화(妖花)의 정'이 된 것도 무리가 아니다. 그럼 어릴 때부터 이모저모 위험한 일들이 많았을 것이고.

청이는 세세한 설명을 끝내자 한시름 놓았다는 듯 한숨을 내쉬며 아란에게 다시 질문을 던졌다.

"이 정도면 그분이 어떤 분인지 잘 아시겠죠?"

이렇게까지 말했는데 그 위험성을 모르면 그냥 바보다.

"응, 많이 불쌍한 사람."

"?"

아, 맞다. 얘는 바보였지. 청이는 새로운 깨달음을 얻었다. 그녀는 아란을 향해 환한 웃음을 지어 보였고 아란도 그녀를 따라 배시시 웃음을 지었다. 그와 함께 청이의 이마에 사 차로가 개통되었다. 망설임은 짧고 행동은 빠르다.

"야! 이 빌어먹을 구미호야! 위험한 사람이라고! 엄청 무서운 사람이라고! 이렇게 직접적으로 말해야 알아듣겠냐!!"

"으갸갸갸갸."

결국 청이는 아란의 뺨을 양손을 잡고 쭈욱 늘이며 목소리를 높였다. 아란이 팔을 휘휘 내저으며 고통을 호소했지만 상대에겐 씨알도 먹히지 않는다. 청이는 여태껏 가짜 아가씨가 한 행동들에 없던 애마저 떨어질 지경이라 더 이상 예를 차리지 않고 징계를 가했다. 볼살 늘이기가 끝나자 바로 방구석에 처박혀 웅크린 채 꿍얼거리는 아란.

"흐잉. 아퍼."

"아프라고 한 겁니다! 뭔가 이해할 거라고 입 아프게 설명한 내가 멍청이였지. 당신은 앞으로 이것만 기억해요. 동공왕은 무서운 사람이다. 무슨 일을 터뜨리기 전에 일단 저와 상의한다! 알겠습니까."

"청이 나빠."

"알겠습니까아!"

"아, 알았다. 알았다."

청이가 눈을 번뜩이며 다시 집게손을 만들어 보이자 아란은 필사적으로 고개를 끄덕였다. 어차피 저런 태도도 반나절도 가지 못할 걸 생각하니 청이는 답답함에 제 가슴만을 칠 뿐이었다.

동공왕의 탄일 일주일 전부터 궁은 일정 부분까지 개방된다. 왕족의 사생활 공간까지는 당연히 불가하지만 병사들의 훈련장부터 최고 깊은 곳으로는 백련각의 정원까지 들어오는 게 가능했다. 물론 그것도 계급에 따라 일부 차이가 나지만 말이다.

아란은 늘 혼자 놀러 왔던 공간에 다른 이들이 보이자 눈을 동그랗게 떴다. 평소에 궁녀나 청이, 병사들이 따라붙긴 했지만 그들은 그저 그녀의 움직임에 수동적으로 대응하는 자들이다 보니 생각만치 재미

없는 인물들이랄까. 그래서 아란의 흥미를 끌지 못했다.

"우와……."

아란이 가장 궁 바깥으로 나올 수 있는 장소가 바로 백련각까지였다. 그곳까지 간다고 해도 궁녀가 두엇 정원을 관리하는 모습밖에 볼 수 없었는데 오늘은 방문객이 무려 세 명이나 있었다.

부채를 들고 있는 여인과 곱게 화장한 여인, 그리고 건장한 사내가 하나 이렇게 셋이었다. 백목련을 풍경으로 서로 담소를 나누고 있는 그들의 모습이 참으로 멋져 보였다. 궁 안에 들어온 이후 늘 풍옥전에 갇혀 지내다 정해진 시간 동안 산책을 하는 것 외에는 소일거리가 없던 아란에겐 매우 흥미로운 일상의 변화였다.

그녀는 인간의 인사말을 떠올리며 그들을 향해 손을 흔들었다.

"안녕하세요!"

틀렸다. 고개를 숙이면서 그런 말을 해야지. 속으로 그리 중얼거리며 청이는 그녀의 뒤를 터덜터덜 따라갔다. 이젠 반쯤 포기한 심정으로 자신과 같이 바삐 움직이는 궁녀와 병사들을 바라보았다.

청이는 백련각에 들어온 이들을 보며 잊고 있었던 사실을 떠올렸다. 그러고 보니 곧 동공왕의 탄일이었다. 하도 많은 사건 사고가 잇따라서 터지다 보니 왕궁이 개방된 사실도 모르고 있었다.

'동공왕 전하께선 아가씨가 다른 이들과 접촉하는 걸 원치 않으실 텐데.'

멍하니 그 사실까지 떠올렸으나 이미 아란은 그 사람들과 열심히 대화를 나누고 있는 중이었다. 정상적인 대화가 가능하리라 예상되지 않지만.

"서아란이면 그 서가(家)의 말괄량이가 아닌가?"

벌써부터 사건이 터졌다. 어찌 되었든 서아란에 대한 귀족들의 시선은 좋지 않으니까. 누가 뭐라고 해도 서아란으로 인해 오 년 전 귀족의 절반이 쓸려 나갔었다. 거기에다 어떤 가문이라도 욕심내는 왕비의 자리에 내정되어 있으면서도 거부하고 도망만 치니. 결국 대부분의 귀족과 그 자제들은 서아란이라고 하면 반감부터 가지게 되었다.

그리고 진짜 서아란은 자신 앞에서 저리 얼굴을 일그러뜨리는 사람이 있으면 마주 적의를 드러내며 공격적으로 대했다. 고양이가 위협 앞에서 털을 세우듯 그런 식으로 자기 자신을 보호한 것이다.

"응, 맞다. 나 서아란."

문제는 저기 있는 아가씨는 가짜라는 건데. 청이는 또다시 보이는 사고의 낌새로 벌써부터 두통이 시작됨을 느꼈다. 그사이 건장한 사내는 입가를 삐뚜름하게 올리며 말을 이어 갔다.

"허, 머리를 다쳐 백치가 됐다고 하더니 말도 제대로 못 하는군."

"어머 어쩌겠어요. 이게 다 제 업이라고 생각해야죠."

옆에 있던 여인이 키득거리며 맞장구를 쳤다. 알지도 못하는 상대로부터 오는 싸늘한 반응에 두 눈을 끔뻑이는 아란. 그 모습에 청이는 입 안이 바짝바짝 말라 가는 느낌이었다. 이 백련각까지 들어온 것만 봐도 그들은 분명 고위 귀족의 자제들이었다. 그리고 지금 병사와 궁녀 중에서 저들에게 쉽게 말을 걸 지위의 인물은 한 명도 없다.

제발 큰 사고는 일어나지 말아야 할 텐데. 청이가 식은땀을 줄줄 흘리는 사이 아란은 금방 환하게 웃으며 말을 이었다.

"아, 나 다쳤다. 머리. 바보 됐다고 했다."

그런 걸 해맑게 말하지 마, 이 진짜 바보야. 하루가 다르게 속이 쓰려 오는 강도가 높아지는 청이였다. 반면 아란의 말에 어이가 가출한 표정을 짓는 귀족 자제들. 이내 그들은 비웃음을 흘리며 함부로 말을 내뱉기 시작했다.

"하, 말하는 본새하고는. 전하께선 저런 백치가 뭐가 좋다고 감싸 안으시는지."

“그러게요. 전에는 나름 앙칼진 매력이 있었다고 쳐도 지금은 그저 멍청이일 뿐인데 말이죠.”

이후로 점차 수위를 높여 가는 말에 아란은 쉽게 따라가지 못하는지 고개를 갸웃거리기만 할 뿐이었다. 그나마 자주 들리는 말은 왕이 서아란을 좋아하는 게 이상하다는 것. 아란은 자신 입술을 손가락으로 톡톡 두드리며 말했다.

“그래도 제현 좋아한다. 서아란.”

그와 동시에 흉을 보며 히죽히죽 웃던 귀족 자제들의 표정이 확 일그러졌다.

“네가 아무리 정신이 나갔다고 해도 감히 전하의 존함을 함부로 부르는가!”

“어 그건 제현이 허락…….”

“건방진 계집이! 네년은 귀족이란 것 자체가 수치다!”

“에……에?”

아란의 변명 따윈 허락하지 않겠다는 듯 이어지는 욕설에 곁에서 지켜보던 병사들과 궁녀들의 안색이 새파랗게 질려 갔다. 이대로 아란이 펑펑 울며 동공왕에게 오늘 있던 일을 미주알고주알 일러바치면 여기 있던 귀족 자제는 물론이고 곁에 있었던 그들에게마저 불벼락이 떨어지리라.

아무리 상대가 왕의 여자라 해도 제 신분이 자신의 목숨을 보호해 주리라는 착각을 가진 귀족 자제들의 행패에 그들의 마음은 다급해져 갔다. 마침내 궁인들이 신분을 무시하고서라도 나서려 할 때였다.

“아무것도 모르는 아이한테 너무 심하시네요.”

지금까지 아무런 말도 않고 옆에서 구경만 하던 여인이 부채를 탁 접으며 매섭게 입을 열었다. 그녀 가문의 권력이 이 중에서 가장 높았던지 두 귀족 자제는 급히 질타를 뚝 멈추고 어색하게 그녀의 눈치를 보았다.

불행 중 다행이라는 말을 여기서 쓰는 것일까? 청이는 잠시 소강상태가 되자 놀랐는지 말을 잇지 못하고 '어— 어—' 거리기만 하는 아란에게 다가가 부드럽게 다독였다.

제대로 아는 것도 없이 궁에 들어와 처음으로 받게 된 적의였으니 이리 놀란 것도 당연한 일이었다. 꿀떡에 낚여서 이런 위험한 사기 계약을 했으니…… 매일 속을 썩이긴 해도 어떻게 생각해 보면 불쌍한 아이였다. 그렇게 생각하자 그녀에 대한 측은지심이 절로 치솟았다.

"어때요? 서가의 아가씨는 이제 진정이 되셨나요?"

그때 부채를 들고 있던 여인이 청이에게 조곤조곤한 목소리로 물어보았다.

"예, 좀 놀라신 것 같지만 좀 괜찮아질……!!"

청이는 그녀에게 고개 숙이며 감사의 인사를 하려 했으나 눈앞에서 보게 된 상대의 얼굴에 쩌적 하고 굳어 버렸다. 양가(家)의 차녀 양유우. 서아란과 결코 사이가 좋다고 할 수 없는 이였다. 청이가 어버버거리고 있는 사이 양유우는 의미심장한 웃음을 지으며 아란에게 질문을 던졌다.

"흐음— 정말 아무것도 기억 못 하시는 듯하네요."

"아, 응 나 기억 못 해."

아란이 멍하게 대답하자 양유우는 아쉽다는 태도로 말을 이었다.

"아, 그럼 검술도 잊으셨겠네요."

"검술?"

"예, 당신은 제법 높은 수준의 검술을 구사하셨지요. 그걸 다시 볼 수 없다니 참으로 아쉽군요."

양유우는 그리 답하며 부채로 검을 휘두르는 동작을 취해 보았다. 친근하게 이야기를 늘어놓는 그녀를 보며 청이는 속으로 '저런 가증한'을 연발했으나 겉으로 드러낼 수 없었다. 한편 아란이 호기심으로 눈을 반짝이는 모습을 보이자 유우는 드디어 먹이가 덫에 걸렸다는 듯 음흉하게 입꼬리를 끌어 올렸다. 양유우는 '흐응~' 하는 콧소리를 내며 부채로 제 턱을 받쳤다.

"혹시 모르니 검을 한번 잡아 보시겠습니까? 몸이 검술을 기억하고 있을지도 모르니."

척 봐도 함정인 제의에 청이는 다급히 아란의 옆구리를 쿡쿡 찔러 대며 고개를 절레절레 흔들었으나 이미 흥미가 동한 구미호에겐 말짱 도루묵인 일이었다.

"해 볼래! 해 볼래!"

신나게 방방 뛰는 그녀를 보며 청이는 절규를 내질렀다. 그러나 이런 일이 한두 번이던가. 청이는 속 쓰림을 부여잡고 빠르게 해결책을 찾아 머리를 굴렸다.

"그럼 제1연무장으로 이동해 볼까요?"

"아, 아가씨! 아란 아가씨는……."

"궁 밖으로 나가는 것도 아니고 전하께서도 잠깐의 외출 정도는 허용해 주시지 않겠습니까?"

유우는 서늘한 눈빛을 쏘아 보내며 궁녀와 병사들의 입을 다물게 했다. 그리고 아란의 팔을 슬쩍 잡아끌며 '이리로' 라며 안내 아닌 안내를 시작했다. 궁녀와 병사들이 어쩔 줄 몰라 하며 그들을 따라갈 때 청이가 맨 뒤에 있던 궁녀를 잡아채며 속삭였다.

"빨리 전하께 가서 보고하세요. 한시가 바쁩니다. 늦어서 아가씨께 해가 미치게 되면 어찌 되는 줄 아시죠?"

궁녀는 빠르게 고개를 끄덕이며 대전을 향해 달려갔다. 궁 안에서 함부로 뛰거나 해선 안 되지만 그런 규칙을 어길 만큼 비상사태였다.

"어잇! 어잇! 어잇!"

제1연무장의 열기는 뜨거웠다. 궁이 개방되는 날이다 보니 각이 잡힌 무사들이 한 동작 한 동작에 평소보다 힘을 더했다. 단체로 딱딱 동작을 맞춰서 움직이는 그들의 모습에 아란은 탄성을 터뜨리며 손뼉을 쳤다.

"우와아아아! 멋있다!"

"뭐, 저 정도로야."

양유우는 빙긋 웃으며 무사들 앞에 구령을 넣는 제 오라비에게 슬쩍 눈짓을 했다. 그에 양유성은 들고 있던 검을 검집에 넣으며 큰 소리로 외쳤다.

"동작 그만! 일각 동안 휴식을 취한다!"

"옛!"

구경꾼들의 등장에 무사들의 목소리에 한결 더 힘이 들어갔다. 양유성은 그런 그들의 모습에 픽 웃음을 지으며 양유우에게로 다가갔다. 그리고 아무것도 몰랐다는 듯 말했다.

"이곳으로 올 거면 미리 언질을 좀 주지 그랬니?"

그러나 그의 눈길은 무사들 구경에 정신이 팔린 아란을 싸늘히 훑고 있었다.

과거 아란과 했던 검술 대결, 그 치욕의 날 이후 미친 듯이 검술을 갈고닦았다. 허나 막상 그녀에게 재대결을 신청할 용기는 내지 못했었다. 그러한 자신에 또다시 자괴감이 치밀었고 또다시 자신을 몰아붙였다. 그런 악순환의 반복.

그런데 그 빌어먹을 계집이 바보 멍청이가 돼서 제 눈앞에 나타난 것이다. 양유성은 확신했다. 지금이라면 복수하는 게 가능하다. 그는 자신의 검을 살살 쓰다듬으며 제 여동생에게 능청스럽게 질문을 던졌다.

"무슨 일로 여기에 온 게냐?"

"여기 서아란 아가씨께서 한번 검을 잡아 보고 싶다고 하셔서요. 혹시 기억이 돌아올지도 모른다면서요."

"아, 서가의 아가씨께선 과거 검술을 익히셨었지."

어느새 양유우가 제의한 것이 아란이 요구한 것으로 이야기가 바뀌어 있었다. 청이는 양유성과 양유우의 대화에 눈앞이 캄캄해짐을 느꼈다. 양유우만으로도 답이 안 보이는데 거기에다 과거 검술 대결에서 패배해 진짜 아가씨에게 앙심을 강하게 품고 있는 양유성까지. 이곳으로 끌고 와 검을 잡게 하려는 것까지 자연스럽기 그지없는 흐름에 청이는 이 모든 것이 우연이 아니라 철저하게 계획되어 있던 것임을 깨달았다.

이런 깨달음은 아무리 빨라도 늦다. 그녀로선 방금 전 대전으로 보낸 궁녀가 빨리 해결책을 가지고 돌아오길 바랄 수밖에 없었다.

그사이 양유성은 연무장 가에 걸려 있는 목검들을 살펴보고 있었다.

"확실히 검을 휘두르시다 보면 검술에 관해선 무언가 기억이 떠오르실지도. 어디 보자…… 서가의 아가씨께서 쓰시던 검의 종류가…… 가볍고 길이는 중(中)이었으니…… 이게 좋을 듯하군요."

적당한 목검을 고른 그는 아란을 향해 그것을 홱 집어 던졌다. 약간의 감정을 담아서. 그러나 아란은 몸을 살짝 비키며 목검을 안전하게 받아 냈다. 그에 유성은 속으로 침음을 삼켰다. 보통 여인이라면 받기 힘들었을 텐데 썩어도 준치라는 건가? 절로 박박 갈리려는 이를 꽉 깨문 그는 제가 쓸 목검을 골라 들고 연무장 가운데로 걸어가며 그녀를 이끌었다.

"아란 아가씨도 이리로 오시지요."

청이는 옆에서 필사적으로 고개를 저어 보였으나 아란은 즐겁게 통통거리며 그곳으로 걸어갔다. 그리하여 마주 서게 된 그들. 연무장에 있던 무사들은 자신들의 단장과 펄럭이는 외출복을 입은 여성이란 신기한 조합에 재밌다는 듯 편히 자세를 잡고 구경하기 시작했다.

유성은 마주 선 그녀를 찬찬히 살폈다. 검을 쓰기에 적합하지 않은 여성 외출복 차림, 기수식조차 취하지 않고 가만히 서 있는 모습. 무엇보다 그녀는 검을 처음 잡는 초보자들이 쉽게 저지르는 실수를 하고 있었다.

바로 팔목에 제대로 힘을 주지 않고 검을 추욱 늘어뜨리고 있는 것이다. 그것도 한 손으로. 팔목에 힘을 주지 않고 검과 검이 부딪쳤다간 그 충격을 이기지 못해 검을 놓치기 일쑤였다.

그는 아량을 베푼다는 듯 가장 눈에 띄는 것을 지목해 보였다.

"검을 쓸 건데 옷을 갈아입지 않아도 되겠습니까?"

당연히 아무것도 모르는 아란은 눈을 동그랗게 뜨고 되물을 뿐이었다.

"음…… 그럴 필요 있어?"

"뭐 전의 당신의 실력이라면 그럴 필요가 없을지도."

말도 안 되는 수긍이었지만 아란은 그런가 하며 납득을 해 버렸다. 유성은 비웃음을 지어 보이며 자신의 검을 상단에 놓고 말을 이었다.

"그럼 시작해도 되겠습니까?"

물론 아란은 제대로 된 자세를 취하지도 않은 상태였다. 그녀는 방긋 웃으며 고개를 끄덕였다.

"아, 응."

팟.

그녀의 말이 끝남과 동시에 유성은 순식간에 거리를 좁히며 상단세를 취했다. 갑작스러운 그의 움직임에 깜짝 놀란 아란이 무심코 검을 들어 올리는 것은 당연한 일이었다. 그는 검 손잡이를 두 손으로 꽉 쥔 채로 그녀의 검을 향해 힘껏 내리쳤다.

카각.

아란이 쥔 검이 충격을 이기지 못해 땅을 향해 튕겨 날아갔다. 그리고 땅에 충돌하며 이차적인 충격을 가해 왔다. 그녀가 팔목이 아픈지 인상을 찌푸리자 유성은 속으로 기분 좋은 탄성을 내지르며 제이(二)격을 날렸다. 그 공격의 목적은…….

찌이익.

바로 그녀의 치마. 사람이 많은 곳에서 옷을 찢어 창피를 안겨 줄 생각이었다. 그리고 그 계획은 확실히 성공했다. 아무리 목검이라 하여도 다루는 이에 따라 진검과 비슷한 효과를 보일 수 있었다. 아란이 입고 있던 치마는 허벅지께에서 치마의 맨 끝단까지 찢겨졌다.

때맞추어 바람까지 불어오자 치마가 펄럭이며 그녀의 새하얗고 매끈한 다리를 드러냈다. 구경하던 무사들은 생각지도 못한 불상사에 얼굴을 붉히며 고개를 돌리기도 하고 몇몇은 대놓고 즐기기도 했다.

한편 예상치도 못했던 광경에 청이는 바닥에 주저앉으며 절규했다.

'이런 또 언제 속바지를 벗어 제낀 겁니까아아아아!'

귀족의 여인이라면 반드시 입는 게 원칙인 의복이었다. 그런데 저 구미호가 제 아가씨의 모습으로, 그것도 남정네들 앞에서 속바지도 안 입은 휑한 다리를 드러내 보였다. 망신도 이런 망신이 없는 것이다.

"저, 저, 저, 저런 천박한!"

"맙소사! 맙소사!"

함께 곁에서 구경하고 있던 귀족 자제들의 경악 소리에 청이는 펑펑 울고 싶어졌다.

한편 어느 정도 유도한 감이 있지만 맨다리는 예상하지 못한 유성은 한동안 그것에 정신이 팔려 있었다. 얼마 지나지 않아 그는 정신을 차린 듯 '어험' 하고 고개를 돌렸다. 그리고 자꾸 떨어지려는 시선을 간신히 다잡으며 최대한 싸늘하게 일갈했다.

"경박하기 그지없군."

최대한 경멸스럽다는 듯이 말했으나 자신도 모르게 침이 꼴깍꼴깍 넘어가는 건 어쩔 수 없었다.

'아니, 어쩌면 기회지. 이번에 확실히 창피를 주마. 앞으로 고개를 들고 다니지도 못하도록!'

유성은 사심이 잔뜩 담긴 다짐을 하며 목검을 들어 올렸다. 이윽고 비릿하게 입술을 혀로 핥으며 말을 이어 갔다.

"그럼 계속해 보도록 하지."

청이의 부탁으로 미친 듯이 달려가던 궁녀는 드디어 목적지인 대전에 도착했다. 문을 지키고 있던 병사는 그녀를 가로막으며 성실히 제 직무를 수행했다.

"무슨 일이냐?"

궁 안에서 예도 지키지 않고 뛰어온 궁녀를 향해 질타가 섞인 시선을 보내며 병사는 손을 앞으로 내밀었다. 대전 안으로 들어가기 위해선 대전에서 일하는 궁녀라는 패 혹은 통과허가서가 필요했다. 그건 어떠한 경우에도 모두에게 통용되는 규칙이었다.

하지만 단 한 가지 예외는 있었다.

"서아란 아가씨에 대한 일입니다!"

궁녀는 풍옥전 직속 궁녀란 패를 보이며 소리쳤다. 그와 동시에 병사들의 얼굴이 새파랗게 변했다. 풍옥전 직속 궁녀가 저리 급하게 뛰어왔다? 그럼 이미 말이 다 끝난 것이다.

"통과!"

몇 가지 절차를 더 거치지도 않은 채 바로 문을 열어 주었다.

"빨리 뛰어가라!"

그것에서 그치지 않고 어서 가라고 등을 떠밀기까지. 궁녀는 이미 숨이 턱까지 닿았지만 뜀박질을 멈추지 않았다. 그리고 그 경거망동(輕擧妄動)을 대전 소속 상궁이 발견하고 그녀를 불러 세웠다.

"네 이년 소속이 어디냐? 여기가 어디라고 함부로 뛰어다니는 게야!"

"풍옥전 직속 궁녀인 오단이라고 합니다. 서아란 아가씨에 대한 보고입니다!"

궁녀 오단의 말에 상궁 역시 안색이 빠르게 일변했다.

"소속을 밝혔으면 빨리 움직일 것이지 여기서 뭘 꾸물대는 게냐! 빨리 가서 보고하거라! 아니 함께 가자꾸나."

상궁은 자신과 같은 이가 또다시 오단의 발걸음을 잡을 걸 염려하여 함께 왕의 집무실을 향해 달려갔다. 그리고 문 앞을 지키고 있던 박 내관이 보이자마자 가까이 가고 말 것도 없이 그녀들이 소리를 질렀다.

"서아란 아가씨께 일이 생겼네!"

"백련전 너머로 가셨습니다. 제1연무장으로……."

그 말이 끝나기 무섭게 박 내관은 사색이 되어 안을 향해 변고가 생겼음을 고했다. 허락이 떨어지자마자 그는 다급히 안으로 들어섰다. 그러나 아무리 급해도 왕으로부터 오 보(步) 밖의 거리에서 멈춰 선다.

"무슨 일인가?"

상대에게 시선도 주지 않은 채 물음을 던지는 제현. 그는 자기가 보고 있던 문서를 옥새로 찍은 후 다시 말아 옆에 쌓아 두고는 또 다른 문서를 펼쳐 보았다. 그리고 이번엔 붓을 들어 몇 문장에 줄을 죽 그었다.

"서아란 아가씨께서 백련각 너머로 움직이셨다는……."

빠각.

그의 말이 끝나기도 전에 제현이 쥐고 있는 붓이 악력을 버티지 못해 박살 나 버렸다. 그는 살기가 이글거리는 눈을 들어 박 내관을 노려보았다.

"지금……."

고저 없는 어투가 그렇게 무서울 수가 없다. 박 내관은 침을 꼴깍 삼키며 그의 말이 끝나길 기다렸다.

"……어디로 가고 있다고 하느냐?"

"제1연무장에……."

"설명은 가면서 듣겠다."

자리를 박차고 일어난 제현은 무시무시한 기세로 집무실을 나갔다. 그리고 그 뒤로 황급히 따라붙는 내시와 궁녀, 호위무사의 무리들. 그리고 얼마 지나지 않아 그들은 제1연무장에 도달했다. 그리고 그곳에서 즐겁게 웃으며 목검을 휘두르는 아란을 발견할 수 있었다.

탁타닥.

마치 나비처럼 넓은 소매의 옷을 나풀거리며 그녀는 무사와 검을 주고받고 있었다. 물론 순수한 검술 자체는 그녀가 부족한 터라 무사의 기세에 뒤로 밀릴 수밖에 없었다. 허나 때마침 바람이 불어오는 순간 아란은 찢어진 치마 사이로 새하얗고 매끈한 다리를 쑤욱 내밀었다. 반사적으로 그 다리를 향해 고개가 떨어지는 무사, 이어지는 다음 수순으로…….

빠악!

무사는 머리가 깨져 바닥에 무너져 내렸다. 이에 저 멀리 머리에 붕대를 감싼 양유성이 바락바락 소리를 높였다.

"이, 이, 이것들이 고작 계집애 하나를 이기지 못해서!"

그의 옆에 나란히 머리가 깨져 치료 중인 무사들이 얼굴을 붉히며 고개를 푹 숙였다. 목검에 막 머리가 깨져 나간 무사를 다른 이들이 조심히 옮기는 사이 아란은 치마를 펄럭이며 깍깍대었다. 그러자 치마 아래로 아담한 종아리와 가는 발목이 보였다 안 보였다 한다.

그 모습을 그대로 목격한 제현의 안면이 석상처럼 단단히 굳었다. 곧이어 뿌드득 하며 이가 갈리는 소리와 함께 왕명이 떨어져 내렸다.

"이곳에 있는 자 당장 모두 눈을 가리고 뒤돌아서라!"

크게 울려 퍼지는 음성에 연무장에 있던 이들은 어리둥절한 표정을 지었다가 동공왕의 신형을 발견하고는 안색이 시체처럼 변했다. 그리고 자신들에게 내려온 명을 떠올리곤 눈을 질끈 감고 휙 뒤돌아섰다.

제현은 방방 뛰고 있는 아란에게 무서운 기세로 다가가 자신이 걸치고 있던 검은 용포를 벗어 그녀의 몸을 싸매었다. 물론 그걸 지켜본 궁녀들은 소리 없는 비명을 질렀다. 오직 왕만이 입을 수 있는 옷이다. 근데 그것을 한낱 여인에게 입히다니.

"에―?"

아란은 갑자기 자신의 몸을 감싸는 두꺼운 옷에 고개를 돌렸다. 그리고 코앞에 와 있는 제현을 보며 환하게 웃어 보였다.

"제현!"

움찔.

방금까지만 해도 화를 내려고 했는데 그 웃음 하나에 간사한 마음이 풀어지려 한다. 제현은 그녀의 머리를 손으로 덮어 꾹 누르며 깊은 한숨을 내쉬었다. 정말 내가 너를 어찌하여야 할까.

"일단…… 궁 밖으로 나가려 한 게 아니란 것에 칭찬해 주지."

"아, 칭찬 좋은 거."

"그래, 좋은 거다. 그런데 내 말을 어기고 여기서 속살을 보이면서까지 날뛰는 이유가 뭐지?"

그조차 함부로 본 적이 없는 그녀의 몸이었다. 헌데 여기 있는 것들은 훤히 드러난 그녀의 다리를 몇 번이나 봤다는 것이 아닌가? 맘 같아선 그들의 눈알을 모조리 뽑아 버리고 싶은 심정이었다. 그 사실을 상상하자 잠시 진정되었던 열불이 또다시 끓어오르기 시작했다.

"아, 검 휘두른다. 재밌다!"

그러나 그녀의 그 한마디에 요동치던 마음이 순식간에 싸늘히 식어 내렸다. 검술이라…… 혹 이런 것으로 기억이 되돌아오는 건 아닐는지. 제현은 스산한 예감을 내리누르며 조심스레 아란을 살폈다. 아직까지 얌전한 걸 보니 떠오르는 건 아무것도 없는 듯하다. 그렇다고 마냥 마음을 놓고 있을 수가 없어 그녀를 덥석 안아 들었다. 당장 이곳에서 벗어나야 한다.

"에— 왜?"

"일단 옷 좀 갈아입으러 가도록 하지."

맨살이 남들 눈에 보이는 치마도 갈아입힐 겸 그리고 그녀가 어딘가에 벗어 던진 속바지도 찾아 입힐 겸. 그는 아직도 두 눈을 질끈 감고 있는 무사들을 노려보며 풍옥전으로 발걸음을 돌렸다. 제현은 불만스러운 듯 입가를 비틀며 입을 열었다.

"계집애가 맨다리를 내놓고도 부끄러운 줄 모르는군."

"맨다리 부끄러운 거다?"

산과 평야에서 살 땐 맨다리를 내놓고 뛰어다녔던 아란으로선 이해되지 않는 말에 고개를 갸웃거렸다. 그에 제현은 얼굴을 단단히 굳혔다. 백치가 된 게 무조건 좋은 건 아니었다.

"엄청 부끄러운 거니 앞으로 조심하도록 해."

그는 이 기회에 확실히 주지시킬 생각으로 그 사실을 몇 번이고 강조했다. 허나 아란은 더더욱 이해가 안 된다는 듯 아미를 찌푸렸다.

"근데 본다. 인간 남자 내 다리. 부끄러운 거 안 본다?"

꿈틀.

그 말에 제현의 안면 근육이 크게 경련을 일으켰다. 그리고 뒤따르던 궁인들이 빳빳이 굳었다. 그것을 눈치채지 못한 그녀는 해맑게 말을 이었다.

"이거 좋다. 음…… 아니 사용한다……. 아! 유용하다! 내 다리 보이면 공격 멈추고 본다."

아가씨, 그만 멈추십시오! 제현에게서 검붉은 오라가 비치는 듯하자 궁인들이 속으로 비명을 내질렀다. 그사이 아란은 웃으며 말했다.

"사용할 때마다 걸린다."

그 말로 인해 그곳에 있던 무사들의 처우가 결정되었다.

아란은 제현에 의해 무사히 풍옥전에 도착했다. 풍옥전을 청소하던 궁녀 하나가 구석에 박혀 있던 아란의 속바지를 발견하고 그걸 들고서 뛰쳐나오다가 동공왕과 마주한 뒤 졸도했다는 것만 빼면 크게 별일은 없었다.

제현은 멀쩡한 옷으로 갈아입고 나온 아란을 보며 제 관자놀이를 검지로 톡톡 두드렸다. 그리고 무언가 결정한 듯 입을 열었다.

"일주일간 산책을 금한다."

그것은 아란에게 있어선 꿀떡을 눈앞에 두고 먹지 말라고 하는 것과 진배없는 잔혹한 일이었다. 그녀가 울먹거리는 눈으로 올려 봐도 그는 요지부동이었다.

"미안하지만 일주일만 참거라."

제현은 단호하게 그녀의 희망을 끊어 쳤다. 그는 제 탄일 때문에 일주일간 궁이 개방된다는 것을 잊고 있었다. 그에게 있어선 자신이 태어난 날이란 곧 저주의 시작이란 의미. 오히려 잊고 싶은 날이었다. 그렇기에 이런 일이 일어나는 것을 미리 방지하지 못했지.

맘 같아선 그냥 궁의 개방을 취소하고 폐쇄하고 싶었으나 귀족들이 반발할 것을 생각하면 절로 머리가 지끈거렸다. 힘으로 그냥 눌러 버려도 되지만 그러는 도중 제 분노를 스스로 억제할 수 있을지가 의문이었다. 아란이 제 곁에 있는 이상 살생을 함부로 하여 그녀의 눈 밖에 나는 일은 막고 싶었다.

"흥! 제현 나쁘다! 진짜 나쁘다!"

결국 삐친 듯 쿵쿵거리며 제 방으로 들어가는 아란이였다. 제현은 쓰게 웃으며 몸을 돌려 아란에게 붙인 이들로 향했다. 그 순간에 그의 눈빛이 완전히 돌변했다.

"왜 이 지경이 될 때까지 아무것도 하지 않았지?"

더 정확히 말하면 하지 않은 게 아니라 못 한 거지만 제현에게 그딴 건 그저 변명이나 다를 바 없었다. 아란에게 붙였으니 그녀를 위해 목숨을 바쳐서라도 위협을 막아야 했다. 그의 서슬 퍼런 기세에 서로 눈치를 보며 아무런 말도 못하는 궁인들이었다.

점차 무거워지는 분위기 속에서 결국 왕을 부르러 갔었던 궁녀 오단이 앞으로 나섰다.

"저희로선 이것이 최선이었나이다."

최대한 머리를 조아리며 한 그녀의 답변에 그의 입가가 비틀렸다.

"다시 말해 보거라."

"저희로선 이것이……."

짜—악!

오단의 말이 끝나기도 전에 제현의 커다란 손이 그녀의 뺨을 갈기고 지나갔다. 그 힘을 여린 여인이 감당할 수 있을 리가 없었다. 얼굴이 홱 돌아감은 물론이고 붕 떠서 땅에 내팽개쳐졌다.

투두둑.

그리고 입 안이 터져 나가면서 땅에 핏방울이 길게 튀었다. 절로 눈살을 찌푸리게 하는 처사였으나 제현은 아무렇지 않은 표정으로 말을 이었다.

"이번엔 이 정도로 너희 것들의 변명을 받아 주마. 허나 다음은 없을 것이야."

그는 싸늘히 일갈한 후 업무를 보던 대전을 향해 발걸음을 옮겼다. 동공왕이 정원에서 완전히 모습을 감추자 곁에 서 있던 궁인들이 황급히 오단에게 다가와 부축하며 일으켰다. 안절부절못하는 그들의 모습에 오단은 대충 입가에 묻은 핏자국을 닦아 내며 괜찮다는 듯 손을 들어 보였다.

"저는……."

말을 하자 입 안이 쓰려 오는 듯 오단은 잠시 말을 멈추었다. 하지만 눈썹을 잠깐 찡긋할 뿐 다시 말을 이었다.

"저는 괜찮습니다. 그러니 다들 일을 보셔도 됩니다."

어차피 저 아가씨 때문에 당해 본 일이 한두 가지가 아니니까요. 그녀는 그 말은 속으로 삼켰다.

톡톡톡.

대전의 집무실. 제현은 책상을 손가락으로 두드리고 있었다. 적막하기 때문에 그 소리가 더 크게 느껴졌다. 오 보(步) 밖에 선 박 내관은 양손을 꼭 마주 잡은 채 벌벌 떨고 있었다.

"양유우와 양유성이라. 그리고 그 주위에 있던 무사들까지."

어찌 처리해야 될까? 동공왕은 사신과 같은 소름 끼치는 웃음을 지어 보였다. 양유우란 계집은 그 간사한 혀를 뽑아 버리고 양유성 그 새끼는 다신 검을 못 잡도록 손모가지를 잘라 버리는 게 좋을 것 같다. 아, 아란의 맨다리를 본 그 두 눈깔도 뽑아 버리고. 그 밑에 있던 무사들도 똑같이 해 버리는 게 낫겠지.

최대한 몰래 처리해야 한다. 정보를 잘 통제해서 아란의 귀에 들어가지 않게 하고.

오싹.

박 내관은 그의 웃음을 보는 것만으로 제 목에 칼날이 들어온 느낌이었다. 듣지 않아도 피비린내가 나는 처우가 절로 그려진다. 그는 입술을 앙다문 채 명이 내려오길 기다렸다. 동공왕의 입이 천천히 열렸다.

"그럼……."

드르륵.

그 순간 문이 열리며 백발에 하얀 수염을 가진 노인이 들어섰다. 그가 입은 새하얀 옷엔 금실로 삼족오의 문양이 새겨져 있었다. 이는 성수청의 우두머리 도사에게 주어지는 상징. 즉 그는 어릴 적 제현과 요계산림에서 함께 지냈던 도사 청림이었다.

청림은 무거운 나무 지팡이를 짚은 채 터벅터벅 걸어와 제현의 오보 앞에서 멈춰 섰다.

"전하, 성수청의 도도사(都道士) 청림이라고 합니다. 제 진언이 필요하실 것 같아 찾아왔습니다."

무엇보다 중요한 것은 그가 제현의 고삐를 말아 쥘 수 있는 유이(有二)한 인물 중 하나란 것이었다. 함부로 대할 수 없는 은원으로 얽힌 인연, 동공왕의 선생이자 보호자였던 이. 제현은 지금 이 시기에 나타난 노인이 못마땅한지 낮게 혀를 찼다.

"그래서 하실 말씀이 무엇입니까? 제가 지금 좀 바빠서요."

"안 됩니다."

청림은 앞뒤 자르며 그 말만을 내놓았다. 그러나 제현은 그 말을 알아들은 건지 얼굴을 확 일그러뜨렸다.

"스승님!"

"그래도 안 됩니다."

동공왕은 이내 이를 드러내며 맹수처럼 으르렁거렸다. 그럼에도 노인은 편안한 표정으로 똑같은 말만 반복했다.

"안 되는 건 안 되는 겁니다."

그 말을 끝으로 방 안이 침묵으로 가득 찼다. 노인과 제현 사이에 이루어지는 치열한 기싸움 속에서 박 내관만 심장이 쫄깃해져 갔다. 한참을 그렇게 있었을까? 동공왕은 딱딱 끊어지는 어투로 그를 불렀다.

"박 내관. 요즘 양가(家) 애송이 휘하 무사들의 기강이 해이해진 것 같군. 남방에 오랑캐의 침입이 거세다 하니 그곳으로 보내 정신을 차리고 오게 하는 것도 괜찮은 일이야. 안 그래?"

최남방 지역, 그곳엔 하루하루 긴장의 끈을 놓을 수 없는 최악의 전쟁터였다. 최소 오 일에 한 번씩은 대규모 전투가 일어나는 곳. 도성에서 정해진 훈련만 하고 실전을 거치지 않은 햇병아리들에겐 가혹하기 그지없는 장소였다. 말이 기강을 잡는 거지 그냥 죽으라고 유배 보내는 것이나 다를 바가 없었다.

"예, 명을 받잡습니다."

박 내관은 그나마 명분을 입은 명령에 황급히 집무실 밖으로 빠져나갔다. 왕이 다시 말을 바꿀까 두려워 꽁지 빠져라 일을 처리하려는 게 눈에 훤했다.

책상을 톡톡톡 두드리던 제현은 못마땅한 표정으로 노인을 올려 보았다.

"이 정도면 됐습니까?"

"좀 잔인하긴 하지만 제 생각보단 한결 낫군요."

이 정도도 박하다 하시면 어쩌라는 건지. 그는 삐뚜름하게 입가를 비틀며 고개를 팩 돌렸다. 눈앞에서 모조리 죽여 버릴 걸 티끌만 하지만 생존 가능성을 주지 않았는가? 감히 그녀를 건드리고 이 정도면 큰 선처다.

"제 예상이 맞는다면 전하께선 상당히 상식과 벗어나는 생각을 하고 계실 것 같습니다만."

“쯧, 예민하긴.”

“예민하다기보단 선견지명이 있다고 하는 게 더 옳다고 사료됩니다.”

노인은 푸근하게 웃으며 그를 바라보았다. 틱틱거리긴 해도 제법 잘 참았다. 저 몸에 타고난 흉성과 요기만 생각한다면 이 왕궁이 골백번은 피바다가 되었으리라. 태어날 때부터 주변에 적을 끌어들이고 피 맛에 흥분하도록 타고난 그런 아이.

언제나 불안불안해 보이던 그 아이가 어느새 이렇게 장성해 있는 걸 보면 노인은 늘 가슴께가 간질간질했다. 이제 또 눈 한번 깜빡한 것 같은 시간이 지나면 혼인을 하고, 아이를 낳고, 아버지가 되어 있겠지. 그 생각을 하게 되면 늘 함께 떠오르는 아가씨가 있었다.

서아란. 제현이 가장 흔들릴 때 옆에서 붙잡아 주었던 여아. 그리고 제현이 그 무엇보다 사랑하는 여인. 만약 청림, 그 혼자였다면 제현의 흉성을 제어하지 못했을지도 모른다. 그녀가 있었기에 제현이 이렇게까지 버텨 낼 수 있었던 것이다. 허나 안타깝게도 그녀는 막상 가장 중요한 순간에 그의 손을 쳐 냈다. 그리고 그의 마음을 갈기갈기 찢어 놓았다.

다른 곳엔 눈길조차 주지 않고 한결같은 마음으로 다가오는 제현이 부담스러웠던 걸까? 아니면 그를 대하는 여느 사람들과 같은 마음이면서 친근한 척 연기를 한 것일까? 그것도 아니라면…… 그녀의 마음 속에 다른 정인이 있었던 걸까?

그 이유가 어찌 되었든 중요한 것은 지금. 그녀에겐 미안하지만 청림은 그녀가 백치가 되어 돌아온 게 내심 다행이라고 생각했다. 그 덕에 제현이 그녀를 곁에 계속 잡아 둘 수 있게 되었으니까. 양심 한구석이 쿡쿡 찔려 왔지만 그 아이가 태어날 때부터 봐 왔던 터라 제현에게 좀 더, 아니 많이 마음이 기울 수밖에 없었다.

노인은 애잔한 마음으로 왕이 된 아이를 바라보았다. 기억 속의 그 아이는 어느새 청년이 되어 비뚜름하게 툭 질문을 내던졌다.
"무엇을 그리 보시는 겝니까?"
"참으로 많이 자라셨습니다."
"……볼 때마다 그 말을 꼭 빠뜨리지 않으십니다."
"허허허, 그랬던가요?"
이러하니 제현이 청림에게 약할 수밖에. 꼭 아버지와 같은 태도가 아닌가? 그는 한숨을 푹 내쉬다가 일순간 인상을 팍 찌푸렸다. 제현은 손을 들어 허공을 찢어 내듯이 크게 휘둘렀다. 그와 함께 텅 빈 공간이 손가락을 따라 다섯 갈래로 찢어지면서 고혹적인 여인의 모습이 드러났다. 그것도 배를 움켜쥐고 크게 웃고 있는.
"뱀 새끼가 작작 처웃어."
"깔깔깔깔."
그제야 들리지 않던 여울의 웃음소리가 집무실 안을 가득 채운다. 눈물까지 찔끔거리는 그녀를 보며 제현은 인상을 와락 구겼다.
"언제까지 웃을 셈이지?"
"그~을쎄? 그 아가씨가 워낙 앙큼한 짓을 저질렀어야지요."
여울은 인간 여성의 모습으로 치마를 팔랑거리며 뛰어다니던 구미호를 떠올리며 또다시 기분 좋은 웃음을 터뜨렸다. 아무것도 모르면서 한 행동이 많은 인간 사내들의 넋을 빼놓았고 정인(거짓이긴 하지만)의 질투심까지 활활 불태워 놓았다. 마지막엔 순진한 모습으로 많은 이들을 나락에 떨구기까지. 궁에서 뒹굴면서 이렇게까지 재밌던 일은 처음이었다.
"처음부터 다 봤으면서 도와주지 않았군."
"제가 도와줄 이유가 있습니까?"
뭐 대가가 있다면 모를까? 여울은 검지로 도톰한 제 입술을 꾹 누르며 유혹적인 태도를 취했다. 물론 돌아온 건 제현의 경멸에 찬 눈길이었지만. 어차피 예상했던 일이라 상처받거나 하는 일은 없었다. 여울은 곁에 선 청림을 향해 힐긋 시선을 돌렸다.

"안녕하십니까, 이무기님."

"안녕, 재미없는 인간."

부드러이 돌아오는 인사에 그녀는 대충 손을 휘저어 보이며 다시 모습을 숨기려 했으나 뭔가 떠올랐다는 듯 제자리에 멈춰 섰다. 여울은 홱 고개를 돌려 노인을 빤히 보며 질문을 던졌다.

"아! 너 돌아온 제현의 아가씨를 만나 봤어?"

"예, 멀리서 봤지요."

"어땠어?"

그녀는 작은 기대감을 걸고 청림의 반응을 지켜보았다. 그리고 노인은 그녀의 기대감을 충족시켜 주었다.

"매우 밝아진 모습이었습니다."

역시 늘 진지했던 도사 놈도 그녀의 정체를 알아채지 못했다. 맹한 데 비해 뛰어난 능력을 보여 주는 구미호의 모습에 여울은 입술을 혀로 살짝 핥았다. 정말 재미있어. 여울은 그래도 혹시나 하는 마음에 재차 노인에게 질문을 던졌다.

"그 외에는?"

"글쎄요. 바라시는 답변이 있으신지요?"

이크, 눈치 하나는 죽여주는군. 여기까지만 해야겠어. 여울은 속으론 뜨끔했으나 겉으론 태연하게 곰방대를 입에 물었다. 사람 좋은 미소를 짓고 있으나 눈은 묘하게 가라앉은 도사를 보며 그녀는 혀를 찼다. 이래서 이 인간은 재미가 없다.

"기운도 좀 맑아진 것 같아서."

"전엔 마음이 혼란스러우시니 기운도 혼탁해지신 거지요. 기억을 잃으시면서 고뇌도 함께 잃어버리셨으니 기운도 다시 맑아지신 겁니다."

"그런가?"

그리 착각해 주면 고맙고. 입 밖으로 나온 말과 반대되는 생각을 한 그녀는 집무실 문을 활짝 열고 밖으로 나섰다. 허나 궁인들은 그녀의 움직임을 전혀 알아채지 못한 듯 제 할 일에만 충실할 뿐이었다.

여울은 등 뒤로 짜증이 한껏 담긴 제현의 시선이 내리꽂힘을 느끼며 낄낄거렸다. 그녀의 예상대로 그 구미호가 들어오고 난 뒤 재밌는 일들이 끊이질 않는다. 그리고 앞으로도 그러할 것이다. 그녀는 앞으로에 대한 기대를 품으며 제 모습을 감추었다.

구미호의 감각은 매우 민감하다. 특히 후각은 사람들의 천만 배나 더 뛰어나다고 한다. 여기서 갑자기 왜 그 설명을 하는가 하면 아란의 코에 피 냄새가 잡혔다는 이유에서다. 비록 인간으로 둔갑해서 그 능력이 떨어지긴 했으나 풍옥전 내의 냄새는 감지가 가능하였다.

아까부터 계속 이어지는 냄새에 아란은 고개를 갸웃거리다 결국 자리에서 일어섰다. 그리고 그 진원지를 찾아 걸어가다 도착한 곳은 창고였다. 그곳엔 한 궁녀가 귀금속과 비단 등을 정리하고 있었다. 그녀는 궁녀의 이름을 곰곰이 생각하다 조심스럽게 한 이름을 꺼내 놓았다.

"오단?"

움찔.

그녀가 대충 찍은 것이 맞나 보다. 오단은 자신을 부른 이가 아란이란 걸 알자마자 고개 숙여 인사했다.

"아가씨 여기엔 무슨 일이십니까?"

마치 가면을 쓴 것 같은 모습. 그녀는 늘 아란을 그렇게 대했다. 거리를 일정하게 두며 정을 붙이려 하지 않는 태도로. 그런 오단의 모습이 이해가 잘되지 않으면서도 아란은 꾸준히 그녀에게 다가갔었다.

"너 피 난다."

지금처럼. 아란은 그녀의 뺨을 향해 손을 뻗었다. 그러나 오단은 슬쩍 한 걸음 물러서며 몸으로 접촉을 거부한다는 걸 드러냈다. 아란은 입술을 비죽이며 다시 입을 열었다.

"치료한다. 상처 아프다."

아무것도 모르기에 내뱉는 말. 그녀의 말은 오단의 마음에 끼익 상처를 내었다. 이게 누구 때문에 난 상처인데! 울컥했으나 오단은 궁녀라는 제 위치를 되새기며 그저 고개를 숙여 보일 뿐이었다.

"괜찮습니다. 당신 같은 분이 신경 쓰실 만한 것이 아닙니다."

그렇게 또다시 아란을 밀어낸다. 그것이 못마땅한 구미호는 치기 어린 목소리로 소리치며 손을 더욱 내뻗었다.

"그런 거 없다. 난 쓴다. 신경."

그리고 결국 그녀의 손이 궁녀의 뺨에 닿았다.

타악!

그리고 또한 그와 동시에 내쳐졌다. 오단은 아랫입술을 꾹 깨문 채 아란을 노려보았다. 그 반응에 깜짝 놀란 구미호는 아릿한 제 손등에 신경도 쓰지 못한 채 눈을 동그랗게 떴다. 그녀는 입을 뻐끔거리다가 조심히 의문을 던졌다.

"왜?"

"신경을 써 주실 것이면 제발 이곳에 틀어박혀서 밖으로 나오지 마시어요! 당신 하나가 하는 그 이기적인 행동에 얼마나 많은 사람들이 피해를 입는지 아십니까! 제가 입은 상처도 원인을 따지면 당신 때문입니다!"

"그건……."

"전하께서 당신께 청혼하지 않았습니까? 여성으로선 가장 높은 지위에 부귀영화까지 다 얻을 수 있는 자리가 아닙니까? 그런 좋은 자리를 제 발로 걷어차면서 왜 전하의 분노를 불러일으키십니까! 거부할 이유가 전혀 없잖습니까! 아니면 그저 왕궁을 상대로 벌이는 유희일 뿐입니까? 당신은 그분의 사랑을 받기에 아무런 상처도 입지 않지만 저희들은요? 갈 곳 잃은 그분의 분노는 당신 주변에 있는 우리에게 떨어진단 말입니다! 당신을 호위하던 제 오라비도 그렇습니다! 왕궁을 지키는 병사가 되었다고 좋아하던 제 오라비는 당신 도주를 막지 못한 대가로 한쪽 팔을 잃었습니다! 그리고 병신이 되어 궁 밖으로 쫓겨났지요! 이런 걸 당신이 압니까! 아냐고요!! 그러니까 제발 이곳에 틀어박혀 꼼짝 좀 하지 말란 말이야!!"

오단은 속에 꾹꾹 눌러 참고 있던 말을 전부 쏟아 내고서는 거칠게 숨을 내쉬었다. 울컥하여 앞뒤 가리지 않고 일을 벌였단 사실을 깨닫고 움찔했으나 이젠 그딴 건 어떠랴 싶었다. 오히려 속이 시원하기까지 했다. 그녀는 눈앞에서 얼어 있는 아란을 보며 고개를 숙였다.

"여기까지가 제가 하고 싶었던 말입니다. 처벌을 하실 거면 얼마든지 달게 받겠습니다. 그럼 이만."

오단은 이제 될 대로 되라는 심정이 되어 상전의 허락도 구하지 않고 자리를 떴다. 어느새 뉘엿뉘엿한 붉은 노을을 보며 그녀는 아랫입술을 꾹 깨물었다. 아란을 모시면서 받았던 수많은 처벌들을 떠올리며 자신이 이렇게까지 참아 냈다는 사실이 대견하게 느껴졌다. 그렇게 많은 말을 쏘아 대며…… 많은 말을 쏘아 대며?

오단은 순간 이상함을 느끼며 자신의 입 안을 혀로 툭툭 건드려 보았다. 처음엔 조심스러웠으나 자신의 이상함이 진짜임을 확신한 순간 입 안에 손가락까지 넣어 꾹꾹 누르며 믿을 수 없는 사실을 재차 확인했다. 그리고 손가락을 빼내며 멍청이처럼 중얼거렸다.

"상처가…… 없어졌어……."

기이하기 그지없는 일. 이해할 수 없는 일.

'치료한다. 상처 아프다.'

그녀는 순간 아란이 했던 말을 떠올리며 창고를 향해 고개를 홱 돌렸다.

설마…… 설마……. 아니겠지.

오단은 말도 안 되는 제 생각을 지워 내려 노력하며 재게 걸음을 옮겼다.

청이는 불안하게 눈동자를 뒤룩 굴렸다. 웬일로 아란이 방 안에 틀어박혀 침울하게 앉아만 있었다. 본래라면 기운 좋게 이리저리 쏘다니거나 그러다 지쳐서 잠들어 있어야 될 텐데.

"혹시 몸이 어디 안 좋아요?"

아프다고 의원도 부를 수 없는 상황인데. 맥을 짚고 인간이 아닌 걸 눈치채기라도 하면 어쩌겠는가? 다행히도 아란은 고개를 절레절레 흔들어 보였다. 그렇다면 뭐가 문제인 걸까? 평소엔 너무 들떠서 걱정을 시키더니 이번엔 너무 평소랑 달라서 걱정을 시킨다.

"청이야."

그때 아란이 그녀의 이름을 불렀다. 청이는 침을 꼴깍 삼키며 아란의 다음 말을 기다렸다. 또 무슨 이상한 걸로 떼를 쓰지 않을까 하고.

"인간 돈, 자리 중요?"

의외로 정상적인 질문이다. 청이가 갑자기 받게 된 진지한 질문에 의아해하자 아란은, 아니 구미호는 도저히 이해가 되지 않는다는 듯 말을 이었다.

"말한다. 사람들. 아란에게. 왜 도망치느냐고. 높은 지위 좋다라고. 돈과 힘 있다고. 그게 가장 중요한 거?"

'아하!' 하며 청이는 감탄사를 터뜨렸다. 그 사실이 그녀에겐 이해가 되지 않는 모양이다. 그 당연한 사실을 여태까지 곰곰이 고민하고 있었다고 생각하니 구미호가 참 귀엽게 느껴졌다. 청이는 '풋' 소리 내어 웃으며 입을 열었다.

"당연히 좋죠. 높은 직위와 그에 따라오는 부와 권력을 누가 감히 바라지 않을까요? 그 힘이 있다면 못할 것이 없으니까요. 저도 그런 것을 줄 테니까 지금의 네 위치를 버리라 하면 당장에 그리할 거예요. 그런 것에 대한 열망은 어느 인간이나 다 가지고 있는 거라고요."

솔직히 말해 누가 그러한 것을 거부할까? 청이는 신분 높은 도련님이 만약 자신에게 반해 청혼한다면이란 상상을 떠올리며 배시시 웃음을 지었다. 언제 생각해도 참 달콤한 가정이다. 하지만 현실은 시궁창이지. 그녀가 '에효—' 하며 한숨을 내쉴 때 아란은 다시 입을 열었다.

"자기 엄마, 아빠보다?"

"……네?"

"자기 마음보다? 자기 몸보다? 곁에 있는 사람보다? 친구와 함께 지냈던 시간보다?"

아란의 물음에 순간 청이는 꿀 먹은 벙어리가 되어 버렸다. 그녀가 묻는 말에 당연하다고 대답을 할 수 없었다. 청이는 만약이라는 가정하에 생각을 했다.

만약 어떤 이가 네 팔 하나를 잘라 내면 신분을 귀족으로 올려 주고 부귀영화를 준다고 하면? 잠시 고민은 하겠지만 좋겠다고 답변을 할 것 같았다. 하지만 제 친구의 목숨이라고 한다면? 그게 제 부모의 목숨이라고 한다면? 그렇게 가정하니 도저히 긍정의 답이 나오지 않았다. 그래도 청이는 차마 제가 한 말을 되물리기가 부끄러워 생각나는 대로 변명과도 같은 답변을 내놓았다.

"그, 글쎄요. 보통 부귀영화를 얻으면 그런 것들이 다 따라오지 않을까요? 좋은 것을 먹으니 몸도 건강해지겠고 신분도 높아졌으니 저에게 다가오는 이들도 생기고……."

그렇게 말을 하다 보니 청이는 제 말이 정말 맞는 것 같았다. 허나 그 생각도 아란의 또 다른 물음에 바사삭 부서져 버렸다.

"근데 진짜 아란 왜 도망?"

"……."

"그렇게 중요한 건데 왜 도망?"

그러게 왜 도망가셨을까? 청이는 입이 열 개라도 할 말이 생각나지 않았다. 아란은 더듬더듬 익숙지 않은 인간의 언어를 모아 다시 물음을 만들어 내었다.

"사람들 말한다. 진짜 아란 나쁘다. 좋은 직위 보장됐다. 그거 버렸다. 도망쳤다. 그래서 주변 사람 다치게 한다고. 그게…… 진짜 잘못된 거?"

"……잘 모르겠어요."

한 사람에게 그가 원치도 않는 부귀영화를 쥐여 주고 희생을 시켜서 다수의 사람이 평안해진다면 그거 또한 옳은 일일까? 전체적으로 보면 그건 옳은 일인 것 같다. 대가도 충분하고 한 사람만 참는다면 다른 이들도 편해지니 어찌 생각해도 이득이다.

하지만 한 개인으로 본다면? 만약 방금 전 질문처럼 부모와 가족을 죽이고 부귀영화를 쥐여 준다 식으로 생각한다면 그건 과연 옳은 일일까?

"정말 모르겠네요."

청이는 시무룩하게 다시 답했다. 과연 아란 아가씨께선 그만큼 소중한 것을 희생시켜야 되었기에 도망을 치신 걸까? 예전에는 그저 동공왕과의 성혼이 싫다고 떼를 쓰는 치기 어린 여인처럼 생각했었다. 그러나 구미호의 물음으로 인해 그 선입견에 금이 간다.

아가씨가 그렇게 거부했던 어떤 이유가 있지 않았을까 하고. 그럼 서가(家)의 식구들이 그리고 그 주변 사람들이 아가씨에게 희생을 강요하는 건 옳은 일일까 하는 생각 말이다.

청이는 고개를 휘휘 저어 점차 복잡해지는 상념을 털어 내었다.

"밤이 늦었어요. 이부자릴 정리해 드릴게요. 이만 주무셔요."

더 이상 깊이 파고들었다간 자신만 나쁜 사람이 될 것 같아 그녀는 슬그머니 화제를 돌렸다. 그리고 일부러 바삐 움직이기 시작했다.

청이는 그렇게 구미호의 질문을 피했다.

풍옥전. 아침 식사를 끝내고 얼마 지나지 않아 소화부인이 아란의 교육을 위해 방문했다. 점점 더워지는 날씨에 마루 위에 책상을 깔고 자리를 마련하던 청이의 시선이 소화부인이 가져온 서책에 닿았다.

"저기…… 진짜 그걸로 가르치실 건가요?"

"문제라도?"

예, 아주 많이요. 중년 부인의 되물음에 청이는 무심코 그 말을 내뱉을 뻔했다. 아니 그것도 그럴 것이 중년 부인이 들고 온 서책은 훈육책이 아니었기 때문이다. 청이는 자신의 눈이 잘못되었는지 눈을 비비고 다시금 서책의 제목을 확인했다.

『선녀와 나무꾼』

『용소와 며느리 바위』

아무리 봐도 이건…….

"동화 아닙니까?"

"그렇지. 지금 아란 아가씨 수준이면 딱 맞을 것 같은데 말일세."

중년 여인이 그리 말하며 아란을 향해 슬쩍 눈짓을 해 보였다. 벌써부터 자리가 불편한지 엉덩이를 들썩거리는 그녀. 소화부인은 냉담한 얼굴로 입을 열었다.

"저 아가씨가 자리에 꾸준히 앉아서 공부를 할 수 있을 것이라 보는가? 그것이 가능하다면 내 그대에게 스승 자리를 넘기도록 하지."

"……아닙니다. 앞으로도 수고해 주십시오."

솔직히 말해 청이에겐 저 어디로 튈지 모르는 통통이를 데리고 교육을 진행해 나갈 자신이 없었다. 아마 훈육에 노련한 부인이시니 저 말괄량이를 잘 다루시겠지. 청이는 그렇게 자기합리화를 하며 슬슬 자리를 피했다.

소화부인은 거슬리는 방해꾼을 쫓아낸 후 자신의 임시 제자라 쓰고 골칫덩이라 읽는 서가(家)의 아가씨에게 고개를 돌렸다.

"자, 그럼 오늘은 옛이야기를 들려 드리도록 하지요."

"옛이야기? 청이 말했다. 공부한다고. 엄청 어려울 거라고."

"이게 공부입니다. 그냥 집중해서 잘 들으시기만 하면 됩니다."

"알았다. 나 열심히 한다!"

고작 동화를 듣기만 하는데 그럴 것까지야. 소화부인은 과거 아이들을 다룰 때 외에는 몇 번 쓰지 않은 서책을 들어 첫 장을 펼쳤다. 그리고 목소리를 두어 번 가다듬고 천천히 읽어 나갔다.

"옛날옛날 아주 먼 옛날에 열심히 일하던 나무꾼이 살았습니다."

아이들의 흥미를 돋우기 위해 만들어진 이야기니 아란의 수준에 딱 맞는 것이었다. 그녀는 눈을 반짝이며 소화부인이 들려주는 동화에 푹 빠져들기 시작했다. 어른들이 듣는다면 코웃음 칠 그런 이야기에 긴장한 채 주먹을 꼬옥 쥐기도 하고 안도의 한숨을 내쉬기도 하며 종종 안타까운 탄성을 내지르기도 했다.

"굉장히 잘 다루시네."

멀리서 소화부인과 아란의 모습을 보던 청이가 낮게 중얼거렸다. 평소라면 가만히 있는 걸 참지 못하고 꼼지락꼼지락하고 있어야 할 텐데.

"생각보다 무사히 지내고 있는 모양이군."

"히익!"

그 순간 뒤에서 미성이지만 사내의 목소리가 들리자 청이는 새된 비명을 내질렀다. 그녀가 고개를 홱 돌리자 안경을 쓴 푸른 머리의 청년이 보였다.

"예호 님!"

그녀는 반가움에 소리를 높였다가 이윽고 그가 어째서 여기 있는지에 대해 의문이 들었다. 그 사실을 알았는지 예호는 어깨를 으쓱해 보이며 설명했다.

"어르신께서 아란 아가씨가 잘 지내는지 보고 싶다고 주청을 드렸더니 전하께서 잠깐 윤허해 주셨어."

서진인의 걱정, 일단 그런 표면적인 이유로 아란을 감시하러 온 그는 아직까지 큰 탈이 없다는 사실에 안심했다. 자유롭게 떠돌아다니던 아이다 보니 며칠 버티지 못하고 도망치진 않을까 했는데 말이다.

"청아, 어르신과 신위대장께서 은밀히 아란 아가씨를 찾고 계시니 조금만 더 버텨 줘."

"그래도 두 달이 지나기 전까진 꼭 찾아오셔야 돼요. 안 그러면 가짜 아가씨가 전하와 성혼까지 치를지도 모르니까요."

그 상황을 떠올리는 순간 예호와 청이는 동시에 목을 스치는 오싹함에 몸을 부르르 떨었다. 그 상황까지 간 다음 사실이 밝혀지면 변명의 여지가 없다. 예호는 그런 일은 절대로 일어나서는 안 된다는 듯 주먹을 꽉 쥐며 말을 이었다.

"알아. 최대한 서두를 거야. 그러니까 조심하도록 해."

"……예."

순간 어제 구미호와의 대화가 떠오른 탓일까? 청이의 안색이 어두워지며 대답에 약간의 망설임이 깃들었다. 아란 아가씨가 돌아오면 모든 게 해결된다. 단, 그녀 본인만 빼고서. 청이는 그 생각을 억지로 지우며 웃으려 애를 썼다.

앞으로의 일에 신경이 몰린 예호는 그런 그녀의 모습을 보지 못한 채 이별의 인사를 꺼냈다.

"그래, 이만 가 볼게."

"벌써요?"

"알잖아. 전하께서 얼마나 질투심이 심하신지. 허락된 시간은 짧아."

"그래도 저 아가씨와 한번 만나고 가시지."

"미안하지만 바빠서. 잘 지내고 있는 듯하니 굳이 만나 볼 필요는 없는 듯해."

예호는 일부러 청이의 요청을 외면했다. 동공왕의 제한도 있었지만 구미호에 대한 죄책감을 가지고 있는 그로선 그녀와의 만남이 껄끄럽기 그지없었다. 수가 틀리면 버리는 패가 바로 그녀. 그것도 순진한 아이를 속여서…….

그렇기에 그는 먼발치에서만 그녀를 훔쳐보곤 도망치듯 자리에서 떠났다. 청이는 순간 그를 붙잡으려고 손을 뻗었으나 이내 깊은 한숨을 내쉬며 고개를 숙였다. 이쪽은 이쪽대로 저쪽은 저쪽대로 힘들겠지. 결국 그녀가 할 일은 하늘에 비는 것밖에 없었다.

청이는 암담한 마음이 되어 하늘을 바라보았다.

'부디 모든 일이 잘 풀리기를.'

한편 시간이 꽤 지났는지 어느새 소화부인이 가져온 두 번째 동화책의 마지막 장이 덮였다. 아란은 아쉽다는 얼굴이 되어 중년 여인의 얼굴을 빤히 바라보았다. 마치 더 없느냐는 듯한 태도에 그녀는 '픽' 하며 짧게 웃음을 터뜨렸다.

"다음 것은 내일입니다. 자, 그럼 이제 간단한 문답으로 넘어가지요."

"아—"

안타깝다는 아란의 감탄사를 멀찍이 밀어내며 소화부인은 한 가지 질문을 던졌다.

"자, 이 두 동화의 공통점이 무엇일까요?"

사슴을 구해 주고 그 대가로 선녀를 신부로 얻은 나무꾼이 사슴의 말을 어겨 선녀를 놓쳤다는 이야기. 인색하고 못된 부자가 중에게 쇠똥을 시주한 것을 안 며느리가 부자 몰래 나중에 쌀을 시주하여 그 대가로 중이 그녀에게 위험을 피할 방도를 알려 주었으나 그 말을 끝까지 따르지 않고 어겨 바위가 된 이야기.

아란은 오래 생각할 것도 없이 바로 답을 말했다.

"하지 마라. 그거 어겼다. 그래서 다쳤다? 아니 음— 벌받았다?"

"맞습니다. 두 이야기의 공통점은 주인공이 금기(禁忌)를 어겼다는 거지요. 그리고 그 때문에 안 좋은 피해를 받았습니다. 따지면 벌일 수도 있겠네요. 초월적인 의지가 개입된 이가 그어 놓은 선은 함부로 어기면 안 되는 것이지요. 그에 대한 업(業)은 모두 자신에게 돌아가기 때문입니다."

소화부인은 잘했다는 듯 고개를 끄덕이며 추가 설명을 덧붙였다. 자신이 정답을 맞혔단 사실에 기뻐하여 꺅꺅 소리를 내지르는 아란을 보며 그녀는 냉담하게 표정을 굳혔다. 실은 여기까지는 서론이었다. 소화부인은 차갑게 느껴지는 어투로 다음 질문을 던졌다.

"그럼 여기서 우리가 실제로 적용할 점은 무엇일까요?"

확 바뀐 분위기에 아란은 자신도 모르게 움츠러들며 중년 부인에게 되물었다.

"적용할 점?"

"예, 바로 아가씨의 상황에서요."

금기(禁忌). 초월적인 의지가 개입된 일에서 어떤 대상에 대한 접촉이나 언급이 금지되는 일. 혹은 법적으로 정해져 그 행동을 금지하는 일. 지금 상황에 적용해서 보자면 아란이 절대로 해선 안 되는 일. 그건 바로…….

"궁 밖으로 나간다. 안 된다."

"예. 맞히셨습니다. 아가씨께서 궁 밖으로 나가는 순간 많은 나쁜 일들이 일어날 것입니다. 쉽게 말해 벌을 받을 겁니다."

지금 그녀의 수준에선 이 정도로만 말해 놓으면 대충 알아들을 것이다. 궁 밖으로 나가면 안 된다는 것을. 기억만 돌아오지 않는다면 반항 없이 두 달 뒤 동공국의 태양과 성혼을 치를 것이고 그분의 후사를 낳게 되겠지. 훗날 기억이 되돌아온다고 해도 이미 되돌릴 수 없을 상황이 되어 있을 것이다.

"오늘의 수업은 이까지만 하겠습니다."

소화부인은 들고 온 서책을 챙기며 자리에서 일어나려고 했다. 아란의 말이 그녀의 발목을 붙잡지만 않았다면.

"나 궁 밖으로 나간다. 벌 안 받는다."

오늘의 교육이 헛되었다. 중년 여인은 미간을 찌푸리며 다시 자리에 앉을 수밖에 없었다. 그리고 다시 그녀의 생각을 정정하기 위해 입을 열려고 했으나…… 그 전에 아란이 먼저 치고 들어왔다.

"나 나간다. 다시 갇힌다. 그게 끝. 벌은 내 주위 사람 받는다. 내 주위 사람 다친다. 그거 싫다. 그래서 나 여기 있는다."

그 말에 소화부인은 할 말을 잃어버렸다. 생각했던 것보다 주변에 대한 파악이 빨랐다. 그리고 영특했다. 그저 기억을 잃은 백치라고만 생각했는데 그게 아니었던 모양이었다. 그에 소화부인은 입 안이 바짝바짝 말라 들어가기 시작했다.

방금 아란이 궁 안에 있겠다고 했지만 그게 자신이 원해서가 아닌 주변 사람이 다치기 때문이라고 했다. 그저 바보일 뿐이라면 협박만으로 통제가 가능하겠지만 상대가 똑똑하다면 이야기가 달라진다. 어떻게 해서든 이런 상황에서 온전히 탈출할 길을 찾을지도 모른다.

그렇게 된다면 이후로는…….

소화부인은 끔찍하게 그려지는 미래에 두 주먹을 꽉 쥐었다. 어찌

해도 궁을 떠날 가능성이 티끌만큼이라도 보인다면 그건 아란을 궁 안에 두어도 둔 것이 아니다.

그렇다면 궁에 마음을 묶는다.

소화부인은 제 생각을 정정하며 화제를 바꾸었다.

"앞으로 오 일 뒤가 전하의 탄일이라는 것을 아십니까?"

"탄일?"

"생일이라는 말입니다."

"아! 태어난 날!"

아란이 주먹으로 손바닥을 탁 치며 말했다. 소화부인은 고개를 끄덕이며 말을 이어 나갔다.

"가까운 이의 생일엔 보통 선물을 준비해서 주는 게 원칙입니다. 전하와 아가씨는 친밀한 사이니 선물을 준비해서 드린다면 그분께서 정말 좋아하실 겁니다."

사실상 동공왕에겐 선물이란 것 자체가 거의 무의미하다. 그가 원한다면 얻지 못할 것이 무엇이 있을까? 그녀가 아무리 비싸고 귀한 선물을 한다고 해도 상대에겐 흔해서 딱히 귀중하지 않다는 모순이 생겨 버린다. 그렇다면 남은 길은 하나다.

세상에 단 하나뿐인 선물을 준비하는 것.

분명 아란은 제 시중인과 선물에 대해 의논을 할 것이고 그녀는 그 사실을 깨달을 것이다. 청이라는 아이를 보아하니 제법 눈치가 빠른 것 같았다. 그러니 금방 방법을 찾아낼 것이다. 그리고 제 아가씨에게 그녀가 직접 선물을 만들라고 청하겠지.

어떤 이의 선물을 직접 만든다는 것은 많은 정성이 들어가기 마련이다. 그리고 그만큼 상대에 대한 애정 또한 필요로 한다. 선물을 완성해 가면서 상대에 대한 생각 또한 많이 할 것이고 선물을 받는 상대가 할 반응 또한 기대할 것이다.

소화부인, 그녀가 아는 동공왕이라면 아란이 직접 만든 선물에 충분히 만족스러울 반응을 해 줄 것이고. 그렇게 알게 모르게 호감이 쌓일 것이다.

'그녀가 기억을 되찾기 전에 마음을 묶어 둬야 해.'

소화부인은 애써 웃으며 물밑 작업을 시작하였다.

예호는 풍옥전 밖을 나서자마자 기다리고 있던 신위대장 흑영을 발견하며 고개를 숙였다. 흑영은 예는 됐다는 듯 손을 흔들어 보이며 조심히 질문을 던졌다.

"가짜는 일을 잘 해내고 있는가?"

"아직까지는요."

예호의 애매한 긍정에 흑영은 쓰게 웃음을 지어 보였다. 아직까지라. 그 인외의 것이 정체를 들키지 않는 건 하늘에 맡겨야 하는 것인가? 흑영은 마음 한구석이 콱 막힌 듯 답답하였다.

그런 그의 불안을 눈치챈 것일까? 예호는 조심스럽게 운을 떼었다.

"아란 아가씨의 족적이 끊긴 곳에서부터 강의 하류 쪽으로 수사를 넓혀 가고 있으니 머잖아 찾을 수 있을 것입니다."

"그래야겠지. 이쪽은 이쪽대로 하류 주변 마을들을 폭넓게 수색하고 있으니."

허나 아란이 사라진 지 벌써 일주일째였다. 그녀가 도망쳤다고 해도 이렇게까지 오랫동안 흔적을 찾지 못한 적이 없었다. 흑영은 불길한 예감에 주먹을 꽉 쥐었다. 두 달. 반드시 두 달 안에 찾아 아란을 궁 안으로 들여놔야만 했다.

"저…… 그 정보를 다룬다는 친우분은 아직 연락이 없으십니까?"

예호는 조심스럽게 가장 큰 희망을 걸고 있던 부분에 질문을 던졌다. 그와 동시에 흑영의 안색이 어두워졌다. 동공국 뒷세계의 큰 발이자 가장 큰 세력을 가진 그의 친우 은명. 며칠 전부터 그에게 꾸준히 연락을 넣고 있었으나 감감무소식이었다. 그 사실에 흑영은 속이 바짝바짝 탔다.

은명이 가진 세력, '암정국'은 동공국에 일어나는 웬만한 정보들을 빠르게 수집하여 정리한다. 그 능력이 얼마나 탁월하냐면 동공국에서 일어나는 일들의 전반적인 흐름을 알고 싶다면 암정국을 찾아가라는 말이 돌 정도였다. 분명 그의 힘을 빌리면 빠른 시일 내에 아란을 잡아낼 수 있으리라.

"아직도 연락이 되지 않는다."

흑영의 답변에 예호는 갑갑하다는 듯 한숨을 내쉴 뿐이었다.

"그럼 일단은 물러나겠습니다. 궁에서 움직일 수 있도록 허락받은 시간이 많지 않아서요."

예호는 제 아랫입술을 짓씹으며 흑영에게 이만 가도 될지 허락을 구했고 그는 고개를 끄덕여 보였다. 아란의 아비, 서진인의 아랫사람이 저 멀리 사라지는 걸 보다가 흑영은 피곤하다는 듯 제 눈을 손으로 덮었다. 그리고 한탄과도 같은 중얼거림을 내뱉었다.

"은명아. 왜 이리 연락을 안 해 주는 것이야."

신변의 문제가 생긴 것일까? 어릴 때부터 아란, 은명, 그는 매우 친밀한 관계를 쌓아 왔다. 최고의 지우를 뽑으라면 곧장 서로의 이름을 댈 정도였다. 그런데 그 친한 친구들이 모조리 연통이 끊겨 버렸으니 흑영으로선 미치고 팔짝 뛸 노릇이었다.

"빌어먹을, 둘이 같이 도망치지 않고서야."

그는 제 스스로 그 말을 뱉어 내고서 흠칫하고 몸을 떨었다. 그러고 보니 서로 나이가 차 갈수록 둘 사이에서 묘한 분위기가 났던 것 같기도…….

"그럴 리가 없지."

최악의 가정에 흑영은 필사적으로 그 생각을 부정했다. 아닐 거다. 아닐 거다. 하지만 그게 진짜라면?

"아니야. 그럴 리가 없어."

그래도 만약 진짜라면?

결과는 정해져 있었다.

그는 자신의 최고의 지우들을 한날한시에 잃게 될 것이다.

"그러니까 뭐라고요?"

"나 준비한다. 선물. 제현 거."

소화부인이 떠나고 얼마 지나지 않아 아란이 도움을 청한다며 한 말에 청이는 어이없다는 표정을 지었다. 그녀는 정리하고 있던 바구니를 바닥에 내려놓으며 질문을 던졌다.

"뭘 선물할 건데요?"

아란은 잠시 고개를 숙이며 고민에 빠졌다. 인간들이 좋아하던 게 뭐였더라? 멀리서 보았던 인간들의 모습을 곰곰이 곱씹던 그녀는 자신 없는 목소리로 말했다. 인간들은 대체적으로 반짝반짝 빛나는 걸 받으면 좋아하던데.

"음…… 보석?"

"이 나라의 지존께 그런 것은 넘쳐 납니다만?"

순간적으로 아란의 얼굴이 흐려졌다. 그녀는 혹시나 하는 마음으로 자신과 같은 이들 사이에 오고 가는 것을 입에 담았다.

"아주아주 예쁜 돌?"

"참 좋아도 하겠습니다."

물론 돌아오는 것은 비꼬는 말뿐이었다. 청이는 '에휴―' 하며 답답하다는 듯 가슴을 쳤다. 분명 가만 놔두면 어디선가 이상한 걸 주워

와서 왕께 선물이랍시고 줄 게 뻔했다. 하지만 선물을 준다는 것 자체는 좋은 발상이었다. 그녀는 나름 기특한 생각을 한 구미호를 보며 약간의 실마리를 주기로 했다.

"물건의 가치보단 전하께서 좋아하실 만한 걸 드리는 게 낫습니다."

이 정도면 어느 정도 눈치를 챘겠지. 청이는 흐뭇한 눈길로 고민에 빠진 아란을 바라보았다. 그리고 얼마 지나지 않아 그녀에게서 답변이 흘러나왔다.

"아! 한다. 안아 준다."

빠직.

그와 동시에 청이의 이마에 힘줄이 돋아났다. 아암, 전하께서 매우 매우 좋아하시겠지. 너무 좋아 미쳐 날뛰셔서 선을 넘을지도 모른다. 당장에 합궁하자고 덤빌지도 모르지. 어쩌면 그 자리에서 주변을 물리고 뜨거운 밤을 보낼지도 모른다. 청이는 이를 으득으득 갈면서 며칠 전 아란에게 했던 교육이 허사로 돌아갔다는 걸 깨달았다. 분명 동공왕을 뜨거운 의미로 자극하지 말라고 했을 터인데.

아란은 그런 청이의 상태를 눈치채지 못했는지 흥에 겨워 또 다른 말을 입에 주워 담았다.

"또 입 박치기한다!"

뚜욱.

동시에 청이의 이성의 끈이 완벽하게 끊겨 나갔다. 그녀는 처벌의 집게손을 뻗어 아란의 양 볼을 꽈악 잡고 과감하게 세게 늘였다.

"야! 이 빌어먹을 구미호야! 너 전하께 덮쳐질래? 앙? 여기서 인간 아이 배고 나가고 싶으냐? 인간 아이 낳고 키울래? 내가 전에 말했어, 안 했어!"

"으갸갸갹, 아프다! 나 아퍼!"

"늘 말하지만 아프라고 하는 거다!"

한참 동안 말 안 듣는 아이에게 강력한 징계를 가한 청이는 거칠어진 숨을 가다듬었다. 그리고 허리 양쪽에 손을 올리고는 볼을 부여잡고 울상을 짓는 구미호를 노려보았다. 청이는 바닥을 손으로 탕 내려치며 말했다.

"따로 귀띔을 해 주면 알아들을 거라 생각한 내가 바보였지. 이제부터 제가 말하는 대로 실시합니다. 당신이 직접 선물을 만들 거니까 손가락 풀고 있으십시오."

"힝— 청이 미워."

"알겠습니까아—!!"

"알겠다! 알겠다!"

결국 이렇게 될 일을. 청이는 한숨을 폭 내쉬며 초보자가 쉽게 만들 만한 물건을 떠올렸다.

"향낭……이 좋겠지?"

청이는 짐을 뒤져서 고운 비단 조각과 자수 도구를 꺼내 놓았다. 복잡한 건 힘들 테니 천 위에 황룡이나 소나무 같은 것을 수놓는 정도만 하면 되리라. 그녀는 대충 고개를 끄덕이며 다음에 필요한 것을 떠올렸다.

"이걸로 대충 주머니를 만들면 되고 문제는 안에 넣을 재료인데."

창고 안을 뒤지면 뭔가 나오지 않을까? 청이는 그렇게 생각하며 분필(粉筆)로 천 위에 간단한 밑그림을 그렸다. 아마도 왕께 바칠 선물이니 황룡이 괜찮을 듯싶었다. 그녀는 대강 그림의 윤곽이 잡히자 금실을 바늘귀에 꿰어 아란에게 내밀었다.

"창고 안에 말린 꽃잎이 있는가 살펴보고 올 테니 여기 그려진 대로 바느질 좀 하고 계세요. 알겠죠?"

"응! 나 한다!"

새로운 문물을 접한 아란이 바짝 기합이 들어 대답하자 청이는 피식 웃음을 지었다. 이런 점은 귀여운데 꼭 한 번씩 속을 뒤집어 놓는

단 말이야. 그녀는 아란에게 자수를 맡기고 창고로 가기 위해 신을 신으려 했다. 허나 그 순간 한 가지 생각이 그녀의 머리를 스치고 지나갔다.

'그런데…… 구미호가 바느질을 할 줄 알던가?'

아무리 말괄량이더라도 나름 아가씨로서 교육을 받았기에 진짜 아란은 자수 정돈 대충 할 줄은 알았다. 문제는 그녀 뒤에 있는 아가씨가 진짜 아가씨가 아니란 점이다. 청이는 재빨리 뒤돌아보았다. 구미호는 이미 바늘을 천에 대고 있는 상태. 청이는 다급히 소리쳤다.

"잠깐……."

푸욱.

"……."

"……."

바, 방금 바늘이 살을 뚫고 들어간 것 같은데. 아란은 고개를 푹 숙인 채 아무런 미동도 보이지 않았다. 청이는 불안한 마음으로 '아란 아가씨?' 하고 불렀다. 그리고 아란은 그녀를 향해 고개를 돌렸다.

울먹울먹.

"우, 울지 마요! 뚝!"

눈물이 그렁그렁하게 맺힌 채 당장이라도 울음을 터뜨릴 것 같은 표정이다. 청이는 신발을 내팽개치고 황급히 아란에게 달려가 그녀의 손가락을 살폈다. 바늘을 뽑아내자마자 핏방울이 망울망울져 흘러내렸다.

청이는 다급히 구급함을 꺼내 깨끗한 천으로 그녀의 손가락을 동여매었다. 그사이 아란은 히끅히끅하며 울음을 참아 내고 있었다.

"나 아프다."

"뚝! 괜찮아요. 싸매고 있으면 피가 곧 멎을 거예요."

"이거 나 치료한다."

"네 치료해 드릴…… 네?"

뭔가 문맥에 안 맞는 말에 청이가 되묻자 아란은 손가락에 감긴 천을 풀더니 상처 부위를 제 입술에 가져다 댔다. 그 후에 청이는 믿을 수 없는 광경을 보았다. 작은 빛무리들이 떠오르더니 그녀의 상처로 스며들어 갔다. 그와 함께 시간을 뒤로 되돌리듯 피가 멎고 서서히 상처가 아물기 시작했다.

일생 동안 단 한 번도 보지 못할 수 있는 이적. 생각지 못한 인외의 존재와 그 존재가 행하는 신비한 능력.

청이는 저도 모르게 드는 경외감 어린 심정에 아란을 멍하니 바라보았다. 그녀는 아픔이 가시자 빙긋 웃음을 지었다. 그 역시 인외의 것처럼 묘한 느낌을 풍기고 있었다. 아란은 다시 천과 바늘을 집어 들었다. 고아한 손길로 바늘을 들고 천으로 가져간다. 그리고…….

푸욱.

"흐앙~ 아프다."

……환상이 파사삭 깨져 버렸다. 청이의 의식은 맹한 그녀의 행동 덕택에 급속히 현실로 돌아올 수 있었다. 아란은 '힝' 울음소리를 내며 제 손가락에서 바늘을 뽑아냈다. 그리고 다시 상처를 입가로 가져가려 하자 청이는 덥석 그녀의 팔목을 움켜잡았다.

"잠깐! 멈추세요!"

아란이 눈물이 그렁그렁한 눈으로 왜 그러냐는 듯이 바라보자 청이는 다급히 주변을 둘러보았다. 방 안이 아닌 주변이 개방된 마루에서 이런 일을 행했으니 누군가 목격자라도 있지 않은가 하고. 다행히 눈에 띄는 사람이 없자 청이는 목소리를 낮추어 그녀에게 속삭였다.

"앞으로 이런 짓은 하면 안 돼요."

"……왜?"

"당신이 가짜라는 걸 들킬 테니까요. 아란 아가씨는 그런 술법 같은 걸 쓰지 못해요."

"나 아픈데."

"참아요."

몇 번의 반복 끝에 술법 금지라는 것을 아란에게 주입시킨 청이는 그녀를 앉혀 놓고 자수의 기초를 가르치기 시작했다. 바늘을 다룰 때 천을 어떻게 잡아야 찔리지 않는지, 어떤 방법으로 실을 엮어 나가야 하는지 등. 물론 초보자가 그걸 간단히 익힐 리가 없지만 말이다. 그리고 청이가 개인적으로 봤을 때…….

푹.

"히잉."

……이 구미호는 자수에 지지리도 재능이 없었다. 그렇게 씨름 아닌 씨름을 계속하길 반나절. 아란은 수많은 실수를 반복하여 완성된 향낭을 청이에게 내밀며 평가를 기다렸다.

"……아무래도 이걸 선물로 드릴 순 없겠는데요."

아무것도 모르고 본다면, 아니 알고 본다고 해도 평가는 동일할 것이다. 꼭 이것은 살인 현장에서나 발견될 법한 향낭이었다. 어떻게 자수를 하면 향낭의 반절 이상이 피로 뒤덮일 수 있단 말인가! 도대체 무엇을 수놓은 건지 알 수 없을 지경. 청이의 말에 나름 기대를 하고 있었던 아란은 추욱 늘어지며 새로운 천과 실을 들었다.

청이는 애처로움 반 막막함 반이 섞인 시선으로 그녀를 바라보았다. 열심히 하기는 열심히 하는데 말이야.

"하아— 진짜 답이 없다."

결국 오늘도 청이는 깊은 한숨을 내쉬며 한탄했다. 과연 그 선물이란 것을 제대로 준비할 수나 있을까?

"드오!"

탁 우우웅.

악단들의 음악이 시작되자 무희들이 큰 부채를 들고 어우러져 춤을 추기 시작했다. 그와 함께 귀족들이 술잔을 들어 올리고 크게 웃으며 축제를 즐겼다. 이에 반해 제현은 어좌에 앉아 모든 게 지루하다는 듯 그 모습을 내려다보고 있었다.

일주일 동안 궁을 개방한 이후 이뤄지는 동공왕의 탄일 행사. 귀족들은 이날을 위해 준비해 온 공물과 보석들을 하나둘씩 들고 나와 왕 앞에 바쳤다.

"이것은 황제직할령에서 유명한 보석세공사가 만든 반지로……."

"다음."

제현은 늘 그렇듯 귀찮다는 태도로 귀족들의 장황한 설명을 잘라내며 다음 순번 알현자를 기다렸다. 그렇게 늘어선 귀족들이 수십이었다. 다른 공국의 왕이라면 모르겠지만 제현은 이딴 허례허식에 쓸 인내 따윈 없었다. 저렇게 알랑대며 아부하는 것들도 뒤돌아서면 그를 향한 적의와 악의를 불태운다는 것쯤은 안 봐도 눈에 선했다.

왕권이 강하지 않았다면, 그리고 그가 왕실의 마지막 남은 핏줄이 아니었다면 반역이 골백번은 일어났을 것이다. 그렇다고 제현이 그리 왕 자리에 연연하는 것은 아니었다. 오히려 귀찮은 자리라고 생각하고 있는 그였다. 그럼에도 제 성질대로 이 자리에서 뛰쳐나가지 않은 이유는 왕이라는 자리가 가지는 힘 때문이었다.

남에게 행할 수 있는 강제력. 그것으로 '아란'이란 존재를 묶어 둘 수 있기 때문에. 그렇기에 대충이라도 진절머리 나는 귀족들의 행태에 어울려 주는 것이다.

"전하— 전 조금 특별한 선물을 준비했나이다. 이 자리에서 선보여도 되겠습니까?"

제현의 상념을 깬 것은 제가(家)의 가주였다. 그는 염소 같은 수염을 살짝 쓰다듬으며 제현을 향해 기대 어린 눈빛을 보냈다. 동공왕은 제 탄일에 맨손으로 온 귀족은 또 처음이라 흥미가 이는 표정으로 고개를 끄덕여 보였다.

왕의 허락에 제가의 가주, 제우는 기분 좋은 웃음을 흘리며 손뼉을 두어 번 쳤다. 그와 함께 악사들이 연주하는 곡조가 바뀌었다. 느릿느릿하게 허나 유혹하는 듯한 조율로. 그리고 문 너머로 화려한 옷을 입은 무희가 폭이 넓은 소매를 펄럭이며 들어왔다. 입가를 면사로 가린 여인이 고혹적인 눈빛으로 제현을 바라보며 화려한 춤을 선보이기 시작했다.

나비가 나는 듯 고양이가 조심스러운 발걸음을 옮기는 듯. 여태까지 보았던 무희들과는 차원이 다른 춤사위에 술에 취한 귀족들조차 넋을 잃고 그 여인을 보았다. 가볍게 시작한 춤은 점차 빨라지는 박자에 맞추어 점점 더 어지러이 흔들려 갔다. 꼭 꽃잎들이 바람에 떨어져 흩날리는 광경처럼.

여인은 가락의 마지막으로 돌입하자 원을 그리며 빙글빙글 돌기 시작했다. 점차 그 속도가 빨라질수록 소매에 그어진 원색들이 아름다운 잔상을 남겼다.

스르륵.

이윽고 격렬한 춤사위는 양손을 배 위에 조심스럽게 모으는 것으로 끝맺었다. 축제를 위한 희락궁(喜樂宮)에 침묵이 내려앉았다. 아찔하기만 한 그 여운 속에서 한 사람이 박수를 보내자 그 박수는 옆으로, 또 옆으로 전염되어 희락궁 내부를 가득 채웠다. 성공적인 무대에 제우는 빙긋 웃음을 지으며 왕께 고개를 조아렸다.

"어떠하십니까? 마음에 드십니까?"

"색다르긴 하군."

제현은 지루하던 차에 이뤄진 이색적인 공연이 나쁘지 않다는 반응을 보였다. 그 순간 제우의 눈이 반짝였다.

"제 선물은 바로 저 아이입니다. 바로 제 첫째 딸이지요. 제 딸을 전하께 바치옵니다."

웅성거리던 군중들이 제우의 한마디에 침묵으로 빠져들었다. 무겁게 내려앉은 공기 속에서 몇몇의 귀족은 낭패란 표정을 지어 보였다. 그사이 제가의 가주는 빠르게 말을 이어 나갔다.

"보셨듯이 춤에 재능이 출중한 아이입니다. 목소리가 좋아 노래도 아름답게 부르고 금도 매우 잘 탑니다. 그것 외에 다른 부분에서도 충분히 전하를 기쁘게 해 드릴 것입니다."

드디어 흘러나온 본심. 제현은 철과 같은 눈으로 상대를 내려 보았다. 그리고 찬찬히 내부의 귀족들을 훑어보았다. 여기저기 여인이 하나둘씩 끼여 있었다. 저마다 가주 바로 옆자리에 앉은 걸 보면 분명 그들의 여식이리라.

'축제가 평소에 비해 화려하더니 이제 보니 속셈은 여기에 다 있었군.'

제현의 입가가 비죽 올라갔다. 그걸 만족스러운 웃음이라 여긴 제우가 제 딸의 등을 떠밀며 어서 전하께 가까이 가 보라고 속삭였다. 그에 그녀는 수줍은 웃음을 지은 채 그에게로 조심조심 다가갔다. 그러면서 은근슬쩍 유혹적인 눈빛을 만들어 보였다.

제현은 겁 없이 제 곁으로 다가온 여인을 살펴보며 입을 열었다.

"아름답긴 하군."

짧은 평가. 하지만 그것만으로도 제우와 귀족들의 얼굴에 희비가 엇갈렸다. 제현은 어좌에서 일어나 여인의 턱을 잡아 얼굴을 들어 올렸다. 이제까지 관리에 상당히 공들인 듯 이리 가까이에 있는데도 피부에 기미나 흉터 하나 보이지 않았다.

"춤을 잘 춘다 하였나?"

제현의 물음에 여인은 최대한 조신하게 답하였다.

"예, 저의 최고의 장기입니다. 하지만 그것 외에도 다양한 장기들이 있지요."

여인은 입가에 매혹적인 미소를 지으며 속으로 승리의 탄성을 내질렀다. 사내들이야 아닌 척하면서도 색을 밝히는 이들이 대부분이었다. 겉으론 조신하고 순수하게, 허나 은은하게 요염한 태도로. 그러면 자신 같은 미인에게 안 넘어올 이가 누가 있으랴?

풍옥전에 갇힌 서가(家)의 계집이 전에는 어떤 식으로 전하를 홀렸는지 몰라도 지금은 백치가 되어 있다고 했다. 정상적인 사내라면 그런 계집에게 금방 질리고 학을 떼기 마련이다. 왕께선 지금까지 공들여 온 것 때문에 당장 내치지는 못하더라도 자신이 곁에서 조금씩 총애를 얻으면 모든 게 뒤바뀌리라.

여인은 그 생각을 숨기며 겉으론 순진한 여인을 흉내 내었다. 제현은 흥미롭다는 태도로 그녀를 보며 물었다.

"그래, 그 장기들이 어떤 백치의 것보다 더 낫다고 생각하느냐?"

"그러합니다."

그래도 이렇게 대놓고 물어 올 줄은 몰랐다. 여인은 제현이 숨기지 않고 제 욕심을 드러낸 거라 생각했다. 그녀는 그렇게 눈앞까지 다가온 왕비 자리에 대한 환상에 기뻐했다.

"그래?"

단, 그 시간은 짧았다. 다리에 화끈한 통증이 지나가고 그녀는 자리에 풀썩 주저앉고 말았다. 여인은 무심코 다시 일어서려고 했지만 두 다리에 힘이 들어가지 않았다.

"이제 그 춤이란 걸 추지 못하겠구나."

제현은 어느새 빼어 든 검을 들고서 그리 말했다. 그녀는 상황이 이해되지 않는 듯 멍하니 그를 올려다보았다. 그사이 제현은 비웃음을 입가에 걸고 말을 이어 갔다.

"다리 힘줄이 잘렸으니 이젠 춤이란 장기는 쓸모없어졌고…… 아, 금을 잘 탄다고 했지. 그럼 손가락도 잘라야 할까? 노래도 잘 부른다고 하였으니 혀도 뽑아내야겠구나. 내 작은 새 앞에서 그런 것으로 으스댈 수 없도록."

왕의 말이 계속 이어질수록 여인은 무언가 단단히 잘못되었다는 것을 깨달을 수 있었다. 그녀는 두 손으로 그의 발을 잡으며 덜덜 떨었다. 이마저 딱딱 부딪치며 애걸복걸하였다.

"죄, 죄송하나이다. 제, 제가 전하의 심기를 거슬렀나이다. 사, 살려주십시오."

그런 처량한 모양새에 제현은 불쌍하다는 듯 여인의 뺨을 가볍게 어루만졌다. 그리고 속삭이듯 말했다.

"내, 언제 널 죽인다 하더냐? 걱정 마라. 죽이진 않을 터이니. 단 평생토록 네 장기를 발휘하지 못하게만 할 것이다."

"제, 제발……."

단 한 순간에 뜨겁던 축제의 장이 싸늘하게 식어 버렸다. 제우는 황급히 부복하며 바닥에 제 머리를 쿵쿵 찍어 보였다.

"전하! 죄송하나이다. 제 딸아이가 전하의 심기를 어질렀습니다. 허나 제발 자비를 베풀어 주소서!"

"그래서 자비를 베풀지 않았느냐? 죽이지 않았으니 그것만으로 감사해야 할 터인데."

제현이 잔혹한 웃음을 지어 보이자 귀족들은 순간 자신의 등줄기를 따라 칼날이 흘러내리는 것만 같은 기분을 느꼈다. 딸아이를 데려온 귀족들은 그제야 제가 처한 상황을 깨달을 수 있었다. 이대로 가면 여기 모인 모든 딸아이들이 불구가 되어 나갈 것이라는 것을. 그들은 제우를 따라 다급히 부복하며 바닥에 이마를 찧었다.

"전하! 통촉하여 주시옵소서!"

"통촉하여 주시옵소서!"

희락궁 내부를 울리는 그 소리에 동공왕의 얼굴에 짜증이 잔뜩 맺혔다.

"허— 통촉해 달라. 감히 짐의 반려가 아픈 틈을 타 그 자리를 빼앗으려 한 주제에! 그래, 그대들이 데려온 규수들은 또 어떤 장기가 있는가? 그리고 짐의 반려보다 어떤 점이 더 나은가? 내가 친히 그 장기를 다신 자랑하지 못하도록 만들어 주지! 더 나은 점을 완전히 찢어발겨 주겠단 말이다!"

또다시 통촉해 달란 목소리가 사방에서 울려 퍼졌다. 간악한 여우 같은 새끼들. 입 안에 독을 잔뜩 숨기고 있는 뱀 같은 새끼들. 어찌해야 할까? 이들의 목을 모조리 쳐 버릴까? 그렇다면 주제넘은 욕심을 내지 않을까?

그러나 곧이어 떠오르는 한 여인의 존재에 제 분노를 내리누를 수밖에 없었다. 아란, 그녀가 안다면…….

제현은 이를 아드득 갈며 들고 있던 검을 힘껏 내던졌다. 그 검은 귀족들의 중심에 자리한 무대 한가운데 깊숙이 틀어박혔다. 그는 이글거리는 눈빛으로 귀족들을 훑어보며 한 자 한 자 씹어 내뱉듯이 말했다.

"그래, 그리 소리치니 이번엔 자비를 베풀도록 하지. 하지만 다음에 또 같은 일이 일어난다면 지금의 것까지 합쳐서 배로 대가를 치러야 될 것이다."

제현은 바닥에 엎드려 있는 그들을 징그러운 벌레 보듯 훑어본 후 자리에서 일어났다.

"짐은 피곤하니 이만 나가도록 하지. 그대들은 축제를 더 즐기든 그냥 돌아가든 알아서 하라."

희락궁 밖으로 나선 그는 붉게 물든 하늘을 올려 보았다. 이렇다 할 무언가를 한 것도 없는데 피곤만 하다. 쓰기만 한 입맛에 제현은 제 얼굴을 손으로 쓸어 보았다.

"괜찮으십니까?"

"기분이 더러운 것만 빼면."

희락궁 밖에서 호위를 서고 있던 흑영이 다가와 질문을 던지자 동공왕은 손을 대충 내저으며 걱정할 필요 없단 태도를 보였다. 흑영은 제현의 오 보 밖에서 멈춰 선 채 다시 입을 열었다.

"풍옥전으로 모시겠습니다."

신위대장은 폭발 직전으로 보이는 그의 모습에 조심스럽게 제의를 했다. 그녀를 본다면 조금이라도 흥분이 가라앉으리라. 허나 동공왕은 쓰게 웃으며 고개를 내저었다.

"되었다. 지금 이 기분으로 갔다간 그 아이에게 썩 좋은 꼴을 보이지 못할 듯하구나. 침전으로 간다."

먼저 앞서가는 주군을 따라 흑영은 뒤따라 걸음을 옮겼다. 물론 그것도 제현의 오 보 밖에서였다. 늘 그랬듯이 그 안으로 접근하진 않는다. 그것은 동공왕이 그어 놓은 선. 그 안으로 사람을 들이는 경우는 그가 먼저 거리를 좁힐 때뿐이었다.

아무도 믿지 않는다. 상대가 어떤 수작을 부리더라도 대응할 수 있는 거리를 유지한다. 그 모습은 마치 언제나 임전 태세로 주변의 모든 것을 경계하는 듯한 자세와도 같았다. 그에게 있어선 아군은 한 손에 꼽을 정도고 나머지는 다 적이라 봐도 좋을 정도였다. 그러나 그의 태도는 간혹 정도를 넘는 과도함이 있었다.

'왜인지는 모르지.'

흑영은 계속 몰아치는 상념을 털어 내며 불안하기 그지없는 자신의 주군을 통제할 아란을 빨리 찾을 수 있길 하늘에 기도했다.

"아무래도 안 오실 것 같은데요?"

청이는 점심부터 마루에 앉아 풍옥전의 대문을 바라보고 있는 아란의 눈치를 살폈다. 벌써 해가 지고 밤이 깊어 갔다. 그에 따라 아란의 볼은 불만을 품고 점점 더 부풀어 갔다. 청이는 괜히 마룻바닥을 손가락으로 탁탁 치며 말을 이었다.

"오늘 하루 전하께서는 탄일 축제다 무어다 해서 바쁘실 것입니다. 선물은 내일 아침에 그분께서 오시면 전달해 드리는 게 어떻겠습니까?"

"좀만 더 기다린다."

그게 벌써 열 번째가 넘어간다, 이 구미호야. 청이는 속에서 터져 나오는 한숨을 그대로 내뱉었다.

오늘 아침 그녀는 상쾌한 기분으로 자리에서 일어났다. 그 기분은 이내 제 머리맡에 머리를 풀어 헤치고 퀭하니 앉아 있는 웬 처녀 귀신 몰골의 아가씨 덕분에 공포로 변모했다. 당연히 고래고래 비명을 질렀다. 깜짝 놀란 궁녀들이 침실 안으로 쳐들어왔고 호위무사들도 검을 빼어 들고 다급히 뛰어 들어왔다.

그런 소란 속에서 구미호는 제 손에 쥔 향낭을 제게 내밀며 괜찮냐고 물어 왔다. 청이는 비몽사몽간 정신이 반쯤 탈출한 상황에서 반사적으로 그것을 살폈고 제법 나쁘지 않은 모양새에 대충 고개를 끄덕였다. 그리고 그제야 구미호는 만족스러운 얼굴로 픽 쓰러져 잠들었다.

그렇게 황당한 소란 속에서 궁녀와 호위무사, 그리고 청이는 머쓱한 표정으로 자리를 정리하였다. 밤샘 작업으로 선물을 완성한 아란은 이후 점심시간에 깨어났다. 그리고 기대감이 가득한 얼굴로 마루에 앉아 하루 종일 풍옥전 문만을 뚫어져라 바라보고 있는 것이었다.

기대감이 슬슬 짜증으로 변모하기 시작하는 아란을 보며 청이는 조마조마한 마음으로 다시 입을 열었다.

"그냥 주무시는 게……."

"좀.만. 더. 기.다.린.다."

딱딱 끊어 치면서까지 말을 하는 아란. 묘한 곳에서 승부심과 오기가 발동한 모양이었다. 청이는 다시금 깊은 한숨을 내쉬며 이제 슬슬 떠오르기 시작한 달을 바라보았다.

'왕이 오고 싶다면 벌써 왔겠지. 바빠 죽겠는데 여기 오겠냐?'

그런 불만을 꿍얼거리면서도 청이는 아란의 옆을 떠나지 않았다.

"세자 저하, 이리로 오시지요."

한 내관이 용포를 입은 소년을 안내하며 걸음을 옮겼다. 세자라고 불린 소년은 아랫입술을 꼭 깨물고 내관의 뒤를 따라 걸었다. 점차 으슥해지는 길에 소년은 의문이 들었던지 질문을 던졌다.

"스승님께서 도대체 어디에 계시기에 이리 깊이 들어간답니까?"

아직 익숙지 않은 왕궁이기에 약간은 기가 죽은 모습이었다. 내관은 천천히 뒤돌아서며 웃음을 지어 보였다.

"본디 궁이란 곳은 복잡한 곳입니다. 그러니 크게 신경 쓰지 마시고 따라오시면 됩니다."

허나 소년은 그 웃음 속에서 위화감을 찾아냈다. 뭔가 음습하고 위험한. 소년은 두어 걸음 물러서 햇빛 속으로 몸을 빼내었다. 그리고 경계심을 한층 끌어올린 채 외쳤다.

"은밀한 일이라 하여 따라 움직였다만 이건 좀 아닌 것 같습니다. 이젠 더 이상 따라가지 못하겠습니다. 스승님께 직접 제게 찾아오라 하십시오. 다시 돌아가야겠습니다."

그 순간 내관의 얼굴이 일그러졌다. 분노란 감정으로 일그러지는 것뿐만 아니라 신체적으로도. 내관 눈의 흰자가 검게 물들며 얼굴 여기저기서 혈관이 울퉁불퉁하게 튀어 오르기까지 했다. 이제 인간이라 부르기 힘들어진 그자의 입이 벌어지며 산짐승과 같은 이빨들이 드러났다.

"눈치가 빠르시군요, 세자 저하."

기이한 쇳소리. 공기 중에 떠다니던 그 위화감이 실체를 드러내자 소년은 그대로 뒤돌아서서 도망가기 시작했다. 괴물은 그런 소년을 쫓아 달렸다.

"저하, 저하, 저하. 사랑스러운 우리 저하. 내게 당신의 심장을. 요기가 가득한 그 심장을!"

바로 등 뒤까지 다가온 숨소리에 소년의 안색이 확 일변했다.

싫다. 이건 싫다. 도와줘! 누구라도 좋으니 좀 도와줘!

밖으로 터져 나오는 절규에 궁의 풍경은 점차 그 형상을 흐트러뜨린다. 마치 연기로 이뤄진 것처럼. 소년은 살고 싶었다. 그러나…… 그러나……. 그를 도와줄 이는 아무도 없었다. 그때 소년의 내부에서 속삭임이 들려왔다.

'왜 도망치는 거야?'

두려우니까! 소년은 당연하다시피한 물음에 그리 답했다. 허나 속삭임은 킬킬거리며 웃었다.

'그런다고 일이 해결돼?'

그럼 어쩌라고? 소년의 물음에 속삭임은 답했다.

'네가 죽기 전에 죽여.'

어느새 멈춰진 걸음. 어느새 손에 들린 검. 소년의 전신으로부터 검붉은 요기가 피어오르기 시작했다. 소년은 뒤돌아선다. 가까이 접근한 일그러진 괴물을 향해 붉은 안광을 터뜨리며 손에 들린 검을 휘둘렀다.

사아악.

상대는 마치 두부가 베이는 모습처럼 아주 간단하게 반 토막이 나 무너져 내렸다. 그것이 처음. 이내 흔들리는 궁의 풍경으로부터 수많은 이들이 모습을 나타냈다. 궁녀, 내시, 관리, 무사 등등. 하지만 인간의 모습이되 인간이 아닌 것들.

기이하게 일그러진 얼굴들.

"저하, 그대의 심장을 내게."

"달콤한 향기의 제물을."

"강한 힘을 내게 다오."

"먹이…… 먹이다. 심장을 먹고 피에 취하리라."

소년의 눈에 비치는 것들은 이내 모든 게 검게 물들어 갔다. 오직 날카로운 이빨들만이 남아 따닥따닥거렸다. 소년의 내부로부터 들려오는 속삭임은 점차 강해졌다.

'모두 죽여.'

그리고 소년은 움직였다. 상대의 목을 베고 다리를 부러뜨리고 배에 구멍을 뚫었다. 그럴수록 속삭임은 더더욱 그를 재촉했다. 더! 더! 더! 그럴수록 소년은 눈에 보이는 모든 것들을 좀 더 잔혹하게 유린했다. 들고 있던 검까지 집어 던진 소년은 맨손으로 괴물들의 팔을 뜯어내고 목을 뜯어내고 배를 뚫어 내장을 끄집어 내었다.

한참 동안 그렇게 피의 축제에 젖어 있었다. 온몸에 피를 뒤집어쓰고 한참을 발광한 뒤에야 멈춘 그는 주변에 늘어진 고기 조각들을 차가운 시선으로 내려 보았다.

'괜찮아, 인간이 아니니까.'

그렇게 생각했다. 다른 이들이 나타날 때까지는. 진짜 인간인 궁인들이 하나둘 나타나 그 참상을 보고 소년을 향해 경악의 시선을 보냈다. 그리고 곧 그 눈길에 혐오와 공포가 깃들기 시작했다. 그들의 속살거림이 들려왔다.

"악마다."

"피에 미친 악마야."

"오늘도 또 그러는군."

"저자가 왕이 되어도 될는지."

"인간 같지가 않아."

하나같이 소년을 모욕하는 언사들. 그렇게 소년은 끊임없이 몰리고 몰렸다. 참다참다 결국 소년은 소리친다. 닥쳐! 모두 닥치라고! 그러나 그 외침은 그들에게 닿지 않고 그들의 속삭임은 점점 늘어만 갔다. 웅웅거리며 울리다 못해 점점 커져 가는 소리. 소년은 귀를 두 손으로 꽉 막으며 움츠러들었다.

괴물들의 모습과 똑같이 인간들의 모습이 검게 물든다. 그리고 결국엔 그들의 이만 남아 딱딱거리는 모양이 보였다. 똑같다. 똑같다. 이의 날카로움 여부만 다를 뿐. 자신을 씹어 삼키려 한다.

'알잖아. 저들을 조용히 시키는 방법을.'

또다시 들려오는 내부의 속삭임. 결국 소년은 또다시 검을 든다. 그리고 주변에 있던 것을 모조리 베어 넘긴다.

베고 베고 또 베고…….

어둠 속에 잠겨 간다.

그럼에도 베고 베고 또 베고…….

'제현!'

벌떡.

누군가 자신을 부르는 듯한 느낌에 제현은 황급히 자리에서 일어났다. 그러자 이불이 가슴에서 스르륵 미끄러져 내렸다. 그는 이마에서 흘러내리는 땀을 닦아 내며 주변을 돌아보았다. 침소다. 매일 밤 그가 잠드는 그곳.

"악몽인가?"

오랜만에 꾸는 꿈이었다. 그것도 매우 악질적인. 그는 자신의 온몸이 식은땀에 푹 절은 걸 알아채고 쿡쿡 웃음을 터뜨렸다. 아직까지 이런 것에 불안감을 느끼는가? 어차피 다 부질없는 것을.

제현은 고개를 돌려 자신 곁에 부복하고 있는 박 내관을 보았다.

"얼마간 잠들었지?"

"반 시진도 채 안 되었다고 알고 있습니다."

얼마 자지도 못하고 깨어났다. 몸이 노곤하지만 그렇다고 다시 잠이 오지는 않는다. 밤 산책이라도 해야 할 듯싶다. 제현은 그리 생각하며 이불 안으로 손을 넣었다. 그리고 삼 보 거리 안으로 들어온 박 내관을 불렀다.

"박 내관."

"예."

"자네, 너무 가깝군."

"예?"

박 내관이 의문을 드러낸 순간 섬광이 그의 몸을 반으로 갈랐다.

촤아악.

붉은 피가 방 여기저기에 튀어 올랐다. 어느새 검을 뽑은 그는 바닥에 무너진 시신을 검으로 두어 번 쿡쿡 찌르다 이내 피식 웃으며 자리에서 일어섰다. 그리고 침실의 문을 열고 나섰다.

"저…… 무슨 일이십……. 히익!"

방 밖에서 대기하고 있던 내관이 피범벅이 되어 나온 그를 보며 헛바람을 들이켰다. 제현은 아무렇지도 않은 표정으로 그에게 검을 건네며 말했다.

"박 내관, 안에 있는 쓰레기 좀 치워 주고 검도 깨끗이 닦아서 제자리에 놓아둬라."

마치 귀찮은 짐을 넘기듯 검을 넘긴 그는 방금 박 내관의 모습을 하고 있던 '것'을 떠올리며 기묘하게 입가를 일그러뜨렸다. 요즘 좀 잠잠하다 싶었더니 또 쥐새끼 하나가 기어들어 왔다.

과거에도 늘 그랬다. 인간의 모습을 취하고 다가오거나 인간에 쓰여서 다가오거나. 그것도 아니면 밤에 은밀히 습격하곤 했었다. 그렇게 다가온 요괴들의 목적은 단 하나였다. 그의 심장. 인간들 사이에 섞여서 공격해 오는 그들 때문에 늘 긴장을 늦추지 못하고 살았다. 안 그래도 천살성의 살의가 속에서 요동쳐 미치기 직전에 있었는데 그것들이 딱 적당히 미치게 자극해 주었다. 거기에다 인간들의 경멸과 적의들까지.

정말 지금껏 잘 버텨 오고 있던 게 용했다. 제현은 제 얼굴을 쓸어내렸다.

귀찮은 일이 겹치고 겹치자 그는 아란의 얼굴을 떠올렸다. 보고 싶다. 허나 밤이 늦었다. 아마 지금쯤이면 잠을 자고 있으리라.

"그래도…… 보고 싶군."

그럼…… 자고 있는 얼굴이라도 잠깐 보고 올까? 제현은 그대로 걸음을 옮기려다가 제 몰골을 떠올리며 짜증스레 얼굴을 일그러뜨렸다.

"아, 그리고 일단 좀 씻고 싶군."

"주, 준비하겠습니다."

여기서 일하며 한두 번 겪었던 일이 아닌 터라 박 내관은 익숙하게 일들을 처리해 나갔다. 물론 익숙하다고 해서 심장에 무리가 안 가는 건 아니지만. 밤에 폭군이 피에 젖어서 모습을 드러낼 때면 박 내관은 당장이라도 그 자리에서 졸도하고픈 기분이었다.

"준비가 다 되었다고 합니다."

잠깐의 기다림 후 오 보 밖에선 박 내관이 그리 말하자 그는 망설임 없이 걸음을 옮겼다. 목간에 도착한 그는 궁녀들에게 제 옷을 벗어 넘기며 따뜻한 물속에 몸을 담갔다. 묘하게 풀어지는 느낌을 즐기던 그는 잠시 눈을 감았다 뜨더니 주변을 물렸다.

"모두 물러가 있거라."

그의 한마디에 목간에서 시중을 들던 궁녀들이 고개를 숙이며 빠져나갔다. 그렇게 주변의 사람들이 사라지자 제현은 표정을 굳힌 채 한 이름을 불렀다.

"여울."

"나 불렀어?"

그의 부름이 끝나기 무섭게 허공중에서 갈색 머리의 요염한 여인이 모습을 나타냈다. 그녀는 목욕 중인 그를 보며 매혹적인 미소를 지어 보였다.

"흐응~ 지금 목욕 시중을 들어 달라고 부른 걸까나?"

다리를 훤하게 드러내고 유혹적인 태도를 취하는 이무기를 담담한 시선으로 보던 제현은 은은히 요기가 묻어나는 음성으로 물었다.

"왜 막지 않았지?"

"응? 뭐를?"

능청스럽게 되물으며 다가오는 여울을 향해 그는 빠르게 손을 내저었다. 그와 함께 그녀의 머리카락 일부가 잘려 나갔다. 접근하는 건 거기까지라고 말하는 모습에 여울은 재미없다는 듯 곰방대를 꺼내 입에 물었다. 그사이 제현은 다시 물음을 던졌다.

"장난할 기분이 아니니까 제대로 대답해."

"언제는 장난을 받아 줬다는 듯이 말씀하십니다?"

"……."

"알았어, 알았다고요. 그렇게 노려보지 말라고요. 정말 무섭단 말입니다."

살기가 이글거리는 시선에 무섭다면서도 전혀 그렇지 않은 태도로 그녀는 두 손을 들어 보였다. 이무기는 입술을 혀로 핥으며 요괴가 그에게 접근할 때까지 놓아둔 이유를 말했다.

"뭐, 상대의 기량조차 파악하지 못할 날파리까지 쫓아낼 필요는 없을 거 같아서."

"그런 날파리를 쫓아내라고 널 내 곁에 놔두는 거다만."

"이야~ 저 상처받았습니다."

여울은 마치 사랑하는 남자에게 버림받은 태도를 취하며 눈물을 또르륵 흘렸다. 그리고 옷고름으로 그것을 살포시 찍어 냈다. 모르는 사람이 본다면 애처로움에 가슴 아파할 정도의 명연기. 허나 상대는 제현이었다.

"가증스럽다."

"쳇. 재미없게."

이무기는 곰방대를 내리며 입으로 연기를 훅 뱉어 냈다. 퇴폐적인 아름다움을 풍기나 제현은 인상을 찌푸리며 시선으로 답을 재촉했다. 이무기는 흥미를 잃었다는 듯 대충 답을 던져 주었다.

"그딴 놈은 제가 나서지 않아도 전하께 위험하지 않잖습니까. 거기다 계속 안전한 상태에 있으면 몸이 녹슬기도 하고요. 한 번쯤 몸을 풀어 줘야지요."

"그건 내가 결정한다."

"아이고 잘나셔라. 난 갈 테니까 알아서 하십시오."

그와 함께 이무기는 기척을 감추며 사라졌다. 제현은 제멋대로인 그녀의 행동에 불쾌하다는 듯 인상 구겼다. 그러면서도 제 몸에서 나는 피 냄새를 착실히 지우고 나서야 움직였다. 기분이 가라앉을수록 더더욱 아란이 보고 싶어졌다.

제현은 적당히 옷을 걸치고 재빨리 걸음을 옮겼다. 주변에 궁인들이 따라붙지 않게 은밀히.

"아, 가네."

침전 지붕 위에서 여울이 번개처럼 몸을 날리는 제현을 눈으로 좇았다. 그리고 방금 전 제현이 잠들어 있었을 때의 상황을 떠올렸다. 무슨 꿈을 꾸는 건지 전신으로 요기를 철철 흘려 대던 모습. 그 때문에 궁 안에 숨어 지내던 겁대가리 상실한 요괴 하나가 입맛을 다시며 그에게 가까이 다가갔다.

요화의 정은 모든 요괴들을 매혹시키는 성질이 있으니까. 하급한 요괴일수록 눈이 뒤집어져 그것을 먹어 치우기 위해 달려든다. 요화의 정을 섭취하는 것만으로도 현재의 배가 되는 강한 힘을 얻을 수 있기 때문이다.

여울은 제현의 모습에 정신이 팔리는 바람에 뒤늦게 잡것의 접근을 알아차렸다. 그리고 그녀가 귀찮은 그것을 해치우려고 한 순간 풍옥전 쪽에서 한 부름이 날아들었다. 상대는 잠들어 있는 제현. 하루 종일 기다림에 지친 여우가 짜증을 섞어 날린 전음이었다. 그 덕에 그는 악몽에서 깨어나 눈앞의 요괴를 참살했다.

"뭐 나름 소소한 재미인가?"

곧 깨어 있는 여우와 제현이 마주할 터이니 그것은 또 그것대로 재밌는 일이 일어나리라. 이무기는 흥미에 젖은 눈길을 풍옥전 쪽으로 돌렸다.

"안 자고 있었던가?"

제현은 제 앞에 앉아 뚱한 표정으로 올려다보는 아란을 내려 보았다. 아란 옆으로 기둥에 머리를 기댄 채 단잠에 빠진 그녀의 시중인이 보인다. 척 봐도 지금까지 기다리고 있던 모양새였다.

"날 기다렸던가?"

제현의 입가가 기분 좋게 호선을 그렸다. 그저 남몰래 자는 얼굴만 보러 왔다가 마루에 걸터앉아 자신을 빤히 쳐다보는 아란을 보고 얼마나 놀랐던가. 피 냄새를 지우고 온 것을 참 다행이라 생각하며 그는 그녀의 뺨을 조심스럽게 쓰다듬었다.

"늦게까지 안 와서 기분이 저조했겠군."

딱 봐도 나 진짜 짜증 났어요 하는 표정으로 아란이 고개를 홱 돌렸다. 그 모습마저 예쁘게 느껴진다면 그건 그만의 착각인 걸까? 잠시의 변덕으로 여기에 온 것이 참으로 다행이라 느껴지는 제현이었다.

반면 아란은 제가 부를 때까지 오지도 않던 인간을 보며 잠시 선물을 줘야 하나 말아야 하나 고민에 빠졌다. 맘 같아선 그냥 아무 데나 던져 버리고 싶지만 선물을 만드느라 지금까지 들인 시간이 너무 아까웠다. 결국 선심 좀 쓰자는 생각으로 소매에 숨겨 둔 향낭을 꺼내려 했다.

덥석.

제현이 그녀의 손을 먼저 잡지만 않았다면. 아란이 갑작스러운 상황에 '에—' 하고 얼빠진 소리를 내자 그는 부드러이 웃으며 그녀를 일으켰다.

"잠시 밤 산책 좀 하지."

물론 거부권은 없어 보였다. 그는 그녀를 이끌고 풍옥전을 나가 어느 한 방향을 향해 걸어 나갔다. 어딘지는 모르겠지만 평소 아란이 산책하던 그 길은 아니었다. 그녀가 보통 다니던 길은 궁 바깥 방향으로 난 길, 허나 지금 향하는 곳은 좀 더 궁 안쪽 깊숙이 들어가는 방향이었다.

"어디 가?"

아란이 고개를 갸웃거리며 그를 올려다보았다. 그에 제현은 그녀의 머리를 부드럽게 쓸어내리며 귓가에 속삭였다.

"따라와 보면 안다."

낮게 울리는 저음이 왠지 모르게 오싹한 느낌을 준다. 아란은 왠지 간지러운 귓가를 문지르며 그가 이끄는 대로 재게 걸음을 옮겼다. 그리고 도착한 곳은 높이 솟은 석암. 아란은 고개를 홱 꺾어서 위를 쳐다보았다. 저 높은 곳에 작은 정자가 보인다. 그녀는 손가락으로 그곳을 가리키며 물었다.

"가는 곳, 저기?"

"맞아."

제현은 당연하다는 듯 답했다. 그런데 아무리 여기저길 살펴도 그들이 서 있는 곳에서 저 높은 곳까지 올라가는 길이 안 보였다. 가려면 석암 뒤편에 세워진 탑으로 올라가 옥상에서부터 이어진 다리를 이용해야 하는 것 같았다. 문제는 제현이 전혀 그쪽으로 움직일 생각을 하지 않는다는 것. 아란이 도대체 무슨 생각인지 모르겠다는 듯 인상을 찌푸리자 그는 알 수 없는 소릴 내뱉었다.

"꽉 잡아야 돼."

"왜?"

그녀의 의문은 금방 해결됐다. 제현은 아란을 공주님 안기로 답삭 안아 들더니 그 자리에서 힘껏 박차 올랐다. 순식간에 주변 풍경이 아래로 쭉 딸려 내려가며 찬바람이 그녀의 뺨을 때렸다.

"아?"

생각지도 못한 상황에 그녀가 정체불명의 소리를 내자 제현은 쿡쿡 웃으며 제가 끌어안은 손에 힘을 더했다. 시간이 지날수록 점차 속도가 느려지며 부유감이 느껴지기 시작했다. 그리고 곧이어 정지. 허나 제현은 튀어나온 모퉁이를 밟고 또다시 도약했다. 방금 전과 같이 일변하는 풍경과 상승감.

탁.

그런 과정을 두어 번 더 거친 후에야 발이 단단한 땅을 디디는 소리가 들렸다. 제현은 정신을 차리지 못하는 아란을 바닥에 내려 주며 그녀의 어깨를 가볍게 두어 번 토닥였다.

"도착했다."

석암 위에는 왜소한 화원과 그 한가운데 있는 작은 정자가 다였다. 생각보다 볼 게 없는 장소를 이리저리 둘러본 아란이 고개를 갸웃거리자 제현은 친히 그녀를 이끌어 뒤돌아서게 만들었다.

"그쪽이 아니라 이쪽이다."

그리고 드러나는 궁과 궁 밖의 야경. 어두워진 밤 속에서 색색의 빛이 수를 놓으며 아름답게 빛나고 있었다. 그 빛 사이로 수많은 사람이 흥겹게 떠들며 돌아다니고 있었다. 호랑이, 용 등의 여러 형태를 가진 가지각색의 등(燈)들. 빛으로 환한 광장에서 이뤄지는 사물놀이.

궁 안으로는 악단의 연주 소리에 맞춘 무희의 화려한 부채춤과 은은히 빛나는 연등을 들고 다니는 궁녀들의 모습이 보였다. 거기에다 기와 위로 장식된 황금색의 야광주들. 쉽게 볼 수 없는 절경이 그들의 아래로 펼쳐졌다.

"아름답지?"

그 아름다운 풍경에 빠져 헤어 나오지 못하는 아란에게 제현이 쿡쿡 웃으며 물었다. 그녀는 반사적으로 고개를 끄덕이며 그림과도 같은 모습을 두 눈에 새기듯 바라보았다. 제현은 그녀를 등 뒤에서 끌어안으며 속삭이듯 말했다.

"가끔씩 올라와서 구경하는 장면인데 그럭저럭 볼만하더라고."

그러나 말의 내용과 달리 목소리에선 씁쓸함이 느껴졌다. 묘한 경멸감조차 감춰져 있는 느낌. 아란은 그런 그가 이해가 되지 않는다는 듯 고개를 갸웃거리며 말했다.

"이거 모두 축하한다. 제현 태어난 날."

"축하라…… 그냥 기념적인 날로 즐기는 것일 뿐이지."

돌아온 것은 냉소적이기만 한 이야기였다. 무엇이 문제인 걸까? 아란은 이해가 되지 않아 인상을 찌푸리며 제가 들었던 것을 나열했다.

"청이 말했다. 탄일 축제. 제현 생일 축하하는 날."

제현은 입술을 꾹 다물며 그녀에게서 두어 걸음 물러섰다. 그는 차갑게 굳어 버린 표정으로 아래의 풍경을 보다가 '하아—' 하며 한탄 같은 한숨을 내뱉었다.

"과연 저들 중 내가 태어남을 진심으로 기뻐하는 이들이 몇 명이나 될까? 한 명? 두 명? 그것도 많은 숫자지. 오히려 저주하는 사람들이 더 넘치지 않을까?"

"제현……."

"시도 때도 없이 광증을 일으키는 폭군, 심기가 뒤틀리면 언제든 신하를 베어 버리는 미치광이, 오 년 전 궁 안을 피로 물들인 악마. 이런 이가 태어난 날을 기뻐한다고? 웃기는 소리지. 오히려 땅을 치고 하늘을 원망할 날이지. 왜 이런 악마를 이 땅에 내려 주었냐고. 그것도 하필 이 땅의 왕으로서 나게 했냐고."

"제현!"

한 마디 한 마디 내뱉는 그의 얼굴은 점차 야차처럼 일그러져 갔다. 제 자신을 채찍질하듯 혹은 제 자신을 저주하듯. 남에 대한 경멸이 자신에 대한 모멸감으로 점차 확대되어져 그는 이를 뿌드득 갈았다.

천살성을 타고났다. 언제 어디서든 속에서 살의가 요동친다. 그뿐만 아니라 요화(妖花)의 정을 가지고 있다. 수백에 가까운 요괴들이 그의 목숨을 노리고 달려드는 이유. 나는 왜…… 악마라 불릴 수밖에 없게 태어났는가. 나는 왜…… 악마의 모습을 뒤집어쓸 수밖에 없는가. 나는 왜…….

"제혀언!"

아란은 그의 이름을 외치며 그의 손을 꽈악 잡았다. 그제야 그는 사념에서 빠져나와 그녀를 내려다볼 수 있었다. 애처로운 제현의 모습에 아란은, 아니 구미호는 슬프게 그를 올려 보며 입을 열었다.

"제현은 악마가 아니다."

멈칫.

그 한마디에 제현의 심장이 한차례 멈추었다. 그의 입술이 파르르 떨리자 구미호는 다시 한 번 또박또박 그 말을 내뱉었다.

"제현은 악마가 아니다."

'당신은 악마가 아니에요.'

그 단순한 한마디가 과거 아란이 제게 했던 말과 겹쳐 들렸다. 마치 그때와 같았다. 육 년 전의 첫 만남. 아직 어리기만 한 여아가 그에게 그리 말하였다.

과거 제 생일날 마주하던 이들의 미묘한 눈길이 너무나 역겨워서 이곳에 도망쳐 왔었을 때였다. 궁에서 길을 잃고 헤매던 여아가 엉뚱하게 여기까지 흘러들어 왔었다. 그럼에도 울지 않고 당차기만 하던 아이가 얼마나 신기하던지. 한편으로는 그게 묘하게 신경을 긁었기에 일부러 무섭게 대하며 제 스스로 악마라 칭했었다. 너도 똑같이 겁을 먹고 도망쳐 보라고.

그러나 돌아온 대답은 그의 상상을 가뿐히 짓뭉개는 것이었다.

'당신은 악마가 아니에요. 세상에 그렇게 슬퍼 보이는 악마가 어디 있어요?'

그 한마디에 그는 제 가슴속에 응어리진 무언가가 터져 나가는 느낌이었다. 말로 표현할 수 없이 격해진 감정 속에서 그는 구원이란 것을 맛보았다.

제현은 흔들리는 눈빛으로 제 앞에서 같은 말을 내뱉는 아란을 바라보았다. 그는 입을 빼끔거리며 간신히 물음을 내던졌다.

"왜?"

"슬퍼 보이니까. 제현은 슬퍼 보인다."

불쌍함, 동정이 뒤섞인 그녀의 눈길을 받으며 그는 울컥, 속에서 무언가가 북받쳐 오르는 느낌을 받았다. 제현은 하나뿐인 동아줄을 붙잡듯 아란을 힘껏 끌어안았다. 필사적으로. 놓치면 죽는다는 생각으로.

그래, 제발 그렇게라도 좋으니까 날 떠나지 말아 줘. 나와 같은 감정은 바라지 않으니까 그저 동정일 뿐이라도 좋으니까 제발 내 곁에 있어 줘. 그것만으로 만족할 수 있으니까, 그것만으로 위로받을 수 있으니까. 그래만 준다면 나의 전부를 줄게. 나의 영혼까지 줄게. 그러니까…… 제발 그러니까……. 날 미워하지만 말아 줘…….

"제현……."

아란의 부름에도 제현은 그녀의 목에 얼굴을 파묻은 채 미동조차 하지 않았다. 마치 우는 것처럼. 그녀는 머뭇머뭇 손을 뻗어 그를 마주 안으며 등을 토닥였다. '인간들이 하는 게 이게 맞나?' 하는 의문이 들었지만 얼추 위로하는 흉내는 낼 수 있었다.

아란은 잠시 고민에 빠진 표정을 지었다. 그리고 이내 결심한 듯 제 소매에 넣어 둔 향낭을 꺼내 손에 꼬옥 쥐었다. 그 순간 그녀의 손 아래로 은은한 연푸른빛이 흘러나왔다. 그 빛은 이윽고 천천히 향낭 속으로 스며들어 갔다. 그에 제 스스로 빛을 발하던 향낭은 전과 다른 청명한 향기를 품기 시작했다. 인간이 맡을 수 없는 기이한 향이 겹쳐 들어간다.

스르륵.

곧 향낭에서 뿜어져 나오던 빛이 바람에 흩날리듯 사그라들었다. 아란은 많이 피곤한 듯 눈가를 비비며 다시 한 번 그를 불렀다.

"제현, 나 준비했다. 선물."

움찔.

그제야 제현은 머뭇거리며 그녀에게서 떨어져 나왔다. 하기 싫은 짓을 억지로 하듯 그 행동이 느릿느릿하기만 했다. 여전히 울고 있는 듯한 그의 눈을 보며 아란은 환히 웃으며 향낭을 내밀었다.

"선물이다."

제현의 눈길은 향낭에 붙잡혔다. 보아하니 황룡이 수놓여 있기는 한데 삐뚤삐뚤한 게 영 못생겼다. 어린아이가 만든 것 같은 모습에 그의 눈이 그녀의 손으로 옮겨 갔다. 여기저기 치료를 한 흔적이 가득한 손. 그리고 깨닫는다. 기억도 온전하지 않은 그녀가 직접 만든 향낭이란 걸.

그에 제현은 또다시 울컥했다. 그는 휘몰아치는 감정을 제어하며 힘들게 웃음을 지어 보였다.

"고맙다. 정말 고맙다."

그리고 이제 제 것이 된 향낭을 소중히 품에 안았다. 살아오면서 제가 태어난 날이 이렇게 고마웠던 순간은 처음일 거라 생각하며.

때맞추어 궁 밖과 궁 안에서 풍등이 하늘로 날아올랐다. 하늘을 수놓는 수많은 불빛 아래서 아란의 웃음이 밝게 빛이 났다.

그렇게 제현은 행복한 제 생일날을 마무리하였다.

황룡이 수놓인 붉은 천으로 만든 향낭. 제현은 입가에 기분 좋은 미소를 걸며 청명한 향을 들이켰다. 이렇게 향을 맡고 있으면 요동치던 맘이 점차 차분히 가라앉는 느낌이었다.

"아란에게서 받는 첫 선물인가?"

그녀와 첫 마주침 이후 생각보다 잦은 만남을 가지진 못하였다. 그녀를 만나 보고 싶을 때마다 서진인을 통해 부르거나 잠행을 나가서 찾아가는 것. 그게 다였을 뿐.

그럼에도 그는 그 짧은 시간 하나하나가 너무나 소중했다. 곁에 있는 이들처럼 두려워하지도 않고 웃으며 맞아 주는 그녀가 너무나 좋았다. 그렇기에 넌지시 제 마음을 표현하기도 했지만 아란은 그런 방면으로 무지한 건지 아니면 알면서도 모른 척한 건지 늘 편하게 그를 대했었다.

비록 청혼 이후 모든 관계가 일그러지기 시작했지만. 제현은 끔찍한 기억들이 떠오르자 제 얼굴을 손으로 쓸어내렸다.

"차라리 기억이 돌아오지 않았으면 좋겠군."

만약 그녀가 기억을 되찾고 또다시 자신을 경멸 어린 눈으로 바라본다면? 지금 행복했던 느낌의 배로 나락으로 떨어지리라. 그러면 제가 무슨 짓을 저지를지 감히 상상이 되지 않았다.

"흐응~ 밤나들이는 재미있었습니까?"

침전 안으로 들어서자마자 고혹적인 여성의 목소리가 들렸다. 그와 함께 제현의 표정은 순식간에 일그러졌다. 그렇게 확 돌변하는 모습을 생생히 봤음에도 여울은 묘한 웃음을 지우지 않았다.

멀리서 아란과 제현이 하던 것을 모두 지켜본 그녀로선 딱히 대단할 것도 없는 일에 조금 실망한 상태였다. 큰 사고 정도는 안 바라도 적어도 자잘한 재미 정도는 있었으면 했는데. 그저 막 연애를 시작한 연인 같은 모습만 실컷 구경한 이무기였다.

'뭐 울 것 같은 제현의 표정은 좀 의외였지만.'

여울은 좀 전의 감정을 모두 가라앉힌 동공왕의 얼굴을 찬찬히 살펴보았다. 그사이 제현은 가시가 뾰족하게 선 말을 내뱉었다.

"물러가라. 지금 기분을 망치고 싶진 않으니."

하지만 여울은 그의 말을 무시한 채 그가 손에 쥔 향낭을 빤히 응시했다. 조잡하기 그지없는 솜씨로 만들어진 것이었다. 그녀는 괜히 입술 삐죽이며 불만스럽게 말을 내뱉었다.

"저도 왕을 위한 선물을 드릴 수 있는데 말이죠. 그것보다 더 멋진 것으로 말이……."

콰아악.

여울의 말이 채 끝나기도 전에 검붉은 섬광이 그녀의 몸을 갈랐다. 물론 이무기의 신형은 환영처럼 스르륵 흩어지며 사라졌지만. 어차피 그녀가 고이 맞아 줄 것이라 생각하지 않은 제현이었기에 딱히 아깝다거나 하지는 않았다. 그렇다고 뒤틀린 기분을 숨길 필요는 없었다.

"내겐 이 선물보다 더 멋진 것은 없다."

"그렇다고 다짜고짜 요력을 날리시는 건 너무하신 것 같나이다."

싸늘히 울려 퍼지는 말에 정작 답변은 그의 뒤에서 돌아왔다. 제현은 코웃음을 치며 그녀의 존재를 무시한 채 침전 안으로 걸어 들어갔다. 그렇다고 포기하고 물러갈 여울이 아니었다. 그의 바로 뒤에까지 접근하여 귓가에 속삭였다.

"그 멋진 선물, 제가 구경해도 될는지요?"

"정말 죽고 싶은 게냐!"

제현의 얼굴이 야차처럼 일그러진 건 순식간이었다. 진심으로 상대를 죽일 생각으로 움직였다. 빠르게 몸을 돌려 손을 심장에 박아 넣으려 요력을 폭발시켰으나 한 박자 빠르게 물러선 이무기였다. 헌데…… 크게 놀란 모습이 공격을 피하기 위해서 움직인 게 아닌 것 같았다. 그렇게 평정심이 흐트러진 여울은 처음 보는 터라 제현조차 움찔하며 제 행동을 멈추었다.

무겁게 가라앉은 침묵. 여울은 멍하니 서 있다가 한마디를 툭 내뱉었다.

"그 향낭……."

그러나 끝까지 말을 잇지 않고 제 입술을 깨물었다. 워낙 작은 목소리였기에 그 말을 듣지 못한 동공왕은 이유를 알 수 없는 그녀의 모습에 혹시 위험한 다른 요괴가 접근했나 하며 기감을 주변에 퍼뜨렸다. 하지만 따로 느껴지는 기척은 없었다.

반면 여울의 시선은 향낭에 고정되어 움직일 줄을 몰랐다. 멀리 떨어져 있었을 때는 눈치채지 못했다. 가까이 접근해서야 뭔가 다른 이질감을 느낄 수 있었다. 그녀가 평소에 제현을 자극하는 이유는 그가 감정이 격해졌을 때 퍼져 나오는 요력의 향을 맡기 위해서였다. 허나…… 지금은 그 향이 또 다른 향에 의해 덮어져 냄새가 나지 않았다.

요화(妖花)의 정으로부터 흘러나오는 향을 막을 정도의 힘이라니! 그녀가 알기로는 단 한 가지 방법밖에 없었다. 선화(仙花)의 향. 그것만이 요화의 향기를 뒤덮을 수 있는 향이었다. 그리고 그 향은 제현에게 쥐어진 향낭으로부터 흘러나오고 있었다.

'도대체 그 여우의 정체가 뭐야?'

여울은 경악에 경악을 거듭했다. 요화의 향은 요화의 정으로부터 흘러나온다. 그럼 선화의 향은? 당연히 선화의 정이라는 것에서부터 흘러나온다. 그리고 그것은 요화의 정과 유사하게 선기가 맥으로 흐르는 곳에서 하늘의 점지를 받은 인간이 타고나는 힘이었다. 문제는 구미호가 규모는 훨씬 작지만 선화의 정을 만들어 향낭 속에 박아 넣었다는 것이었다. 즉 기본 상식 따윈 가볍게 엿과 바꿔 먹는 행위였다.

이무기인 그녀도 제 요력을 모조리 쏟아부어야 간신히 행할 수 있는 이적. 그것도 이후 오랫동안 요양해야 할 정도로 힘을 써야 한다. 여울은 마른침을 꼴깍 삼켰다. 어쩌면 그 맹한 여우가 그녀의 생각보다 더 대단한 존재일지도 모른다.

"더 이상 쫓아올 생각이 없다면 난 이만 가 보도록 하지."

충격에 빠진 그녀를 깨운 건 차갑게 식은 제현의 목소리였다. 여울은 그가 향낭을 소중히 챙기는 모습을 보며 바보처럼 '아—' 하고 소리를 내었다. 그가 방금 말했었지. 자신에겐 이 선물보다 더 멋진 것은 없다고. 그건 정말 사실이었다.

그 향낭에서 흘러나오는 향이 있는 이상 요화의 정이 감춰질 테니 요괴들이 그를 노릴 일도 없을 테고 천살성의 살의도 어느 정도 눌러 줄 테니까.

"그걸 당신이 알고 있을까?"

침전 안으로 들어서는 동공왕을 보며 여울은 허탈한 웃음을 지었다. 잠시 스쳐 가며 만난 인연에게 이처럼 귀한 걸 선물로 내줄 수 있는 구미호의 능력에 경계심을 높이며.

"나~ 죽~을~ 것~ 같~드아~"

"좀! 일!어!나!세!요!"

다음 날 아침 풍옥전. 청이는 축 늘어진 채 일어날 생각을 하지 않는 아란과 전쟁을 치르는 중이었다. 간밤에 깜빡 잠든 사이에 동공왕과 외출하고 온 아란은 꼭 물에 젖은 솜처럼 그대로 이불 안으로 직행해 잠들었다. 코까지 도로롱도로롱 골며 자던 그녀는 아침이 되어서도 일어날 기미를 보이지 않았다. 팔을 들고 질질 끌어 일으켜도 그대로 끌려올 뿐 여전히 자리에 대(大)자로 뻗은 채였다.

"아, 좀! 곧 전하께서 온다고!"

"나 피곤……ㅎ……ㅏ……ㄷ…… 도로롱도로롱."

말하면서 그대로 곯아떨어지는 신기까지. 울컥한 청이는 망설임 없이 그녀의 뺨을 잡고 있는 힘껏 쭈욱 늘였다.

"아…… 푸……아……."

허나 잠꼬대만 할 뿐, 자세를 바꿔 엎드려 누우며 이젠 아예 미동도 하지 않는다. 도대체 어제 동공왕과 무슨 짓을 하고 돌아다니다 들어온 건지. 설마 손끝 하나 움직이기 힘들 정도로 뜀박질만 하다 들어왔을 리는 없을 테고. 청이는 손톱을 깨작깨작 깨물며 밖의 상황을 살폈다. 시간은 계속 흐르는데 이년의 구미호는 깨어날 생각조차 없다.

몇 번의 심사숙고를 거친 청이는 결국 최후의 수단을 쓰기로 결심했다. 마침 아란도 엎드려 있겠다. 모든 준비가 끝난 딱 좋은 자세였다. 청이의 손이 천장을 향해서 높이 솟아올랐다. 그리고 올라간 것의 배의 속도로 낙하했다.

철써—억!

"히에에에엑!"

엉덩이로부터 타고 오르는 짜릿한 통증에 아란의 눈이 번쩍 뜨였다. 아직 상황을 제대로 파악하지 못한 아란이 놀란 표정으로 청이를 올려다보고 있자 그녀는 곧이어 두 번째 공격을 준비했다. 청이는 이를 악물며 목소리를 높였다.

"자고로……."

그와 함께 또다시 그녀의 손이 전광석화처럼 낙하했다.

"……나쁜 아이는 궁디 팡팡입니다!!"

철써어어억!

"흐갸악!"

그제야 아란은 제 엉덩이를 감싸 쥐며 자리에서 벌떡 일어났다. 그리고 마치 꼬리에 불붙은 것처럼 방 안을 방방 뛰어다녔다.

"왜…… 왜……."

한참을 날뛰다가 자리에 주저앉은 아란은 눈물이 글썽거리는 눈으로 청이를 원망스럽게 쳐다보았다. 그에 청이의 이마에 힘줄이 툭 하고 솟아올랐다.

'나라고 과년한 처녀의 엉덩일 때리고 싶겠냐!'

그녀는 욱하고 치미는 감정을 평소와 같이 꾹꾹 내리누르며 입을 열었다.

"일단 빨리 씻고 대충이라도 사람 몰골로 만들자고요."

열 받는 건 열 받는 거고 해야 할 일은 해야 할 일이다. 동공왕이 오기 전에 양호한 상태로 만들어 내보여야만 했다.

"안에 아란 아가씨는 계신가?"

허나 문제는 실랑이가 길었고 손님이 예정된 시각보다 더 일찍 찾아왔다는 점이었다. 청이는 그 자리, 그 자세 그대로 얼어붙어 버렸다. 한순간 사고가 멈추며 '삐이—' 하고 이명이 울린다. 그사이 또다시 아란을 찾는 목소리가 들렸다. 그녀는 목각 인형처럼 끼긱거리는 고개를 돌려 아란을 내려 보았다.

봉두난발에, 야장(잠옷) 차림의 그녀. 이대론 절대 내보일 수 없다. 청이는 억지로 몸을 움직였다.

"아, 아직…… 기회가 있……."

"제혀언!"
벌컥.
허나 아란이 먼저 자리를 박차고 튀어 나가 버렸다. 갈 곳을 잃은 손은 공중을 헤맸다. 그것으로 청이의 정신은 이곳을 떠나 다른 세계로 훨훨 날아가 버렸다.
한편 제 시중인의 정신세계를 완벽히 박살 내 준 아란은 폴짝폴짝 뛰어 눈앞의 제현에게 달려갔다. 평소의 버릇처럼 신도 신지 않고 맨발로 마루를 벗어나 몸을 날린 순간 그가 재빨리 그녀의 허리를 낚아채 제자리로 돌려놓았다.
"조심해라. 발 다친다."
제현은 좀 과하다시피 자신을 반기는 아란에게 기분 좋은 웃음을 지었다. 허나 피곤해 보이는 그녀의 모습이 눈에 들어오자 조심스레 산발인 머리를 쓸어 넘겨 주었다.
"이런, 어제 늦게 잠들었을 터인데 내가 미처 신경 쓰지 못하고 왔군."
막 잠에서 깨어난 모습이다. 힘도 없이 추욱 늘어진 것이 제 탓인 것 같아 미안한 마음이 들었다. 제현은 쓰게 웃으며 말했다.
"용무만 보고 빨리 돌아가야겠어."
"용무?"
"아, 네게 줄 것이 있다."
"줄 것? 아, 선물?"
아란은 줄 것이란 말에 눈을 또르르 굴리며 생각하다가 인간 사이엔 선물을 받으면 그 상대에게 성의를 표한다는 관습을 떠올렸다. 제현은 그녀가 바로 선물이라 언급하자 조금 어색한 표정을 지어 보였다. 그리고 제 품속으로 손을 넣어 몇 번 접힌 비단을 하나 꺼냈다. 아란은 그가 건네주는 것을 무심코 넘겨받았다. 몇 번을 뒤집어 보며 고개를 갸웃거리던 그녀의 입술 사이로 물음이 흘러나왔다.

"천?"

"그게 아니다."

제현은 그녀의 손 위로 자신의 손을 겹치며 비단을 한 겹 한 겹 펴냈다. 그리고 드러나는 청옥으로 만들어진 용잠. 그것은 햇살을 받아 영롱한 빛을 띠었다. 그녀는 그 용잠을 홀린 듯이 바라보았다.

"와— 예쁘다."

순수한 감탄에 제현은 의미심장한 웃음을 지으며 그것을 아란의 손에 꼭 쥐여 주었다. 그녀가 이것이 가지는 의미를 알까? 아마 기억을 잃은 그녀로선 아무것도 모르겠지. 그러니까 이렇게 기뻐하며 받을 수 있는 것이다.

그는 그녀의 손 위로 제 손을 덮으며 고개를 숙였다. 꼭 제 것이라는 도장을 찍듯 둥근 이마에 입술을 꾹 누른다. 그리고 아래로 내려와 오뚝한 그녀의 코에 똑같이 입맞춤을 했다. 마지막으로 그녀의 입술에 제 입술을 겹쳤다. 제 속에 치미는 격렬함을 감추고 부드럽게 붙었다 떨어져 나간다.

아란이 멍하니 자신을 올려다보자 제현은 배부른 맹수와 같은 표정으로 그녀의 귓가에 속삭였다.

"네가 성인식을 치르면 이 비녀와 짝이 되는 것을 하나 더 주마. 홍옥으로 만들어진 예쁜 봉잠을 말이다."

청색의 용잠과 홍색의 봉잠. 이것을 함께 쓸 수 있는 여인은 동공국에서 오직 하나, 동공왕의 반려이자 동공국의 어머니인 왕비밖에 없었다. 그 사실을 알 턱이 없는 아란은 기쁜 표정으로 격렬히 고개를 끄덕였다. 그녀의 사고 수준에선 예쁜 물건이 늘어나는 것일 뿐이다. 이 장면을 청이가 바로 옆에서 보았다면 아마 거품을 물고 기절했으리라.

"이만 쉬어라."

동공왕은 피곤해 보이는 그녀의 뺨을 쓸어내리며 떨어지지 않는 발걸음을 돌렸다. 허나 나름 만족스러운 결과에 묘하게 속이 뿌듯했다. 꼭 그녀가 자신의 청혼을 받아들인 느낌이라 더더욱 들떴다. 요즘 들어 참으로 행복한 나날이었다. 그렇게 동공왕은 기분 좋게 하루를 시작할 수 있었다.

한편…….

"아가씨!"

동공왕이 떠나고 나서야 제정신을 차린 청이가 방에서 뛰쳐나왔다. 그러나 이미 상황은 종료된 상태. 그녀는 아란의 손에 들린 것을 보며 어버버거렸다. 그 순간이었다.

털썩.

아란이 그 자리에서 풀썩 쓰러졌다. 덕분에 청이는 충격에서 빠져나올 수 있었다.

"아가씨!"

청이는 다급히 아란의 어깨를 잡아 흔들었지만 그녀는 반쯤 풀어진 눈으로 추욱 처져 있을 뿐이었다. 어디가 아픈 건가? 청이는 제 아랫입술을 꾸욱 깨물었다. 인간이 아닌 터라 의원에게 보일 수도 없는 상황.

그때였다.

"……ㅓ……ㄱ."

"뭐라고요?"

아란이 무언가를 말했다. 청이는 고개를 숙여 자신의 귀를 아란의 입가에 가져다 대며 다시 물었다.

"좀 더 크게 말씀해 보세요! 뭔가 필요한 게 있으세요?"

그리고 청이는 아란이 목적한 바를 알아들을 수 있었다.

"꾸~울떠~억."

"……."

청이는 환하게 웃음을 지으며 일어섰다. 그리고 더도 덜도 망설일 것 없이 손을 높이 들었다. 그리고…….

처~얼~썩.

"히야악!"

……강력한 응징을 내렸다.

3장

음모의 태동

백사린은 가면이라도 쓴 듯 무표정한 얼굴로 적이의 보고를 듣고 있었다.

"그러니까요. 맨다리를 훤히 드러낸 채로 무사들이랑 칼싸움을 했다잖아요! 아이구, 망측해라."

조잘거리는 어린 시비의 말은 상대를 흉보는 것이 거의 반을 차지했다. 그 상대는 바로 서아란. 얼마 전 양유성과 양유우가 일으킨 사건의 전말을 모두 들은 백사린은 고운 입술을 비틀었다.

혹시나가 역시나. 작게나마 품고 있던 기대마저 성대하게 날려 준 서가(家)의 계집 덕분에 더 이상의 망설임이 사라졌다. 그 계집에게 왕비의 자격 따윈 없다. 그럴 인격도 몸가짐도 갖추지 않았다. 그럼 남은 결정은 하나. 그 존재를 이 세상에서 지우는 것.

"수고하였다."

그녀는 그리 말하며 적이에게 금붙이를 쥐여 주려고 했다. 그러자 어린 시비는 결사적으로 손을 내저었다.

"전 이런 걸 바라고 한 일이 아닙니다."

"그래도 받아 두어라."

"오직 아가씨를 위한 마음에서 한 행동인걸요. 그러니까 이러지 마시어요."

적이가 필사적으로 손을 내젓자 백사린은 미안하다는 얼굴이 되었다. 그녀는 금붙이를 다시 패물함에 집어넣으며 말을 이었다.

"늘 네게 고맙다. 혹 내 도움이 필요하면 언제든지 청하거라. 내 가능한 데까지 도와줄 것이니."

그녀의 말에 적이의 눈가가 감동으로 촉촉이 젖어 들어갔다. 역시 우리 아가씨는 매우 착하셔. 우리 아가씨야말로 왕빗감인데 왕께선 그 서가의 말괄량이 계집이 뭐가 좋다고…….

"이만 물러가 보겠습니다."

어린 시비는 고개를 숙여 인사하고 물러났다. 어두운 방에 혼자 남은 백사린은 탁자를 손가락으로 톡톡 두드리며 생각에 잠겼다. 길어지는 고민. 고개를 숙이자 분홍빛 머릿결이 차르륵 흘러내리며 청순한 얼굴을 감추었다. 그와 함께 스산한 음성이 흘러나왔다.

"일단 그 계집의 주변 인물을 이용해 보아야겠지?"

그것도 속에 원망을 품은 이를 찾아서. 자신의 흔적이 남지 않게 원한을 이용하여 말이다.

소화부인과 아란 사이에 치열한 눈싸움이 오고 갔다. 아란은 슬쩍 중년 부인이 들고 온 서책을 보고는 미묘하게 인상을 찌푸렸다. 평소와 같은 동화책이 아닌 전혀 새로운 서책. 그녀는 교육의 시간이 전처럼 재미있지 않을 거란 사실을 본능적으로 알아채며 슬슬 엉덩이를 뒤로 뺐다.

"어딜 가시려는지요?"

허나 반항은 시작되기도 전에 완벽히 차단되었다. 결국 반 울상을 짓는 구미호였다. 슬슬 일주일 정도의 훈육 기간 이후 소화부인은 이쯤이면 다음 단계로 넘어가도 되겠다 싶었는지 천자문을 들고 찾아왔다.

그것에 두 팔 벌려 반긴 것은 청이였다. 아란이 인간 사이에서 지내며 제법 말이 늘었다고 하나 직접적인 배움을 갖는 것과 그렇지 않는 것의 차이는 매우 컸다. 그렇기에 소화부인 옆에서 구미호가 튀지 못하도록 함께 두 눈을 부릅뜨고 있는 상황이었다.

탁.

소화부인은 들고 온 서책을 탁자 위에 올리며 말했다.

"오늘 배울 것은 바로 천자문입니다. 혹시나 해서 묻는 것인데 아십니까?"

알 리가 없다는 가정이 필수적으로 확실하게 깔린 매우매우 확신적인 물음이었다. 아란은 천자문이란 말에 곰곰이 생각에 빠져들다가 '아!' 하며 제 주먹을 손바닥에 탁 내리쳤다.

"나 안다!"

무어라! 소화부인과 청이의 두 눈이 절대 믿을 수 없다는 듯 크게 뜨였다. 지금까지 행태로 봐선 이런 지식과는 완전히 무관할 터. 소화부인은 서책 위에 손을 얹으며 한번 해 보라는 듯 고갯짓을 해 보였다. 그에 아란은 자신만만한 태도로 입을 열었다.

"하늘 천……."

그 첫마디에 고요한 마루에서 숨을 크게 들이켜는 소리가 들렸다. 이건 기적이라는 의미. 허나 그 놀람은 뒤이어 들려오는 말에 와르르 무너져 내렸다.

"……따지 가마솥에 누룽지 박박 긁어서……."

점차 차게 식어 가는 주변의 눈길에 아란의 즐겁게 흥얼거리는 말이 천천히 멈추어 갔다. 그녀 역시 그들처럼 굳은 얼굴이 되어 물음을 던졌다.

"아니야?"
"아닙니다."
"정말 아니야?"
"예."
"하지만……."
"아닙니다."
"그래도……."
"아.닙.니.다."

묘하게 분노가 서린 소화부인이 딱딱 말을 끊어서 말하자 아란은 깨갱하며 입을 꾸욱 다물었다. 중년 부인은 입가를 비틀며 독백 같지 않은 독백을 내뱉었다.

"어릴 적엔 그렇게 노셨군요."

묘하게 독기가 묻어 나오는 말투. 늘 예의와 배움을 중히 여기는 그녀에겐 그런 교육을 비꼬는 행태들이 맘에 들 리가 없었다. 결국 이어지는 건 진짜 아란에 대한 망신이라 청이는 눈을 질끈 감고 입에서 나오는 대로 변명을 늘어놓을 수밖에 없었다.

"그렇지 않습니다. 저희 아가씨는 그런 조잡한 짓들은 하지 않았습니다. 하려면 화끈하게 뱀을 잡아 다른 집 규수 방 안에 던지든지……."

아…… 이게 더 정상이 아니구나. 청이는 경악에 가득 찬 소화부인의 얼굴을 보며 '아차' 했으나 이미 벌어진 일이라 어쩔 수 없었다. 그러고 보니 제가 모시던 진짜 아가씨도 보통 여인이 아니었다. 시비 걸어오는 규수를 거품 물게 하고 혼절시킨다든지 힘자랑하던 사내들을 똑같이 힘으로 박살 낸다든지. 말괄량이도 그런 말괄량이가 없었다. 다만 어른들 앞에선 어느 정도 예의를 차렸다는 게 다를 뿐.

어쩌면 그렇게 평범한 규수와 다른 모습이 동공왕의 마음을 끌지 않았을까?

아무리 그래도 동공왕과 첫 만남에서 '당신 시발이에요' 라고 말하진 않았어!

청이는 그렇게 합리화하며 고개를 주억거렸다. 하여튼 사고를 쳐도 수습 가능한 수준이었다. 그렇게 그녀를 통해 많이 단련된 청이도 구미호가 치는 대형 사고들 앞에선 위장이 심히 쓰려 왔다. 이건 뭐 목숨을 내놓고 뒷수습해야 할 판이니.

중년 부인은 말없이 서책을 펼쳐 들었다. 이 정신 나간 아가씨를 필히 인간답게 만든다는 의지를 속으로 다지면서. 한편 이유를 알 수 없이 변한 소화부인의 기세에 아란은 저도 모르게 움츠러들었다. 그리고 생각 없이 서책에 시선을 옮긴 순간 정체불명의 꼬부랑 글자들이 그녀의 눈에 와르르 쏟아졌다.

저건 진짜 재미없다. 확신이 들은 구미호가 황급히 자리에서 일어나려 했으나 그 전에 먼저 청이가 몸을 날려 그녀를 덮쳤다.

아란이 어색하게 웃으며 변명 같지도 않은 변명을 내뱉었다.

"청이야, 나 측간, 측간."

"헛소리 집어치우고 열심히 공부하십시오."

물론 청이에게 씨알도 먹히지 않는다. 청이는 아란의 어깨를 꾹꾹 눌러 자리에 앉히며 이런 건 자신에게 맡기라는 듯 소화부인을 바라보았다. 한편 중년 부인은 공부 시간에 일어나는 어이없는 알력 다툼에 제 관자놀이를 꾹꾹 눌렀다. 아무래도 저런 아가씨를 다루려면 한 가지 방법밖에 없을 터.

"이걸 다 외우시면 재밌는 이야기를 해 드리지요."

"재밌는 이야기?"

그 말 한마디에 아란의 소리 없는 투쟁이 뚝 멈추었다. 그녀가 궁금증을 가득 품고 바라보자 소화부인은 별거 아니란 투로 말을 이어 갔다.

"세상의 끝 너머의 이야기입니다만. 뭐 싫으시면 관두고요."

"나 외운다!"

참 알기 쉬운 성격이다. 번개 저리 가라 할 정도의 빠른 속도로 정자세를 잡고 앉은 아란은 방금 전까진 없던 학구열을 뜨겁게 불태웠다. 소화부인은 청이를 향해 이만 네 할 일이나 하러 가라고 말하며 차를 한 모금 머금었다. 컬컬한 목을 적당히 적신 후 '험험' 하며 가볍게 두어 번 목을 가다듬는다. 그리고 이어지는 천자문의 구절.

天(하늘 천)地(땅 지)玄(검을 현)黃(누를 황)

<하늘은 위에 있어 그 빛이 검고 땅은 아래 있어서 그 빛이 누르다.>

宇(집 우)宙(집 주)洪(넓을 홍)荒(거칠 황)

<하늘과 땅 사이는 넓고 커서 끝이 없다. 즉 세상의 넓음을 말한다.>

日(날 일)月(달 월)盈(찰 영)仄(기울 측)

<해는 서쪽으로 기울고 달도 차면 점차 이지러진다. 즉 우주의 진리를 말한다.>

辰(별 진)宿(잘 숙)列(벌일 열)張(베풀 장)

<성좌가 해 달과 같이 하늘에 넓게 벌여져 있음을 말한다.>

寒(찰 한)來(올 래)暑(더울 서)往(갈 왕)

<찬 것이 오면 더운 것이 가고 더운 것이 오면 찬 것이 간다. 즉 사철의 바뀜을 말한다.>

……

그 뒤로 고요한 음율을 타고 이어지는 두 사람의 목소리에 청이는 조심스레 자리에서 일어나 마당으로 걸어 나왔다. 오랜만에 높은 집중력을 보여 주고 있는 아란을 방해하고 싶지는 않았다. 청이는 정원을 뛰어다니는 토끼를 보며 나지막이 한숨을 내쉬었다. 공부 시간 중에 아란이 도망가지 않게 막을 생각으로 아침에 후다닥 작업을 다 끝내 놓은 터라 할 일이 아무것도 없었다.

오랜만의 휴식에 그녀는 무얼 할까 고민하다 구석에 있는 바위 위로 걸터앉았다. 궁에 들어온 이후에 처음으로 쉬는 것 같았다. 첫날부터 시작해서 하루도 바람 잘 날이 없었지. 덕분에 잘 아는 의원에게 부탁해 매일 청심환을 복용하고 있었다.

"그래도 시간은 흐르는구나."

청이는 궁에 들어온 이후 며칠이 지났는지 날짜를 세어 보았다. 벌써 이 주가 되어 가고 있다. 즉 아란의 성인식이 한 달하고도 반밖에 남지 않았다. 그런데 진짜 아가씨의 행방은 오리무중이니. 이러다 진짜 저 여우가 왕비의 자리에 오르게 생겼다.

"빨리 일이 제대로 풀려야 될 텐데."

답답한 마음에 청이는 하늘을 올려다보았다. 구름 한 점 보이지 않는 맑은 날이다. 그랬기에 그나마 꽉 죄여 오던 가슴이 어느 정도 풀리는 느낌이었다. 그렇게 얼마간 푸른 하늘을 올려다보고 있었을까?

"거기 청이 있는가?"

"에? 예! 여기 있습니다."

소화부인의 목소리가 들려오자 청이는 화들짝 놀라며 마루로 달려갔다. 그곳에 새하얗게 질린 표정의 중년 부인과 방긋방긋 웃는 아란이 그녀를 바라보고 있었다. 그리고 덮여져 있는 서책. 무슨 일이 일어나긴 난 것 같은데 딴생각에 빠져 있느라 보질 못했다. 그때 소화부인이 약간 거친 목소리로 명을 내렸다.

"다과를 가지고 오너라."

"예? 하지만 아직 교육 중……."

"끝났다."

청이는 부인의 말에 제 귀를 의심했다. 교육을 시작한 지 얼마나 되었다고. 설마 그 짧은 시간에 천자문을 다 외우지 않고서야. 청이의 생각은 거기서 끊겼다. 설마…… 에이…… 그사이에 다 외웠다고? 청이가 제 생각이 맞느냐는 듯 바라보자 중년 부인은 고개를 끄덕였다.

"두어 번만 듣고 다 외우시더구나. 어느 정도 기억이 나시는 듯싶다."

말도 안 돼! 소화부인과 달리 아란이 가짜라는 것을 아는 청이로선 경악의 연속이었다. 아니 저 바보 천치가 그 긴 걸 두 번 만에 다 외웠다고? 이미 배운 자신도 몇 번을 되새김질해야 암기할 수 있는 걸? 청이가 입을 쩌억 벌리고 있자 아란이 두 팔을 휘두르며 말했다.

"나 듣는다. 재밌는 얘기. 세상의 벽 너머 이야기!"

그에 소화부인은 어서 다과를 가져오라며 청이에게 눈짓을 보냈다. 결국 청이는 반쯤 정신이 나간 채로 국화차와 다기, 유과를 챙겨 그녀들 앞에 대령할 수밖에 없었다. 그녀가 잔에 찻물을 쪼르륵 따르는 사이 아란은 부담스러울 정도로 눈을 반짝이며 중년 부인을 바라보았다.

이런 행동을 보면 딱 꼬마 아이 수준인데 머리는 혀를 내두를 정도로 비상하다. 이 정도의 천재성은 백가(家)의 백사린 이후 처음 보는 것이었다.

'나름 가르칠 맛이 있겠는데?'

매번 새롭게 발견하는 면모에 소화부인의 눈이 남모르게 반짝였다. 아주 훌륭한 원석이었다. 몇 가지만 교정하고 조절하면 그 무엇보다 빛나는 보석이 되리라. 허나 지금은…….

"언제 시작해?"

그냥 애다. 아란은 이야기를 시작해 줄 사람이 자신을 빤히 보고만 있자 재촉의 말을 꺼냈다. 결국 깊은 한숨과 함께 자세를 편히 잡으며 소화부인은 이야기의 운을 떼었다.

"바다 너머로 끝없이 가다 보면 세상의 끝에 도달한다는 것을 아십니까?"

확실히 증명된 이야기는 아니었다. 허나 고대 영웅들의 이야기나 이름을 남긴 모험가의 일지, 괴이한 기담 속에서 '세상의 끝' 이란 것이 종종 언급이 되었다. 바다를 통해 끝없는 대해를 항해하다 보면 도착한다는 그곳엔 하늘 높이 치솟은 거대한 벽이 있다고 했다. 오직 검기만 한 그것은 어떠한 충격에도 전혀 부서지지 않는다고 한다.

'심연' 혹은 '세상의 벽' 이라 불리는 그것에 대한 이야기는 각 서적에서 다양하게 표현되고 있었다. 그저 무한하게 단단한 암석이다. 벽의 형상을 띠고 있는 기(氣)의 결계다. 이 세상의 것이 아닌 밑도 높은 어둠이다 등. 그리하여 고대 사람들은 이 세계는 그러한 곳에 둘러싸인 혹은 그러한 재질의 땅이 푹 패어 생겨난 구덩이에 존재하는 것이라 생각했다.

"허나 그 벽 너머로 넘어갔다는 사람들이 등장했지요."

소화부인은 그렇게 말하며 한 차례 말을 쉬었다. 그리고 차를 한 모금 마시며 공부할 때와는 비교도 되지 않는 집중력을 보이는 아란을 바라보았다. 반쯤 입을 쩌억 벌리고 있는 게 꼭 제 손녀가 이야기 들을 때의 모습 같아 저도 모르게 유과를 하나 집어서 입에 쏘옥 넣어 주었다.

오물오물오물.

그러자 그 자세 그대로 유과만 씹으면서 다음 이야기를 기다리고 있다. 중년 부인은 쿡 웃으며 이야기를 이어 나갔다.

"몇 시대를 건너서 한두 명씩 나타났습니다."

처음 '세상의 벽' 너머를 갔다 왔다는 이가 등장했을 땐 모두 그자를 거짓말쟁이로 여겼다. 그러나 시간이 흘러 또 그와 같은 주장을 하는 이가 나타났고 또 세월이 흘러 또다시 그런 말을 하는 사람들이 하나둘씩 나타나기 시작했다. 거기에다 그들이 말하는 '세상의 벽' 너머의 세계 묘사는 대부분이 일치하였다. 그들의 주장은 이러했다.

'세상의 벽' 의 어느 지점에 균열이 있는데 그곳을 통과하는 순간 칠흑 같은 세계에 먹혀졌다. 얼마 후 정신을 차렸는데 검은 숲에 떨어져 있더라. 그 숲을 나서서 보게 된 인간들은 이곳과 전혀 다른 언어를 사용하였으며 처음 보는 복색을 하고 있었다. 건물 또한 전혀 볼 수 없었던 양식이었고 '마도학' 이라는 기술로 만든 '기계' 라는 것을 사용하고 있었다. 하늘은 사시사철 '악마의 기운' 이란 것에 가리어져 지독한 독을 내뿜었다. 그리고 그들은 그곳에서 살면서 알게 된 정보 역시 알려 줬다. 이 역시 거의 대부분 유사하였다.

그곳엔 '동화' 란 기이한 역사가 '이야기꾼' 들에 의해 알려지고 있었다. 세상 곳곳에서 '마왕' 이라는 사악한 요괴들이 등장하는데 이는 고대에 초대 마왕인 '성녀 살해자' 의 저주로 인해 발생하였다고 한다. 그리고 그런 요괴들을 죽이기 위해 하늘에서 '용사' 란 존재를 내려보낸다고 했다.

"그들의 마지막 이야기는 꼭 이렇게 끝났습니다."

소화부인은 일부러 중요한 부분에서 슬쩍 한 박자를 쉬었다. 어느새 텅 비어 있는 그녀의 찻잔. 좀 전의 충격에 벗어나 함께 그녀의 이야기에 빠져 있던 청이가 재빨리 그 잔에 찻물을 채웠다. 중년 부인은 만족스러운 웃음을 지으며 말을 이었다.

"제 스스로 '검은 숲의 마녀' 라 부르는 이가 찾아와 본래 세계로 돌려보내 주었다."

꼴깍 하며 침이 넘어가는 소리가 들릴 정도로 고요한 침묵이 내려앉았다. 제법 묵직해진 분위기 속에서 소화부인은 제 손에 낀 가락지를 만지작거리며 입을 열었다.

"세상 너머에 갔다가 돌아왔다는 이는 현재까지 총 일곱이었습니다. 그러나 그 사람들은 서로 다른 시대의 사람들이었지요. 최대 이백 년까지 차이가 납니다. 그럼에도 불구하고 그들의 이야기는 모두 일치하고 있었지요. 그랬기에 근래 학자들 사이에선 그들의 말이 진실이라는 쪽으로 학설이 굳어지고 있는 모양입니다."

그렇게 이야기를 끝낸 소화부인은 묘한 동경으로 눈이 반짝반짝 빛나는 소녀들을 바라보았다. 쯧, 이제 곧 성인이 될 아이들이. 부인은 그렇게 혀를 찼지만 푸근한 미소를 입에 머금었다. 그때 반쯤 환상의 영역에 들어가 있던 아란이 황홀하단 표정으로 입을 열었다.

"가 보고 싶다."

탕탕.

그 한마디에 소화부인과 청이가 탁자를 내리치며 빠르게 거부의 말을 내뱉었다.

"안 됩니다!"

"절대 안 돼요!"

정말로 가겠다고 궁을 뛰쳐나갈까 봐 그들의 안색이 순식간에 급변했다. 이 아가씨라면 진짜 할 것 같으니까. 서늘함이 그들의 가슴을 스치고 지나갔다. 한편 과격한 그들의 반응에 아란의 입이 댓 발이나 튀어나왔다.

"피―"

불만이 가득한 모습. 결국 청이는 소화부인이 떠나고 나서 잘 때까지 가슴을 졸이며 아란을 끊임없이 감시해야 했다.

"많이 힘들지 않아? 네게 준 것이라고는 철저하게 해(害)밖에 없는 이를 마주한다는 것이. 그리고 그런 이를 위해 일한다는 것이. 비록 악의는 없었다고 해도 곁에 있는 이들이 피해를 입는다는 것을 알고

있었을 거 아니야? 그걸 알고 있음에도 그리 행동하였다는 것은 결국 고의적인 해악일 수밖에 없어. 안 그래?"

"그래서요?"

오단은 차가운 가면을 뒤집어쓴 채 눈앞의 인물을 바라보았다. 일을 하던 도중 갑작스레 제압되어 조용한 창고로 끌려왔다. 그자는 비명을 지르지 못하게 입을 막고 몸의 여기저기를 누르는 것만으로도 전신에 힘을 빠지게 만들었다. 적어도 상대는 이런 일에 상당한 전문가였다. 그것도 궁 안에서 납치와 같은 일을 서슴없이 할 만한 지위와 권력을 가진 이를 뒷배로 둔.

일단 자신을 만나고자 한 이는 제게 해를 끼칠 생각은 없는 듯 보였다. 다만 과거의 일들을 들먹인다. 오단은 두 손을 다소곳이 모은 채 상처를 툭툭 건드리는 상대의 말을 감내하고 있었다. 그에 정체를 알 수 없는 자는 어둠 속에서 이를 환히 드러내며 웃어 보였다.

"흐음 지금까지 당한 일을 하나하나 나열해 볼까? 심한 매질은 기본에 지하에 끌려가 상의가 벗겨진 채로 등에 채찍까지 맞았고 지위도 떨어져 잡다한 일을 맡고 있지. 어떤 때는 고열에 시달리면서도 서가(家)의 아가씨를 감시하기도 하고. 헌데 그때마다 모시던 분은 아랫것의 마음도 헤아리지 않은 채 후다닥 튀기만 하고. 어차피 다시 잡혀 올 게 뻔한데 말이야. 꼭 일부러 동공왕 전하의 분노를 들쑤시듯이."

실체조차 제대로 느껴지지 않던 상대는 목소리마저 몽환적이었다. 그 혹은 그녀가 말하는 게 진짜인 건지 아니면 자신이 환청을 듣고 있는 건지 구분이 되지 않았다. 오단은 자꾸만 정신을 흩트리는 향에 고개를 절레절레 저었다. 그런 작은 발악을 보던 이는 입가를 비꼬아 올리며 말을 이었다.

"아차, 그러고 보니 그 와중 오라비가 전하의 눈에 잘못 띄어 팔이 잘렸다지?"

그 이야기는 오단의 마음을 완전히 헤집어 놓기에 충분했다. 그녀는 아랫입술을 질끈 깨물며 입을 열었다.
"그만."
"병신이 되어 궁 밖으로 쫓겨나고. 쯧쯧, 정말 불쌍도 하여라. 왕궁을 수호하는 병사가 되었다 하여 심히 기뻐하였는데 얼마 되지 않아 그런 일을 당했으니……."
"그마아안! 그만하란 말이야아아!"
오단은 절규하듯 미친 듯이 소릴 질렀다. 그제야 멈추는 잔인한 속살거림. 그녀는 거칠어진 숨을 내쉬며 어둠 속에 몸을 숨긴 상대를 노려보았다.
"도대체…… 원하시는 게 뭡니까?"
그제야 원하던 말이 나왔다는 듯 즐거운 웃음소리가 들려왔다. 그 자는 별것 없다는 듯 유리병 하나를 꺼내 그녀 앞에 내밀었다.
"이걸 네가 모시는 분의 차에 몰래 섞기만 하면 돼. 그리고 우리 측에 신호를 주기만 하면 되지. 그러면 네가 보기 싫은 사람이 영원히 사라질 거야. 물론 강요는 아니야. 선택이지."
"……."
"거절한다고 해서 딱히 불이익이 돌아가거나 하진 않아. 그저 약간의 기억을 조작해 내보낼 뿐이야. 우리의 계획을 알고 있는 이를 그냥 돌려보낼 수는 없잖아?"
오단은 입을 꼭 다문 채 투명한 빛을 띠는 그것을 빤히 바라보았다. 상당히…… 매혹적인 제안이었다. 보아하니 매우 은밀하게 행해지는 일. 어쩌면 제가 이 일에 동참했다는 것조차 들키지 않을지도 몰랐다. 아니, 들켜도 딱히 상관은 없을 듯하다.
어차피 서가의 아가씨가 연무장에 가서 깽판을 친 그날 목숨이 끊길 각오를 하고 그녀에게 마음속에 담아 둔 말을 모두 내뱉지 않았던가. 그럼에도 그 아가씨가 자신을 가만히 놓아두는 이유는 알 수 없지만. 어찌 되었든 싫은 인물은 싫은 인물이었다. 당장에라도 눈앞에서 치우고 싶은.

"어때 결정했어?"

그 순간 어둠 속의 인물이 다시 물어 왔다. 오단은 고개를 끄덕이며 그 유리병을 향해 손을 뻗었다.

'이 모든 건…… 아가씨의 잘못이에요.'

그렇게 제게 속삭이며.

흑영은 눈앞의 주점을 올려다보고 있었다. 한차례 인상을 찡그린 그는 입술을 꾹 다문 채 안으로 들어섰다. 저녁 즈음으로 접어들어 가는 시간. 그렇기 때문일까? 안에는 몇몇의 무리들이 자리를 잡고 술을 마시고 있었다. 그들은 이런 허름한 곳에 말끔하게 차려입은 자가 들어오자 흥미 서린 눈길을 보냈으나 이내 그의 허리에 매인 검을 보며 재빨리 관심을 끊었다. 보통은 칼을 들고 있는 이와 얽혀서 좋을 것이 하나도 없었다.

흑영이 담담한 태도로 자리를 잡자 점소이가 재빨리 다가왔다. 점소이는 허리를 구부정하게 숙인 채 손바닥을 비비며 반가이 웃음을 지어 보였다.

"반갑습니다, 도련님. 오랜만에 오시는 것 같군요."

"주인장은 있는가?"

거두절미하고 본론으로 들어가는 그의 모습에 점소이는 째진 눈을 날카롭게 빛내며 말을 이었다.

"아무리 단골 고객분이라도 절차는 절차인지라."

까다로운 절차를 필요로 하는 이곳은 '암정국'의 지부. 정보 상인들과 접촉하고 싶으면 통행증과 함께 통행료를 지불해야 했다. 그래야 비로소 그들과 접선을 할 수 있는 첫 단계가 마련된다.

탱그랑.

식탁 위에 네 개의 은화가 떨어졌다. 점소이는 그것을 재빨리 회수하며 하나의 은화는 흑영에게 도로 돌려주었다.

"헤헤 너무 많은 것은 받을 수 없습니다."

겉으로 보기엔 점소이에게 봉사료를 넘겨주고 점소이는 너무 많은 돈에 일부만 받는 거로 보인다. 허나 실상은 세 개의 은화는 통행료, 그리고 넘겨준 하나의 은화는 암정국에서 위조한 것으로 통행증의 역할을 하는 것이었다.

"따라오시죠."

점소이의 안내를 받아 흑영은 구석에 있는 문을 넘어 지하로 내려갔다. 계단 끝에 나타난 문은 단단한 철문으로 이루어져 있었다. 점소이는 그 문 위로 손을 얹어 불규칙적으로 여기저기를 통통 두들겼다. 그러자 육중한 그 문은 아무런 방해 없이 스르륵 열렸다. 그 안으로 허름한 주점과는 다른 깔끔하게 정돈된 새로운 방이 나타났다. 흑영은 익숙하게 방 가운데 자리한 의자에 앉았다.

"여기서 기다려 주시죠."

점소이는 그 말만을 남겨 놓고 다시 위로 올라갔다. 그와 동시에 반대쪽에 있던 문이 벌컥 열리며 나비 모양의 가면을 쓴 여인이 걸어 나왔다. 그녀는 입가를 짓궂게 휘며 흑영과 탁자를 사이에 두고 맞은편 의자에 앉았다.

"흑영님 오랜만이군요."

"아아, 그래 오랜만이군, 호접(胡蝶)."

이곳의 정보 상인들은 모두 가면과 가명을 쓰며 제 정체를 숨긴다. 은밀한 정보를 거래하다 보니 생기는 위협에서 스스로를 보호하기 위한 방편. 오랜 만남을 가진 흑영조차도 그들의 본명과 정체를 모른다. 그는 잠시 두 눈을 꼭 감았다가 다시 떴다.

"은명은?"

그의 지우이자 암정국의 수장. 서신으로만 보내는 연락에 아무런 답변이 없어 결국 직접 찾으러 왔다. 호접은 무표정한 흑영을 보며 '흐응~' 콧소리를 내며 탁자 위로 손가락을 빙빙 돌렸다.

"그건 특급에 해당하는 정보인데."

"장난은 집어치우고 말해. 시간이라도 끌 생각이라면 지금 당장 전표를 내어 주지."

그가 단호하게 나오자 호접은 쓰게 웃으며 고개를 절레절레 저었다. 그가 무슨 일로 단장을 보자고 하는지는 대강 예상하고 있었다. 한시가 급한 상황. 평소의 친절함을 집어던지고 저리 급하게 다그치는 게 당연한 일이었다. 호접은 쓰게 웃으며 입을 열었다.

"역시 지금 궁에 계시는 그분은 '진짜'가 아니었군요."

차앙.

말이 끝남과 동시에 흑영의 검집에서 뽑혀져 나온 검이 그녀의 목을 겨누었다. 호접은 두 손을 번쩍 들어 보였다. 허나 여유로운 태도로 조곤조곤 입을 열었다.

"아아, 걱정 마세요. 아시잖아요. 저희 정보상들의 입이 얼마나 무거운지. 그리고 우리 쪽 내에서도 이상하다 여기는 정도일 뿐이라서 다른 구역의 정보상들은 전혀 눈치채지 못했을 거예요."

흑영의 짙은 눈썹이 빠르게 꿈틀했다. 그는 검을 다시 집어넣으며 품속에서 전표를 꺼내 그녀에게 던졌다.

"그 입이 돈 앞에서는 가벼워지지. 정보동결비다. 후에 좀 더 지불하도록 하지. 그러니 딴 데로 그 정보를 새어 보낼 생각은 하지 마."

"예, 저희에겐 거래는 곧 신념이니까요."

호접은 그 전표를 챙기며 야릇한 웃음을 지어 보였다. 정보를 사고파는 것뿐만 아니라 정보 통제 또한 한다. 그것이 암정국이 다른 정보상들과는 다른 특이한 점이었다. 그들이 정보를 묶는다는 건 곧 그 정보는 세상에선 사라진다는 의미였고 그들이 정보를 푼다는 것은 그 정보가 거짓이라도 진실이 된다는 의미였다.

"이만 본론에 들어가도록 하지. 은명은?"

흑영은 잠시의 시간도 아깝다는 태도로 상대를 재촉했다. 다리를 꼬며 슬며시 팔짱을 낀 그녀는 미묘하게 입꼬리를 올리며 고개를 절레절레 저어 보였다.

"아쉽게도…… 저희 측에서도 행방을 파악할 수가 없습니다. 몇 가지 정보를 조작하신 후에 사라지신 것 같은데…… 아시다시피 그분이 작정하고 사라지시면 저희라도 찾아내기 매우 힘듭니다."

아쉽게도 원하는 답변은 나오지 않았다. 흑영은 가슴을 내리누르는 답답한 느낌에 제 얼굴을 쓸어내렸다. 정보를 조작하고 사라졌다라. 그렇다면 무조건적인 실종이 아니라 어떤 이유로 일부러 자취를 감췄다는 의미일 텐데.

결국 최선의 선택지가 사라졌다. 그럼 남은 건 차선의 선택지를 고르는 것뿐.

"이쪽 사정을 잘 아는 듯하니 그쪽에 의뢰를 하도록 하지. 원하는 건 서아란의 도주 경로와 위치. 정보가 새어 나가지 않게 은밀하게 조사해 주었으면 좋겠군. 두 달…… 아니 이젠 한 달하고도 반이겠군."

"예, 의뢰 받아들이겠습니다."

호접은 쾌활한 목소리로 말하며 계약서를 꺼내 들었다. 그리고 빈자리에 몇 가지를 기입하더니 그를 향해 내밀었다.

"의뢰 내용이 맞으신지 확인하시고요. 금액은 아래에 책정된 대로입니다. 좀 비싼 것 같아도 철저한 비밀을 요하는 것이다 보니 말이죠. 그 점을 감안해서 봐 주시면 감사하겠습니다."

흑영은 제 품에서 인장을 꺼내 망설임 없이 찍었다. 호접은 나리는 호쾌해서 좋다니까라며 중얼거리곤 계약서를 챙겨 넣었다. 흑영은 더 이상 볼일이 없다는 듯 자리에서 일어서 문 쪽으로 걸어갔다. 그가 철문 앞에 가까이 다가가자 절로 문이 스르륵 열렸다. 아니 더 정확히는 그가 나올 걸 알고 점소이가 미리 문을 열었다는 것이지만. 그는 방을 나서기 전에 멈칫하더니 두어 차례 머뭇거리다 입을 열었다.

"혹시 은명에게서 연락이 오게 된다면 내게도 좀 알려 주게."

"중요한 고객분의 부탁이신데 얼마든지요."

호접은 자리에서 일어서 우아하게 고개를 숙여 인사했다. 허나 흑영이 나가고 철문이 닫히는 순간 그녀의 미소엔 쩍 하고 금이 갔다.

"나도 그놈의 수장 놈을 찾고 싶지. 근데 워낙 흔적을 잘 감추고 사라져서 문제지. 척 봐도 아예 작정하고 이곳을 떠난 모양인데. 느낌상 돌아올 생각이 전혀 없어 보인단 말이야."

결국 신경질 어린 목소리만이 암정국의 접객실을 맴돌았다. 한편 주점 밖으로 나선 흑영은 궁을 향하여 걸음을 옮기던 중 길가에 심긴 버드나무를 발견하고 우뚝 멈춰 섰다. 그 나무 아래로 청년들이 퍼질러 앉아 다툼을 벌이고 있었다. 이유가 뭔지는 모르겠지만 당장이라도 멱살을 잡고 몸싸움을 벌일 기세였다.

"버드나무 아래라……."

아란과 은명이 흑영과 처음으로 인연이 엮인 장소도 바로 버드나무 아래였다. 그것도 서로에게 칼날을 겨누며 싸움을 벌이다 맺은 관계. 당시 흑영은 한양 시찰대장으로서 살인자의 뒤를 쫓고 있었고 은명은 현상금이 걸린 범죄자 뒤를 쫓고 있었다. 그리고 아주아주 운이 나쁘게 버드나무 아래서 각자 쫓고 있던 상대를 놓쳐 버렸다. 그것도 각자 있는 힘껏 뜀박질을 하다가 정면으로 부딪쳐서.

"그땐 서로가 쫓고 있던 상대의 공범자라 생각해서 미친 듯이 싸웠는데."

고꾸라지고 나서 거친 말을 내뱉다 보니 오해가 깊어져 결국 검까지 뽑아 드는 상황까지 갔었다. 그리고 마주하게 된 상대의 실력은 상상했던 것보다 매우 뛰어났다. 붉은 머리를 휘날리며 마치 암살자처럼 움직이던 그. 사각에서 파고드는 칼날에 매번 가슴이 선뜩하였다.

그때였다. 아란이 나타난 것은. 열네다섯밖에 안 되어 보이던 소녀는 위험하기 그지없는 칼부림에 겁을 먹을 만하건만 오히려 당당하게 호통을 쳤었다. 그것도 매우 어이없는 이유로. 그 황당한 외침은 아직까지 기억에 남아 있다.

'야, 인마들아! 오늘은 내가 여기서 쉬기로 찜해 놨어! 딴 데 가서 싸워!'

얼마나 어이없었으면 목숨을 노리고 대결하던 그들이 우뚝 멈춰 섰을까? 그리고 서로를 향해 살인자의 공범이라는 둥 그게 아니라 저쪽이 현상범의 공범이라는 둥 위험한 놈이니 도망치라는 등등의 이야기를 하며 소리치다가 보니 얼떨결에 오해가 풀려 버렸다. 어이없는 오해로 위험한 대결을 했다는 사실을 깨닫자 내려앉은 건 어색한 침묵. 자존심 때문에 사과도 제대로 못 하던 그들 사이로 소녀는 재밌다는 태도로 생각지도 못한 제의를 했다.

이것도 인연인데 우리 친구가 돼 보지 않겠냐고. 그러면서 나이도 많은 그들에게 한 치의 거리낌도 없이 말을 턱 놓아 버렸었다. 참으로 대담하기 그지없는 처자라 웃음 지으며 해 버린 수락. 이후 그 아란이란 아이가 얼마나 말괄량이였는지 톡톡히 깨달을 수 있었다. 신기한 사건 사고를 일으키며 필요할 때만 연약한 여인인 척 내숭을 떨던 그녀. 언제나 그들이 정신을 차리고 보면 그녀가 일으킨 일들에 어느새 말려들어 가 있었다. 그 덕에 평생 동안 겪지 않을 진귀한 경험을 많이 했었다.

당시에는 당황스럽기 그지없었으나 지금 생각해 보면 참으로 재밌는 추억이었다.

"그런데 어쩌다 이렇게 되어 버렸는지."

동공왕의 집착, 점차 망가져 가는 활발한 소녀, 말이 점차 사라져 가던 은명, 충성이란 명목하에 그들의 모습을 외면하는 자신. 만약…… 동공왕이란 존재가 그들 사이에 끼어들지 않았더라면 상황은 지금과 많이 달라져 있었을까?

"모르지. 그건 아무도 모르지."

흑영은 버드나무를 외면하며 제 추억 역시 외면해 버렸다. 그리고 제 발을 무겁게 붙잡는 미련을 억지로 떨쳐 내며 궁을 향해 걸어갔다.

동공왕은 어좌에 앉아 눈앞에서 엎드려 목소리를 높이는 것들을 내려 보았다. 그들은 한목소리로 끊임없이 외쳤다. 아니 되옵니다. 아니 되옵니다. 어찌 목소리까지 저리 잘 맞추는지. 맘 같아선 성대를 모조리 뽑아 버리고 싶은 심정이었다. 제현은 무미건조한 어조로 입을 열었다.

"아니 된다?"

"예, 어찌하여 백치를 왕비의 자리에 앉힐 수 있나이까!"

"왕비의 자리는 태양의 옆자리! 그 무엇보다 고귀한 자리입니다!"

"많은 지식과 혜안을 가진 여인이어야만 합니다!"

"차라리 서가(家)의 여식을 후궁으로 들이고 왕비는 따로 간택하여 주시옵소서!"

간구와 동시에 기다렸다는 듯 신하들 사이에서 외침이 터져 나왔다. 동공왕은 입꼬리를 비틀어 올리며 말했다.

"난 그대들에게 성혼식을 준비하라 명했소만."

"그것이 옳지 않기에 드리는 간언이옵니다!"

간언(諫言)이 아니라 간언(姦言)이겠지, 더러운 벌레들. 동공왕은 싸늘히 가라앉은 눈으로 물음을 던졌다.

"그럼 그대들이 생각하는 왕비상은 무엇인가?"

그 순간 신하들의 눈길이 빠르게 오갔다. 그리고 이어지는 청산유수와 같은 말들.

"우선 가장 중요한 것은 몸가짐이옵니다. 고고하고 강해야 하며 그럼에도 불구하고 부드러움을 가지고 있어야 합니다. 둘째는 다양한 지식과 혜안입니다. 많은 것을 알아야 그만큼 많은 것을 굽어볼 수 있고 혜안이 있어야 쓸모 있는 것과 쓸모없는 것을 구분할 수 있나이다. 마지막으로 혈통이옵니다. 피가 천하지 않아야 하며 과거 동공국을 세울 때 초대 동공왕 곁에서 힘을 실어 준 이의 핏줄이어야 할 것입니다."

쉽게 말해 교육 잘 시킨 제 귀족 딸 중에 하나를 골라라 그 말이군. 에둘러 말하며 허례의식을 추켜세운다. 허나 결국 원하는 건 빌어먹을 권력. 제현의 눈길이 등 뒤에 걸린 검으로 향하였다. 역시 한번 뒤집어 줄 때가 된 것일까?

잠시의 고민. 그러자 또 그의 마음 깊은 곳에서 흥분하며 재촉하는 목소리가 들려왔다. 네 생각이 맞는다고 그러니 다시 한 번 땅에 피를 흩뿌리자고. 뜨겁게 살의가 끓어오른다. 하지만 제현은 아란을 떠올리며 요동치는 마음을 억누르려 노력했다. 제현은 소매에서 향낭을 꺼내 그 향을 맡았다. 그와 함께 속에서 들끓던 살의가 점차 가라앉았다. 아란이 선물한 향낭의 향을 맡고 있으면 언제나 마음이 고요히 안정되었다.

아란. 기억을 잃고 변한 그녀는 그에게 상당히 우호적이었다. 그것이 자신의 마음과 같다고는 할 수 없으나 적어도 동정 정도는 되리라. 그것만으로도 그는 만족할 수 있었다. 동공왕은 차근차근 생각을 정리하며 눈앞의 귀족들을 노려보았다. 이들의 입을 단번에 다물게 만들 강수를 써야 한다.

"말을 듣고 보니 그대들의 말이 틀린 것 같진 않군."

동공왕에게서 흘러나온 말에 귀족들의 표정이 환하게 바뀌었다. 드디어 저 폭군의 마음을 돌렸다는 생각에 그들은 재빨리 머리를 돌렸다. 제 딸이 왕비가 되면 좋겠으나 그것이 정 힘들면 자신의 파벌에서라도 왕비가 나오게 만들어야 했다. 그때였다.

"몸가짐이 훌륭하고 지식과 혜안이 깊으며 고귀한 핏줄의 여식이라면 단 하나밖에 생각나지 않는군."

동공왕의 입으로부터 나온 중얼거림. 그에 귀족들은 안타깝다는 듯 인상을 찌푸렸다. 그 조건에 가장 부합하는 인물을 떠올리면 그들 역시 단 하나밖에 떠오르지 않았다. 백가(家)의 백사린. 전형적인 형태로 이뤄질 간택에 귀족들은 그쪽 파벌에 어찌하여 접선을 할 것인지 계획을 짜기 시작했다. 구석에 조용히 앉아만 있는 백세악의 눈치를 보며 이리저리 수군거린다. 한편 그런 그들의 작태를 보며 제현은 비죽비웃음을 흘렸다.

"호조판서 이전량의 여식 이혜가 어떠한가?"

그와 동시에 귀족들의 안색이 새하얗게 질렸다. 호조판서의 이전량이라 하면 청렴결백으로 유명한 이였다. 얼마나 성깔머리가 가차 없는지 뇌물이 오고 가는 게 걸렸다 하면 그게 제 친우든 저보다 높은 관직의 사람이든 무조건 관계를 끊고 보았다. 더욱이 망설임 없이 곧장 왕에게 상소문을 올리는 덕에 피를 본 이들이 한둘이 아니었다. 기본 성품이 그러하다 보니 자식 교육 역시 매우 엄격하였다. 그러한 자의 여식이 왕비에 오른다?

확실히 그 누구보다 훌륭한 왕비가 될 것이다. 허나 결코 그들이 원하는 방향으로 이뤄지는 일은 하나도 없을 게 분명하였다. 귀족들 중 한 명이 머뭇머뭇하며 입을 열었다.

"저, 전하. 그 규수도 좋지만 더 좋은……."

"아아, 좋다라. 그럼 이미 결정이 난 거로군. 난 이전량의 그 딱 부러지는 성격이 매우 좋더이다. 그러니 그의 딸도 내 마음에 쏙 들지도. 생각해 보니 왕실의 기강이 제대로 잡히겠군."

제현은 빠르게 그자의 말을 끊어 버리며 말을 이었다. 비꼬임이 잔뜩 들어간 어투. 결국 귀족들은 모조리 침묵할 수밖에 없었다. 한순간에 조용해진 편전 내부를 보며 왕은 다시 입을 열었다.

"왜 그러오? 갑자기 모두 꿀이라도 드셨소? 왜 말들이 없소?"

입이 백 개가 있다 해도 할 말이 있을 턱이 없었다. 저리 흉흉하게 살기를 날려 대는데 누가 감히 입을 열 수 있을까? 저런 상태의 왕은 절대로 건드리면 안 되었다. 잘못하면 제 목이 날아갈 판이니.

더러운 버러지들. 제현은 그들을 내려다보며 야차처럼 얼굴을 일그러뜨렸다.

"네놈들이 뭘 노리는지 안다. 내가 요즘 얌전히 지내니 우습게 보이던가? 하— 그래. 그러니 이렇게 겁대가릴 상실하고 쫑알쫑알 떠드는 게지."

동공왕은 발을 구르며 자리에서 벌떡 일어나 외쳤다.

"허나…… 내가 조용히 지내고 있을 때 굴러 떨어지는 찌꺼기라도 잘 받아 처먹는 게 좋을 거다. 안 그러면 그 작은 것조차 너희들 입에 굴러 들어가지 못하게 될 테니. 그러니 한 달 반 후에 치러질 서가 규수와의 성혼을 잘 준비하는 게 좋을 게야. 이만 회의를 끝내겠다."

결국 귀족들의 탄원은 제 목표하는 바를 이루지 못한 채 끝나고 말았다.

저녁 식사 이후 가벼운 후식 시간. 아란이 가장 기대하는 시간이기도 했다. 왜냐하면 원하는 만큼 많은 꿀떡을 먹을 수 있으니까. 궁녀들이 탁자를 내려놓는 순간 아란은 번개와 같은 속도로 손을 뻗어 목표물을 낚아채 입에 넣었다.

"헤헤헤."

보기만 해도, 듣기만 해도 행복감을 자아내는 모습으로 접시를 빠르게 비워 갔다. 청이는 옆에서 늘 그렇듯 질린다는 표정을 지어 보였다. 어찌 저 많은 양이 배 안에 다 들어가는지. 그렇게 먹고도 살이 안 찌는 게 참으로 기이할 지경이었다.

탁.

"요즘 기운이 없다고 해서 준비한 차입니다. 피로에 좋다고 합니다."

그때 한 궁녀가 다기를 내려놓으며 설명했다. 그리고 찻잔에 쪼르륵 찻물을 따랐다. 잠시 식사를 멈추고 그것에 흘깃 눈길을 준 아란. 허나 곧 다시 꿀떡 흡입에 정신을 돌렸다. 오단은 멀찍이 선 궁녀들 사이에 섞여 그 모습을 유심히 바라보고 있었다. 특히 아란 앞에 놓여진 찻잔을.

'딱히 몸에 해가 되거나 하는 건 아니야. 그저 깊이 잠들게 만드는 것뿐이지. 당신은 서가(家)의 아가씨가 그걸 마시는 걸 확인하고 우리 측에 신호만 보내 주면 돼. 그럼 다음 날 그분은 궁에서 사라져 계시겠지.'

악의 없이 담담하게 흘려 말하던 상대의 목소리. 단지 어질러진 방을 깨끗이 치운다는 듯한 어조로 오단에게 그리 말하였다. 오단은 제 손에 쥐어진 유리병을 들고 나와 후식 시간에 나올 차에 남몰래 섞어 넣었다.

'마신 뒤 두 시진 정도 지나야 약효가 돌기 시작할 거야. 무미무취이니 크게 신경 쓸 것도 없고. 뭐 짐승 정도나 되어야 뭔가 비리다는 것을 알까?'

오단은 그자의 말을 떠올리며 조용히 눈을 감았다가 떴다. 상대가 이걸 먹을 때까지 들킬 일은 없다. 몸에 이상이 생기고 나서야 뭔가 잘못되었다는 걸 눈치챌 테니까. 오단은 제 스스로에게 그렇게 속삭였으나 자꾸만 일이 틀어질 것만 같은 예감이 들었다. 아무리 생각해 보아도 이 계획에 틈이 보이지 않는데 말이다.

"캑캑캑."

그 순간 아란이 목이 막힌다는 듯 가슴을 탁탁 두드렸다. 양 볼이 터질 듯이 꿀떡을 입 안에 쑤셔 넣다 보니 결국 사달이 났다. 하루에도 두어 번씩 보는 일이라 딱히 감흥은 없지만. 오단은 청이가 허둥지둥하며 그녀에게 찻잔을 내미는 것을 보았다.

'드디어!'

오단은 침을 꼴깍 삼키며 아란이 적당히 식은 차를 들이켜는 것을 주시했다. 잔이 홱 올라가며 그 안의 내용물이 모조리 그녀의 입 안으로 사라졌다.

'됐다!'

이제 다 끝났다. 이제 그들에게 신호만 보내면…….

"푸우우우우웃."

"……."

"……."

"……."

눈앞에서 일어난 갑작스러운 참상. 아란은 찻물을 그대로 뿜었고 청이는 그걸 모조리 뒤집어써 버렸다. 그에 주변에 있던 궁녀들이 그대로 꽁꽁 얼어붙었다.

똑똑.

청이의 머리를 따라 찻물이 한두 방울씩 떨어져 내린다. 거기에다 아란의 입에서 같이 튀어나온 꿀떡의 잔해들도 여기저기 치덕치덕 붙어 있었다. 청이의 꼭 감은 눈꺼풀이 파르르 떨렸다. 폭풍 전의 고요. 아란도 제가 잘못을 저질렀다는 걸 아는지 눈치를 살피며 살살 궁둥이를 들썩였다.

번뜩.

청이가 무서울 정도의 날카로운 안광을 빛내며 두 눈을 떴다. 그리고 환히 웃는다. 근데 그 웃음이 왜 그리 음산하게 느껴질까?

"나 측간."

아란은 생쥐처럼 빠르게 튀어 올랐으나 매의 발톱 같은 청이의 손에 탁 잡히었다. 청이의 올라간 입꼬리가 분노를 품고 부르르 떨렸다. 그녀는 무언가를 꾹꾹 누르는 어조로 입을 얼었다.

"아가씨, 변명은?"

"그, 그게……."

순간 청이의 위로 나찰의 상이 덧씌워져 보이는 건 착각일까? 분노한 청이의 앞에서 아란은 달달 떨며 눈동자를 또르륵 굴렸다. 척 봐도 도주로를 물색 중인 모양이라 청이는 제 손에 힘을 더했다. 그제야 골칫거리인 구미호가 떠듬떠듬 말을 내뱉었다.

"저, 저 차 맛이 비리다."

그와 동시에 궁녀 사이에 섞여 있던 오단이 흠칫하고 몸을 떨었으나 눈앞의 참사에 집중된 이들 중 그런 그녀를 눈치챈 이는 아무도 없었다.

'불가능해!'

오단은 흔들리는 눈동자로 아란을 바라보았다. 분명 인간에겐 무미무취라고 했다. 짐승 정도는 되어야 비린맛을 느낀다고 했을 터인데. 그럼…… 그녀는 인간이 아니란 소린가? 그 순간 오단은 그날의 일이 떠올랐다. 동공왕에게 뺨을 맞아 입 안이 다 터졌던 그날, 아란이 상처를 치료한다는 말을 했었고 그녀의 입 안의 상처는 말끔히 사라져 있었다.

식은땀이 줄줄 흘러내린다. 오단은 눈앞의 아란을 보며 덜덜 떨었다. 그녀는 서가의 아가씨가 아니다. 그런데 그녀의 모습으로 있다. 그럼 누구? 주변 온도가 몇 도는 떨어진 듯 스산함이 목줄기를 휘어 감는다. 눈앞의 상대가 더 이상 인간으로 보이지 않고 기이한 괴물로서 느껴졌다. 어디서부터 무엇이 잘못된 것일까? 지금 오단을 지배하는 감정은 단 하나, 공포심이었다.

반면, 청이는 아란의 말에 차가 담긴 다관(차를 우리는 주전자)을 빤히 바라보다 궁녀에게 한 잔을 따라 달라고 부탁했다. 쪼르륵 소리를 내며 찻잔에 청록색의 차가 채워진다. 그리고 청이는 그것을 조심스럽게 호로록 마시며 맛을 보았다. 그리고 이어지는 정적.

청이는 방긋 웃으며 궁녀들에게 양해를 구했다.

"저, 지금부터 볼 일을 머릿속에서 잊어 주실 수 있을까요?"

"예? 아, 예."

그녀들로부터 긍정의 답변이 나오는 순간 청이는 집게손을 뻗어 아란의 뺨을 쭈욱 늘였다.

"흐갸갸갸갹!"

"비리긴 뭐가 비립니까! 향만 좋구만!"

"으갸갸갹! 끝까지 마셔 봐라! 비리다!"

그와 함께 청이는 남은 차를 쭈욱 들이켜고 제 손에 힘을 더했다.

"끝맛은 아~주 달군요. 전하께서 신경 써서 고르신 차인 것 같습니다. 아~암 암요. 근데 비리고 어쩌고 하면서 제게 분수처럼 뿜어내셨군요!"

풍옥전에서 하루에 두어 번은 볼 수 있는 광경. 작은 소란에 궁녀들은 제 입을 가리며 킥킥 작은 웃음을 터뜨렸다. 그런 청이의 윽박지름에도 아란은 도저히 비려서 못 마시겠다고 잉잉대었고 결국 새 차가 다시 나왔다. 그리고 처음에 나온 차는 모조리 청이의 몫으로 돌아갔다. 요즘 이 아가씨 때문에 피곤하다며 한번 피로를 풀어 보자고 그 차를 한 방울도 남김없이 쭈욱 비워 내 버렸다.

그리고 그 덕으로 이틀 내내 어떠한 외부의 충격에도 깨어나지 않은 채 푹 잠을 자 피로를 풀었다고 한다. 주변으로부터 저런 잠탱이라는 시선은 덤으로 얻고서.

오단은 풍옥전의 마당을 쓸고 있었다. 넓은 정원 사이로 문까지 이어지는 길은 늘 청결히 하여야 했다. 매일 왕께서 두어 번 오가는 길이니만큼 사소한 트집도 잡히지 않도록. 그녀가 부지런히 빗자루질을 하며 앞으로 나가던 중 시야에 들어온 꽃신이 길을 막았다. 꽃신을 따라 고개를 들어 올리자 동백꽃이 수놓인 하얀 치마와 그 위로 푸른 저고리가 차례로 보였다. 마지막으로 들어온 것은 그녀가 모시는 아가씨인 아란의 얼굴.

"오단."

아란이 그녀를 부르며 방긋 웃음을 짓는다. 불안한 느낌이 오단의 가슴에 잔잔히 스며들기 시작했다. 이유를 알 수 없는 불길함. 보이지 않는 스산함. 고요하기만 한 풍경 속에서 들리지 않는 비명 소리가 섞여 있는 듯한.

오단은 자기도 모르게 한 발짝 물러서며 아란의 얼굴을 바라보았다. 그녀의 웃음은 무언가 인간 같지 않은 면모가 있었다. 마치…… 짐승의 것처럼. 오단이 그리 생각한 순간 아란의 입가가 길게 찢어지며 그 안으로 날카로운 이빨들이 드러났다.

정상이란 범주를 벗어난 기괴한 악몽. 지금까지 감추어져 있던 공포의 실체가 모습을 드러냈다. 시뻘겋게 변한 아란의 눈동자가 그녀를 주시한다.

"너 내 정체를 알아챘지?"

이어서 들리는 괴기하게 뒤틀린 목소리. 오단은 제가 들고 있던 빗자루를 내팽개치고 미친 듯이 도망치기 시작했다. 달린다. 달린다. 또 달린다. 저 멀리에 있는 풍옥전의 문을 향해서. 그러나 아무리 빠르게 달려가도 그 문은 가까워지지 않았다. 꼭 제자리에서 뛰고 있는 것처럼. 오단은 점차 공포심에 안색이 새하얗게 변해 갔다.

그녀가 고개를 돌리는 순간 바로 자신 뒤에 서 있는 아란이 보였다. 그와 동시에 아란이 튀어 오르며 완연히 짐승의 모습으로 돌변했다. 붉은 눈에 갈색 털이 뒤덮인 거대한 맹수가 앞발로 오단을 짓눌러 땅에 틀어박았다.

살려 주세요! 살려 주세요! 입을 벌리며 내지르지만 목 밖으로 빠져나오지 못하는 비명. 새는 소리만 간간이 흘러나올 뿐. 짐승의 더운 숨결이 바로 얼굴 위로 쏟아졌다. 눈물이 줄줄 새어 나와 바닥을 적셨다. 이 정도의 난리라면 그 누구라도 달려올 법한데 풍옥전에선 아무런 인기척도 느껴지지 않는다.

"키키키, 아무도 오지 않아."

그에 짐승은 비웃음을 흘리며 입을 쩌억 벌렸다. 그 거대한 입. 수백에 달하는 이빨들로 이뤄진 동굴. 그 안으로 끝이 보이지 않는 심연. 그것이 그녀의 머리를 덮쳤다. 그리고…….

와드득.

"꺄아아아아!"

벌떡.

오단은 새된 비명을 지으며 자리에서 벌떡 일어났다. 그녀는 거친 숨을 내쉬며 황급히 제 몸을 더듬었다. 하얀 야장 차림, 그리고 가슴 아래로 흘러내린 이불. 오단은 아직까지도 망가질 것처럼 뛰는 심장을 부여잡으며 주변을 살폈다. 어두운 방, 바로 그녀가 잠든 침실이었다.

"아— 뭐야?"

제 곁에서 자던 궁녀가 그녀의 비명 소리에 잠을 깼는지 짜증 섞인 음성으로 내뱉었다. 그에 오단은 악몽을 꾼 것 같다고 미안하다 사과하며 다시 베개를 베고 누웠다. 허나 한번 달아난 잠은 다시 돌아오지 않았다. 결국 대충 겉옷을 차려입고 밖으로 나섰다.

"후우—"

오단은 긴 한숨을 쉬며 하늘에 걸린 시린 달을 올려다보았다. 아직은 초여름이라 그런지 밤은 서늘한 바람을 몰고 와 그녀의 머리를 흩트렸다. 싸한 공기에다가 방금 전 악몽 같은 기억이 섞였기 때문일까? 오단은 한차례 몸을 부르르 떨었다. 아란이 인간이 아니란 의심이 든 이후로 벌써 삼 일째 제대로 된 잠을 이루지 못하고 있었다. 베개에 머리를 기댔다 하면 짐승과도 같은 괴물로 돌변한 아란이 그녀의 목을 물어뜯고 몸뚱이를 토막 내었다. 아마 아란의 정체를 정확히 알아내지 않는 이상은 그러한 것이 반복되겠지.

"당신은 도대체……."

인간은 확실히 아니었다. 그런 이가 무슨 목적으로 궁에 들어온 것일까? 만약 정체를 들킨다면 어떻게 돌변하게 될까? 오단은 제 몸을 감싸 안고 두 눈을 꼬옥 감았다. 그리고 아랫입술을 꼭 깨물며 눈을 부릅떴다.

"일단 성수청에 알려야 돼."

그렇다면 그곳에 있는 도사들이 어떻게든 아란의 껍데길 뒤집어쓴 자를 처리해 줄 것이다.

"하지만…… 믿어 줄까?"

그 상대가 무려 동공왕이 사랑하는 사람이다. 의심한다는 것에서부터 큰 각오를 필요로 했다. 그저 말만으로는 움직이지 않을 것이다. 오히려 그녀가 치도곤을 당할지 모른다. 그렇다면 증거가 필요한데 오단이 먹였던 약물에 대해선 말할 수가 없었다. 그 일은 그녀가 아란에게 해를 가하려 했다는 증좌 또한 될 터이니.

결국 남은 것은 아란이 그녀를 순식간에 치료해 준 것.

움찔.

그 생각에 이르자 오단의 서성임이 일순 멈추었다. 그러고 보니 아란은 제게 악의 어린 말을 내뱉던 자신을 치료해 주었다. 도대체 무슨 생각으로? 정체가 들킬지도 모르는데? 그리고 이어지는 또 다른 가정. 만약 치료의 이능이 있다면 제 오라비의 잘린 팔 역시 돋아나게 만들어 줄 수 있지 않을까?

생각이 거기까지 이르자 망설임이란 것이 오단의 발목을 잡았다. 궁 안에 들어온 요물을 처리해야 하나 아니면 사적인 목적을 위해 이용해야 하나. 그러나 고민은 생각보다 길지 않았다.

'궁에서 내게 뭘 해 줬다고.'

오히려 단 하나뿐인 가족의 팔을 잘라 궁 밖으로 내치지 않았던가? 어릴 때부터 부모를 여의고 함께 의지하며 살아온 가족이었다. 그런 이에게 궁은 매정하고 잔인하게 대했다. 그 사실 하나만으로도 그녀 마음속에 있는 추가 한쪽으로 확 기울었다. 무슨 수를 써서라도 그 요물을 이용하여 제 오라비의 팔을 치료해야 한다.

그럼 언제 말을 붙여야 할까? 적어도 그녀와 따로 몰래 만나야만 했다. 허나 그녀의 주변엔 늘 청이라는 시중이 딱 붙어 있으니. 오단은 아랫입술을 짓씹으며 고민했으나 해결책이 보이지 않았다. 이윽고 혼란스러운 마음을 가라앉히기 위해 일정한 걸음걸이를 유지하며 풍옥전 주위를 돌았다. 그렇게 딱 반 바퀴를 돌아 정원의 연못에 도달한 순간 생각지도 못한 이와 마주했다.

"헉."

자신도 모르게 숨을 크게 들이켜며 전신을 빠르게 긴장시켰다. 준비되지 않은 일은 언제나 갑작스럽게 찾아온다고 했던가? 아란은 바위 위에 걸터앉아 연못 안을 빤히 바라보며 무언가 중얼거리며 웃고 있었다. 오단은 슬그머니 연못을 향해 시선을 돌렸다. 그 안에 있던 물고기들이 모두 아란이 있는 방향으로 머리를 돌린 채 옹기종기 모여 있었다.

오싹—

미지의 것에 대한 공포가 다시금 오단의 몸을 휘감았다. 당장이라도 뒤돌아서 벗어나고 싶어 하는 발걸음을 간신히 부여잡았다.

"아…… 오단이다."

그때 아란이 인기척을 느낀 건지 오단을 향해 시선을 돌렸다. 그와 동시에 연못에 있던 물고기들이 파앗 하며 사방으로 흩어졌다. 손끝에서부터 빳빳이 굳어 오는 느낌. 오단은 머릿속에 새하얗게 탈색되었다. 무언가라도 말해야 될 터인데.

"나, 당신이 인간이 아닌 걸 알아."

자신도 모르게 불쑥 튀어나온 말에 오단은 심장이 쿵 하고 바닥으로 떨어져 내린 듯했다. 이게 아닌데. 이리 말해선 안 되는데. 오단은 조용하기만 한 주변에 오금이 저려 왔다. 만약 저자가 자신을 살인멸구하려 한다면 이보다 더 좋은 조건을 잡기 어려우리라. 복수를 위해 목숨을 걸 수도 있다 생각했지만 이런 곳에서의 개죽음은 사양이다.

지금 당장이라도 비명을 지른다면 살아남을 수 있지 않을까? 그런 오단의 속마음을 아는 듯 모르는 듯 아란은 눈가를 좁히며 그녀를 지그시 응시했다. 이내 아란은 고개를 갸웃하며 입을 열었다.

"나는 아란이다."

"거짓말."

요즘 들어 제 입은 반항기에 들어선 모양이었다. 이렇게 자주 주인의 통제를 벗어나니. 이쯤 되자 오단은 될 대로 되라는 식으로 말을 이어 갔다.

"당신은 인간이라면 절대 맛볼 수 없는 맛을 느꼈어. 거기다 인간으로서 결코 불가능한 치료 능력을 보였어. 그러니까 당신은 인간이 아니야. 이 사실을 성수청에 알리면 어떻게 될까?"

아란은 아무런 말도 없이 계속해서 그녀를 바라보기만 했다. 그 모습이 마치 일단 계속해 봐라는 태도로 비쳐져 오단은 나름 위협하는 말을 꺼내 놓았다.

"도사들이 당신을 조사하게 된다면 당신의 정체가 진짜인지 가짜인지 드러나겠지. 하지만 내가 보기엔 당신은 인간이 아니야. 그러니 매우 곤란하게 되겠지? 내 말이 틀려?"

입 안이 바짝바짝 말라 갔다. 아무런 반응도 보이지 않는 아란의 모습에 불안감은 옛날 전설 속 거인처럼 크기를 불려 나갔다. 사실 그녀는 자신의 정체가 들키든 말든 상관없는 것이 아닐까? 그냥 유희 삼아서 이곳에 들렀을 뿐이고 흥미가 떨어지면 주저 없이 떠나 버리는 것이 아닐까? 그렇다면 이 궁 안은 또다시 피바람이 불게 되는 걸까?

"말하지 않을게."

그렇다고 여기서 멈출 수는 없었다.

"그러니까 대신 내 오라비의 팔 좀 고쳐 줘."

협박과도 같은 부탁. 오직 단 하나 남은 가족을 위하여. 넋이 나간 채 궁 밖으로 나서던 오라비의 표정이 뇌리에서 지워지지 않았다. 그것은 매우 고통스러운 기억. 할 수만 있다면 모든 걸 되돌리고 싶다. 오단은 고집스럽게 입술을 꼭 다물었다. 어느새 뺨을 타고 또르륵 흘러내리는 눈물 한 방울.

아란은 그런 오단의 모습을 빤히 쳐다보았다. 순수한 눈망울은 그녀가 무슨 말을 하는지 아무것도 이해하지 못했다는 듯 미동조차 하지 않았다. 의중을 전혀 가늠할 수 없다. 두어 번 고개를 갸웃거린 아란은 배시시 웃으며 입을 열었다.

"나 아란이다."

울컥.

결국 모든 것은 원점. 간접적인 거절의 말에 오단의 눈시울이 붉어졌다. 그녀는 이를 악물며 아란에게 달려들어 멱살을 쥐어 잡고 흔들었다.

"거짓말! 거짓말! 거짓말! 나 성수청에 이를 거라고! 그럼 넌 여기서 쫓겨날 거야! 아니 어쩌면 죽을지도 몰라! 그러니까 내 말대로 해! 내

오라비를 고쳐 내라고! 내 오라비를 고쳐…… 내란 말이야. 제발 부탁이니까……. 제발……."

티끌만 한 희망이라 해도 너무나 간절하다. 겁박하듯 내지르던 소리는 결국 애원과도 같은 어조로 변모했다. 오단은 아란의 어깨에 고개를 묻은 채 제 감정을 억제하지 못하고 부들부들 떨었다. 차마 아란의 얼굴을 확인하지 못하고 눈을 감은 채 어둠 속에서 빌고 또 빌었다. 그러나 돌아온 대답은 똑같았다.

"나 아란이다."

그 한마디에 전신에서 힘이 탁 풀렸다. 그대로 아란의 몸에 기댄 채로 무너져 내린다. 소용없구나. 아무런 소용도 없구나. 아예 처음부터 희망이 없었다면 괜찮았을지도 모른다. 그러나 감미로울 정도의 환상을 마주한 뒤, 떨어지는 절망은 그녀에게서 모든 의욕을 빼앗아 갔다. 다시 일어나고 싶지 않을 정도로.

"그래도 혹시 모른다. 간절함은 하늘에 닿는다. 내일 기적이 내릴지도 이 시간, 이곳에."

그 순간 오단의 귀에 작은 속살거림이 닿았다. 흐릿하게 내려진 동아줄. 이것이 썩은 동아줄일지 아니면 튼튼한 동아줄일지는 전혀 알 수 없다. 그러나 일단은 잡고 보아야 했다.

"아아……."

오단이 황급히 고개를 들었으나 이미 그녀 앞에 아란의 존재는 사라지고 없었다. 마치 신기루를 마주한 기분이라 그녀는 멍하니 아란이 있던 장소를 응시하고만 있었다.

시간은 흘러갔다. 어느새 동이 트고 궁녀들이 일어나 풍옥전을 정리하며 일을 시작했다. 오단은 그들 사이에 끼어 상을 나르고 길을 쓸며 정원의 꽃들을 다듬었다. 꿈같은 어젯밤의 일에 오단은 종종 넋을 놓고 여기저기 쏘다니는 아란을 바라보았다. 하는 짓이 딱 영락없는 백치의 모습이라 지금까지 제가 본 그녀의 일면이 모두 착각이지 않았을까, 어제 겪은 일이 너무 간절한 마음이 불러일으킨 환각이지 않았을까 하는 의심이 들 정도였다.

아란은 자신과 오단 사이에 아무런 일도 없었다는 듯 그녀에게 작은 관심 한 톨도 주지 않았다. 그렇게 오단은 의심과 희망 사이를 오가며 빨리 밤이 되기를 기다렸다. 그렇게 점심시간이 지나고 훈육 시간이 지나고 저녁 식사 시간이 지나며 약속된 시각이 점차 다가왔다.

그리고…….

"쿨~"

오단은 단잠에 빠진 아란을 마주할 수 있었다. 약속 시간까지 이각(30분)도 채 남지 않은 시간. 아란은 침실에 들어가 '색— 색—' 거리며 깊은 잠에 빠져 있었다.

"이만 나가 보셔도 될 것 같은데요?"

청이는 방 정리를 다 끝내고도 나갈 생각을 하지 않는 오단을 보며 슬그머니 운을 떼었다. 자기가 모시는 아가씨의 얼굴을 빤히 보고 있는 데서 뭔가 이상함을 느꼈는지 의심의 눈초리를 보내고 있었다. 결국 반강제적으로 쫓겨나듯 침실을 나선 오단이었다. 어느새 어둑어둑해진 풍경. 하늘에 시린 달이 걸려 은은한 빛을 내고 있었다. 그 풍경을 올려다보던 오단은 쿡쿡거리며 자조적인 웃음을 터뜨렸다.

"내가 뭘 믿고 지금 무슨 짓을 하는 건지."

한참 전에 잠들었어야 했지만 일부러 일을 찾아 나서며 아란을 감시하였다. 남몰래 작은 기대를 품고서. 그런데 결국 이 모양 이 꼴이라니.

"바보 같구나. 참으로 바보 같아."

그녀는 버림받은 기분으로 터덜터덜 걸어 제 침소에 들어가 몸을 누였다. 지독한 허탈함에도 하루 종일 긴장하였기 때문인지 지친 몸은 빠르게 수마를 몰고 왔다. 몽롱함에 잠겨 드는 의식. 그 끝에 '그래도 한 번만' 이라는 생각이 스쳐 지나갔다.

"그래, 속아 준다는 기분으로."

오단은 물에 푹 젖은 솜 같은 몸을 억지로 일으켜 대충 겉옷을 걸치고 나섰다. 그리고 다시 한 번 아란의 침소를 보았다. 은은하게 불빛이 비쳐 나오는 것으로 보아선 청이가 아직 잠들지 않은 모양이었다.

"그렇다면 그자는 저기서 잠들어 있다는 의미겠지."

그녀는 씁쓸함을 가득 베어 문 채 약속 장소로 천천히 한 걸음씩 발을 떼었다. 작은 소망조차 버려둔 채로 마치 의무를 수행하는 것처럼 그렇게 걸어갔다. 그리고 마침내 풍옥전 뒤편에 도착한 순간 신이한 장면을 눈앞에 두게 되었다.

작은 연못과 그 주위로 동동 떠다니는 크고 작은 물방울들. 바람이 불 때마다 허공에 떠 있는 물방울의 표면에 잔잔한 물결이 일었다. 무엇보다 눈을 사로잡는 것은 연못에 발을 담그고 가볍게 물장구를 치고 있는 소녀. 새하얀 머리가 밤바람에 한들한들 흔들린다. 소녀는 하얀 포를 입고 동백꽃이 수놓인 허리띠를 매고 있었다. 포 아래론 아무것도 걸치지 않은 하얀 다리가 연못을 휘젓고 있었으며 그 아래로 물고기들이 모여들어 장난치듯 돌아다니고 있었다. 엉덩이 가엔 아홉 개의 폭신폭신해 보이는 꼬리가 이리저리 흔들리며 그 존재가 인간이 아니라고 말하고 있었다.

달빛을 받아 제 스스로 은은한 빛을 내뿜는 소녀. 그것은 요물이라기보단 하늘에서 내려온 선녀란 말이 더 어울리는 모습. 경이로운 광경에 오단이 혼이 나간 듯이 보고 있자 소녀가 스윽 고개를 돌려 그녀를 바라보았다.

오밀조밀한 얼굴에 바다처럼 푸른 눈동자가 오단을 직시하였다. 잔잔하고 흔들림 없는…… 고요한 그 눈에서 마치 별들이 흩뿌려진 듯 은은히 발하는 연푸른빛. 인간 세계 밖의 세상에서 나타난 것만 같은 아름다움.

오단의 간절함은 하늘에 닿았고 기적이 한걸음 다가왔다.

혼이 나간 것 같은 오단의 모습이 우스웠던 걸까? 소녀는 옥구슬이 흘러가는 듯한 음성으로 까르르 웃음을 터뜨렸다. 그럼에도 오단은 여전히 꿈속을 거닐고 있는 느낌이었다. 신비의 선녀가 연못에서 일어나 오단에게로 한 걸음 한 걸음 걸어왔다. 그와 함께 터져 나오는 기이한 빛. 눈이 부시진 않다. 그러나 시야를 한순간 하얗게 물들였다.

"아—"

그리고 다시 나타난 풍경에선 좀 전의 경이가 모두 사라지고 없었다. 허공을 떠다니는 물방울들도 아름다운 소녀도, 흔적도 없이 모두. 그녀가 황급히 두 눈을 비비며 풍경을 다시 확인하던 중 누군가가 다리를 톡톡 건드리는 것을 느꼈다. 반사적으로 고개를 내린 그곳엔 아홉 꼬리를 가진 새하얀 여우가 그녀를 올려다보고 있었다.

"무얼?"

어쩌라는 것일까? 그 의미를 알 수 없어 당황하는 사이 여우는 폴짝 오단의 품으로 뛰어올랐다. 저도 모르게 여우를 안아 든 오단은 자신을 올려다보는 푸른 눈동자를 마주했다. 푸른 눈 안으로 수많은 별빛들이 반짝인다. 마치 그 안으로 빠져 버릴 것만 같다.

"가자고?"

오단은 반쯤 홀린 기분으로 입을 열었다. 확실히는 모르겠지만 제 오라비가 있는 곳으로 안내하라는 듯한 느낌이었다. 하지만…… 궁 밖으로 나가야 되고 또한 수도 밖으로 나서서 하루는 걸어야 도착할 거리이다. 그럼에도 왠지 지금이라면 그곳으로 곧장 갈 수 있을 것 같았다.

오단은 여우를 품에 꼬옥 끌어안은 채 발걸음을 옮겼다. 풍옥전 문을 지나 미궁과도 같은 궁을 걸어갔다. 어두운 궁 안의 길. 이 시간대면 순찰을 도는 병사나 야간에 일을 하는 궁녀들이 제법 보일 법한데 아무런 인기도 느껴지지 않았다. 단지 찌르륵거리는 풀벌레 소리와 은은하게 비치는 달빛 속에서 이뤄지는 침묵의 노래뿐. 하지만 무섭지는 않았다. 오히려 편안함이 가득했다.

궐문도 이미 열려 있었다. 도심도 궁 안과 크게 다르지 않았다. 오단은 품 안의 온기를 느끼며 꿈길을 걷듯이 걷고 또 걸었다. 고요한 평안 속에서 성문을 나서 앞으로 난 흙길을 따라갔다. 숲길로 들어서자 반딧불이 날아와 그녀의 주위를 맴돈다. 밝지는 않지만 앞길을 밝혀 주며 푸른 숲을 아름답게 치장했다. 시원한 바람이 불어와 발걸음을 가볍게 하고 마음마저 가볍게 만든다.

시간의 흐름조차 잊은 채 미소를 입가에 매달고 자신의 고향을 향해, 제 가족이 기다리는 그곳을 향해 발걸음을 멈추지 않았다. 그리고 드디어 크지는 않지만 그렇다고 작지도 않은 한적한 산마을에 도착했다. 그 순간 찾아드는 잠깐의 머뭇거림. 잠깐 멈추어 선 오단은 고개를 내려 제 품에 안긴 여우를 보았다.

"괜찮을까?"

대답은 돌아오지 않았다. 그저 온기를 품은 푸른 눈동자가 그녀를 응시할 뿐. 그것만으로도 용기를 얻은 오단은 마을 안으로 들어섰다. 수많은 집 중 불이 켜져 있는 곳은 단 한 곳밖에 없었다. 그 집 앞에 앉아 있는 익숙한 이의 모습에 반가운 웃음을 지었으나 곧 휑한 오른팔을 보곤 울컥하며 눈가를 흐렸다. 그녀는 조심조심 그에게 다가가 제게 단 하나뿐인 가족을 불렀다.

"단 오라버니."

그와 함께 단은 고개를 돌려 오단을 바라보았다. 그리고 놀랐다는 듯 두 눈을 크게 떴다.

"오단? 이 시간에 여기 어쩐 일이냐?"

당황스러워하면서도 반가워하는 티가 역력하다. 단은 하나뿐인 팔을 펼치며 그녀를 환영했다.

"오늘따라 왠지 잠이 오지 않더니 그게 너 때문인 듯하구나. 이리 늦은 시간에 올 줄이야."

"오랜만입니다, 단 오라버니."

마음 같아선 지금 당장이라도 오라비의 품에 안겨 해후를 나누고 싶지만 그것보다 더 중요한 것이 있었다. 그걸 아는 듯 오단의 품에 안겨 있던 여우가 폴짝 땅으로 뛰어내리더니 단을 향하여 걸어갔다.

"웬 여우더냐? 애완동물이라도 되는 것이냐?"

단은 신기하다는 듯 푸른 눈의 여우를 보았으나 꼬리가 아홉이나 되는 것을 보며 표정이 일변했다. 일생에 한 번도 만나기 힘들다던 영스러운 존재. 그가 물러서는 것을 보며 오단은 다급히 입을 열었다.

"피하지 마세요. 오라비의 팔을 치료해 주실 겁니다."

"그, 그게 무슨?"

갑작스럽게 찾아온 제 누이도, 갑작스럽게 만난 영스러운 존재도, 그리고 갑작스럽게 찾아온 희망도 단에겐 너무 낯설었다. 마치 꿈같은 밤이라 기이한 느낌이었다. 여우는 단의 앞에 멈춰 서서 그의 팔이 있던 텅 빈 자리를 빤히 바라보았다. 얼마나 그렇게 응시했을까? 여우는 고개를 돌려 슬픈 기운이 담긴 푸른 눈으로 오단을 응시했다. 그것만으로 충분히 모든 것을 예감할 수 있었다. 그러나 그녀는 파르르 떨리는 목소리로 조심스럽게 말을 이었다.

"어, 어서 오라비를 치료해 주세요."

작은 희망을 쥐고 여기까지 왔다. 바로 코앞까지 왔던 그것을 놓기엔 그녀의 마음은 너무 간절했다. 제발 아니라고 해 줘요. 제발 오라비의 팔을 치료할 수 있다고 해 줘요. 그렇게 빌고 빌었으나 돌아온 것은 여우의 좌우로 젓는 고갯짓이었다. 그와 동시에 오단은 제자리에서 풀썩 무너져 내렸다.

"되었다. 그만큼이라도 노력했으니 넌 할 만큼 했어."

짧은 몸짓과 대화에 무슨 상황인지 예상한 단은 절망에 빠진 오단의 어깨를 토닥이며 위로했다. 난 괜찮단다. 이젠 상처가 아프지 않아. 한 팔로 지내는 데도 익숙해졌어. 그러니 더 이상 그것 때문에 힘들어할 필요가 없단다. 내 동생아.

가진 것이 많지 않은 남매가 그렇게 서로를 의지하며 위로하는 모습을 보며 여우는 그저 슬프게 하늘을 올려다볼 수밖에 없었다. 단의 상처는 이미 완전하게 아물어 도저히 손을 댈 수가 없었다. 오히려 강경하게 나갈 경우 상황이 더 악화될지도 모른다. 상대에게 희망을 심어 주고 그걸 제 손으로 거둬 버리는 잔혹한 짓을 해 버렸기에 여우는 더더욱 가슴 아파했다.

그때 여우는 묘한 기척에 고개를 홱 돌렸다. 축축한 습기가 집 사이에서 스며 나오고 있었다.

“이런이런. 이곳에서 익숙한 기운이 느껴진다 했더니 역시 그분의 분신이셨군요.”

그곳으로부터 들려오는 목소리에 함께 부둥켜안고 있던 남매 역시 그 존재를 알아챈 듯 고개를 돌렸다. 곧이어 집 사이에서 검은 도포를 입은 존재가 걸어 나왔다. 땅에 닿을 듯 길게 댕기를 늘어뜨린 청년은 은은히 빛을 발하는 여우를 보더니 깍듯이 고개를 숙여 인사해 보였다.

“직접 만나 뵐 수 없어 아쉬우나 이렇게 분신으로나마 마주할 수 있어 기쁩니다.”

남매는 소리 없이 나타난 청년이 여우에게 고개를 숙이자 의아한 듯이 그를 바라보았다. 청년은 남매에게로 시선을 스윽 돌리며 말했다.

“그런데 이런 산골엔 무슨 일로 오신 겁니까?”

황금빛으로 빛나는 눈동자. 그것을 마주한 순간 오단과 단은 깨달을 수 있었다. 지금 눈앞에 있는 청년이 인외의 존재라는 것을. 그가 내뿜는 압박감에 아무런 말도 하지 못하고 짓눌려 있을 때 때맞추어 여우가 한걸음을 내디뎠다. 그에 청년의 시선이 여우에게로 다시 돌아갔다.

"아…… 그렇군요."

여우가 무슨 말이라도 한듯 청년이 고개를 끄덕였다. 그것을 기점으로 여우와 청년은 그들이 알아들 수 없는 대화를 나누었다. 더 정확히는 청년이 여우가 무어라고 하는 말을 알아듣고 홀로 추임새를 넣는 행세였다. 그리고 얼마 후 대화가 끝났는지 동정이 담긴 황금색 눈이 남매를 향했다.

"안타깝게도……."

그 말과 함께 청년은 제 오른팔을 왼손으로 꽉 쥐었다. 그리고 망설임 없이 잡아당겨 뜯어냈다. 그럼에도 피가 떨어져 내리지 않는다. 비현실적인 장면 앞에서 멍하니 있는 사이 청년은 터벅터벅 걸어와 그 팔을 단의 어깨에 갖다 대었다. 허나 더 비현실적인 장면은 그 다음에 일어났다. 분명 청년의 팔임에 분명한 것이 본래 단의 것이었다는 듯 철썩 붙었다는 것이다.

"어? 어라?"

단은 당황한 표정으로 제 것이 된 오른팔을 들어 보고는 손을 쥐었다 폈다 해 보았다. 오단 역시 그것을 보며 어이없다는 듯 입을 쩌억 벌렸으나 이내 황급히 청년에게 절을 하며 감사를 표했다.

"가, 감사합니다. 이, 이 은혜를……."

"내게 감사를 건넬 필요는 없네."

청년은 오단의 말을 중간에서 잘랐다. 그리고 제 발밑에서 성질을 내듯 발을 구르고 있는 여우를 향해 시선을 떨어뜨렸다. 청년은 온화한 웃음을 지어 보이며 말을 이었다.

"이분이 아니셨다면 이런 짓을 하진 않았을 터이니. 감사의 인사는 이분께 돌리도록 하게."

"아…… 예. 가, 감사합니다, 여우님."

그 말에 오단은 재빨리 대상을 바꾸어 인사를 건넸으나 막상 그것을 받는 이는 영 심기가 불편해 보였다. 청년은 씩씩거리는 여우를 보며 몸을 낮추어 눈높이를 맞추었다.

"그리 화내실 필요는 없습니다. 당신이 아니었다면 저희 달도깨비족은 멸절했을 터이니 말입니다. 저희가 받은 생명의 은혜에 비하면 이 정도는 부족한 도움일 뿐이지요. 고작 드릴 수 있는 게 이런 것뿐이라 죄스러울 따름입니다."

달도깨비 청년은 그리 말하며 몸을 일으켰다. 그리고 다시 고개를 숙여 인사하였다.

"제 작은 보탬이 하시고자 하는 일에 도움이 되었길 바랍니다."

그리고 나타났을 때처럼 어둠 속으로 스르륵 몸을 감추었다. 남겨진 여우는 뭔가 마음에 차지 않는 듯하였으나 기뻐하며 울고 웃는 남매를 향해선 따스한 눈길을 보냈다. 그 순간 오단과 여우의 눈길이 마주쳤다. 그녀는 잠시 머뭇거리며 입을 열었다.

"잠시의 시간을 저에게 주실 수 있겠습니까? 제 오라비와 짧은 시간이나마 해후를 풀고 싶습니다."

여우는 조용히 고개를 끄덕였다. 동물의 얼굴이라 표정을 알 수 없음에도 꼭 웃는 것처럼 보였다. 오단은 제 오라비와 함께 집으로 들어가 이야기를 나누었다. 무슨 일이 있었는지 그리고 앞으로 어떻게 할 것인지. 그렇게 행복하게 많은 이야기를 나누었다.

톡톡.

"아침이야."

오단은 자신의 뺨을 두드리며 깨우는 궁녀의 목소리에 힘겹게 눈을 떴다. 그리고 보게 된 것은 제가 궁에서 배정받은 침실의 천장. 그녀는 화들짝 놀라며 자리에서 일어났다. 어째서 내가 여기에 있는 걸까?

"어떻게?"

"어떻게는 무슨 밤늦게 들어와서 나 잠자던 거 다 깨워 놓고 지는 그대로 뻗어 자더만."

함께 방을 쓰던 궁녀는 짜증이 섞인 목소리로 말했다. 그 말에 오단은 허무하단 표정이 되어 고개를 숙였다. 다 꿈이었다. 신비한 경험도 제 오라비가 치료된 것도 모두 다. 그 끝에 남은 건 끔찍한 절망뿐이라…… 산산이 부서져 버린 마음 파편뿐이라…… 너무 괴로웠다.

또르르.

오단의 눈에서 눈물이 방울져 흘러내렸다. 곁에 있던 궁녀는 깜짝 놀란 나머지 왠지 건드려선 안 될 것만 같은 기분에 더 이상 재촉하지 않고 물러섰다.

"나 먼저 나간다."

불편해진 공기 속에서 결국 그녀는 먼저 나가고 오단만이 방 안에 홀로 남겨졌다. 오단은 당장이라도 터져 나올 것 같은 절규에 제 입을 손으로 꼭 막았다. 울지 마라. 울지 마. 어차피 궁이란 것이 이런 곳이 아니더냐. 내 인생이 이럴 것이라 예상한 바가 아니더냐?

오단은 공허한 마음을 억지로 부여잡고 의복을 정갈히 한 뒤에 방을 나섰다. 아침을 늦게 시작한 탓일까? 이미 동공왕이 도착하여 아란과 이런저런 이야기를 나누고 있는 모습이 보였다. 행복해 보이는 그들의 모습에 오단은 속이 텅 빈 웃음을 지어 보였다.

이젠 아무것도 모르겠다. 저기 서 있는 서가(家)의 아가씨가 요물인 건지 인간인 건지. 꿈과 뒤섞이어 무엇이 진실인지 구분할 수가 없었다. 그때 아란이 가만히 서 있는 오단을 보더니 그녀를 향해 손가락질했다.

"제현, 제현. 저 아이 아픈 것 같다."

"그런데?"

그녀의 말에 동공왕이 오단을 쳐다본다. 초췌해 보이는 모습에도 아무런 감흥 없는 것이 꼭 물건을 보는 눈길이다. 아란은 그런 그의 시선을 알아채지 못한 채 말을 이었다.

"음— 휴가가 필요한 것 같다."

"그래, 하루 정도 쉬게 하도록 지시를 내리지."

"아니아니, 길게 필요하다. 고향에 다녀올 정도로."

드디어 자신을 치워 버릴 생각이 든 것일까? 오단은 그리 생각했으나 이제 이런들 어떠하리 저런들 어떠하리 하는 맘으로 포기해 버렸다. 아란의 청으로 생긴 뜻하지 않은 휴가는 빠르게 이루어졌다. 그 덕에 점심시간이 되었을 때는 쫓겨 나가듯 궁 밖으로 나설 수 있었다.

주어진 귀휴는 6일. 그녀는 힘없는 발걸음을 옮겼다. 거리엔 수많은 사람이 활발하게 돌아다니고 있었다. 꿈속에서와 같은 고요함 같은 것은 찾아볼 수 없었다. 성문 밖으로 나서서 북쪽으로 난 길을 따라 걸었다. 늘 고향으로 갈 때마다 느끼는 것이지만 목적지는 너무 멀기만 하다. 꿈속에선 그렇게 빠르게 도착했었는데 말이다.

"멍청이처럼…… 왜 꿈이란 걸 깨닫지 못했을까?"

오단은 자조하며 습기 찬 더위가 발목을 붙잡는 숲길을 헤쳐 나갔다. 지칠 만하건만 도중에 멈춰 서 쉬거나 끼니를 때우지는 않았다. 그저 계속해서 걷고 걸을 뿐. 하늘 높이 치솟았던 해는 곧 산으로 넘어가며 노을을 만들고 이내 완전히 모습을 감추었다. 오단은 발이 부르트는 아픔조차 느끼지 못할 정도로 넋이 나간 채 이젠 달을 동무 삼아 간신히 고향에 도착하였다.

"밝……아?"

그러나 마치 축제라도 벌어진 듯 환한 마을의 모습에 오단의 의식이 서서히 깨어났다. 무슨 일이라도 있는 것일까? 마을 사람들의 웃음소리와 노랫소리가 그녀의 귓가를 맴돌았다.

"설마……."

오단은 제가 생각해도 어이없는 예감인데도, 발걸음을 재촉하다가 이윽고 빠르게 달려가기 시작했다. 저 멀리 보인다. 마을 사람들과 즐겁게 담소를 나누는 제 오라비인 단이.

"오라버니이—!"

그녀의 외침에 단이 고개를 돌렸다. 그리고 제 하나뿐인 누이를 반기며 '오른팔'을 들어 흔들어 보였다. 오단의 뺨을 타고 뜨거운 눈물이 흘러내렸다. 아침의 낙망이 아닌 가슴 가득 차오르는 행복을 담고서.

어두운 밤의 풍옥전. 아란은 평소라면 잠들 시간임에도 마루에 앉아 달을 올려다보고 있었다. 몽환적인 눈으로 마치 어딘가를 보는 듯. 그리고 이내 방긋하며 웃음을 지어 보였다.

"갑자기 왜 웃어요?"

죽을 때가 다 됐나 갑자기 왜 안 하던 짓을 하느냐고 지켜보던 청이가 뾰로퉁하게 묻자 아란은 슬쩍 고개를 돌리며 환한 웃음을 베어 문 채 말했다.

"글쎄?"

"죄송하지만 더 이상 이 일을 맡고 싶지 않습니다."

전과 같이 끌려온 으슥한 창고. 오단은 다소곳이 손을 모은 채 눈앞에 있는 의문의 인물을 향해 말했다. 여전히 기이한 향이 그녀의 정신을 흩트리고 있었고 몇몇의 살수들이 언제든지 그녀의 목숨을 취할 수 있는 상황이었다. 그럼에도 오단은 모든 것을 달관한 미소를 짓고 있었다.

"어째서? 왜 갑자기 마음이 변했지?"

의아하다는 상대의 물음에 오단은 잠시 눈을 감고 생각하다가 천천히 입을 열었다.

"저 정도로는 감당할 수 없는 분입니다. 동공왕께서 옆에 계신데 제가 어찌 그분의 목숨을 노릴 수 있을까요."

일부러 말도 안 되는 거짓말을 뱉으며 상대의 의문에 답했다. 저자가 웃기는 소리라고 외치며 당장 칼날을 목에 들이댄다고 해도 딱히 상관은 없을 듯하다. 적어도 인간이라면 은혜를 원수로 갚지는 말아야 하지 않을까? 오단은 이미 여기서 죽어 나갈 것까지 각오하며 처분을 기다렸다.

"흐음— 재미있군. 내가 보기엔 이미 한 번 시도한 것 같은데."

그러나 돌아온 대답은 예상을 빗겨 나 있었다. 오단의 몸이 단단히 경직되었다. 그에 상대는 입가를 끌어 올리며 독백이라도 하듯이 말을 이어 갔다.

"한 일주일 전인가? 아가씨께서 새로 온 차를 마시고 비릿하다며 울상을 지었다는데. 참으로 이상하지? 그 차는 본디 '인간'에게는 그러한 맛이 아닐 텐데. 아가씨 옆에 있던 시중인은 맛있게 잘 마셨다고 하기도 하고. 거기다 얼마 전 그쪽의 오라비의 팔이 다시 돋아났다던가? 소문이 주변으로 퍼져 가던데. 영스러운 존재께서 축복을 내려 주셨다고."

그분이 인간이 아니란 게 들킨 건가? 오단은 입 안이 바짝바짝 말라왔다. 어떻게든 막아 보고 싶은데 그녀는 아무런 힘도 없었다. 어둠 속에 가리어진 그자는 히쭉 웃으며 오단을 약 올리듯 말했다.

"궁 안이란 참 신기하지. 벽에도 땅에도 귀가 붙어 있으니까. 자, 그럼 중요한 이야기로 넘어가 볼까?"

그자는 슬쩍 말을 끌며 오단을 스윽 훑어 내렸다. 그리고 뱀 같은 혀로 입술을 핥았다. 한편 오단은 눈앞이 캄캄해짐을 느꼈다. 이대로라면 자신을 도와준 이가 위험에 빠지게 생겼다.

"서가(家)의 아가씨께서 밖에서 접신(接神)해 온 이의 정체가 무엇이지?"

움찔.

접신? 오단은 그 한 마디로 정신이 번쩍 들었다. 혹여 기이한 령이 붙어 온 거라 믿는 건가? 이들은 그녀가 인간이 아닐 거란 생각 자체를 하지 않는 듯싶었다. 오단은 입을 꾸욱 다문 채 앞에 있는 상대의 눈치를 살폈다. 그것을 다른 의미로 이해한 것일까? 그자는 마치 유혹을 하듯 그녀를 살살 구슬렸다.

"그녀에게 도움을 받았기에 양심의 가책을 느끼는 것도 이해가 가. 어쩌면 그 아가씨에게 붙어 있는 존재의 힘에 겁이 나기도 하겠지. 그렇지만 말이야. 잘 기억해야 될 거야. 그 아가씨가 당신에게 어떠한 피해를 주었는지. 병 주고 약 주고의 상황이란 말이지."

이들은 완전히 상황을 잘못 이해하고 있었다. 오단은 눈동자를 또르륵 굴리며 지금의 상황을 살폈다. 지금 아란의 모습을 한 이에 대해 완벽하게 숨기기 글렀다면 차라리 이런 방향으로 오해하게 만드는 것도 괜찮은 방법이지 않을까? 오단은 제 입술을 침으로 적시며 머뭇머뭇 입을 열었다.

"사실 그게……. 곁에 무언가 있기는 한데 그 정체를 잘 모르겠습니다. 막상 마주할 때도 희뿌연 연기처럼 보여서."

무언가 초월적인 존재가 있다는 것같이 말한다. 하지만 그 정체는 결코 드러내지 않았다. 사실 영스러운 존재에 대한 지식이 없는 오단도 그녀의 정체가 무엇인지는 모르나 눈앞의 존재는 그녀의 외형이나 능력을 듣고 그 정체를 알아맞힐지도 몰랐다.

"그래, 그렇단 말이지."

그자는 제 턱을 쓰다듬으며 고민에 빠져들었다. 오단은 목구멍으로 튀어나올 듯이 뛰는 심장을 다독이며 어떤 결정이 날지 기다렸다.

“재밌군. 뭐 보아하니 그쪽이 서가의 아가씨에게 뭔가 할 수 있을 상황은 아닌 듯해. 그러니…… 새로운 거래를 해 보지 않겠나?”

“거래라면…….”

오단은 생각 밖의 제의에 잠시 말을 늘어뜨렸다. 그에 별것 아니란 투의 답변이 돌아왔다.

“간자의 역할이지. 하루 동안 그쪽이 모시는 아가씨가 어떻게 행동했는지 더하지도 빼지도 않고 보고하는 거야. 새로운 년을 끌고 와 다시 교육시키긴 좀 그렇고. 그쪽을 보니 나름 머리 회전은 시킬 줄 아는 것 같던데. 어때? 복수에 한 발을 걸치고 싶은 마음은 없나?”

즉시 거절의 말이 목까지 올라왔다. 그러나 곧 오단은 생각을 빠르게 바꾸었다. 만약 자신이 이 일을 거부하게 된다면 어차피 다른 이가 간자의 일을 맡게 될 것이다. 그렇다면 아란에 대한 정보가 그대로 저쪽에 흘러들어 가게 되겠지. 하지만 자신이 이 일을 맡아 정보를 조작한다면?

궁엔 벽에도 땅에도 귀가 있다. 어차피 완벽한 정보 조작은 불가능할뿐더러 어설프게 움직이다간 오히려 저쪽에 의해 쥐도 새도 모르게 처리당할 수가 있었다. 그렇다면 애매한 것들만, 즉 아란이 인간이 아니란 사실만을 걸러 낸다. 그것만으로도 그분에게 큰 도움이 될 수 있으리라. 빠르게 생각을 정리한 오단은 스스로에게 다짐을 하며 그 제안을 수락했다.

“예, 그 정도라면 하겠어요.”

그렇게 그녀는 정체를 알 수 없는 권력 집단과 아슬아슬한 줄타기를 시작하였다.

“전하께서 어찌 그리하실 수 있단 말입니까!”

"이건 왕실의 안녕을 생각하면 말도 안 되는 일입니다!"

귀족들은 삼삼오오 모여 동공왕이 아란과 혼인하려는 일에 대해 험담을 나누었다. 그들은 괜히 목소리를 높이며 백세악에게 동의를 구하듯 말을 이어 갔다.

"과거로부터 왕비의 자리는 흑가(家)와 백가(家)에서 뽑지 않았습니까? 그런데 맘에 들지 않는다 하여 흑가를 무너뜨리더니 이번엔 백가를 무시하고 있지 않습니까?"

"아~암요. 비록 다른 가문에서도 왕비가 나온 경우가 아예 없는 것은 아니나 그것도 다 성품과 문무가 갖추어진 규수였지 지금 서가(家)의 계집처럼 백치가 아니었잖소!"

"아니 백치가 되기 전에도 자격이 안 되었소. 수도 내에 유명한 말괄량이가 아니오. 그리 천박하기 그지없는 이를 어찌 왕비로 세울 생각을 한단 말이오. 백가에는 그년과 비교되지 않을 만큼의 훌륭한 규수가 이미 존재하고 있는데."

묘하게 아부성이 섞인 발언들에도 백세악은 무표정하게 자리에 앉아 있을 뿐이었다. 좌중을 둘러보며 그는 지금 주제에 아무런 관심도 없다는 듯 담담히 입을 열었다.

"전하께서 서가의 규수를 선택하셨다면 그만한 이유가 있으시겠지요."

그와 함께 반발이 섞인 말들이 터져 나왔다. 아닙니다. 그 요녀가 전하의 시야를 흐리고 있는 겁니다. 그렇게 마음 좋게 계시면 안 됩니다. 그분에 대한 충정은 잘 알지만 현 상황에선 간언만이 진정한 충정인 것을 깨달으셔야 합니다. 백사린 규수를 왕비로 추대하여야 합니다. 그 외 기타 등등의 짹짹거림. 백세악은 겉으론 무뚝뚝한 가면을 쓰고 있지만 속으론 그들을 비웃고 있었다.

이렇게 제 앞에선 고개를 숙이며 아부를 떨어 대는 것들이 실로 뒤에선 제 딸을 왕비의 자리에 올리고 싶어 별의별 짓을 다 하고 있을 터였다. 아쉽게도 오 년 동안 황급히 규합해 낸 허술한 집단이라 그 속엔 딴생각을 하는 것들이 제법 많았다. 백세악은 속으로 쯧 하고 혀를 찼다. 과거 동공왕이 눈이 뒤집히어 귀족가의 반절을 몰살시킨 일의 파장이 너무나 컸다. 왕권은 하늘 높이 치솟았으며 그에 반해 귀족들의 권위는 땅에 떨어졌다. 결국 하는 것이란 앵앵거리는 날파리와 같은 소리들 뿐. 선대왕에게 압박을 넣던 그 힘은 모조리 사라져 버렸다.

그렇기에 저들이 뒤에서 수작을 벌일 생각만 하는 건지도 모른다. 제 딸이 왕의 눈에 띄어 왕비가 된다면 왕권을 등 뒤에 업을 테니 백가의 권세가 두렵지 않게 될 것이지. 하지만 저들은 하나만 알고 둘은 모른다.

'그 누가 되었든 결코 왕의 마음을 얻을 수는 없을 터.'

왕비의 자리를 얻으려면 왕의 마음을 포기하여야만 길을 찾을 수 있다. 왕이 원하는 것은 제 반려가 오직 하나라는 것의 증명. 왕비란 그 사실을 드러내는 수단에 미치지 못한다. 허나 백치는 왕비의 자리에 있더라도 그 역할을 수행할 수 없다. 그렇기에 일종의 거래가 필요한 것이다. 궁의 내정을 맡을 뿐이고 왕의 사랑을 얻지 못할, 그리고 후계자를 낳지 못할 왕비 자리. 권력을 얻고 그 대가로 왕비의 알짜배기의 의무를 포기한다. 그것으로 원하는 지위를 얻는다.

'그것이면 남는 장사지.'

미쳐 버린 왕의 반려는 오히려 왕의 성정에 잡아먹혀 함께 미쳐 버릴 뿐이다. 그 사실을 서가의 계집이 친히 증명해 주지 않았던가.

"쓸데없는 토론은 이만 멈추고 물러가도록 하지."

백세악은 부러 청명한 척하며 그들을 향해 경멸이 섞인 시선을 슬쩍 흘렸다. 자신의 한마디에 조용해진 토론장을 보며 그는 상석에서 몸을 일으켜 퇴궐하였다. 가마를 타고 제집을 향해 가면서 그는 딸의 모습을 떠올렸다. 어릴 때부터 왕비 후보로 기르며 혹독하게 가르쳐 왔다. 그렇기에 그 어떤 여인보다 단단하고 고아한 품성을 지닌 이가 되었다. 세상의 모든 여인들을 세워 놓아도 제 딸이 가장 왕비에 합당한 모습이라 자신할 정도로.

하지만…… 성정이 너무 곧다. 필요할 땐 수많은 중상모략을 짜서 상대를 속여 넘기긴 한다지만 거기엔 꼭 제 기준의 잣대가 따라붙었다. 일을 꾸미고 거기에 명분을 붙이는 것이 아니라 정당한 명분이 있어야만 움직인다. 분명 그것은 도덕적 기준으로 옳은 것이지만 백세악의 마음에 영 차지 않는 모습이었다. 아마 딸아이라면 저보다 왕비에 더 어울리는 이가 있으면 자신은 그 자리를 포기하고 그 여인을 추대할 인물이었다.

"너무 물러."

그나마 다행인 것은 제 딸이 서가의 계집을 왕비의 자리에 어울리지 않는 자라고 생각하고 있다는 것일까? 백세악은 집 앞에 도착해 가마에서 내려섰다. 그리고 열려 있는 대문 안쪽에서 자신을 기다리고 있는 딸을 바라보았다.

이 시간까지 기다리고 있다라. 무언가 요구할 일이 있다는 것이겠지. 백세악은 입가를 올리며 대문을 지나 제 딸 앞에 섰다. 요 작은 머리통 속에 이번엔 무슨 일을 꾸미고 있을까?

"아버님, 다녀오셨습니까?"

"그래. 이 시간엔 무슨 일이더냐?"

백사린은 마치 가면을 쓴 듯한 얼굴로 백세악에게 인사하였고 백세악은 바로 요구하는 바가 무엇인지 물어보았다. 두 부녀의 시선이 마주쳤다. 그러나 여느 가족들 사이에서 볼 수 있는 정다움 같은 건 전혀 찾아볼 수가 없었다. 오히려 오늘 처음 보는 남과 같은 느낌이다. 그 둘은 동류이면서 동류가 아니었고 서로가 생각하고 있는 바에 대해 못마땅하게 여기고 있었다.

"성수청에 있는 인맥이 필요합니다."

백사린은 높낮이가 없는 어조로 그에게 말하였다. 그와 함께 백세악의 눈이 게슴츠레하게 떠졌다. 갑자기 성수청 쪽에 청할 일이 생겼다는 것에 의문이 들었다. 과거에는 무슨 일을 꾸미든 어렴풋이나마 눈에 보였는데 요즘 들어서는 점점 속마음을 읽기가 힘들어졌다.

뭐 그래도 어차피 서로 가고자 하는 목적지는 같으니.

일을 꾸며도 화살이 절대 자신에게 돌아오는 일이 없도록 주의를 기울이는 법을 뼈에 새기듯 가르쳐 놓았다. 그러니 이번 일도 자신들에게 피해가 올 일은 없을 것이다. 한번 제 딸이 벌이는 재롱을 구경하는 것도 제법 재밌는 일이 될 터.

"알아봐 주도록 하마."

백세악은 그리 생각하며 백사린의 청을 수락했다.

인간들이 부르는 영스러운 존재들. 인간이 가지지 못한 이능을 가진 기이한 짐승 혹은 신과 영들. 그들은 언제나 세상에서 한발 비켜선 곳에 살아가고 있었다. 종종 마주치는 세상의 것들과 연을 맺어 도움을 주기도 하고 때론 짓궂은 장난을 치기도 하며 심지어 그들의 것을 빼앗아 가기도 하는…… 그런 종잡을 수 없는 존재들이었다.

그들에 대해선 정확히 알려진 바가 없다. 인간들 중 세상 밖의 영역에 닿으려고 수련하는 도사 정도는 되어야 그들에 대한 지식의 끄트머리라도 잡을 수 있을 뿐. 허나 도사들이라 하여도 영스러운 존재에 대해 아는 것보다 모르는 것이 더 많았다. 거기에다 그들은 제가 아는 것을 남과 잘 나누려 하지 않았으니 영스러운 존재는 인간들에게 있어 전혀 닿을 수 없는 신비의 존재일 뿐이었다.

영스러운 존재의 근원에 대한 가설도 여러 가지였다. 짐승이 도를 수련하여 그 태를 벗어났다는 말도 있고 세상을 이루는 기운이 뭉쳐 세상의 것의 모습을 본떠서 변하였다는 말도 있다. 혹은 인간의 마음이 깃든 물건이 변하여 만들어진 존재라는 생각조차 있을 정도이니 아무도 영스러운 존재의 탄생에 대해 알지를 못했다.

그나마 가장 신빙성 있게 세상에 알려진 바에 의하면 영스러운 존재는 대체로 두 가지 성향으로 나뉜다는 것. 신선이라는 도를 쌓는 이와 요괴라는 인간을 해하는 이. 만약 영스러운 존재를 마주하게 된다면 그 상대가 신선이길 바라야 할 것이다.

"흥미가 일지 않습니까? 이 책을 읽으려면 글을 배워야 할 텐데요."

소화부인은 영스러운 존재에 대해 서술된 책을 내밀며 안경을 치켜올렸다. 그러나 아란은 뚱한 모습으로 그 책을 내려 보다가 고개를 홱 돌린다. 현재 소화부인과 아란 사이 글을 읽고 쓰는 법을 배우는 것에 대한 실랑이가 한창이었다.

소화부인의 눈썹 끝이 빠르게 꿈틀하고 움직였다. 아란이 글을 배우는 데 영 관심을 보이지 않으니 결국 이런 서책까지 들고 와 의욕을 북돋우려고 했으나 반응은 영 아니올시다였다. 물론 그녀로선 아란의 정체를 알 턱이 없으니 지금 하는 짓이 나무아미타불을 욀 줄 안다고 주지스님에게 가서 설교를 하는 격이란 사실을 모르고 있었다. 부인은 계속해서 말을 이어 갔다.

"우리 인간 세계에 알려진 영스러운 존재도 꽤 되지요. 멸마(滅魔)의 백호, 천우(天雨)의 선녀, 굉음(轟音)의 거붕이 신선 쪽에서 첫째요. 요괴에선 쾌락(快樂)의 뱀, 타락(墮落)의 여우, 질병(疾病)의 흑마, 식(蝕)의 탐(貪)이 있지요. 우리에게 알려질 정도면 영스러운 존재 사이에서도 굉장히 유명하거나 아니면 인간계에 큰 영향을 미친 존재란 의미입니다."

이런 말은 흥미를 끄는지 아란의 시선을 붙잡았다. 허나 생각만큼 열렬한 반응이 아니라 소화부인은 속으로 '끙' 하고 신음 소리를 냈다.

"그 아래 단계로 인간이 되기 위해 덕을 쌓는 여우라든가, 산길을 걷는 사람들에게 심한 장난을 거는 이매망량, 바닷길을 열고 닫는 해룡이라 하는 것들도 있습니다만…… 한번 읽어 보시겠습니까?"

"……싫다."

중년 부인은 서책을 들어 아란의 얼굴에 들이댔고 아란은 꺼림칙하다는 표정으로 고개를 절레절레 저었다. 고집과 고집이 충돌하며 그들 사이로 지지직 하며 전기가 튀어 오르는 듯한 모습이다. 결국 꼬마의 고집은 꺾기 힘들다고 했던가. 소화부인은 깊은 한숨을 내쉬며 서책을 내려놓았다.

"도대체 왜 글을 배우지 않으려 하십니까?"

교육을 담당한 사람으로서 이런 반항적인 제자는 참으로 다루기 힘들었다. 결국 한탄이 섞인 물음을 던졌다.

"왜 글을 배워야 해?"

딱히 대답을 바라지 않은 독백 같은 것이었으나 생각 외로 정상적인 답변이 돌아왔다. 소화부인은 눈을 반짝이며 자세를 바로 했다. 그리고 가장 정석인 말을 내놓았다.

"자고로 여인의 덕목 중 하나가 바로 문(文)입니다. 가장 기초가 되는 것이지요. 글을 알아야 문자를 읽을 줄 알며 그로 인해 지식의 깊이가 더해집니다. 그리고 지식은 여인으로 하여금 내면의 아름다움을 빛내 줄 훌륭한 초석이되지요."

"……글을 모른다. 그래도 남들이 하는 이야기 듣는다. 그럼 지식 쌓인다."

요즘 들어 말이 조금씩 늘더니 스승이 하는 말에도 따박따박 말대답을 잘도 한다. 그렇지만 굳이 말하자면 틀린 말도 아니라 타박할 수도 없었다. 근래 들어 귀족의 규수라면서 글을 배우지 않고 문(文)을 아는 아랫것을 시켜 책을 읽게 하고 글을 쓰게 하는 여인들이 조금씩 늘어나는 추세이니. 물론 그런 모습이 소화부인의 눈엔 밥버러지들로 보이지만.

하여튼 주제를 조금 벗어났지만 소화부인은 어떻게 해야 아란이 제 스스로 글을 배우겠다고 움직일지 알아냈다. 아란이 지금 글을 배우지 않겠다고 생떼를 쓰는 이유는 바로 글의 실용성에 대한 의문이 있기 때문. 그녀에게 글을 자주 쓰게 하고 그에 대한 편리함을 느끼게만 해 주면 만사 해결이었다.

"흐음—"

소화부인은 제 손에 낀 가락지를 만지작거리면서 고민에 빠졌다. 어떻게 하면 이 아가씨가 글을 쓰는 데 재미를 느끼게 할까. 허나 고민은 생각보다 빠르게 해결되었다.

"전하와 지내시는 시간이 짧다고 들었습니다."

근래 들리는 말로는 선물을 주고받은 이후 오히려 신체 접촉이 확 줄었다고 했다. 왕께서 제 반려를 귀애하는 바가 높아져 예의에 맞게 대하신다……는 것 정도는 알지만 오히려 그런 면이 소화부인의 맘을 조마조마하게 만들었다. 자고로 사람이란 함께 있어야 정이 들고, 서로 마음이 표현되고 닿아야 알게 모르게 정이 오고 가는 것인데 지금 하는 짓을 보면 참 답답하기 그지없었다.

몸이 멀어지면 마음도 멀어진다는 말이 있다. 아무리 풍옥전에 서가(家) 아가씨를 가둬 놨다지만 만나는 시간은 단지 아침과 저녁 잠깐의 시간뿐. 안 그래도 데면데면한 사이에 고작 그런 만남 정도로 아가씨의 마음을 잡을 수는 없을 터였다. 왕께서 얼마 후 있을 성혼 준비에 열을 올리고 계신다는 건 잘 안다. 거의 육 개월 가까이 준비하고 치르는 게 왕실의 성혼인데 그 삼분의 일도 안 되는 시간에 일을 처리하려다 보니 눈코 뜰 새 없이 바쁘시겠지. 하지만 이대로 두면 또 무슨 일이 일어날지 모른다.

소화부인은 우아하게 종이를 내밀며 아란을 향해 입을 열었다.

"대화할 시간이 부족하시겠지요. 그러니 편지를 통해서 이야기를 주고받는 건 어떠실지요?"

늘 얼굴을 마주하는 사이에서 편지를 쓰는 것은 생각보다 간단하지 않다. 무엇을 써야 될지 괜히 막막해지고 두통이 유발되는 느낌까지 온다. 그러나 그만큼 편지엔 정성이 깃들기 마련이다. 연인 사이에 오고 가는 편지라면 제 글씨가 못생겨 보이진 않을지 실수로 글을 틀리게 적지는 않을지, 몇 번이고 확인에 확인을 거듭하리라. 그뿐 아니라 편지를 주고 나서도 나를 어떻게 생각할까 과연 답변을 해 줄까 하며 머릿속이 뒤숭숭하게 된다. 즉 만나지 않는 시간 동안 더더욱 애틋한 마음을 가지게 되는 것이다.

"편지?"

아란이 관심을 보이자 소화부인은 속으로 씨익 웃음을 지었다. 이 아가씨의 마음을 궁에 묶고 글도 배우게 하고 일석이조의 효과가 아닌가.

"예, 글로써 나누는 대화이지요. 어때요? 해 보시겠습니까?"

"응, 나 한다. 재밌을 것 같다."

낚였다. 중년 부인은 청이를 불러 문방사우를 가져오라 시키고는 긴 작대기를 아란에게 건넸다. 글 쓰는 법을 가르치려면 일단 붓 잡는 법부터 연습시켜야 되지 않겠는가.

"문자는 제게 배운 것이 있으니 제법 아실 겁니다. 문장을 만드는 법은 어떻게 편지를 쓸 것인지 보면서 알려 드리겠습니다."

진지한 자세로 임하는 아란을 보며 소화부인은 기분 좋은 미소를 매달았다. 이것으로 궁의 안녕에 한 손 이바지한 것이라 믿으며.

"묘하군요."

성수청 소속의 도사란 표식이 달린 의복을 입은 남자가 눈앞에 있는 사내를 보며 재밌다는 웃음을 흘렸다.

“서가(家)의 아가씨가 미지의 존재와 접신을 하였다라. 이상하군요. 전 아무것도 느끼지 못하였는데 말이죠. 그저 평범한 인간으로만 보입니다.”

“하지만 그녀의 주변에서 일어난 일들을 살펴보면 차마 인간의 수준으로는 설명할 수 없는 것들이 일어났지요.”

도사가 믿음이 가지 않는다는 말에 사내는 무덤덤하게 답했다. 도사는 입가를 끌어 올려 웃으며 입술을 혀로 핥았다.

“뭐 상관은 없으려나요? 하여튼 전 영스러운 존재를 불러들여 서가의 아가씨를 궁 밖으로 빼내기만 하면 되는 것이 아닌가요?”

“그렇지요.”

“그럼 그쪽 주인께서 제게 큰돈을 주실 거고?”

“더 정확히는 그 계집을 빼내는 데 성공한 다음에야 그것들이 당신의 것이 되겠지만.”

도사는 그 말이 그 말 아니냐며 통쾌하게 웃음을 터뜨렸다. 현재 도사에게 사내가 요구하는 바는 크게 세 가지. 첫째 정체를 들키지 않을 영스러운 존재를 이용해서 아란을 빼낼 것, 둘째 궁 밖으로 빼내되 납치가 아닌 제 발로 나간 것처럼 꾸밀 것, 셋째 일평생 동안 오늘 일에 대해 입을 다물 것이었다.

“자기 발로 나간 것처럼 보이게 하라. 하긴 그 아가씨가 죽은 시체로 발견되거나 납치된 것이면 전하께서 눈이 뒤집혀 귀족들을 모조리 족치겠지요. 그런 짓을 할 이가 귀족들밖에 없으니까. 근데 그 사실을 감추게 하라니 그쪽 주인은 제법 머리가 돌아가는 모양입니다?”

“함부로 말하지 마라. 그 목이 온전히 보전되고 싶으면.”

사내의 으르렁거림에 도사는 두 손을 번쩍 들어 보였다. 그리고 능청스럽게 이야기를 이어 갔다.

"아아, 걱정 마세요. 입에 자물쇠를 꼭꼭 채워 놓을 테니까요. 전 그냥 그 아가씨를 빼내는 것으로 끝. 더도 덜도 손대지 않을 겁니다. 나머진 그쪽이 알아서 처리한다고 했으니까요."

도사는 그리 말하며 머릿속으로 어떤 신령을 부를 것인가 빠르게 목록을 뽑아 보았다. 장난기는 있지만 주변에 큰 피해는 미치지 않는 것으로.

파르르르르 푹.

종이에 먹이 질펀하게 퍼져 나갔다. 이번에도 힘 조절을 잘못해 편지를 망친 아란의 이마가 짜증으로 확 일그러졌다. 표정만 보면 당장에라도 때려치울 듯하건만 망가진 종이를 옆으로 버리고 새로운 종이를 꺼내 들었다.

'독한 년.'

청이는 옆에 쌓인 폐지를 정리하며 질린다는 표정을 지었다. 점심을 먹고 저녁 식사 시간이 가까워지는 지금까지 쭈욱 저러고 있었다. 그 지루한 것을 참지 못하는 아이가 말이다. 글쓰기를 시작했을 때는 글을 처음 써 보는지 필요 이상의 힘을 넣고 글자도 그림에 가까운 수준이었지만…… 지금은 제법 글자 태가 난다.

바르르르 팍.

또다시 붓이 '홱' 하고 엉뚱한 방향으로 튀었다. 그와 함께 아란의 표정이 순식간에 굳었다.

뚜욱.

청이는 무언가 끊어지는 듯한 소리를 들은 듯했다.

"아우아으아으갸카우우우우!"

결국 인내심에 한계가 왔는지 붓을 내팽개치며 괴성을 지른다. 한

동안 방방 뛰던 아란은 이를 꽉 깨물더니 다시 붓을 들고 글자를 써 내려가기 시작했다. 꼭 내가 이기나 니가 이기나 해보자 이런 오기가 느껴진다고나 할까?

"아가씨?"

청이는 조심스럽게 아란을 불렀다. 아란이 홱 하고 고개를 돌려 왜 부르냐는 듯 쳐다보자 은근슬쩍 차선책을 꺼내 놓았다.

"새 붓으로 써 보는 게 어떻겠습니까? 새 붓은 끝이 빳빳하니 글을 쓰기가 더 쉬울 것입니다."

물론 글쓰기는 연습만이 답이다. 허나 지금 하는 꼴을 보아하니 아마 선물 만들 때처럼 밤을 꼬박 새울 것 같아 작은 충고를 건넸다. 그에 '아—' 하며 고개를 끄덕이는 아란. 청이는 창고를 뒤져 봐야겠다고 생각하며 바닥에서 엉덩이를 떼었다.

"새 붓을 가져오겠습니다."

"잠깐!"

그때 아란이 그녀의 발걸음을 막았다. 그리고 주변에 다른 사람들이 없는지 살펴보고는 속삭이듯이 말을 이었다.

"나 이거 빳빳하게 만든다."

그 한마디에 청이는 움찔하며 재빠르게 주위를 둘러보았다. 솔직히 말해 창고까지 가기가 귀찮기는 했다. 거기에다 이리저리 뒤적여 보기도 해야 되고. 몇 번이고 이곳에 두 사람 외에는 아무도 없음을 확인한 청이는 아란에게 슬쩍 눈짓으로 허락의 신호를 보냈다. 그에 아란은 붓을 들어 슬쩍 휘둘렀고 그와 함께 붓의 끝부분이 새것처럼 빳빳하게 일어섰다.

"헤헤."

청이와 아란은 비밀을 공유한 도둑처럼 의미심장한 웃음을 주고받았다. 청이는 구미호가 붓에 먹을 묻히는 것을 보며 편하다는 듯 등허리를 쭈욱 폈다. 의외로 주술이란 것이 이렇게 평범한 일상에서도 쓰일 수 있다는 걸 오늘 처음 알았…….

스아아아악.

"……."

"……."

청이와 아란은 서로 할 말을 잃고 붓이 그은 선을 따라 깨끗하게 잘린 종이를 내려 보았다. 청이는 말없이 그녀에게서 붓을 빼앗아 들었다. 그리고 탁자를 향해 힘껏 내리꽂았다.

타악.

"……."

"……."

붓이 탁자에 꽂혀서 파르르르 떨린다. 붓을 거꾸로 꽂은 것도 아니고 어린 사슴의 겨드랑이 털로 만들었다는, 분명 글자를 쓰는 그 부분으로 내리찍었음에도 말이다.

"허허……."

청이는 속이 텅 빈 웃음을 흘렸다. 붓을 뻣뻣하게 만든 게 아니라 아주 흉기로 만드셨구만.

"그냥 새 걸로 가지고 오지요."

저 구미호를 믿은 제가 잘못이었다.

오단은 정원을 청소하며 구석진 벽 쪽으로 조심조심 걸음을 옮겼다. 이윽고 벽가에 난 길을 쓸기 시작했을 때 벽 너머로 목소리가 들려왔다.

"보고하라."

짧은 명령조의 말. 오단은 눈을 슬쩍 내리깔며 제 일을 하는 척 움직이면서 말을 이었다.

"하루 종일 글만 쓰시고 계십니다."

그 말로 시작하여 언제 식사를 했는지 글 쓰는 도중 언제 짜증을 부렸으며 또 언제 새 붓으로 바꾸었는지 세세하게 아란의 하루 일과를 보고했다. 상세한 그녀의 대답에 벽 너머에 있던 정체불명의 인물이 혀를 차며 다른 질문을 던졌다.

"그녀의 행동 외에 주변에서 눈에 띄는 특이점은?"

"없었습니다."

오단은 담담한 어조로 답했다. 그리고 이어진 잠시의 침묵. 무언가를 생각하던 상대는 냉기가 뚝뚝 떨어지는 음성으로 말을 이었다.

"따로 내게 숨기는 것은 있나?"

단지 목소리만이지만 오단은 자신이 낱낱이 파헤쳐지고 해체당할 것 같은 느낌을 받았다. 순간적으로 마음속에 이는 불안이란 이름의 풍랑. 그러나 그녀는 호흡을 가다듬으며 입을 열었다.

"없습니다."

"그래, 믿도록 하지. 혹시 서가(家)의 계집에게서 받은 도움 때문에라도 마음이 흔들릴 일은 없도록 해. 잘 알 테지? 본디 그것이 네게 무슨 해를 입혔는지. 그 증오를 기억하고 끝없이 되새겨. 그 계집의 기억이 돌아온 순간 네 처지가 결국 과거와 같이 몰리게 될 터이니. 그러니까 너에게도 그 계집이 사라지는 게 더 좋은 상황일 거야."

그렇게 말을 마친 목소리는 완전히 인기척을 감추었다. 멀어지는 발걸음 소리에 오단은 그제야 안심이 되는지 길게 한숨을 내쉬었다.

"증오를 품고 정적 제거에 협조하라니……."

오단은 그렇게 중얼거리며 품 안에서 붓 한 자루를 꺼냈다. 끝이 날카로워 꼭 칼과 같은 신이한 붓. 방금 전 그녀는 아란이 글쓰기 연습을 하던 탁자에 박혀 있던 이것을 보며 기겁을 했었다. 하지만 재빨리 스스로를 진정시키고 주변에 목격자가 있나 없나를 살피며 붓을 제 품 안에 숨겼었다.

"여우 아가씨, 좀 더 조심하셔야 할 것 같습니다."

아란의 모습을 한 영스러운 존재를 떠올리며 오단은 작게 중얼거렸다. 그녀에게 받은 은혜가 크지만 자신은 이런 식으로 작은 도움밖에 줄 수 없었다. 무슨 이유에서 그녀가 궁 안에 들어온 것인지는 모르지만 최선을 다하여 그 정체를 감추어 드릴 것이다.

오단은 구석에 작게 구덩이를 파고 그 안에 붓을 넣은 뒤 흙으로 덮었다. 발로 꾹꾹 다지고 주변에 있는 돌덩이를 그 위에 올려 위장했다. 그녀는 그렇게 정체불명의 권력자와 아슬아슬한 줄타기의 첫날을 마무리했다.

아란은 신경을 한 올 한 올 집중하여 글자를 써 내려갔다. 동글동글한 귀여운 서체로 이어진 장문들. 그 끝에 그녀는 마침내 마침표를 찍었다.

"끝났다!"

아란이 만세를 부르며 붓을 내려놓자 옆에서 대기하고 있던 청이 역시 함께 만세를 불렀다. 정말 끈질기다고밖에 볼 수 없었던 장거리 달리기. 이틀 동안 거의 쉬지도 않고 이어진 편지 쓰기의 성공이었다.

"잠시만 기다리세요. 인장과 인료를 가지고 오겠습니다."

오히려 곁에서 지켜보는 사람이 더 지쳐 버렸던 상황이 끝나자 청이는 콧노래를 흘리며 후다닥 방 안으로 뛰어 들어갔다. 한편 아란은 주구장창 이어진 글쓰기로 인해 뻐근해진 손목과 목을 빙글빙글 돌리다가 무심코 고개를 들었다. 그리고 웬 이상한 생물과 눈이 마주쳤다.

새까만 살쾡이 같은 것이 마루 앞에서 동그랗게 눈을 뜨고 굳어 있었다. 살금살금 다가오다가 딱 걸린 모양새. 허나 이내 그것은 개구

쟁이처럼 짓궂은 웃음을 입가에 걸며 아란의 꽃신을 덥석 입에 물었다. 그리고 다시 아란을 보며 꼭 사람이 웃는 것같이 묘한 웃음을 보였다.

"아."

그 모습에 아란은 상대의 정체를 알아챘는지 탄성을 터뜨렸다.

야광귀.

정월 초하루나 정월 대보름을 전후한 날, 밤에 인가로 내려와 사람들의 신을 신어 보고 발에 맞는 것을 신고 간다고 하는 귀신이었다.

이 귀신이 신을 가져가면 신발의 주인은 일 년 동안 운수가 불길하다고 믿어 이를 예방하기 위해 신발을 방 안에 숨기고 문밖에는 체를 걸어 두는 풍속이 있었다. 체를 걸어 두는 이유는 체의 구멍 세는 것을 좋아하는 야광귀가 체 구멍을 세다가 틀려서 처음부터 다시 또 세다 보면 어느새 날이 밝아 그냥 돌아간다고 생각하기 때문이었다. 이것을 '야광귀 쫓기' 라고 한다.

야광귀의 모습은 정확히 알려지지 않았다. 보통은 난쟁이나 스스로 빛을 내는 요괴로 표현되나 꼭 그런 것만은 아니며 야묘(夜猫)라고 살쾡이와 유사한 모습으로 표현되기도 한다. 밤에만 활동하는 것으로도 알려져 있으나 실은 어둡기만 하면 언제든지 움직일 수 있었다.

가령 오늘같이 구름이 많이 낀 날 말이다.

하여튼 중요한 것은 저놈의 야광귀가 다른 누구도 아닌 아란의 신발을 덥석 입에 물었다는 것이었다. 그것은 유유히 뒤돌아서서 걸음을 옮기며 정원을 가로질러 갔다.

"에?"

갑자기 나타나 다짜고짜 제 신발을 물고 가는 야광귀를 보며 아란은 순간 상황을 파악하지 못해 바보같이 기이한 소리를 냈다. 그러자 야광귀가 걸음을 멈추고 다시 그녀를 올려다보았다. 그리고 따라오라는 듯 슬쩍 고갯짓을 한다.

궁궐 깊은 곳에 왜 야광귀가 나타난 것일까? 이유는 아주 간단했다. 성수청에 있던 도사 하나가 그것을 불러 대가를 지불하고 한 가지 부탁을 한 것. 야광귀는 만족스러운 제물에 도사의 부탁을 받아들였다. 궁 깊은 곳에 있는 처자 하나만 몰래 빼내 오기만 하면 되는 일. 제 발로 따라오게 만드는 일은 야광귀에게 있어서 아주 간단한 일이었다.

'일이 쉽게 풀리겠구만.'

야광귀는 맹해 보이는 아란을 보며 속으로 생각했다. 그리고 다시 문을 향해 두어 걸음 내디뎠다. 그 순간이었다.

팍.

등 뒤로 무언가 박히는 소리가 들렸다. 야광귀는 이유를 알 수 없는 싸한 이질감에 뒤를 돌아보았다. 그러자 땅에 박힌 손가락들이 보였다. 꼭 무언가를 움켜지려다 그 대상이 사라지는 바람에 땅에 대고 헛손질한 모습. 고개를 좀 더 들자 방금까지 마루에 앉아 있던 처자의 얼굴이 보였다.

그녀는 야광귀와 눈이 마주친 순간 환히 웃으며 입을 열었다.

"내 신발 내놔."

오싹.

순간적으로 전신에 소름이 돋으며 머릿속에서 위험 신호를 보내 왔다. 야광귀는 지체 없이 앞으로 후다닥 뛰어나갔다. 그와 동시에 등 뒤로 후웅후웅 하며 바람을 가르는 소리가 들려온다. 바람에 휩쓸리며 야광귀의 털들이 흔들렸다. 야광귀는 풍옥전 밖으로 나서는 순간 유인이고 뭐고 다 내팽개친 채 전속력으로 달려 나갔다.

한참을 그리하였을까? 야광귀는 본래의 목적을 떠올리며 '아차' 하고 뒤돌아보았다. 아무리 위협적이었다고 해도 영스러운 존재인 자신이 그렇게 달렸다면 평범한 인간이 쫓아올 리가…… 없어야 할 텐데!!

'끼야야야야악!'

야광귀는 위에서 아래로 내리꽂히는 손가락들을 보며 옆으로 몸을 날렸다. 뒤이어 땅을 긁어 내는 무서운 소음이 들린다.

카가가각.

비명밖에 나오지 않는 상황의 연속에 야광귀는 황급히 축지법을 써서 멀리 자리를 벗어났다. 땅을 접고 열 장 가까이 물러선 야광귀는 거칠어진 숨을 가다듬으며 입 안의 신발을 고쳐 물었다. 그리고 저 멀리서 자신을 찾으며 두리번거리는 아란을 보고는 안도의 한숨을 내쉬었다.

단번에 자신의 위치를 찾아내지 못하는 걸 보면 역시 평범한 인간일 거다. 단지 달리기를 잘할 뿐이겠지. 야광귀는 계속 드는 안 좋은 예감을 착각으로 치부하며 슬쩍 기척을 냈다. 그에 아란이 고개를 돌려 야광귀를 바라보았다.

잠시 눈이 마주친 순간 야광귀는 아란이 활짝 웃는 모습을 볼 수 있었다. 그리고 한 번 눈을 깜빡인 순간 코앞에서 손을 내뻗고 있는 그녀를 확인할 수 있었다.

"끼야아아아아아악!!"

야광귀는 온몸의 털을 곧추세우며 펄쩍 뛰었다. 육성으로 터져 나오는 비명엔 공포라는 감정이 담겨 있다. 야광귀는 자신이 받은 부탁이고 뭐고 상관없이 사방팔방으로 날뛰며 도주하기 시작했다. 인간 같지도 않은 인간이 등 뒤에 바짝 붙은 채 계속 추격해 오자 그것은 울상을 지으며 생각했다.

'뭐, 뭔가 잘못됐다.'

최단 지름길로 아란을 은밀히 궁 밖으로 빼내 오는 일은 완전히 틀어져 궁 여기저기를 들쑤시고 다니며 그 사고 규모를 점점 키워 나갔다.

기묘한 느낌이 드는 날이었다. 청림은 주변을 맴도는 이질감에 성수청 밖으로 나와 주변을 거닐었다.

"허허…… 거참 이거 기분이 이상하구나."

꼭 무언가가 일어날 것만 같은 그런 예감. 청림은 자꾸만 두방망이질하는 가슴을 가라앉히며 산책하듯 천천히 걸음을 옮겼다. 백련각에 다다랐을 때쯤 맞은편에서 한 무리의 궁녀들이 속닥거리며 다가오고 있는 것이 보였다. 그녀들은 청림을 마주하자 황급히 고개 숙여 인사했다.

조용하게 품격을 갖추어야 할 궁에서 떠드는 모습을 들켰다는 것에 부끄러움을 느낀 듯 청림이 인사를 받자 그녀들은 고개를 푹 숙인 채 그를 빠르게 지나쳐 갔다. 그 순간 청림은 아침부터 들었던 기시감의 일면을 느꼈다.

"거기 멈추게."

인간이 아닌 것의 기운. 청림은 궁녀들을 불러 세우고는 그녀들에게 빠르게 다가갔다. 그에 겁을 먹은 듯 움츠러드는 궁녀들이었으나 청림에게는 그것보다 궁 안을 맴도는 불안감의 정체를 확인하는 것이 더 중요했다.

텁.

청림은 궁녀의 턱을 붙잡고 그녀와 눈을 마주했다. 그리고 그 실체를 확인할 수 있었다.

"홀렸군."

무엇인가가 사람들의 정신에 간섭을 했다. 그 기운의 흔적이 짙지 않은 것으로 보아 심각한 정신 조작은 아닌 듯하였다. 해 봐야 고작 자신의 움직임을 상대가 인식하지 못하게 하는 정도? 청림은 혹시나 하는 마음에 주변을 돌아다니며 사람들의 모습을 살폈다.

홀렸다. 홀렸다. 홀렸다. 홀렸다. 모두 다 무엇인가에 의해 홀려 버렸다.

생각보다 큰 범위에서 벌어진 일에 청림의 등 뒤로 오싹한 느낌이 훑고 지나갔다. 이 정도로 일을 크게 벌이다니, 도대체 상대의 목적은 무엇이란 말인가? 그만한 힘을 들일 이유가…… 그 순간 청림의 머릿속에서 스쳐 지나가는 것은 자신의 제자인 제현이었다. 요화(妖花)의 정, 요괴를 홀리는 향을 뿜는 거대한 요력 덩어리.

머리에서 붉은 경고음이 들려왔다. 청림은 더 이상 재고할 것 없이 대전을 향하여 필사적으로 달려갔다. 어쩌면 이 정도까지 규모가 커졌다면 이미 습격당하고 있을지도 모른다. 그의 곁에 아무리 '대단한' 그 이무기가 붙어 있다고 하여도 걱정이 되는 것은 어쩔 수 없었다.

세상이 큰 만큼 다양한 요괴들이 있고 그만큼 신기한 능력을 가진 존재들도 많으니까. 상대가 이무기란 것을 알고도 일을 벌였을 경우엔 그녀의 눈을 피하거나 그녀와 겨룰 자신이 있단 의미가 된다. 자꾸만 안 좋은 방향으로 이어지는 생각. 더욱 다급하게 발걸음을 옮긴 결과 청림은 목적한 곳에 생각보다 빨리 도착할 수 있었다.

"문을 열어라!"

그의 외침에 박 내관은 황급히 집무실의 문을 열었다. 궁에서 유이하게 동공왕의 고삐를 잡을 수 있는 이. 거기에다 무려 왕의 스승이란 어마어마한 뒷배경까지. 그런 이가 저렇게까지 안색이 나빠져 달려온다면 그만한 일이 있을 터였다.

"전하!"

청림이 방 안으로 뛰어들며 목소리를 높이자 상소문을 읽고 있던 제현이 의아하다는 듯 그를 보았다.

"스승님, 어찌 그리 급하게 오십니까?"

다행히 그가 생각한 일은 일어나지 않은 듯했다. 아니 어쩌면 '아직' 안 일어난 것일지도. 청림은 바짝 마른 입술을 혀로 적시며 입을 열었다.

"궁 안에서 일하는 많은 이들이 무언가에 홀렸습니다. 짐작하건대 요괴가 들어온 듯합니다."

"요괴가요?"

"아마 목적은 전하일 확률이 높지요."

요괴란 단어에 동공왕의 표정과 기세가 완전히 일변했다. 살기가 뚝뚝 묻어 나와 주변 풍경을 새까맣게 물들인다.

톡톡톡.

제현은 손가락으로 빠르게 탁자를 두드렸다. 잠깐의 고민. 그는 뒤이어 한 존재를 불렀다.

"뱀 새끼, 당장 나와."

그러나 아무런 답변도 없다. 침묵만이 가득 채우는 집무실. 제현은 얼굴을 야차처럼 일그러뜨리며 일어섰다. 그리고 무섭게 발을 구르며 청림 옆을 지나쳐 갔다.

"아란입니다. 그 빌어먹을 것의 목적이. 아니 어쩌면 아란이 도망가려고 수를 쓴 건지도 모르지요."

청림은 중간 과정을 뛰어넘고 나온 결말에 도저히 이해가 되지 않았으나 일단 그를 뒤따라 나섰다. 제현은 빠드득 이를 갈며 목청을 높였다.

"지금 당장 궐문으로 간다!"

그 짜증 나는 뱀 새끼는 분명 아란이 도주하는 것을 구경하며 웃고 즐기고만 있을 터였다.

"내 신발 내놔!"

후우우웅.

또다시 아란의 팔이 바람을 가르며 야광귀의 머리 위를 스쳐 지나갔다.

야광귀는 또다시 심장이 쿵 떨어지는 것 같은 아찔함을 느끼며 필사적으로 다리에 힘을 더해 달려 나갔다. 얼마 지나지 않아 보이는 궐문. 드디어 목적지가 눈앞에 보이자 감동과 감격이 물밀듯이 밀려왔다. 마침내 이 위험천만한 추격전의 끝이 보인다.

이미 홀려 있는 병사들은 궐문을 반쯤 열어 놓은 상태였다. 야광귀는 꼬리 끝을 아슬아슬하게 스치는 격랑에 정말 젖 먹던 힘까지 짜내어 다시 한 번 축지법을 써서 궐문을 통과했다. 이걸로 한시름 놓았다. 앞으로 저 인간 같지도 않은 인간을 한양 밖 숲길까지만 유인하면 되었다. 머잖아 이 지긋지긋한 일을 끝낼 수 있다 생각하니 마음이 탁 놓였다.

물론 모든 일이 생각대로만 풀리지 않는다는 게 문제이긴 하지만.

끼이이이이익.

여태까지 잘만 쫓아오던 처자가 궐문 앞에서 급정지를 하며 멈춰선 것. 야광귀가 갑작스러운 인간의 행태에 인상을 팍 썼다. 딱 한 걸음이면 문밖으로 나올 수 있건만 그 한 걸음을 옮기지 못해 안절부절못하고 있는 노릇이란. 야광귀는 일부러 신발을 흔들어 보이며 상대를 자극하고 유혹해 보았으나 밖으로 나올 생각을 하지 않는 것은 여전했다.

'저, 저것이 날 말려 죽이려고 작정을 했나!'

야광귀가 이를 바득바득 갈고 있는 한편 아란은 아란대로 발을 동동 구르고 있었다. 야광귀가 신을 가져가면 그 신 주인의 운(運)도 가져가 버린다. 즉 아란은 저 신을 되찾지 못하는 순간 궁 안에서 별의별 불운을 겪게 될 것이다. 그리고 그것은 정체를 들키는 것에 직통으로 연결되겠지.

'궁 밖으로 나가면 안 된다고 했는데.'

융통성이란 건 이미 오래전에 씹어 드신 구미호가 궁 밖으로 잠깐 나갔다 들어온다는 예외적인 상황을 떠올릴 리가 없었다. 저번의 오단을 도왔을 때도 직접 나갈 수가 없어서 분신을 만들어 내보냈지 않았던가? 그렇다고 여기서 당장 분신을 만들자고 하니 그것은 그것대로 시간이 모자랐다.

그녀가 만들 줄 아는 분신은 제 본체의 형태를 그대로 복제하는 것. 능력도 본체와 거의 유사하고 정신 연결을 통해 섬세한 조작도 가능하지만 그만큼 그것을 만드는 데 많은 기력과 정신력, 시간이 필요했다. 결국 구미호는 이도 저도 못한 채 공황 상태에 빠져 버렸다.

'아, 저 신발을 가지러 나가야 되는데.'

'아놔, 저 인간을 밖으로 끌어내야 되는데.'

아란과 야광귀의 속마음이었다. 서로 생각하는 바는 같아도 몸은 서로 멀리 떨어져 있었다. 그때였다. 이 기묘한 정체 상황을 일변시킬 사람이 등장한 것은.

"아라아아아안!"

제현이 살 떨릴 정도로 무시무시한 기운을 두른 채로 뛰어오고 있었다. 궐문 앞에 서서 움찔거리고 있는 아란을 본 그는 반쯤 눈이 뒤집혔다. 언뜻 보기에 꼭 탈주하려는 모습이 아닌가?

백치가 되었다고 하더니 다 연기였었나? 내게 준 선물은 날 방심시키기 위한 수작이었던가? 날 동정하는 듯한 그 손길과 눈빛은? 너는, 너는, 너는, 너는, 너는!!

그는 이를 꽉 깨물었다. 다행히 늦지 않았다. 도망가기 전에 이렇게 잡을 수 있었으니. 이젠 결코 방심하지 않으리라. 풍옥전에만 가둬 놓고 죽을 때까지 밖으로 한 발짝도 나오지 못하게 만들 것이다.

점차 잔악하게 굳어 버리는 마음. 제현은 아란을 향해 손을 뻗었다. 때맞추어 아란은 환히 웃음을 터뜨린다. 마치 지원군이 왔다는 듯. 그의 손이 그녀의 어깨에 닿기 직전 아란이 소리쳤다.

"제현, 저거 잡아!"

아란이 손가락으로 가리킨 방향의 끝. 거기엔 새까만 살쾡이처럼 생긴 것이 꽃신을 입에 물고 있었다. 제현은 그녀의 명령에 무심코 그것을 향해 돌진해 뒷덜미를 확 잡아챘다. 아란은 제현의 손아귀에 잡혀 공중에서 대롱거리는 야광귀를 보며 손뼉 치며 깍깍거렸다.

"이거 뭐야?"

얼떨떨한 상황에 잠시 멍하게 서 있던 제현은 얼굴을 확 구기며 어울리지 않게 꽃신을 꼭 물고 있는 야광귀를 들어 살펴보았다. 느껴지는 기운으로 보아하니 요물인 것 같은데 왜 이런 게 궁 안을 싸돌아다니고 있는 걸까? 그때 아란이 야광귀를 가리키며 말했다.

"그거 나 줘!"

"그거?"

"응, 손에 들고 있는 그거!"

설마 이걸 쫓아서 궐문까지 나온 것인가? 어이없기까지 한 행태에 그는 헛웃음을 지으며 아란의 곁으로 다가갔다. 그리고 여전히 그것의 뒷덜미를 잡은 채로 아란에게 내밀었다. 그에 야광귀가 물고 있는 꽃신을 움켜쥐며 잡아당기는 그녀.

"내 신발 내놔!"

허나 야광귀가 고이 내줄 리가 없다.

"크르르르르."

그리 생고생하며 궁 안을 싸돌아다녔는데도 이리 허무하게 잡힌 결말에 야광귀는 불편한 심기를 드러냈다. 날카로운 이빨을 보이며 위협적인 목울음 소리를 내자 아란 역시 인상을 팍 찌푸리며 꽉 물은 이를 보였다. 그렇게 겉보기엔 인간과 동물의 날카로운 신경전이 벌어졌다. 황당한 그들의 행태를 구경하던 제현은 한숨을 폭 내쉬었다.

일단은 아란이 제 의지로 궁 밖으로 나가려 한 게 아니라는 사실에 안심하며.

"야광귀로군요."

간신히 뒤따라온 청림은 제현의 손에 잡힌 살쾡이와 같은 것을 보며 그 정체를 알렸다. 때 아닌 전력 질주를 감행하여 거친 숨을 고르고 있는 궁인들을 배경으로 청림은 미묘한 웃음을 지어 보였다. 당혹과 허탈함이 반쯤 뒤섞인 그런 웃음을 말이다.

"야광귀?"

"예. 뭐 형상에 대해선 여러 유래가 있습니다만 중요한 건 그게 아니지요. 큰 힘은 없지만 마음에 드는 신을 가져가고 그 신의 주인에게 불행을 가져다주는 그런 특이한 요물이라고나 할까요."

야광귀의 능력에 따라 그 불행의 강도가 달라지지만 도사로서 몇 가지 처방만 한다면 충분히 액땜이 가능했다. 청림으로선 괜히 심각하게 걱정한 자신이 부끄러워지는 순간이었다.

"불행을 가져다준다?"

제현의 눈썹이 불쾌감을 머금고 빠르게 꿈틀했다. 딱 필요한 것만 빠르게 잡아 듣는 그였다. 어찌 되었든 아란에게 해를 입히려 했다는 것이 아닌가? 그 사실을 알아채자 제현의 몸에서 검붉은 살의가 스멀스멀 흘러나왔다.

"이이이이익! 이 못된 고양이야!"

"캬아아아악! 크르르르 캬아악!"

물론 불꽃이 튀어 오를 정도로 기싸움을 하는 아란과 야광귀는 그 사실을 눈치채지 못했지만. 딱 그때였다. 아란이 꽃신에서 제 손을 떼어 낸 것이. 그에 야광귀는 순간 자신이 처한 상황을 잊고 신경전에서 이겼다고 뿌듯한 웃음을 지었다. 그 순간 아란이 그것의 머리를 양손으로 콱 움켜잡았다.

"캬?"

무작정 꽃신을 뺏으려던 전과는 다른 행동. 그에 야광귀가 의아함을 품은 채 아란을 올려다보았고 그녀가 고개를 확 뒤로 젖히는 모습을 볼 수 있었다.

"야이……."

길게 늘어지는 아란의 기합 소리. 곧이어 그녀의 이마가 순식간에 야광귀의 머리를 향해 번개처럼 내리꽂혔다.

"잣샤!!"

빠아아아아아아악!

돌과 돌이 부딪치는 소리가 궐문 주위로 울려 퍼졌다.

"……."

"……."

"……."

심상치 않은 소리의 결과 야광귀는 눈이 완전히 풀려 해롱해롱하고 있었다. 그와 함께 입에서 툭 떨어지는 꽃신. 아란은 그것을 주워 들며 헤헤 웃음을 지었다.

"허허허, 아가씨께서 참…… 여전히 쾌활하시군요."

어처구니가 없는 그녀의 행실에 넋을 잃은 궁인들을 배경으로 청림은 잔잔히 웃음을 지었다. 궁 안에 들어와서 기가 좀 죽었지만 본디 아란은 세간에서 알아주던 말괄량이가 아니었던가. 제현을 통해서 귀에 딱지가 생길 정도로 들은 터였다.

"그래, 이것에게서 용무는 다 끝난 건가?"

그 순간 차갑게 식은 제현의 음성이 들려왔다. 아란은 희희낙락하다 고개를 들자 사르르 웃음을 짓는 그의 얼굴을 볼 수 있었다. 헌데…… 눈이 웃질 않는다. 아란은 저도 모르게 움츠러들며 눈을 또르르 굴렸다. 궁 밖으로 나가진 않았으나 제현이 건 제한을 무시하고 여기저기 들쑤셔 놓았으니.

"음…… 그러니까 잘못했어요?"

"무엇을?"

담담하지만 한기가 스며 나오는 말이 돌아온다. 그에 아란은 어색하게 웃으며 말을 이었다.

"맘대로 돌아다닌 거? 나 미안하다."

그래도 제 잘못은 아나 보지? 제현은 쭈뼛거리며 똥 마려운 강아지처럼 끙끙거리는 그녀의 모습에 긴 한숨을 내쉬었다. 그리고 손을 뻗어 그녀의 머리 위에 턱 하고 덮었다.

"도대체 무슨 생각으로 이것을 쫓아간 게냐. 만약 저것이 널 유인해서 해를 입히려는 거면 어쩌려고 그런 것이야."

가벼운 타박의 말에 그녀는 더더욱 움츠러들었다. 예상보다 얌전한 아란의 반응에 제현은 더 이상 화를 내지 못하고 쓰게 웃었다.

"다음부터 이런 일이 생기면 차라리 내게 곧장 달려오너라."

그편이 오히려 마음이 놓이니까. 아란이 도망가려 했다는 의심을 하지 않아도 되고 그녀가 다칠지 모른다는 불안에 걱정하지 않아도 되니까.

"알았다. 나 다음부터 제현한테 간다."

"그래, 잘 기억해 둬라. 그건 그렇고…… 이젠 이걸 처리해야겠군."

제현은 아란의 대답에 그녀의 머리를 흐트러뜨리며 제 손에 들린 것을 들어 올렸다. 이것은 감히 그녀를 상처 입히려 한 쓰레기다. 그의 눈으로부터 스산한 살기가 흘러나오자 야광귀는 고양이 앞의 생쥐 꼴로 덜덜 떨어 댔다. 당장 도망가고 싶은데 상대의 기운에 눌려 작은 반항조차 할 수 없을 정도로 굳어 버렸다.

"무관."

"예."

"검을."

동공왕의 뒤에 멀찍이 서 있던 호위무사는 익숙하게 제가 차고 있던 검을 풀어 손잡이가 그를 향하도록 내밀었다. 무관으로서 함부로 제 검을 남에게 내준다는 사실에 기분이 상하기도 하련만 호위무사의 자세는 참으로 태연했다. 왕이 자신을 휴대용 검 보관함으로 여기는 게 어디 한두 번인가 하는 초탈의 경지라고나 할까.

하여튼 제현은 검병(검의 손잡이 부분)을 잡고 검을 뽑았다.

스르르릉.

공기를 차갑게 얼리는 소리가 울려 퍼진다. 그리고 부드럽게 선을 그리며 움직이는 검날. 그 궤도상에는 야광귀의 목이 있었다.

"잠깐!"

그 순간 아란이 황급히 제현의 팔을 덥석 잡았다. 그에 동공왕이 인상을 찌푸리며 그녀를 내려다봤다. 아란은 이어질 참사가 무엇인지 알아챘는지 허겁지겁 야광귀 앞다리를 잡아당기며 말했다.

"이거 내가 혼낸다!"

비릿한 향이 섞인 피가 땅을 적시기 직전 그의 행동에 제동을 건 그녀는 재빨리 그것을 홱 빼앗아 들었다. 생각보다 쉽게 야광귀를 놓아준 제현은 얼떨떨한 얼굴로 아란을 내려 보았다.

좀 전의 박치기에 이어 이번엔 또 뭔 짓을 벌이려는지.

아란은 야광귀를 꽉 잡은 채 제자리에서 빙글빙글 돌기 시작했다. 물론 아란에 의해 앞발이 잡힌 야광귀는 원심력에 따라서 바람개비처럼 팽글팽글 돌았다. 멀미를 유발하는 폭력에 그것은 소리를 마구 내질렀다.

"끼야아아아."

세상이 돌고 돈다. 그럼에도 아란은 멈추지 않고 속도를 더했다. 그리고 그 속력이 최대에 달한 순간…… 야광귀를 있는 힘껏 벽 위로 집어던졌다.

"호이이잇짜!"

"끼에에에에에에……에……ㅇㅔ……ㅇ……ㅔ……ㅇ……."

저 멀리 비명과 함께 사라지는 야광귀. 아란이 흡족하게 미소를 짓고 있는 이곳에 침묵이 가득 찼다. 모두 할 말을 잃은 채 눈앞에 일어난 사태를 관망하고 있었다. 제 먹잇감을 놓쳐 버린 동공왕은 물론이고 상식 밖의 행동에 어이를 상실한 청림, 그리고 감히 왕의 처형을 가로막아 버린 아란의 행동에 넋이 나간 궁인들까지.

정적은 점차 무거운 무게를 가지며 이 장소를 누르기 시작했다. 안색이 새하얗게 질린 채 등 뒤로 식은땀을 흘리는 궁인들은 천진난만하게 웃는 아란을 보며 눈앞이 캄캄해짐을 느꼈다. 저 미치광이 폭군의 심기를 거슬렀으니 사달이 나도 크게 날 것이었다. 물론 아란이 아닌 주변 사람들에게 피해가 미치겠지.

'제발 전하께 잘못했다고 비십시오! 비셔야 합니다.'

궁인들은 한마음 한뜻으로 그렇게 속으로 빌고 또 빌었다. 그 부르짖음을 알아챈 것일까? 아란은 제현을 향해 뒷머리를 긁적이며 운을 떼었다.

"그러니까 이럴 때 쓰는 말이……."

긴장감에 침이 꼴깍 넘어가는 소리가 여기저기서 들렸다. 그녀는 헤헤 웃으며 말을 이었다.

"어이쿠, 손이 미끄러졌네?"

아니야! 궁인들은 왕의 진노로 공기마저 떨릴 앞날을 생각하며 절망했다. 한편 미묘하게 얼굴을 굳힌 제현. 그는 이내 입꼬리를 끌어올리며 입을 열었다.

"실수라면 지금 당장 나가서 저걸 잡아와도 된다만?"

"아……."

그건 차마 생각하지 못했다는 듯한 반응을 보이는 아란. 그녀는 어색하게 웃으며 황급히 제 다리를 두들겼다. 급조한 티가 팍팍 나는 모습으로 말을 잇는다.

"제현 나 다리 아프다. 집까지 데려다줘. 제현이 직접."

“그러지. 뭐, 놓친 저것은 병사들에게 명해서 잡아와도 되니까.”

이게 아닌데. 어떤 핑계를 대도 모두 무위도 돌아가자 아란의 얼굴에 곤란함이 자리 잡았다. 그렇다고 제 눈앞에 있던 생물이 죽어 나는 것은 보진 못하겠고. 아란은 그 조그만 머리를 팽팽 돌리느라 제현의 장난기가 맺힌 표정을 보지 못했다. 그는 그녀가 끙끙거리는 모습을 즐기며 다음은 또 무슨 거짓말을 꾸며 댈까 기대했다.

한참을 고민에 고민을 거듭했을까. 아란은 ‘아!’ 하며 제 손바닥에 주먹을 탁 내리쳤다.

“나 제현한테 주려고 준비한 거 있다. 그거 풍옥전에 있다!”

움찔.

생각 밖의 말. 제현의 눈이 차분하게 가라앉았다. 이것도 거짓말일까, 아니면 진짜일까? 거짓말이라면 늘 그렇듯이 실망한 마음을 감추며 속으로 삭이게 될 것이고 진짜라면…….

그는 쓰게 웃음을 지었다. 관심을 돌리려 한 의도를 정말 완벽하게 성공시켰다.

“……가 보도록 하지.”

결국 이어진 것은 그녀에게 응하는 말. 제현은 앞장서서 가려다 버선발 차림으로 꽃신을 꼬옥 끌어안고 있는 아란을 내려다보았다. 여태 저 꼴로 돌아다닌 건가? 발은 괜찮은 걸까? 혹시 다치진 않았을까? 제현은 궁녀 하나를 불러 의원을 데려오라 명하고 아란을 덥석 안아 들었다.

“에? 나 걸을 수 있다.”

“되었다. 내가 이러고 싶어서 이러는 것이니.”

다쳤을까 걱정되어 그런다 말하면 제 발은 멀쩡하다며 고집을 피울까 봐 제현은 딱 말을 끊어 냈다. 그리고 슬쩍 뒤돌아 청림을 향해 야광귀의 처리를 부탁한다는 눈짓을 보냈다. 그는 그녀가 불편하진 않을까 공주님을 모시는 것처럼 조심스럽게 자세를 두어 번 고쳐 안고 걸음을 옮겼다. 크게 흔들리지 않게 일정한 간격의 발걸음, 일정한 속도를 유지하며.

그때 아란이 배시시 웃으며 그의 품 안으로 파고들어 얼굴을 비볐다. 그리고 기분 좋다는 듯 말한다.

"따뜻하다."

흠칫.

제현은 순간적으로 몸을 굳혔으나 이내 아무것도 아니라는 듯 계속해서 걸음을 옮겼다. 허나 그의 마음속은 바다에서 풍랑을 만난 배처럼 흔들리고 있었다. 아란은 백치가 되어 이곳에 돌아온 이후 종종 이렇게 상상치 못한 접촉과 표현을 해 왔다. 그것은 전에 보이던 극심한 경멸과는 다른 친근한 지인에게만 하는 행위라서 그의 마음을 포근하게 두드려 왔다.

그래서 자기도 모르게 기대를 하게 된다. 착각을 하게 된다. 그녀가 자신을 좋아해 줄 것이라고, 아니 어쩌면 조금이라도 마음을 열었는지도 모른다고. 절대 그런 게 아닌데. 백지와 같이 아무것도 모르기에…… 그래서 모든 이들에게 무작정 보이는 호감일 뿐일 텐데.

가슴 한구석이 지끈거려 온다. 아프게 아려 온다. 그리고 자신에게 다시 속삭인다. 욕심을 내지 말자고. 너무 큰 욕심과 기대는 그 몇 배나 되는 실망과 고통을 가져온다고.

그럼에도 지금 이 상황은 너무나도 달콤했다. 이 시간이 영원히 멈췄으면, 풍옥전으로 가는 길이 조금만 더 길었으면 하는 바람. 그러나 그의 마음과 달리 목적지는 바로 앞까지 다가왔다. 제현은 안색이 새파랗게 질린 청이의 인사를 지나쳐 아란을 마루 위에 앉혔다.

"도착했다."

그의 말이 끝나기도 전에 아란은 마루 중앙에 있는 탁자로 쪼르르 달려가 웬 종이 하나를 가지고 돌아왔다. 그리고 눈을 반짝반짝 빛내며 그를 올려다보았다.

"나 열심히 썼다. 편지."

그 말과 함께 내밀어진 종이. 제현은 말없이 그것을 내려 보다가 조용히 받아 들었다.

"편지라……."

제현은 낮은 목소리로 구슬프게 읊조렸다. 그러고 보니 그가 아란에게 받아 본 편지는 오직 한 종류의 것뿐이었다. 도주 후 남겨진 이별을 고하는 통보. 그는 지금 제 손에 쥐어진 편지의 시작 부분을 읽어 보았다.

[제현, 안녕.]

동글동글한 글씨체로 써진 인사말. 속에서 무언가 울컥 올라오는 기분에 그는 제 얼굴을 손으로 덮었다. 그녀가 백치가 되어 돌아온 날 이후부터 이렇게 생각지도 못한 선물을 계속해서 받는다. 나중에 이걸 다 감당할 수 있을까 하고 겁이 들 정도로.

"제현?"

그가 편지를 보고도 무거운 표정만 짓고 있자 아란은 조마조마한 얼굴이 되었다. 그 순간 제현이 손을 뻗어 그녀를 제 품에 끌어안았다.

"어?"

"잠깐만, 잠깐만 이렇게 있어 줘."

제현은 두 눈을 꼭 감고 자신의 품 안에 얌전히 안겨 있는 그녀의 온기를 느꼈다. 작디작은…… 그러나 그 무엇보다 소중한…….

토닥토닥.

'!'

제현은 제 등을 새털처럼 가볍게 두드리는 손길에 놀란 표정을 지었다가 이내 쿡쿡 웃음을 터뜨렸다.

"너 진짜 어쩌려고 그래? 이러니 자꾸 더 많은 게 욕심나잖아."

몸만이라도 곁에 붙잡아 두는 걸로 만족하려고 했는데 네 마음까지 온전히 가지고 싶어지잖아. 네가 조금씩 보여 주는 웃음과 호의에 점점 더 갈증이 난다. 정말 널 어떡해야 할까?

동공왕은 아란을 품에서 떼어 내고 그녀와 이마를 맞대었다. 그리고 눈을 마주하며 서글픈 웃음을 지어 보이며 말했다.

"사랑해."

내 인생을 다 바쳐서.

"정말 사랑해."

네가 원하면 온몸에 온갖 보석을 다 둘러 줄 수 있어. 네가 원하면 세상의 모든 진미를 맛보게 해 줄 수 있어. 네가 원하는 것이면…… 황제의 자리도 가져다 바칠 수 있어.

그러니까 지금처럼만…….

아란은 제 바로 앞에 있는 제현의 눈동자를 보며 움찔 몸을 굳혔다. 여태까지 지내면서 자주 그와 부딪혔지만 이렇게 가까이서 그의 눈을 바라본 적은 처음이었다. 애절함, 간절함이 소용돌이치는, 어찌 보면 광기를 닮은 슬픔을 품은 눈.

차르륵 차르르륵.

보이지 않는 사슬이 움직이며 자신의 몸을 에워싸는 것 같았다. 자유로운 바람을 묶어 가두는 속박. 외면하지 못하게 강제로 고정시키는 소원. 그리고…….

두근.

그녀의 심장이 뛰었다.

두근.

이유를 알 수 없이 그렇게…….

두근.

처음 느껴 보는 감정을 느꼈다.

그리고 그것을 기점으로 그녀의 앞에 놓인 운명이 헝클어지며 새로운 길을 자아내기 시작했다. 아란은, 아니 구미호는 묶이지 말아야 할 곳에 묶여 버렸다.

그 순간 제현은 찰나와 같은 시간에 기묘한 환상을 보았다. 제 앞에 있는 여인의 검은 눈동자가 푸르게 물들며 그 안으로 별빛이 부서져 내리는 그런. 허나 그것은 너무나 순식간에 지나간 일이라 제 착각이라 치부해 버렸다.

"이만 난 가 보도록 하지."

제현은 그녀에게서 떨어졌다. 혼이 나간 듯 저를 올려다보는 아란에게 다시 웃음을 지어 주며 몸을 돌린다. 아직 집무실에 끝내지 않은 일처리가 많았다.

"편히 쉬도록."

동공왕은 궁인들과 함께 풍옥전에서 물러났다. 아란은 사라져 가는 그의 뒷모습을 보며 제 가슴에 손을 올렸다.

두근.

심장이…… 뛰었다.

"아, 예상은 했지만 바로 떠나라니."

어두운 밤 성수청 소속의 도사가…… 아니 '이었던' 도사가 빠르게 산길을 올라가고 있었다. 어느 높으신 분의 의뢰는 정말 통쾌할 정도로 실패를 했다. 궁에서 따로 그 사실을 확인한 것은 아니었다. 사건이 터지기도 전에 궁 밖을 벗어나 도주를 시작했으니까. 그게 높으신 분과의 계약 조건이기도 했고.

그가 일이 실패로 돌아갔다는 것을 안 것은 불과 한 시진 전. 야광귀가 제 앞에 나타나 제물로 바쳤던 '정기의 옥(玉)'을 집어던지고 진절머리가 난다는 듯 물러난 덕분이었다.

"뭐 그래도 챙길 건 챙겼으니까."

그 높으신 분은 제법 손이 크신 건지, 궁을 떠나라고 하면서 일이

성공한 뒤에 주기로 한 돈을 미리 쥐여 주었다. 도사로선 일을 실패하고도 돈을 받아 챙길 수 있었으니 매우 좋은 거래라 할 수 있었다.

지금쯤이면 궁 안은 난리가 났을 것이다. 누가 서가(家)의 아가씨를 빼내려 했는지 범인을 찾아냈을 테니까. 누가 왕의 스승이 장(長)인 성수청에서 불민한 손길이 움직였으리라 예상하였겠는가? 도사는 비릿하게 웃음을 지었다.

평소에 세상을 달관한 듯한 태도를 보이던 청림은 물론이고 싸가지 없던 왕까지 함께 물을 먹였다고 생각하자 도사는 기분이 날아갈 듯이 좋았다. 딱 제 목을 뚫고 나오는 화살촉을 보기 전까지는 말이다.

"끄르르륵."

목에서 끓어오르는 피거품으로 인해 비명조차 제대로 새어 나오지 않았다. 도사는 휘청거리며 제가 지나온 숲길을 돌아보았다. 그러자 저 멀리서 또 다른 화살을 시위에 건 복면인이 보였다. 그리고 번개처럼 빠르게 날아오는 화살.

팍.

그것은 정확히 도사의 미간을 꿰뚫었다.

'니미럴.'

그 생각을 끝으로 그의 세상은 암전되었다. 한편 복면인은 휘청거리다 힘없이 바닥에 쓰러지는 그를 차가운 눈으로 보았다. 스산한 바람이 나무들 사이를 춤추듯 스쳐 지나가며 바닥의 나뭇잎과 풀잎, 꽃잎을 허공에 흩날렸다. 목격자도 없는 곳에서 허무하게 생을 끝낸 도사. 나뭇가지들이 부딪히는 소리와 나뭇잎들이 팔락이는 소리만이 도사의 죽음을 애도하는 듯했다.

복면인은 도사에게 다가가 품을 뒤져 전표 더미를 빼낸 후 휘파람을 불었다. 그에 푸드득 하는 소리와 함께 전서구 하나가 복면인의 팔에 내려앉았다. 그는 완수(完遂)란 글이 적힌 종이를 곱게 접어 전서구

다리에 매고 그것을 하늘 높이 날렸다.

날아간다. 넓게 펼쳐진 숲 위로. 그리고 은은한 빛들이 반짝이는 한양으로 낙하한다. 전서구가 향한 곳은 한양에서 가장 큰 저택인 백가(家)의 가옥. 그중에서도 가장 깊은 곳에 위치하고 있는 사랑채.

"구구구국."

전서구는 열린 창문 안으로 날아들어 받침대 위에 사뿐히 안착했다. 이에 밤늦게까지 서책을 읽고 있던 백세악이 고개를 들어 그것을 바라보았다. 그는 빙긋 웃으며 전서구 다리에 묶여 있는 종이를 떼어 서신을 읽고는 그것을 촛불에 불태웠다.

"쯧, 애가 일은 철저히 하는데 맘이 약해서 원."

백세악은 제 딸 백사린이 남긴 틈을 완벽히 소거해 버린 것을 확인하며 자리에서 일어섰다. 그리고 늦은 시간에 몰래 찾아온 손님을 떠올리며 혀를 찼다. 여가(家)의 가주 여수. 분명 이 시간에 온 거면 은밀하게 벌일 일을 의논하러 온 것이리라. 보지 않아도 그 어리석은 머리로 엉뚱한 계획을 세운 게 뻔히 보였다.

마음 같아서는 무시하고 싶으나…… 막 세력이 형태를 잡아 가고 있는 지금에선 아랫것들에게 함부로 대해선 안 되었다. 나름 인맥 관리를 해 주어야 되기에 짜증을 숨기며 여수를 만나기 위해 손님을 모시는 정자로 걸음을 옮겼다.

차려진 술상에서 이미 이것저것 음식을 집어 먹고 있는 풍만한 풍채의 소유자가 보인다. 그자는 백세악을 보자마자 얼굴에 반가움을 가득 안고 자리에서 벌떡 일어섰다. 살이 뒤룩뒤룩 쪄서 옷이 미어터질 듯한 모습에 백세악의 표정이 일순 경멸을 안고 흐트러졌으나 이내 재빠르게 표정을 관리하며 웃음을 지었다.

"백가(家)의 가주께 인사를 올립니다."

"오랜만입니다, 영감."

백세악은 만면에 웃음을 가득 안고 여수의 맞은편에 자리했다. 여수는 초여름에 들어선 날씨가 더운지 땀을 삐질삐질 흘리며 부채질을 했다.

"요즘 들어 백가(家)의 규수께 많은 혼담이 들어오고 있다고 들었습니다. 훌륭한 딸을 두신 만큼 탐을 내는 이들이 한둘이 아닙니다, 그려."

"허허허, 아직 부족한 아이입니다. 그저 다른 사람들이 높게 평가해주는 것일 뿐이지요."

그들은 시원찮은 안부를 물으며 이런저런 잡담을 나누었다. 허나 대부분은 여수의 아부성 발언이 이야기의 태반을 차지했다. 어쭙잖게 백세악의 얼굴에 끊임없이 금칠을 이어 가면서도 쉽사리 본론을 꺼내지 않는 여가의 가주. 결국 참다못한 백세악이 먼저 운을 뗐다.

"근데 이 늦은 시간에 무슨 일로 오신 겁니까?"

빨리 본론으로 들어가라는 재촉. 여수는 그 말을 기다렸다는 듯 입가에 만연한 웃음을 지었다.

"험험, 아주 중요한 문제로 왔습니다. 암, 그렇고말고요. 앞으로 동공국의 미래를 책임질 중요한 일이지요. 왕에 대한 충심의 일로로 벌이는 일이랄까요."

썩을, 왕비의 자리에 관한 일이로군. 예상대로 기대를 저버리지 않는 상대의 말에 백세악은 마치 소태를 씹은 듯한 느낌이었다. 허나 겉으론 부드러운 웃음을 지우지 않으며 상대의 말을 경청한다는 듯한 태도를 보였다.

"호오— 그 일이 무엇입니까?"

그가 속한 세력의 최고 권력자가 흥미가 인다는 모습을 보이자 여수는 흥이 나는지 빠르게 말을 이어 갔다.

"근래 들어 전하의 눈을 가리고 흐리는 계집이 하나 있지 않습니까? 자격도 되지 않는 주제에 전하의 총애를 받는 빌어먹을 것이요. 그 계집이 이 동공국의 미래를 암울하게 만들고 있으니 이 얼마나 통탄할 일입니까? 그것 때문에 전하께서 폭군의 길을 걷고 계시니."

동공왕은 본래 폭군이었고. 그렇다고 서가(家)의 계집 하나로 동공국의 미래가 어두워질 일은 일어나지 않을 터. 백세악은 속으로 혀를 차며 제 편한 대로 대세를 해석하는 그를 비웃었다. 보나 마나 다음 말은 서가의 계집을 죽이자는 내용이겠지. 그 계집이 죽고 나서 비게 되는 왕비 자리가 우리에게로 떨어질 거라 착각하는 군상들의 어리석음이란.

"어찌하겠습니까? 모든 것은 전하의 뜻인 것을요."

동조하는 티를 살짝 섞으며 상대가 낼 의견에 불가(不可)라는 뜻을 내비쳤다. 이만하면 알아들었으리라 생각하며 백세악은 제 잔에 따라진 술을 쭉 들이켰다. 그때 여수가 목소리를 낮추며 의기양양하게 입을 열었다.

"그럼 저희가 전하의 잘못을 바로잡아 드리면 될 것이 아닙니까? 그것이 바로 신하들의 몫인 것을요. 오늘 저녁, 제가 암살자를 보냈으니 곧 그 지긋지긋한 계집도 이제 곧 끝입니다."

경직.

백세악의 모든 움직임이 멈추었다. 그는 자신의 귀를 의심하며 되물었다.

"방금…… 무어라 했습니까?"

"후후후 믿음이 가시지 않는 모양입니다, 그려. 오늘 그 계집의 목을 따고……."

"이—노옴!"

여수의 말이 끝나기도 전에 백세악의 입에서 노호가 터져 나왔다. 밤공기를 울리는 외침에 여수가 얼떨떨한 표정으로 물었다.

"이…… 이 무슨……."

"닥치거라! 어디서 그런 더러운 망발을 하느냐! 당장 여기서 썩 나가지 못할까!"

백세악의 얼굴이 분노로 부들부들 떨렸다. 이 정신 나간 놈을 보았나! 그는 아직도 제가 무얼 잘못했는지 알지 못하고 여전히 어리둥절해하는 여수를 보며 눈앞이 캄캄해짐을 느꼈다. 지금 왕이 얌전히 있는다 하여 오 년 전 그 일을 잊어버린 것이 틀림없었다. 이번 암살 미수 사건으로 인해 또다시 왕의 머리가 홱 돌아 궁을 피바다로 만든다면 그가 지금까지 간신히 쌓아 온 세력이 와해되는 것은 물론이고 하고자 했던 일들 역시 완전히 파투가 나 버릴 것이 분명했다.

어리석다 하여도 이리 어리석을까! 그는 한탄하며 제 가슴을 내리쳤다. 시간대가 너무 공교롭다. 여수가 암살자를 보낸 직후 자신을 만나러 왔다는 게 남들 눈에 어찌 비쳐지겠는가! 일단 눈앞에 이것과 자신은 아무런 관련이 없다는 것을 드러내야 했다.

"대, 대감!"

"이—노옴! 당장 내 집에서 나가지 못할까! 여봐라! 이 더러운 놈을 당장 끌어내어라!"

그의 명령하에 몰려든 하인들이 높은 귀족 신분의, 그것도 가주 위치에 있는 노인을 죄인 취급하며 질질 끌어내었다. 그리고 대문 밖으로 있는 힘껏 내동댕이쳤다.

"이, 이, 이…… 대감! 대감께서 어찌 내게 이럴 수 있단 말입니까! 이 치욕 절대 잊지 않을 것입니다!"

밖에서 바락바락 악을 쓰는 여수를 뒤로하고 백세악은 황급히 움직였다. 먼저 선수를 쳐야 생존 확률이 올라간다. 그는 사랑채로 들어서 왕께 올리는 서신을 쓰기 시작했다.

동공왕은 촛불에 의지하여 아란이 쓴 편지를 읽고 있었다. 늦게 끝난 직무로 인해 밤이 돼서야 읽게 된 편지. 그의 입가에 은은한 미소

가 매달려 있었다. 아직은 글을 쓰는 것이 많이 어색한지 여기저기 잘못 쓰인 글자들이 보였지만 읽는 데는 크게 지장이 없었다.

[꿀떡을 먹었다. 많이많이. 청이가 살찐다고 타박한다.]

"큭."

결국 새어 나오는 웃음. 하루에 무슨 일이 있었는지 면밀하게 적은 문장들. 제현은 하루의 피로가 깨끗이 씻겨 나가는 기분이었다.

"이 정도의 편지를 매일 준다면 따로 보고서를 받을 필요가 없겠군."

편지를 쓴다고 해 놓고 일기, 아니 거의 하루 일지급의 글을 적어 놓았다. 그는 편지를 손으로 쓸어내리며 조용히 눈을 감았다. 잔잔하고 나른한 심장 고동이 전신으로 퍼진다. 이런 평화로움을 느낀 게 얼마 만인지.

그때 제현의 얼굴이 야차처럼 구겨졌다. 침입자다. 은은한 살기가 빠르게 궁 안을 달리고 있었다. 방향은 풍옥전. 그의 입에서 실소가 터져 나왔다.

"하하하하! 이것들이 드디어 겁대가릴 상실한 건가!"

동공왕의 주변이 날카로운 살기로 싸늘하게 변했다. 이런 기분은 정말 오래간만이었다.

죽인다. 반드시 죽인다. 무슨 일이 있어도 이 일을 벌인 주동자를 찾아 그놈의 피로 축제를 벌이리라. 좋은 기분을 순식간에 망치고 바닥으로 추락시킨, 그리고 내 소중한 보물에게 해를 가하려는 죄인에게 잔혹한 단죄의 칼날을.

집무실에 있던 제현의 기척이 순식간에 사라졌다.

한편 풍옥전.

여수의 명을 받은 암살자들은 기척을 감추고 소리 없이 아란의 방 안으로 들어섰다. 그 숫자는 총 셋. 목적은 침대 위에서 도로롱도로롱

하며 코를 골고 자는 아란이였다. 방 안을 감싸던 고요한 침묵은 암살자들에 의해 살을 찌를 듯한 날카로운 정적으로 돌변했다. 그것도 모르고 아란은 편하게 몸을 뒤척이고 있었다. 한참 꿈나라에 있는 그녀는 누가 업어 가도 모를 정도로 깊게 잠든 상태였다.

스윽스윽.

암살자들은 조심스럽게 한 발짝씩 아란에게 다가갔다. 그리고 그 앞에 도달하자 서로 눈짓을 주고받고서 조용히 검을 뽑아 들었다. 달빛을 받아 반짝이는 검날은 아래의 표적을 향해 방향을 돌린다. 그리고 빠르게 낙하.

하지만 그것은 아란에게 닿기도 전에 멈추었다. 그것도 타의에 의해서. 암살자들은 제 온몸을 칭칭 감은 덩굴 같은 그림자에 기겁을 했다. 인간의 인지를 초월한 이적. 감히 그들이 대항할 수 없는 공포. 그들 중 하나가 두려움을 이기지 못해 비명을 지르려는 순간 그림자 넝쿨이 그의 입을 칭칭 감아 틀어막았다.

"이런이런 아가들아, 잠자는 공주님은 함부로 깨우는 게 아니란다."

색기가 가득한 목소리에 그들의 시선이 그 진원지로 향했다. 그곳엔 긴 갈색 머리를 늘어뜨린 채 가슴을 반쯤 드러낸 옷을 입은 요염한 여인이 곰방대를 물고 서 있었다. 어둠 속에서 황금빛으로 빛나는 뱀의 눈에 이 괴이한 일을 벌인 이가 그녀란 걸 그들은 깨달았다.

허나 그것과는 별개로 암살자들은 그녀를 보자마자 자신도 모르게 홀린 듯이 묘한 색욕을 품기 시작했다. 공포 속에서도 음흉함이 섞인 시선에 그녀는 '으흥~' 하며 콧소리를 내었다. 그와 동시에 암살자들은 꼴에 남자라고 움찔하며 몸을 떨었다.

"역시 평범한 것들에게는 통하는데 말이야."

꼭 무언가 실험을 해 봤다는 모습. 이무기 여울은 제 도톰한 입술을 혀로 핥으며 눈앞의 범부들을 하나하나 훑어보았다. 하나같이 그녀의 아름다움에 넋이 나가 있다. 그에 그녀는 제현 앞에서 무너질 대로 무너진 자존감이 회복되는 것을 느끼며 사르르 미소를 지었다.

"그래도 말이야. 난 너희 같은 버러지들이 그런 눈으로 봐도 될 존재가 아니란다."

그 순간 검은 덩굴들이 어마어마한 힘을 가지고 제각각 다른 방향으로 움직였다.

우드드득 우드득.

그것으로 끝이었다. 목이 기이한 각도로 비틀리고 꺾인, 심지어 한 바퀴 꼬이기까지 한 암살자의 눈에서 생기가 빠른 속도로 빠져나갔다. 그림자 넝쿨이 옥죄던 것을 풀자 시신들이 바닥으로 풀썩풀썩 쓰러졌다. 그런 그들의 모습을 보며 여울은 황홀하단 듯이 제 얼굴을 감싸며 몸을 부들부들 떨어 댔다.

이 얼마 만의 살생인가. 오랫동안 굶주렸던 것만큼 그에 따른 희열도 컸다.

"음냐 음냐…… 내 꿀떡…… 내놔……."

그 순간 분위기에 맞지 않은 잠꼬대가 잔잔한 여운을 확 깼다. 여울은 김이 샜다는 표정으로 단잠에 빠진 아란을 내려다보았다.

참으로 무방비하다. 방금 그녀가 나서지 않았다면 그대로 암살자의 칼에 여기저기 구멍이 났을 것이다. 뭐, 그런 걸로 죽진 않을 테지만…… 정체는 들키게 되겠지. 그건 안 된다. 좀 더 즐기고 싶다. 웬만하면 계속 이어 가고 싶은 유희였다. 근래 들어 이런저런 구경거리로 재밌게 즐기고 있던 터라 아란의 존재는 참으로 반갑기 그지없었다.

'물론 정체는 알 수 없지만.'

여울은 뱀처럼 동공이 세로로 수축된 눈으로 아란을 주시했다. 저번에는 선화(仙花)의 정을 만들어 내더니 이번엔 본신과 거의 동일하다고 봐도 좋을 분신을 만들어 내어 궁 밖으로 내보냈다. 뭐 하나 평범한 것이 없다.

강하다. 무력적인 의미가 아니라 그녀가 가진 능력의 수준이. 문제는 보유한 힘과 하는 행동거지가 잘 맞지 않다는 것. 영스러운 존재가 대개 강한 능력을 가지고 있는 경우 그만큼 오랜 세월을 살았다고 봐도 무방했다. 그리고 그 긴 시간만큼 지혜와 고고함이 묻어 나오기 마련인데…… 눈앞의 여우는 그냥 애다. 물론 단기간에 어마어마한 힘을 가지게 되는 예외가 있긴 하지만 이러한 경우에도 대개 그 존재에게서 비범함이 은은히 흘러나오기 마련이었다.

이렇게 따지다 보면 결국 눈앞에 있는 존재의 정체가 오리무중으로 빠져 버린다.

'그녀의 정체를 추리하는 것도 하나의 유희가 되겠지.'

여울은 매혹적인 미소를 입가에 걸며 고개를 돌렸다.

"언제까지 거기서 구경하실 거지요?"

"글쎄, 네년이 아란을 구하는 모습이 너무나 이상해서 말이야. 무슨 꿍꿍인지 파악하고 있었달까?"

언제부터인지 열려 있던 방문에서 제현이 걸어 들어왔다. 싸늘한 안광을 빛내며 여울을 머리끝부터 발끝까지 훑어보았다. 그가 손을 쓰기 직전 저것이 종이 한 장 차이로 먼저 움직였다. 남을 돕는다는 것 자체가 어불성설인 존재인 터라 그 의도가 참으로 의심스럽다.

"글쎄요. 지금까지 재밌는 구경거리를 선사해 준 보답이랄까요?"

여울은 그의 진득한 눈길을 받으며 부끄럽다는 듯 몸을 꼬며 말했다. 물론 제현의 안면이 와작 구겨진 것은 두말할 것도 없었다. 그는 기분 나쁘다는 듯 그녀를 바라보며 고개를 절레절레 저었다. 그리고 바닥에 널린 시체들을 훑어보았다.

"하나 정도는 남겨 뒀어야지 모조리 다 죽이면 쓰나."

그래야 이것들을 보낸 놈을 알 수 있을 터인데. 숨겨진 그 뒷마디에 오싹하리만큼 살기가 맴돈다. 꼭 바다 깊은 곳, 빛이 닿지 않는 시꺼면 심연 속을 들여다보듯. 제현은 큭큭거리며 입을 열었다.

"여울, 날 도와라."

"이런이런 이럴 때만 제 이름을 불러 주시는군요."

이무기는 슬프다는 듯 제 풍만한 가슴을 경건히 모은 두 손으로 꼬옥 눌렀다. 색스러운 그녀의 모습에도 제현은 눈썹 하나 까딱하지 않으며 말을 이었다.

"네가 원하는 요화(妖花)의 향을 실컷 들이마실 기회일 텐데?"

그 한마디에 여울이 흠칫하며 몸을 떨었다. 그녀의 요염한 얼굴 위로 사악한 기류가 뒤덮였다. 그녀는 맛있는 먹이를 눈앞에 둔 것처럼 제 도톰한 입술을 혀로 사악 핥았다. 그런 여울을 마주하며 제현은 삐뚜름하게 입가를 비튼다.

"전하. 백가(家)의 가주가 서편을 보내왔습니다."

때맞추어 박 내관이 밖에서 그를 불렀다.

"읽어라."

귀족가의 장이 보낸 글을 아무렇지 않게 남에게 읽으라고 말하는 그의 모습은 오만한 폭군의 모습이었다. 상식을 벗어났지만 그이기에 당연한 행동. 박 내관은 밖에서 파르르 떨리는 손으로 서편을 펼쳐 글을 읽어 내려갔다.

그리고 그와 함께 제현의 입에 섬뜩한 웃음이 맺혀 갔다. 점차 귀를 향해 찢어지듯 올라가는 입가. 인간이 아닌 존재가 현신한 듯. 마치 지옥불을 두른 악마처럼.

"이런 빌어먹을! 미친 새끼! 지가 잘나면 얼마나 잘났기에!"

여수는 제 이마 위로 흐르는 땀을 닦아 내며 열심히 걸음을 옮겼다. 나름 신중을 기한답시고 가마 없이 먼 거리를 걸어 백가(家)의 가옥으로 갔다. 그랬기에 돌아오는 길 또한 마찬가지로 그 두툼한 다리를 직접 움직여야만 했다. 여수는 돼지 같은 안면을 왈칵 일그러뜨리며 이를 뿌드득 갈았다.

"내 절대 이 수모를 잊지 않을 것이야!"

서가(家)의 계집이 도주한 이후로 왕비 내정자의 자리가 공석이 되었었다. 조금만 더 기다렸으면 그 자리가 귀족파의 규수에게 떨어졌을 터. 헌데 도망간 년이 또다시 잡혀 들어왔다. 그나마 다행이라면 백치가 되어서 돌아왔다는 사실일까? 안 그래도 부족한 자질이었는데 이젠 왕비로서 완전히 실격이었다. 아무리 왕이라고 해도 그런 계집을 비(妃)로 들일 수 없으리라.

그렇게 생각했건만 이놈의 미친 왕은 그런 계집년을 바로 왕비로 삼는다 하였다.

"결코 인정할 수 없지. 암! 그렇고말고!"

그래서 그 쓰레기를 치우고 그나마 왕비가 될 가능성이 높은 백사린을 밀어주려고 했건만. 어찌 내게 그럴 수 있단 말인가! 감히 은혜도 모르고 배은망덕하게!

"백.세.악."

생각하면 할수록 화가 치미는지 여수는 쿵쿵거리며 거칠게 발걸음을 옮겼다. 복수를 끊임없이 다짐하며 이윽고 제 저택에 도달하였다. 그리고 굳게 닫힌 대문을 바라보며 또다시 안면을 와락 구겼다.

"감히! 집주인이 돌아오는데 기다리지도 않아!"

그는 땀을 삐질삐질 흘리며 계단을 올라가 대문 앞에 섰다.

"이리 오너라!"

허나 돌아오는 것은 침묵일 뿐. 여수는 분노로 몸을 부들부들 떨었다. 오늘은 정말 날이 아닌 것 같다. 호의에 악의로 되받아치는 빌어먹을 백가 놈이나 주인 알기를 개똥같이 아는 종놈들이나!

"내 반드시 이것들을!"

요즘 너무 잠잠히 있었던 모양이다. 이놈 저놈 가릴 것 없이 저를 무시하는 것을 보니. 여수는 오늘 필히 종놈들을 반 죽여 놓으리라 다짐하며 다시 입을 열었다.

"이리 오너라!"

허나 또다시 대꾸가 없다. 더 이상 인내하지 못한 여수는 결국 제 손으로 대문을 밀었다.

끼이이이익.

대문은 생각보다 손쉽게 열렸다. 그와 함께 훅 하며 문틈으로 새어 나오는 비린 냄새. 꼭 지옥으로 초대하는 듯한 괴이함. 여수는 뭔가 기묘한 이질감을 느꼈다. 허나 그는 그 느낌을 무시하며 혀를 찼다.

"도대체 집에서 뭔 짓을 했기에 이딴 냄새가 나는 겐가!"

본래라면 잠겨 있을 대문이 열려 있다는 것에서 이상하다는 것을 알아채야 했다. 그럼에도 그는 엉뚱한 곳에 화풀이하며 대문을 더욱 강하게 밀었다. 허나 무언가에 걸린 듯 더 이상 밀리지 않는다. 몇 번이고 되풀이하던 그는 결국 작은 문틈으로 푸짐한 제 몸을 욱여넣었다. 그렇게 그는 문턱을 넘었다.

"어떤 새끼가 문에 뭘 놔둔…… 히이이이이익!"

짜증이 섞인 그의 목소리는 문에 걸린 물체의 존재를 확인하자마자 비명으로 뒤바뀌었다. 피투성이가 된 머슴 하나. 정확히 오른쪽 어깨부터 왼쪽 허리까지 길게 가로지른 검흔. 벌어진 배에서 흘러나온 길고 붉은…….

"우웨에에에엑!"

여수는 그 자리에서 엎드려 속에 있던 것들을 모조리 토해 냈다. 평생 동안 단 한 번도 보지 못했던 참혹한 광경에 정신이 멀쩡할 리가 없었다. 머릿속은 뒤죽박죽이며 속은 역할 정도로 계속해서 메스꺼움을 유발한다. 당장이라도 정신이 나가 버릴 것 같은 기분. 한참을 그렇게 발작과도 같은 경련에 몸을 떨었을까. 여수는 휘청거리며 몸을 다시 일으켰다.

"아……."

허나…… 차라리 여기서 정신을 잃었으면 좋았을 것을…….

"아아……."

오만했던 귀족은…… 방금 봤던 것보다…… 더한 참상을 마주했다.

"아아아아아아아아악!!"

마당 안을 이리저리 나뒹구는 팔과 다리, 갈기갈기 찢긴 몸과 머리들. 다만 그 모든 것이 토막이 난 채 따로따로 흩어져 있다는 것. 끔찍한 선혈의 축제. 여수는 더 이상 그 지옥 같은 풍경을 마주하지 못한 채 뒤돌아서 도망치려 했다.

쾅.

하지만 대문은 마치 그의 생각을 읽은 듯 굳게 닫혀 버린다. 여수가 문고리를 있는 힘껏 당겼지만 도무지 요지부동.

"으아아아아아아악! 살려 줘! 살려 줘!"

결국 그는 미친 듯이 소리를 지르며 문을 쾅쾅 두들겼다. 그때였다. 정체를 알 수 없는 오싹한 분위기가 공간 자체를 장악하며 내려앉은 것은. 온몸의 털이 쭈뼛 서며 덜덜 떨리는 공포 앞에서 여수는 비명을 멈추고는 문에 머리를 기댔다.

와들와들 떨리는 몸과 멈추지 않고 흘러내리는 식은땀. 등 뒤로 형체가 일그러진 기괴한 괴물이 노려보고 있는 듯한 느낌. 전신이 축축이 젖은 것과 다르게 입 안은 모래를 머금은 듯 버석버석하게 말라 간다.

지익 지이익.

그때 무언가가 질질 끌리는 소리가 들렸다. 무언가 묵직한, 허나 천이 쓸리는 것만 같은. 여수는 쉴 새 없이 떨리는 몸을 억지로 돌렸다. 나무토막처럼 단단히 굳은 두 다리를 간신히 움직여 뒤돌아선 그의 눈앞을 차가운 어둠이 맞이했다.

지이익 지이이익.

불빛 한 점 없기에 더욱 어두운 저택. 그렇기에 더더욱 귓가를 자극하는 소리. 여수는 눈을 좁히며 앞을 응시했다. 어둠 속에서 기괴한 실체가 서서히 걸어 나왔다. 처음 드러난 건 적역(왕의 신발), 이후 흑룡포가 보이고, 긴 검이 보였다. 그리고 그 위로 익숙한 얼굴이 나타났다. 여수는 파들파들 떨리는 입술을 열어 그의 정체를 입에 담았다.

"저, 저, 전……하."

"반갑군."

동공왕은 피식 웃으며 새하얗게 질린 여수의 안색을 구경했다. 여수는 휘청하며 그 자리에 주저앉았다. 믿을 수 없다는 듯이 흘러나오는 물음.

"어, 어찌, 어찌하여?"

"그건 자네가 더 잘 알 것이라 생각하네만."

제현의 여유 있는 답변에 안 그래도 좋지 않던 여수의 얼굴이 시체처럼 변하였다. 들켰다. 암살자들을 보낸 것이 들켜 버렸다. 어찌 이리 쉽게? 그의 머릿속에 상념이 메아리치고 있었다. 제현은 싸늘하게 입가를 비틀어 올리며 말을 이어 갔다.

"그대들은 참으로 짐이 우습게 보이는 모양이야. 짐의 소중한 여인에게 함부로 칼날을 들이대는 걸 보니. 혹 그녀가 사라지면 그 자리가 그대들 여식의 것이 될 거라 생각하는 겐가?"

"그, 그, 그럴 리가요. 저, 저, 전 그저 추, 충심으로……."

"개 같은 소리."

낮은 목소리로 이어지는 일갈. 언뜻 들어서는 아무런 감정도 담기지 않은 담담한 어조. 제현은 바닥에 앉아 넋이 나간 여수에게 부드러운 웃음을 지어 보였다. 허나 그 안에 담긴 것은 수천을 죽일 것만 같은 살기와 소름 돋는 음험함 그리고 인간 같지 않은 괴이함이었다.

두려움에 입을 열지 못하는 돼지를 내려다보며 동공왕은 뭐 어떠냐는 듯 다음 말을 이어 갔다.

"내가 전에 연회 때 한 경고를 잊은 것 같구나."

"아, 아닙……."

"그래서 이번에 확실히 본보기를 보이려 한다."

동공왕은 그리 말을 끝내며 제 손에 잡고 있던 '것'을 여수 눈앞으로 들어 보였다. 그와 함께 여수의 눈이 못 볼 것을 보았다는 듯 크게 뜨여졌다.

"예아야!"

여수는 제 딸의 몰골을 보며 넋이 나가 버렸다. 두 눈을 가로지르며 난 자상, 사라진 두 손과 발. 고통에 벌어진 입 안으론 있어야 할 혀가 없고 선혈만이 가득 채우고 있었다. 거기에다 얼마나 가차 없이 다루었는지 몸 여기저기에서 핏물이 배어 나오고 있다. 여수는 지금 제 앞에 서 있는 게 누군지 잊은 듯 비틀거리며 무릎걸음으로 다가갔다.

그 버러지 같은 모습을 보며 제현은 환하게 웃음을 짓는다. 그리고 여수가 뻗은 손이 제 여식에 닿으려는 순간…….

"예, 예아……."

검을 빠르게 내리쳤다. 그와 함께 예아의 몸이 바닥으로 툭 떨어졌다. 다만 그녀의 머리는 여전히 여수와 눈높이를 같이하여 마주한 채였다.

"아?"

상황을 이해할 수 없다는 듯 튀어나온 의문. 여수는 빛을 잃은 눈으로 그녀의 얼굴을 쓰다듬으며 고개를 갸웃거렸다.

"예아야?"

물론 대답이 돌아올 리가 없었다. 여수는 멍하니 제 딸의 얼굴을 바라보다가 주변을 둘러보았다. 모두 다 처참히 죽었다. 분명 제 아내도, 아들도 죽었겠지. 모조리 다 죽었을 거다. 암담함이 덮치는 그 순간 여수의 시야가 빙글빙글 돌았다. 머리에 몇 번의 충격이 가해진 이후 그는 목을 잃은 제 몸뚱이를 볼 수 있었다. 그것을 마지막으로 여수는 영원한 어둠 속으로 빠져들었다.

"아하하하하핫! 역시 따라오길 잘했어."

여울은 지붕 위에 앉아 광소를 터뜨리고 있는 제현을 내려 보았다. 몇 년 만에 맛본 피 맛에 그는 즐겁게 웃으며 어느 때보다 진한 요화(妖花)의 향을 퍼뜨리고 있었다. 황홀할 정도로 달콤한 향기에 그녀는 기쁨으로 온몸이 떨렸다.

"아아, 바로 이거야!"

궁에 살면서 살육에 대한 욕구를 참아 내야만 했다. 그만큼 참아 오다 오늘 드디어 그 금제가 깨진 것이다. 요화의 향과 더불어 저택 안을 가득 채우는 혈향 또한 달콤한 미주. 아름다운 선혈의 축제.

그녀는 이 아까운 향기가 저택 밖으로 빠져나가지 못하도록 결계를 더더욱 공고히 하였다. 이 안의 비명 소리로 이뤄진 음악이 새어 나가지 않게, 향기로운 혈향이 퍼지지 않게. 그 누구도 이 축제를 방해할 수 없도록.

이날을 위해 참아 왔다고 생각하니 여울은 짜릿한 쾌감이 전신을 꿰뚫는 기분이었다. 그녀는 제현을 따라 오싹한 미소를 지으며 지금 이 순간을 만끽했다.

그래, '여울 — 쾌락(快樂)의 뱀' 은 지금의 쾌락을 즐겼다.

동공궁의 편전.

그 안의 관리들은 오늘 아침에 발견된 살육의 현장으로 인해 소란스럽게 떠들고 있었다. 귀족 여가(家)의 사람들이 모조리 몰살당했다. 그것도 엄청 참혹한 형태로. 그 참상이 얼마나 끔찍한지 시신을 수습하는 병졸들조차 역겨움을 참지 못해 구토를 할 정도라 아직까지 정리가 끝나지 않았다고 한다.

이건 귀족가 명예에 대한 도전이다. 그리 생각한 그들은 왕을 향해 목소리를 높였다.

"범인을 찾아내어 능지처참시켜야 합니다!"

"어찌 수도 내에서 이런 일을 벌일 수 있단 말입니까!"

"어쩌면 요괴의 소행일지도 모릅니다!"

제현은 어좌에 앉아 느긋하게 지금의 소란을 감상하고 있었다. 그런 그를 보며 백세악은 제 결정이 옳았음을 느끼고 가슴을 쓸어내렸다. 만약 그가 먼저 왕에게 알리지 않았다면 그 역시 왕의 철퇴를 맞게 되었을 터. 그 순간 동공왕이 백세악을 향해 눈길을 돌렸다. 그리고 두 군신의 눈이 마주한다.

오싹.

묘한 스산함이 담긴 비웃음에 백세악은 등골까지 오싹해짐을 느꼈다. 역시 저 젊은 왕에겐 절대 반항해선 안 된다. 그는 마른침을 꼴깍 삼키며 재빨리 고개를 숙였다. 제현은 그런 그에게서 시선을 돌리며 나른하게 살짝 손을 들어 보였다. 그와 함께 떠들썩한 편전 안이 침묵에 휩싸였다.

"어제…… 풍옥전에 암살자 셋이 들이닥쳤더군."

전혀 엉뚱한 이야기. 허나 그 무엇보다 무게감 있는 화제였다. 누가 감히 저 미친 폭군의 역린을 건드리려 한 것일까? 그 순간 귀족들의 머리에 불안한 예감이 스쳐 지나갔다. 동공왕은 그 생각을 확신시켜 주듯 비틀린 웃음을 입가에 매달며 말을 이었다.

"근데 그게 공교롭게도 범인이 여가(家)의 가주 여수라더군. 참 신기한 일이야. 어쩌면 하늘이 미리 알고 벌을 내리신 것일지도 모르지."

그리고 편전 안을 장악하는 섬뜩한 살기. 그에 귀족들은 깨달을 수 있었다. 여가를 몰살시킨 범인은 바로 눈앞에 있는 왕이란 것을. 지금 그들의 왕은 경고하고 있는 것이었다. 여태까진 참아 왔지만 이젠 더 이상 참지 않겠다는.

두려움에 질려 덜덜 떠는 귀족들을 내려다보며 제현은 만족스러운 웃음을 지었다.

4장

기담(奇談)

얘들아, 너희 귀화산(鬼火山)이라고 들어 봤니? 저기 남쪽 지방 끝자락에 있는 산이야. 그쪽에선 정말 위험한 산으로 유명하지. 왜냐구? 밤에 사람이 올라갔다 하면 그대로 사라져 버리거든. 그리고 며칠 지나서 죽은 시신으로 발견되지.

거기에다 그곳엔 이상하게 야생동물들이 없었어. 꼭 뭐랄까…… 생명이 살지 않는 미궁 같은 숲? 그래, 그 정도 표현이 옳겠다. 아니, 한밤중 산에 사람이 올라가면 길을 잃어버려 얼어 죽는 게 당연하다고?

하하하…… 아무리 멍청한 사람이라도 돌로 깔려 있는 길을 보고도 헤맬까? 거기에다 중간중간에 이 길로 가면 어디로 간다고 표시된 표지판까지 있는데. 등불만 들고 있다면 말이야, 포장된 길만 따라가다 갈림길에선 표지판만 보고 이동하면 자연히 산을 빠져나갈 수 있다고.

사실 그 산도 처음부터 그런 건 아니었대. 사람들이 하도 많이 죽어서 그렇게까지 만들어 놓은 거지. 그런데 문제는 그렇게 잘 관리되어 있는 길이 있음에도 사람들이 홀연히 사라져 버린다는 거야. 하지만 어쩌겠어? 믿기 싫어도 그게 사실인걸. 그래서 그 산을 넘어가야 되는 사람들은 낮에, 그것도 사람들이 어느 정도 모여야만 그 산으로 들어갔지.

그러던 어느 날이었어. 먼 지방에서 온 보부상(봇짐이나 등짐을 지고 떠돌며 행상을 전문적으로 하는 상인) 두 사람이 한밤중에 귀화산 아래에 있는 마을에 도착했어. 그들은 어린 시절부터 함께한 친우였지. 둘이서 함께 사업을 하여 보부상으로서 나름 성공한 이들이었어. 다른 보부상이면 꿈도 꾸지 못할 마차까지 가지고 있었으니.

하여튼 그들은 오늘 안에 귀화산 너머에 있는 마을로 가야 했어. 그 마을에서 큰 시장이 열리거든. 오늘을 넘기면 손해가 막심하기 때문에 무슨 짓을 해서라도 그곳에 도착해야 했지. 이 정도만 말하면 슬슬 감이 오지?

그래, 그들은 그 위험하다는 귀화산을 단둘이서 넘어가기로 한 거야! 당연히 마을 사람들은 필사적으로 그들을 말렸지. 가면 죽는다고. 굳이 가야 되겠으면 사람을 더 모아서 가든지 아침이 되면 출발하라고. 하지만 그들은 단호하게 마을 사람들의 청을 거절했어. 오히려 미신 같은 것에 목숨 거는 그들을 비웃었지.

결국 보부상들은 그들의 만류를 뿌리치고 산길에 올랐어. 여기서 임의상 그 둘을 갑과 을이라 칭할게. 마차 안에는 마을에 도착하면 팔 물건들을 잔뜩 실은 터라 그들은 둘 다 마부석에 앉아서 포장된 돌길을 따라 말들을 이끌었어. 그런데 굳이 둘이서 말을 몰 필요는 없잖아? 그래서 그들은 서로 번갈아 가면서 말을 몰기로 했지. 그러면서 쉬는 사람은 그사이 잠깐 눈을 붙이기로 하고.

그리하여 갑이 먼저 말을 몰기로 했어. 낮부터 쉬지도 않고 달려온 터라 을은 불편한 자리임에도 금방 잠에 빠져들 수 있었지.

갑은 푸르르 투레질하는 말들을 어르면서 산길을 따라 올라갔어. 마차에 등불을 양옆으로 두 개나 달아 놨음에도 몇 발짝 앞밖에 보이지 않을 정도로 껌껌한 어둠 속을 나아갔지. 그들에겐 운이 나빴던 걸까? 달빛은 구름에 가리고 산에는 자욱한 안개마저 꼈어. 거기에다 얼마나 조용한지 말의 발굽 소리와 마차 바퀴가 굴러가는 소리 외엔 어떤 소리도 들리지 않았어. 흔한 풀벌레 소리조차도.

다그닥 다그닥 다그닥 다그닥.

달그락 달그닥 달그락 달그락.

침묵 속에서 점차 음산함이 더해져 갔어. 왠지 모르게 시간이 지날수록 갑은 온몸의 털이 쭈뼛 설 만큼 오싹함을 느꼈지. 기묘한 기분…… 꼭 이 세상과 다른 곳에 위치한 세계에 들어선 것같이…… 왠지 모르게 점점 방향감각까지 흐트러지는 느낌이 들었어. 갑은 입을 꾹 다문 채 제 눈 아래 있는 돌길만을 주시하며 말들을 몰아갔지.

얼마나 그리 시간이 흘렀을까? 저 앞쪽에 희미한 등불 빛이 보였어. 갑은 그것을 보는 순간 안도할 수 있었지.

아, 다행이다. 앞서가는 이가 있구나. 저것만 따라가면 되겠다. 돌길이 있었지만 꼭 바다 한가운데를 표류하던 느낌이었던 갑은 입가에 미소를 걸며 방금 발견한 그 이정표를 따라 말들을 이끌었어.

그렇게 얼마나 시간이 흘렀을까? 갑자기 나무들이 시야에서 사라지더니 절벽이 나타났어. 그리고 저 너머로 이어진 다리가 보였지. 등불 빛이 먼저 다리를 건너는 것을 보며 갑도 뒤따라 다리를 건너려 했어.

그 순간이었지.

"야, 이것아!"

방금 전까지 옆에서 자고 있었던 을이 갑의 어깨를 잡고 뒤흔들었어. 자세가 흐트러진 갑은 황급히 굴레를 잡아당겨 말을 멈춰 세웠지. 까딱 잘못하다간 말이 흥분해서 마구잡이로 달려 나갈 수 있으니까. 그럼 그들이 크게 다치는 건 물론 목숨까지도 잃을 수 있으니까.

간신히 큰 위험을 피해 간 갑은 을을 향해 크게 호통을 쳤어. 미쳤냐고. 우리 방금 까딱했으면 죽을 뻔했다고.

그때 창백하게 질린 을이 뭐라고 한 줄 알아? 모르겠다고? 에이— 재촉하지 마. 어차피 말해 줄 테니까.

을이 잠을 자고 있다가 스산한 느낌에 잠에서 깨었대. 그리고 옆으로 고개를 돌려 제 친구를 보았대. 그런데…… 갑의 눈이 허옇게 뒤집힌 채 자신을 향해 섬뜩한 웃음을 지으며 말을 몰고 있었대.

“히이익 그만해!”

“깔깔깔, 연희 얼굴 좀 봐! 더 했다간 울겠는데?”

궁녀들의 침소. 방금 전까지 무서운 이야기를 늘어놓던 궁녀, 진아가 낄낄거리며 웃음을 터뜨렸다. 무더운 여름, 잠이 오지 않는 밤이기에 궁녀들은 한 침소에 모여서 한 명씩 돌아가며 알고 있는 무서운 이야기를 늘어놓고 있었다. 그중 제일 겁이 많은 연희는 이야기 하나가 끝날 때마다 저리 덜덜 떨고 있는 것이었다.

“아직 끝난 거 아닌데?”

“그럼?”

진아가 흘리는 말에 모여 있던 궁녀들은 호기심을 잔뜩 머금은 채로 물어보았다. 그에 진아는 목소리 확 낮추며 말을 이었다.

“그 등불 빛이 먼저 지나간 다리 있잖아? 그 다리가 말이야…… 끊겨져 있었대.”

“후으으으으—”

궁녀들은 순간 오싹 소름이 돋는지 제 팔을 손으로 마구 문질렀다. 한순간 가라앉은 분위기에 진아는 낄낄 웃으며 다음 순서를 향해 고개를 돌렸다.

“자, 오단아. 이번엔 네 차례야.”

방금까지 이야기하던 궁녀는 제 옆에 있던 오단의 허리를 쿡 찌르며 다음 이야기를 재촉했다. 그에 오단은 짓궂은 웃음을 지으며 겁에 질린 강아지처럼 벌벌 떠는 연희를 바라봤다. 그녀는 제 입술을 혀로 싸악 핥으며 말을 이었다.

"방금 게 좀 센 것 같았으니까 좀 약한 거로 가야겠는걸?"

조금 짧은 이야기로 갈게라며 말문을 연 오단은 손가락으로 바닥을 톡톡 두드렸다. 그리고 하나의 질문을 던졌다.

"너희는 무당의 존재를 알아?"

무당. 도사와는 다른 신비를 품은 사람. 도사가 영스러운 존재에 대한 지식과 기이한 술법을 알고 있는 자라면 무당은 몸 안에 영스러운 존재를 받아들여 이적을 행하는 존재. 영스러운 존재와 혼(魂)을 접촉하기 때문에 흔히 세계의 다른 영역을 볼 수 있는 눈을 얻는다고 했다. 사념 덩어리나 기억의 흔적 혹은 영스러운 존재가 남긴 흔적 같은.

궁녀들은 새로운 화젯거리에 눈을 반짝이며 고개를 끄덕였다. 오단은 목소리를 낮추며 분위기를 잡았다.

"무당들은 신당에서 지내며 종종 방문자들 중 얼마 지나지 않아 죽을 사람들을 분별해 내고는 하잖아. 그런데 그들이 어떻게 그런 이들을 구별할 수 있는 걸까? 무당들의 눈에 곧 죽을 사람이 어떻게 보이는지 알아?"

좌중은 침묵에 휩싸인 채 오단의 입을 주목했다. 그녀는 일부러 한 박자를 쉬어 주며 긴장감을 끌어낸 후 마무리하였다.

"무당들의 눈에 곧 죽을 사람은…… 물구나무서서 걸어 다니는 모습으로 보인대."

오싹.

짧지만 강하다. 궁녀들은 순간 제 살결에 돋아나는 소름을 문질러 떨쳐 내며 '으으으—' 신음 소리를 냈다. 그런 그녀들의 모습을 느긋이 감상하던 오단은 옆에 앉은 궁녀를 향해 눈짓을 해 보였다. 빨리 다음 이야기를 이어 가라는 재촉에 그녀는 울상을 지으며 고개를 저었다. 벌써 세 바퀴나 돌아서 온 순서. 알고 있는 이야기가 모두 떨어진 것이다.

그것을 눈치챈 다른 궁녀가 '에이—' 하며 오단에게 말했다.

"이번 건 너무 짧았다. 고로 다른 이야기 하나 더!"

솔직히 남들보다 오단의 이야기가 좀 더 무섭고 섬뜩한 분위기가 있었다. 더위가 싹 가시는 그런 느낌. 결국 오단은 '칫' 하고 혀를 차며 제 지식창고에 있는 이야기를 하나 더 꺼내었다.

"그럼 짧은 거 하나 더! 이건 잘 연상하며 들어야 돼."

오단은 헛기침을 두어 번하며 목을 가다듬은 뒤에 천천히 운을 떼었다.

"시간대는 보름달이 뜬 밤이야. 운이 나빠서 한 상궁님께 걸려 늦게까지 일하고 침소로 들어왔어. 그리고 옷을 갈아입고 자려고 이부자리에 누웠는데…… 뭔가 오싹한 기분이 드는 거야. 그래서 이불을 확 치웠는데 그곳에 웬 백국화가 놓여 있네? 자, 그곳엔 백국화가 몇 송이가 있었을까?"

의문으로 끝난 이야기에 궁녀들이 떨떠름한 표정이 되었다. 그녀들 중 하나가 고개를 갸웃하며 질문을 던졌다.

"우리가 답해야 되는 거야?"

"응."

오단은 척 봐도 사악한 웃음을 지으며 긍정을 표했다. 그에 궁녀들은 잠시 생각에 빠진 듯하더니 하나둘 제가 생각한 바를 늘어놓았다.

"난 한 송이."

"열 송이."

"세 송이."

"통쾌하게 백 송이!"

"난 음…… 다섯 송이?"

마지막 연희를 끝으로 모두 나온 답변. 오단은 무언가 놀란 듯한 행세를 취하며 주변을 둘러보았다. 물론 이것은 긴장감을 끌어올리기 위한 무대적 장치. 그녀는 주변에 아무도 없다는 것을 확인하는 척하더니 고개를 숙여 속삭이듯 말을 이었다.

"그 수는 바로 자신에게 붙어 있는 귀신의 수를 말하는 거래."

"히이익!"

"에엑!"

훌륭하기 그지없는 반응에 오단은 깔깔거리며 웃음을 터뜨렸다. 그녀는 악마처럼 웃으며 다시 입을 열었다.

"내가 다른 이야기를 계속해 줄까?"

서늘함이 숨어 있는 놀림에 연희는 제자리에서 벌떡 일어났다.

"나, 난 이만 돌아갈래!"

제 동료에게 억지로 끌려와 이 자리에 앉아 있던 그녀는 더 이상은 참기 힘든지 새파래진 얼굴로 소리를 질렀다. 그런 연희의 모습이 재밌었던 걸까? 궁녀들은 깔깔거리며 웃음을 터뜨렸다. 결국 삐친 연희는 방문을 벌컥 열었다. 그와 동시에 궁녀들 중 하나가 의미심장한 웃음을 지으며 입을 열었다.

"흐음~ 요즘 궁에 무서운 처녀 귀신이 돌아다닌다던데."

근래 들어 몇몇의 궁녀들이 궁 안에서 무언가를 보고 졸도한 사건이 일어났다. 그녀들이 깨어나서 공통적으로 하는 말은 괴기한 처녀 귀신과 마주쳤다는 것. 이후 궁녀들은 방 안에 콕 들어박혀 밖으로 나올 생각을 하지 않았다.

"우, 웃기지 마! 누, 누가 그딴 헛소문을 믿는대!"

안 그래도 겁이 많은 걸로 놀림을 당했는데 끝까지 저런 무서운 이야기를 늘어놓다니! 질이 너무 나쁘다고 생각하며 연희는 문을 쾅 닫고 밖으로 나왔다. 그녀는 씩씩거리며 제 침소를 향해 재게 걸음을 놀렸다. 허나 몇 걸음을 가지 못해 제자리에 멈춰 섰다.

너무 고요하다. 안 그래도 무서운 이야기를 잔뜩 들었는데. 연희는 분노에 밀려났던 공포심이 슬슬 다가오는 걸 느끼며 슬금슬금 뒷걸음질했다. 이대로 침소까지 가기엔 너무 겁이 났다. 그렇다고 돌아가자니 또다시 놀림거리가 되겠지.

결국 이러지도 저러지도 못하고 발만 동동 구르게 되었다.

끼이익.

그때였다. 마룻바닥이 무언가에 짓눌리는 소리가 들린 것은. 연희는 그대로 얼어붙었다. 그와 함께 떠오르는 것은 요즘 궁녀들 사이에 돌아다니는 괴담. 방을 나서기 전에 들은 말이 하필 그것이었다.

"아, 아닐 거야."

연희는 애써 사실을 부정했으나…….

끼익 끼이익 끼긱.

그 기이한 소리는 멈추지 않고 이어졌다. 그리고 저 멀리 복도 끝에서 드러나는 하얀 소복의 여인. 풀어 헤쳐진 긴 머리는 바닥에 닿을 정도로 길게 늘어져 있었고 팔다리는 기괴한 방향으로 틀어져 있었다.

"어? 어버, 어어어어……."

얼마나 두려운지 목에서부터 흘러나온 말은 제대로 된 형상을 갖추지도 못한 채 흩어졌다. 그때 여인의 반쯤 꺾여 있던 목이 홱 돌며 연희가 있는 방향을 향했다. 안면을 가린 머리카락 사이로 붉은 안광이 번뜩인다.

끼긱 끼기긱.

기괴한 여인이 연희를 향해 팔을 뻗는다. 있을 수 없는 방향으로 꺾어진 손과 팔뚝. 달을 받아 창백히 빛나는 살결. 분명하였다. 저것이…… 저기 있는 저것이 바로 그 괴담의 주인이리라.

연희는 다리를 타고 흐르는 따뜻한 느낌에 고개를 숙였다. 그러자 공포로 인해 지린 오줌이 보인다. 그걸 확인하는 것과 동시에 그녀는 다리에 힘이 풀려 풀썩 주저앉았다.

"아…… 아……."

당장이라도 비명을 질러야 하는데 밖으로 토해지지 않고 목에서만 맴돈다.

그걸 알아챈 걸까? 인간이 아닌 그것은 연희를 향해 빠르게 다가오기 시작했다.

끼기 끼기긱 끼기기기긱 끼긱 끼익 끼이이익 끼끽 까각 까가가가가각 끼기기기기 끼기 끼기긱 끼기기기긱 끼긱 끼익 끼이이익 끼끽 까각 까가가가가각 끼기기기기 끼기 끼기긱 끼기기기긱 끼긱 끼익 끼이이익 끼끽 까각 까가가가가각 끼기기기기 끼기 끼기긱 끼기기기긱 끼긱 끼익 끼이이익 끼끽 까각 까가가가가각 끼기기기기.

소름 끼치는 소리와 함께 전신이 뒤틀린 그것은 연희 바로 앞까지 도달했다. 그리고 뻗어 오는 창백한 손. 그녀의 기억은 거기까지였다.

"응?"

아란은 무언가를 느낀 듯 저 멀리 궁녀들의 침소 방향으로 고개를 홱 돌렸다. 고개를 두어 번 갸웃거린 그녀는 뭐 별것 아니겠지라는 생각으로 제가 하던 일에 다시 몰두하기 시작했다. 그 옆에 서 있던 궁녀는 안절부절못하며 아란의 눈치를 살폈다.

"저…… 아가씨, 늦으신 것 같은데 이만 주무시는 게……."

"응?"

아란은 입가를 오물오물하며 제 곁에 있는 궁녀를 올려다보았다. 볼이 미어터질 듯이 꿀떡을 집어넣은 그녀는 두어 번 더 절삭 작업을 거치더니 그걸 모조리 목구멍 너머로 밀어 넣었다.

"괜찮다. 들키지만 않으면."

그렇게 환한 미소를 지으며 상대를 안심시키는 아란. 허나 무언가를 발견한 궁녀의 안면에선 혈색이 빠르게 뒤로 후퇴하고 있었다.

"그럼 들키면 끝장이겠군요."

대답이 들려온 것은 바로 뒤쪽. 익숙한 목소리에 아란은 그대로 쩍 하고 굳어 버렸다. 그리고 목각 인형처럼 굳은 목을 끼긱끼긱 돌리며 목소리의 주인을 올려다보았다.

"처, 청이야."

"야식은 금지라고 했을 텐데요."

청이는 그 무엇보다 밝은 미소를 지어 보였으나…… 아란에겐 귀신보다 더 무서운 얼굴이었다. 그리고 분노의 철퇴는 떨어져 내렸다.

"말 좀 들어 처먹으라고 이 빌어먹을 아가씨야!!"

"끼야아아아악!"

그날은 아란에게 있어 공포(?)의 밤이었다.

멸마(滅魔)의 백호.

세상의 부정한 것들은 그의 앞에서 고개를 들 수 없으며 요괴들은 그의 존재만으로 생존에 위협을 당한다. 그가 내리는 천벌의 벼락은 세상 어떤 종류의 마(魔)이든지 불태워 버리고 그의 울부짖음은 마(魔)를 핍박하여 내쫓는다. 고결한 성품을 가진 그는 선을 위하며 악을 미워하는 순백의 신수이다.

천우(天雨)의 선녀.

하늘과 소통하는 선결한 여인. 가장 세상에 널리 알려졌으나 그 정체가 수수께끼에 쌓인 존재이다. 그녀가 걸어가는 곳에선 생물들이 살아나며 안정이 찾아들고 슬픔조차 사라진다. 희망을 상징하는 고귀한 선녀. 그녀가 웃으면 자연이 함께 웃고 그녀가 울면 하늘도 함께 운다. 만나 본 이들에 의하면 세상의 그 무엇보다 지혜롭고 우아함을 품은 성숙한 여인이라 하였다.

굉음(轟音)의 거붕.

크기가 얼마나 큰지 그의 날개에 태양빛이 가려질 정도라고 한다. 단 한 번 날갯짓을 할 때면 천 리를 날아가며 그와 함께 거대한 폭풍을 동반한다고 한다. 무엇보다 그가 내는 울음소리는 만 리를 퍼져 나가며 그 안에 있는 삿된 것들에게 고통을 준다 하였다. 붕의 눈은 기이한 기운을 머금고 있는데 마주한 상대의 마음을 단단히 묶어 봉인한다고 한다.

이들이 바로 알려진 신선들 중 첫째로 꼽히는 이들이다. 극선에 선 자들. 그럼 그 반대편에 선 자들은 누구인 걸까? 극악으로 대표되는 요괴의 존재들 말이다.

세상에 자주 제 모습을 드러낸 이는 바로 쾌락(快樂)의 뱀.

그녀가 탐하는 것은 오직 살육과 고통. 그녀가 나타나는 곳마다 피의 축제가 벌어져 왔다. 악에서 얻은 쾌락을 즐기며 광소를 터뜨리는 대요괴. 비명을 음악으로 삼고 피를 미주로 삼으며 시체들을 예술품으로 삼는구나! 그 존재가 나타남은 죽음의 공포가 넘쳐 남을 의미하리라.

타락(墮落)의 여우.

그 정체는 베일에 휩싸여 있다. 어떤 때는 순수한 어린아이의 모습으로, 어떤 때는 요염한 여인이나 연약한 노인네의 모습으로. 천 개의 얼굴을 가진 괴물은 수많은 사람을 매혹시켜 불화를 일으킨다. 아들이 아비를 죽이게 하고 친우 사이를 이간질하며 은혜를 원수로 갚게 한다. 그 무엇보다 선한 얼굴로 상대에게 다가가기에 그녀가 본 정체를 드러낼 때까지 그 사실을 누구도 알지 못한다. 진실을 깨달았을 땐 모든 것이 뒤틀린 이후이다.

질병(疾病)의 흑마.

기록된 모습은 오직 검은 안개로 이뤄진 말의 형상. 백 년을 주기로 해서 나타난다. 모습을 드러내는 곳은 규칙성이 없다. 다만 그가 나타났던 곳엔 식물도 동물도, 그리고 인간마저도 가리지 않는 수십 가지의 질병이 뒤섞여 퍼져 있었다고 한다.

식(蝕)의 탐(貪).

본디 생물체들이 하루아침에 사라지는 괴기한 현상을 이르는 말이었다. 그 모습을 제대로 목격한 이는 단 한 명도 없었으나 산 위에서 아랫마을에 나타난 그것의 윤곽을 봤다는 이의 등장으로 요괴라 칭해지게 되었다. 꿈틀거리며 움직이는 기이한 웅덩이 형상을 취한다고 목격자가 증언하였다.

그리고…….

"이렇게 재밌는 걸 왜 안 보지?"

청이는 고개를 갸웃하며 구석에 앉아 딴청을 피우고 있는 아란을 바라보았다. 그저 설명글일 뿐이지만 새로운 세계에 대한 이야기들이라 묘하게 궁금증을 자극하며 흥미를 돋우었다.

"하긴 저 아가씨는 영스러운 존재였지."

평소에 하는 짓거리를 보다 보니 종종…… 아니 매우 자주 잊어버리지만 그녀는 분명 영스러운 존재였다. 제가 사는 영역의 이야기일 터이니 이미 알고 있는 것일 수도 있겠다 싶었다. 아니 그래도 상식을 뛰어넘는 신화에 가까운 이야기들인데. 청이는 입가를 삐뚜름히 하며 소화부인이 가져왔던 '신요환담(神妖歡談)'을 계속해서 읽어 내려갔다.

이어지는 글은 신화 격의 존재보단 조금 낮은 위치에 있는 이들. 바닷물을 열고 닫는 해룡이라든가 수십 수백의 사념이 뒤섞인 이매망량이라든가, 하늘을 날아다니는 섬 같은 굳이 찾고자 한다면 만날 수 있는 존재들이었다. 물론 자주 출몰한다는 곳에서 죽치고 한 달에서 십 년 정도 있는 경우를 상정한다. 도사나 무당의 경우라면 좀 다르겠지만.

그때 청이의 눈에 띄는 것은 바로 '덕을 쌓는 여우' 라는 부분. 그녀는 어느새 마당에서 토끼를 쫓아다니며 놀고 있는 아란을 흘깃 보며 침을 꼴깍 삼켰다. 혹시라는 생각과 함께 청이는 그 부분을 빠른 속도로 읽어 내려갔다.

……그녀는 사람을 부러워했다. 사람들 사이에 오고 가는 정과 사랑 그리고 희생. 영스러운 존재 사이에선 찾아보기 힘든 일이기에 그녀는 더더욱 사람을 갈망했다. 그리고 최후엔 스스로 사람이 되고자 하였다. 영스러운 존재가 온전한 수육을 입고 인간이 되는 것은 상상을 뛰어넘는 고행. 그리하여 그녀는 하늘을 향해 기도하며 하루하루 선(善)을 이루며 덕(德)의 업(業)을 쌓는다…….

"……절대 아니야. 이 여우가 저 여우일 리가 없지."

어리버리한 행동에, 한눈을 팔면 어느새 저지르는 사고, 사람의 혈압을 치솟게 하고 위장을 쓰리게 하는 저것이 덕을 쌓는 여우일 리가 있나. 청이는 자신의 생각이 옳음을 무조건적으로 확신하며 고개를 끄덕였다. 무엇보다 꿀떡 하나에 낚인 저것이 이 서책에 이름 쓰여질 만큼 대단한 이일 리가 없었다.

굳이 가능성이 있다면 저 순진한 행동 모든 게 상대를 속이기 위해 계산된 속임수가 아닌 이상임에야…….

섬뜩.

그 생각 하나에 순간 오싹 소름이 돋는다. 청이는 다시금 책장을 앞으로 넘겨 하나의 이름을 빠르게 찾았다. 타락의 여우. 어떤 이의 모습이든 흉내 내고 상대를 속일 수 있다는. 그렇다면 설마?

그 순간 아란이 고개를 돌려 청이를 바라보더니 빙긋 웃음을 지어 보였다. 티끌 하나 묻어 나오지 않는 순수한 모습. 청이는 다시 고개를 떨구었다. 때맞추어 운이 나쁘게 눈에 들어온 글귀는…….

그녀의 연기는 너무나 훌륭하여 혹자는 스스로에게 마저 거짓된 기억을 뒤집어씌워 역할극을 하는 것이라 예상한다.

……저것. 알 수 없는 싸늘함이 가슴 한편을 스쳐 지나간다. 만약 그녀의 예상이 진짜라면? 현재 아란이 쥐고 흔드는 존재를 떠올리자 아주 끔찍한 가정이 눈앞에 그려졌다. 미쳐 버린 폭군의 손에 의해 피바다가 되는 동공국이.

"에이~ 설마……."

청이는 애써 웃으며 고개를 절레절레 저었다. 현 시국을 봐도 나쁜 일이 전혀 일어나지 않았지 않은가. 물론 이제 성인식까지 한 달도 채 남지 않은 지옥의 셈이 이뤄지고 있단 게 문제긴 하지만.

짜악!

청이는 제 뺨을 양손으로 내리치며 자리에서 벌떡 일어섰다. 자, 정신 차리자! 부정적인 생각은 여기까지만! 청이는 어느새 어둑어둑해진 하늘을 보며 방 안으로 들어가 이부자리를 펴기 시작했다. 따로 구겨진 데가 없는지 확인을 거듭하고 죽부인을 곁에 놔두었다.

저 여우가 딱히 더위를 타는 것 같지는 않았지만 안고 잘 걸 쥐여주자 아주 좋아라 하더라.

"이만 슬슬 잠자리에 들 준비를 하셔야죠!"

그녀는 밖에서 싸돌아다니는 아란을 향해 소리쳤다. 그에 쪼르르 방 안으로 들어오는 구미호. 청이는 그녀의 겉옷을 벗기고 이부자리에 뉘인 뒤에야 자신도 잠잘 준비를 했다. 이제 불만 끄고 이불 위에

눕기만 하면 잠을 잘 수 있다. 단, 저 사고뭉치가 먼저 잠이 든 뒤에.

청이는 베개에 머리를 기댄 채 두 눈을 말똥말똥 뜨고 있는 아란을 내려 보며 '쓰읍' 하고 경고를 날렸다. 그에 후다닥 이불 속으로 사라지는 여우 한 마리. 청이는 깊은 한숨을 내쉬었으나 곧 눈을 반짝이며 궁녀들 손에서 비밀리에 돌아다니는 연애소설을 꺼내 들었다. 아란이 잠들 때까지 시간을 보낼 놀 거리였다.

이걸 구한다고 얼마나 고생했는지! 높은 분들에게 들키면 끝장이라고 봐도 좋을 만큼 화끈한 남녀상열지사! 감히 왕의 여인인 궁녀가 연애에 관한 책을 보유하고 있다는 사실만으로 큰일이었다. 물론 상궁들도 알고 있으면서도 어느 정도 눈감아 주는 감이 있지만 위험한 건 위험한 것. 그 은밀한 접선을 위해 얼마나 노력을 했던가!

"우후훗."

청이는 기괴한 웃음을 지으며 '화화격정(火花激情)' 이라는 제목의 서책을 내려 보았다. 그런 청이의 반응에 궁금증이 일었던 것일까? 아란이 이불 사이로 고개를 빼꼼 내민 채 질문을 던졌다.

"그거 뭐야?"

그에 청이는 서책의 제목을 아란에게 보여 주며 당당하게 말했다.

"후후후 이 책으로 말할 것 같으면 왕과 기녀의 슬픈 사랑 이야기를 담은 것이지요! 신분이 낮기에 왕의 사랑을 받아들일 수 없는 기녀! 그리고 그런 기녀에게 집착하며 구속하고 가두는 왕! 기녀는 수없이 도주를 시도하지만 왕은 그때마다 기녀를 잡아 와 궁 깊은 곳에 가두고 끊임없이 구애를 한다지요! 결국 기녀는 왕의 절절한 사랑에 마음이 흔들리고…… 후후후 자세한 내용은 직접 읽어 보아야……."

"그거 아란과 제현 사이랑 비슷한 이야기 같다."

"……."

그 사이로 끼어든 아란의 음성에 청이는 더 이상 말을 잇지 못한 채 굳어 버렸다. 자, 기억을 떠올려 보자. 피에 미친 폭군은 제 반려가 사라질 때마다 신하들에게 칼질을 하며 분노를 토해 내고 생발악을 하며 도주하는 아란을 매번 풍옥전에 가둬 둔다. 아란은 그때마다 풍옥전에서 끊임없이 저주의 말을 내뱉고 동공왕은 계속해서 집착의 말을 내뱉는다. 그렇게 서로 상처를 내고 화를 돋우고. 그 여파는 주변 사람들에게 떨어져 피가 튀어 오르는…….

청이는 짜게 식은 눈으로 손에 쥔 서책을 노려보았다.

아…… 이건 상상을 초월하는 초특급 공포 소설책이었구나…….

청이는 어렵게 구한 그 서책을 휙 던져 구석으로 치워 버렸다. 연애 소설 중에 저런 폭탄이 끼어 있었다니 상상도 못 할 일이었다. 청이는 심호흡하며 다음 책을 꺼내 들었다.

이번 서책의 제목은 이름하야 '화중남(花中男)'! 이것이야말로 그녀가 기대하고 고대하던 최고의 책! 신분 차를 뛰어넘은 사랑! 사랑 사이에 그 어떤 집착도 거부도 없는 아름다운 소설인 것이다!

"그건 또 뭐야?"

이젠 아예 이불 밖으로 기어 나와 눈을 반짝이며 묻는 아란. 청이는 행복한 표정으로 서책을 꼬옥 안은 채 대답을 해 주었다.

"후훗 이것이야말로 우리들의 희망! 낮은 신분의 여인도 세간의 벽을 뚫고서 높으신 도련님과 참다운 사랑을 이룰 수 있다는 아주 아름다운 이야기죠! 특히 여주와 남주의 첫 만남이 그 무엇보다 인상이 깊다고 해요. 재수가 없는 도련님이 툭 던진 모욕적인 말에 하녀가 손으로 빰을 힘껏 올려붙이죠. 그럼 그 도련님이 놀란 얼굴로 말하는 거예요! 날 때린 여자는 네가 처음이야! 카아— 참으로 당당한 여주가 아닐수……."

"그거 내가 제현과 첫 만남에서 '당신, 정말 시발이에요' 말한 것과 비슷한 거야?"

"……."

청이는 그날의 악몽을 떠올렸다. 인간 언어에 대한 지식 부족으로 일어난 대참사를. 물론 지금이야 저 여우도 뭐가 잘못인 줄 알지만……. 당시엔 제 발을 따라 핏물이 쫘악 빠져나가는 기분이었다. 두 눈을 감아도 제 목이 바닥을 뒹굴고 두 눈을 뜨고 있어도 목에 칼날이 톱질하고 있는 환상이 보이는 기분.

"허허허허허."

청이는 허탈한 웃음을 짓다가 이내 서책을 째려보았다.

이 책의 여주인공은 당당한 게 아니라 아주 개념과 겁대가릴 밥에 말아먹은 계집이었어.

그녀는 부들부들 떨리는 손길로 그 책마저 구석으로 집어 던졌다. 청이는 제가 준비한 마지막 책으로 고개를 돌렸다. '용의 신부'란 제목. 인간과 영스러운 존재 사이의 신비하고 환상적인 사랑 이야기. 궁녀들 사이에서 가장 인기가 있는 연애소설이었다. 제목을 읽는 것만으로도 기대로 심장이 콩닥콩닥 뛰는…….

"그건 또……."

덥석.

환상에 젖어 들 때쯤 또다시 튀어나오는 아란의 물음. 청이는 그녀의 어깨를 잡으며 분노가 섞인 표정을 지었다.

"제발 좀 주무시죠."

"그게 아니라……."

억울한 듯 되돌아오는 아란의 항변에 청이는 처절한 목소리로 소리쳤다.

"제발 소녀의 순정을 망가뜨리지 말란 말이야아아아!"

제현은 제 앞에 있는 상소문을 보며 삐뚜름하게 입가를 치켜올렸

다. 황당하다 못해 웃음도 나오지 않는다는 태도. 그때 그의 어깨 너머로 여울이 빼꼼 고개를 내밀며 물음을 던졌다.

"뭘 보고 있는 건가요?"

스르릉.

그녀의 말이 끝남과 동시에 제현의 검집에서 검이 뽑혀져 나와 유려한 선을 그렸다. 물론 그의 검날이 벤 건 여울의 환영. 이무기는 어느새 그의 앞으로 이동하여 '흐응~' 하며 콧소리를 냈다.

"재밌는 이야기네요. 궁 안에 귀신의 출몰이라니."

제현은 어느새 서늘하게 굳은 얼굴로 납검하며 차게 말을 내뱉었다.

"꺼져라."

"너무 매몰차십니다. 얼마 전까지만 해도 저희가 얼마나 어울리는 한 쌍이었는데."

여울은 여가(家)를 몰살시켰을 때의 일을 은근슬쩍 거론하며 요염한 미소를 지었다. 당일의 짜릿한 순간이 기억나는지 그녀는 순간 황홀하단 듯 몸을 배배 꼬았다. 그 모습이 마치 사내를 유혹하는 듯한 자태여서 제현은 와그작 얼굴을 구겼다.

"헛소리는 집어치우도록 하지."

그는 그 말과 함께 방금까지 읽고 있던 상소문을 쓸모없다는 듯 옆으로 홱 치웠다. 그가 쓰레기라고 생각되는 상소문을 쌓아 놓는 위치. 그에 여울은 배시시 웃고는 그것을 들어 보이며 말을 이었다.

"이거 요물이 일으키는 사건 같은데 말이죠. 흥미가 일지 않습니까?"

"헛소리일 뿐이다. 여름이라 더위를 먹었는지 단체로 환각이라도 보는 모양이지."

그는 심드렁하게 대답하며 궁내의 사건을 일축하였다. 본디 괴담이란 건 전염병처럼 퍼져 나가는 것이다. 하나가 귀신을 봤다며 혼절까지 했다면 다른 이들도 그에 대한 공포를 은연중에 가지기 마련. 그러던 중에 더위로 인해 심신이 약해지고 야밤의 어둠이란 조건까지 부합하면 비슷한 환상을 보는 것도 아주 말이 안 되는 것은 아니리라.

자신마저도 더위로 인해 짜증이 치솟는데 평범한 인간들이라면 오죽하랴. 거기에다 귀신을 봤다고 하는 이들 중에 혼절한 것 외에 생기가 빨렸다든가 팔다리가 부러졌다든가 하는 일조차 없으니. 그들은 정신적인 충격 외엔 모두 멀쩡하였다. 그러니 이런 같잖은 괴담에 신경을 쏟는 것은 쓸데없는 심력 소비였다.

그런 제현의 반응이 재미가 없는지 여울을 제 도톰한 입술에 검지를 대며 은근슬쩍 운을 띄웠다.

"이게 진짜 요물일 수도 있잖습니까?"

며칠 전부터 궁 안을 어슬렁거리는 '것'을 떠올리며 그녀는 제 붉은 입술을 혀로 싸악 핥았다. 제현이 제대로 반응만 해 주면 나름 재밌는 일이 일어날 수 있을 것 같은데. 허나 그의 대답은 보기 좋게 그녀가 원하는 것을 피해 갔다.

"절대 요물일 리가 없지."

확신에 찬 목소리. 여울이 눈가를 좁히자 제현은 귀찮다는 어조로 말을 이어 갔다.

"요물이라면 내 심장을 노릴 테니 한참 전에 날 덮쳤을 것이다."

그리고 자신은 그 요물의 목을 곱게 따 주었겠지. 그렇게 말을 마치며 제현은 다시 제 일에 몰두하기 시작했다. 그런 그를 어이없다는 듯 보는 여울.

'요괴들이 당신을 안 덮치는 것은 그 향낭 때문이고.'

여우가 제현을 위해 만들어 준 선화의 정. 그리고 그것을 몸에서 떼어 놓지 않는 제현. 그러니 당연히 요괴가 모여들지 않는다는 결말. 그 사실을 그대로 이야기할 수 없는 여울은 답답함에 깊은 한숨을 내쉬었다.

비밀을 지켜 주면서 일을 꾸미는 것은 그것대로 매우 힘든 일이었다. 아마 재밌는 일을 구경하기 위해선 좀 더 인내가 필요한 듯싶었다. 여울은 그대로 허공에 녹아드는 것처럼 제 모습을 감추며 입술을 삐죽였다.

'우리 귀여운 여우가 뭔 사건 하나 안 터뜨려 주나?'

유난히 어두운 밤이었다. 꼭 비가 올 듯 하늘을 가득 채운 먹구름은 낮에는 태양을 가리더니 밤에는 달빛마저 꽁꽁 숨겨 놓았다. 어둠이 내려앉은 궁 안에서 유일한 불빛은 등불밖에 없었다. 그것도 멀리서 보면 마치 허공에 떠돌아다니는 도깨비불처럼 보일 정도이니 사방이 얼마나 칠흑에 휩싸여 있는지 쉽게 예상할 수 있을 터였다.

"우이씨 하필 왜 이런 날에 내 순번이라서."

궁녀 수인은 은은한 등불에 시야를 의지하며 야간작업을 이어 가고 있었다. 내일이면 유생들이 규장각의 내각(도서관)을 이용하기로 약속되어 있기 때문에 오늘 안에 정리를 끝내 놓아야 했다. 낮부터 이뤄진 청소 및 정리에도 끝나지 않은 방대한 분량.

제 치마가 스치는 소리마저 크게 들리는 어둠 속. 꼭 무언가가 튀어나올 것만 같았고 정체불명의 누군가가 등 뒤에서 저를 지켜보고 있는 것 같았다. 이럴 때 궁 안을 떠도는 괴담이 자꾸 기억날게 뭐란 말인가? 수인은 입술을 꼬옥 깨물며 귀신은 없다며 제 스스로에게 최면을 걸었다.

타악.

"히이익!"

그 순간 내각 안에 무언가가 떨어지는 소리가 울렸다. 수인은 비명을 지르며 재빨리 소리가 난 곳을 향해 고개를 돌렸다.

"아, 저기…… 음 미안."

그에 같이 일하던 동료가 쑥스럽다는 듯 뒷머리를 긁적이며 바닥에 떨어진 서책을 줍는다.

"아…… 이이익, 조심 좀 하란 말이야! 간 떨어지는 줄 알았다고!"

수인은 아직도 망가질 듯이 쿵쿵 뛰는 심장에 부르르 몸을 떨었다. 팽팽한 긴장감 속에 있었는데 동료가 툭 하고 제대로 건드려 주었다. 덕분에 정신이 나갈 듯 놀랐으나 이내 허무함과 함께 몸이 흐물흐물 녹아내렸다. 하지만 짜증이 치미는 것은 어쩔 수가 없었다.

"에이씨! 나 잠시 콧바람 좀 쐬고 올 거니까 그렇게 알아 둬!"

수인은 씩씩거리며 내각 밖으로 걸음을 옮겼다. 그러자 코 주위를 맴돌던 꿉꿉한 책 냄새가 사라지며 상쾌한 공기가 기분을 시원하게 만들었다. 수인은 숨을 크게 들이쉬며 살겠다는 듯 살포시 웃음을 지었다.

방금까지 더운 내각 안에서 있었기 때문일까? 피부 위로 송송 맺힌 땀방울들이 바람에 마르며 서늘함을 느끼게 했다. 수인은 한차례 부르르 떨고는 하늘을 올려다보았다. 달도 별도 전혀 보이지 않는다. 아마 며칠 내로 장마가 올 것 같았다. 그럼 이 더위도 싹 가시겠지.

그 생각을 하자 더위로 인한 불쾌지수가 약간이지만 떨어지는 것 같았다.

투욱.

그때 그녀의 등 뒤에서 무언가 떨어지는 소리가 들렸다. 참으로 때가 나빴달까? 수인은 미간을 찌푸리며 목소리를 높였다.

"아 좀! 서책 좀 그만 떨어뜨려! 그런 것도 한두 번이지."

내각 안의 동료를 향해 고래고래 소리를 질렀으나 답변은 돌아오지 않는다. 수인은 혀를 차며 난간에 몸을 기댄 채 어둑어둑한 마당을 내려 보았다.

투욱.

그 순간 바로 등 뒤에서 또다시 무언가 떨어져 내리는 소리가 들렸다. 아니 저것이! 수인은 어벙한 동료의 행태에 이를 갈았으나 이내 지적하길 포기하며 혀를 찼다. 그러던 중 문뜩 이상함을 느꼈다.

내각 안에서 서책을 떨어뜨렸다고 하기엔 소리가 크지 않았나 하는 점과…… 너무 가깝지 않았나라는 점…….

그녀가 내뱉는 숨결에 김이 서린다. 그와 함께 느껴지는 오싹한 한기.

수인은 처녀귀신 괴담을 떠올리며 그대로 몸이 쩍 굳어 버렸다. 설마…… 바로 뒤에 그 귀신이 있지 않을까 하는 상상. 그녀는 공포로 전신이 부들부들 떨림에도 천천히 몸을 돌렸다. 두려움에 두 눈을 질끈 감은 채 뒤편을 향해 몸을 돌린 그녀는 조심스레 실눈을 뜨며 전방을 살폈다.

그러자 보이는 것은 잘 닫혀 있는 내각의 문. 그에 수인은 멈추었던 숨을 내쉴 수 있었다. 다행히 착각이었던 모양. 그 순간 그녀의 발목을 무언가가 더듬는다.

경직.

수인은 이가 딱딱 부딪칠 정도로 떨면서 고개를 서서히 떨어뜨렸다. 그리고 방금 전부터 요동치던 불안의 실체를 마주하였다. 시체처럼 새파란 색을 띠는 '손'이 꿈틀거리며 움직이고 있었다. 그리고 좀 더 떨어진 곳에선 토막 난 허벅지가 꿈틀거리며 파르르 떨고 있다.

툭 투두두둑.

수인이 그걸 보길 기다렸다는 듯 천장에서 다른 신체 조각들이 떨어져 내린다. 시체와 같은 색에 삐쩍 마른 그것들. 토막이 났음에도 살아 있는 것처럼 움직이며 수인을 향해 모여든다. 마치 깨어 있는 채로 악몽을 꾸는 느낌.

"히이이익!"

그녀가 그 자리를 벗어나기 위해 난간을 잡으며 고개를 돌렸다. 그러자 난간 위를 따라 손가락을 바삐 움직이며 기어 오는 검푸른색의 손이 보였다. 그와 함께 다리에 힘이 풀려 주저앉아 버렸다.

툭 툭 데구르르.

때를 맞추어 천장에서 검은 실로 뒤덮인 공과 같은 것이 떨어져 내리더니 몇 번 튀어 오른 뒤에 데구루루 굴러 수인의 다리 사이로 들어왔다.

"아……."

그것은 어떤 여인의 머리였다. 긴 머릿결을 가진. 산발이 된 머리카락 사이로 핏발이 선 붉은 두 눈이 보인다.

"아아……."

'그것' 은 수인과 눈이 마주친 순간 바짝 말라 갈라진 입술 끝을 끌어 올렸다.

씨익.

소름 끼칠 만큼 섬뜩한 웃음. 그리고 '그것' 은 무언가를 말하려는 듯 입을 열었다. 허나 그 전에 터져 나오는 수인의 비명.

"아아아아아악!"

그녀는 속에서 치솟아 오르는 모든 것을 토해 낸 것을 끝으로 의식을 잃어버렸다.

"또 누군가가 귀신을 봤다네요."

청이는 바느질하며 아란을 향해 말하였다. 요즘 들어 자주 들려오는 이야기. 궁 안에 귀신이 돌아다닌다는 괴담이었다.

어떤 이는 온몸이 바스라진 형태라고 하고, 또 어떤 이는 전신이 토막 나 굴러다니는 형상이라고 했다. 들리는 소문으로는 궁중 암투에서 억울하게 죽은 궁녀라고도 하고 임금에게 승은을 입고 버려진 귀비라고도 했다. 말은 각각 다르지만 이유야 어찌 되었든 그 원한이 극에 달해 사람들을 덮친다고…….

다행이라면 여태까지 귀신과 마주하여 몸에 해를 입었다고 하는 경우는 없다고 했다. 그저 공포에 질려 덜덜 떠는 정도? 아니 그것만 해도 몹시 질이 나쁜 건가?

"이런 일이 자주 일어나는 걸 보니 궁에 뭔가가 들어오긴 들어왔나 봐요."

바닥에 추욱 늘어져 있던 아란이 그녀의 이야기에 흥미가 도는지 고개를 홱 들었다.

"들어온 거 뭐야?"

"제가 어찌 압니까? 이런 때일수록 성수청의 도사가 움직여 줘야 되는데 우리의 전하께선 허가를 안 내 주시니."

희생자는 날로 늘어만 가는데. 청이는 한탄의 말을 내뱉으며 탄식했다. 저 기이하고 무서운 일이 빨리 해결되어야 자기처럼 토끼와 같이 겁을 잘 먹는 무리들의 마음이 한결 편해질 텐데.

청이는 제 앞이 어두워진 걸 깨닫고 고개를 들었다. 그러자 어느새 제 눈앞까지 와 있는 아란이 보였다.

"해 줘 해 줘! 귀신 이야기!"

나 완전 궁금해요란 생각이 그대로 얼굴에 드러나는 그녀를 보며 청이는 피식 웃음을 지었다. 하늘에 구름도 잔뜩 꼈겠다. 공기도 텁텁하고 날씨가 덥기도 하겠다. 적당히 무서운 이야기로 분위기를 푸는 것도 좋을 것 같아 청이는 바느질감을 내려놓았다.

그리고 얼마 전부터 궁 안을 떠도는 처녀귀신에 대한 괴담을 시작으로 입을 떼었다. 어둠 속에서 모습을 드러내는 기괴한 처녀귀신 이야기에 대해 주워들은 정보를 나름 세세하게 늘어놓는 청이였다. 겁 좀 먹으라고 일부러 음산한 목소리로 분위기를 깔면서.

모든 이야기를 들은 아란은 곰곰이 생각에 빠져 있다가 질문을 던졌다.

"음…… 그러니까 궁에 사는 사람들 밤 무서워한다?"

"두말하면 잔소리지요. 누가 귀신이 나돌아 다니는 밤을 두려워하지 않을까요."

너무나도 당연한 말에 청이는 고개를 끄덕이며 다시금 바늘을 잡았다. 이렇게까지 말했으니 저치도 적당히 야간 산책을 피할 것이다. 요즘 들어 밤에도 싸돌아다니며 야식을 먹어 대는 아란 덕분에 골치였었다.

"나 결심했다."

그래, 결심하셔야죠. 밤에 얌전히 있는 걸로. 그런 위험한 건 피해가야 하는 법입니다. 청이는 고개를 끄덕이며 수긍을 표했다. 그리고 돌아온 아란의 말.

"나 그 처녀귀신 잡는다."

"오히려 찾아가는 거냐."

청이는 바늘을 내팽개치고 아란의 볼을 쭈욱 잡아당기며 소리쳤다. 그와 함께 아픔을 온몸으로 표현하며 두 팔을 빙빙 돌리는 아란.

"나 아프다! 진짜 아프다!!"

"늘 말하는 거지만 아프라고 하는 거다!!"

오늘도 빠짐없이 일어나는 한 편의 희극을 멀리서 구경하는 궁녀들이었다.

붉게 물든 하늘. 바다 아래로 잠기는 태양으로부터 흩뿌려진 황금빛 풍경이 하늘을 잠식한다. 구름마저 제 색을 잃고 주홍빛으로 화한다. 그런 하늘을 닮아 가기라도 하듯 바다는 잔잔한 물결과 함께 연노랑빛을 거울처럼 비추어 낸다.

바위들로 이뤄진 육지를 향해 파도가 밀려온다. 때로는 바위 사이를 부드럽게 어루만지고 때로는 온 힘을 다하여 부딪쳐 수많은 물보라를 일으킨다. 평화로운 듯 혹은 지친 이를 감싸 안는 듯 고요하되 고요하지 않은 황혼의 풍경.

그곳에 긴 백포를 입고 그 위에 청색 외투를 걸친 여인이 바닷바람을 맞으며 먼 곳을 응시하고 있었다. 은은한 황금빛을 머금은 머릿결이 허공에서 바람을 짝으로 삼아 춤춘다. 그리고 격풍 때문에 옷이 몸에 달라붙어 그녀의 성숙한 몸매가 드러났다. 그녀는 백옥처럼 하얀 섬섬옥수를 들어 부드러이 허공을 쓰다듬었다. 그 단순한 행동에도 고아함이 묻어난다.

아름답다. 그 한마디로 표현할 수 없는 자태. 허나 욕망을 일으키는 것이 아닌 신성과 경외감을 느끼게 하는 찬란함. 그녀의 모습은 마치 자연의 일부인 듯 황혼의 풍경에 녹아든다.

그녀의 푸른 눈동자가 저 멀리 바다를 응시한다. 마치 별이 부서져 내리는 듯 광채가 뒤섞인 그 눈은 황금의 배경에도 그 빛을 잃지 않았다. 홀로 고고히 빛나는 천상의 별.

영원히 저 너머를 향할 것 같은 두 개의 푸른 별이 제 발치를 향해 떨어져 내렸다. 아니 더 정확히는 제 아래에 있는 바위 위에 몸을 걸친 소녀에게로.

여인은 우아하게 웃으며 소녀에게 물었다.

'아이야, 네가 나를 불렀니?'

그에 소녀는 머뭇머뭇하더니 조심스럽게 입을 열었다.

'그러하옵니다.'

자신보다 높은 격을 지닌 이를 앞에 두고 겁에 질린 모습. 허나 여인은 겁을 먹을 필요가 없다는 듯 친히 몸을 숙여 소녀의 뺨을 쓰다듬었다. 천천히 상대가 안도할 수 있도록. 여인은 버석버석해진 소녀의 백발을 보며 쓰게 웃음을 지었다. 어머니가 제 자식의 고통에 가슴 아파하듯.

여인은 본디 그런 존재이기에 상대의 슬픔과 괴로움에 눈물을 지을 수밖에 없었다. 그녀가 태어나며 가진 기원은 '희생'. 하늘이 그렇게 여인을 선택하였고 하늘이 내려 준 길을 따라 여인은 걸어왔다.

하늘에 닿을 정도로 간절한 소원을 가진 자가 여인을 부른다. 그러면 여인은 하늘을 대신하여 그자의 소원에 답을 한다. 여인은 소녀가 꼬옥 안고 있는 작은 단지를 내려다보며 다시 질문을 던졌다.

'그래 아이야, 왜 나를 부른 거니?'

그에 천천히 열리는 소녀의 입술. 허나 그 말이 이어지기도 전에 세상은 물감이 물에 뭉개지는 것처럼 일그러졌다. 그리고 찾아온 것은 어둠.

"우우웅."

아란은 반쯤 잠에 취한 채로 자리에서 일어났다. 두어 번 고개를 끄덕였으나 이내 두 손을 번쩍 들어 제 뺨을 짜악 하고 때린다. 그제야 그나마 정신이 드는지 눈에 초점이 잡혔다. 두 팔을 쭈욱 뻗으며 기지개를 켠 그녀는 뭔가 휑한 느낌에 고개를 푹 숙여 보았다. 그에 하얀 백발이 차르륵 쏟아져 내린다.

헐렁한 옷이 흘러내려 새하얀 어깨가 드러나고 엉덩이 가에서 아홉 개의 꼬리가 살랑거린다. 여인이라기보단 소녀에 더 가까운 모습. 어느새 둔갑이 풀려 버린 것에 아란은 고개를 두어 번 갸웃거렸다.

「꿈…… 때문인가?」

입술을 타고 기이한 언어가 흘러나왔다. 이슬이 굴러가는 것 같으면서도 바람 소리 같기도 한 자연을 닮은 목소리. 천어(天語)로 중얼거린 그녀는 몽롱함과 현실의 경계를 넘나들며 꿈의 내용을 더듬었다.

빛이 바래어 그저 지식으로만 남은 기억. 이젠 그저 그림을 보는 듯 글을 읽는 듯한 느낌밖에 남지 않은 퇴화되어 버린 추억. 어쩔 수 없으리라. 그것이 그녀가 지불한 대가이므로. 그녀가 톡톡 제 어깨를 두어 번 건드리자 신형이 일변했다.

흑단 같은 머리와 고집스러운 입매를 가진 '아란'의 모습으로.

그녀는 완벽히 이뤄진 제 둔갑에 만족스러운 웃음을 짓고는 벌떡 일어서며 외쳤다.

"자, 귀신 잡으러 가자!"

"제발 돌아갑시다. 네?"

청이는 당장이라도 울 것 같은 얼굴로 말했다. 밤에 그것도 풍옥전 담을 뛰어넘어서 귀신이 자주 출몰한다는 장소에 잠복했다. 달이라도 뜨면 좋으련만 곧 장마라도 올 모양인지 하늘에 구름이 잔뜩 껴 있었다. 거기에다 숨어 있는 걸 들키면 안 된다고 등불조차 켜지 못하는 상태.

즉 그들은 한 치 앞도 보이지 않는 어둠에 휩싸여 있었다. 처마 끝에 매달린 등불만이 주변을 은은히 비출 뿐. 물론 풀숲에 몸을 숨기고 있는 그들에겐 그 빛은 그저 그림의 떡이나 마찬가지였다.

아란은 검지를 입가에 대며 '쉿' 하고 조용히 하란 눈치를 보냈다. 허나 이미 공포에 반쯤 넋이 나간 청이에겐 별로 소용없는 일이었다. 달달달 떨면서 아란의 옷을 꽉 잡으며 몇 번인지 모를 확답을 받기 위한 질문을 던졌다.

"진짜지요? 상대의 정체를 알고 있다는 거랑 퇴치법을 안다는 거 진짜지요?"

"안다. 진짜 안다."

그 성격 좋은 아란조차 짜증 어린 말을 내뱉을 정도이니 청이의 칭얼거림이 얼마나 집요하게 이어졌는지 예상이 갈 것이다.

아예 바닥에 주저앉아서 기다리고 있는 아란과 쪼그려 앉아서 벌벌 떠는 청이. 참으로 대비되는 모습이 아닐 수 없었다. 기다림이 지루한지 입을 쩌억 벌리며 하품하는 아란. 그 모습을 보며 청이는 울상인 채로 이를 갈았다. 가만히만 있어도 후덥지근해서 땀이 삐질삐질 흘러내릴 정도인데 왜 이런 풀숲에까지 숨어서 제 무덤을 파고 있는 건지.

언제 어디서 귀신이 튀어나올지 몰라 바짝 긴장하고 있기 때문일까? 청이는 전신이 땀으로 축축이 젖어 있는 상태였다. 속으로 '돌아가고 싶어' 를 수없이 외치며 그녀는 제 무릎 사이로 얼굴을 박아 넣었다. 그 행동이 더위를 가중시킨다고 해도, 귀신을 눈앞에서 마주하는 것보단 나으리라 생각하며.

뭐…… 방금 전부터 오히려 시원함이 느껴지는 것 같기도 하…… 하…… 하…….

"히끅 아, 아가씨……."

이것은 분명 귀신이 등장하기 전에 나타나는 전조였다. 서늘한 한기(寒氣). 청이는 아란을 뒤에서 덥석 껴안으며 주변을 향해 빠르게 눈동자 운동을 하기 시작했다. 상하, 전후좌우 쉴 새 없이 고개를 돌리며 눈을 도르륵도르륵 굴린다.

그리고 그 순간 처마 끝에 매달린 등불의 불빛이 흔들리기 시작했다.

"어, 어버버버."

훅.

얼마 지나지 않아 꺼져 버리는 등불. 아란은 드디어 걸렸다는 표정과 함께 제자리에서 벌떡 일어났다. 그리고 건물 복도를 향해 걸음을 옮겼다.

"왜, 왜?"

그에 제대로 된 항변조차 하지 못하고 그녀의 등 뒤에 바짝 붙어 따라 들어가는 청이. 마치 지진이라도 일어난 듯 벌벌벌 떨며 찰싹 붙는 청이의 행태에 아란은 움직이기 귀찮은지 팔을 홱홱 휘둘렀다. 그럼에도 청이는 진드기처럼 붙어 떨어지지 않는다. 꼭 유일한 생명줄에 매달리듯이.

결국 아란은 불만으로 볼을 빵빵하게 부풀린 채 직감이 가리키는 방향을 향해 재게 다리를 놀리며 모퉁이를 돌았다.

그리고…… 나타났다.

복도 끝에 선…….

끔찍하게 전신이 비틀린…….

섬뜩함과 불길함을 자아내는 하얀 소복의 귀신…….

끼기기긱 끼드드득.

산발이 되어 바닥까지 늘어지는 긴 머리카락. 어둠 속에서 대비되는 창백한 의복. 움직일 때마다 꺾인 채 기괴하게 움직이는 팔다리. 인간의 것이 아닌…… 인외의 존재…….

"히끅히끅."

전신을 덮치는 소름에 청이는 딸꾹질을 했다. 이미 다리에 힘이 풀려 주저앉은 상태. 고요하기에 더 크게 들리는 소음에 이질적인 괴이는 그녀들의 존재를 눈치채었다.

끼릭.

왼쪽으로 뒤틀린 고개가 그녀들을 향한다. 머리카락 사이로 핏발 선 붉은 눈이 그녀들을 확인함과 동시에 귀신은 버석버석하게 마른 입술로 미소를 지었다.

씨익.

그와 함께 그녀들이 목표가 되었다는 것을 증명하듯 전과 비할 바 없는 한기가 덮쳐 왔다.

오싹!

머리털이 쭈뼛하고 서는 느낌.

"도, 도망쳐야…… 아가, 아가씨 도, 도망……."

청이는 말조차 제대로 하지 못할 공포 속에서도 아란을 챙기며 엉덩이걸음으로 뒤로 물러섰다. 일어서지도 못한 채 아란의 옷자락을 당긴다. 그녀가 당장이라도 이 자리를 벗어나려는 것을 눈치챈 걸까?

"……마."

무언가를 말한다. 작게 치미는 궁금증. 청이는 자기도 모르게 그 목소리에 귀를 기울였고 이내 크게 후회하였다.

"가지 마. 가지 마."

"히이이익!"

청이의 입에서 튀어나온 비명 소리. 그와 함께 그것은 뒤틀린 몸으로 빠르게 달려오기 시작했다.

끼기긱 끼기기기기긱 끼드득 까각 까가가각 까득 까드드득 까기기기긱 끼기기긱 끼기긱 끼기기기기긱 끼드득 까각 까가가각 까득 까드드득 까기기기긱 끼기기긱 끼기긱 끼기기기기긱 끼드득 까각 까가가각 까득 까드드득 까기기기긱 끼기기긱 끼기긱 끼기기기기긱 끼드득 까각 까가가각 까득 까드드득 까기기기긱 끼기기긱 끼기긱 끼기기기기긱 끼드득 까각 까가가각 까득 까드드득 까기기기긱 끼기기긱 끼기긱 끼기기기기긱 끼드득 까각 까가가각 까득 까드드득 까기기기긱 끼기기긱 끼기긱 끼기기기기긱 끼드득 까각 까가가각 까득 까드드득 까기기기긱 끼기기긱 끼기긱 끼기기기기긱 끼드득 까각 까가가각 까득 까드드득 까기기기긱 끼기기긱.

"오지 마! 오지 말란 말이야! 으아아악!"

청이는 미친 듯이 두 팔을 휘저으며 뒤로 물러섰다. 그리고…….

툭.

등 뒤로 벽이 와 닿았다. 그랬지. 이제 막 모퉁이를 돈 참이었다. 그럼 방향을 꺾어서 다시 움직여야 되는데 한번 탁 풀린 힘은 다시 돌아오지 않는다.

도망쳐야 되는데, 도망쳐야 되는데.

그저 생각에서만 머물 뿐 몸은 이미 주인의 통제를 벗어나 늘어져만 갔다. 눈을 깜빡거릴 때마다 그것의 신형은 더더욱 커져 보였다. 가까워진다. 가까워진다. 그것이 손을 뻗는다. 기이하게 꺾인 팔뚝과 손이 더더욱 눈에 자세히 보였다.

청이는 반쯤 넋이 나간 채로 제 죽음을 생각하고 있었다. 이제 곧 저 손이 내게 닿으리라. 그럼 부지불식간에 갈기갈기 찢겨져 나갈 테지. 견디기 힘든 고통에 끔찍한 비명을 지르게 될 것이다.

"와악!"

"꺄아아아아아악!"

그래, 그렇게…… 엉?

청이는 아란의 외침에 맑고 고운 비명을 지르며 기절한 여인을 내려 보았다. 이게 무슨 일이란 말인가? 아란은 청이에게 방긋 웃어 보이며 엄지를 척 들어 보였다.

청이는 바닥에 널브러진 괴담의 주인공을 내려다보며 이내 생각하길 포기해 버렸다.

청이는 제 앞에서 감자를 입에 쑤셔 넣고 있는 '귀신'을 멍하니 보고 있었다. 한 며칠은 쫄쫄 굶었는지 참 맛있게도 먹는다. 그리고 그 옆에서 귀신의 등을 토닥이고 있는 아란.

그 귀신의 정체는 '신기원요'. 야행성이며 한기를 몰고 다니고 토막 난 몸으로 기어 다니다가 분리된 부분들이 제자리를 찾아 맞닿으면 바느질하듯 붙는다는 그런 요괴이다. 거기에다 분리되어 있을 때는 사체처럼 푸르스름하지만 신체가 다 합해지면 백옥과 같이 변해 가인(佳人)의 형상이 된다고 한다.

또한 매우 겁이 많은 종이다. 충격과 공포를 줄 것 같은 외모로 충격과 공포를 잘 받는다고 하니 참으로 엽기적일 수밖에 없었다.

"그런데 팔다리는 왜 그래요?"

위험하지 않다는 것은 알지만 이리저리 뒤틀린 모양새는 아무리 봐도 섬뜩함만을 자아냈다. 청이의 물음에 제 이름이 '나래'라고 밝힌 신기원요는 별거 아니란 투로 돌아가 있던 제 손을 잡아 제자리로 맞춘다.

끼리릭.

"아, 이거요. 이음새에 먼지가 껴서 그래요. 그래서 제대로 접착이 되질 않네요."

그런 거였냐!

청이의 표정이 어이없음으로 일그러졌다. 그리고 그사이 이어지는 나래의 말로는 오랫동안 제대로 씻지 못해서 그런 거라고. 궁에 들어왔다가 미궁과 같은 구조에 길을 잃고 헤맸다고 한다. 사람들에게 길을 물어보려고 해도 자신을 보는 순간 모조리 졸도해 버리지, 궁내에 있는 도사들은 눈을 부릅뜨고 돌아다니지, 숨어 지내다 보니 제대로 씻을 기회가 없어 이음새에 계속 먼지가 끼었다고.

추가로 밥도 먹지 못해 쫄쫄 굶은 데다가 물도 제대로 마시지 못해 야위고 입술도 버석버석해졌다고 한다. 거기에다 따로 외모를 정리할 시간도 되지 않으니…… 결국 보는 사람마다 기겁할 기괴한 모양새가 되어 버렸다고.

그래도 나름 사람을 만나면 예쁘게(?) 웃음을 지어 보이며 다가갔는데도 사람들이 피해 슬펐다고 했다. 방금 전에도 나름 친절한(?) 웃음을 지어 보였는데 청이가 도망가려기에 제발 가지 말라고 외치며 다가간 것뿐이라며 설명을 마쳤다.

청이는 나래의 설명에 고개를 끄덕였다.

자, 그럼 정리해 보자. 겁이 많지만 사람 졸도시키는 데 도가 튼 요괴 한 마리가 궁에 들어왔다. 근데 길을 잃어버려 사람들에게 길을 물으려고 했으나 만나는 사람마다 족족 그녀를 보고 기절해 버렸다. 그러던 중 도사들이 왔다 갔다 하니 무서워 꽁꽁 숨어 지냈다. 결국 제대로 먹지도 못하고 씻지도 못해 모습은 뭔가 괴기스럽게 변해 갔고 궁에는 무시무시한 괴담이 퍼져 나갔다. 그리고 그 괴담을 들은 아란이 그녀를 주워서 풍옥전에 데려왔다.

아! 그렇구나…… 하고 인정할 수 있을 것 같냐!

이게 뭐야…….

"이게 뭐야!!!"

"히이익!"

청이의 외침에 나래는 기겁을 하며 아란 옆에 찰싹 붙는다. 뭔가 괴담에 대한 환상이 와장창 깨지는 느낌에 청이는 제 머리를 쥐어뜯으며 나래를 노려보았다.

"야! 임마! 너!"

"네! 네엣! 네에에엣!"

겁에 질려 덜덜 떨면서도 빠릿빠릿하게 대답하는 그녀. 청이는 저런 것한테 죽음의 공포를 느끼며 두려워했다는 사실에 원통함을 느끼며 제 가슴을 쾅쾅 쳐 댔다. 저걸 확 쥐어박을 수도 없고! 그랬다간 충격 먹고 기절해 버릴 게 뻔하니 또다시 깨어나길 기다려야 하리라.

"아우우우 진짜!"

"히이익! 죄송합니다! 죄송합니다! 제가 나빴어요! 용서해 주세요!"

자기의 죄를 잘 알고 있는 나래는 필사적으로 고개를 숙여 사죄의 말을 읊조렸다. 물론 자신이 의도한 바는 아니지만 제 기이한 행색으로 기겁한 사람들이 몇 명인가? 그래도…… 그래도…… 자신이라고 그런 것이 기분 좋을까?

그때 아란이 울 것 같은 나래의 얼굴을 꼬옥 끌어안으며 청이의 시야로부터 가려 주었다.

"나래 괴롭히지 마!"

"제가 언제 괴롭혔다고요!"

"흐에엥, 역시 아란 님밖에 없어요!"

뭔가 점차 혼돈의 장이 되어 간다. 청이는 제 관자놀이를 꾹꾹 누르며 신기원요를 토닥이는 아란을 보았다. 꼭 어미가 제 새끼를 보호하는 모양새. 결국 나오는 것은 한숨뿐이다. 그건 그렇고 문제는 앞으로 어찌하느냐다.

일단 저걸 다시 궁 밖으로 내보내야 하긴 하는데 그 방법이 보이질 않는다. 길만 가르쳐 주면 보나 마나 얼마 못 가 길을 잃고 다시 궁 안을 싸돌아다니겠지. 그렇다고 풍옥전에 묶인 자기들이 직접 길 안내를 해 줄 상황도 못 되고. 차라리 성수청에 사실을 보고하면…… 전하에 의해 신기원요가 죽겠구나. 그리고 아란은 그걸 막으려고 또 이상한 사고를 터뜨리겠지.

고민에 고민을 거듭해도 답이 안 보인다. 저건 왜 궁 안으로 기어들어 와 가지고!

"……아!"

청이는 뭔가 이상한 점을 깨달았는지 감탄사를 뱉어 내며 나래를 바라보았다. 그에 움찔하며 더욱 아란의 품으로 파고드는 그녀. 내가 뭘 했다고! 그 행태에 절로 이마 위로 사 차로가 개통되었으나 간신히 분노를 진정하며 입을 열었다.

"너 왜 궁으로 들어온 거야?"

궁 안에 들어와서 길을 잃은 것은 수긍되지만 길을 잃어서 궁 안으로 들어왔다는 것은 말도 안 되는 일이다. 세상 그 누가 보더라도 이곳은 궁이라는 것을 알 수 있을 테니까. 그에 대해 말 안 하는 걸 보니 분명 뭔가 꿍꿍이가 있을 것이다. 청이는 나래의 입에 시선을 집중하며 답변을 기다렸다. 그리고 서서히 열리는 신기원요의 입술.

"동공왕을 만나려고요."

아…… 자살하고 싶다고? 청이는 측은지심이 섞인 눈으로 그녀를 바라보았다. 얼마나 사는 게 고되면 굳이 죽으려고 여기까지 들어왔을까? 뭔가 논점이 빗나간 청이의 눈빛에 나래는 재빨리 말을 덧붙였다.

"그분께 주청드릴 것이 있습니다."

"뭔데?"

"제 친우의 억울한 죽음에 대한 진실을 밝혀 주시기 바라는 바입니다."

생각 외의 확실한 목표에 청이는 두 눈을 동그랗게 떴다. 그리고 상상했다. 나래가 동공왕의 처소에 들어가 그분에게 간청하는 장면을. 기괴한 몰골로 나아가 모습을 드러내는 순간 발기발기 찢겨진다. 그래, 그분이라면 이 신기원요를 보자마자 죽일 거다.

청이는 방긋 웃으며 그녀의 어깨를 잡았다.

"그냥 포기해. 그게 네 명줄을 늘리는 길이야."

생각하고 자시고 할 것도 없다. 그냥 죽는다. 말 한 마디 뱉기도 전에 상대의 상황이고 뭐고 상관없이 자신의 신경을 거슬렸다는 것만으로 친히 사형을 시켜 줄 분이다.

"차라리 친우가 죽었다는 그 고을의 현감을 찾아가 보지?"

청이는 그리 말하며 제 스스로 고개를 끄덕였다. 그 폭군보다야 그편이 훨씬 가능성이 높아 보인다. 허나 나래는 표정을 단단히 굳힌 채 고개를 절레절레 저어 보였다.

"안 됩니다. 그 고을의 현감 때문에 제 친우가 죽었습니다. 그리고 주변 고을의 현감들도 모조리 한패란 말입니다!"

"그건 상정 외네. 그럼 어쩔 수 없네. 그냥 포기해야지. 이 궁에서 그딴 것에 신경 쓰는 사람은 아무도 없어."

청이는 잔인하게 나래의 말을 쳐 내었다. 그게 현실이니까. 권력을 위해 치고받고 싸우기 바쁜 귀족들이 지방에서 이름 모를 사람이 죽은 것에 대해 티끌만 한 관심이라도 가지긴 할까? 거기에다 피에 미친 왕은 따로 고민할 것도 없이 부탁드릴 만한 상대로는 이미 실격이었다. 그나마 가능성이 있는 인물은 바로 호조판서 이정량이었으나…… 이 사람은 너무 청백해서 권력에 관심이 없다는 문제가 있었다.

지방의 현감이 악행을 저지르고 주변 인물들까지 규합했다면 분명 귀족들에게 뒷구멍으로 뇌물을 바치고 있을 터. 이정량이 힘을 쓴다고 해도 그건 왕에게 올리는 상소문에 의한 힘. 왕이 그의 건의를 받아들이는 것은 왕인 제 눈에 거슬리는 일이기 때문이었다. 즉 왕이 수긍하지 않는 이상 그는 힘이 없는 것이나 마찬가지였다.

권력이란 것은…… 그렇게 사람을 비참하게 만드는 일이다.

저 요괴의 상황? 딱하긴 하다. 그런데 어쩌라고? 굳이 따져서 말하면 그저 '남의 일'이다. 충분히 능력이 있다면 불쌍하니 돕겠지만 그게 아닌 이상 제가 희생해야 할 필요가 어디 있단 말인가? 들키지 않게 궁 밖으로 내보내려고 고민한다는 자체만으로 그녀는 큰 호의를 보이는 셈이었다. 물론 그것도 아란이 일으킬 사고를 미연에 방지한다는 명목이지만.

"그, 그래도 목숨을 걸고 진심으로 간청한다면 도와주시지 않겠습니까?"

나래의 억지스러운 희망에 청이는 끌끌 혀를 찼다. 참으로 순진하다. 인간들 사이엔 뭔가를 얻기 위해선 그만한 대가를 지불해야 하는 법이다. 근데 하는 말이 고작 진심이라. 인간이란 존재는 결코 이득이 없으면 움직이지 않는 것을. 종종 예외가 있다 하더라도 그건 극소수다.

인간 세상 물정에 어두운 요괴를 향해 청이는 불쌍하다는 연민의 시선을 보냈다.

"그래! 진심으로 간청하면 제현도 도와줄 거다! 내가 만남을 주선한다!"

아…… 맞다. 여기에 세상 물정 어두운 여우가 한 마리 더 있었지……. 청이는 와그작 얼굴을 구기며 아란을 노려보았다. 저것이 또 무슨 일로 제 복장을 뒤집어 놓으려고! 청이는 빠르게 머리를 굴리며 아란의 수준에서 딱 맞는 설명을 만들어 냈다.

"저 몰골을 보십시오. 전하께서 보시자마자 말없이 칼부터 뽑으실 겁니다."

"히잉—"

"청이 나쁘다. 시도하기 전부터 희망을 짓밟다니."

아니 이것들이! 외모와 어울리지 않게 울먹거리는 나래와 그런 그녀를 위로하는 아란. 청이는 이를 바득바득 갈면서 말을 이었다.

"그럼 어쩌려고 그러십니까? 어디 한번 그 계획부터 들어 봅시다!"

그에 당연하다는 듯 돌아오는 대답.

"일단 목욕재계부터 시켜야지. 전하를 뵈려면 의관부터 갖추어야 한다고 했다."

설마 그것도 모르냐는 눈빛으로 쳐다보는 아란이였다. 아니 틀린 말은 아니긴 한데…… 아니, 이젠 나도 모르겠다. 맘대로 해라.

청이는 쓰려 오는 위장에 체념의 한숨을 내쉬며 행동을 취했다. 야밤에 목욕물을 준비해 달라는 명에 이상한 사람 보듯 하며 움직이는 야직(夜直: 밤에 궁중에서 숙직하는 일) 궁녀들. 이미 잘 보이기를 포기한 청이로선 뻔뻔한 얼굴을 고수했다.

"준비가 다 되었습니다."

궁녀들이 하는 말에 안내는 필요 없다며 모두 물린다. 그리고 암살자가 움직이듯 욕간으로 은밀히 이동. 그렇게 세 사람(?)은 일차 관문을 통과하였다. 그럼 이제…….

"씻자!"

아란의 말에 나래는 활짝 웃었다. 오랜만에 씻을 수 있는 기회가 주어졌기 때문일까? 신기원요의 표정은 즐거움으로 환하기만 했다. 그녀는 따뜻한 물이 담긴 욕간통 안으로 미끄러지듯 들어갔다. 그와 함께 물에 녹듯이 사라지는 하얀 소복.

"호오—"

그 신기한 장면에 청이는 감탄을 내뱉었으나 그것은 뒤이어 아란이 행하는 엽기적인 행각에 비명으로 변질되었다.

"에엑!"

그대로 욕간통 안으로 팔을 넣더니 휘휘 휘젓기 시작한 것. 그와 함께 토막 난 몸뚱이들이 욕간 안에서 이리저리 뒤섞이며 흐트러진다. 어떤 살인마가 사람을 죽인 후 행하는 변태적인 행동 같다고나 할까?

자, 상상해 보라. 방긋방긋 순수하게 웃는 여인이 토막 난 몸뚱아리가 들어 있는 욕간통의 물을 휘휘 젓고 있는 광경을. 아무리 생각해 봐도 정상 범위를 벗어난다. 씻긴다기에 정상적인 목욕을 상상했던 청이로선 충격적인 장면일 수밖에 없었다. 그녀는 어버버거리며 더듬더듬 말을 이었다.

"저, 저기 꼭 이래야 되는 건가요?"

그에 아란이 고개를 홱 돌리더니 이해되지 않는다는 듯 고개를 갸웃거렸다.

"이게 정상이잖아."

아니야. 아니야. 절대 아니야. 청이는 말도 안 된다며 묘하게 인상을 찌푸렸다. 그녀가 뭐라고 말하기도 전에 물속에서 나래의 머리가 둥둥 떠오르더니 방긋 웃으며 말을 이었다.

"본래 이렇게 씻는데 문제라도 있나요?"

많아. 아주 많아. 황당함이 한껏 드러나는 청이의 얼굴에 오히려 그녀를 이상하다는 듯 보는 아란과 나래. 두 눈을 가진 원숭이가 외눈을 가진 원숭이 집단에 들어가면 두 눈을 가진 원숭이가 비정상이 된다던가? 딱 그 짝인 청이는 무언가 말을 하고 싶어도 문화 자체가 다르기에 일어나는 일에 말문이 턱 막혔다.

결국 도달하는 것은 포기와 체념. 청이는 서로 짝짜꿍이 맞아 다음 계획을 이어 가는 둘을 바라보기만 했다.

백옥같이 하얀 피부, 비단같이 고운 머릿결, 동글동글하여 순한 눈매에 오뚝한 코, 그리고 앵두 같은 입술. 거기에다 연록색의 저고리와 분홍빛 치마까지.

"얘가 진짜 나래라고요?"

"응응! 예쁘지?"

그 외모에 꾸며 봤자지라고 생각하고 있던 청이의 생각을 완전히 뒤집으며 백설 같은 피부를 가진 가인(佳人)이 탄생해 있었다. 제 눈앞에서 부끄러운 듯 몸을 배배 꼬는 이 여인을 누가 괴담의 주인공이라 생각하겠는가?

확실히 저 정도라면 동공왕 앞에 나가자마자 목이 뎅겅 할 일은 없을 듯싶었다. 그 전에 더 신기한 것은 저렇게 꾸민 이가 아란이라는 것인데.

생각보다 높은 수준의 화장술과 옷 배치 능력을 보이며 평소의 사고뭉치와 같지 않은 진지한 태도로 임하더니 저런 작품을 내어놓았다. 저 정도면 아예 자리 잡고 장사를 해도 될 정도다.

점점 의심스러워지는 아란의 행적에 청이는 게슴츠레 눈을 뜨며 그녀의 움직임을 좇았다. 그걸 아는지 모르는지 아란은 신이 난 채 목소리를 높였다.

"자, 이제 제현을 부르자!"

어이, 이 여우야! 한밤중이라고. 모두 자는 시간이란 말이다!!

절로 솟아오르는 혈압에 제 뒷목을 부여잡는 청이였다.

"아란이 날 불렀다?"

늦게까지 집무실에서 일하던 제현이 묘한 어조로 박 내관에게 되물었다. 그에 박 내관은 식은땀을 삘삘 흘리며 긍정의 대답을 하였다.

"예, 빨리 뵙고 싶다고 하였다 합니다."

제현은 제 앞에 있던 몇몇의 문서를 내려 보다가 이내 피식 웃음을 지었다. 그리고 의자를 드르륵 밀어내며 자리에서 일어섰다.

"지금 당장 풍옥전으로 가겠다."

그래 가야지. 그녀가 부른다면 가야지. 언제 또 그녀가 날 이렇게 부르겠는가? 평소에도 안달이 나서 그녀를 만나러 가는 것은 그였지 그녀가 아니지 않은가? 부른 시간대가 야밤이라는 점이 좀 걸리지만 그건 또 어떠랴?

동공왕은 뒤따르는 이들을 모두 물리며 빠르게 걸음을 옮겼다. 마치 번개처럼 신형을 놀린 그는 먼 거리임에도 순식간에 목적지에 도달하였다.

"힉! 저, 전하…… 모, 모시……."

"되었다."

어둠 속에서 귀신처럼 나타난 제현의 모습에 야직 궁인들이 허둥

지둥하며 안으로 모시려 했으나 그는 귀찮다는 듯 그들을 무시하고 움직였다. 그는 묘한 기대감과 함께 서둘러 아란 처소의 방문을 열었다.

드르륵.

“아, 왔다.”

그와 함께 방긋 웃으며 저를 반기는 아란과 창백한 안색의 시중인이 보인다. 그리고 가장 방 안쪽에 있는 요물의 모습도. 그에 제현은 아란이 왜 자신을 불렀는지 깨달을 수 있었다. 그는 검집에서 검을 뽑으며 입을 열었다.

“아란 눈 감아라. 저걸 처리할 테니.”

역시 예상대로랄까? 청이는 더도 망설일 것 없이 두 눈을 질끈 감았다. 속으로 신기원요의 불쌍한 생에 대한 애도를 표하면서.

“제현 안 된다!”

뭐시여! 청이는 감았던 눈을 다시 부릅뜨며 방 안의 광경을 바라보았다. 반쯤 검집에서 검날을 뽑은 제현과 나래 앞을 가로막은 아란. 그 모습이 신경에 거슬리는지 동공왕의 눈썹이 꿈틀꿈틀하며 경련을 일으켰다.

이건도 또 얼마 만에 느껴 보는 절망인가? 피가 다리를 따라 쫘악 빠져나가는 느낌. 반갑지도 않은 추억에 청이는 눈에 눈물이 그렁그렁 매달렸다. 어찌 저 여우는 제 명줄을 줄이지 못해 안달인 건지.

제현은 매섭게 굳은 표정으로 아란의 얼굴을 살폈다. 고집스레 앙다문 입술, 단단한 의지가 느껴지는 눈, 그리고 어미가 제 새끼를 보호하듯 달달 떠는 요물을 막아서는 몸짓. 그의 입가에 오싹한 웃음이 걸린다. 눈앞의 요물을 당장에 갈기갈기 찢어 버릴 것만 같은 눈빛으로 보던 제현은 검을 검집 안으로 갈무리하며 입을 열었다.

“그래, 일단 이유라도 들어 보지.”

처벌에 대한 유보에 아란은 환히 웃으며 그대로 제현의 목에 덥석 매달린다.

"역시 제현이다! 착하다!"

생각지도 못한 접촉과 더불어 말도 안 되는 평가에 제현의 표정이 순간 흔들렸다. 아니 이러면 화를 내고 싶어도 낼 수가 없지 않은가? 아란이 제게 맞서면서까지 지킨 저 요물에게 질투를 느낀 것이 부끄러워지는 순간이었다.

아란은 모든 게 잘 해결되지 않았느냐는 눈빛으로 자신을 만류했던 청이를 바라보았다. 허나 그런 아란을 어이없다는 듯 보는 청이였다.

아니 어찌 일이 풀리긴 풀렸는데…… 그래도 영 찝찝한 게…… 확실히 아란의 행동은 제현을 잘 달래는 행동이긴 한데…… 아니 그건 그렇고 동공왕 보고 착하다니 그건 또 어디서 삐뚤어진 시선으로 본 뒤틀린 평가란 말인가! 세상에 착한 사람이 다 물에 빠져 죽었냐!

차마 밖으로 내뱉지 못하는 아우성을 치는 청이를 뒤로하고 아란은 제현의 두 손을 잡은 채 그를 올려다보며 말을 이어 갔다.

"저 아이가 제현에게 주사? 주…… 주…… 주제? 음…… 맞다! 주청드릴 게 있다고 했다!"

부담스러울 정도로 반짝반짝 빛나는 눈에 그를 향한 믿음이 한가득 담겨 있었다. 그라면 분명 해 줄 거라는 그런. 물론 제현으로선 어디서 듣도 보도 못한 요물이 할 말이란 것에 티끌만 한 관심도 없었으나……. 눈앞에서 부탁하고 있는 이가 아란이란 게 문제였다.

"일단…… 들어 보도록 하지."

그가 패배할 수밖에 없는 결말이었다. 결국 제현의 입에서 흘러나온 건 한숨과도 같은 승낙. 아란은 만세를 부르며 나래를 향해 웃음을 지었다. 이왕 이렇게 된 거 즐겨나 보자 식이 된 그는 아란을 제 품에 쏙 끌어안으며 나래를 향해 이야기해 보란 눈짓을 했다.

성공이다! 나래는 그 생각과 함께 빠르게 표정 관리를 했다. 그리고 조용히 두어 번 헛기침하며 목을 가다듬은 뒤에 분위기를 잡고 입을 열었다.

"전하— 억울하옵니다. 저는 본디 진하현에 사는 사냥꾼의 여식이었으……."

스르릉.

"기회를 줬음에도 거짓을 말하다니 죽고 싶은 거로군."

"히이익!"

그녀의 말을 끊고 제현이 험악한 기운을 뿜으며 검을 뽑아 들었다. 그에 비명을 지르며 벽에 찰싹 붙는 나래였다. 아란은 재빨리 제현의 손을 잡아채며 필사적으로 고개를 저었다. 이에 그의 표정은 한층 더 싸늘하게 변했다.

"저것이 요물임을 알고 있는데 감히 인간의 흉내를 내어 날 능멸하고 있지 않으냐!"

"미안합니다. 죄송합니다. 잘못했습니다. 저, 저는 그저 선배 아랑님의 전설을 따라 행동하려 했을 뿐입니다! 그게 효과가 즉각이라고!"

아랑전설이라고 하면 제법 유명한 괴담 중 하나였다. 정절을 지키려다 억울하게 죽은 아랑이 귀신이 되어 자신이 사는 고을 현감에게 제 원한을 풀어 줄 것을 간청하였다. 허나 원혼의 끔찍한 몰골에 현감들은 두려움을 이기지 못해 모두 심장마비로 비명횡사하였다고 했다. 마침 의롭고 용감한 이상사란 자가 그 고을에 자청하여 부임하였고 아랑의 원혼과 마주하여 사정을 들은 뒤 악인들에게 벌을 내렸다는 그런 이야기였다.

물론 그 괴담의 내면에는 다른 사정이 숨어 있었다. 여느 괴담과 달리 실제론 아랑의 원혼 정체가 아랑의 친우였던 신기원요였다는 것. 억울한 제 친우의 죽음을 풀기 위해 아랑의 원혼인 척하며 현감에게 진실을 아뢰었다는 점이다.

"……다시 한 번만 기회를 더 주도록 하지."

쓸데없는 것에 정신을 쏟는다는 짜증에 제현의 힘줄이 꿈틀꿈틀하며 경련을 일으켰다. 아란이 필사적으로 달랜 덕에 간신히 분노를 가라앉힌 그는 나래를 잡아먹을 것처럼 노려보았다. 결국 처음의 차분하게 꾸며 놓았던 분위기와 반대로 나래는 완전히 망가져 훌쩍거리며 사정을 늘어놓기 시작했다.

세상엔 요괴를 사냥하는 요괴 사냥꾼이 있다. 그들이 요괴 사냥꾼이 된 이유는 개개인마다 다양했다. 어떤 이는 돈을 목적으로, 어떤 이는 명예를 목적으로 그리고 어떤 이는 복수를 목적으로.

문제가 있다면 그 요괴 사냥꾼은 영스러운 존재라면 신선이든지 요괴든지, 선하든지 악하든지, 또 인간에게 피해를 주든지 축복을 주든지 전혀 가리지 않고 노린다는 것이다.

오직 그들의 기준은 하나. 사냥이 가능하느냐 불가능하느냐. 그 이유로 힘없고 약한 신선과 요괴들이 많은 피해를 입고 있었다. 그러한 이유로 신기원요 나래, 그녀도 이들에 의해 쫓기는 신세가 되었다.

이미 셀 수 없이 많은 상처를 입었고 잠시만 긴장을 놓으면 그대로 혼절할 정도로 지쳐 있었다. 등 뒤까지 따라온 추격. 그녀는 반쯤 혼이 나간 채로 숲속을 헤매다가 절벽 아래로 추락하였고 그대로 정신을 잃어버렸다.

얼마나 지났을까? 그녀가 눈을 떴을 때 직면한 것은 허름한 집 안의 모습과 약초 냄새, 그리고 사냥꾼 복장의 아름다운 여인이었다. 그것이 나래과 가영의 첫 만남이었다.

가영은 참으로 특이한 여인이었다. 다른 사람들이라면 나래의 외모에 기겁할 것임에도 그저 신기하다는 반응만 보일 뿐. 그녀는 나래의 사정을 듣고 몸이 다 나을 때까지 자신의 집에서 지내다 가라고 했다. 그리고 그것은 나래에게 있어 마치 단비와도 같은 제의였다.

신기원요란 종은 대체로 홀로 생활하는 경우가 많다. 그 종족이 가지는 특성, 즉 한기를 내뿜는다든지 몸이 토막토막 잘려서 돌아다닌다든지 하는 것 때문에 다른 이들이 쉽게 접근해 오지 않았다. 기괴하기에 생기는 혐오감이라고나 할까?

인간의 경우 그러한 경향이 더 심했고 영스러운 존재의 경우에는 별다른 능력도 없는 주제에 그렇게 보호색을 입는다며 혐오와 경멸을 표현하기도 했다. 물론 예외가 있기도 했으나 대부분 신기원요를 만나면 한결같은 반응을 보였다.

안 그래도 신기원요란 겁이 많고 마음이 약한 종족이라 외로움도 많이 탄다. 그런데 가영과 같은 이가 환하게 웃으며 동거를 제안했으니. 거기에다 그녀는 나래를 피하지 않을뿐더러 매번 먼저 다가와 말을 걸어 주었다. 다친 곳을 꼼꼼히 살펴봐 주었고 나래가 푹푹 찌는 더위에 토막 난 몸으로 추욱 늘어져 있을 때면 시원한 시냇물을 떠와 퐁 담가 주었다.

착한 심성과 섬세한 보살핌. 그녀에게 마음의 문을 여는 것은 순간이었다. 나래는 몸의 상처가 거의 다 나아감에 오히려 두려움을 느꼈다. 조금만 더 이곳에 머물고 싶었다. 좀 더 가영과 함께 있고 싶었다.

'저기 있잖아. 나…… 여기서 살면 안 돼?'

매번 망설이며 머뭇머뭇하다 드디어 내뱉은 말. 그에 가영은 두 눈을 동그랗게 떴다. 생각 외의 말이었을까? 나래는 그녀의 눈치를 보며 입가를 우물거리다 조심스럽게 말을 이었다.

'그, 그게 우리 제법 치, 친해졌다고 생각하는……데…….'

소심함에 결국 목 안으로 숨어드는 말. 나래는 괜히 용기 내서 말했다고 생각했다. 사냥하며 힘들게 사는 사람에게, 그것도 은혜를 베풀어 준 사람에게 내가 필요한 게 있으니 더 내놓으라고 말하는 것과 별반 차이가 없지 않은가? 그녀가 오히려 화내며 타도의 말을 내뱉어도 할 말이 없는 것이었다.

딱.

그때 나래의 머리에 가벼운 꿀밤이 떨어져 내렸다. 그녀가 고개를 들자 보게 된 것은 활짝 웃고 있는 가영.

'흐음— 난 우리가 최고의 지우(知友)라고 생각했는데 그건 나만의 착각이었나 봐?'

여기 있어도 괜찮다는 긍정의 말. 그리고 친구로서 인정해 주는 말. 그 한마디는 나래에게 있어 하늘과 땅이 뒤집히는 느낌이 일 정도로 감동적인 말이었다. 그렇게 그들은 친우로서 함께 생활하기 시작했다.

나래에게는 하루하루가 즐거운 생활이었다. 가영이 사냥을 나갔을 때는 미리 밥을 지어 놓고 종종 야시장이 열릴 때에는 가영과 같이 사냥한 동물들을 팔러 나가기도 했다. 그리고 함께 밤 산책을 하며 새로 부임한 현감이 벌이는 연회를 구경하기도 했었다.

허나 늘 언제까지 함께할 수는 없는 노릇이었다. 가영이 다른 사람과 만날 때에는 모습을 드러내지 않고 숨어 있어야 했고 자신에 대한 소문이 요괴 사냥꾼들의 귀에 들어가지 않게 주의해야 했다. 그리고…… 가영은 마을의 한 청년에게서 청혼을 받았다.

가영은 본디 아름다운 여인이었다. 비록 사냥꾼의 복색에 가리어져 있었으나 그걸 모를 이는 아무도 없었다. 가영은 그 청혼에 잠시 생각할 시간을 달라고 말했으나 그녀의 반응을 보니 싫지는 않은 모양이었다. 나래는 웃으며 그 청년의 청혼을 받아들이라고 했다. 마을에서도 성실하고 성격 좋은 청년으로 소문나 있었기에 안심할 수 있었다고 할까?

머뭇거리다 결국 배시시 웃는 가영의 모습에 나래도 겉으론 즐거이 웃었으나 속으론 쓴웃음을 지을 수밖에 없었다.

마음 같아서는 그녀가 청년과 혼인하는 모습을, 그녀가 낳은 아기의 모습을, 그리고 그 아기가 자라며 가족과 지내는 모습을 보고 싶었다. 허나 그러면 안 되겠지. 영스러운 존재이나 요괴 취급 받는 그녀가 그 사이에 끼기는 힘들 터였다.

그랬기에 가영이 청년의 청혼을 받아들이는 모습을 저 멀리서 확인한 이후 '이젠 떠나야 할 때' 라는 편지 하나만을 남겨 두고서 도망치듯 그 집을 벗어났다. 그녀의 행복을 기원하며 최대한 멀리멀리 벗어나려고 했다. 하지만 여태까지 겪어 왔던 정과 추억이 자꾸만 발목을 붙잡아서 빠르게 걸음을 뗄 수 없게 만들었다.

망설임에 멈칫한 게 수십 번. 며칠을 걸쳐 느릿느릿하게 산을 타고 옆 마을에 도착했을까? 나래는 상상치도 못한 소문을 접했다.

'옆 고을에 온 현감이 행한 몹쓸 짓을 들었는교? 본디 색을 많이 탐했다고 했네만 쯧쯧…….'

'인간 같지도 않아. 이제 막 새색시가 되려는 아이를 어찌…….'

'약혼자를 새색시가 보는 앞에서 철퇴로 쳐 죽이질 않나. 그대로 그녀를 밤에 강제로 안질 않나.'

'허허, 이것 참. 권력을 가진 놈이 깡패라고.'

아닐 것이다. 아닐 것이다. 그녀는 아닐 것이다. 나래는 혹시나 하는 희망을 가지고서 느리게 왔던 길을 몇 배는 빠른 걸음으로 되돌아갔다. 그리고 드디어 마을에 도착하였다. 아직 낮이라 움직일 때마다 고통이 뒤따름에도 쓰개치마를 구해 뒤집어쓴 채로 마구 달려 나갔다. 특히 사람들이 많이 모여 웅성거리는 곳으로 달려간 결과, 철퇴로 맞아 죽었다는 이의 모습을 확인할 수 있었다.

그 청년이었다. 가영에게 청혼하였던. 그리고 승낙을 받자 행복하게 웃음을 지었던.

준수한 얼굴은 함몰되어 있었으며 팔과 다리는 기이한 각도로 꺾이어 있었고 옷은 피투성이에 드러난 피부는 벌겋게 부어 있거나 시퍼렇게 변해 있었다. 이미 목숨이 끊겼는지 수많은 파리들이 청년의 시신 주변을 날아다녔고 심지어 구더기까지 여기저기 들끓고 있었다.

나래는 눈앞이 새하얗게 변함을 느꼈다. 이럴 수는 없다. 절대 이럴 수는 없다. 휘청하고 무릎이 꺾여 바닥에 털썩 주저앉았다. 심지어 '삐—' 하고 이명까지 들려오는 그때, 사람들의 대화 소리가 그녀의 귀에 비집고 들어왔다.

'이번에 현감에게 강제로 수청을 들게 된 그 아가씨가 있지 않은가?'

'아…… 오늘 처형을 받는다던 그 불쌍한 여인 말인가?'

'아, 글쎄 수청을 드는 도중 현감의 코를 물었다지 않은가?'

'맙소사! 그냥 모든 걸 포기하고 아양 떨며 지냈으면 적당히 떵떵거리며 살 수 있었을 텐데!'

'쯧쯧 그 성질 더러운 현감이 처형할 것을 알면서도 그런 짓을 벌이다니.'

처형이란 단어가 귀에 박혀 떨어지지 않았다. 때마침 '쨍—' 하고 울리는 징 소리. 그에 사람들은 처형이 시작될 모양이라며 우르르 이동하기 시작했다. 그에 나래는 풀린 다리에 억지로 힘을 주고 걸음을 옮겨 나갔다. 그리고 마주하게 된 참상.

마을 광장에 무릎을 꿇고 앉은 가영. 이미 옷은 갈기갈기 찢겨 나신이라고 봐도 무방할 정도였고 드러난 피부엔 수많은 채찍 자국들이 즐비했다. 조금은 거칠었지만 아름다웠던 머리는 여기저기가 잘려 완전히 산발이 되어 있었다. 무엇보다 끔찍하게 느껴진 것은 그녀의 두 눈.

순수하게 반짝반짝 빛나던, 생명력이 넘쳐 흘러나오던 그 눈이 새까맣게 죽어 있었다. 초점을 잃고 흐릿해졌다. 내부가 텅 비어 버려 살아 있는 시체와 같은 느낌을 주는 그런 눈빛. 포기, 체념, 죽음에 대한 갈망.

'저저저! 아직도 내게 잘못을 빌 생각이 없는 거냐!'

그때 돼지처럼 꽥꽥거리는 듯한 외침이 들려왔다. 나래가 고개를 돌리자 보이는 것은 두터운 살을 지닌 현감의 모습. 코 위로 붕대를 감은 채 바락바락 악을 써 대고 있었다. 더위에 땀을 뻘뻘 흘리면서도 이를 빠득빠득 갈고 있다. 그런 현감의 모습에 가영은 한 치의 시선도 주지 않았다.

'저 계집의 죄를 고하라!'

화가 머리끝까지 난 것일까? 현감은 큰 목소리로 처형을 진행시켰다. 그에 옆에 서 있던 형방이 가영의 죄랍시고 뒤집어씌운 누명을 읊어 댔다. 문란한 생활, 간음, 관리에 대한 가해 행위 등등 가영을 잘 알고 있는 나래로선 말도 안 되고 어이없는 죄명들이었다.

'참으로 역겨운 창녀이지 않은가?'

현감은 가영을 더럽다는 듯 노려보며 손을 들었다가 내려 보였다. 그와 함께 망나니의 칼이 무자비하게 가영의 목으로 떨어져 내렸다. 칼춤과 같은 중간 과정을 생략한 그저 상대를 죽이기 위한 즉각적인 움직임.

가영의 머리가 바닥으로 곤두박질하며 사방으로 피가 분출되었다. 그녀의 머리는 공처럼 데굴데굴 굴러 현감의 발 앞까지 다가갔다.

'더러운 것.'

그와 함께 현감이란 인간은 가영의 머리를 마구 짓밟더니 이내 있는 힘껏 찼다. 허공에 떠오른 그녀의 머리는 두어 번 바닥에 튕겨 튀어 오르더니 나래의 앞에서 멈추었다. 나래는 멍하니 그녀였던 것을 내려 보았다. 아름다운 형상을 잃고 고깃덩이가 되어 버린 그것을.

나래는 넋이 나간 채 고개를 들었다. 그러자 자신을 중심으로 좌우로 물러선 마을 사람들이 보였다. 그리고 자신을 노려보고 있는 현감이 보인다. 흐려졌던 현실감이 점차 떠오르며 그녀를 지배해 나갔다. 그리고 깨닫는다.

그녀가 좋아했던 친우는…… 저 더러운 돼지에게 농락당해 처참하게 죽었다는 것을…….

결코 그렇게 가선 안 되는 이가 끔찍한 죽음을 맞이하였다는 사실을…….

정신을 차려 보니 그녀는 가영의 머리를 끌어안고 뛰어가고 있었다. 햇볕이 내리쬐어 온몸에 아찔할 정도의 고통이 몰려옴에도 쉬지 않고 계속해서. 그리고 뒤에선 포졸들이 포위망을 좁히며 쫓아오고 있었다.

괜찮다. 요괴 사냥꾼에게도 도망쳐 다녔던 몸이다. 저들을 따돌리는 것은 쉽다.

문제는 나의 친우의, 착하고 의롭던 한 사람의 억울함을 풀어 줘야 하는 것, 그리고 악한 자에게 정의의 철퇴를 내려야 한다는 것이다.

"왕이시여 그녀의 억울함을 풀어 주소서."

나래는 슬픔이 가득한 얼굴로 동공왕에게 고했다. 나래의 사정을 들은 아란과 청이의 얼굴엔 이미 참담함이 가득했다. 권력이 없고 신분이 낮은 사람의 비애.

남의 위에 서는 자는 그만한 의무와 책임감을 가져야 한다. 자신의 쾌락과 분노를 위하여 권력을 휘두르는 것은 잘못된 일이다. 하지만…… 실제로 의롭게 행하는 이가 몇이나 있을까? 모두의 시선이 동공왕을 향해 조심스레 모여들었다.

그러나 제현은 심드렁한 표정으로 말을 잇는다.

"그게 어쨌다는 것이지?"

좌중은 별것 아니란 투의 말에 순간 할 말을 잃어버렸다. 청이는 역시나 하는 마음에 속으로 한숨을 쉬었으나 나래는 그것이 아닌 모양이었다.

"왜…… 왜 안 되는 것입니까?"

"내가 얼굴도 모르고 잘 알지도 못하는 이를 위해 왜 힘을 써야 한다는 거지?"

제현은 그저 시간 낭비를 했다는 투로 혀를 찼다. 그 한마디에 나래는 할 말을 잃고 멍하니 그를 쳐다보았다. 솔직히 냉정하게 놓고 보면 틀린 말은 아니지만…… 이런 이야기를 듣고 딱함이나 동정도 들지 않는단 말인가? 아니 그 전에 나라를 다스리는 왕이지 않은가? 왕이라면 백성을 위해 힘을 써야 할 터.

"싱거운 이야기군."

그는 눈앞의 요물을 보며 비웃음을 지었다. 제현이 왕으로서 있는 것은 책임감이나 의무감 따위가 아닌 아란이란 존재를 붙잡아 둘 수 있는 힘이 필요했기 때문이었다. 그렇기에 왕의 직무를 나름대로 성실히 행하고 있었을 뿐. 딱히 기본 틀 이외의 것엔 신경 쓰고 싶지 않았다. 어차피 자신과 상관없는 일이 아닌가?

요는 제현에게 필요한가 필요하지 않은가의 문제. 나래의 일을 해결해 주는 것은 제현이 왕으로서 직위를 유지하는 데 굳이 필요한 일이 아니었다.

"제현, 못 하는 거야?"

그때 제현의 품에 안겨 있던 아란이 고개를 틀어 그를 올려다보았다. 이해되지 않는다는 얼굴에 동공왕은 쓰게 웃으며 답해 주었다.

"할 수 있지만 안 하는 거다."

"왜?"

이어지는 그녀의 물음에 제현은 나래 때와 달리 친절하게 설명해 주었다.

"필요성의 문제야. 나는 굳이 저 요물의 청을 들어줄 이유가 없어. 도움을 준다고 해도 그로 인해 내게 돌아오는 것이 아무것도 없지. 내가 움직이며 힘을 쓸 필요가 없다는 것이야."

"하지만 가영이 죽은 건 잘못된 거잖아. 왕이니까 해결해 줘야 하는 것 아니야?"

"그런 식으로 따지면 이 나라에서 억울한 죽음은 널리고 널렸다. 어떤 이는 흉년이 들어 죽고 어떤 이는 역적의 자식이라는 것만으로 노비가 되어 살아가다 처참히 죽어 버리지. 탐관오리의 횡포에도 죽고 산적들에 의해서도 여럿이 죽어 나가. 그래, 내가 움직이면 그중 몇 가지는 막을 수 있을지 모르지. 하지만 모든 것을 다 해결하려 드는 건 무리야. 거기에다 그런 곳에 힘을 쓴다고 해서 내게 돌아오는 것은 아무것도 없지."

제현의 입장에선 그 모든 것이 그저 의미 없는 노동일 뿐이다. 다정하지만 차갑게 느껴지는 눈동자에 아란은 입을 일(一)자로 꾸욱 다물었다. 동공왕은 그런 그녀의 반응에 입맛이 씁쓸했으나 계속하여 잔인하게 느껴지는 말을 이어 나갔다.

"저 요물이 말한 것도 내가 앞에 예시를 든 것 중 하나일 뿐이지. 차이가 있다면 내 앞에 와서 그러한 사실이 있었다는 것을 고했느냐 고하지 않았느냐일 뿐이야."

너무나도 시린 분위기가 방 안을 휘어 감는다.

내게 오는 것이 없기에 주지 않는다. 그리고 어차피 주변에 산재해 있는 고질적인 문제일 뿐이다. 단순한 셈법. 그렇기에 그 무엇보다 합리적인 이유. 주청을 드리러 온 당사자인 나래로선 억울하지만 그에 대해 반박할 수 없게 만드는 말이었다.

"하지만…… 눈으로 확인했잖아."

그때 아란이 울 것 같은 얼굴로 말을 꺼냈다. 그녀는 그 한마디 말에서 그치지 않고 계속해서 말을 이어 갔다. 부족한 어휘로 더듬거리면서도 하고자 하는 말을 잇는다.

"모르는 일이라면 몰라도…… 알게 됐잖아. 그리고 손 뻗으면 도울 수 있잖아. 왜 그게 잘못된 거야? 왜 꼭 무언가가 필요…… 필요한 거…… 음…… 대가를 받아야만…… 도와야 되는 거야? 왕이잖아. 사람…… 사람…… 아니 백성을 다스리는 왕이잖아. 다스리는 자로선…… 다스림을 받는 자의 아픔이 보이면 도와야 하는 거잖아."

"……아란."

"그게…… 인간이잖아."

아란의 말을 막으려던 제현은 마지막으로 이어진 그녀의 말에 말문이 턱 막혔다.

인간…… 인간이다라…… 그랬지. 제 품에 안겨 있는 자그만 새는 저를 악마가 아니라 인간으로 보고 있었지. 그게 못내 기쁘면서도 아프기만 하다. 솔직히 말해 제현으로선 그녀가 하는 말이 제대로 이해가 되지 않는다. 도울 수 있다고 하나 왜 대가 없는 도움을 행해야 하나? 왕이라고 왜 백성을 위해야 하나?

그런 제현을 아란은 눈물이 그렁그렁한 눈으로 올려 보았다.

"돕고 싶어도 이미 늦은 경우도 있는데……."

그녀는 떠올린다. 이미 퇴색되어 버린 기억을.

'큰 소원은 아니에요. 이미 늦어 버린, 후회만 남은 이야기를 들어 주시겠어요?'

황금빛 노을이 진 바닷가. 불그스레한 바다를 배경으로 바위 위에 몸을 걸친 백발의 소녀. 그녀는 머릿결도 버석버석하게 변해 버렸고 피부마저 껍질이 일어난 처량한 모습으로 작은 단지를 소중히 품에 안고 있었다. 그리고 이미 생의 끝에 다다른 그곳에서 담담히 이야기를 이어 갔다.

그날에 느꼈던 아픔도 안타까움도 떠오르지 않는다. 빛바랜 그림처럼 그저 그런 일이 있었지라는 감상만이 남은 그런 추억. 지식과도 같은 그 풍경에 아란은, 아니 구미호는 슬픔을 되뇐다. 슬퍼할 기억임에도 슬퍼할 수 없어 더 슬프다.

뺨을 타고 또르륵 흘러내리는 영롱한 눈물에 제현은 한순간 시선을 빼앗겼다. 그리고 그는 순간 그녀의 눈이 푸르게 빛이 난 것만 같은 착각에 휩싸였다. 마치 별이 부서진 듯한 모습으로. 그렇기에 제현은 자신도 모르게 감탄했다.

아름답다. 때 묻지 않은 그녀의 순수함이, 저러한 모습이 인간답다는 걸까?

결국 제현은 아란의 말 앞에서 무릎 꿇을 수밖에 없었다. 그게 그녀가 원하는 왕의 모습이라면 그리되어 주리라. 그녀가 제 곁에 있어만 준다면 그 무엇이든 못 해 주랴. 심지어 자신의 본질을 부정하는 것이라 해도.

"알았다. 그 건에 대해 알아보도록 하지."

제현이 내뱉은 긍정의 말에 청이는 두 눈을 크게 떴다. 그 동공왕이 저렇게 쉽게 말을 바꾼다는 것에 경악을 표한 것이다. 그리고 만약이란 이름하에 있을 수 없는 상상을 했다. 진짜 아란이 왕비의 자리를 받아들였다면 그녀의 지위는 동공국에서 가장 높은 곳에 위치했을 것이라고. 동공국을 쥐락펴락하는 폭군을 마음대로 휘두를 수 있었을 테니까.

허나 그 때문에 등골이 오싹해진다. 만약 동공왕이 저를 이렇게 휘두른 존재가 진짜 아란이 아닌 걸 알게 된다면 어찌 될까? 치가 떨리는 배신감은 물론이고 감히 자신을 이용하려 했다는 것에 폭발하여 궁 안이 피바다가 되리라.

청이는 침을 꼴깍 삼키며 동공왕과 그 품에 안겨 있는 여우를 바라보았다. 제현은 쓰게 웃으며 그녀의 뺨을 적신 눈물을 닦아 주고 있었다.

"최대한 잘잘못을 따져 탐관오리를 혼내 주도록 하마."

달래듯 이어지는 말에 그제야 아란이 환히 미소를 짓는다. 그 모습에 자신도 모르게 뭔가 뿌듯해지는 제현이었다. 자신의 단순한 변덕에 이 아이는 이렇게 울고 웃는구나 하며.

그때였다.

"그런데 제현, 방금 건 좀 나빴다."

"……그래."

방금 전 나래를 향해 매섭게 뱉은 말을 아란이 지적해 오자 제현은 슬그머니 그녀의 시선을 외면했다. 착하다라는 말을 들은 지 얼마 안 되어 나쁘다는 말을 들었으니. 어차피 이렇게 될 거면 위선이라고 해도 듣기 좋은 말을 할걸 그랬다며 후회하는 그였다.

"제현, 뭔가 잊은 것 없어?"

"……중요한 건가?"

"응, 진짜진짜 중요하다."

"……."

크, 큰일 났다. 제현은 맹렬하게 머리를 돌리기 시작했다. 이 방에 들어왔을 때부터 지금의 대화가 나오기까지. 허나 그의 머리 구조가 다른 사람과는 차이가 큰 터라 무엇을 잊은 건지 전혀 알 수가 없었다. 이미 안 좋은 모습을 보였는데 여기서 더 밉보이면 그것도 그것대로 문제다. 그런데 진짜 떠오르는 게 아무것도 없었다.

결국 그가 하는 말은 사과의 말.

"미안하다. 떠오르는 게……."

"그래, 그거! 나래에게 용서를 빌어야지!"

"……."

소 뒷걸음치다가 쥐를 잡은 격. 아란이 기쁘다는 듯 손뼉을 치며 빨리 제대로 사과를 하라는 독촉의 시선을 보냈다. 제현은 조용히 침묵만을 유지할 뿐. 그로선 왜 저 요물에게 사과해야 하는지 이해할 수가 없었다. 저것은 부탁을 하러 온 거고 그것을 들어주는 것은 자신의 자유이니까. 거기에다 왕의 체면도 걸려 있는 문제.

"굳이 해야 하나?"

결국 나오는 건 하기 싫다는 뜻이 담긴 되물음. 그에 아란은 빙긋 웃으며 두 손을 제현의 양 뺨에 가져다 댔다. 피부 위로 닿는 부드러운 감촉에 그는 순간 홀려 버렸다. 그렇기에 그 손길이 뺨을 거쳐 귀를 스치고 뒤통수를 감싸 안는 것과 그녀의 얼굴이 시야에서 뒤로 멀어지는 것을 멍하니 바라보기만 하였다.

그리고 아란의 필살의 일격이 강하게 내리꽂혔다.

"빠샤!"

빠아아아아악!

여담으로 권선징악을 외치며 아란이 행한 박치기를 옆에서 그대로 목격한 청이는 거품을 물고 기절하였다.

아, 그 앞에 있던 나래 역시.

"……쿡."

제현은 제 이마를 쓰다듬으며 작게 웃음을 내뱉었다. 한 치의 자비도 없이 이뤄진 정의의 철퇴 이후로 이어진 아란의 설교를 떠올리자 미소가 한층 짙어진다. 물론 그 정도의 박치기로는 아프기는커녕 간지러운 수준이었으나 그녀는 큰 벌을 줬다며 의기양양해했었다.

요즘 들어 예상되지 않는 그녀의 행동에 많은 당황을 겪기도 하지만 그에 못지않게 귀여운 모습 또한 보게 된다. 그것들은 모두 소중한 추억이 되어 그의 마음 깊숙이 하나씩 쌓여 갔다. 허나 종종 두렵기도 하다. 그녀의 기억이 돌아와 자신을 바라보는 눈길이 혐오와 경멸로

점철되지 않을지.

하지만…… 아주 작은 희망을 가지기도 한다. 기억이 돌아와도 함께 웃으며 지냈던 그 시간들에 마음을 돌려 주지 않을까 하고.

"전하?"

그때 가장 동공왕 가까이 시립해 있던 귀족 하나가 그를 불렀다. 그에 그의 눈빛이 일변하여 싸늘히 주변을 노려본다.

귀족들은 아침 일찍 소집되어 편전에 모였다. 왕의 부름에 허겁지겁 뛰어왔던 그들은 막상 부른 당사자가 아무 말도 하지 않고 분위기를 잡고 있자 당황스러움에 우왕좌왕하였다. 그리고 이어진 것은 왕의 짧은 웃음. 그것도 평소의 서늘한 비웃음이 아닌 터라 그들 모두 묘한 기분에 휩싸였다. 그래도 계속 이리 있을 수 없는 터라 행한 조심스러운 부름.

그것에 동공왕의 기세가 단 한 순간에 뒤집혔다. 제현은 예의 비웃음이 담긴 눈빛으로 아래에 시립한 신하들을 훑어보았다. 그리고 서론도 없이 곧장 본론을 꺼내 들었다.

"그래…… 짐이 갑자기 부른 이유가 다들 궁금할 테지."

그에 귀족들은 식은땀을 뻘뻘 흘리며 서로의 눈치를 보았다. 설마 이번에도 누군가가 풍옥전에 있는 계집을 건드린 건가 하는 걱정과 두려움이 주변으로 퍼져 나갔다. 허나 그의 입에서 나온 것은 예상외의 것이었다.

"며칠 전부터 궁의 괴담에 대해 계속 상소문을 올렸었지."

"그러하옵니다, 전하."

궁에서 끊임없이 처녀귀신을 보았다던 궁인들이 늘어감에 따라 왠지 모를 불안감을 느낀 귀족들이 이 괴이함을 처리해야 된다며 주청을 올렸었다. 허나 분명 왕은 쓸데없는 것에 신경 쓰지 말고 맡은 일이나 열심히 하라며 일갈을 하였을 터.

동공왕은 피식 짧은 웃음을 터뜨리며 입을 열었다.

"그래, 난 그것이 그대들의 쓸모없는 관심이라 생각하였는데 말이야 그게 아닌 모양이더군. 실제로 내 눈앞에도 그것이 나타났으니."

드디어 성수청이 움직이는 건가? 귀족들은 껄끄러운 것이 도사들에 의해 처리된다는 생각에 속으로 안도의 한숨을 내쉬었다. 그리고 괜히 저 폭군 앞에 모습을 드러낸 처녀귀신에게 짧은 애도를 하였다. 하지만 그것은 이어지는 동공왕의 말에 반전되었다.

"지방에서 살해당한 여인이 얼마나 한에 사무쳤으면 여기 한양까지 올라와서 내게 억울함을 고할꼬. 거기 고을의 현감들이 아닌 피에 미친 폭군이라 불리는 나에게 말이야."

귀족들은 순간 자신의 귀를 의심했다. 귀신이 뭐가 어쩌고 어째? 그들은 순간 왕이 자신들과 농담 따 먹기를 하나 하는 희박한 가능성을 떠올렸다. 그러나 제현은 얼굴에 당당히 철판을 깔고 제 주장을 이어 나갔다.

"진하현에 사는 가영이라 하였던가? 참으로 기고한지고. 혼인을 얼마 앞두지 않은 상태에서 현감이라는 쓰레기에게 약혼자를 잃고 순결까지 잃었으니. 거기다 제 목숨까지 쯧쯧쯧."

"……."

안타까워 어쩔 줄 모르겠다는 그의 말에 귀족들은 할 말을 잃어버렸다. 누가 누구를 불쌍히 여긴다고? 저 냉혈한 폭군이 시골의 이름도 모르는 계집을 측은히 여겨? 어이가 집을 나가다 못해 뺨까지 좌우로 갈기는 상황에 그들은 어안이 벙벙했다. 문제는…… 그런 그들 사이에서도 헛바람을 들이켜며 식은땀을 흘리는 이들이 있다는 것이었다.

동공왕의 매서운 눈길에 그런 이들의 모습이 포착되었다. 그는 사냥감을 앞에 둔 맹수처럼 입맛을 다셨다.

"지방을 평화롭게 다스리라고 보낸 작자들이 참으로 재미있게 놀고 먹더구나. 서로 똘똘 뭉쳐 잘못된 것을 꽁꽁 숨기는 데다가 중앙 귀족에게 뇌물까지 먹이고 말이야. 내 생각엔 이것들을 모조리 쳐 죽여야 될 것 같은데. 그대들의 생각은 어떠한가?"

"……전하의 뜻대로 하옵소서!"

지금 상황에서 자비를 운운하면 자신의 목부터 달아날 것을 눈치챈 귀족들은 재빨리 제현의 말에 동의를 표했다. 밑에서부터 들어오는 것이 제법 쏠쏠하긴 하지만 그렇다고 제 목숨보단 소중하진 않을 것이다. 그런 그들의 생각을 알고 있는 듯 제현은 피식 웃음을 지으며 자리에서 일어나 귀족들 사이로 걸어 나갔다.

"아! 깜빡했군."

동공왕은 무언가가 생각난 듯 잠시 멈추어 섰다. 그는 입꼬리를 끌어 올리며 씨익 웃음을 지었다.

"처벌은 그대들의 재량에 맞기기는 하겠네만…… 치졸하게 감싸 주거나 하진 말게. 관련된 인물이 누구누구인지 다 알고 있으니까 말일세."

그와 함께 귀족들 사이의 몇몇이 움찔하며 몸을 떨었다. 이걸로 귀족들은 필사적으로 꼬리를 잘라 내기 위해 움직일 것이다. 운이 좋다면 중앙에서 제법 영향력을 가지는 제 동료들까지 팔아먹겠지.

장난 같은 허세에 벌어질 아비규환을 상상하며 제현은 정말 즐거운 듯 웃음을 지었다.

"흐갸아아……."

나래는 온몸이 토막이 난 채로 방 안에 널브러져 있었고 그 옆에 코를 고롱고롱 골며 아란이 잠들어 있었다. 거의 밤을 새운 아란은 자지 못한 잠을 몰아서 자기라도 하듯 꿈쩍도 하지 않았고 나래는 더위와

낮이란 상황이 겹쳐 기력이 없는 상황이었다. 그리고 그 몰골을 청이가 한숨을 내쉬며 보고 있었다.

"일단 어찌 정리되긴 정리됐네."

"그러게요."

청이의 중얼거림에 나래의 고운 목소리가 답했다. 청이는 그에 나래를 향해 고개를 돌리다가 다시 원상 복귀를 시켰다. 목소리만 들으면 참으로 꾀꼬리 같은 음성인데…… 몸뚱아리는 왜 저 모양인가? 합체를 하면 미인이 된다지만 나래의 말로는 저리 토막 나 있는 상태가 편하다고.

"그건 그렇고 넌 소원을 이뤘으니 정말 좋겠네."

"……그래도 끝까지 결말을 봐야지요."

청이의 물음에 나래는 씁쓸하게 대답하였다. 한밤중에 그 동공왕을 어찌어찌 설득하여 사건 해결의 다짐을 받았다. 그러니 사건은 확실하게 처리됐다고 봐도 좋았다. 그럼에도 신기원요의 얼굴엔 슬픔이 그득하였다.

"가영의 시신을 제대로 수습하지 못한 게 안타깝네요. 기왕이면 친우 약혼자의 시신까지 온전히 수습하고 싶었는데."

"욕심이 과해도 안 좋은 법이야. 그 정도로 했으면 너도 그 친우라는 사람에게 할 만큼 했어. 괜히 자책감 갖지 마."

청이의 말에도 나래의 표정은 바뀌지 않았다.

"그래도 좀 입맛이 쓰네요. 제 소원이 하늘에 닿지 않았다는 의미이니."

"소원이…… 하늘에 닿아?"

갑자기 튀어나온 기이한 말에 청이가 의문을 띠며 질문하자 나래는 멍하니 말을 이어 갔다.

"예, 저희 영스러운 존재들 사이에 떠도는 말이에요. 하늘에 소원이 닿으면 하늘과 계약한 이가 나타나 그 염원을 이루어 준다는. 심지어 숨이 붙어만 있다면 불치병이든 몸이 갈기갈기 찢겨 머리 부분만 남아 있든 살려 낼 수 있다고 해요."

"에엑! 어떻게!"

"글쎄요. 잘은 몰라요. 그냥 하늘과 계약을 맺은 이가 자신을 희생하여 제가 가진 능력 이상의 이적을 행한다고만 들었어요. 그 외에 자세한 것은 알려지지 않아서요."

영스러운 존재라는 신비의 분야에 눈을 빛낸 청이였으나 제대로 된 설명이 이어지지 않자 크게 실망했다. 그리고 짧게 혀를 찼다.

"자신을 희생한다니 바보 같아."

"하늘과 계약을 맺었다는 것 자체가 온전한 신선이라는 뜻이래요. 신선이란 존재는 선(善)을 이루며 덕(德)의 업(業)을 쌓아 완성돼요. 그 중 자기희생이란 것은 특별한 의미를 가지고 있어요. 자기희생을 기초로 하는 것이 가장 많은 업을 쌓을 수 있는 길이니까요. 그렇기에 가장 신선에 가까운 자는 성인으로 불리거나 희생양으로서 괴물로 매도당하는 경우 딱 그 두 가지로 나뉜다고 해요."

그에 청이는 놀란 표정으로 질문을 이어 갔다.

"그럼 우리가 요괴로 분류하는 영스러운 존재 중 신선이 있을 수 있다는 거야?"

"그럼요. 저만 해도 엄밀히 분류하면 신선 쪽에 들어가는데요."

……니가? 나래의 자랑스럽다는 대답에 청이의 눈이 짜게 식어 갔다. 저렇게 생긴 게 신선이라고? 심성만 따지고 보자면 겁 많고 남에게 피해 주길 싫어하고 정이 많은 등 좋은 점이 많지만 외모를 보면…… 말이 안 나오는구나.

왜 자꾸 토막 난 채로 다니니? 평소에도 좀 인간처럼 꾸미고 다니지. 그럼 분명 선녀 취급을 해 주었을지도 모르는데.

"왜요? 왜요! 왜 그런 눈으로 보시는데요!"

"아니…… 그냥……."

묘한 침묵 속에서 청이의 의미심장한 시선을 깨달았는지 나래는 발끈했고 질타당하는 당사자는 아무렇게나 말을 얼버무렸다. 그리고 때맞추어 방문이 열렸다.

드르르륵.

"……."

"……."

생각지도 못한 인물의 등장에 방 안은 차가운 정적에 휩싸였다. 갑작스러운 침입자는 나래를 향해 싸늘한 시선을 한참 동안 던지다 입을 열었다.

"네가 왜 아직도 여기에 있는 거지?"

"히익! 죄, 죄송합니다."

그에 본능적으로 튀어나오는 그녀의 말. 나래는 황급히 제 몸을 이어 붙이며 이 나라의 왕을 향해 고개를 조아렸다. 제현은 눈앞에 요물이 있다는 게 짜증 나는지 얼굴을 와작 일그러뜨렸으나 아란을 생각하며 분노를 가라앉혔다. 그는 이내 깊은 한숨을 내쉬며 귀찮다는 듯 손을 휘휘 내저었다.

"일은 해결되었으니 더 이상 여기 있을 필요는 없다."

"아, 감사합니다."

"그럼 이만 꺼져라."

"예, 옙!"

짧은 축객령을 끝으로 제현은 잠들어 있는 아란의 옆으로 가서 앉았다. 신기원요 나래는 슬그머니 청이를 향해 고개를 숙여 인사한 뒤 입모양으로 '은인에게 대신 안부 전해 주세요' 라고 말하며 문을 향해 황급히 뛰어갔다. 얼굴을 마주하며 감사를 표한 뒤 떠나는 게 예의였으나…… 그녀는 제현이 너무나 무서웠다.

허나 나래는 방문 앞에서 끼익 하고 멈춰 섰다. 비록 하늘에 구름이 자욱하게 꼈다고는 하나 '낮' 이었다. 그뿐만 아니라 밖에는 사람들이 너무 많이 돌아다녔다. 나래는 울상을 지으며 제현을 향해 목각 인형처럼 끼긱끼긱 고개를 돌렸다.

"저…… 밤에 나가면 안 될까요?"

"……."

"죄, 죄, 죄, 죄송합니다!"

야차처럼 표정이 일그러진 제현. 다행히 그녀는 밤까지 숨어 있다가 아란에게 감사의 인사를 하고 떠날 수 있었다.

"……이와 같은 죄를 지었으니 죄인 변강후는 모든 재산을 몰수하고 직위를 파직한 뒤 악종도로 유배를 보낸다!"

나래는 먼 곳에서 가영을 죽인 현감의 최후를 보고 있었다. 오라에 묶인 뚱뚱한 몸은 발버둥을 치며 바락바락 악을 쓰고 있었다. 동공왕이 장담한 대로 사건은 해결되었다. 한통속이던 주변 고을 현감들 역시 저 변강후처럼 재산과 직위를 잃고 동공국의 동쪽 끝자락에 있는, 형질이 더러운 죄인들만의 섬으로 유배를 가게 되었다.

들은 바로는 악종도엔 집도 식량도 없다고 했다. 지력조차도 죽어 식량도 나지 않는 그런 척박한 땅. 오직 유아강간, 대방화, 연쇄살인 등을 일으킨 범죄자들만이 득실거리는 지옥도라고 했다. 아마 탐관오리들은 그곳에서 처참할 정도의 죗값을 치르게 되겠지.

나래는 포졸들에 의해 이송되는 현감을 보며 쓰게 웃었다. 복수를 했으니 기뻐야 하는데 그저 가슴이 먹먹하기만 하다.

왜 그런 것일까?

투둑투둑.

빗방울이 떨어지는 소리가 들리자 그녀는 고개를 들어 하늘을 보았다. 그리고 마치 그것이 신호라도 된 듯 장맛비가 쏟아져 내렸다. 며칠 전부터 하늘을 가득 메운 구름이 드디어 머금고 있던 물을 땅으로 뿌리기 시작한 것이다.

"아마 진실이 드러나고 복수를 하여도 네가 돌아오지 않기 때문일까?"

나래는 생각했다. 꼭 하늘이 자신 대신 울어 주는 것 같다고.

황금빛 노을이 진 바닷가. 불그스레한 바다를 배경으로 바위 위에 몸을 걸친 백발의 소녀. 그리고 황금빛 머리를 휘날리며 소녀 앞에 서 있는 신비한 여인.

여인은 푸르게 빛나는 눈으로 소녀가 꼬옥 안고 있는 작은 단지를 내려다보며 질문을 던졌다.

'그래 아이야, 왜 나를 부른 거니?'

소녀의 하체에는 붉은 비늘이 여기저기 일어난 물고기의 꼬리 자루가 존재했다. 신지께(인어), 바다의 기후를 예언하고 불행을 미리 알려 준다고도 하는 영스러운 존재. 여신이라고도 불릴 정도로 아름다운 종족.

버석버석한 백발을 쓸어 내며 소녀는 천천히 입술을 열었다.

'큰 소원은 아니에요. 이미 늦어 버린, 후회만 남은 이야기를 들어 주시겠어요? 바보 같던 한 남자와 그런 이를 꾀어내 이용하려다 제 스스로 파멸한 어리석은 여자의 이야기요.'

'그' 의 이야기…….

칼이 떨어지자 파도가 붉게 빛났죠. 이제 해가 바다 위로 떠오르고 있었습니다. 신지께(인어)는 희미해져 가는 눈으로 왕세자를 바라보고는 바다로 몸을 던졌어요.

그리고 신지께는 물거품이 되어 사라졌습니다.

"완전 비극이지 않아?"

열 살도 채 못 된 여자아이가 신지께 설화에 대해 이야기하며 눈물이 글썽거리는 눈으로 날 바라본다. 나는 귀찮다는 어조로 그 애에게 답했다.

"비극은 무슨 그냥 속은 신지께가 멍청한 거지."

"후에에엥, 그렇게 말하는 게 어딨어!"

나랑 동갑인 류아는 내 답변에 소리를 빽 질렀다. 난 귀찮다는 듯 손을 휘휘 내저으며 입에 문 강아지풀을 질겅질겅 씹었다. 나이가 몇인데 아직 설화 타령이야. 일 년만 지나면 이제 열 살인데.

"그런데 말이야. 만약 신지께가 뭍으로 올라오지 않고 왕세자가 그녀를 따라 물속으로 들어갔다면 어떻게 됐을까?"

감성 어린 표정, 몽롱하게 풀린 눈으로 하늘을 바라보며 류아가 중얼거렸다.

"본래라면 뭍에선 왕세자가 신지께를 못 알아본 거였으니까…… 왕세자가 찾아온 거였다면 신지께는 그를 알아봐 줬겠지? 얼굴을 몰라 찾고 있는 왕세자에게 다가가 사랑을 속삭일 거야. 꺄앗!"

상상만으로도 기분이 좋은지 얼굴을 확 붉힌다. 하여튼 계집애들은 연애하면 수상한 몽상을 하며 꺅꺅거리고…… 나는 짓궂은 표정으로 류아의 상상에 찬물을 촤악 뿌렸다.

"아마 왕세자가 물속에 들어갔다면 숨을 쉬지 못해 질식사해 버렸을걸? 그리고 마녀는 바닷속에 있으니까 거래 같은 것도 불가능하니까 왕세자는 아예 물속에 못 들어가지."

"후에엥! 감성이 메마른 놈, 얼음땡이, 피도 눈물도 없는 놈!!"

"인간이랑 인간이 아닌 존재랑 어떻게 사랑이 이루어지냐? 현실을 봐라, 현실을!"

"산경 단장님."

흠칫.

나는 날 부르는 소리에 꿈에서 깨어났다. 아직 잠이 눈에 들러붙어 있어 몽롱한 기분이었지만 익숙하게 떨쳐 내며 자리에서 일어섰다.

"사냥감들이 움직이기 시작했나?"

"예, 섬 해저 동굴에 숨어 있던 그들이 움직이는 것을 감시조가 포착했습니다."

"추적한다."

현재 작전 수행 중. 작전명 신지께 몰이. 지금 쫓고 있는 신지께 무리를 말살하고 그들의 몸을 해체 혹은 산 채로 매매한다.

요괴 사냥꾼. 요괴……라고는 말하지만 엄밀히 말해선 영스러운 존재 중 격이 낮은 이들을 무차별적으로 사냥하여 돈으로 바꾸는 직업. 물론 높은 격을 가진 이들을 사냥하는 게 돈이 될 만한 것들이 더 많이 뽑아져 나오겠지. 하지만 그만큼 목숨을 걸어야 하는 위험한 일이기에 행하지 않는다. 우리는 사냥꾼이지 도박꾼이 아니니까.

난 재빠르게 무장을 점검하고 신지께 무리의 위치를 확인했다. 신지께라…… 그것 때문에 그 꿈을 꾼 것일까? 코흘리개 시절 신지께 설화에 푹 빠졌던 류아라는 소꿉친구가 떠올랐다. 나름 친했었는데 지금은 볼 수 없는 얼굴이다…… 결론만 말해서 죽었다.

열두 살이 됐을 무렵이었나? 섬의 어촌마을에 한 신지께가 등장했다. 흔히 볼 수 없었던 영스러운 존재인 신지께의 등장에 마을 사람들은 크게 놀라며 신기해했다. 그리고 그 신지께가 어부들에게 바다 날씨를 미리 예언해 주면서부터 그녀는 여신처럼 숭배를 받았다. 특히 류아는 신지께와 자주 어울렸었다.

한 달에 한 번 주기적으로 육지에 가는 날. 마을 사람들은 늘 그랬던 것처럼 신지께에게 가서 바다 날씨가 어떨지에 대해 물었다.

'걱정하지 마세요. 그 어느 날보다 화창할 거예요.'

신지께는 매혹적인 미소와 함께 그런 말을 내뱉었으나 그날에는 그 어느 때보다 극심한 폭풍이 몰아쳤다. 물론 배는 반파되어 바닷속으로 가라앉았다. 그리고 그 안에 타고 있던 류아 역시 배와 함께 심연으로 사라졌다.

마을 사람들은 늘 신지께가 있던 곳으로 가 신지께에게 다급히 따졌다. 실수였지 않느냐는 말부터 왜 잘못된 예언을 했느냐는 책망까지. 어른들을 따라간 그곳에서 들었던 신지께의 마지막 말은 아직도 뇌리에 박혀 떠나지 않는다.

'아, 재미있다. 잘 놀다 가.'

그리고 그대로 마을을 떠나갔다.

인간이 장난감처럼 느껴졌던 것일까? 아니면 특별한 능력이 있어서 아무렇게나 죽음으로 몰아가도 된다고 느꼈던 거였을까?

그때부터였을 것이다. 내가 영스러운 존재라는 것에 대해 극도의 증오감을 품게 된 것이. 요괴 사냥꾼 무리에 들어가 뼈를 깎는 수련을 거쳐 단장이라는 자리를 차지하게 될 정도로.

"왼쪽 네 번째 구역으로 갑니다."

저 멀리서 보이는 수신호를 통해 신지께들을 내가 있는 곳으로 몰아오고 있다는 것을 알게 되었다. 나는 바위 위에 설치한 화승총으로 목표물을 조준하였다.

'총.' 과거 세상의 벽 너머에 다녀왔다는 선조가 그곳의 기술을 배워 와 만든 무기. 그 선조는 요괴 사냥꾼이란 집단을 만들며 비밀 병기로서 '총'이란 것을 제작하였다. 이것의 제작 기술은 요괴 사냥꾼 집단 내에서만 대대로 물려지며 밖으로 유출되지 않았다. 만약 유출시키려는 자가 발각되면 본보기로서 딱 죽지 않을 정도의 지독한 고문을 계속해서 이어 가며 마침내 정신을 놓고 미쳐 버려야지만 죽여 주었다.

그만큼 엄중히 다루어지는 무기인 만큼 그 힘조차 어마어마했다. 도사나 무당과 같은 이가 아닌 격이 낮은 평범한 인간이 영스러운 존재에게 대적할 수 있게 해 주었으니.

난 물 위로 흐릿한 그림자가 비치자 곧바로 목표물을 조준했다. 우선 맨 앞의 신지께 하나.

타앙!

피가 먹물처럼 번지며 머리를 관통당한 신지께가 물속으로 가라앉는다. 그리고 두 번째.

타앙!

세 번째.

타앙!

계속 반복적으로 하나씩 제거한다. 오로지 그들을 죽이기 위해 태어난 것처럼. 나의 증오를 총알 한 발 한 발에 담아. 이대로라면 반절은 처리가 가능…….

쿠르르르르르르.

그때 갑자기 내 밑의 지반이 흔들리기 시작했다. 도대체 왜? 단단한 암반일 텐데? 그때 마침 보랏빛 신지께와 눈이 마주쳤다. 묘한 웃음기를 머금은 보라색 눈동자에 그가 지금 현상의 원인이라는 것을 눈치챘다.

빌어먹을 생선 새끼!

야차처럼 안면이 구겨졌다. 그러나 이미 회피하기엔 너무 늦다. 바닥에 금이 가면서 흔들거리는 느낌이 그대로 전해져 온다.

콰드드득.

붕괴와 함께 순식간에 느껴지는 몸의 부유감. 반사적으로 눈에 보이는 비죽 튀어나온 돌더미에 손을 뻗어 잡았지만…… 툭 하며 가볍게 부서져 내렸다.

"젠장!"

팔과 다리를 휘저어 보지만 아무것도 닿는 것이 없다. 귓가를 스쳐가는 강한 바람 소리가 정신을 마구 뒤흔든다. 그리고 등 뒤로 전해져오는 묵직한 충격.

풍덩.

찰나 폐에 충격이 가며 숨이 턱하니 막혔다. 아니 어차피 바닷속에 빠졌으니 크게 상관은 없나? 갑자기 획획 변하는 상황에 내 머릿속은 혼란스럽기 그지없다.

그때 갑자기 나타난 손이 내 입과 코를 틀어막았다. 보랏빛 신지께가 웃는 모습이 시야에 담겼다. 감히, 감히, 감히! 네놈이!!

어찌 반항이라도 해 보려는 때에 뾰족한 무언가가 목을 파고들어왔다. 안 그래도 혼탁했던 정신이 어둠에 점점 먹혀 가기 시작했다.

「푹 자 둬라.」

전해지는 사념에 이가 뿌득 갈린다.

넌 반드시 갈기갈기 찢어 죽이리라.

꿈을 꾸고 있는 걸까? 아니면 깨어 있는 걸까? 그 조차도 구분이 쉽지 않다. 머릿속은 뿌옇기만 하고 시야는 흐릿하다. 그저 온몸이 단단히 결박당해 있다는 것과 바닥에 비스듬히 눕혀져 있다는 것만 알 것 같다.

바닥은 얼음장처럼 차갑다. 그리고 검다. 그 위로 붉은 선혈로 이리

저리 선이 그어져 있다. 그 이상의 곳은 안개가 낀 것처럼 보이지 않는다. 여긴 어디지?

안개 속에서 보랏빛 머리의 청년이 걸어 나왔다. 그 모습이 아지랑이처럼 일렁거린다.

「내 동족의 피와 살과 영혼을 바치오니, 내 원수에게 그 무엇보다 잔혹한 저주를…….」

낮게 울려 퍼지는 목소리가 귀에서 웅웅거렸다. 시야가 조금 더 뚜렷해진다. 그리고 갈기갈기 찢겨진 신지께들의 사체들이 내 주위에 널려 있는 게 보였다. 그리고 피로 그어진 선이 기이한 문양을 그리는 게 보인다.

「평생 동안 원수의 영혼에 새겨져 지워지지 않길 바라나니…….」

내가 누워 있는 바닥에서 검은 기운이 스멀스멀 기어 올라온다. 그에 잠시 또렷해졌던 시야와 정신이 다시 흐려졌다. 목소리가 점차 멀어진다…… 그리고 내 의식 또한…… 그 끝에 붉은빛의 소녀가 흐릿하게 잡혔다.

"단장님! 단장님!"

날 부르는 목소리에 난 눈을 떴다. 그리고 마주한 것은 도깨비의 얼굴. 반사적으로 상대의 목줄기를 움켜잡았고 졸랐다.

"으…… 커, 컥, 다…… 단장……."

요물 주제에 날 뭐라고 부르는 거냐! 방금 신지께에게 당한 것에 대한 분노까지 추가로 솟아올랐다. 그사이 다른 누군가들이 나의 팔을 꺾고 제압했다. 아직 제대로 힘이 들어가지 않는 나는 그대로 움직임이 묶여 버렸다.

"단장님 진정하십시오!"

“이제 안전합니다.”

“신지께들은 물러간 듯합니다. 지금 사냥감은 없습니다.”

익숙한 목소리들이다. 내 직속 부하들. 그들이 날 구하러 온 것일까? 점차 안정되는 마음에 고개를 들었을 때 나는 믿을 수 없는 광경을 목격했다. 그슨대, 어둑시니, 요수……. 다양한 요물들이 익숙한 목소리로 날 부르고 있다.

이, 이게 대체? 무슨 상황?

난 다급히 주변을 둘러보았다. ‘인간’ 들이 발기발기 찢겨진 채 내 주위에 널브러져 있고 바닥엔 기이한 문자로 이뤄진 주술진이 피로 그려져 있었다. 죽인 건가? 지금 이 요물들이 죽인 건가?

“크아아아아악! 빌어먹을 요괴 새끼들!! 감히 인간들을 저딴 식으로 죽여 놔!”

오랫동안 기절해 있었던 것만 같은데 정신은 또렷하다. 오히려 너무 현실감 있게 상황을 인식한다. 난 ‘적’ 이라고 인식한 주변 요물들에게 발악하듯 몸부림쳤지만 도저히 구속에서 벗어날 수 없었다.

“단장님, 왜 그러십니까?”

“지금 여기 있는 시신이라곤 신지께 시체밖에 없습니다.”

거짓말! 거짓말!! 거짓말!!!

“단장님!”

“단장님!”

“단장님!”

“단장님!”

“단장님!”

내 귀에 익숙한 부하들의 목소리가 계속해서 날 부른다. 하지만 내 눈앞을 채우고 있는 것은 내가 증오하는 요물들, 그리고 인간의 사체들이었다.

"북쪽 방향으로 신지께 무리들이 도망가고 있습니다."

내 옆에서 대기하고 있던 두억시니가 사냥감들의 이동 경로를 보고했다. 그에 나는 최대한 무표정을 유지하며 지시한다.

"추격조는 나를 따라 추적하고 차단조는 우회해서 진로를 막는다."

"예!"

그에 장산범이 큰 목소리로 답변하고 움직이기 시작했다. 목소리와 행동으로 추측하건데 분명 그가 차단조 조장이리라. 나는 절로 피부에 돋아나는 소름을 꾹 누르며 사냥감을 쫓아 움직이기 시작했다.

저 멀리 사냥감들이 헤엄쳐서 도망가는 것이 보인다. 화승총을 들어 상대를 조준한다. 내 눈에 담기는 그들은 '인간'. 거부감을 내리누르며 방아쇠를 당겼다. 그러자 인간의 머리가 터져 나가며 바닷속으로 가라앉는다.

'저주에 걸리신 것 같습니다.'

요괴 사냥꾼 중 도사 출신이 한 말이 머릿속에 떠오른다. 그러나 혼잡스러운 생각과는 달리 손으로는 다음 목표를 조준하고 또다시 쏜다.

타앙.

이번에도 명중.

'해주법을 모르는 이상 저희 능력으로는 저주를 풀지 못할 것 같군요. 큰돈을 들이더라도 능력 있는 도사나 무당을 찾아가 보셔야 될 듯합니다.'

거울을 보았을 때 내 모습은 인간. 그런데 나 외의 인간들은 모두 요물로 보인다. 그리고 요물들은 인간으로 보인다. 나는 그자에게 어떻게 답했더라?

'사냥을 끝내고 돌아간다. 내게 이딴 저주를 건 새끼들을 모조리 족쳐

버린 뒤에.'

어느새 사냥감들이 내 시야에서 벗어났다. 그에 난 내 뒤를 따르는 부하들에게 더 빨리 움직일 것을 재촉한다. 날듯이 바닷속을 헤엄치는 인간들을 쫓아서 난 요물들에게 명령을 내려 어서 저들을 죽일 것을 독촉한다.

내가 증오하는 것은 요물, 내가 지키고자 하는 것은 인간. 그런데 내 눈에 보이는 것은? 내가 인간을 죽이려 하고 있나, 요물을 사냥하고 있나? 요물의 편에 서 있나, 인간들의 편에 서 있나? 머릿속이 마구 꼬여 간다.

오히려 현실감이 없으면 좋으련만 이게 진짜라는 듯 인식하는 것이 정확히 뇌리에 각인된다. 점차 미쳐 가는 기분이다.

"신지께 무리들이 또다시 동굴 속으로 도주했습니다."

저 멀리 수신호를 확인한 부하 중 하나가 사냥감의 움직임을 전해 왔다. 벌써 네 번째다. 복잡하게 길이 꼬인 동굴 안으로 들어가 다른 출구로 도망치겠지. 이대로라면 또다시 놓친다…… 또다시? 또 이 짓을 반복해야 돼?

"단장님! 위험합니다!"

만류하는 소리가 뒤에서 꽂혀 들었지만 무시하고 바닷속으로 뛰어들어 동굴로 헤엄쳐서 들어갔다. 이젠 더 이상 이런 짓을 반복하지 못한다. 더 이상 했다간 이제 내 정신이 버티지 못하리라.

입에 단검을 물고 물살을 가르며 계속 나아갔다. 점차 숨이 가빠 오기 시작한다. 꽉 조여지는 폐와 기도가 신선한 공기를 요구해 왔다. 차가운 냉기가 침투해 온다. 낮은 수온에 내 체온도 덩달아 떨어지기 시작한다. 그럼에도 계속해서 나아갔다.

그리고 와 닿은 수면. 박차고 나가자 물이 튕겨 나가는 소리가 메아리치듯 동굴 안을 울렸다. 크게 숨을 들이쉬며 미끄러운 바닥을 딛고 일어섰다. 그리고 짧은 총신을 가진 화총을 뽑아 한 손에 들고 사방을 경계했다. 아무도 없는 건가?

덜그럭.

그때 돌이 굴러가는 소리가 귓가에 잡혔다. 놓치지 않는다! 미친 듯이 소리의 진원지로 뛰어간다. 그리고 마지막 모퉁이를 돌고 나서 목표와 마주했다.

"아……."

붉은 머리의 소녀가 공포에 질린 채 주저앉아 애처로울 정도로 덜덜 떨고 있었다.

이이이잉.

순간적으로 이명이 들려오고 속이 매슥거렸다. 저주에 걸리고 나서 이렇게 가까이서 상대와 마주한 것은 처음. 그러나 눈에 보이는 이 소녀는 '인간' 이다. 그러므로 이 아이는…….

"절…… 죽일 건가요?"

가냘픈 목소리가 들려온다. 난 잘 움직이지 않는 손을 들어 화총으로 소녀를 겨눈다. 하지만 이 아이는…….

"무서워요…… 제발 그러지 마세요."

두려워하면서도 끝끝내 내게 뻗어 오는 손. 파르르 떨리는 그 손…….

소총이 내손에서 벗어나 바닥으로 떨어져 내렸다. 그리고 붉은 머리 소녀의 손이 부드럽게 내 뺨에 와 닿았다. 그 손은…… 참 따뜻했다.

싸운다. 난 '인간' 을 보호하며 도망치고 요물들의 추격을 뿌리친다. 붉은빛의 소녀, 류아. 과거 내 소꿉친구와 똑같은 이름을 가진. 난 그녀의 가족들을 위해 목숨을 걸고 싸운다.

도깨비의 배에 칼을 쑤셔 넣는다. 요수의 심장에 총을 쏘아 박살 낸다. 외눈박이의 목을 분지른다.

인간에게 향하는 공격을 몸으로 막아 낸다. 인간이 입은 상처를 지혈하고 치료한다. 인간들이 궁지에 몰려 절망할 때 도주할 길을 일러 준다.

끊임없는 추적. 그러나 인간을 지킨다는 신념으로, 요물을 박살 낸다는 증오로 그렇게 하루하루를 반복하며 나아간다. 당장이라도 쓰러지고 싶을 정도로 지쳐도 류아가 미소를 짓는 것을, 걱정하며 안아 주는 것을, 그리고 가족이 보호받아 다행으로 여기는 것을 보며 위로받는다.

그녀가 있어서 나는 버틸 수 있다.

그녀가 있어서 나는 나아갈 수 있다.

그녀가 있어서 나는 내 신념을 지킬 수 있다.

나는…… 그녀를 사랑한다.

어느 숲속에 있는 마을에 도착하여 도움을 요청했다. 그 숲은 요계산림(妖界山林)의 끝자락. 내가 직접 그들과 협상하고 싶었으나 류아와 그녀의 가족들은 날 다른 이들과 만나지 못하게 했다. 그리고 처음으로 인간과 마주한 날 한 청년이 내게 강렬한 적의를 드러냈다.

"그만해요!!"

반사적으로 '적'을 죽이려고 한 순간 류아의 비명과도 같은 소리가 울려 퍼졌다. 그녀가 내 손을 꼬옥 잡으며 말했다.

"산경, 저희를 도와주러 오신 분들이에요."

맞아, 그렇게 들었어. 그런데 왜 내게 살기를 드러내지? 왜 적을 보는 것 같은 시선으로, 날 경멸하는 시선으로 노려볼까? 류아가 무어라 고 내게 말을 하지만 잘 들리지 않는다. 무슨 말을 하는 것일까? 상관 없다. 그녀가 한 말이니까 옳은 말이겠지…….

가온, 류아 가족의 우두머리 격인 자가 오늘 적이 공격을 가해 올 것이라 했다. 예상하고 대비한다고 했지만 생각보다 간단하지가 않았다. 나름 함정을 파서 수를 줄여 놓기는 했지만 결국 그들은 류아의 가족이 숨어 있는 곳까지 침투해 왔다.

실력이 괜찮은 단 한 명을 제외하고 모조리 쳐 죽였다. 그 하나도 마저 죽일 수 있었는데 만만치 않은 실력자가 끼어들었다.

"오랜만입니다. 산경 '전' 단장님. 전 경하이라고 합니다만 기억하실까 모르겠습니다."

도대체 무슨 헛소리를 하는 거지? 지금까지 요물과 대화할 새도 없이 일단 죽이고 봤기 때문에 류아를 만난 이후로 처음으로 하는 대화였다.

"난 요물 따위 기억하지 않는다."

최대한 혐오감을 담아 눈앞의 산도깨비를 노려보았다. 그러나 산도깨비는 길게 찢어진 입으로 비웃음을 흘렸다.

"이런이런, 정말로 미치신 거군요."

가볍게 운을 뗀다. 굳이 들을 필요가 없겠지. 나는 놈의 말에 신경 쓰지 않고 만만치 않은 상대가 둘로 늘어난 것에 대해 경계하며 류아와 그녀의 가족들을 등 뒤로 위치시켰다. 죽을 때까지 아니, 죽어서도 절대 비켜서지 않으리라.

앞의 상대보다 새로 나타난 자가 더더욱 강하다. 그러나 그렇다고 처음의 상대를 무시할 수는 없다. 두 명을 동시에 처리할 방법을 계산하고 있던 차에 놈의 느릿한 말이 내 귓가를 파고들었다.

"언제부터 요물과 인간이 혼돈되기 시작하셨나요?"

움찔.

순간 절로 어깨가 굳는다. 듣지 마. 듣지 마. 들으면 안 돼. 그런데…… 왜?

반사적으로 입을 연다.

"무슨 개소리……."

"저희와 같이 작전을 수행했을 때에도 인간이 요물로 보이고 요물이 인간으로 보인다며 지속적으로 괴로움을 토로하신 걸로 알고 있습니다만. 거기다 이번엔 암시까지."

내 말을 끊고 들어와 마구 지껄이는 산도깨비. 듣지 마, 듣지 마, 듣지 마. 그런데…… 왜?

네. 세.계.가. 무.너.질. 테.니.까.

뒤섞이는 기억, 뒤섞이는 인지, 뒤섞이는, 뒤섞이는, 뒤섞이는…….

타앙—!

총성과 함께 왼팔이 타들어 가는 것 같은 고통이 밀려왔다. 허공으로 튀어 오르는 핏방울들. 그에 흔들리는 시야가 멈췄다. 그리고 이어지는 산도깨비의 말.

"요괴 사냥꾼을 떠난 배신자에겐 오직 죽음만이 기다릴 뿐입니다."

인간일지도 모른다고 생각했던 상대가 인간인 자신을 향해 공격해 왔다. 즉 상대는 자신에게 호의적이지 않다. 그럼 자신을 혼란스럽게 했던 말 또한 거짓이다. 상대는 이간질을 통하여 내가 보호할 자를 적대하게 하려 했다.

그럼 상대는 적. '요물' 이다.

나는 상처 입은 맹수처럼 이를 드러내며 산도깨비에게 뛰어들었다.

놈들의 습격을 물리친 지 벌써 삼 일이나 지났다. 나는 멍한 시선으로 내 몸을 내려다보았다. 총에 맞았던 왼팔은 치료를 제대로 하지 못해 괴사해 들어가 결국 잘라 냈다. 그리하여 휑하니 빈 왼쪽. 남은 오른손은 삼분의 일 정도가 사라져 있다. 만만하지 않은 상대가 여럿. 결국 몸뚱이는 망가져 버렸다.

이 손으로 검이나 휘두를 수 있을까? 긴 화승총을 제대로 쓸 수 있을까? 고작해야 작은 화총의 방아쇠를 당기는 것이 다일 것이다. 그것도 화총의 반동을 제대로 지지할지도 의문이다.

이래선 류아와 그녀의 가족을 지킬 수나 있을까? 오히려 짐이나 되지 않으면 다행이다. 속에서 넘쳐 오르는 절망감이 온몸을 휩쓸었다.

끼이익.

그때 내가 쉬고 있던 쉼터로 류아가 걸어 들어왔다. 나를 바라보며 짓는 슬픈 웃음. 그녀가 슬퍼하는 모습은 보기 싫다.

“난 괜찮아.”

내 그 한마디에 그녀의 얼굴이 일그러졌다. 그리고 두 손으로 얼굴을 가린다. 그러나 가리지 못하고 떨어져 내리는 눈물. 다행히도 멀쩡한 다리를 옮겨 그녀에게 걸어갔다.

“날 봐.”

“흑.”

“괜찮으니까 나 좀 봐.”

그제야 류아가 손을 내리며 날 올려다본다. 홍옥과 같은 붉은 눈이 물기를 머금고 아름답게 빛났다. 나는 대결 중 화상으로 일그러진 얼굴을 쓸어내리며 쓰게 웃었다. 나와는 달리 그녀는 아름답다.

“그거 고쳐 줄까요?”

그때 류아가 영롱한 목소리로 내게 말을 건다. '그거'. 두루뭉술하게 표현했지만 알 수 있었다. 언제부턴가 나를 미치게 만들었던 저주. 흐릿해진 정신.

"고치는 방법, 알고 있어요."

"어……떻게?"

더듬거리며 나온 물음에 류아는 울상을 지은 채로 답했다.

"제가 어느 정도 관련되어 있으니까요."

"뭐?"

"고쳐 드릴까요?"

나의 되물음에 그녀는 다시금 물어 온다. 내 저주를 고친다고? 나를 망가뜨린 그 저주를?

"고쳐 드릴까요?"

"고쳐 줘."

고민할 것도 없는 사실이다. 내 답변과 함께 점차 다가오는 류아의 얼굴. 그리고 입술에 닿는 말캉하면서도 촉촉한 느낌. 부드러운 입맞춤.

"잘 가요. 짧은 내 사랑."

작게 들려오는 그녀의 속삭임. 덮쳐 오는 어둠.

깨어 있는 채로 잠에 빠진 느낌이었다. 눈을 뜨자 생각보다 맑은 머리에 기분이 좋았다. 전의 뚜렷한 현실감에도 머리 어딘가에서 날 조정하는 불쾌감은 사라진 지 오래. 그렇기에 나는 직감할 수 있었다.

아아, 돌아왔다. 정상으로 시야가 돌아왔다. 날 괴롭히는 저주가 드디어 사라진 거다.

입가에 절로 웃음이 걸렸다.

됐다. 다 끝났다.

"류아! 어딨어?"

그녀의 이름을 불러 본다. 그때 공터 저 멀리 나무 뒤에 붉은 무언가가 보였다. 그곳으로 걸어간다. 그리고 나무를 돌아서며 그녀의 이름을 불렀다.

"류ㅇ……."

"오셨나요?"

류아가 슬픈 어조로 말했다. 순간 숨이 턱 막힌다. 지금 내 눈앞에 있는 것은 류아가 맞다.

그런데…… 왜 인간이 아니지? 왜 하체엔 인간 다리가 아니라 물고기와 유사한 지느러미가 달려 있지? 왜…… 신지께인 거지?

"이게……."

"보아하니 저주가 확실히 풀린 것 같네요. 축하드려요."

류아는 인간이었다. 분명 인간이었다. 그리고 저주가 풀리자 요물로 보인다. 아니, 애초 내가 걸린 저주가 인간과 요물이 반대로 보이는 것. 왜 의심하지 못했을까? 진짜 미친 것이었을까? 그걸 깨닫는 순간 지금까지 내가 해 왔던 것들이 명확히 떠올랐다.

난 여태 내 동료의 배에 칼을 쑤셔 넣었다. 내 동료의 심장에 총알을 박아 넣었다. 내 동료의 목을 비틀어 꺾었다.

신지께를 위해 몸을 날려 보호했으며 신지께를 위해 싸웠으며 신지께를 위해 도주할 길을 일러 주었다.

내 신념을 완전히 박살 내는 행동들. 내가 지금까지 살아온 이유를 부정하는 행위들.

"아아, 아!"

증오해. 증오해. 증오해. 너희들을 증오해. 감히, 감히, 감히!

"날…… 가지고 놀아?"

살기를 담은 내 목소리에도 그녀는 슬픈 웃음을 지을 뿐이었다. 왜 슬퍼해? 그건 내가 느껴야 될 감정이야. 가죽걸이에서 작은 화총을 뽑아 손에 쥔다. 그리고 그녀에게 겨눈다.

"감히 네가! 네가!!"

"미안해요."

"닥쳐어어어!!!"

여린 목소리로 하는 사과에 분노를 터뜨린다. 그러나 막상 방아쇠를 당기지 못한다. 아주 간단한 것임에도 굳어 버린 것처럼 손가락이 움직이지 않는다.

"미안해요."

그녀는 기어코 고개를 떨구더니 눈물을 쏟아 내기 시작했다. 무엇이 잘났다고, 무엇을 잘했다고! 울 자격도 없는 지독한 계집년이!

하지만 그녀의 눈물에 반사적으로 멈칫하는 나. 죽여야 되는데, 이성은 분명 그렇게 명령을 내리는데 몸이 거부한다. 계속해서 통제를 거부한다.

널 증오해. 널 증오해. 널 증오해. 날 이렇게까지 시궁창에 박아 버린 널, 세상에서 제일 증오해.

널 사랑해. 널 사랑해. 널 사랑해. 네 동족을 죽였던 나이지만 늘 걱정스러운 시선으로, 애정 어린 시선으로 바라봐 준 널, 비록 그게 연기였다고 해도 사랑해.

증오해, 증오해, 증오해.

사랑해, 사랑해, 사랑해.

증오해, 사랑해, 증오해, 사랑해, 증오해, 사랑해, 증오해, 사랑해, 증오해, 사랑해.

바르르 떨리던 손가락이 드디어 움직여 방아쇠를 당겼다.

타앙—!

'그는 결국 절 죽이지 못했어요. 허나 자신이 증오하던 이를 위해 제 동료를 죽였다는 사실을, 그리고 자신이 사랑에 빠졌던 이가 인간이 아니었단 것을 견디지 못했나 봐요. 그랬기에 절 죽이는 대신 자기 머리에 화총이란 것을 쏴 버렸지요.'

'동족을 사냥하는 사냥꾼 하나를 이용하기 위해 절 제물로 저주를 걸었어요. 제가 살아 있는 한 그가 절대 그 저주에서 벗어나지 못하게요. 참으로 증오하는 상대였는데…….'

'저도 참으로 바보 같지 않나요. 처음엔 그를 유혹한다는 것 자체가 역겨웠는데 그 정이란 게 뭔지. 많은 이야기도 나누었지요. 그랬기에 그가 왜 그렇게 되어야 했는지 이해하게 되었어요. 거기다 함께 지내는 시간 동안 절 아껴 주고 목숨까지 던져 살려 주고…… 그러니 어찌 그에게 반하지 않을 수 있었겠어요. 비록 그자가 내 동족을 죽였던 이라는 걸 알고 있음에도. 어쩌면 저야말로 천벌을 받을 계집일지도 모르겠네요.'

'그자가 쓸모를 다하자 저희 무리의 장이었던 가온께서 이만 쓰레기를 처리하자고 하시더라고요. 너무나 당연한 이야기인데, 처음부터 그러기로 결정된 것이었는데 전 그러한 것을 보고만 있을 수 없었어요. 그래서 제 생명을 대가로 그에게 걸린 저주를 풀어 버렸지요.'

'그의 시신을 수습해서 화장했어요. 그리고 전 제가 속한 무리에서 나왔지요. 따지고 보면 전 제 동족들을 배신한 격이니까요.'

'그냥 누군가 하나쯤은 이런 저희의 이야기를 기억해 주고 안타까이 여겨 울어 줬으면 하는 바람이 일더라고요. 다른 것은 바라지 않아요. 어차피 저희들은 만나기 이전부터 꼬여 버린 인연인걸요. 그걸 풀기엔 너무 늦어 버렸지요.'

여인은 바위 위에 몸을 걸친 채 잠들 듯 눈을 감은 소녀를 내려 보았다. 버석버석해진 백발 사이로 흐릿하게 적색의 흔적이 남아 있었다. 생명을 모조리 불태웠음에도 작은 미소를 지은 채 품 안의 단지를 소중히 끌어안고 있었다. 저 안엔 분명 산경이라는 남자의 뼛가루가 들어 있겠지.

어느새 어둠이 내려앉은 배경. 달빛 아래에서 여인은 별이 부서지는 푸른 눈을 들어 하늘을 보았다. 그리고 슬피 울음을 터뜨렸다.

투두둑 투둑 투두두둑.

빗방울이 창을 두드리는 소리에 청이는 잠에서 깨어났다. 그리고 그녀는 눈이 제대로 떠지지 않은 상태에서 옆을 더듬어 아란을 깨우려 했다. 그러나 그녀의 손에 닿는 것은 서늘히 식은 이불. 그것에 청이의 눈이 번쩍 뜨였다.

"헉! 어디 가신 거지?"

평상시라면 여전히 잠에 취해 있어야 할 아란이였다. 혹시 궁이 질려 도망이라도 간 것이 아닌가 하는 불안한 생각에 청이는 급히 방 밖으로 뛰쳐나갔다. 그리고 마루에 앉아 있는 아란을 발견할 수 있었다.

"아가……."

제 심장을 들었다 놓은 상대를 향해 게슴츠레한 눈길을 보내던 청이는 그녀를 부르려 했으나 곧 기묘한 분위기에 입을 닫았다.

비가 오는 정원을 넋을 놓고 바라보는 아란, 아니 구미호의 모습에선 왠지 모를 슬픔이 느껴졌다. 마치 되돌릴 수 없는 과거를 추억하듯. 그 광경이 꼭 인세를 벗어난 듯하여 당장이라도 이곳에서 사라져 버릴 것 같았다.

"아가씨?"

그렇기에 이번엔 확실히 그녀를 부를 수 있었다. 그에 구미호는 슬쩍 고개를 돌려 청이를 올려다보았다. 푸르스름하게 빛나는 눈동자 안으로 별빛이 부서져 흩날리고 있었다. 세상을 한발 비껴 난 기이한 신비라 청이는 또다시 말문이 턱 막혔다.

"꿈을 꿨어."

한동안의 침묵 끝에 먼저 말을 연 것은 아란이였다. 청이는 머뭇거리다 조심스럽게 질문을 던졌다.

"무슨 꿈이요?"

"내가 기억해 주어야 될 것들 중 하나."

그것을 끝으로 아란은 다시 비가 오는 정원으로 시선을 돌렸다. 알 수 없는 무게감 속에 청이는 계속해서 그런 그녀의 모습을 바라보기만 하였다.

5장

살인의 별이 뜨는 날

“더 이상의 방치는 위험합니다.”

귀족가의 여식들이 종종 모이는 별의 정원. 한양의 동쪽 대나무 숲에 조성된 이곳은 금남(禁男)의 구역으로도 유명했다. 여기 모인 이들은 방금 의견을 낸 김가(家)의 규수 김하예를 바라보았다.

“이번 진하현의 현감에 관한 처벌에 서가(家)의 계집이 관계되어 있다는 소문이 있습니다. 평소라면 그딴 일에 신경도 쓰시지 않을 전하께서 굳이 움직였다는 것만 봐도 이 일의 심각성이 나타납니다.”

아란의 말에 움직이는 왕. 그것은 그녀가 가지게 되는 위험한 지위를 뜻한다. 역사를 뒤져 보아도 왕이 뒷배로 선 여인은 대국의 흐름을 뒤에서 조정하였다. 비록 그 서가의 계집이 백치라고는 하나 언제까지나 그렇게 바보로만 있을 리가 없었다. 아니 그 계집이 백치라면 되레 외가 쪽에서 그녀를 꼭두각시처럼 이용하여 큰 권력을 얻을지도 모를 터.

문제는 서가는 귀족파가 아니라는 점이었다. 즉 서아란, 그것이 왕비가 되어 위치가 공고히 된다면 귀족파로선 이모저모로 많은 손실이 생기게 될 것이었다. 그것은 비록 정치를 잘 모르는 규수들이라도 쉽게 파악할 수 있는 일이었다.

"그 계집을 어떻게 해서라도 제거해야 됩니다."

김하예는 그리 말하며 조용히 차를 마시고 있는 백사린에게 시선을 돌렸다. 귀족파들의 중추인 백가(家)의 규수이자 제 스스로도 여인들의 기싸움을 모조리 꺾고 위에 우뚝 선 자. 여기에 모인 많은 여인들이 그녀의 입이 떨어지기를 기다리고 있었다.

허나 백사린은 고요하게 차를 마시기만 할 뿐이었다. 분홍빛 머리를 곱게 땋아 내리고 연하게 화장을 한 청순한 얼굴. 고급스러운 하얀 의복 위로는 벚꽃이 수놓여 있었다. 단정하게 앉은 자세는 규수들의 표본이라 해도 될 정도로 고아함이 넘쳤고 작은 손짓에도 우아함이 깃들어 있었다. 여기 모인 모든 규수들의 우상과도 같은 존재.

그녀의 입술이 천천히 열렸다.

"질투는 추한 것이랍니다."

하지만 백사린의 입에서 나온 것은 규수들의 기대에 어긋나는 말이었다. 믿을 수 없다는 듯 순식간에 주위가 속닥거리는 소리로 가득 찼다. 반항기가 가득한 시선이 하나둘씩 늘어나자 백사린은 찻잔을 내려놓고 천천히 고개를 들었다.

"서가의 규수는 왕께서 선택하신 여인입니다. 아무리 왕의 총애를 가지고 싶다고 하나 그런 이를 죽이겠다니요. 말도 안 되는 말이지 않습니까?"

"그런 뜻이 아니잖습니까!"

"아, 대의명분? 왕을 휘두르는 요사로운 계집을 처리한다. 참으로 좋은 의미지요. 그럼 어느 분께서 그 여인을 죽이시겠습니까?"

한 여인이 빽 하고 소리친 말에 백사린이 싸늘한 목소리로 되물었다. 청순하고 여리게 보이기만 하는 여인답지 않게 강렬한 기세가 주변을 장악하자 귀족가 규수들은 꿀 먹은 벙어리가 되었다. 그에 백사린은 가볍게 조소하였다.

근래 두 번의 암살 미수로 인해 서아란의 보호에 대한 경계 수준이 상당히 올라간 상태였다. 왕께서 두 눈을 부릅뜨고 주변을 살피고 있는 데다가 두 번의 경고까지 한 상태. 두 번째 경고가 한 귀족가의 몰살이라면 다음은 거침없이 단죄의 칼날을 뽑아 들 것이 분명했다. 어쩌면 오 년 전처럼 귀족가의 반이 사라질지도 모를 터.

하여튼 생각 없이 짹짹거리는 여인들이란. 내게 고하면 내가 알아서 해결해 줄 줄 알고 저러는 것일까? 아니면 나를 희생양으로 삼을 생각에 저리하는 것일까? 전자라면 어리석기 그지없는 것이고 후자라면 코앞의 것만 보는 머저리일 것이다.

백사린은 이런 이들이 동공국의 규수라고 생각하니 답답하기 그지없었다. 그저 눈앞에 놓인 이익만을 위해 서로 물고 뜯을 줄만 알지 그 이상의 것은 보지 못한다. 그리고 또한 자신들의 위에 서 있는 자의 심성조차 제대로 파악할 줄 모르니 이들이 이끌어 나갈 미래가 막막하기만 하였다.

'만약 내가 온전한 왕비가 될 수만 있다면…….'

그랬기에 이런 가정이 너무나도 절실하기만 하다. 왕의 총애를 등에 업고 여성으로서 최고의 자리에 오를 수만 있다면 권력에 눈이 멀어 나라를 좀먹는 벌레 같은 귀족들을 모조리 쓸어버릴 텐데. 허나 동공왕의 마음은 이미 서가의 계집에게 있고 그녀로선 자신의 이상을 이룰 방법이 없었다.

톡톡톡.

백사린의 가느다란 검지가 탁자를 두드렸다. 그녀의 아버지는 그녀와는 다른 계획을 점진적으로 진행 중이었다. 왕비의 실질적인 의무, 즉 후계자를 낳는 역할은 서가의 계집에게 넘기고 왕비의 권력을 얻기 위한 물밑 작업을 하고 있었다. 여러 귀족들과 조용히 만나 의견을 맞추어 나가고 있으니 곧 일을 터뜨릴 터였다.

그럼 서아란은 후궁으로서 임명이 되고 백사린, 자신은 왕비가 되어 서아란의 방패막이 역할과 동시에 왕비로서 역할을 수행하게 되겠지. 그것은 왕에게 있어서도 크게 손해될 것이 없는, 아니 어쩌면 더욱 마음에 드는 타협일지도 모르겠다.

허나 백사린은 입맛이 매우 썼다.

"허……."

결국 나오는 것은 헛웃음뿐이다. 사모하는 이의 아내로서 직위는 얻지만 평생 독수공방할 처지이니. 하지만 현재로선 그것이 가장 최선의 형상이었다. 귀족파에게 힘을 실어 줄 수 있는.

하지만 그건 안 될 일이다.

"연회를 열 생각입니다."

백사린의 입에서 앞으로의 계획이 흘러나왔다. 그녀의 입가에 부드러운, 그러나 뭔가 섬뜩한 느낌이 숨겨진 미소가 걸렸다.

"한양의, 아니 지방 귀족의 규수까지 모두 모이는 거대한 연회입니다. 각종 진귀한 보석과 차들, 그리고 가벼운 한과를 준비할 생각입니다. 그리고 시와 그림, 음악 등을 서로 나누고 즐길 것이지요. 조만간 초청장을 돌리겠습니다."

백사린은 그렇게 말을 이어 가며 계획을 빠르게 정리했다. 그녀는 결코 제 아비의 권력을 위한 희생양이 될 생각이 없었다. 이 나라 국모가 된다면 그에 걸맞게 이 나라를 위해서 썩어 빠진 부분을 도려낼 생각이었다. 그리고 동공왕이 최대한 올바른 치세를 펼칠 수 있도록 옆에서 도울 것이다.

그것에 있어서 제 아비의 계획은 어느 정도 도움이 된다. 무려 본래 목적인 왕비의 자리를 얻을 수 있으니. 허나 왕의 뒷배가 없다면 아버지에게 휘둘리기만 할 터. 지금 당장…… 아니 서아란이 멀쩡히 살아 있는 상태에선 앞으로도 결코 왕의 마음을 얻지 못할 것이다. 그렇다면…… 왕의 총애를 얻지 못한다면…… 그분이 사랑하는 이를 자신의 손안에 넣으면 된다.

비록 아슬아슬한 줄타기가 될 것이지만 오직 귀족파에 의해 꼭두각시처럼 움직이는 것보단 훨씬 나으리라.

"풍옥전에 계신 서가의 규수에게도 초청장을 보낼 생각입니다."

백사린이 이은 단 한마디에 이곳에 모인 이들이 비릿한 웃음을 지었다. 머릿속을 확인해 보지 않아도 그들의 음흉한 생각이 뻔히 보였다. 아마 연회 동안 서가의 계집을 어찌 골릴 수 있을까 하며 머리를 굴리고 있겠지. 그런 그녀들의 행태에 구역질이 올라왔으나 겉으로는 부드러운 미소를 유지하였다. 어차피 자신은 저들을 이용해야 하니까.

그래, 그렇게 괴롭히렴. 그 서가의 아이가 울고불고하며 도망칠 정도로. 내가 그 아이를 위로하며 '친우'라는 위치가 될 수 있게. 그 아이가 나에게만은 모든 마음을 드러내고 의지할 수 있게…… 그렇게 나의 것이 될 수 있게…….

"하아—"

백사린의 분홍빛 입술 사이로 쓰린 한숨이 흘러나왔다. 진흙탕과 같은 정치싸움. 누군가를 꼭두각시로 이용하며, 또는 꼭두각시인 척하며, 혹은 악의 속에 방치하며…… 그렇게 나아간다. 어찌 보면 자신이 혐오하는 이들과 완전히 닮은 모습이라 제 자신에 대해 짧은 경멸이 스쳐 지나갔다.

"다시 말해 보세요."

청이가 아란의 얼굴에 고개를 들이밀며 말했다. 그에 기세가 한풀 꺾여 우물쭈물하는 아란. 그에 청이가 이를 뿌득뿌득 갈며 다시 입을 열었다.

"다.시. 말.해. 보.세.요."

"그게…… 연회 초청에 간다고…… 했……다……."

갈수록 모기 소리처럼 작아지는 음성. 그녀의 말에 청이는 제 가슴을 탕탕 치며 울분을 터뜨렸다. 청이가 잠시 자리를 비운 그사이. 백사린에게서 제가 여는 연회에 참석해 달라는 초청장이 날아왔다. 그리고 요즘 글 쓰는 재미에 푹 빠진 아란이 청이에게 상의도 없이 꼭 참석하겠다며 서찰을 써서 보내 버린 것. 청이가 곁에 있었다면 절대 안 된다고 바락바락 악을 썼을 것이다.

"노린 걸까? 노린 거겠지? 노린 걸 거야!"

거의 하루 종일 붙어 있는 청이가 딱 사라졌을 때 초청장이 날아오다니 이런 우연 같지도 않은 우연이 있을 수가 있나! 분명히 노리고 보낸 걸 거다. 그 초청장엔 필히 맛있는 과자나 꿀떡이 잔뜩 있다고 쓰여 있었겠지. 재밌는 놀잇거리가 많다고도 적혀 있었을 거다. 그것을 읽은 저 천방지축 여우는 흥미가 돋아 가겠다고 했을 거고.

"으윽— 위장이……."

쓰리다. 구멍이라도 뚫린 듯이 쓰리다. 청이는 잠시라도 한눈 팔면 염장을 지르는 여우를 무섭게 노려보았다. 그에 움찔하고 움츠러드는 아란. 청이는 어찌하면 이 초청을 무효로 만들 수 있을까 고민했다. 아란이 연회가 열리는 곳으로 가면 성질을 내며 폭발할 그런 지위 높은 사람이…….

"있다!"

동공왕에게 이 사실을 전하면 분명 눈이 뒤집어져서 달려올 것이었다. 그리고 연회는 아예 파탄이 날 거다! 청이는 입가를 스윽 끌어 올린 채 웃음을 터뜨렸다.

"전하께 이 사실을 빨리 알려야……."

"아, 제현한테 허락을 받았다."

"……."

뭐요? 뭐시라고요? 뭐가 어쨌다고? 청이가 어이가 가출한 표정으로 돌아보자 아란이 싱글싱글 웃으며 자랑하듯 말을 이었다.

"궁 안의 백련각에서 연회가 있다고 했다. 나 꼭 가고 싶어 제현에게 입 박치기…… 아니, 음…… 아! 뽀뽀했다. 그러니까 허락해 줬다!"

아…… 예…… 제 무덤 파셨다고요? 백사린이면 분명 귀족가 수장의 여식. 그녀가 초청장을 보냈다는 것은 분명 함정. 마지막 보루가 동공왕이었는데 그 방패막이를 제 손으로 던져 버리고 스스로 위험 속에 뛰어들어 갔다는 의미. 청이의 이마에 힘줄이 하나둘씩 돋아나기 시작했다. 그녀는 입가를 뒤틀며 심호흡을 했다.

참자. 참아. 심혈을 기울여 방비하면 어찌어찌 대처가 가능할 거다. 최소한 멸시의 눈길은 받아도 욕은 먹지 않게.

그때 아란이 무언가 떠올렸다는 듯이 입을 열었다.

"아, 연회가 사흘 뒤라고 했다."

뚜욱.

그리고 청이는 속에서 가늘게 유지되던 무언가가 끊어졌다.

"후우—"

제현은 울컥하고 요동치는 심장을 가라앉히며 두 눈을 꼭 감았다. 근래 들어 억지로 묶어 놓았던 살의가 풀려나 마구 난리를 쳐 댔다. 조금만 방심하면 주변의 인물들을 모조리 찢어발겨 버릴지도 모를 터였다.

"쯧, 힘들게 되었군요."

"예, 많이 힘들게 되었습니다, 스승님."

제현은 자신이 부른 청림에게 쓰게 말하였다. 특이한 별의 기운을 타고나는 이들이 있다. 그들은 별의 성질에 가깝게 태어나서 그 별이 내려 준 운명을 따라 살아간다. 그리고 그 경향(傾向)은 그들이 타고난 별이 다시 뜰 때 가장 폭발적으로 나타난다. 그리고 제현이 기운을 받아 태어난 별은 천살성.

"앞으로 닷새 뒤인가요?"

그리고 닷새 뒤에 천살성이 밤하늘에 뜬다. 살인자의 별이라고도 불리는 천살성. 즉 제현에게 있어선 가장 위험한 때인 것이다. 제현은 탁자를 손가락으로 톡톡 두드리며 청림에게 질문을 던졌다.

"성수청에선 준비가 잘되어 가고 있습니까?"

"예, 봉인진 및 차폐진 등 9할 가까이 완료가 되었습니다. 그 외에 억제나 진정 효과를 지니는 부적들도 만들고 있는 중입지요. 아마 내일부터 침전 주변으로 진 설치를 시작할 수 있을 듯합니다."

제현은 자신이 폭주하게 될지 모르는 그날을 대비하여 오랜 시간을 들여 준비하였다. 주된 목적은 자신의 몸을 꽁꽁 묶어 그날 밤이 지나갈 때까지 밖으로 벗어나지 못하게 하는 것. 그로 인해 최대한 주변에 큰 피해가 없게 만드는 것이었다.

"이번만 버티시면 전하께서 살아 계시는 동안 또다시 천살성이 뜨는 일은 없을 겁니다."

특이한 별들은 자신만의 주기를 가지고 하늘에 나타난다. 천살성의 경우 22년의 짧은 시간과 373년의 긴 시간을 번갈아 가며 하늘에 나타난다. 즉 제현은 373년의 시간을 거쳐 나타난 천살성이 뜰 때 태어났기에 이번의 22년 주기에 또다시 천살성을 맞이하게 된 것이었다.

"이틀 뒤에 몸에 억제 술식을 새기겠나이다."

청림의 말에 고개를 끄덕인 제현은 자리에서 일어났다. 편전으로 가야 할 시간대다. 그가 두어 걸음 내디뎠을 때 청림은 제 하얀 턱수염을 쓰다듬으며 지나가듯 말을 툭 내뱉었다.

"그건 그렇고 서가(家)의 아가씨를 그 연회에 내보내도 괜찮겠습니까?"

멈칫.

그 한마디에 제현은 우뚝 걸음을 멈추었다. 청림은 걱정스러운 어조로 조심스럽게 자신의 생각을 고했다.

"귀족가의 여식들이 작정하고 벼르고 있을 터인데."

그의 스승이 한 말은 맞는 말이었다. 그러할진대도 그는 아란의 참여를 허락하였다. 제현은 어제 있었던 그때의 일을 떠올리며 픽 웃음을 내 지었다.

아란에게 시중인이 없던 틈을 타 백가(家)의 지시를 받은 이가 접근하였다. 다만 운이 나빴다면 시중인이 없던 사이에 자신이 아란과 함께 있었다는 것일까? 초청장을 건넨 이는 자신을 보자 얼굴이 핼쑥하게 변하였었다.

척 봐도 눈에 뻔히 보이는 계획인 터라 웃음도 나오지 않는 상황. 귀족 규수들만이 참석하는 금남(禁男)의 연회라면 따로 호위무사를 보낼 수도 없어 아란은 '적'들이 보내는 적의에 홀로 노출되는 것이 당연한 일이었다. 함정임이 확실히 보임에도 아란은 초청장을 읽으며 반짝반짝 눈을 빛냈다. 그리고 제 눈치를 슬슬 보며 가 보고 싶다는 티를 내었다.

물론 자신은 안 된다는 듯 얼굴을 굳히고 있었다. 그에 그녀는 이러지도 저러지도 못하며 끙끙댔었지.

'나 가면 안 돼? 연회 벌이는 곳 궁 밖이 아니다.'

결국 그녀는 먼저 입을 열어 참석하고 싶다는 의사를 밝혔다. 그럼에도 말없이 노려보고만 있자 아란은 반쯤 울상을 지었었다. 어느 정도는 장난이 섞여 있었기에 허락하려는 순간 입술에 새털같이 가벼운 감촉이 닿았다가 떨어졌다. 잠깐의 접촉이지만 부드럽고 촉촉한 감미로운 느낌에 넋이 반쯤 나갔었다.

그대로 손을 뻗어 그녀를 집어삼킬 듯 입 맞추고 취하고 싶었으나 간신히 제동을 거는 데 성공했다. 청이가 이러진 말랬는데 하며 안절부절못하는 사랑스러운 모습을 한참 바라보던 제현은 결국, 아니 어차피 허락하려 했던 승낙을 해 주었다. 그에 환하게 웃으며 폴짝폴짝 뛰는 모습이 얼마나 예쁘던지.

아마 이틀 뒤에 그녀는 사갈 같은 이들이 모인 연회에 참석하게 될 것이다. 그에 제현은 쓰게 웃음을 지었다.

"상처를 입겠지."

순수하기 그지없는 그녀는 그곳에서 온갖 망신을 당하며 힘들어할 것이다. 어쩌면 펑펑 울지도 모르겠다. 그걸 생각하면 가슴이 아프지만…… 그만큼 남들에 대한 불신을 가지게 되겠지. 그리고 스스로의 세계를 줄일 것이다. 풍옥전 밖으로 나가기 두려워할 만큼 상처를 받았으면 좋겠다.

오직 나만이 아군이라고 생각할 만큼.

'제현' 이외의 존재는 밀어내도록. 물론 이번 한 번만으로 그 정도까지 바랄 수는 없겠지. 하지만 그것이 계속해서 반복된다면? 자신이 아란을 계속해서 아끼고 곁에 두려 할수록 귀족과 주변 잡것들은 더더욱 그녀를 미워할 것이다. 그리고 마주할 때마다 강한 적의를 드러내고 그녀에게 상처를 주겠지.

그렇게 사람들에 의한 정신적인 감옥이 완성되어 갈 것이다. 그러면 그저 물리적 제약인 풍옥전은 진정한 의미로서 바람을 가두는 감옥이 될 것이다.

"스승님은 신경 쓰시지 않으셔도 될 것 같습니다."

짧은 말로써 상대의 간섭을 쳐 낸다. 제현은 제 스승에게서 시선을 피하며 그를 스쳐 지나갔다. 한편 쓴웃음을 베어 문 제현의 모습을 보며 청림은 근심 어린 표정을 지었다. 처절할 정도로 상대를 구속하고자 하는 모습이 보인다. 허나 그건 상처를 입힌다는 것을 전제로 하는 것. 그렇기에 청림은 조심스럽게 충고를 던지었다.

"바람은 억지로 가둔다고 해서 가둬지는 것이 아닙니다. 자유로운 바람은 감옥보다 쉼터에 머무르는 법이지요."

움찔.

어딘가를 꿰뚫는 듯한 스승의 말에 제현은 무언가에 찔린 듯 한차례 경직했으나 아무것도 모르겠다는 듯 걸음을 옮겨 갔다. 집무실에 청림을 두고 나오고도 한참을 걸어가서야 제현은 긴장을 풀며 멈춰 섰다. 그리고 살며시 뒤돌아보며 제 얼굴을 고통스럽게 일그러뜨리고는 중얼거렸다.

"그 자유를 주었다가 나를 영영 떠나 버릴까 겁이 나는군요."

풍옥전의 궁녀들은 저녁의 시원한 바람을 맞으며 짧은 식사 시간을 즐기고 있었다. 장마가 막 지나간 뒤라 아직은 선선한 기운이 가득했다. 오단과 연희는 오늘따라 유난히 맛있는 식단에 매우 기분이 좋아 흥겨운 듯 대화를 나누고 있었다.

"이야! 얼마 만에 보는 오리고기냐?"

"그러게 말이야."

허나 그녀들을 자세히 보면 뭔가 표정이 묘하게 어색하다는 것을 알 수 있었다. 아니 그녀들뿐만 아니라 다 같이 식사하고 있는 궁녀들 역시 비슷한 표정이었다. 꼭 무언가를 의식하지 않으려는 듯한 모습.

"나 괜찮다. 편히 먹어."

"예……."

그것은 배경에 섞여 있는 아란이라는 존재 때문이었다.

아란이 연회가 사흘 뒤라는 말을 꺼낸 이후 청이의 광란의 폭주가 있었다. 청이는 간신히 분노를 가라앉힌 후 이것저것 재어 보더니 몸태를 만들기 위한 방법이라면서 아란에게 저녁 금식이라는 어마어마한 벌을 내렸다. 아란이 눈물 콧물을 흘리며 그것만은 제발 하지 말아 달라고 빌었지만 위장에 있는 음식만 빼도 옷을 입은 태가 예쁘게 날 것이라며 청이는 거절의 의사를 강력히 피력했다.

그 결과가 바로 이것. 차마 먹지는 못하겠고 배는 고프고 음식 냄새는 나고. 아란이 궁녀들이 식사하는 곳으로 찾아와 그녀들이 식사하는 모습을 빤히 쳐다보고 있는 것이었다.

"괜찮다니까."

아란이 또다시 웃으며 말하자 그제야 궁녀들은 어물쩍 식사를 시작하였다. 넓은 마루 안에서 작게 속닥거리는 소리와 음식을 씹는 소리, 식기가 부딪히는 소리가 퍼져 나갔다.

냠냠 쩝쩝 호로록.

속닥속닥 달그락 달각.

호록 냠냠냠 쩝쩝쩝.

"꼴깍."

그리고 그 사이로 군침이 삼켜지는 소리가 크게 울렸다. 궁녀들의 시선이 그 소리의 주인인 아란에게로 모여들었다. 작은 소리마저 모조리 사라진 정적. 아란은 헤헤 웃으며 손을 내저었다.

"식사 계속해."

꼬르르르륵.

그 말이 끝남과 동시에 그녀의 배에서 위장이 수축하는 소리가 울려 퍼진다. 궁녀들은 할 말을 잃고 그대로 멈춰 버렸다.

"……."

"……."

"……."

"나 신경 쓰지 마."

엄청 신경 쓰여! 상전이 저리 배를 곯으며 옆에서 빤히 쳐다보는데 어찌 마음 편히 식사할 수 있겠는가? 결국 오단이 어색하게 웃으며 조심스레 자리를 권하였다.

"그냥 드시는 게 어떻겠습니까? 그 청이라는 분도 안 계시고 하니."
그에 아란은 잽싸게 그녀 옆에 앉았다.
"헤헤헤 그럼 조금만 먹을……."
덥석.
"아.가.씨."
언제 왔는지 청이가 아란의 어깨를 억세게 잡아챘다. 아란은 목각 인형처럼 목을 끼긱끼긱 돌리며 청이를 올려 보았다. 그에 청이가 방긋 웃으며 입을 연다.
"이럴 시간이 어딨습니까? 이제 이틀 뒤가 연회인데요. 어서 가서 예의범절에 대해 공부하고 연습하셔야죠?"
마치 지옥에서 올라온 요괴가 이러할까? 분명 입은 웃고 있음에도 눈은 살벌하게 빛나고 있다. 아란은 음식에 숟가락질 한번 하지 못하고 질질 끌려갔다. 물론 울상을 짓고 있는 아란의 시선은 음식에 붙박인 채였다.
결국 방에 고이 모셔진 아란. 청이는 그녀 앞에 서책을 펼쳐 놓으며 말을 이었다.
"아침에 오셨던 소화부인께서 쉬지 말고 연습해야 한다고 강조하셨지요. 기억하십니까?"
청이에 의해 아란이 연회에 참석하게 된다는 것을 알게 된 소화부인은 안색이 시퍼레져서 졸도하기 직전까지 갔다. 그저 작은 연회라면 모르겠는데 지방 귀족의 규수들까지 초대한 대규모의 연회. 왕비 내정자인 그녀가 그곳에 참석하여 실수라도 한다면 엄청난 멸시를 받는 것은 물론이요 그 자질을 의심받고 명예까지 실추될 터였다.
소화부인은 취소하기엔 이미 늦었다는 말을 듣고 최소한 겉모양새만이라도 만들자라는 취지로 아란을 쉴 새 없이 몰아붙였다. 그리고 교육 시간이 끝나 떠나면서도 청이를 붙잡고 밤을 새우게 해서라도 계속 연습시키라고 강조에 강조를 더했다.

문제는 아란이 요리조리 도망쳐서 지금까지 아무런 연습도 시키지 못했다는 것일까? 그래서 청이는 궁녀들이 식사하는 장소에 잠복을 하였다. 먹는 거라면 자신도 팔…… 아니, 이미 팔은 전적이 있는 아란이기에 분명 이곳에 나타나리라 하며. 그리고 그 낚시는 매우 성공적이었다. 이렇게 방 안에 끌고 올 수 있었으니.

"규수로서 움직임의 기본을 기억하십니까?"

청이가 험악한 표정으로 말하자 아란이 필사적으로 고개를 끄덕였다. 그에 청이는 식탁을 탕 내리치며 목소리를 높였다.

"고개만 끄덕이지 말고 말을 하십시오! 말을!"

"히익! 걸음은 소리 없이 조용하게! 움직이는 데 서두르지 말고 언제나 늘 여유 있게! 손의 움직임이나 고갯짓은 우아하게! 마치 전신에서 은은한 빛이 나듯 등 뒤에 후광이 있듯!"

그에 바삐 다다다 말을 내뱉는 아란. 청이는 여전히 눈을 부릅뜬 채로 식탁 위로 다기를 올려놓으며 말을 이었다.

"곧장 실습입니다! 실시!"

"예, 옙!"

결국 마지못해 찻잔과 다관 등을 정리하는 아란이였다. 허나 불만 가득한 듯 볼은 크게 부풀어 있었다. 청이는 '쓰읍' 하며 눈을 부라리는 것으로 아란을 제압하였다. 아란은 다기를 모두 정위치에 배열하자 깊게 숨을 들이쉬고 두 눈을 꼬옥 감았다. 그리고 천천히 개안하였다.

단지 그것뿐이지만 그녀의 분위기가 확 일변하였다. 마치 고요히 흐르는 강과 같이. 평소에 그녀의 본모습을 알고 있던 청이로서는 눈을 비비며 다시 볼 정도의 변화였다. 아란이 서서히 움직였다.

천천히 손을 든다. 손의 형세는 우아하게, 그리고 그 궤적은 마치 학을 연상시키듯 곡선을 그리며. 시선은 살짝 아래로 두고 입꼬리는 살짝 끌어 올려 웃는 듯 마는 듯. 그렇게 아란은 마치 한 폭의 그림처럼 다기를 다루어 갔다. 순서에 따라 탕관을 이용해 차를 끓이고 다관으로 찻물을 우려낸다.

청이는 그녀의 행적을 일거수일투족 확인하며 놀라움에 눈을 크게 떴다. 척 봐도 어릴 때부터 엄격하게 교육을 받아 온 규수와 같지 아니한가? 아니 그 수준이 아니었다. 그것을 훨씬 뛰어넘어 은은하게 빛을 발하는 아란은 마치 선녀와 같았다.

아란이 하나둘 단계를 거쳐 갈 때마다 그 은은한 빛은 밝기를 더해 갔다. 그리고 그녀는 마지막으로 찻잔에 찻물을 따라 내었다. 흘러내리는 찻물은 흐트러짐이나 끊김이 없이 일정함을 유지한다. 아침에 잠시 한 것만으로 이 정도라니. 청이는 멍하니 고개를 들어 아란의 얼굴을 바라보았다. 그리고 때마침 아란의 머리 뒤에서 후광이 터져 나왔다. 마치 태양과 같은 고고한 황금빛.

연습도 없이 이뤄 낸 상상 이상의 쾌거에 청이는 방긋 웃음을 지었다. 그러니…….

"불 꺼, 이 여우야."

정체 들킬 일 있냐? 청이는 말 그대로 자체발광하며 아무것도 모르겠다는 듯 고개를 갸웃거리는 아란을 짜게 노려보았다.

"정말 미치겠군."

진예호는 자신의 푸른 머리를 마구 흐트러뜨리며 짜증을 냈다. 아란의 성인식까지 이제 이 주도 채 남지 않았다. 그런데 도주한 서가(家)의 아가씨에 대한 흔적은 정말 머리카락 하나도 보이지 않았다. 그녀의 흔적이 끊긴 절벽 아래의 강에서부터 하류를 따라 발길이 닿을 수 있는 곳은 모조리 찾아보았다.

심지어 흑영에게 부탁해 남몰래 공권력까지 이용하여 하류 주변 마을을 벗어나는 사람들을 모조리 검문하였으나 서아란과 닮은 인상착의는 전혀 발견되지 않았다. 정말 땅으로 꺼진 건지 하늘로 솟은 건지.

예호는 제 손톱을 물어뜯으며 주변에 모인 하수인들을 돌아보았다.

"암정국으로부턴 연락이 없느냐!"

암정국. 동공국 내에서 가장 많은 정보가 모이는 곳. 흑영이 그곳에 의뢰를 맡겼다고 함에도 그들에게선 감감무소식이었다. 주기적으로 날아오는 서편엔 '불명(不明)' 이라는 두 글자밖에 없었다. 예호는 코끝에 걸린 안경을 슥 끌어 올렸다.

"허…… 진짜 이대로라면 그 구미호가 동공왕과 혼인하고 합궁까지 하게 될지도 모르겠구나."

그러면 정말 끝장이었다. 두 달간 왕에게 거짓을 아뢴 것은 어찌어찌 속일 수 있다지만 합궁까지 하게 된다면 더 이상 감추는 건 불가. 정말 궁이 피바다가 될지도 몰랐다. 그리고 자신과 흑영이 죽는 건 물론 이 일에 가담한 서가는 아주 씨가 마를 터였다.

"그 전까진 반드시 아가씨를 찾아내야 한다."

예호의 눈동자가 불안감으로 빠르게 흔들렸다. 그는 아랫것들에게 혹시 모르니 다시 마을들을 뒤져 보라고 명하고 서가의 가주인 서진인에게 서편을 적어 전서구를 날렸다. 그는 두 눈을 꼭 감고 제가 모시던 아가씨의 모습을 떠올렸다.

언제나 활발하고 환한 웃음이 함께하던, 정말 보는 것만으로도 마음을 따뜻하게 했던 아가씨. 자유로운 날개가 꺾여 궁에 갇힌 이후부터 시름시름 죽어 가던 소녀. 정말 그녀를 위한다면 이대로 풀어 두는 것이 맞겠지만…… 그럴 수가 없다는 것이 문제였다.

많은 이들의 평화를 위해서 그녀를 희생시켜야 했다.

"희생이라…… 그러고 보니 그 아이는 잘하고 있을는지."

서아란을 떠올리자 그와 연관되어 새하얀 소녀가 떠올랐다. 뭔가 어리버리하긴 하지만 그만큼 순수한 소녀. 이 일에 관계된 또 다른 희생자. 예호는 그녀에게 사죄하는 마음으로 중얼거렸다.

"조금만…… 조금만 더 버티십시오."

저 멀리 서아란이 보였다. 행복하게 환히 웃는 그녀는 그가 과거에 보았던 어느 때보다 찬란히 빛나고 있었다. 주변은 마치 안개가 낀 것만 같이 흐릿했다. 그곳에서 오로지 서아란, 그녀만이 뚜렷하게 존재감을 드러내고 있었다.

'아란.'

그는 그녀의 이름을 부르며 그녀를 향해 한 걸음씩 천천히 다가갔다. 그와 함께 그녀의 모습이 더더욱 확연하게 눈에 들어왔다. 궁에서 입던 화려하고 고풍스러운 옷이 아닌 초라한 의복, 피부 위로 살짝 묻은 흙자국, 그리고…… 댕기가 아닌 틀어 올려 비녀를 꽂은 머리. 비녀는 혼인한 평민 여성을 나타내는 참새 모양의 비녀였다.

'왜?'

내가 마련해 준 고급스러운 옷은 어찌하고? 내가 준 청색의 용잠은 어디 가고?

'어째서 넌…….'

그는 분노를 품고서 그녀에게 성큼성큼 다가갔다. 그리고 확인할 수 있었다.

그녀 옆에 서 있는 붉은 머리의 사내를. 그녀의 어깨를 끌어안고 행복하게 웃고 있는 사내를. 그녀와 너무나도 어울리는 사내를…… 자신이 아닌 사내를…….

'아란…….'

그는 넋을 잃고 서아란과 그 사내를 바라보았다. 그녀는 그가 아닌

붉은 머리의 사내를 향해 시선을 주고 무언가 속삭이며 까르르 웃음을 터뜨린다. 그리고 그녀는 자신의 배를 부드럽게 쓰다듬었다. 그와 함께 사내는 놀란 표정을 짓더니 밝게 웃으며 그녀를 끌어안고 빙빙 돌았다.

'거짓말.'

그 모습이 한 폭의 그림처럼 너무나 어울리는 모습이라서.

'거짓말.'

그 자신이 아닌 다른 사내가 아란 곁에 있는 것이 너무나 당연해 보여서.

'거짓마—알!'

그는 슬프게, 아프게, 괴롭게 절규했다. 가슴 한구석이, 아니 가슴이 통째로 뜯겨져 나가는 기분이라서 너무나 고통스러웠다.

그녀는 절대로 저 자리에 서 있으면 안 되었다. 제 곁에서 저를 사랑하며, 자신의 아이를 가지고, 그 아이를 낳아 키워야 했다. 그녀의 입술은 언제나 저만을 입에 담아야 하고 자신의 입술에 입 맞추고 저를 위해 달콤한 사랑을 말해야 했다. 그녀의 시선을 허락하는 이는 저여야만 하며 자신의 아이여야만 했다. 그녀의 두 팔은 저를 안아야 하며 저의 몸만을 쓰다듬어야 하고 저만을 위로해야 한다. 그녀의 두 발은 오직 저를 향해 나아올 때만 움직여야 하며 다른 곳으로 향하지 말아야 한다. 그녀의…… 그녀의…… 그녀의…… 그녀의…… 그녀의…… 모든 것은 나만의 것이어야만 한다.

그러니…… 서아란, 그녀는 저곳에 서 있으면 안 되었다. 그러니 저곳에 서 있는 서아란은 가짜여야만 했다.

"거짓마아아아아아알!"

제현은 비명을 지르며 자리에서 벌떡 일어났다. 그와 함께 그의 가슴에서 이불이 흘러내렸다. 주변은 아직 어둡다. 열어 놓은 창밖으로 하늘 높이 뜬 보름달이 보였다. 한밤중에 그것도 악몽을 꿨다. 단지…… 단지…… 그러해야 할 터인데 제현의 심장은 망가질 듯이 뛰었다. 그는 원하지 않는 미래를 꿈으로써 보게 되는 일이 종종 있었다. 그것은 소름 끼칠 정도로 정확히 현실과 일치하는 터라 그로선 절대 확인하고 싶지 않은 예지몽이었다.

그러니…… 확인해야 했다. 그의 아란이 지금 풍옥전에 있는지. 그곳에서 고이 잠들어 있는지를. 자신의 두 눈으로 똑똑히 확인해야 했다.

이불을 내팽개치고 미친 듯이 달려간다. 신을 신을 시간이 없다. 뒤로 따라붙는 궁인들을 챙길 시간도 없다. 자신을 바라보는 모든 이들을 물리고 그녀가 있을 풍옥전으로 뛰어간다. 밤이라 차게 식은 공기가 그의 뺨을 스쳐 지나갔다. 몸이 차게 식는 만큼 그의 마음도 급속도로 식어만 갔다.

봐야 한다. 그녀가 자신 곁에 있다는 것을 봐야만 한다.

단지 그 일념으로 그는 한걸음에 풍옥전에 도착했다. 그리고 늦은 밤이지만 마루에 앉아 콧노래를 흥얼거리는 아란을 볼 수 있었다. 그녀는 황급히 뛰어든 그를 보자 놀란 듯 눈을 크게 떴다. 하지만 그런 것을 고려할 틈도 없이 제현은 아란을 덮치듯 품에 끌어안았다.

느껴진다. 따스한 온기가. 지금 눈앞에 있는 그녀는 환상이 아니다. 그럼에도 제현은 마구 요동치는 가슴이 진정되지 않았다.

한편 아란은 저를 꼭 끌어안고 바들바들 떨고 있는 제현을 바라보며 눈을 동그랗게 떴다. 마치 무언가에 겁을 먹은 듯 저를 구명줄이라도 되는 양 필사적으로 끌어안는다. 그녀는 그가 자신을 안고 있다는 사실에 왠지 모르게 가슴이 콩닥콩닥 뛰었으나 일단 손을 뻗어 그의 등을 토닥였다.

한참을 그리하였을까? 서서히 진정이 되는지 제현의 떨리던 몸이 안정되어 갔다.

"제현, 괜찮아?"

아란은 조심스럽게 그에게 안부를 물었다. 허나 제현은 아란의 목에 고개를 푹 파묻은 채 아무런 대답이 없었다. 그에 그녀는 다시금 그의 이름을 불렀다.

"제현?"

"내 곁에 계속 있어 줄 거지?"

이번엔 답이 돌아왔다. 그러나 그건 아란을 향한 물음. 아니 더 정확히는 애원. 그에 아란은, 아니 구미호는 말문이 턱 막혔다. 본디라면 그녀가 이곳에 온 이유는 아란의 대체물로서였다. 그러니 그의 물음에 당연하다고 답해 주면 되었다. 그러나…… 차마 입이 떨어지지 않는다.

"아란."

제현이 아란의 목에서 고개를 떼어 내며 그녀의 얼굴을 마주한다. 마치 길 잃은 미아같이 혹은 자신을 버리려는 어미를 보는 아이같이. 그는 그녀의 어깨를 꽈악 잡은 채 애걸의 눈길을 보냈다.

응, 영원히 곁에 있을게. 구미호는 그렇게 말하면 되었다. 하지만 왜인지 그 말은 목에서 탁 막히어 밖으로 나오질 못했다. 구미호는 스스로를 재촉했다. 어서 말해라고. 그가 원하는 대답을 해 주어서 그를 안정시키라고.

"난 제현의 진짜 반려가 아니다. 제현의 반려는 따로 있다."

허나 그녀의 입에서 나온 말은 생각과 반대되는 말이었다. 그리고 그와 함께 일그러지는 제현의 얼굴.

넌 왜 자꾸만 날 떠나려 하는가! 왜 그런 말도 안 되는 핑계를 만드는가!

"아란!"

그는 분노하며 그녀의, 아니 그녀가 뒤집어쓴 껍데기의 이름을 불렀다. 그리고 제 생각을 포효하듯 내뱉었다.

"아니, 아란 네가 진짜 내 반려다! 너만이 나의 반려가 될 수 있어!

다른 이는 결코 그 자릴 대체하지 못해!"
"아닌걸. 제현에겐 운명과도 같은 진짜 반려가 있는걸."
차마 진실은 말하지 못한 채 어리석은 답을 내뱉는다. 구미호는 제가 도대체 왜 이러는지 이해할 수가 없었다. 자신의 몸이 통제를 벗어나 속에 있는 감정을 드러내며 말을 한다. 이러면 안 되는데, 이러면 안 되는데. 하지만 가느다란 이성으로 중요한 진실만을 감춘 채 말을 이어 간다.
"제현이 그녀를 찾게 되는 순간 나 같은 건 금방 잊어버리게 될 거다."
이건 진실이다. 어쩌면 제현은 아란이란 자리를 잠시 대체하였던 구미호란 존재조차 눈치채지 못할 수도 있었다. 그걸 떠올리는 순간 구미호는 제 가슴이 미어질 듯이 아파 왔다.
도대체 왜? 그녀로선 처음 느껴 보는 감정이라 자신을 이해할 수가 없었다. 그저 확실히 알 수 있는 것은 제현과 계속 함께 있고 싶다는 것. 하지만 진짜 아란이 돌아오는 순간 구미호는 이곳에 있을 이유가 사라져 버린다, 이곳에 있을 자리가 사라져 버린다. 그러니…… 떠나야 한다.
"아니, 절대 잊지 않아! 그럴 일 따윈 없으니까! 너 말곤 다른 반려 같은 게 존재할 리가 없으니까!"
그런 그녀의 마음을 모르는 제현은 오직 눈앞에 보이는 것만을 보며 노기를 드러냈다. 그렇게 제현과 구미호는 팽팽히 서로를 마주 보았다. 한참을 그리 있었을까? 먼저 타협점을 내민 것은 아란이였다.
"그녀를…… 찾을 때까진 제현의 곁에 있을게."
"아란!"
"약속할게. 그때까진 무슨 일이 있어도 떠나지 않을게."
제현은 그녀의 말에 제 얼굴을 손으로 쓸어내렸다. 그래, 이 정도만이라도 되었다. 그 말은 제가 먼저 손을 놓지 않는 이상은 떠나지 않는다는 의미일 테니까. 앞으로도 자신의 마음을 흔들 여인은 나타나지 않을 테니 평생 동안 붙잡아 놓을 수 있을 것이다.

"피곤……하군."

심하게 심력을 소비한 터라 제현은 구미호의 어깨에 고개를 푹 묻었다. 그에 그녀가 슬프게 웃으며 말했다.

"그럼 가서 자."

"아니, 오늘은 이곳에 있고 싶어."

제현은 그녀가 당장에라도 사라질까 봐 그녀의 손을 꼭 붙잡았다. 이번에도 지게 되는 것은 그녀였다. 그녀는 제현의 머리를 끌어당겨 제 무릎에 누이었다. 그리고 그의 머릿결을 손으로 훑어 내렸다.

"나 여기 있어. 그러니 자."

얼굴에 닿는 부드러운 느낌과 마력이 담긴 것만 같은 음성에 제현의 눈꺼풀이 점차 무겁게 내려앉았다. 그는 살짝 눈을 감고 그녀가 제 머리를 쓰다듬는 감촉을 즐겼다. 포근한 느낌에 그의 노곤한 의식은 점차 아래로 가라앉아 갔다.

그때 그녀가 조용한 목소리로 노래를 부르기 시작했다. 흐릿한 정신 사이를 비집고 들어온 노랫가락은 날카롭게 변한 그의 정신을 정성스럽게 어루만져 갔다.

바람 소리를 닮은 듯 물방울이 또르륵 굴러가는 소리를 닮은 듯. 그렇게 자연이 속삭이는 것만 같은 아름다운 노랫소리. 제현은 그녀가 제 곁에 있다는 사실에 안심하며 깊은 잠에 빠질 수 있었다.

청이는 다시 한 번 아란이 입은 옷을 매만져 주며 말했다.

"조심하셔야 돼요."

"알았어."

몇 번째일까? 이젠 지겹다는 표정을 한 채 반사적으로 고개를 끄덕일 뿐인 아란이였다. 백련각으로 점점 가까이 갈수록 가야금과 여러 악기 소리가 들려왔다. 그와 동시에 아란은 청이의 충고를 잊고 활짝 웃으며 폴짝폴짝 뛰어가려고 했다.

텁.

물론 청이는 매와 같은 손놀림으로 아란의 뒷덜미를 낚아챘다. 그리고 분노를 꾹꾹 눌러 담은 얼굴로 음산하게 말했다.

"아가씨, 내 말 좀 들어."

"예, 옙!"

아란이 움츠러들자 청이는 깊은 한숨을 폭 내쉬며 다시금 그녀의 옷매무새를 점검했다. 곱게 땋아 내린 댕기와 녹호박이 박힌 금빛 머리 장식, 매화가 수놓인 하얀 저고리와 하늘빛 치마, 그리고 척 봐도 나 비싸요라는 느낌이 물씬 드는 고급 노리개. 혹시 몰라 옥색 가락지를 약혼자가 있습니다라는 걸 뜻하는 오른손 검지에 끼어 놓았다.

평소처럼 방방 뛰어다니지만 않고 조용히 있으면 반은 갈 것이다. 청이는 백련각의 입구가 보이자 아란의 두 손을 꼬옥 잡으며 그녀와 눈을 맞추었다.

"근 이틀간 열심히 연습한 대로만 하면 돼요. 알겠죠?"

"응."

"어차피 저기에 모인 규수들도 모두 가문을 등에 업고 떵떵거리는 거고 가문 이름 떼고 붙으면 그냥 아무런 힘없는 여자애일 뿐이에요. 그러니까 너무 기죽지 말고요."

"응."

꼭 물가에 내놓은 어린아이를 보는 느낌이라 영 불안하기 그지없다. 차라리 자신이 들어가 지켜보면서 조금씩 신호를 줄 수라도 있으면 좋으련만. 청이는 답답한 가슴에 하늘을 올려다보며 다시금 한숨을 쉬었다. 허나…… 이미 늦은 것을 어찌하리오.

끊임없이 걱정하고 챙기는 제 모습을 보며 긴장한 건지 아란의 표정이 굳어 있자 청이는 픽 웃으며 장난치듯 말을 이었다.

"따지고 보면 아가씨가 저 중에서 가장 뒷배가 높아요. 무엇보다도 아가씨의 뒤에선 전하께서 힘이 되어 주시니까요. 저들이 아가씨에게 전하를 유혹한 요녀라고 하지만 막상 자신이 아가씨의 자리에 있을 수만 있다면 나체로 전하의 침실도 기어들어 갈 년들이에요. 가서 하다하다 안 되겠으면 전하 이름 대고 깽판 치고 나와 버려요. 그럼 지들이 어쩔 거야."

"……알겠다."

아란이 진지한 얼굴로 고개를 끄덕이는 모습을 보며 순간 청이는 너무 막가진 말아 달라고 말해야 하나 고민했으나 인간 세상 생활 한 달하고도 삼 주면은 대강 알아먹었겠지 하며 넘어갔다. 그리고 아란의 등 뒤를 슬쩍 밀며 잘 다녀오라고 손을 흔들어 주었다.

"믿어요."

"그래, 나만 믿어라!"

아란은 가슴을 펴고 당당하게 말하며 백련각 쪽으로 도도도 걸음을 옮겼다. 그리고 입구 쪽에 도달하는 순간 걸음걸이와 손놀림을 귀족가 규수처럼 바꾸었다. 모르는 사람이 본다면 아란이 소문의 그 서가(家)의 아가씨라고 생각하지 못할 정도. 그녀가 문턱을 넘자 안에서 기다리고 있던 여시종이 초청장을 확인했다.

"서가의 서아란 아가씨 맞습니까?"

"맞다."

목소리는 높지 않게, 그러나 말은 명확하게. 여시종은 아란의 모습을 확인하더니 안내하겠습니다라고 말하며 앞서서 걸어갔다. 좀 더 안으로 들어가자 몇몇의 규수들이 가야금을 연주하는 모습, 춤을 추거나 차를 마시는 모습 그리고 목소리를 낮추고 대화하는 모습들이 보였다. 아란으로선 이런 연회엔 처음으로 참석하는 것이라 소란스럽지 않고 우아하기만 한 풍경에 순간 혼을 빼겼다.

예쁘다. 그 생각과 함께 빠르게 장내를 훑어 내렸다. 규수들이 양옆으로 나누어 길게 앉아 있고 가장 끝엔 분홍빛 머리의 여인과 빈자리가 하나 있었다. 그리고 그들 가운데 마련된 자리에 악기와 음식이 놓여져 있었다. 규수들이 자리에 앉아 있으면 여시종들이 가운데 있는 음식을 접시에 담아 식탁으로 날랐다. 그렇게 하나하나 살펴보는 도중 빛이 반지르르하게 도는 꿀떡이 눈에 포착되었다.

아란은 순간 자세를 흐트러뜨릴 뻔했으나 마부위침(磨斧爲針)의 인내로 참아 내었다. 그리고 여시종을 따라 자신에게 배정된 자리로 걸어갔다.

"여기입니다."

여시종은 담담한 표정으로 한 자리를 가리키며 말했다. 하지만 아란은 앉을 생각을 하지 않고 그곳을 쳐다만 보았다. 잠시의 침묵 이후 그녀는 도저히 이해가 되지 않는다는 듯 여시종을 향해 물음을 던졌다.

"여기야?"

"예. 여기입니다."

여시종이 가리킨 곳은 가장 말석(末席). 아란에게 절대 배정될 수가 없는 자리였다. 서가라는 가문으로 보아도 중간은 되어야 했으며 차기 왕비라는 지위를 생각하면 가장 상석(上席)에 앉아야만 하였다. 소화부인과 뼈에 새길 정도로 공부하였던 내용이었기에 아란은 확실히 기억하고 있었다. 그녀는 눈을 들어 여시종을 향해 말했다.

"그대는 여기가 내 자리로 옳다고 생각하는가?"

다행히 잠시의 끊김도 더듬음도 없이 말을 끝낼 수 있었다. 이것 역시 피나는 노력의 일면 중 하나였다. 아란은 이 정도로 하였으면 나머지는 편하게 풀리고 잘못된 것이 바로잡힐 줄 알았다.

"예. 옳다고 생각합니다."

허나 돌아온 대답은 귀를 의심할 대답. 분명 여시종이면서도 아란의 얼굴을 뻔뻔히 쳐다보며 너 따윈 신경 쓸 필요도 없다는 의미의 답변을 내뱉었다. 본디 구미호라면 자신이 앉는 자리가 말석이든 상석이든 상관하지 않을 터이나 지금 이 자리엔 아란이란 직위로 참석하고 있는 터였다. 즉 함부로 넘길 수 없는 말이었다.

아란은 신중하게 말을 고르고 골라 입을 열려고 하였다. 다른 이의 비웃음이 치고 들어오지 않았더라면.

"킥 백치면서 꼴에 좋은 대접을 받고 싶은가 봐."

아란은 황급히 그곳을 향해 고개를 돌렸다. 목소리가 들려온 자리는 지방 귀족의 규수를 나타내는 갈색. 즉 아란의 직위보다 한참 아래. 얼굴로 보아도 그녀보다 어린 규수였다.

어느새 조용해진 연회장. 아란은 서서히 주변을 둘러보았다. 이곳에 모인 모든 이들이 흥미진진함과 짓궂음을 품고서 그녀를 바라보고 있었다. 굳이 예외를 두자고 하면 청렴함으로 알려진 호조판서 이전량의 여식 이혜가 마음에 들지 않는다는 듯이 인상을 찌푸리고 있다는 점과 가장 상석에 앉은 백사린이 조용히 차를 마시고 있다는 점뿐.

나머지는 강하든 약하든 악의를 가지고서 아란을 짓누르려 하고 있었다. 이름 모를 지방 규수 하나가 과감히 말을 던지자 다른 여인들도 킥킥거리며 속닥거림을 빙자한 놀림을 던져 대었다.

"기억을 잃고 천치가 되었다면서도 전하께서 빠져서 헤어 나오지 못하시니 방중술은 여전히 기억에 남아 있나 보네?"

"당연한 거 아니겠어? 그 몸뚱아리로 전하를 유혹하였을 테니 매일 밤마다 밤시중을 들었겠지. 얼마나 자주 했으면 몸에 기억이 남아 있겠어."

"옥문이 아주 꽉꽉 조여 주나 보지? 그 정도 수준까지 달하려면 얼마나 연습하였을까?"

"어릴 때부터 남자들이랑 뒹굴면서 놀았대잖아. 얼마나 많은 남자들에게 다리를 벌려 줬겠어? 아마 십이 넘어갈걸? 아주 걸레야."

어릴 때부터 엄격히 교육받았다던 고아한 귀족가의 규수답지 않은 음담패설들이었다. 그것도 하나둘이 아닌 이곳에 모인 거의 모든 여인들이 말도 안 되는 이야기로 아란을 매도하여 더러운 계집으로 만들어 갔다. 마음 약한 여인이라면 큰 충격을 받고 집에 틀어박혀 몇 달은 나오지 못했으리라.

갈수록 심해지는 담화에 강한 자신감을 얻은 것일까? 아란의 앞에서 있던 여시종이 비죽 입꼬리를 올려 비웃으며 그녀에게 다시 한 번 말석을 권했다.

"창녀에겐 이런 자리도 아깝지만 어쩌겠습니까? 아무리 그래도 귀족의 핏줄인걸요."

이곳엔 오로지 악의만이 가득하였다. 자신이 얻지 못한 왕비 자리에 대한 질투, 자신보다 여성답지 않은 말괄량이를 왕이 총애한다는 분노, 끝에 왕을 피해 도주하며 애간장을 태우는 앙탈을 부린다는 착각에서 오는 경멸. 그로 인한 악의, 악의, 악의.

아란은 여시종에서부터 규수들까지 사방에서 덮쳐 오는 역겹고 더러운 감정의 파도에 조용히 두 눈을 꼬옥 감았다. 마치 토사물 더미를 뒤집어쓴 것같이 끈적끈적하고 물컹한 것이 전신을 쓸어내리는 것 같았다.

아아 이래서 청이가 그렇게 걱정했구나. 소화부인이 그래서 안절부절못했구나. 구미호는 한쪽 인간들을 이해하는 한편 다른 쪽 인간들은 이해할 수 없었다. '아란' 이라는 존재가 무엇을 잘못했기에 이렇게까지 미움받아야 하나? 무슨 이유로 이렇게까지 매도를 당하고 짓눌림을 당해야 하나?

잘못되었다. 잘못되었다. 적어도 구미호가 들은 '아란' 은 이런 취급을 당할 아이가 아니었다. 이 자리에 있는 것은 구미호지만 만약 '아란' 이 도망치지 않겠다고 결심하고 여기 남아 있었다면 그녀가 지금 이 망측한 말과 악의들을 받아 내고 있었을 터였다. 그것은 잘못된 것이다.

그러니…… 고쳐야 된다. 하지만…… 자신의 방식으로썬 안 된다.

아란으로서, 인간의 방식으로써 이것들을 뜯어고쳐야 된다.

그러므로 필요하다. 인간에 대한 지식이. 구미호는 빛바랜 자신의 기억으로부터 인간에 관한 지식을 끌어모았다. 그리고 이번 삼 일 동안 배웠던 궁중 예절과 학식들에 그것들을 조합하며 맞추어 갔다. 하나하나 정리한다. 그리하여 필요한 것들이 완성되었다.

그녀는 천천히 눈을 떴다. 그리고 눈앞에서 주제도 모르고 껄렁한 자세를 취하고 있는 여시종을 향해 손을 뻗었다.

짜악!

짧고 날카로운 소리에 연회장은 일순 침묵으로 가득 찼다. 여시종의 뺨은 벌겋게 부어 있었고 고개가 홱 돌아가 있었다. 생각 외의 사태에 좌중은 순간 얼이 빠졌다. 허나 곧 이곳에 모인 여인들의 눈은 먹잇감을 눈앞에 둔 독사처럼 빛이 났다. 상석 쪽에 앉아 있던 김하예는 매섭게 아란을 노려보며 타박했다.

"허…… 천박하게 이게 무슨 짓입니까?"

"방종한 아이에게 벌을 줬을 뿐입니다만?"

아란은 무덤덤한 표정으로 제 손을 쓸어내렸다. 그런 모습에 약이 올랐던 것일까? 김하예는 날카로운 말로 재차 쏘아붙였다.

"참…… 어릴 때부터 산야를 뛰놀며 남자처럼 지냈다더니 하는 짓도 조신하지 못하군요."

"그런가요? 규수께서는 조신하시니 제 앞에서 침을 뱉는 아랫것들의 무례도 그냥 넘어가시겠군요."

"무, 무슨……."

허나 아란에게서 침착한 반박이 되돌아오자 얼굴이 새빨갛게 변했다. 그에 김하예 옆에 있던 또 다른 규수는 이를 갈며 목소리를 높였다.

"이, 이익 창녀같이 왕을 유혹한 주제에!"

"지금 이 상황과 상관없는 말인 것 같군요."

"네까짓 것에게 명예 같은 게 있을 것 같아? 왕이란 배경을 빼면 아무것도 없는 더러운 계집 주제에!"

바락바락 악을 써 대며 한 말에 많은 규수들이 수긍하여 아란을 향해 혐오스러운 눈길을 보냈다. 모두가 단 하나의 약자를 향해 정신적인 폭행을 가하는 상황. 혼자로선 다수를 상대하기 힘들 터였다. 허나…… 아란은 그녀들을 향해 빙긋 미소를 지었다.

상황과 맞지 않는 것이기에 오히려 불안감을 불러일으키는 미소였다. 아란은 연회장에 있는 모든 이들을 둘러보더니 아무것도 아니란 태도로 말을 이었다.

"그럼 지금은 왕이란 배경을 가지고 있기에 무시할 수 없다는 것이군요. 그런데 하시는 말씀들을 들어 보니 스스로 자신들의 목을 조르는 짓이 아닙니까? 만약 제가 눈물을 흘리며 전하께 달려가서 이 자리에 있던 이들이 저를 모독하였다고 하면 어쩌시려고요?"

"……."

"약간 더 과장하여 절 죽이려 하였다 하면 아주 재밌는 상황이 일어나겠습니다."

"……."

연회장 안에 있는 이들의 안색이 하나같이 새파랗게 질리었다. 일단 무조건 상대를 짓밟을 생각만 했지 그 이후의 일은 전혀 떠올리지 않았다. 아란이 자신이 한 말대로 행한다면 이 연회에 참석한 사람들 중 몇 명이나 살아남을 수 있을 것인가? 그녀들은 심장이 쿵 떨어지며 눈앞이 깜깜해짐을 느꼈다. 전신의 피가 발아래로 빠져나가는 서늘한 느낌.

저 백치라면 제가 무슨 일을 당하는지도 모른 채 쓰레기 취급을 당해 줄 거라 예상하였다. 그런데 어찌 이 지경까지 오게 되었는가? 아니 그 전에 저기에 서 있는 이가 백치가 맞긴 맞는가? 아니아니 그 전에 저기에 서 있는 존재가 서아란이란 존재가 맞는 것인가?

그녀들이 겪어 보았고 소문으로 전해 들었던 것과는 차이가 컸다. 아란은 그저 빙긋이 웃고 있는 것만으로 좌중을 모두 압도하고 있었다.

"이, 이익! 네가 그렇게 말하는 것 자체부터가 네 격을 보여 주는 것이야! 왕의 뒷배를 믿고 떵떵거리는 꼴이 무슨 왕비 후봇감이냐! 그래! 왕에게 가서 말해! 그리고 증명해 봐! 네가 왕을 홀려 국가를 기울일 요녀란 사실을!"

허나 그러한 것을 차마 인정할 수 없었던 것일까? 김하예는 입술을 지르물며 발악하듯 소리쳤다. 그것도 왕이 네 부탁을 들어주면 넌 나라의 기강을 흐트러뜨리는 요부라는 엉망진창인 이론으로. 아란은 시선을 돌려 그녀를 빤히 응시했다. 여전히 입가에 고아한 웃음을 머금은 채였다.

"흐음— 당신이 평민의 여식이었다면 제게 그렇게 소리칠 수 있었을까요?"

"뭐?"

"따지고 보면 당신도 당신의 가문과 주변 귀족 규수들과의 연합 등을 믿고 제 앞에서 권력놀음을 한 게 아닌가 하는 물음입니다."

"그, 그건……."

"저랑 똑같군요. 뒷배를 믿고 상대를 짓누르는 것 말입니다. 결국 뒷배싸움이군요. 그런데 어쩌지요. 그 뒷배가 제 쪽이 더 강하군요. 당신 따위는 단번에 처리해 버릴 만큼."

김하예는 모욕적인 언사에 얼굴을 붉혔지만 차마 반박할 말이 떠오르지 않아 입을 꾸욱 다물었다. 먼저 나선 이가 철저하게 논파(論破)당해 물러서자 모여 있던 규수들은 최고 상석에 앉아 있는 분홍머리의 여인에게 슬쩍슬쩍 시선을 돌렸다. 마치 그녀가 무언가를 해 줄 것이라는 듯. 허나 백사린은 말없이 찻잔을 기울이기만 할 뿐이었다.

이대로라면 여기 모인 이들의 꼴이 우습게 되는 터였다. 결국 한쪽 구석에 있던 또 다른 규수가 머뭇머뭇 입을 열었다.

"그, 그래도 우, 우리가 가진 것은 태어나면서부터 얻은 저, 정당한 권리야."

아란이 목소리가 들린 방향을 향해 스윽 눈길을 돌렸다. 그에 방금 입을 열었던 여인은 움찔하고 고개를 움츠렸으나 이내 자신은 당당하다는 듯 어깨를 억지로 폈다. 아란은 잔잔한 시선으로 그녀를 응시하다가 입을 열었다.

"저도 귀족가의 여식입니다만? 그런데도 절 창녀 취급 해 놓고서 스스로 말하기 부끄럽지 않습니까? 거기다 여기선 이미 전하를 유혹하기 위해 나체로 전하의 침전으로 기어들어 간 이들도 있지 않습니까? 여기 모인 규수들 중 태반 이상이 전하 앞에서 꼬리 친 것으로 알고 있습니다만? 두 달 이전의 기억이 없는 저에게까지 소문이 들릴 정도면 쯧쯧. 누군지 모르지만 참으로 문란하기 그지없는 것들 아닙니까?"

그녀의 말에 몇몇의 여인들은 흠칫하며 몸을 떨었고 몇몇은 고개를 푹 떨구었으며 나머지 몇몇은 새빨갛게 얼굴을 붉혔다. 아란은 방금 전부터 규수들의 시선이 집중되고 있는 백사린을 향하여 눈길을 주며 말을 이어 갔다.

"누가 천박하고 문란한지는 얼마 후에 증명되겠지요. 머잖아 제가 전하와 합궁하게 되면 모든 게 드러나지 않겠습니까?"

어느 여인이든 왕과 합궁하게 되면 처녀혈이 묻은 천을 확인하고 따로 보관하는 왕궁 법도를 말하며 쐐기를 박았다.

침묵.

아란을 향해 악의를 품었던 이들이 하나같이 모두 꿀이라도 먹은 것처럼 입을 꾹 다물었다. 그녀들도 아란에 대해서 안다. 비록 천방지축으로 놀았으나 그런 쪽으로는 깔끔했다는 것을. 그리고 그저 추잡한 질투와 적의로 꾸며 낸 신빙성 없는 이야기들을 늘어놓으며 그것으로 제 기분을 풀어냈을 뿐이라는 것을.

아란은 정적 사이로 걸어가 음식들이 놓인 상으로 향했다. 그리고 윤기가 반지르르하게 흐르는 꿀떡 하나를 집어 들며 입을 열었다.

"제가 있으면 연회를 망칠 것 같네요. 그래도 참석한 이상 이것 하나 정돈 맛보아도 되겠지요?"

아란은 분노한 기색도 무언가를 뽐내는 기색도 없이 당연한 것을 취하듯 꿀떡을 입에 넣은 뒤 백련각을 벗어났다. 그 뒤로 본래 계획과는 달리 완벽하게 역으로 당한 규수들이 얼이 나가 있었다.

백사린은 아란이 나간 문을 한참 동안 바라보았다. 그녀의 머릿속은 지금 혼란의 도가니였다. 그녀가 생각했던 계획과 어긋나도 한참이나 어긋났다. 본래라면 서아란은 주변의 압박에 버티지 못하고 무너져야 했으며 자신이 직접 나서서 그녀의 위신을 세워 주고 지금쯤 옆의 빈자리에 함께 앉아 있어야 했다.

헌데…… 무엇이 문제였던 걸까?

백사린은 아란이 규수들의 모욕 앞에 두 눈을 꼬옥 감고 있을 때까지만 해도 생각대로 일이 풀리리라 예감했다. 그러나 그녀가 다시 눈을 떴을 때, 그 후 여시종의 뺨을 올려 쳤을 때 무언가 틀어지기 시작했다는 것을 깨달았다.

"허…… 천박하게 이게 무슨 짓입니까?"

"방종한 아이에게 벌을 줬을 뿐입니다만?"

김하예의 타박에 잔잔히 대응하는 서아란의 모습을 바라보며 저도 모르게 움찔하고 몸을 떨었다. 전과 다른 기백이 느껴졌다. 말로써는 설명할 수 없지만 마치 다른 존재가 되어 버린 듯 사람을 바라보는 것만으로도 움츠러들게 하며 제 위에 서 있는 자라고 인식시키는 그런 느낌.

절대 건드리면 안 된다. 그 생각이 머리를 스쳤지만 다른 이들은 그것을 느끼지 못한 것인지, 아니 알고는 있지만 제가 깔보던 존재가 저런 기운을 품고 있다는 걸 인정할 수 없었던 것인지 악을 쓰며 서아란을 내리누르려고 발악을 하였다.

"그럼 지금은 왕이란 배경을 가지고 있기에 무시할 수 없다는 것이군요."

그 말 이후로 이어지는 협박성의 말들. 허나 진짜로 상대를 겁박하는 것이 아닌 그저 사실을 말하는 듯 어조는 담담하기만 했다. 그녀는 실제로도 협박하고자 하는 마음이 없었으리라. 단지 생각 없는 여인들을 질타할 의도일 뿐. 이후 서아란은 가문과 왕의 존재를 비교하며 여기 모인 이들과 상하 관계를 확실히 하였다.

백사린은 찬찬히 주변을 살폈다. 규수들은 이미 서아란이란 존재에게 압도당하여 겁을 집어먹은 채였다. 그리고 그 모습을 흥미롭다는 듯 보고 있는 호조판서 이전량의 여식이 보였다. 좀 전까진 이런 자리가 불쾌해 죽겠다는 듯 미간을 찌푸리고 있던 이혜였으나 지금은 당당한 아란의 모습에 관심이 집중되어 있었다.

백사린은 아랫입술을 꽉 깨물을 수밖에 없었다. 그녀가 귀족파의 규수들을 규합하고 그들의 위에 섰으나 막상 가장 가까이하고 싶었던 이혜의 마음은 얻지 못하였었다. 그런데 저기 서 있는 서아란은 저 자리에 서서 규수들과의 신경싸움을 이겨 낸 것만으로 그녀의 관심을 얻어 낸 것이었다.

"제가 있으면 연회를 망칠 것 같네요. 그래도 참석한 이상 이것 하나 정돈 맛보아도 되겠지요?"

서아란은 그 말을 마지막으로 꿀떡을 하나 입에 넣고서 백련각을 빠져나갔다. 이미 연회는 파탄이 난 상태. 규수들은 서로 눈치를 보며 속닥거리고 있었다. 심지어 몇몇은 서아란 쪽에 붙을 생각을 하는 이들도 엿보였다.

'타고난 왕비의 귀감이다.'

백사린은 그녀를 인정할 수밖에 없었다.

기억을 잃었다 했던가? 전의 서아란은 배포도 없고 그저 자기가 원하는 대로 되지 않는다고 떼만 써 대는 철없는 것일 뿐이었다. 하지만 그건 자라 온 환경의 영향이었던 모양이다. 기억을 잃고 궁에서 근 두 달간 생활했을 뿐인데 저 정도의 수준이라니! 훌륭한 재능이지 않을 수 없었다.

'그런데…… 왜 이리 입맛이 쓰지?'

분명 기뻐해야 할 일이었다. 귀족파의 규수들과 싸움에서도 밀리지 않고 짧은 기간에 왕비의 기세를 보이는 아란이 이 나라의 국모가 된다는 것은. 하지만…… 백사린은 무언가 목적을 잃은 듯 마음이 공허하기만 했다.

이것이 철혈의 여인인 그녀에게 처음으로 생긴 균열이었다.

청이는 안절부절못하며 이리저리 왔다 갔다 하고 있었다. 연습시킨 대로 잘하고 있을까? 맛있는 음식이 눈앞에 보인다고 예의고 뭐고 다 때려치우고 입 안으로 음식을 흡입하곤 있지 않을까? 저 자존심 높은 귀족가 여인들이 대놓고 모욕을 주면 어찌하지? 예절에 대한 지식이 부족해 실수해서 창피당하곤 있지 않을까?

가면 갈수록 늘어 가는 걱정거리에 그녀는 발을 동동 굴렀다.

"아, 진짜 차라리 내가 말한 대로 깽판 치고 나오는 게 더 마음이 놓이겠……."

청이는 말을 이어 가는 도중 백련각 밖으로 나와 걸어오는 아란을 보며 모든 동작을 정지시켰다. 들어간 지 일각도 채 되지 않아서 나왔다. 설마 진짜 깽판 치고 나온 거냐? 청이는 곤란한 얼굴로 그녀를 부르며 번개처럼 달려갔다.

"아가……."

"청이야 인간들은 본래 상대를 짓누르는 걸 좋아해?"

허나 아란이 슬픈 얼굴로 먼저 물음을 던지자 그대로 말문이 턱 막혔다. 안에서 무슨 일을 당하고 나온 거야? 청이는 곤란함에 눈을 또르륵 굴리며 머뭇머뭇 말문을 텄다.

"그, 글쎄요. 대부분 인간들은 위에 올라서면 그만큼 거만해지긴 합니다만…… 다 그런 건 아니고…… 그게 뭐랄까……."

상대가 인외의 존재다 보니 이런 질문은 곤란할 수밖에 없다. 같은 인간이라고 두둔하자니 이미 볼 판은 다 본 것 같고 그렇다고 욕을 하자니 자신도 인간이고. 청이가 어색하게 웃자 아란은 쓰게 웃으며 그녀를 지나쳐 갔다.

"나 집에 갈래."

아란은…… 구미호는 높으신 자리에 앉은 인간들에 대해 잘 알지 못한다. 생생하게 부딪친 것은 이번 두 달뿐이다. 나머지는 '대가'를 바쳤기에 색이 바랜 기억 속의 지식으로 알게 된 것밖에 없었다.

구미호가 알고 있는 귀족에 대한 지식은 높은 자리에 있는 만큼 대접받기 원한다는 것, 그리고 상하관계를 확실히 한다는 것, 여인은 순결을 중요히 여긴다는 것, 무엇보다도 중요한 것은 자신보다 강한 힘이 있는 자 앞엔 고개 숙인다는 것.

그녀가 연회장에서 말한 것은 그런 것을 기초로 해서 소화부인과 청이가 가르친 것을 조합한 것밖에 없었다. 자신에게 권력이 있다는 사실을 고아하게 말하기만 한 것으로 악의를 가진 수많은 여인들을 무릎 꿇릴 수 있었다. 그 사실이 못내 씁쓸하기만 한 그녀였다.

구미호는 고개를 절레절레 저으며 그 감정을 억지로 떨쳐 내었다.

어차피 빌린 자리고 돌려줘야 할 자리다. 그러니 인간의 방식에 맞게 해결하는 것이 당연했다. 그녀는 인간들의 안타깝기만 한 싸움 방식에 동정하며 곧 떠나야 할 집으로 걸음을 옮겼다.

"잘하셨습니다."

소화부인은 환하게 웃으며 아란의 손을 잡고 칭찬에 칭찬을 거듭했다. 연회에서의 사건은 이미 궁녀들을 통해 궁내 여기저기로 깊숙이 퍼져 나가고 있었다. 백치였던 왕의 꽃이 잘난 척할 줄만 아는 귀족가의 규수들에게 훌륭하게 한 방 먹여 주었다…… 뭐 이런 내용이었다. 당일 백련각에서 무슨 일이 있었는지 알지 못해 안절부절못하던 청이도 그 소문을 듣고 아란의 뺨에 제 뺨을 비비며 이 귀여운 것이란 말을 반복했을 정도.

하지만 아란의 표정은 시큰둥하기만 했다. 그녀 왈, 고아하게 이어서 말하는데 혀가 꼬일 뻔했다고. 그 외에 기분 좋지 않은 일을 당하고 자신의 마음에 들지 않는 방식으로 일을 해결한 것도 그녀의 시큰둥한 표정에 일조하였다.

"그런데 궁에 무슨 일이 있는 모양입니다. 혹시 아가씨께선 아십니까?"

소화부인은 궁 가장 깊숙한 곳에 자리한 풍옥전에서 가장 외곽인 아량전으로 아란의 처소를 옮긴 사실에 의문을 띠었다. 본디 동공왕이라면 아란이 도주할 가능성이 높은 궁 외곽 쪽에 처소를 정하지 않을 터인데. 거기에다 성수청의 움직임이 심상치 않았다. 궁내에서 도사들이 여기저기 무언가를 설치하며 빠르게 뛰어다니고 있었다. 그런 점을 보면 큰 제사나 아니면 요물과 관련된 일인 것 같은데…….

"오늘 밤에 천살성이 뜬다."

딱히 무언가를 바라지 않은 질문에 답변이 돌아왔다. 그에 소화부인과 청이가 눈을 휘둥글게 떴다. 특이한 별의 기운을 타고나는 이는 그 별의 성향을 타고나게 된다. 그리고 그 별이 다시 뜨는 날 그 경향이 가장 폭발적인 힘을 보인다. 동공왕이 태어날 때 나타난 별은 천살성. 그리고 천살성은 살인의 별이라고도 불린다. 즉 그 별이 뜨는 순간 주변 사람들은 동공왕에 의해 학살당할 가능성이 높아진다.

"왠지 궁 안의 궁인들의 수가 확연히 준 것 같더니."

그렇다면 동공왕이 아란을 궁 외곽으로 보낸 것이 이해가 된다. 만약에 있을 자신의 폭주에 사랑하는 여인이 휘말리지 않도록 하기 위함. 소화부인은 수긍이 된다는 듯 고개를 끄덕였다.

한편 청이는 연회를 갔다 온 뒤부터 심기가 불편한 듯 퉁 불어 가지고 틱틱거리는 아란을 보며 혀를 찼다. 청이 그녀에게도 천살성이 뜬다는 소식은 전해져 오지 않았다. 즉 저 영스러운 존재가 제 능력으로 알고 있는 사실을 말했다는 의미이다.

'내게도 그 소식이 전해지지 않았다는 것은 분명 극비란 의미인데.'

동공왕이 다른 사람들에게 알리지 않고 제 폭주를 막기 위한 계획을 이어 나가고 있다는 뜻. 외부로 알려지지 않은 사실을 한낱 백치가 알아챘다는 것이 주변으로 알려지면 또 무슨 추문에 휩싸일는지. 저렇게 함부로 말하는 버릇은 고쳐야 했다.

오늘 밤 또다시 정신 교육을 할 필요가 있을 듯하다. 이건 절대 이틀간 기분이 틀어진 아란의 눈치를 보며 지낸 것에 대한 보복이 아니었다.

청이는 그렇게 납득하며 속으론 칼을 갈았다.

"곧 밤이군."

제현은 침전에 앉아 노을 진 하늘을 올려다보며 중얼거렸다. 이제 얼마 지나지 않아 천살성이 뜨고 자신은 이성이 날아가 날뛰려 할 것이다. 제 몸에 속박의 주술을 새기고 침전 내부엔 봉인진을 이중 삼중으로 설치하였다. 그것도 모자라 주변 건물들에까지 결박과 억제, 진정 효과를 만드는 부적들을 덕지덕지 붙여 놓았다.

이것 모두가 그가 있는 장소를 중심으로 중압을 걸어 놓는 효과를 발휘했다. 아직 제대로 발동되지 않았음에도 느껴지는 무게감이 장난이 아니었다. 꼭 소 세 마리는 등에 인 것 같은 느낌.

이번 밤이 고비였다. 이것만 견뎌 내면 일주일 뒤에 아란이 성인식을 치를 것이고 그와 혼례를 올릴 것이다. 그러고 나서 앞으로의 인생은 탄탄대로였다. 제현은 자신의 소매에 있는 향낭을 꺼내 그 향을 깊이 들이켰다.

아란. 그녀가 그에게 처음으로 준 선물. 늘 몸에서 떼어 놓지 않으며 소중히 다루는 물건이었다. 이 향을 맡는 것만으로 그는 안정감을 얻을 수 있었다.

"아란, 나의 아란."

그녀가 위험해질 것을 대비하여 궁 가장 외곽 쪽으로 처소를 옮겨 놓았다. 그만큼 그녀가 도주하기는 쉬워질 것이지만…… 그는 믿었다. 지금의 아란이라면 결코 자신을 버리고 도망가지 않을 것이라고. 그날 밤 자신의 애원에 함께 있어 주겠다 맹세하지 않았던가?

물론 거짓 맹세일 수도 있지만…… 그것이 진짜일 것이라는 이유 모를 확신이 들었다.

솔직히 강제로 아란을 붙잡아 두고 있었을 때는 미래란 것이 너무나 두려웠다. 잠시만 방심하면 홀연히 사라져 버릴 것만 같은 불안감.

혼례를 올리고 함께 밤을 보낼 때 생길 끔찍한 소란. 만약 그녀가 자신의 아이를 낳게 된다면 그 아이를 어떻게 대할 것인가에 대한 공포. 그가 아란을 억지로 붙잡음으로 인해 생기는 처참한 인과.

그래도…… 그런 것들을 감안하더라도 아란이 제 곁에 없는 것보단 나으리라 생각하며 그녀를 감옥과 같은 궁에 가두고 옭아매었다. 집착하고 집착하여 그녀와의 관계는 악화 일로만을 향해 달려갔다. 분명 그 끝은 파멸밖에 없었으리라.

하지만 지금이라면, 지금의 아란이라면 소박하게 꿈꾸었던 행복을 누릴 수 있지 않을까 생각한다. 자신에게 보이는 호의는 분명 그들 사이에 생길 아이에게도 이어지리라. 좋은 가족이 될 수 있을지도 모른다. 그녀가 백치인 것은 중요치 않다. 아니 오히려 아무것도 몰랐으면 좋겠다. 그녀가 아는 남자는 오직 '제현'이라는 존재 하나여야만 한다. 그렇게 다른 선택지를 모조리 잘라 내어…….

그랬으면 좋겠다.

제현은 거뭇거뭇해지는 하늘을 바라보며 쓰게 웃음을 지었다.

재미있다. 요 근래에 들어 너무나 재밌는 일투성이였다. 그 여우 한 마리가 궁에 들어오고 나서부터 일어나는 갖가지 사건들은 끊임없이 그녀에게 활력을 불어넣어 주었다.

'아란'. 그것의 겉껍데기를 뒤집어쓰고 있던가? 그 폭군의 면전에 대고 욕을 내뱉지 않나, 찢어진 치마로 허벅지까지 훵하게 드러내고 칼춤을 추지 않나. 귀족파 측 잔머리들을 사뿐히 격파해 주고 오히려 주변 인물을 제 편으로 만들지 않나, 그 철벽 폭군을 홀리기까지. 문제는 저런 행동들이 전혀 계획 없이 제멋대로 한 행동이 만들어 낸 결과라는 것이다.

물론 그 정체를 알 수 없기에 궁금증이 커져 가기는 하지만 그것도 나름의 유희다. 얼마나 많은 능력들을 숨기고 있을지, 또 무슨 재주를 보여 줄지 상상하는 것만으로 입맛이 돋아났다. 늘 기대 이상으로 사건을 일으켜 주니 꼭 내용물이 뭔지 모를 선물 포장을 뜯는 기분이었다.

여울은 침전에 웅크리고 있는 제현을 보며 입맛을 다시는 뱀처럼 제 입술을 혀로 싸악 핥았다.

"그렇게 숨어 있으면 재미없지요."

이무기는 지붕 위에서 뛰어내렸다. 주변에 도사들이 돌아다니고 있지만 그녀가 존재한다는 사실을 눈치채지 못하고 있었다.

"그럼 사건의 판도를 틀어 볼까?"

여울은 색기 어린 얼굴로 오싹한 미소를 지었다. 그와 함께 그녀의 손톱이 길게 늘어났다. 꼭 창과 같이. 그리고 천천히 주변 건물들을 돌며 벽에 붙은 부적들을 베어 내었다.

카가가각.

돌벽과 손톱이 서로 긁히며 섬뜩한 소리를 냈다. 부적은 그 기능을 잃어 갈 때마다 푸른빛의 불똥을 튀어 내며 잠깐잠깐 작게 빛을 터뜨린다. 그렇게 설치된 진의 태반이 힘을 잃고 스러졌다. 이 정도면 천살성의 폭주를 막아 내지 못할 테지.

"아…… 아아."

여울은 피로 물들 궁을 생각하며 황홀하다는 듯 감탄사를 터뜨렸다. 근래 들어 살생이란 미주를 금식한 결과 상당히 피에 목말라 있었다. 얼마 전 제현의 부탁으로 여가(家)란 가문을 쓸어버리는 전채 요리는 제법 괜찮은 맛이었다. 이번의 본요리는 어떤 달콤한 맛을 선사할까?

제현의 폭주에 당황하며 움직일 구미호가 떠오른다. 순박하기 그지없는 그 아이는 희생을 막기 위해 전력으로 힘을 내겠지. 그렇다면 그

알 수 없는 정체 또한 드러나게 될까?

"자 여우야 너의 능력을 보여 주렴."

서서히 떠오르는 달빛 아래 요염한 여인이 제 몸을 감싸 안고 파르르 떨었다. 어느새 그녀의 갈색 눈은 황금빛을 띠는 뱀의 눈으로 변해 있었다. 서양의 드레스와 비슷한 자색 의복 위로 풍만한 가슴이 언뜻 보였고 왼쪽 눈 아래 있는 점은 색기를 더했다. 긴 갈색 머리카락이 바람에 흩날리며 그녀의 몸을 어루만지듯 감싸 안는다.

여울은 자신의 도톰한 입술을 혀로 핥으며 하늘을 올려다보았다. 잠시 후 있을 잔혹한 축제를 떠올리며 황홀해하는 그녀에게서 퇴폐적인 미가 흘러넘쳤다.

쾌락의 뱀은 씽긋 웃음을 지었다.

분명 이번에도 흥미로운 일들이 일어나리라.

뭔가 잘못되었다. 밤이 되어 들끓기 시작한 살의와 그것에 따라 요동치는 요력(妖力)에 제현은 그 사실을 깨달았다. 결계가 발동되었음에도 그것들이 별다른 힘을 쓰지 못하고 있었다. 그는 아득 하며 이를 강하게 물었다. 그리고 제 손에 쥐인 향낭에 고개를 파묻으며 부들부들 떨었다.

마치 부적에 제 마음을 의지하듯 아란이 제게 주었던 선물을 부여잡으며 제발 폭주하지 않길 기도하고 또 기도하였다. 그럼에도 그의 기대를 배반하듯이 그의 몸에선 검붉은 기운이 스멀스멀 기어 나오기 시작했다. 그리고 그에 따라 향낭에 조금씩 은빛이 맺히며 '우웅—' 하고 울음소리가 울렸다. 마치 그의 광폭한 기운을 억누르기라도 하듯.

아쉽게도 두 눈을 질끈 감고 있는 제현은 그 모습을 보지 못했다.

그 순간 요염하고도 간사한 여인의 목소리가 들렸다.

"이런 장면도 나쁘진 않지만 난 빨리 본요리를 즐기고 싶어서 말이야."

여울의 음성과 함께 향낭은 갈기갈기 찢겨져 나갔다. 그리고 그 안에 들어 있던 선화(仙花)의 정이 제 기능을 잃고 사방으로 흩어졌다.

"아!"

제게 소중한 그것이 손안에서 터져 나가는 걸 본 것을 마지막으로 제현의 의식은 어둠 속으로 깊이 가라앉았다.

콰앙.

검붉은 기운이 폭사되며 침전의 일부가 박살 났다. 무언가 틀어졌다. 청림은 결계를 발동했음에도 미미하기 그지없는 결과에 재빨리 결계의 축들을 확인하려 했으나 그 전에 제현의 폭주가 먼저 일어났다.

와지지직.

목조 건물들이 순식간에 부스러지며 벽을 뚫고 한 인영이 나타난다. 검붉은 기운을 불꽃처럼 두른 제현은 시뻘겋게 변한 눈으로 먹잇감을 찾아 주변을 두리번거렸다. 청림은 이를 꽉 깨물며 넋이 나가 있는 도사들에게 명을 내렸다.

"뭘 하고 있는 것이냐! 포박조는 당장 전하를 막아라!"

그와 함께 몇몇의 도사들이 주문을 외며 지팡이를 들고 제현을 향해 달려 나갔다. 그들의 지팡이에 상대의 움직임을 묶기 위한 몇 가지의 주술문자가 덧씌워진다. 그리고 그것들이 제현에게 닿기 직전 그의 신형이 흐릿해지며 검붉은 궤적이 수십의 채찍처럼 허공을 수놓는다. 그에 우두둑거리는 섬뜩한 소리와 함께 도사들의 팔다리가 기이한 각도로 꺾여 나갔다. 가슴께가 움푹움푹 패는 걸로 보아선 갈비뼈도 여럿 나간 듯 보인다.

이 모든 것이 단 일 초도 되지 않는 시간에 일어났다.

쾅쾅쾅쾅쾅.

도사들은 저 멀리 튕겨 나가 벽에 피떡이 된 채로 틀어박혔다. 그곳엔 처음과 같이 저벅저벅 걸어오고 있는 제현만이 보일 뿐이었다. 그가 걸음을 옮길 때마다 발자국에 검붉은 불꽃이 피어올랐고 바닥엔 움푹 눌린 족적이 남아 있다.

"크!"

청림은 당혹감에 신음을 흘렸다. 포박조가 제현을 묶고 있는 사이 결계 담당들이 설치해 놓은 작은 규모의 속박진을 발동하여야 하는데…… 동공왕을 막아야 할 조가 순식간에 나가떨어졌다. 결계를 설치하기 위해 주문을 외고 있는 도사들이 불안한 시선으로 청림을 바라보았다. 그는 제가 들고 있는 떡갈나무 지팡이를 강하게 움켜쥐며 앞으로 걸음을 옮겼다.

"계속하여 주문을 외어라! 내가 시간을 벌겠다!"

청림은 제현을 향해 마주 걸어갔다. 단지 가까이 가는 것만으로 온몸을 뜨겁게 태울 것 같은 살의가 노인을 압박했다. 제현은 눈앞에 있는 이가 자신의 스승임에도 그저 맛있는 먹잇감을 보듯 눈을 번뜩였다. 청림은 그로 인해 그에게 이성이 전혀 남아 있지 않다는 것을 깨달았다. 그리고 그와의 거리가 네다섯 걸음을 남겼을 때 지팡이를 들어 바닥을 쿵 내리찍으며 짧게 중얼거렸다.

"동화 개시(同化 開始)."

그에 청림의 바닥에 펼쳐진 지맥을 따라 그의 기운이 빠르게 달려 나갔다. 그리고 주변의 활용할 만한 것들을 빠르게 찾아 끌어들였다. 청림의 감각에 잡힌 것은 땅속 깊이 잠들어 있는 식물의 씨앗들. 오래전에 파묻혔거나 혹은 돌 틈 사이로 파고들었던 것들.

"식물 생장(植物 生長)."

제현 주변의 땅으로부터 터져 나오듯 여러 식물들이 순식간에 자라났다. 단단한 나무부터 질긴 넝쿨, 심지어 꽃들까지. 그것은 자연의 섭리를 거스르듯 하늘을 향해 끊임없이 크기를 키워 갔다. 그 모습은 마치 제현의 주변으로 작은 수림이 형성된 것처럼 보였다. 청림은 눈을 번뜩이며 지팡이를 치켜들어 눈높이에서 수평으로 맞추었다. 그리고 또 다른 주문을 여럿 읊조렸다.

"형태 변환(形態 變換), 형질 변환(形質 變換) — 강(强), 경(硬), 포박(捕縛)."

눈 깜짝할 사이에 나무와 꽃이 뒤틀려 넝쿨같이 변하더니 마치 강철과 같은 단단함을 드러내며 제현을 꽁꽁 감쌌다. 그는 귀찮다는 듯 기이하게 변한 식물들을 손으로 잡아 뜯었지만 그것보다 더 빠르게 넝쿨들이 그의 몸을 꽁꽁 묶어 갔다.

"크아아아아!"

제 뜻대로 일이 풀리지 않는 게 답답했던 것일까? 결국 제현은 괴성을 토해 내며 마구 발버둥을 쳤다. 허나 기이한 넝쿨은 덮은 곳을 또 덮으며 그의 모습을 도사들의 시야에서 완전히 감추었다. 그래, 마치 하나의 고치처럼 변해 버렸다. 그럼에도 안심되지 않는다는 듯 청림은 그 위에 넝쿨을 덮고 또다시 덮었다.

"이거로 잠깐이나마 발을 묶어 둘 수 있을는지."

그의 예상은 한 치도 틀림이 없이 바로 이루어졌다.

찌지지지직.

넝쿨 고치 내부에서 무언가 찢겨져 나가는 듯한 소리가 들리더니…….

콰아앙.

……내부의 압력을 버티지 못하고 터져 버렸다. 그 안에서 좀 전보다 더욱 거센 살의의 불꽃을 휘감은 제현이 모습을 드러냈다.

"크르르르."

한 점의 이성도 없이 상처 입은 짐승과 같은 울음소리를 낸다. 왕을 상징하는 흑룡포는 여기저기 찢겨진 지 오래. 단정했던 검은 머리는 산발이 되어 바람에 휘날리고 냉정했던 두 눈은 흉포함만을 드러내며 빛나고 있었다. 거기에다 숨을 쉴 때마다 사방으로 확 퍼져 나가는 검붉은 살기의 불꽃.

눈앞에 있는 이를 누가 인간이라고 생각할 것인가? 요괴들마저 꺼릴 미쳐 버린 괴물이 존재하고 있을 뿐.

제현의 눈은 방금 저를 공격한 청림에게 붙박혔다. 청림은 곤혹스러운 표정을 지었다. 나름 시선을 돌리자는 의도는 성공한 듯한데…… 이러다 자신의 목숨이 가장 먼저 날아갈 것 같으니…….

청림은 정신을 바로 하며 평소처럼 눈을 깜빡였다. 문제는 단지 그 찰나와 같은 순간에 제자 놈이 코앞에 도달해 있었다는 것일까? 거대한 기운 덩어리를 휘감은 그의 손이 맹수처럼 청림을 향해 떨어져 내렸다. 그 짧은 순간에 청림은 빠르게 지팡이에 주술을 덮어씌웠다.

"동화 개시(同化 開始), 형질 변환(形質 變換) — 강(强), 경(硬), 방(防)."

청림은 이를 꽉 깨물며 다급히 지팡이를 들어 올려 그 공격을 막아냈다. 그리고 기운과 기운이 부딪치며 큰 반발을 일으켰다. 아니 더 정확히 말하면 검붉은 폭풍이 청림을 반쯤 삼키며 그 뒤까지 휩쓸었다.

콰드드드드드드.

짧게 하얀 빛이 터졌지만 그것은 곧 심연과 같은 빛에 파묻혀 버린다. 그리고 침전 앞에 조성된 정원의 사분의 일이 깨끗이 날아가 버렸다. 어떤 생명이라도 그 무지막지한 폭력 앞에선 그저 파리 목숨과 같으리라.

"쿨럭쿨럭."

허나 자욱하게 연기가 피어오르는 곳에서 기침 소리가 들려왔다. 천천히 가라앉는 먼지 속에서 뒤로 밀려나긴 했지만 꿋꿋이 서 있는 청림의 신형이 보였다. 그렇지만 그 공격을 온전히 막아 내지는 못한 듯했다. 의복은 흙투성이에 왼쪽 팔은 피범벅이 되어 축 늘어져 있었다. 거기에다 기침과 함께 핏물을 뱉어 냈다. 그럼에도 지팡이를 땅에서 수평으로 하여 들어 올린 채 제현을 응시하고 있었다.

"속박을 개시하라."

흔들림 없이 폭주하는 제자를 응시하던 스승의 입에서 명령이 떨어졌다. 잠시 목숨을 걸고 벌은 시간, 도사들은 다행히 결계를 발동할 수 있었다. 제현을 둘러싸고 있던 도사들이 지팡이로 바닥을 힘껏 내리쳤다. 그에 하얀빛이 도사들을 꼭짓점으로 하여 옆의 도사를 향해 선을 그리며 나아갔다. 그리하여 완전한 원이 완성된 순간 그 내부에서 환한 빛이 폭사하며 쇠사슬이 튀어나왔다.

촤르르륵 촤륵 촤르르르.

그리고 제현의 몸을 단단히 묶어 나갔다. 이 주술은 힘이 강한 거대 요괴들을 제압하기 위해 만든 것으로 인간형의 영스러운 존재들은 이것에 속박되면 완력으로 빠져나오는 것은 불가능하다고 보아야 했다. 분명 그리해야 할진대…….

콰드득 콰드드득.

"크아아아아악!"

제현이 발버둥 칠 때마다 선기로 이루어진 쇠사슬에 서서히 금이 가고 있었다.

"미, 미친……."

"이런 말도 안 되는……."

너무 어이없어서 할 말을 잃게 만드는 사태에 모두 불안감을 느끼며 덜덜 떨었다. 도사들은 내부의 한 톨 남은 기운까지 짜내며 결계

강화에 힘을 더했다. 그에 대항하듯 제현에게서 흘러나오는 검붉은 요력이 그 색을 더해 갔다. 그리고 결국…….

"■■■■■■■■■■■■!!!!"

사람의 귀로는 버틸 수 없는 괴성이 터져 나옴과 동시에 그를 속박하던 모든 것이 박살 나며 부스러졌다. 고대 인간들 사이에 '사자후'라는 음파를 이용한 무술이 있었다. 그것은 단지 소리를 외치는 것만으로 상대의 고막을 나가게 하고 뇌를 흔들며 정신에마저 타격을 입힌다고 하였다. 말이야 쉽지만 현재의 무술가들은 재현하지 못하는 고급 무공 중 하나였다.

허나 지금의 이것은 그것을 뛰어넘어 물리적인 타격까지 행했다. 도사들은 거대한 파도에 휩쓸린 듯이 사방으로 튕겨 날아가 구석에 처박혔다. 고막이 터져 나갔음에도 뇌가 울리고 기괴한 이명이 들리는 듯한 느낌. 한두 명을 제외하고선 모조리 그 자리에서 혼절했다.

"허허…… 정말 무섭군요."

다른 도사들과 같이 멀리 나가떨어진 청림은 반쯤 몽롱함에 잠긴 채로 중얼거렸다.

그저 천살성만 타고났다면 어찌어찌 감당이 되었을 터였다. 그런데 요계산림(妖界山林)에서 산맥의 기운을 타고난 장수이기까지 하니 이것 참 눈앞이 막막하기 그지없었다. 청림은 좀 더 범위를 넓혀 침전의 정원 전체를 불태우는 검붉은 기운을 보자 절로 맥이 빠져나감을 느꼈다.

아란은 방금 폭발음이 들린 궁 내부를 향하여 시선을 돌렸다. 청이는 그런 그녀의 팔을 잡아당기며 방으로 들어갈 것을 재촉했다. 청이는 불안감에 발을 동동 구르면서 아란에게 말했다.

"그냥 방 안에 들어가셔요. 네?"

"……제현이 운다."

운다? 그래 울 수도 있겠지. 근데 그게 무슨 상관이여. 청이는 저 불길하기만 한 궁 안쪽을 살피며 마른침을 꼴깍 삼켰다. 촉이 온다. 뭔지 모르겠지만 저기서 벌어지는 사건에 관여하기 시작하면 자신의 목숨을 걸어야 한다는 것을.

그런 것은 청이로선 절대 사양이었다. 문제는…… 이 눈앞에 있는 여우랄까. 벌써부터 사건의 근원지로 뛰어가려는 낌새가 보인다. 이 아가씨가 아무리 영스러운 존재라고 하더라도 저기서 벌어지는 일을 감당할 수 있으리란 생각은 들지 않는다. 척 봐도 힘 좀 써야 할 것 같은데…… 이 구미호는 힘을 쓰긴커녕 싸울 줄도 모를 듯하니.

"아가씨, 그냥 들어가서 푹 주무시면 다음 날 말끔하게 정리되어 있을 거예요. 네?"

"제현이 운다. 나 저기 가야 돼. 많은 사람 다친다."

단호박도 이런 단호박은 없다. 청이는 답답하다 제 가슴을 탕탕 치며 소리쳤다. 이번엔 정말 감이 안 좋다. 전에 있던 사고들은 그저 소소한(?) 수준이라 어찌 수습이 가능했지만 지금 일어나고 있는 것은 수습이고 뭐고 마주하는 순간 끝장이 날 것이다.

"가면 아가씨도 다쳐요! 어쩌면 죽을지도 모른다고요!"

"……그래도 가야 한다."

"아 진짜 이 바보 멍청이가. 니가 죽을지 모른다고! 다름 아닌 너가! 엉!"

"미안하다."

아란은 그리 말하며 슬쩍 청이의 손을 밀어냈다. 결국 떨어지는 청이와 아란. 청이는 깊은 한숨을 푹 내쉬었다. 언제 저 구미호가 제 고집을 꺾은 적이 있던가? 그저 소소한 일들엔 청이가 어찌어찌 말리면 부루퉁하긴 해도 멈추었지만 막상 제가 필히 하고 싶은 것은 어떤 일이 있어도 해내던 그녀였다. 분명 청이가 억지로 방에 가두어 놔도 무슨 수를 써서라도 탈출해 저곳으로 달려가겠지.

"아씨! 나도 몰라 맘대로 해!"

결국 청이는 아란의 쇠고집에 두 손을 들고 바락바락 악을 썼다.

"내가 하는 말은 들어 먹지도 않고! 늘 사고만 치고! 그래, 잘됐네! 이번에도 내 말 듣지 않고 멋대로 행동해 보라고! 이번엔 나도 안 도와줘! 아무것도 안 해!"

울컥하는 마음으로 다다다 쏘아 대는 그녀를 보며 구미호는 어색한 웃음을 지었다. 씩씩거리며 홱 뒤돌아선 청이는 쿵쿵거리며 건물 안으로 걸어 들어갔다.

"미안."

그 순간 이어지는 아란의 두 번째 사과. 그에 움찔하며 청이가 멈춰 섰다. 청이는 뒤돌아보지 않은 채 몇 번 숨을 고르다가 울음이 섞인 목소리로 소리쳤다.

"가서 죽기만 해 봐! 이씨—! 두고두고 기억해 뒀다가 내가 죽어서 저승에서 만나면 배의 배로 잔소리하고 때려 줄 테니까! 그러니…… 멀쩡히 돌아와!"

"응."

구미호의 답변을 들은 것일까? 청이는 여전히 얼굴을 보여 주지 않은 채 방 안으로 들어갔다. 꼭 도망치는 것처럼.

구미호는 그런 그녀를 보며 헤헤 웃다가 몸을 돌려 움직이기 시작했다. 폭발음이 더 크게 들려오는 궁의 가장 깊은 곳으로.

"아란 아가씨, 더 이상 접근하시면 안 됩니다."

구미호는 제 앞을 막는 병사들에 당혹스럽다는 표정을 지었다. 병사들은 딱딱하게 굳은 눈빛으로 마치 철벽처럼 그녀의 앞을 가로막고 있었다.

"나, 안으로 가야 한다."

"안 됩니다. 무슨 일이 있더라도 들여보내지 말라는 왕명이 있었습니다."

이미 동공왕에게 단단히 명을 받은 듯했다. 아마 아란을 내부로 들이면 네놈들 목숨줄을 친히 잘라 주겠다거나 가족들을 능지처참하겠다는 협박이 이어졌겠지. 그녀가 이리저리 몸을 움직여 보아도 필사적으로 앞을 가로막는다.

"나 가야 한다!"

"절대 안 됩……."

아란의 주장에도 절대불가를 외치던 병사 하나가 갑자기 의식을 잃고 자리에서 툭 쓰러졌다. 그것은 그 하나로 끝나지 않고 마치 전염되는 것처럼 다른 이들 역시 바닥에 널브러진다. 구미호는 차분하게 내려앉은 눈빛으로 옆 건물의 지붕을 향해 시선을 돌렸다.

그에 그곳에 앉아 달빛을 받아 요염하게 빛나는 여인이 방긋 웃으며 손을 흔들었다.

「안녕, 구미호.」

「이무기.」

듣는 것만으로도 정신이 흐려지는 색기 어린 음성과 자연을 닮아 영롱히 울리는 음성이 교차했다. 영스러운 존재들이 쓰는 천어이기에 자신의 심성을 그대로 드러내는 목소리가 울려 퍼진다. 아란은 그녀의 음성에서 고혹적인 느낌 이외에 피 냄새 역시 진하게 나기에 전신에 긴장을 하며 올려 보았다.

여울이 씨익 웃음을 지으며 입을 열었다.

「방해물들 치워 줬는데 안 가?」

그 말에 오히려 물음이 돌아왔다.

「당신은…… 그를 안 막는 거야?」

아란이 얼굴을 흐리며 묻자 여울은 사악한 미소를 띤 채 어깨를 으쓱하며 답했다.

「내가 왜? 저렇게 황홀한 요화(妖花)의 향을 퍼뜨리는데. 이 기회가 아니면 언제 이렇게 독하고 진한 향기를 즐길 수 있겠어? 맘 같아선 계속 이대로 놔두고 싶긴 한데…… 그럼 이모저모 곤란한 일들이 생기니까. 그래도 난 딱히 움직이고 싶지는 않아서 말이야. 아름다운 꽃을 내 손으로 꺾어 버린다는 것은 정말 슬픈 일이거든.」

혈향이 그녀로부터 진하게 퍼져 나왔다. 평소처럼 가면을 뒤집어쓰지 않은 본연의 모습. 수백 수천을 죽여서 흘린 피를 마신다면 저런 냄새가 날까? 역겨운 냄새에 구미호는 코끝을 찡긋하며 고개를 절레절레 저었다. 어마어마한 살생의 업(業)을 쌓아 온 자다. 이무기 중 저 정도의 요괴라면 단 하나.

「쾌락의 뱀.」

「오— 눈치 빠른걸.」

박수 치며 좋아하는 이무기를 구미호는 씁쓸하다는 듯 올려 보다 이내 몸을 돌려 안쪽으로 향했다. 그런 그녀에게 여울은 손을 흔들어 주며 응원했다.

「잘해 봐. 나 이래 봬도 네가 정말 마음에 들거든.」

그러나 구미호는 결코 뒤돌아보지 않았다. 천천히 걸음에 속도를 더하다가 다급히 뛰어가기 시작했다. 빠르게 빠르게 더 빠르게. 그녀는 목적지로 다가갈수록 주변의 결계의 상태를 면밀히 파악할 수 있었다. 여기저기 손상되어 거의 제 기능을 발휘하지 못한다. 지금 이 순간에도 제현의 울음소리가 귓가에 들려오는 듯하다. 그리고 그때 그 울부짖음이 궁을 흔들었다.

"■■■■■■■■■■■!!!!"

귀청이 찢겨져 나갈 것만 같은 굉음. 그녀는 다급히 두 귀를 막으며 인상을 찌푸렸다. 이 정도의 음파를 터뜨리는 공후라니.

“봉황후.”

아란은 딱딱하게 굳은 얼굴로 중얼거렸다. 고대에 무신이라고 불렸던 인간이 딱 한 번 행했다는 무공. 비록 인간들에겐 알려지지 않았지만 영스러운 존재 사이에선 크게 회자되며 기억되고 있는 것이었다. 이것은 사자후보다 두어 단계 더 높은 무의 단계로 사자후처럼 상대의 고막을 터뜨리고 뇌까지 충격을 줄 수 있을 뿐만 아니라 직접 물리적 타격까지 가할 수 있는 마공이었다.

이걸 근거리에서 당한 사람도 문제지만 분명 시전자마저 큰 피해를 받았을 게 분명했다. 그녀는 표정을 굳히며 황급히 침전 쪽으로 땅을 접어 달려 나갔다.

그리고 도달한 그곳…… 거기엔 인간이 아니라 살기에 오염되어 버린 짐승 한 마리가 존재하고 있었다. 어둠을 배경으로 시뻘건 안광을 빛내며 사냥감으로 걸린 이들을 무조건 갈기갈기 찢어 버릴 듯이 분노를 토해 내고 있다. 그리고 그녀는 제현이라는 짐승과 눈을 마주했다.

그의 신형이 흐트러짐과 동시에 그녀 앞으로 불쑥 나타났다. 순간 훅 하고 얼굴로 파고드는 뜨거운 열기. 중간 과정을 생략할 정도의 초고속 이동.

“제현!”

구미호의 외침과 동시에 그녀의 코앞까지 다가온 그의 손이 우뚝 멈춰 섰다. 익숙한 목소리가 그의 정신을 건드렸던 걸까? 그의 눈빛이 순간 본래의 검은빛으로 돌아온다.

“아……란?”

믿을 수 없다는 듯 그녀의 이름을 부른다. 잠깐 실낱같이 이어지는 정신으로 고통스럽게 입을 열었다.

“도, 도망…….”

부릅떠진 제현의 눈으로 핏물이 배어 나오더니 눈물처럼 흘러내렸다. 그것을 마지막으로 또다시 그의 의식은 살의의 파도에 집어삼켜졌다. 폭발하는 그의 기세에 구미호는 제 몸을 보호하기 위해 황급히 주변 결계를 끌어들였다.

결계를 이루는 기운이 드러나며 회로와 같은 푸른 선이 시야에 잡힌다. 그리고 그것이 몇몇의 부적들과 함께 일부 끌려와 구미호 앞에 원을 그리며 복잡한 문양들을 만들어 냈다. 간발의 차이로 만들어진 방패 위로 검붉은 불꽃이 덮친다.

콰드드드드드.

공기가 뜨겁게 타오르며 땅과 건물들이 날카롭게 갈려 나갔다. 아슬아슬하게 막아 낸 그녀는 곤혹스러운 표정으로 뒤로 확 물러섰다.

"어쩌지."

싸울 줄 모르는데. 남을 해하는 법이라고 해 봤자 고작 자연에 깃든 영들에게 부탁하여 장난을 치는 정도밖에 해 본 적이 없었다. 물론 숨겨 논 단 하나의 날카로운 이빨이 있지만 이걸 그에게 쓸 수 없는 노릇.

그녀는 잠시의 고민 끝에 일단 그의 움직임을 묶어 놓기로 했다. 막 달려들려는 그를 또다시 주변 결계를 이용해 '고정' 시켜 놓는다. 주변에서 끌어다 쓴 수십의 회로의 선이 그의 몸을 관통하고 묶으며 공간째로 박제시켜 버렸다.

허나 이미 폭주하는 괴물인 그를 막을 수는 없었다. 푸른 선들을 손으로 뜯어내며 그녀를 향해 한 걸음 한 걸음 걸어왔다. 자꾸 귀찮게 몸을 묶어 대는 것들에 짜증이 난 것일까? 제현은 피눈물이 뚝뚝 떨어지는 눈으로 구미호를 무섭게 노려보며 손을 하늘로 들어 올렸다.

위잉 위잉 위이잉.

공기가 진동하는 소리와 함께 공중에 붉은 원들이 그려졌다. 그 하나하나가 내포한 기운은 건물 하나는 통째로 소멸시켜 버릴 정도. 구미호의 표정이 단단히 굳는 것과 동시에 적(赤)의 고리로 검은 번개가 떨어져 내렸다.

인지를 초월하는 고음에 오히려 아무런 소리도 들리지 않았다. 고리와 땅을 잇는 검은 번개는 마치 거대한 기둥처럼 크기를 키워 갔고 용이 승천하는 것처럼 꿈틀거렸다. 주변 기물들이 순식간에 타오르고 녹아내린다. 그리고 폭발.

세상이 칠흑으로 가득한 듯 검게 물든다. 그리고 서서히 드러나는 참상. 직경 일 정(町: 약 109m)이 완전히 초토화되어 있었다. 깊이 파인 구덩이들이 즐비하다.

도롱 도로롱 도로롱.

그리고 둔갑이 벗겨진 구미호가 멀쩡한 모습으로 '허공'을 걸어 나왔다. 그녀의 발길이 닿는 곳마다 금빛의 파문이 일었다. 그녀는 별이 부서지는 것 같은 푸른 눈으로 황폐해진 공간의 중심에서 으르렁거리고 있는 제현을 바라보았다. 둔갑에 쓰던 힘마저 모조리 방어에 돌리고 나서야 간신히 막아 낼 수 있었다.

구미호는 혼자 힘으론 그를 저지할 수 없다는 것을 확실히 깨달았다. 그러니…… 도움이 필요했다. 그녀는 아담해진 몸이라 자꾸 흘러내리는 저고리를 고쳐 잡으며 연분홍빛 입술을 살짝 깨물었다. 그리고 입을 열어 영롱한 목소리를 토해 냈다.

「땅의 지맥이여 내게 그 힘을 빌려주오.」

그에 울컥하며 토지의 맥을 따라 거대한 기운이 내달리더니 그들이 있는 곳을 중심으로 거대한 흑색 고리가 생겨났다. 구미호는 계속해서 기도와 같은 주문을 이어 갔다.

「하늘의 흐름이여 내 부탁을 들어주오.」

그 말이 끝나자 창공을 따라 웅장한 기운이 휘몰아치며 커다란 백색 고리를 만들어 냈다.

상상치도 못할 무게감에 위기감을 느낀 걸까? 제현은 바닥을 강하게 박차며 그녀를 향해 쏘아져 나갔다. 아차 하는 순간 그의 손갈퀴가 그녀의 자그마한 머리로 날아들었다.

콰득.

그 순간 떡갈나무 지팡이가 그 궤적을 막아 냈다. 초췌한 몰골의 청림이 허허 웃음을 지으며 발광하는 자신의 제자를 바라보았다.

"어디서 온 아가씨인 줄 모르겠으나 계속하시오."

잠시 정신이 날아갔다가 되돌아왔을 때 새하얀 구미호를 향해 덮쳐드는 제현을 볼 수 있었다. 노인은 주변을 둘러보며 이러한 상황에서도 자신이 살아 있는 게 참으로 운이 좋았다고 생각하며 팔에 더욱 힘을 주었다.

청림은 놀란 듯 눈을 동그랗게 뜨고 있는 구미호를 향해 다시금 입을 열었다.

"오랫동안 버티지 못하니 되도록 좀 서둘러 주게나."

그 말을 끝으로 그는 제현을 있는 힘껏 밀어냈다. 그리고 제가 아는 모든 주문을 빠르게 외며 그를 압박해 나갔다. 구미호는 그런 그들을 보며 재빠르게 영창을 이어 갔다.

「고하오.

나는 영원히 하늘의 답을 베푸는 자.

그대는 내게 빚을 지어 대갚음을 약속한 자.

나 여기서 그때 맺은 언약을 기억하여 그대를 부르나니.

그대여 오오. 오오. 오오. 여기로 오오.

하늘과 땅의 힘을 빌려 여기에 문을 세우나니
그대여 나의 부름에 답을 하오.」

그녀의 천어가 이어질수록 땅으로부터 기류가 일어 하늘까지 높이 닿았다. 그와 함께 대지의 검은 고리와 천공의 하얀 고리가 강하게 빛을 흩뿌려 나갔다.

그것에서 불길한 예지를 한 제현은 미친 듯이 구미호를 향해 나아가려 했다. 끈질기게 따라붙는 청림마저 무시하고 움직일 정도. 거세지기만 하는 수십의 공격을 모두 막아 내지 못하고 몇몇이 청림을 지나 구미호를 향해 날아들었다.

카가가각 카각.

날카로운 채찍처럼 휘둘러진 검붉은 기운은 구미호 곁을 스쳐 지나가며 땅에 깊은 상흔을 남겼다. 다행히도 그 위협은 그녀에게 닿지 않았다. 그녀는 그런 상황에서도 흔들림 없이 입술을 열어 천어를 내뱉었다.

「억지의 굴레에 스스로 속박된 이여.
그 맹세를 지금 여기에.
나의 소원을 고하리니.」

이제 기류는 폭풍과 같이 되어 확연히 눈에 들어올 정도가 되었다. 곧 무슨 일이 일어나도 일어나게 되리라.

"■■■■■■■■■■■!!!!"

결국 더 이상 인내하지 못한 제현이 봉황후를 터뜨렸다. 그와 함께 청림은 거대한 망치에 맞은 것처럼 저 멀리 나가떨어졌다. 물론 제현 역시 그 기술의 반동에 무사하진 못했으나 토혈을 하면서도 끝까지 구미호를 향해 달려들었다. 거리는 단숨에 영(0)이 된다.

구미호의 빛나는 푸른 눈과 제현의 탁한 검붉은 눈이 마주했다. 그리고 구미호의 입에서 마지막 영창이 흘러나왔다.

「그대여, 이제 그대의 몸은 이곳에 있으리라.」

그것을 끝으로 땅에서부터 하늘까지 가득 채우던 기운이 완전히 사라져 버렸다. 본래 아무것도 없었던 것처럼 완전한 소멸. 갑자기 자신을 무겁게 짓누르던 것이 사라졌기 때문일까? 제현은 저도 모르게 움찔하고 멈춰 섰다. 도저히 이해가 안 된다는 듯 얼굴을 일그러뜨리는 그. 이성을 잃었기에 그는 이미 일어난 이변을 알아채지 못했다.

한편 또다시 구석에 처박힌 청림은 잔기침을 하며 피를 두어 번 토해 냈다. 그리고 억지로 정신을 붙들어 매며 자리에서 일어서려다 주변이 온전히 어둠에 잠겼다는 사실을 알아차렸다. 마치 달빛을 무엇인가가 가린 듯이.

청림은 서서히 고개를 들었다. 그리고 평생 가도 보지 못할 대이적을 볼 수 있었다.

달을…… 아니 하늘을 가린 거대한 새. 대붕의 존재를.

그 새의 정확한 형상은 알 수 없었다. 너무나 거대하기에, 그리고 달빛을 등지어 태반이 어둠 속에 잠겨 있기에 명확한 것이 보이지 않았다. 그나마 구분할 수 있었던 것은 푸른빛과 갈색이 섞인 깃털을 가지고 있다는 것 정도. 대붕은 따로 날갯짓 없이 날개를 펴고 있는 것만으로 하늘에 떠 있었다.

그리고 대신선에 달한 거붕의 눈길이 아래로 떨어졌다.

단지 그것만이었다. 그것만으로 여태까지 마음껏 날뛰던 제현이 무언가에 짓눌리듯 바닥에 푹 처박혔다. 다시 일어나려고 용을 쓰지만 그저 손가락을 꿈지럭거리는 게 고작. 구미호는 제 앞에서 거대한 중압에 눌려 제압된 그를 슬프게 내려 보다가 고개를 들었다.

시야에 들어오는 하늘의 반 이상을 채운 이가 그녀를 바라보고 있다. 곧 거대한 새로부터 푸른 빛무리와 갈색 빛무리가 흩뿌려지더니 지상을 향해 소용돌이치며 내려앉았다. 그리고 이내 구미호의 앞에 도달하더니 응축되고 응축되어 하나의 신형을 만들어 낸다. 그녀는 그것을 향해 반갑게 손을 흔들며 인사했다.

「오랜만, 한울.」

「그래, 오랜만이군.」

푸른색으로 시작하여 끝으로 갈수록 갈색으로 변하는 머리, 황금빛을 띠는 눈, 인간 같지 않은 하얀 피부를 가진 사내. 깃털로 이뤄진 옷을 둘러 입은 그는 구미호를 향해 호의 가득한 시선을 보냈다. 그녀가 한울을 향해 왜 굳이 분신을 만들어 냈냐는 시선을 보내자 그는 쿡 하고 웃음을 지었다.

「저 크기론 대화 나누기 힘드니까. 그대의 목이 많이 아프지 않겠나?」

여전히 상공에 떠 있는 대붕을 가리키며 어깨를 한 번 으쓱인다. 그리고 그녀의 바로 밑에서 발악하고 있는 제현을 버러지 보듯 쳐다보며 다시 말을 이었다.

「흠— 일단 저 짐승이 널 노리는 듯하여 제압해 놓긴 했다만…… 그래, 무슨 일로 부른 것이지? 이것을 처리해 달라는 것인가?」

그가 손을 들어 올리는 것과 동시에 제현의 주변으로 거대한 깃털들이 수없이 나타나며 에워쌌다. 그것들은 그 첨단(尖端: 뾰족한 끝)을 제현으로 향하며 한울이 신호만 보내면 상대의 몸을 벌집으로 만들 준비를 하고 있었다. 그에 구미호가 황급히 그의 팔을 잡으며 고개를 절레절레 저었다.

「그거 아니다.」

「그래?」

그녀가 다급히 말리자 한울은 불만스러운 표정으로 손가락을 딱 튕졌다. 그와 함께 허공을 가득 채우던 깃털들이 순식간에 자취를 감추었다. 그로선 고작 미쳐 버린 인간 따위가 감히 그녀에게 손을 대려 했다는 사실이 못내 짜증스러웠다. 아마 그녀가 움직이지 않았으면 그녀의 소원이고 뭐고 일단 저 인간을 찢어발기고 보았을 것이다.

「그럼 바라는 게 뭐야?」

또다시 이어지는 그의 물음. 한울은 묘한 기대감을 품은 채로 그녀를 빤히 쳐다보았다. 소원을 비는 것은 구미호일진대 오히려 그가 뭔가를 바라는 것만 같았다.

「내가 원하는 건…….」

그녀의 입이 서서히 열렸다.

「제현의 폭주를 진정시키는 거야.」

그리고 그녀의 말이 끝남과 동시에 한울의 얼굴이 와작 구겨졌다. 정황상 그 제현이란 놈은 바닥에 엎어져 벌레처럼 꿈틀거리고 있는 인간 놈이 분명했다. 안 그래도 눈에 거슬리는 놈을 치료해 달라니.

「고작 그런 거로 되겠어? 네가 내게 지운 빚을 생각하면 훨씬 더 대단한 것을 부탁할 수도 있을 텐데. 이런 사소한 거 말고.」

한울은 어색하게 웃으며 다른 소원을 빌 것을 종용했다.

「응. 이런 거로 돼. 그러니까 제현의 기운 좀 진정시켜 줘.」

그러나 역시 눈앞에 있는 여우는 단호박이었다. 한울은 뭔가 답답하다는 듯 제 머리를 벅벅 긁으며 한숨을 푹푹 쉬었다. 알고 있기는 했지만 이 여우는 너무 거래를 할 줄 모른다. 그건 아마도 태어날 때부터 타고난 기원 때문이겠지. 그 빌어먹을 하늘의 선택. 그것에 묶였기에 자신의 감정과 의지의 방향마저 이미 정해져 자유롭지 못하는.

한울이 아무리 설득한다고 해도 그녀는 그것만을 계속해서 요구하리라. 그는 쓰게 웃으며 올려다보는 그녀의 푸른 눈을 응시하였다. 그 작은 눈동자에 수많은 별들이 부서져 내리며 순수하게 빛이 난다. 마치 그녀의 성정을 나타내듯이. 그렇기에 많은 이들이 그녀를 경외하며 그녀에게 마음이 기우는 것일 테지.

그는 손을 뻗어 그녀의 백발을 조심스럽게 쓰다듬었다. 그리고 티 없이 새하얀 아홉 개의 꼬리를 눈으로 훑어보았다. 이것은 그녀가 그를 위해 바친 대가. 아무것도 모르는 이임에도 그의 소원이 하늘에 닿았기에 그녀가 그에게로 왔고 그를 위해 희생을 치렀다.

「아직도 잃어버린 황금빛을 되찾지 못했구나. 여전히 백의 색이야.」

「응. 뭐 딱히 중요하게 여겼던 것은 아니니까. 또다시 업(業)을 쌓다 보면 언젠가 돌아오겠지.」

그녀의 말에 한울의 얼굴이 죄책감으로 일그러졌다.

그가 한때 곤(바다에 산다는 거대한 전설상의 물고기)이라는 존재였을 때 수많은 업들을 쌓아 더 높은 존재로 나아가려고 했었다. 그리고 어느 정도 수준이 되었을 때, 때가 이르렀다고 생각하며 스스로의 격을 높이려 하였다. 과거의 육신을 탈피하고 신선에 더 가까워진다는 것은 자신의 목숨을 걸어야 하는 일이었으나 당시의 자신은 오기와 같은 자신감으로 가득 차 있었다.

나는 할 수 있다. 나는 될 수 있다.

허나 그것은 자신감이 아닌 자만심이었고 그의 탈피 과정은 무언가 틀어져 끊임없이 죽음의 나락으로 떨어져만 갔다. 그러는 도중에도 집념과 같은 소원을 계속해서 되뇌었다.

살고 싶다. 살고 싶다. 나는 아직 죽을 수 없다. 나는 반드시 이뤄야 할 소원이 있다.

그리고 그녀가 나타났다. 바람에 황금빛의 머릿결이 휘날리는 푸른 눈의 여인. 펄럭이는 치마 아래로 머리와 똑같은 색을 지닌 아홉 개의 꼬리가 흔들거렸다. 파란 하늘을 배경으로 바위 위에 서 있던 그녀는 너무나 고아하고 신비로워 한순간 제 처지를 잊고 눈길을 빼앗겨 버렸었다.

한낱 미물과 같이 꿈틀거리기만 하는 그를 동정의 눈으로 내려 보며 그녀는 친히 입술을 열어 질문을 던졌다.

'그대의 소원은 무엇입니까?'

반쯤 넋이 나가 있었던 터라 제가 무엇이라 대답한지는 기억나지 않았다. 다만 정신을 차렸을 땐 그녀를 중심으로 여럿의 황금빛 고리가 회전하고 있었고 빛무리가 길게 하늘로 이어지고 있었다. 당시엔 몰랐지만 그 장면은 하늘과 계약한 자가 하늘에 대가를 바쳐 거래하는 광경이었다.

그녀의 능력이 그의 소원을 들어주기엔 부족하여 하늘과 하는 거래. 한울, 그가 격을 올리기 위한 업이 부족하기에 심연에 빠져드는 것을 막아 내기 위한 행위. 그리고 그가 하던 탈피 과정이 온전히 이뤄지도록 돕는 희생.

그녀는 그 대가로 제가 쌓아 온 모든 업을 바쳤다. 덕분에 곤은 붕이 될 수 있었지만 구미호는 본래의 황금빛을 잃어 백색의 소녀로 추락했다. 업은 그저 힘이란 것으로 정의되는 것이 아닌 그 과정, 즉 감정과 감각, 현실감 등을 총체적으로 아우르는 말. 업을 잃는다는 말은 그 모든 것을 잃는다는 말과 동의어. 과거의 모든 경험이 그저 도서관에서 찾아볼 수 있는 지식과 같은 것으로 일변해 버렸다는 뜻이었다.

그렇게 그녀는 모든 것을 잃어버렸음에도 거대한 붕이 된 한울을 바라보며 맑게 웃음 지었었다. 그랬기에 그는 그녀 앞에서 한없이 약자가 될 수밖에 없었다.

「안 들어주면 슬피 울며 오열하겠지?」

「그건…….」

「그래, 본래 그런 존재이니까. 그럼 하늘도 그대 슬픔에 함께 우니까. 그럼 이쪽이 곤란해.」

한울은 두 눈을 꼭 감았다가 떴다. 그리고 눈앞에서 눈을 말똥말똥 뜨고 있는 구미호를 보며 길게 한숨을 내쉬었다.

「후우— 그 부탁, 들어주도록 하지.」

「와아—!」

「대신 이런 식이면 들어주는 소원 개수를 열 개로 늘릴 수밖에 없어.」

「아…….」

괜스레 즐거워하는 구미호의 모습에 불만이 생겨 툭 내뱉은 말에 그녀의 표정이 기묘하게 변했다. 그는 그런 그녀의 머리를 쓰다듬어 주면서 시선을 하늘로 돌렸다. 그와 함께 그의 거대한 본체가 고개를 들어 크게 울부짖었다.

허나 소리는 들리지 않는다. 그럼에도 이변은 일어나고 있었다. 하늘의 기운이 요동치며 이 공간에 쏟아지는 외부의 흐름을 단절시킨다. 이건 그저 막는다는 것으로 끝나지 않는 이적. 여기를 세상에서 완전히 차단하고 고립시켜 별개의 공간으로 만든다. 그것으로 천살성의 기운이 제현에게 흘러들어 가는 것을 막아 냈다.

이어서 바닥에 널브러진 제현을 에워싸며 밝게 빛나는 빛의 깃털들이 휘몰아친다. 반항하는 그의 검붉은 기운에 스며들어 강제로 안정시켜 버리며 광기를 가라앉혔다. 끊임없이 울컥거리며 요동치던 살의가 진정되며 다시 제현의 몸 안으로 갈무리된다. 그에 따라 검붉은 안광을 띠던 그의 눈동자가 서서히 본래의 검은 눈으로 되돌아갔다.

잠시 되찾은 이지(理智). 제현은 고개를 들어 제 앞에 서 있는 구미호를 올려다보았다.

"너는……."

하지만 그의 말은 더 이상 이어지지 못했다. 극한으로 혹사된 몸과 의식이 피로를 견디지 못하고 끊겨 버린 것이다. 그런 그를 구미호가 안타까이 내려 보았다. 그리고 털썩 자리에 앉아 조심스럽게 그의 머리를 끌어다 무릎베개를 해 주었다.

「쯧!」

물론 기분이 나쁘다는 듯 혀를 차는 한울이었다. 그는 짜증을 풀어내듯 땅을 두어 번 차다가 고개를 홱 돌려 부서진 담 속의 어둠을 노려보았다.

"언제까지 구경만 할 거지?"

전과 달리 천어가 아닌 인간의 언어. 그에 청림이 떨떠름하다는 듯 휘청거리며 그곳에서 걸어 나왔다. 그리고 믿기지 않는다는 듯 하늘의 대붕과 그의 모습을 번갈아 확인하였다. 허나 언제까지 그럴 수는 없는 법. 이내 당혹감을 감추며 정중히 자세를 잡고 그에게 고개를 숙였다.

"'굉음(轟音)의 거붕' 께 미천한 도사가 인사를 드립니다. 큰 은혜를 입었나이다."

죽을 때까지 단 한 번도 보지 못하리라 생각했던 고귀한 존재다. 청림은 아직도 제 눈을 의심하며 마른침을 꼴깍 삼켰다. 그저 곁에 있는 것만으로 이리 전신이 떨릴 정도의 기운이라니. 결국 그의 행동 하나하나가 조심스러워질 수밖에 없었다.

반면 한울은 그의 몰골과 제현이 입은 의복을 보더니 아주 좋은 걸 알아챘다는 듯 입가를 끌어 올려 씨익 웃었다. 그리고 한 치의 망설임도 없이 제현의 뒷덜미를 잡아채어 청림을 향해 홱 던졌다. 그에 노인은 황급히 손을 뻗어 날아오는 동공왕의 몸을 받았다.

"네놈의 왕이니 알아서 처리해라."

한울은 꼭 앓던 이를 뺀 것처럼 시원해 보이는 표정이었다. 구미호가 어이없다는 듯 그를 올려다보자 그는 태연한 얼굴로 '왜' 라며 되물어 보았다. 결국 할 말이 없어지는 터라 조용히 입을 다무는 그녀였다.

청림이 다급히 제현을 챙겨 가는 걸 보던 한울은 갑자기 인상을 찌푸리며 홱 하고 뒤를 향해 고개를 돌렸다.

"……착각인가?"

한참 그곳을 바라보던 그는 이내 혀를 차며 다시 구미호에게 시선을 돌렸다.

"들킬 뻔했네."

여울은 벽 뒤로 몸을 숨긴 채 곰방대를 입에 물었다. 그녀는 연기를 '후—' 하고 뱉어 내며 입가를 비틀어 올렸다. 생각했던 것보다 일의 규모가 너무 커졌다. 저 여우가 대단한 존재라고 생각은 했어도 '굉음(轟音)의 거붕' 까지 부를 줄이야. 아무리 그녀라고 해도 붕을 상대로 싸워서 이길 자신은 없다. 아니 애초에 격 자체가 한 단계 낮았다.

"용……이 되면 할 만해질까?"

당초에 그녀는 수많은 생명들을 죽였기에 유명한 거지 순수하게 무력으로 따지면 최고의 자리까지 오르지 못했다. 그들보다는 약간 아래에 위치해 있는 게 그녀의 격. 여울은 짧게 혀를 차며 저 멀리에 있는 하얀 구미호를 흘겨보았다.

"그것보다도 저 아이의 정체가 더 대단하단 말이지."

그녀가 울면 하늘도 함께 울어 준다라. 여울은 흥미롭다는 어조로 그녀의 정체를 읊조렸다.

"'천우(天雨)의 선녀' 가 저런 아이였을 줄이야. 이거 앞으로 재밌어지겠는걸."

이무기는 맛있는 먹잇감을 눈앞에 둔 것처럼 입술을 혀로 싸악 핥았다.

한 여인……. 아니 소녀가 내려다보고 있다. 티 하나 묻지 않은 하얀 머리카락이 바람에 흔들리며 자그마한 얼굴이 드러난다. 얼굴은 눈, 코, 입이 오밀조밀하게 모인 귀여운상. 소녀의 등 뒤로 살랑거리며 흔들리는 복슬복슬한 흰 여우 꼬리들이 보였다. 무엇보다 인상적인 것은 자신을 곧게 응시하는 푸른 눈.

마치 하늘을 닮은 듯 그 안으로 별들이 부서져 내린다. 그 모습이 너무나 신비하여 저도 모르게 온전히 홀려 버리게 되었다. 계속해서 바라만 보고 싶으나 소녀의 신형은 흐릿하게 흔들리더니 이내 어둠만을 남기고 흐트러져 버렸다.

그리고 제현은 눈을 떴다.

익숙한 천장이 아니나 그는 이불 안에서 누워 있었다. 창을 따라 햇빛이 흘러 들어오며 따뜻하게 방 안을 비추었다. 제현은 멍한 정신으로 자리에서 몸을 일으켰다.

방금 전의 환영과 같은 꿈이 여전히 잔향처럼 남아 있었다. 처음 보는, 그것도 인간이 아닌 그가 증오하는 요물들 중 하나일 터인데 그는 자꾸만 그 소녀의 모습을 되뇌고 있었다.

"전하 기침하셨나이까?"

그때 귀에 익숙한 목소리가 들려왔다. 그가 고개를 돌리자 초췌하게 변한 스승이 걱정스러운 표정으로 그를 살피고 있었다. 그에 그는 어젯밤이 무슨 날이었는지 알아채고 눈을 크게 떴다.

"스승님, 혹시 제가 폭주하였습니까?"

"……그러하옵니다."

머뭇거림이 섞인 긍정이 들려오자 제현은 이를 갈며 제 얼굴을 쓸어내렸다. 그렇게 방비하였을 터인데 결국 이성을 잃고 폭주하였다는 사실이 못내 쓰리기만 하다. 그는 흔들리는 마음을 바로잡으며 빠르게 사태를 파악하고자 했다.

"사상자와 피해는 얼마나 나왔습니까?"

"도사가 열다섯 명, 병사가 셋, 궁녀가 다섯 명 사망하였고 부상의 경우엔 도사가 스물세 명, 병사가 서른둘, 궁녀가 스물여섯 명이 나왔습니다. 그리고 파괴 범위는 침전 전체와 주변 건물 일부입니다."

"……생각보다 적게 나왔군요."

제대로 미쳐 날뛰었다면 적어도 궁이 반파되었으리라 생각했다. 그런데 고작 침전 주위 붕괴와 도사 외에는 한 자리 수의 사망자라니. 아마 성수청의 도사들이 많이 힘써 주었겠지. 허나 그와 별개로 제 능력이 그 정도밖에 되지 않았나 의아함이 든다. 그런 제현의 의문이 얼굴에 드러나는지 청림은 잠긴 목소리로 궁금증을 풀어 주었다.

"어제 운이 좋게 영스러운 존재가 궁에 찾아왔습니다. 이유를 알 수 없는 방문이지만 그녀가 '굉음(轟音)의 거붕'을 소환하여 전하를 막았습니다."

의외의 일에 제현의 눈썹이 한차례 꿈틀거렸다.

"그녀?"

"예. 형상을 보아하니 구미호 일족이었던 거로 보입니다."

구미호라. 제현은 방금 전 꿈속에서 본 이의 모습을 떠올렸다. 그것이 그저 꿈만은 아니었던가. 그는 깊게 숨을 들이마시며 자리에서 일어섰다.

"그럼, 저를 막은 그들은?"

"예. 볼일이 끝났는지 모두 되돌아갔나이다."

무슨 일로 궁까지 찾아왔는지 물을 수 없겠군. 청림의 답변에 그는 쯧 하고 혀를 찼다. 그들의 목적이 무엇이든 그의 폭주를 막아 주었으니 일이 잘 풀리긴 잘 풀렸다. 제현은 상당히 무리가 갔는지 아직도 욱신거리는 몸뚱이에 인상을 찌푸렸다.

안 그래도 몸 상태가 영 좋지 않은데 나중에 궁의 일부가 박살 난 사태에 목소리를 높일 귀족들을 생각하니 절로 짜증이 치솟았다. 제현은 궁녀를 불러 몸을 씻고 의관을 정제한 뒤 말했다.

"아란에게 갈 것이다."

그 어느 때보다 아란이 보고 싶어지는 순간이었다. 궁 안에서 큰일이 있었는데 혹시 불안해하진 않았을지 겁을 먹지는 않았을지…… 그리고 혹여나…… 정말 불길한 걱정이지만 도망치려 하진 않았는지. 그렇게 왕의 행차가 궁의 가장 외곽으로 향했다.

한편 아량전 마당에서는 청이가 불안한 듯 왔다 갔다 하고 있었다. 눈이 퀭해 보이는 게 딱 밤을 새운 모양. 그녀는 불안한 듯 손톱을 물어뜯으며 중얼거렸다.

"아니 이 여우는 왜 안 들어오는 거야."

죽었는지 살았는지 도무지 소식이 없었다. 혹시 큰 상처를 입고 숨어서 끙끙 앓고 있는 건 아닐지. 청이는 자꾸만 떠오르는 불길한 상상을 고개를 저어 떨쳐 냈다. 그리고 아량전 안으로 들어오는 동공왕과 눈이 마주쳤다. 순간적으로 딸꾹질이 올라왔으나 빠르게 고개를 숙여 인사하였다.

"히, 히끅 도, 동공국의 태양을 뵈, 뵙습니……."

"되었다."

문제는 제현이 그런 그녀를 무시하듯 지나쳐 침실의 문을 열었다는 것일까? 덕분에 그녀는 심장이 급속도로 바닥을 향해 추락하는 듯하였다. 구미호는 어제 나가서 돌아오지 않았다. 그러므로 침실은 비어 있다. 그런데 동공왕이 그 사실을 확인했네?

아아…… 제길 정말 아름다운 세상이었다. 청이는 벌써부터 제 목이 떨어져 바닥을 데굴데굴 구르는 환영이 보이는 듯했다. 그리고 때마침 동공왕이 차가운 눈빛으로 그녀를 돌아보았다. 그에 청이는 하늘을 원망하며 두 눈을 질끈 감았다. 이제 곧 분노한 동공왕이 자신을 추궁하며 찢어발기는 것만 남았으리라.

그의 목소리가 들린다.
"다행히 곤히 자고 있군. 언제 잠들었는가?"
"어제 해(亥)시쯤에나…… 예?"
"해시라 간당간당했군. 잘 재웠다."
청이는 순간 넋이 나간 채로 그를 올려다보았다. 왕을 함부로 보는 것은 큰 잘못이지만 그는 딱히 신경 쓰지 않고 침실로 들어간다. 청이는 마치 망부석이라도 된 듯 그 자리에 못 박힌 채 서 있었다.
제현은 얼빠진 시중인이 뭔 짓거리를 하던 무시하고 방 안으로 들어갔다. 길게 머리를 푼 아란이 이불을 덮은 채 깊이 잠들어 있었다. 그는 아란의 옆에 조용히 앉아 그녀의 안면을 가리는 머리카락을 조심스레 떼어 주었다.
색— 색—
너무 곤히 자기에 오히려 깨우기 미안해지는 순간이었다. 그는 아란에게까지 해가 가지 않은 것을 다행으로 여기며 미소를 지었다. 세상모르고 잠들어 있던 걸 보니 궁에서 무슨 사건이 터졌는지도 모르고 있으리라. 괜히 그녀에게 불안감을 심어 주지 않았다는 사실에 안도했다. 그는 그녀가 깨지 않게 천천히 몸을 일으키려 했다. 그때였다.
턱.
"제현?"
아란이 몽롱한 눈을 뜨고 그의 옷깃을 잡는다. 그리고 그 순간 제현은 그녀의 모습이 다른 존재의 형상으로 겹쳐져 보였다. 새하얀 백발의 소녀. 오밀조밀하게 눈, 코, 입이 모인 얼굴. 무엇보다 가늘게 뜬 눈꺼풀 아래로 별빛이 부서지는 푸른 눈.
허나 그건 너무나 짧은 순간이었다. 제현은 살포시 인상을 찌푸리며 고개를 흔들었다. 아직도 피로함이 남아 있는 모양이다. 꿈의 잔영이 여기까지 따라오다니. 그는 쓰게 웃으며 아란의 눈을 손으로 덮었다.

"더 자라. 잠시 얼굴만 보러 온 것이니."

그럼에도 그녀는 잠에 잠긴 목소리로 물음을 던져 온다.

"제현 몸 괜찮아?"

"당연히 괜찮지."

"그래, 다행……이……ㄷ……ㅏ……."

아란은 그 말을 끝으로 다시 꿈속으로 빠져들었다. 제현은 그런 그녀가 사랑스러워 죽겠다는 듯 따뜻한 미소를 보내며 자리에서 일어났다. 어제 터진 사건이 심각하기에 할 일이 많았다. 일주일 후에 있을 아란의 성인식까지 생각하면 눈코 뜰 새 없이 바쁘게 돌아갈 터였다.

그는 머릿속에 담아 두려는 듯 그녀의 잠든 모습을 한참 응시하다가 방 밖으로 빠져나갔다. 그리고 얼마 후…… 청이가 들어왔다. 그녀는 곤히 자고 있는 구미호의 모습에 속이 쓰려 오는 것과 동시에 무언가 울컥 치미는 것을 느꼈다.

아니 들어왔으면 들어왔다고 이야길하든가!

그녀는 환히 웃으며 아란의 옆에 털썩 주저앉았다. 자세도 딱 준비되어 있는 것에서 뭔가 전에도 이런 적이 있었던 느낌이 들었다. 청이는 손을 천장을 향해 번쩍 들어 올렸으나…… 한숨을 폭 쉬고는 들었던 손을 그대로 내렸다.

"됐다 됐어. 고이 돌아왔으면 됐지. 뭘 바라겠냐."

그렇게 말한 청이는 다시 풍옥전으로 가기 위한 준비를 하기 시작했다.

저벅저벅저벅 멈칫.

앞서서 성큼성큼 걷던 제현은 자리에서 갑자기 멈춰 섰다. 그리고 제 등 뒤에서 따라오고 있는 호위무사에게 손을 내밀었다.

"검."
"예."
자연스럽게 호위무사가 건네주는 검을 잡은 제현은 서늘하게 굳은 얼굴로 입을 열었다.
"모두 물러가라."
그와 함께 뒤따르던 궁인들이 황급히 주변으로 흩어졌다. 제현은 주변에 인적이 완벽히 사라졌는지 확인한 후 검집에서 검을 뽑았다. 검은 이미 검붉은 기운으로 충만한 상태. 검병을 두 손으로 꽉 잡은 그는 번개처럼 빠르게 검을 휘둘렀다.
촤아악.
허공을 베어 숨어서 따라오던 이무기의 존재를 세상에 드러나게 했다. 그리고 그것에 그치지 않고 공격을 피해 움직이는 그녀를 따라 검을 휘두르며 수십의 궤적을 만들어 냈다. 마치 검붉은 실로 거미줄을 치는 듯 공간째로 상대를 압박해 들어갔다. 그 모든 것이 단 일 초도 되지 않는 시간에 이루어졌다.
"……왕이시여 진짜 해보자는 것입니까?"
여울은 제 뺨에 난 자상을 손가락으로 훑어 내리며 싸늘하게 말했다. 그녀의 상처 주변으로 검은 비늘들이 돋아나 있었다. 그에 제현은 피식 비웃음을 짓는다.
"어제 네가 한 짓을 생각하면 이 정도는 아주 가벼운 것일 텐데?"
"……."
"그것도 감히 그녀가 준 향낭까지……."
"……그래서 날 죽이려고? 과연 가능할까?"
여울은 제 얼굴에 상처를 냈다는 사실에 분노한 듯 평소처럼 존댓말을 하지 않고 반말로 말했다. 여태까지 쓰고 있던 가면을 벗어던지고 사악한 미소를 짓는다. 그녀의 감정에 따라 발밑에 있던 그림자가 일렁거리며 요동치기 시작했다.

"불가능할 것도 없지."

제현은 슬쩍 손끝을 까딱해 보였다. 그와 함께 그들이 있던 공간을 성수청의 도사들이 에워쌌다. 이미 술식 준비는 다 마치고 발동만을 기다리는 상태. 거기에다 제현 본인도 요력을 끌어올리고 있는 듯 주변에 검붉은 안개가 흘러나온다.

"이들 정도론 내 발을 묶는 게 고작일걸?"

"그 고작 정도면 내가 직접 네 목을 따는 데 충분하지."

여울과 제현은 서로를 노려보며 영역 다툼을 하는 맹수처럼 으르렁거렸다. 그들의 기싸움만으로 땅에서 자라난 초지가 빠르게 말라 간다. 일촉즉발의 상황. 허나 여울이 먼저 혀를 차며 제 기운을 거두었다.

"쯧 싸운다고 해도 이모저모 제가 더 손해군요. 그래, 원하시는 게 뭐지요?"

"쓸데없이 눈치만 빠르기는."

"절 죽이시려고 계획했으면 무엇이든 확실히 하는 당신의 성격에 기습을 했겠지요. 그리고 제 존재가 없어진다는 것은 당신 쪽에서도 손해라는 걸 잘 알고 계실 테니 그리하시지 않은 것이고요. 솔직히 말해 제가 있으매 당신이 얻는 게 제법 되시니까 말이지요."

여울은 다시 평소의 가면을 뒤집어쓰고 매혹적인 어투로 말했다. 그러나 제현은 여전히 불쾌함을 숨기지 않은 채로 말을 이어 갔다.

"아니 네가 계속 허세를 부리고 있었으면 손해를 감수하고서라도 쳐 죽일 생각이었다. 궁 밖으로 도망쳐도 몇 달 몇 년이고 추격해서."

"당신의 집착은 반려만 아니라 적에게까지 향하는 모양이군요."

그들의 시선이 부딪치는 곳에서 불똥이 튀어 오르는 듯했다. 제현은 상대의 강함에 짜증을 느끼며 이를 갈았다. 싸우고자 하면 싸울 수 있다. 순수한 무력은 거의 동일. 하지만 쌓아 온 세월 자체가 다르다. 전투 경험 면에서 밀릴 수밖에 없었다. 그 부분을 도사들의 도움으로 어찌어찌 메울 수 있지만 그것도 어느 정도 한계가 있다.

병사들까지 동원해서 밀어붙이면 저 뱀 새끼를 죽일 수는 있으리라. 다만 그에 대한 손실이 매우 크다는 게 문제였다. 지금 당장만 봐도 그러하다. 그녀와 싸움을 벌이면서 생길 궁의 파손은 어제의 폭주 때보다 더 심각할 것이다. 거기에다 그녀가 전면전을 피하고 치고 빠지는 식으로 싸운다면 피해 범위를 한양 전체로 삼아야 할지도 모른다.

어쩌면 아란도 휘말리겠지. 그렇기에 제현은 함부로 움직일 수 없었다. 당장에라도 역겨운 저 면상을 찢어발기고 싶지만 인내하고 인내하며 저울질한다. 이무기의 목과 엄청난 손실, 혹시 모를 제 반려의 위험.

차라리 족쇄를 채워서 곁에 두고 있는 게 나으리라. 제현의 눈에서 검붉은 귀화가 타올랐다.

"네년의 이름을 걸고 스스로에게 금제를 걸어라."

꿈틀.

그 순간 여울의 표정이 찰나지만 구겨졌다. 한참 그를 노려보던 그녀는 팔짱을 껴 풍만한 가슴을 두드러지게 하며 고개를 살짝 기울였다. 그리고 상대를 유혹하듯 애교 섞인 목소리로 말하였다.

"전하~ 불쌍한 여인을 위하여 선처를 내려 줄 수 없나이까?"

"닥치고 할 건지 말 건지나 정해."

제현은 짜증 섞인 표정으로 그녀의 제안을 단칼에 끊어 내며 검을 들어 자세를 취한다. 싫다는 소리가 나오면 곧바로 상대의 목을 베어낼 수 있도록. 두루뭉술하게 넘어가기엔 상황이 너무 안 좋다는 것을 깨달은 여울은 한숨을 폭 쉬며 입술을 열었다.

"나, 여울이 하늘로부터 받은 이름을 걸고 스스로를 속박한다. 나는 이곳에 머무르면서 나 스스로를 보호할 때를 제외하고 남을 해하지 않을 것을 맹세한다."

이무기의 말이 끝남과 동시에 그녀의 그림자로부터 수많은 사슬들이 솟아 나와 그녀의 몸을 휘감았다. 그리고 이내 여울의 몸에 스며들듯 스르르 사라져 버렸다. 그 모습을 놓치지 않고 보던 제현은 제 뒤에 서 있는 스승을 향해 물음을 던졌다.

"속임수가 없습니까?"

"예, 확실히 스스로에게 금제를 걸었습니다."

그제야 제현은 경계를 풀고서 검을 집어 던졌다. 그리고 여울을 질린다는 표정으로 보곤 뒤돌아서 그 자리를 벗어났다. 그에 도사들도 슬금슬금 주박을 풀며 물러나기 시작했다. 그런 그들을 보며 여울은 울컥하는 제 마음을 가다듬을 수밖에 없었다.

열 받긴 해도 그만큼 요화(妖花)의 향은 가치가 있는 것이니까.

"하지만 무엇보다도……."

여울은 방긋 웃음을 지었다. 그리고 방해물들 너머 반쯤 잠에 취한 채로 풍옥전을 향하고 있는 아란을 바라보았다.

"……가장 재밌는 구경거리가 남았으니까."

필연과도 같은 파탄

세상을 살아가다 보면 가장 원하지 않던 일이 가장 피하고자 하는 때에 닥쳐오곤 한다. 그것은 꼭 노린 것과 같이 상황이 조립되는 퍼즐처럼 착착 맞추어져 최악의 결과를 내어놓는다. 빼도 박도 못할 정도의 상태로 밀린 자들은 그저 가슴을 치며 하늘을 원망할 뿐.

이처럼 그들에게 닥친 상황도 우연과 우연이 겹쳐 필연이 되어 파탄을 맺었다.

첫 번째 우연은 요계산림(妖界山林)에서 요괴들이 기이한 움직임을 보였다는 것. 그리고 그것에 대해 보고를 받은 제현이 자주 있던 일이라도 혹시나 하는 생각에서 조사대를 파견하였다는 것이다.

두 번째 우연은 진짜 서아란의 흔적이 끊겼던 강의 상류에 요계산림이 위치하고 있었다는 것이었다.

세 번째 우연은 요계산림으로 파견된 조사대의 대장이 아주 작은 일도 허투루 넘기지 않는 자라는 것.

그것들이 모두 겹쳐져 조사대의 대장 허영이 요계산림 근처 마을에 숨어 사는 '서아란'의 모습을 발견하게 되었고 그녀의 옆에 붉은 머리의 사내가 있다는 것까지 목격하게 되었으며 그 사실을 전서구를 통해 궁으로 날리게 하였다.

"……요계산림으로 간다."

그리고 그것을 받아 든 동공왕은 서늘한 살기를 피워 올리며 사실을 확인하기 위해 움직였다. 그가 며칠 전 예지몽을 꾸지 않았더라면 무시했을지도 모를 일이다. 허나 서신에는 제가 꿨던 꿈과 같이 '서아란'이 참새비녀를 하고 있었고 그녀의 곁에 적발의 사내가 존재하고 있었다고 적혀져 있었다.

이것은 서아란의 성인식까지 딱 삼 일 남았을 때의 일이었다.

궁에서 도망친 뒤의 서아란은 하루하루가 행복에 겨운 날들이었다. 제가 사랑하던 이와 함께 살고 있었고 그와의 사랑의 산물이 배 속에 자라고 있었다. 비록 한양에서 살 때처럼 풍족한 삶은 아니었지만 자유가 없었던 그때보다 차라리 지금이 백배 천배는 더 나았다.

암정국의 수장인 은명의 도움으로 궁 밖으로 빠져나올 수 있었다. 그리고 그와 함께 한양과 제일 가까운 강 쪽으로 필사적으로 달려갔다. 그 후 절벽 아래에 급한 물살이 흐르는 강에서 도박과 같은 행위를 했었다. 대부분의 사람들이 급물살을 이용해 하류로 이동할 거라는 예상과 반대로 오히려 흐름을 거슬러 상류로 도주하였다.

거의 오 일을 넘게 느릿느릿하게 이동하는 배 위에서 생활하였다. 잠도 제대로 자지 못했다. 눈을 뜨면 또다시 그 풍옥전의 천장을 보게 될까 봐. 은명이 곁에서 달래도 소용없을 정도로 불면증에 시달렸다. 은명의 도움으로 몇 번이고 도주를 시도하였으나 궁 밖으로 나온 것은 일 개월 전에 딱 한 번. 그러고도 잠든 사이에 또다시 그 감옥으로 돌아가 있었다.

이제 동공왕이라면 정말 지긋지긋했다. 어릴 때 궁 안에서 스쳐 지나가듯 만난 이후로도 종종 마주치며 인사를 몇 번 한 것이 다였다. 만날 때마다 제게 호의 어린 시선을 보내고 더 많은 대화를 하려고 노력하는 모습을 보았지만 그건 그저 마음에 드는 인간에 대한 반가움의 표시 정도라고만 생각했다. 그리고 그녀에게 있어서도 그는 그저 친한 오빠 정도의 위치밖에 되지 않았다.

그러할진대 그로부터 혼인하고 싶다는 청혼서가 왔을 때는 정말 까무라칠 정도로 놀랐다. 말이 청혼서지 그것은 왕명. 이미 마음에 둔 정인이 있는 그녀에겐 마른하늘의 날벼락과 다를 바 없었다. 그녀의 아버지는 청혼서를 받았다는 것에 기뻐하며 왕명을 받든다는 서신을 곧바로 보냈다. 딸의 의사에 대해 아무런 의문도 가지지 않은 채로.

그래서 그녀는 도주하기로 결심했다. 아무리 왕이라 하여도 제가 싫다고 도망친 여인에겐 학을 뗄 거라 생각하며. 허나 그것은 잘못된 생각이었다. 동공왕은 병사를 풀어 그녀를 붙잡아 궁의 가장 깊은 곳에 가두어 버렸다. 그리고 그와의 만남.

끔찍했다. 동공왕의 눈에선 집착이란 단어로는 정의할 수 없는 광기가 흘러넘치고 있었다.

'넌 내 거야. 누구에게도 넘겨주지 않아.'

'너를 사랑해. 무슨 일이 있어도 네겐 상처 입히지 않을 거야.'

'나만 봐. 다른 이를 마음에 품게 된다면 그 자식에게 영원한 지옥을 선사해 줄 테니까.'

두려웠다. 그래서 또다시 도망하였다. 하지만 방비를 얼마나 철저히 해 놓았던지 궁을 넘기도 전에 잡혀 들어왔다. 그리고 보게 된 광경은 피로 물든 풍옥전의 광경. 그리고 미치광이처럼 웃고 있는 동공왕의 모습이었다.

'네 주변의 것이 마음에 안 들었나 봐? 그래서 모조리 다 죽였어. 좀

더 괜찮은 것들로 채워 줄게. 뭐 네가 도망친 걸 막지 못했다는 것부터 불량품들이었지만.'

공포. 공포. 공포. 인간의 탈을 뒤집어쓴 저 괴물에 대한 두려움만이 그녀의 목을 졸라 왔다. 하루하루가 끔찍했다. 그자와 마주하는 것도 그자가 준 옷을 입는 것도 그자가 준비한 선물을 받는 것도…… 모든 게 버티기 힘들 정도의 무게를 품고서 그녀를 죽여만 갔다.

그의 눈길은 그녀가 하는 행동 사소한 것까지 따라붙었다. 잠시 낮은 담을 보며 도망치고 싶다고 생각한 다음 날엔 풍옥전의 담이 두 배는 높게 쌓여 있었고 나 좀 도와 달라고 애원하며 붙잡았던 궁녀는 다음 날 자취를 감추었다. 모든 것을 감시하고 모든 것을 속박하고 모든 것을 빼앗아 간다.

그녀의 마음은 여기에 없는데 그자는 그녀의 마음을 내놓으라며 끊임없이 강요했다. 그리고 성인식까지 세 달도 남지 않은 날이었다. 매일 저녁 강제로 함께하는 식사. 동공왕은 그녀를 훑어보다가 오싹한 미소를 입가에 걸었다.

'나 많은 생각을 해 보았다. 네가 왜 나에게서 도망치려고 할까? 처음엔 그저 자유를 갈망하기 때문이라고 생각했지만 그것 치곤 너무나 필사적이더군. 나와 많은 대화를 해 봤으면 알 것 아니야? 자유 정도는 나와 거래하면 어느 정도까지는 얻을 수 있으리라는 걸.'

'그럼 무엇이 문제일까? 왜 하루 종일 시선을 궁 밖으로 두며 무언가를 추억하는 눈길을 보내는 걸까? 어째서…… 여기에 마음이 없는 걸까?'

그자는 그녀를 향해 서서히 고개를 숙인 뒤에 귓가에 속삭였다.

'아란…… 너 마음에 둔 이가 따로 있구나?'

오싹.

순간 마음속을 읽힌 것 같은 섬뜩함이 지나갔다. 죽는다. 죽는다.

죽는다. 은명이. 그녀가 마음을 준 유일한 상대가. 동공왕은 제 예상이 맞는다는 사실을 알아채자 야차와 같이 얼굴을 일그러뜨렸다.

'안 돼. 안 된다고 했잖아. 다른 것은 다 되어도 네가 다른 남자를 보는 것만은 용납할 수 없어. 절대 안 돼. 네 눈이 향하는 곳은 나여야만 해. 네가 늘 생각해야 되는 사람은 나여야 한다. 그래…… 죽여야지. 그놈을 찾아. 너를 담은 눈알을 뽑아내고 너를 만진 손을 잘라 내고 네 이름을 담은 혀를 토막 낼 거야. 감히! 감히!'

더 이상은 참을 수 없었다. 도망쳐야만 했다. 그래야 그녀가 살아남을 수 있고 은명이 살아남을 수 있었다. 그리고…… 간신히 동공왕의 손길에서 벗어나는 데 성공했다.

그녀가 정착한 곳은 요계산림의 아래에 있는 작은 마을이었다. 탐관오리의 학정을 피해 도망쳐 온 평민처럼 위장하고 그들 틈에 섞여 들었다. 가장 위험한 장소이니만큼 왕의 손길이 가장 미치지 않는 장소였기에 선택한 도주지였다.

도주한 후 첫 일주일은 정말 불안감에 미쳐 버리지 않은 게 다행이었다. 눈만 감으면 은명이 동공왕의 손에 갈기갈기 찢기고 제가 궁으로 끌려가는 꿈을 꿨다. 그랬기에 쉼 없이 은명이 제 곁에 있음을 확인하고 끊임없이 그의 품에 안겼다. 잠깐이라도 그가 곁에 없으면 그녀는 구석에 숨어들어 실금하며 발작을 일으켰다. 은명이 철저히 정보 조작을 했기에 안전하다고 몇 번이고 말해 주었음에도 결코 안도할 수 없었다.

궁 밖으로 도망쳤음에도 그녀는 한동안 동공왕의 공포로부터 벗어나지 못했다. 그녀가 그 정신적 고통에서 해방된 것은 하나의 소식을 접하고 나서였다.

'서아란'이란 존재가 다시 잡혔다. 그런데 강의 급류에 휩쓸려 바위에 머리를 부딪쳐서 백치가 되었다.

뭐가 어떻게 된 건지는 모른다. 허나 분명한 것은 궁에 '서아란'이란 존재가 있는 이상 이곳에 있는 '서아란'은 안전하다는 것이었다. 그렇기에 그녀는 고통스러운 강박에서 벗어날 수 있었다. 서서히 웃음을 찾아갔으며 은명과 즐거이 대화할 수 있었다. 외지고 위험한 장소이니 만큼 힘든 일도 많았으나 기꺼이 버틸 수 있었다.

무엇보다 행복했던 것은 마을에 사는 도사가 그녀를 보더니 새로운 생명이 배 속에 자리 잡았다고 말한 것이었다. 은명의 아이였다. 그녀가 사랑하는 바로 그의 아이. 그도 그 사실을 듣고 뛸 듯이 기뻐하였다. 그렇게 앞으로 행복한 일만이 계속 있으리라 생각하였다.

그런데…… 어째서…….

"이런 곳에 숨어 있었구나."

저자가…… 이런 외진 곳에…….

"아주 훌륭하게 당했어. 굉장해! 하하하하하!"

찾아와 증오가 섞인 광기를 불태우고 있는 것이란 말인가…….

제현은 제가 받은 서신을 도무지 믿을 수가 없었다. 여기에 '서아란'이 있는데 요계산림에 또 다른 '서아란'이 있다고? 물론 말도 안 되는 말이라 무시하려 했다. 허나 그 뒤에 따라붙은 적발의 사내란 말에 사고가 정지할 수밖에 없었다.

확인해야 했다. 지금 풍옥전에 있는 이가 진짜 서아란이란 것을. 두 달 동안 쌓아 온 추억이, 그녀가 제게 보냈던 호의 어린 시선이 가짜가 벌인 연극이 아니라는 확인이 필요했다. 제가 가진 희망이 진짜라는 확신이…… 꿈꾸던 미래가 실현될 거라는 행복이 거짓이 아니라는 믿음이 필요했다.

그래서 요계산림으로 미친 듯이 달려갔다. 그리고 평민 복장에 참새비녀를 한 낯익은 여인을 볼 수 있었다. 나물이 가득 담긴 바구니를 머리에 인 그녀가 몸을 일으켜 방향을 돌리자 자신과 똑바로 눈이 마주친다. 그리고 그녀는 들고 있던 바구니를 턱 바닥에 떨어뜨렸다.

그녀의 그런 모습에 아직도 믿을 수 없는 현실을 인정하게 되었다.

"이런 곳에 숨어 있었구나."

그녀 '서아란'은 마치 괴물이라도 본 것처럼 바들바들 떨었다. 그리고 그녀의 눈에서 드러나는 혐오와 경멸……. 그리고 공포. 그래, 그랬지. 그녀는 딱 저런 눈빛으로 날 봤었지. 차가운 진실에 제현의 속에서 광소가 터져 나왔다.

"아주 훌륭하게 당했어. 굉장해! 하하하하하!"

얼마나 우스웠을까? 가짜의 모습에 속고 그것의 행동에 울고 웃고 하던 제 모습이 얼마나 우스워 보였을까? 이런 우연이 아니었다면 평생 동안 가짜에게 속은 채 살아갈 뻔했다. 거짓된 환상에 빠져 허우적거리며 광대짓을 했겠지.

제현은 마치 나찰과 같은 모습으로 슬슬 뒷걸음치는 아란에게 성큼성큼 다가갔다. 그리고 그녀가 도망치려고 몸을 돌리는 순간 그녀의 팔목을 거세게 움켜쥐고는 제 품으로 끌어당겼다.

"아—악!"

강한 고통에 아란은 비명을 지르며 그에게서 벗어나기 위해 마구 발버둥을 쳤으나 쓸모없는 발악일 뿐이었다. 제현은 그녀의 턱을 잡아채 강제로 자신과 눈이 마주치게 하였다.

"전에 말했었지. 절대 내게서 벗어나지 못한다고. 넌 죽어서도 내 것이라고."

아란의 눈이 새까맣게 죽어 가며 그 안으로 공포만이 덧칠되자 그는 비틀어진 웃음을 지었다. 멀쩡한 상태이기에 제 곁을 벗어날 수 있었다면 이젠 망가진 상태로라도 제 곁에 잡아 두어야겠다. 그래야만 자신의 손안에 넣을 수 있다면 그녀가 가진 자유로운 날개를 부러뜨려서라도 새장에 집어넣어 둘 것이다.

"아란!"

동공왕은 제 반려의 이름을 부르는 목소리에 고개를 돌렸다. 그리고 얼마 전 꿈속에서 본 타오르는 것같이 붉은 머리의 사내를 눈에 담게 되었다. 그래, 은명이라고 하였던가? 저의 작은 새가 마음에 담고 그리 애달파했던, 그리고 끝끝내 제 곁을 떠나게 했던.

제현의 눈에서 검붉은 안광이 터져 나왔다. 반드시 죽이리라. 가장 고통스럽고 치욕스럽게 찢어발겨 줄 것이다.

"네 이놈!"

은명은 제현을 향해 분노를 터뜨리며 품속에서 단검을 꺼내 던졌다. 그리고 그 뒤를 따라가며 또 다른 단검을 오른손에 쥔 채로 달려들었다. 그리고 제현과 그의 신형이 겹쳐졌다.

우두두둑.

두 개의 단검이 하늘을 가른다. 그리고 은명의 오른팔이 기이한 각도로 뒤틀려 있었다. 단지 두어 번 팔을 휘두른 것만으로 그 결과를 만들어 낸 제현이 귀신과 같은 웃음을 지었다.

"크아아악!"

이미 한쪽 팔을 잃었음에도 발악하듯 움직이는 상대의 모습에 제현이 이번엔 오른발을 움직였다. 무릎 쪽에 한 번, 다음으로 왼쪽 어깨를 향해 한 번 더.

우둑 우드드.

마치 고양이가 쥐를 가지고 노는 듯하다. 은명은 그대로 중심을 잃고 바닥에 쓰러졌다. 오른 다리는 평소라면 절대 불가능한 각도로 꺾였고 왼쪽 어깨는 완전히 내려앉아 버렸다. 아주 짧은 순간에 폐인이 되어 버린 그였지만 끝까지 포기하지 않고 입을 벌려 제현의 다리를 꽉 깨물었다.

"쯧 더러운 버러지 따위가."

제현은 한 치의 망설임도 없이 상대의 면상을 걷어차 버렸다. 그와 동시에 은명은 붕 떠서 저 멀리 날아가 처박혔다. 그는 상당히 고통스러운 듯 벌레처럼 꿈틀거렸다. 양팔을 쓰지 못하기에 그저 괴로운 표정으로 움츠러들 뿐.

"그만—! 그마—안!"

제현은 제 품에 안겨서 몸부림치는 아란을 보자 더욱 속이 뒤틀렸다. 감히 내가 아닌 다른 사내를 걱정하고 구원을 바라는가! 그에 따라 더더욱 가학심과 가혹함이 치솟아 올랐다. 그는 그녀가 움직이지 못하도록 포박한 채로 여전히 바닥을 기고 있는 은명에게 다가갔다. 하나 남은 멀쩡한 다리로 어떻게든 일어서려는 그를 보며 제현이 씨익 미소를 짓는다.

"아— 아직 하나가 남아 있었구나."

콰직.

그리고 남아 있는 다리의 발목을 짓밟아 분질렀다.

"끄아아아아아!"

고통에 비명을 지르는 은명을 보며 제현이 광소를 터뜨렸다. 그리고 발끝부터 올라가며 차근차근 뼈를 부수어 갔다. 아란으로 하여금 딴 곳을 보지 못하게 고개를 고정하고 그녀가 사랑하는 이를 철저히 부수어 간다.

콰직콰직콰직콰직.

"봐! 보라고! 난 분명히 경고하였지! 이게 그 결과야! 그래, 네가 사랑하는 이들을 모조리 박살 내 주지. 결국 그러다 보면 남는 게 나밖에 없어질 테니까! 하하하하하!"

"하지 마! 하지 마! 하지 마! 하지 마! 그만! 그만해! 내가 잘못했어! 제가 잘못했어요! 그러니까 하지 마요! 제발! 제발 그만해요! 그만! 그마아아아아안!"

제현은 분노와 증오에 사로잡혀 광소를 터뜨리고 아란은 믿을 수 없는 최악의 결과에 절규한다. 폭력을 가하는 이도 미쳐 버렸고 폭력을 당하는 이, 괴로워하는 이도 미쳐 버렸다. 그렇게 모두가 미쳐 간다.

광기만이 맴도는 공간. 미쳐 버린 세계.

"전하, 그만하시옵소서."

그때 요계산림에 파견된 조사대 대장 허영이 조심스럽게 입을 열었다. 하지만 제현은 자신이 벌이는 선혈의 파괴 행위에 심취되어 듣지 못했다. 결국 허영은 무례라는 것을 알지만 제현의 어깨를 잡으며 입을 열었다.

"전ㅎ…… 컥!"

그와 동시에 제현이 손을 뻗어 허영의 목을 움켜잡았다. 그리고 시뻘겋게 충혈된 눈으로 그를 노려보며 살기를 터뜨렸다. 제가 하는 일을 방해당한 것에 대해 심히 노한 상태. 그럼에도 허영은 억지로 입을 열어 말을 이어 갔다.

"커, 컥! 저, 전하 아, 아가씨……께서 크 혼절하……셨나이다."

그제야 제현의 시선이 제 품에서 축 늘어진 아란에게로 돌아갔다. 너무 잔혹한 행위에 큰 정신적 충격을 받고 기절한 모양. 제현은 짜증스레 허영을 털어 내듯 던졌다. 그리고 주변에 모여 있는 이들을 향해 명령하였다.

"속히 궁으로 돌아간다."

그는 아란을 유리공예품 만지듯 조심스레 안아 들며 두어 걸음 걷다가 멈추어 섰다. 그리고 바닥에 피떡이 되어 쓰러져 있는 은명을 노려보며 이를 갈았다.

"저 벌레도 챙겨라. 죽지 않게 해."

고작 여기서 죽일 수는 없지. 저 녀석에게 더욱 끔찍한 지옥을 맛보여 줘야 했다. 거기에다…… 아란을 붙잡아 놓을 인질도 될 수 있을 것이다. 가야지, 이젠 돌아가야지. 가서 주변의 쓰레기들을 싹 정리해 놓을 것이다. 자신을 속인 잡것들도 자신의 반려가 도망칠 수 있게 도운 개 같은 놈들도 싹 다.

흑영은 아직도 흔적조차 잡을 수 없는 아란의 행적에 깊은 한숨을 내쉬었다. 동공국의 거의 모든 정보가 모이는 암정국에서도 모르겠다고 일관하고 있으니. 그는 궐문 앞에서 멈춰 서 깊은 한숨을 내쉬었다. 왕이 이유 모를 일로 바삐 궁 밖으로 나간 게 삼 일 전이었다. 그리고 궁 안에서는 가짜 아란의 성인식이 치러지고 있었다.

"정말 미치겠군. 왕께서 돌아오시기 전에 어찌해서든 찾아야 될 터인데."

그 순간이었다. 자신의 뒤편 대로를 통해 말들이 빠르게 달려오는 소리가 들렸다. 흑영이 뒤돌아서서 가장 먼저 보게 된 것은 앞장서서 오고 있는 동공왕의 모습이었다. 제현은 그의 앞에 도착하자 고삐를 당겨 급히 말을 멈춰 세웠다.

얼마나 오랫동안 달려왔는지 땀으로 뒤덮인 말의 몸에서 김이 올라오고 있었다. 거칠게 투레질하는 말의 위로 잿빛 의복을 입은 제현이 보였다. 그리고 그 품에 안겨 있는 존재도.

경악. 마치 세상이 무너지는 것 같은 느낌이었다. 흑영이 두 달간 미친 듯이 찾았던 존재가 동공왕의 품에 안겨 있었다. 그가 그렇게 발악해도 흔적조차 발견하지 못했던 이를 어찌 찾을 수 있었던 것일까?

끝났다. 이제 모든 게 끝났다.

흑영은 참담함을 간신히 감추며 동공왕을 향해 고개를 숙였다.

"동공국의 태양을 뵙습니다."

답변은 돌아오지 않았다. 그는 마른침을 꼴깍 삼키며 왕의 명을 기다렸다. 한참을 그리 있었을까? 동공왕의 입이 열렸다.

"흑영."

"예, 전하."

"지금 본 것을 주변에 새어 나가지 않도록 비밀에 붙이고 서가(家)의 가주와 식솔들을 모조리 불러들여라. 그리고…… 성수청의 스승님께 조용히 만나기 원한다고 연락을 드려라."

"예."

이유는 되묻지 않는다. 그저 명령을 따를 뿐. 그때 왕의 손길이 흑영의 어깨에 닿았다. 그에 그가 섬칫 하고 몸을 떨자 위에서 쿡쿡거리는 웃음소리가 들렸다.

"고개를 들어라."

그리고 이어지는 명령. 흑영은 조심스럽게 고개를 들었고 제현과 눈을 마주했다.

어둡다. 그 안에서 휘몰아치는 모든 감정들이 어둡다. 적의, 분노, 증오, 슬픔, 애증, 질투, 악의, 탐욕, 자괴, 살의……. 오직 음(陰)으로만 이루어진 괴기들이 꽉 들어찬 채 사납게 일렁거렸다. 그 눈동자를 마주하는 것만으로 숨이 턱 막히어 사신을 마주하는 것 같은 느낌을 든다.

동공왕은 겁에 질린 그를 보고 피식 웃음을 터뜨리며 말을 이었다.

"이번 명령은 제대로 이행하기 바란다."

"……예, 전하."

"저번처럼 가짜를 가져다 놓는 것과 같은 실수는 용납 못 해."

그럼 너뿐만 아니라 네가 소중히 여기는 모든 것들을 나락으로 처박아 넣어 주지. 숨겨진 말에 흑영은 바들바들 떨 수밖에 없었다. 두 달간의 평화가 끝나고 여태까지 숨죽이고 있던 악마가 드디어 미쳐 날뛰기 시작하였다. 앞으로 일어날 피의 학살에 그는 눈앞이 깜깜해지는 기분이었다.

그런 그의 심정을 아는 건지 제현이 섬뜩한 웃음을 짓곤 뒤의 행렬을 가리키며 입을 열었다.

"아, 그리고 뒤에 오는 저것의 목숨줄을 확실히 붙여 놔. 저 벌레는 아직 죽어선 안 되거든."

그 말을 끝으로 동공왕은 활짝 열린 궐문으로 들어섰다. 그가 사라지자 그제야 숨통이 트인 흑영은 깊게 숨을 들이마셨다. 그리고 아직까지 바들바들 떨리는 제 손을 내려 보았다. 그사이 왕의 뒤를 따른 행렬이 다가오고 있었다. 그는 쓰게 웃으며 그들에게로 시선을 돌렸다.

그리고 왕이 지칭한 벌레의 정체를 확인할 수 있었다.

"……은명."

흑영 그가 생각했던 최악의 각본이 현실이 되어 눈앞에 나타났다. 그는 반쯤 넋이 나가 참혹하게 짓밟힌 친우의 행색을 빤히 바라보았다.

"허—"

더 이상 끔찍한 제 친우의 모습을 보기 힘들었는지 흑영은 헛웃음을 뱉어 내며 제 얼굴을 손으로 쓸어내렸다. 저 꼴을 보니 앞으로 은명이 겪게 될 지옥이 연상되어 마음이 쓰리기만 했다. 차라리 지금 죽여 주는 것이 그에겐 더 행복할 것이리라.

"하지만 명을 따라야지……."

흑영은 괴로움을 집어삼키며 자신의 주군이 명령한 대로 움직이기 시작했다.

서아란은 욱신거리는 고통과 함께 눈을 떴다. 온몸이 뻐근하기 그

지없었다. 마음 같아서는 계속해서 누워 쉬고 싶은 심정.

"일어났더냐."

허나 옆에서 들리는 소름 끼치는 음성에 벌떡 자리에서 일어났다. 그에 가슴께까지 덮여 있던 이불이 흘러내렸다. 조금 다르지만 익숙한 건물의 내부 배치에 안색이 새파래진 그녀는 황급히 그에게서 물러섰다.

"다, 당신!"

아란은 새파래진 얼굴로 이부자리 옆에 앉아 있는 제현을 바라보았다. 그에 그는 싸늘하게 웃으며 그녀를 향해 손을 뻗었다.

"이리 와서 더 누워 있거라. 혼절해 있었다고 한들 오랜 시간 말을 타고 이동했으니 몸에 무리가 갔을 것이다."

"다정한 척 말하지 마!"

그녀는 그가 은명에게 했던 행동을 떠올리곤 이를 갈며 악을 썼다. 제가 사랑하는 임이었다. 그걸 상대도 알고 있을 터인데 어찌 제 앞에서 그딴 짓거릴 저지를 수 있단 말인가! 그는 말한다. 저를 사랑한다고. 그런데 이런 것이 사랑인가! 이건 그저 소유욕이고 욕망이고 집착일 뿐이었다.

아란은 적의를 불태우며 제 아랫입술을 짓씹었다. 저자와 마주하고 있다는 사실만으로 그녀는 더 이상 이성적인 판단이 불가능했다. 그저 반쯤 미쳐 버린 채로 속에 있는 말들을 토해 낼 뿐.

"은명은? 은명은 어딨어! 그에게 무슨 짓을 했냔 말이야!"

제현의 표정이 순식간에 서늘하게 얼어붙었다. 두 달 만에 재회하고 다시 궁으로 돌아왔음에도 그녀는 저에게 아무런 관심조차 주지 않는다. 깨어나자마자 다른 이를 찾는 그녀의 모습에 그의 심사가 크게 뒤틀렸다.

"내 것을 훔친 도둑놈 말인가?"

"누가 도둑놈이야!"

"궁 안에 있는 내 반려를 훔쳐 갔으니 도둑놈이 맞지."

"웃기는 소리! 너야말로 내 인생을 강탈하고 부셔 버린 강도이지!"

"아니 난 내 것을 취한 것뿐이다!"

"개 같은 소리 하지 마! 난 내 것이야! 누구의 것도 아니란 말이다!"

서로 어긋나는 말, 높아지는 음성, 반목하며 튀어나오는 악의. 두 달이라는 시간이 지났음에도 전혀 달라지지 않는 관계. 결국 남는 것은 날카로운 생채기뿐. 시작부터 뒤틀린 관계이기에 가면 갈수록 더더욱 뒤틀어지기만 한다.

서로 악을 쓰고 심해지는 감정싸움. 아란은 하지 말았어야 할 말을 입에 담았다.

"그래서! 어쩌라고! 난 이미 날 다른 이에게 줬어! 네가 날 억지로 취한다고 해도 넌 유일이 아니라 두 번째야! 그것도 텅 빈……."

쾅.

제현이 바닥을 힘껏 내리쳤다. 그에 마룻바닥이 그대로 박살 나며 파편이 튀어 올랐다. 그는 흉흉한 안광을 번뜩이며 자리에서 일어섰다. 그리고 베일 듯이 날카로운 기운을 피워 올리며 그녀에게 성큼성큼 걸어갔다.

"다른 이에게 널 주었다라…… 그래 그놈의 모가질 따면 넌 다시 홀로 남게 되겠군. 그럼 난 너의 유일이 될 것이고. 첫 번째라 그런 건 없애면 그만이 아닌가?"

아란이 겁을 집어먹고 엉덩이를 끌며 뒤로 물러서자 그의 입가에 섬뜩한 웃음이 걸렸다.

"여기서 널 내 것으로 취하고 곧 그 녀석을 네 눈앞에서 능지처참시켜 주지."

그리고 그는 손을 뻗어 그녀의 상의를 움켜잡았다. 그와 함께 아란이 그의 얼굴을 향해 침을 퉷 하고 뱉었다. 제현의 뺨에 붙은 액체가 찐득하게 흘러내린다. 잠시의 정적.

"크."

제현이 짧게 웃음을 뱉었다. 그리고 제 볼에 있는 침을 손으로 닦아내고는 마치 손찌검하기라도 할 듯 손을 어깨 위까지 들어 올렸다. 그에 아란은 반사적으로 제 배를 끌어안고 몸을 웅크렸다. 그 행위 하나로 제현의 눈에서 불똥이 튀어 오른다.

그러고 보니 그 예지몽에서 그녀의 배에 아이가 자라고 있었던가? 불길한 느낌에 제현의 인상이 와작 일그러졌다.

"아이가…… 아이가 있는 건가?"

그의 중얼거림에 그녀는 눈물범벅이 된 눈으로 노려보았다. 그건 여인으로서 한 남자에게 가지는 두려움이 아니었다. 한 아이의 어미로서 제 자식에게 위협이 되는 이를 보는 눈빛. 그 사실에 제현의 마음이 와르르 무너져 내렸다.

저는 그녀를 위한다는 명목으로 성인식까지 참으며 안지 않았었는데 막상 그녀는 그에게서 벗어나자마자 다른 남자의 품에 안겨 그의 아기를 가져 버렸다. 이런 결과가 기다리고 있을 줄 알았다면 그녀를 붙잡아 온 첫날 그녀를 품었어야 했다. 그랬다면 희망을 접고 도주하길 포기하지 않았을까.

"아니야. 아니야."

제현이 광기에 휩싸여 중얼거렸다. 아직 늦지 않았다. 지금이라도 아란의 배 속에 자리 잡은 생명을 뽑아내고 안으면 된다. 그는 자리에 주저앉은 아란을 강제로 일으켜 그녀의 배를 향해 손을 뻗었다. 그러자 그녀는 필사적으로 반항하며 제 배를 보호했다.

"가만히 있어라. 지금 그 배 속에 자리 잡은 벌레를 죽여 버릴 테니까!"

낮은 목소리로 사납게 그르렁거리는 제현의 모습에 아란의 안색이 시체처럼 변했다. 제 피가 반이나 섞인 아이였다. 그런데 서슴없이 그 생명을 죽이겠다니. 아무리 미쳤다고 해도 그 정도까진 아닐 거라고 생각했다. 그래도 저를 사랑한다고 말하기에 제 피가 섞인 아이는 안전하지 않을까 하고 작은 희망을 가졌다.

하지만 상대는 그녀의 아이를 벌레라고 부르며 눈에 거슬리는 방해물 정도로 취급했다. 이런 게 어찌 인간일 수 있을까? 괴물이었다. 아니 그런 지칭은 괴물에게도 미안한 말이었다. 지금 눈앞에 있는 이는…….

"놔아—! 놓으라고 이 악마야아아아!"

움찔.

그녀의 고함에 제현의 모든 행동이 멈추었다. 마치 믿을 수 없는 말을 들었다는 듯. 그는 부들부들 떨리는 입술을 열어 말했다.

"다시 말해 봐라."

그에 아란은 공포와 증오가 가득 담긴 시선으로 그를 보며 한 글자 한 글자에 힘주어 말했다.

"놓으라고 이. 악.마.야."

쾅.

제현의 주먹이 아란의 옆으로 비껴가 벽을 강하게 내리쳤다. 무언가가 박살 나는 소리에 아란은 이까지 딱딱 부딪치며 떨었다. 제현은 이를 꽉 깨물며 다시 입을 열었다.

"다시 말해 봐라."

"아, 악……마…… 넌…… 악마야……."

두려움에 완전히 잠식되어 있음에도 그녀는 결코 답을 바꾸지 않았다. 제현은 아란을 지탱하고 있던 손을 놓았다. 그리고 그녀는 그 자리에서 풀썩 주저앉았다. 제현은 휘청거리며 비틀비틀 뒤로 물러섰다. 그는 제 얼굴을 감싸며 떨리는 목소리로 말했다.

"넌…… 적어도 넌 내게 그리 말해선 안 돼."

제현은 마치 나락에 떨어진 것 같은 모습으로 바닥에 실금한 아란을 바라보았다.

'당신은 악마가 아니에요. 세상에 그렇게 슬퍼 보이는 악마가 어디 있어요?'

그녀가 첫 만남에서 그에게 했던 이야기. 그것은 그의 생애에서 가장 밝게 빛나는 기억이었다. 세상을 다 준다고 해도 결코 바꾸지 않을 그런. 허나 지금의 아란은 악마를 보듯 저를 보며 구석으로 몸을 피했다. 다른 이들이 저를 보는 것과 같은 눈빛으로 보며 공포에 몸을 떤다.

"세상 모든 사람이 내게 악마라고 해도 적어도 넌…… 내게 그렇게 말하면 안 돼."

희망이었다. 그의 유일한 희망. 그래서 붙잡았다. 무슨 짓을 해서라도 제 곁에 묶어 두려고 하였다. 그녀가 바람이란 것을 알고 있음에도 감옥에 가두어서라도 자신의 것으로 만들고자 하였다. 제현은 마음이 찢겨져 나가는 고통에 이를 꽉 깨물었다.

"그럼…… 당신이 내게 하는 짓이 무슨 짓인데……."

그때 아란이 공포로 눈물범벅이 된 채 억지로 말을 이었다.

"이게 악마나 하는 짓이지 누가 하는 짓이야! 내게 이딴 짓거릴 해 놓고 무슨 말을 들을 수 있다고 생각한 거야! 아악! 아아아아악!"

그녀는 실성해서 마구 괴성을 질러 댔다. 속에 있는 울분을 모두 다 뱉어 내듯. 한참을 그리 소리 지르던 아란은 진이 다 빠졌는지 가늘게 숨을 쉬며 중얼거리듯 말했다.

"그냥 어릴 때 슬퍼 보이는 이에게 무심코 가진 관심이었을 뿐이잖아. 그냥 가볍게 할 수 있는 위로일 뿐이잖아. 고작 그런 거로 내가 왜 이런 꼴이 되어야 하는데? 응? 왜 내가 이렇게 살아야 하는 건데…… 내가 그렇게 죽을죄를 지은 거야?"

소리 없이 오열하며 눈물을 뚝뚝 흘리는 아란의 모습에 제현은 아무런 말도 할 수 없었다. 그래…… 어쩌다 이 지경까지 오게 된 걸까? 제현은 참담하게 제 얼굴을 쓸어내렸다. 그는 그저 바랐을 뿐이다. 저의 하나밖에 없는 빛이 평생 동안 곁에 있어 주기를. 저를 향해 밝게 웃어 주며 당신도 사람이라고 그렇기에 사랑받을 수 있다고 말해 주기를.

심장에 구멍이 나 피가 뚝뚝 흘러내리는 기분이었다. 제현은 가슴을 움켜쥐며 그녀를 뒤에 남겨 두고서 침실 밖으로 걸어 나왔다.

"전하."

자신을 부르는 이의 소리에 그가 고개를 들었다. 안쓰럽다는, 그리고 슬프다는 듯 보는 제 스승의 모습에 제현은 쓰게 웃었다.

"도사들은 모두 준비되었습니까?"

"예."

"그럼 풍옥전에 들어앉은 요괴를 잡으러 갑시다."

제현은 그리 말하며 먼저 걸음을 옮겼다. 그의 뒷모습은 위태위태하기만 했다.

청이는 바들바들 떨며 제 손에 들려진 서신을 읽어 갔다. 구미호가 성인식까지 치르게 되어 혼인식과 합궁일까지 얼마 남지 않은 상황. 그래서 다른 지시가 필요하다는 서신을 서가(家) 쪽에 보냈었다. 그리고 돌아온 답변엔 전혀 상상치 못했던 것이 적혀 있었다.

구미호를 계속 잡아 두어 '서아란'의 행세를 시킬 것. 필요하다면 혼인식 이후 합궁까지 진행할 것. 훗날 '서아란'이 발견되어 정체가 들키게 된다면 전혀 모르는 사실이었다며 발을 뺄 것. 필요시엔 증인으로 나서 구미호를 나라를 어지럽히려는 요물로 몰아갈 것.

"미, 미친……."

이건 아니다. 아무리 그래도 이건 아니다. 뭣도 모르는 아이에게 사기를 쳐 이용해 먹었으면 최소한 안전하게 빼내 주진 못할망정 오히려 희생양으로 삼겠다니. 귀족가의 종으로 지내면서 이런저런 어두운 일들도 많이 겪어 보았다. 불법인 일들이나 눈살을 찌푸릴 일들도 눈 감아 넘어간 적도 있었지만…… 이건 정말 아니다.

덜커덕.

문이 열리는 소리에 청이는 황급히 서신을 등 뒤로 감추었다.

"청아— 나 힘들다."

방 안에 들어온 이는 진짜 아란을 대신하여 이제 막 성인식을 끝낸 구미호였다. 그녀는 흐늘거리며 잔뜩 껴입은 옷가지들을 하나하나 벗어젖히기 시작했다. 세네 겹이나 되는 의복을 바닥에 던져 놓고 나서야 살겠다는 듯 바닥에 대(大)자로 드러눕는 구미호. 지금 제가 무슨 상황에 처한 건지도 모르고 태평하게 행동하는 모습에 청이의 마음이 울컥하였다.

그래도 참아야지. 그래도 참아야지. 이 모든 것은 궁의 평화를 위해서다. 생명 하나 희생해서 많은 사람들의 명줄을 늘릴 수 있다면 좋은 게 아니겠는가? 청이는 자꾸 눈가로 올라오려는 눈물을 내리누르며 그녀를 불렀다.

"아가씨."

"응?"

그에 아란의 탈을 쓴 구미호가 고개를 갸웃하며 올려 보았다. 청이는 그녀를 밀어 바닥에 깔린 의복을 꺼내 정리하였다. 그러면서 끊임없이 자신에게 되뇌었다. 자신은 서가의 오랜 종이다. 그러니 누이 좋고 매부 좋은 그 지시를 따르기만 하면 된다. 딱 하나만 희생시키면 된다. 어차피 고작 두 달밖에 마주하지 않은 인연이지 않은가?

청이는 곱게 갠 옷들을 밀어 놓고 그녀의 두 손을 꼬옥 잡았다.

"아가씨, 당장 여기서 튀십시오."

쓰벌! 희생이고 나발이고 다 갖다 치워 버려! 아무리 그래도 인간이 할 짓이 있고 못 할 짓이 있지! 죄 없는 이 아이가 무슨 잘못이라고! 청이는 이를 바득바득 갈며 말을 이어 갔다.

"지금 도망 안 가면 죽습니다. 아가씨를 여기 밀어 넣은 사람들, 당신을 희생시킬 생각이에요. 끝까지 붙잡아 두었다가 진짜 아가씨를 찾아내면 지금 아가씨를 요물로 매도해 죽일 생각이라고요!"

"아?"

"지금 왕께서 궁을 비운 이때가 적기입니다. 그분이 돌아오시면 나가고 싶어도 나가지 못해요! 남는 건 죽음밖에 없습니다. 그러니 빨리요!"

청이는 지금의 상황이 이해가 안 된다는 듯 고개를 갸웃거리는 구미호의 등을 떠밀었다. 그녀는 갑작스러운 청이의 행동에 입가를 삐죽이며 말했다.

"나 여기 있어야 한다."

"여기 있으면 죽는다니까요!"

청이는 답답하다는 듯 제 가슴을 탕탕 치며 목소릴 높였다. 결국 일어나 그녀의 팔을 잡고 질질 방 밖으로 끌고 갔다. 그러나 구미호는 방문을 턱 잡으며 고개를 절레절레 젓는다.

"나 제현과 약속했다. 진짜 반려 찾기까지 여기 있겠다고!"

저 구미호가 진짜! 아오 미치겠네! 청이는 반쯤 울상이 되어 애원하듯 말을 이어 갔다.

"이 바보 여우야! 약속이고 나발이고 여기 남아 있으면 너 죽는다고! 죽으면 약속이 무슨 소용이야? 앙? 그러니 빨리 튀라고! 제발 좀!"

"약속은 중요한 거다!"

쓸데없는 고집에 청이는 미쳐 버릴 것 같았다. 도망칠 기회는 지금

밖에 없는데 저 여우가 제 무덤을 파고 있으니. 이러다 진짜 저 아이가 제 눈앞에서 죽는 꼴을 보게 생겼다. 그 순간이었다.

"동공국의 태양께서 풍옥전에 방문하셨습니다."

궁녀가 왕이 돌아왔음을 알렸다. 청이는 제 등골을 따라 칼날이 훑어 내려가는 기분이었다. 망했다. 그저 눈앞이 캄캄할 뿐이었다. 문제는 지금 코앞에 있는 구미호가 마치 주인에게 꼬리 흔드는 강아지처럼 제현의 방문을 반기고 있다는 것이었다.

"제현!"

그녀는 제 손을 떨치고 풍옥전 앞에 선 동공왕에게 환히 웃으며 달려갔다. 청이가 뒤늦게 손을 뻗었으나 그녀는 이미 제 손을 떠난 뒤였다.

한편 구미호는 오랜만에 얼굴을 마주하는 제현을 향해 날듯이 뛰어갔다. 그러나 곧 그의 얼굴에서 느껴지는 이질감에 우뚝 자리에 멈추어 섰다. 분명 평소와 같이 웃고 있다. 그러나 느껴지는 것은 허탈함과 옅게 퍼지고 있는 살의. 그때 제현의 입술이 열렸다.

"요괴를 봉인하라."

그와 함께 그의 뒤에 시립해 있던 도사들이 빠르게 몸을 움직여 구미호를 중심으로 에워쌌다. 그리고 손에 들고 있는 길다란 비석을 땅에 내려찍으며 동시에 소리쳤다.

"봉(封)!"

각 비석으로부터 번갯불이 튀어 올랐다. 그리고 그 가운데 있던 구미호에게 엄청난 중압을 가했다. 순식간에 그녀는 둔갑이 벗겨져 나가며 바닥에 엎어졌다. 그녀가 아무리 낑낑대도 손가락 하나 꿈틀하기 힘든 상태.

그때 그녀 위에서 스산한 목소리가 들려왔다.

"역시 요물이었구나."

그녀가 힘들게 고개를 들자 무시무시한 표정을 짓고 있는 제현이 보였다. 그녀가 간신히 입술을 움직여 질문을 던졌다.
"어……떻게?"
"나도 속을 뻔했지. 하지만 세상에 두 명의 서아란이 존재할 리가 없으니까."
제현은 손에 든 검을 꽉 쥐어 잡으며 말했다. 두 달 동안은 정말 행복했다. 제가 사랑하는 이가 제게 호의를 보인다는 것에서, 그리고 희망적인 미래가 보인다는 것에서. 그런데 그 모든 게 눈앞의 요물이 벌인 농간이라니. 그저 헛웃음만이 나올 뿐이었다.
그는 그녀의 모습을 찬찬히 훑어 내렸다. 새하얀 백발에 자그마한 몸, 그리고 아홉 개의 꼬리. 그래 저 모습을 안다. 얼마 전 천살성이 뜨던 날 그의 폭주를 막았다던 구미호의 일족. 제현은 눈을 가늘게 뜨며 그녀의 행색을 살폈다. 도대체 무엇을 목적으로 궁 안으로 들어온 것인지, 그리고 무슨 목적으로 제 곁에 접근한 것인지.
"풋."
제현이 짧게 웃음을 터뜨렸다. 보나 마나 제 심장이 목적이겠지. 빌어먹을 요화(妖花)의 정. 그는 망설임 없이 검을 치켜들었다. 그리고 정확히 검을 휘둘러 요물의 목을 베려고 했다.
"아— 드디어 진짜 반려를 찾았구나!"
그 말만 없었으면.
검날은 방향을 바꾸어 구미호의 얼굴 옆에 박혔다. 그에 그녀가 깜짝 놀란 듯 눈을 동그랗게 떴다. 그리고 그대로 그를 올려다보았다. 그녀와 눈이 마주치자 제현의 눈동자가 흐트러져 마구 흔들렸다.
'난 제현의 진짜 반려가 아니다. 제현의 반려는 따로 있다.'
하필 그때의 기억이 왜 지금 떠오른단 말인가. 그는 이를 악물며 검을 뽑아 들고 다시 자세를 잡았다. 저것이 날 홀린 게 틀림없다. 그렇지 않고서야 자신이 왜 베질 못하였겠는가.

'제현에겐 운명과도 같은 진짜 반려가 있는걸.'

허나 이어서 떠오르는 그날의 기억이 그의 팔목을 붙잡았다. 그리고 계속 그의 마음을 뒤흔든다. 그는 고개를 흔들어 상념을 털어 내려 했다. 그럼에도 그때의 대화가 머릿속에서 계속 이어졌다.

'제현이 그녀를 찾게 되는 순간 나 같은 건 금방 잊어버리게 될 거다.'

그래서 자신도 모르게 자꾸 망설이게 된다. 고개를 내리자 저를 올려다보는 푸른 눈이 보였다. 별이 부서져 내리는 듯 아름다운 눈이.

'그녀를…… 찾을 때까진 제현의 곁에 있을게.'

도대체 무슨 생각으로 그런 말을 한 것일까? 자신이 진짜가 아님을 암시하는 그런 말을. 그런 말을 하고도 들키지 않을 자신감이 있어서일까? 아니면 좀 더 짜릿한 도박을 성공함으로써 성취감을 얻으려 한 것일까?

'약속할게. 그때까진 무슨 일이 있어도 떠나지 않을게.'

툭.

제현은 자세를 풀고 제가 든 검을 땅을 향해 늘어뜨렸다. 결국 베지 못했다는 사실에 어이없음을 느끼며. 왠지 모르겠지만 죽이고 싶진 않았다. 두 달간 함께 지내며 정이라도 들었던 것일까? 바보 같은 상황에 허탈한 웃음이 비집고 나온다.

"저, 전하! 저 아인 아무 죄도 없나이다."

그때 청이가 황급히 달려와 동공왕의 앞에 엎드렸다. 눈앞이 새하얗게 변한 청이는 제가 진짜 미친 짓을 벌이고 있다는 것을 알고 있으나 계속해서 말을 이어 갔다.

"그, 그게 꿀떡 준다고 하니까 쫄레쫄레 따라와서 시키는 대로만 한 바보입니다. 자기가 뭔 짓을 하고 있는지도 모르고 여기 있었습니다. 이때까지 보셨으니 아시잖습니까? 그, 그냥 앱니다. 얼마나 머리에 든 것이 없으면 백치라고 치장해서 궁에 보냈겠습니까? 그러니 이 아인 죄가 없습니다. 그러니 선, 선처를…….”

제현은 궁에 들어온 첫날에도 그렇고 지금도 제 목을 걸고 따박따박 말하고 있는 그녀를 내려다보았다. 저 시중인이 말한 바에 의하면 저 요물은 그냥 이용만 당한 것일 테지만…… 그걸 쉽게 믿을 수 없다는 것이 문제였다. 요물들 중 바보 역할을 하며 많은 이들을 농락하는 이가 한둘이던가?

“저년을 끌어다 옥에 가두어라.”

제현은 제 얼굴을 쓸어내리며 뒤에 서 있는 병사들에게 명을 내렸다. 그리고 그에 따르는 병사들. 청이는 포박당해 질질 끌려가면서도 고래고래 고함을 질렀다.

“전하! 전하! 그 아인 죄가 없습니다! 없다고요!”

제현은 그 모습을 멍하니 쳐다만 보았다. 한참을 그리 서 있었을까? 그는 맥 빠진 목소리로 입을 열었다.

“도사들은 돌아가며 저것을 감시하라.”

그는 저를 빤히 올려다보는 구미호의 시선을 피했다. 눈길을 마주하고 있으면 이유 모를 불편함이 온몸을 가득 잠식한다. 그는 자꾸만 멈춰 서려는 몸을 억지로 돌리며 도망치듯 풍옥전을 벗어났다.

서가(家)의 식솔들이 왕명에 의해 모두 궁으로 끌려왔다. 마치 죄인 취급을 받으며 무릎이 꿇려져 앉아 있는 상황. 신위군 병사들이 그들을 둘러싼 채 위압적인 분위기를 뿜어내고 있었다. 그러한 상황에서도 서가의 가주인 서진인은 담담한 모습으로 두 눈을 감고 있었다.

지금 왜 여기에 끌려왔는지 대충 예상이 되었다. 아마도 풍옥전에 보낸 그 요물의 정체가 들통났으리라. 이미 어느 정도 각오한 바이기에 그는 흔들리지 않을 수 있었다. 아니 오히려 지금까지 시간을 끌어 준 것이 의외일 정도였다. 일주일이나 버틸까 했는데 무려 두 달. 그 정도면 그 요물은 제 쓸모를 해 줄 만큼 다 해 주었다.

'이제 남은 건 방패막이로 이용하고 버리는 것.'

서진인은 눈을 뜨며 스산한 눈빛을 빛내었다. 그때 궁인이 동공왕의 입장을 알려 왔다.

"동공국의 태양께서 드십니다."

쯧 역시 친국(親鞫: 왕이 중죄인을 직접 심문하는 제도)인 건가? 서진인은 흑룡포를 입은 제현이 터벅터벅 안으로 들어오는 걸 보며 혀를 찼다. 오늘 어쩌면 성격 급한 동공왕의 성정에 몇몇의 목숨줄이 여기서 끊겨 나갈지도 모를 일이었다. 그리하더라도 왕은 서가에 죄를 뒤집어씌울 수 없으리라.

증거가 없다. 해 봐야 고작 그 요물의 증언뿐일 텐데 그것은 왕이 인외의 것들에게 가지는 극도의 혐오만 보아도 제대로 채택되지 않을 가능성이 높았다. 서진인은 그렇게 확신하며 곁눈질로 어좌에 앉은 왕의 안색을 살폈다.

왜인지 모르지만 많이 피로해 보였다. 그리고 뭔가 상당히 위태위태한 느낌이었다.

"시작하도록 하지."

목소리에서조차 평소와 같은 힘이 느껴지지 않았다. 의욕이 거의 보이지 않는 것에서 서진인은 지금의 일이 어쩌면 쉽게 풀릴지도 모른다고 생각했다. 그때 동공왕에게서 질문이 떨어졌다.

"서가의 가주에게 묻도록 하지. 그대는 무슨 일로 이곳에 있는 것인지 아는가?"

영문을 모르겠다는 듯 움직여야 한다. 서진인은 그렇게 최대한 감정을 감추고 입을 열었다.

"잘 모르겠나이다. 저는 친국을 받을 정도로 큰 죄를 지은 기억이 없나이다, 전하."

억울하다는 감정을 은연중에 꾸며 내며 머리를 땅에 쿵쿵 박았다. 그에 동공왕은 차가운 시선으로 그의 머리를 내려다보았다. 무슨 일이 있었는지 다 안다는 그런 눈빛이었으나 이미 시치미를 떼기로 작정한 서진인으로선 그저 입을 꾹 다물 뿐이었다. 잠시간의 기싸움이 오간 이후 제현의 입이 천천히 열렸다.

"자네 딸이 큰 죄를 지었더군."

"이런…… 풍옥전에 들어간 제 아이가…… 전하, 선처를 베풀어 주시옵소서. 아시듯이 그 아인 백치가 되어 무엇이 옳고 그른지 알지 못하나이다."

서진인은 얼굴에 철판을 깔며 모르쇠로 일관했다. 여기 온 이유를 아직 듣지 못했으니 엉뚱한 답변을 내놓아야 했다. 이제 곧 왕은 풍옥전의 서아란이 가짜였다는 걸 말하리라. 그럼 자신도 몰랐다고 주장해야 했다.

"풍옥전에 들여놓은 아란이 진짜가 아닌 요물이더군."

예상대로 이어지는 제현의 말에 서진인은 바닥에 엎드린 채 씨익 웃음을 지었다. 역시 모든 것이 계획대로였다. 이제 놀란 듯한 표정으로 경악을 하면…….

"이럴 수가! 저는 전혀 알지……."

"서아란이 요물을 이용해 속임수를 행하였다고 했다. 하! 참으로 우습지도 않은 일이도다! 한낱 계집이 한 나라의 왕을 가지고 놀 생각을 하다니."

하지만 자신의 말을 끊으며 뒤이어 말하는 내용에 서진인은 진정 경악할 수밖에 없었다. 아니 이건 또 무슨 소리란 말인가! 너무 놀라 저도 모르게 왕과 시선을 맞추게 되었다. 그리고 악마처럼 웃고 있는 제현을 볼 수 있었다. 마치 네가 뭔 짓을 하려 했는지 잘 알고 있다는 듯한 미소. 서진인은 덜덜 떨리는 입술을 열어 바보같이 의문을 표했다.

"그건 무슨……."

"아아 그댄 모르겠지. 얼마 전에 진짜 서아란을 발견해 포획했다. 그리고 그녀를 고신해 모든 것을 실토받았지. 아무리 짐이 총애를 한다고 하지만 이번 것은 너무 심하더군. 아주 정이 떨어질 지경이야."

여전히 평소보다 기운이 없어 보였으나 맹수는 맹수였다. 그는 숨겨 둔 이빨을 드러내며 서가를 향해 무시무시한 위협을 가하고 있었다. 왕은 어좌에 앉은 채 몸을 앞으로 살짝 숙이며 낮은 목소리로 입을 열었다.

"그래서 말이야. 내일 그대의 딸을 처형할 생각이네. 그것도 한양의 가장 넓은 광장에서 능지처참할 생각이야."

오싹.

서진인은 전신의 솜털이 모두 쭈뼛하고 서는 기분이었다. 꼭 망치로 머리를 맞은 것처럼 눈앞이 아득해지며 세상이 빙글빙글 돌았다. 능지처참이면 가장 극악하다고 불리는 사형법이었다.

이 사형법의 집행 과정에서 가장 중요한 두 가지는 최대한 사형수를 오랫동안 살리고 최대한 많이 살을 발라내야 한다는 것. 손가락이나 발가락 같은 생명에 가장 지장이 없는 부분부터 칼로 얇게 포를 뜨기 시작해서 가슴살이나 허벅지 부위를 썰어 내고 온몸의 근육을 다 발라낼 즈음에는 뼈와 관절을 부수고 주요 혈관과 몸통은 가장 마지막에 썰어 낸다.

지금 눈앞에 있는 동공왕은 그것을 제가 사랑한다는 여인에게 행하겠다고 말하고 있는 것이었다. 서진인은 이가 딱딱 부딪칠 정도로 떨며 제현을 올려다보았다.

"저, 전하……."

더듬거리며 나오는 부름에 동공왕은 오싹한 미소를 지으며 다시금 말을 이었다.

"그래, 내가 그대를 여기에 부른 것은 혹여 서아란이 저지른 일에 그대가 관련되어 있지 않은가 하는 점이네. 아비이기도 하니 어찌 도움을 주지 않았겠는가? 하지만 말이야. 반대로 전혀 관계되어 있지 않다면 면죄부를 주기 위한 자리이기도 하지. 아무리 그대의 핏줄이 저지른 죄라도 자네가 직접 저지르지 않은 것까지 뒤집어쓸 필요가 없으니."

서진인은 반쯤 넋이 나갔다. 굉장히 잔혹한 선택지였다. 증좌가 없는 사실을 제 입으로 토해 놓든지 아니면 제 딸아이가 처참하게 죽는 것을 직접 보든지 둘 중에서 선택하라는 의미. 진실을 말하면 서가는 완전히 몰락하게 될 것이다. 그리고 일을 꾸민 그도 끝장나겠지. 어쩌면 지금 동공왕이 말한 능지처참형을 그가 받을지도 몰랐다.

서진인의 입술이 파르르 떨렸다. 이건 선택이 아니라 강요였다. 그러니 말해야 했다. 그의 하나밖에 없는 딸을 살리기 위해선 진실을 말해야만 했다. 그리고 그의 입이 서서히 열렸다.

"저, 전 모르는 일이옵니다."

허나 그의 입에서 나온 건 사실을 부인하는 말이었다. 그 순간 제현의 눈썹이 불쾌함을 머금고 빠르게 꿈틀했다. 왕은 '오호—' 하며 감탄성을 터뜨렸다.

"그래, 전혀 모르는 일이다?"

"그, 그러하옵니다."

결국 서진인이 택한 것은 제 목숨과 가문. 제 피가 이어진 자식의 고통과 죽음을 외면하였다. 바닥에 떨어지면서 나타나는 역겨운 그의 본성에 동공왕은 입가를 비틀었다. 그 순간이었다.

"제, 제가 했나이다!"

서진인의 바로 뒤에 무릎 꿇고 앉아 있던 진예호가 무릎걸음으로 앞으로 나오며 소리쳤다. 그리고 바닥에 제 머리를 쾅쾅 박으며 소리쳤다.

"제, 제가 모든 것을 꾸미고 그 아이를 풍옥전에 보냈습니다. 궁에서 일어날 끔찍한 일을 막기 위해 어르신 몰래 그 짓을 계획했습니다. 그러니 저를 죽여 주십시오!"

진예호는 속으로 피눈물을 흘리며 그리 소리쳤다. 그는 처음엔 이리 나설 생각이 없었다. 하지만 이어진 왕과 제 주인의 대화에 절로 속이 타들어 감을 느꼈다. 그리고 마지막에 왕이 준 강요와 같은 선택지에 눈앞이 캄캄해짐을 느꼈다.

저희들이 동공왕을 너무 우습게 보았구나! 왕은 매우 노련한 사냥꾼이었다. 평소의 광폭한 성정 때문에 그러한 부분은 보지 못한 것이 큰 실책이었다. 그랬기에 예호는 모든 것을 포기하고 처벌이 떨어지기를 기다렸다. 서진인이 제 딸아이를 버리겠단 의미의 말을 내뱉기 전까진.

그래 가문을 살리기 위해서는 그러한 행동이 옳은 것이었다. 하지만 최소한 인간의 도리란 것이 있지 않은가! 그래서 예호는 결심하였다. 차라리 내가 모든 걸 뒤집어쓰고 죽으리라. 이후 겪을 끔찍한 고신들이 두렵기만 하지만 그래도 자신이 다 짊어지기로 결심하였다. 어릴 때부터 보아 온 제 주인 아가씨와 순수하기만 한 인외의 존재를 위해서.

"그저 아란 아가씨는 도주한 것이 다입니다. 그리고 지금 풍옥전에서 아가씨 행세를 한 아이는 뭐가 뭔지도 모르고 이용당한 아이입니다. 이 사건에서 그들은 아무 죄도 없나이다. 그러니 제발 그들을 선처하여 주시옵소서!"

"예, 예호!"

"제 잘못입니다. 제가 죽을죄를 지었습니다!"

"예호!"

감히 자신의 지시도 없이 나서는 제 하인을 보며 서진인이 다급히 인상을 찌푸렸다. 허나 이미 일어난 일은 일어난 일이었다. 주종이 서로 다투듯 목소릴 높여만 갔다.

그 모습을 보며 왕은 큭큭거리며 웃음을 터뜨렸다. 지금 벌어지는 것이 마치 광대들이 벌이는 희극과 같다고 생각하며. 이미 답을 알고 있는데 하나는 충심으로 제가 잘못을 뒤집어쓰려고 하고 하나는 제가 살고자 혈육을 버리려고 한다. 제현은 휘청거리며 계단 아래로 걸음을 옮겼다. 그리고 그들 앞에서 걸음을 멈추었다.

"보거라."

그리고 손에 들고 있던 서편을 그들 앞에 떨어뜨린다. 서진인은 동공왕을 올려다보지도 못하고 더듬더듬 손을 뻗어 서편의 내용을 확인했다. 그리고 경악하며 두 눈을 부릅떴다. 그것은 오늘 청이에게 전해져 있어야 할 서신이었다. 풍옥전의 여우를 어찌 이용할지 설명한, 그것도 '자신' 이 적은 편지.

서진인의 머리 위에서 북풍한설보다 차가운 음성이 내려앉았다.

"기회를 주었는데도 잡지를 못하는구나."

"저, 저, 저, 저, 전하 이, 이, 이, 이것은……."

서진인이 발작이라도 일으킬 듯 떨어 대며 왕을 올려다본다. 그런 그를 길가의 돌을 보듯 무감정하게 구경하던 제현이 손을 들었다.

"이것을 끌고 가 지하 감옥에 처넣어라."

신위군 병사들이 달려들어 서진인의 팔을 당겨 포박하고 끌고 가기 시작했다.

"전, 전하! 살려 주시옵소서! 제가 잘못하였나이다! 제발 살려 주시옵소서!"

그에 서진인은 미친 듯이 발악하며 그들의 손길을 뿌리치려 발버둥을 쳤다.

"이것들 놔라! 놓아라! 전하! 전하아!"

끝까지 소리치는 그의 모습에 제현은 짜증 난다는 듯 인상을 찌푸렸다. 그리고 이내 허탈하게 하늘을 올려다보았다. 정말 지긋지긋할 정도로 흙탕물이었다. 궁 안에서 지내면서 많은 것을 보고 느꼈지만 이번만큼 역겨운 적은 없었다. 제 얼굴을 다시금 쓸어내린 그는 시선을 떨어뜨려 아직 땅에 머리를 박고 있는 예호를 바라보았다.

"그래, 아란과 그 요물에겐 죄가 없다?"

왕의 짧은 물음에 예호는 사막에서 샘물을 발견한 이처럼 반기며 입을 열었다.

"예, 그러합니다."

"아란은…… 일단 넘어가도록 하지. 그래 그 요물은 무엇을 대가로 꾀어냈더냐? 요물이 그저 이유 없이 남을 도와주었을 리는 없고."

제현은 제가 물어 놓고도 우스운지 피식 웃음을 터뜨렸다. 무엇을 바라고 그런 질문을 던진 것일까? 이건 마치 그 아이가 아무런 사심 없이 이곳에 들어와 있길 바라는 것 같지 않은가?

"저…… 그것이……."

예호가 쉽게 말을 꺼내지 못하는 것을 보고 제현은 입가를 비틀었다. 생각보다 큰 걸 준 모양이었다. 어쩌면 끔찍하고 더러운 것일 수도 있지. 예를 들어 막 태어난 동물의 시체라든가, 처녀의 피라든가. 그는 친히 고개를 숙여 다시 물었다.

"어서 말해 보아라."

"그게…… 꿀떡입니다."

"……뭐라?"

"저…… 궁에 들어가면 꿀떡을 마음껏 먹을 수 있다고 하여……."

제현의 표정이 어이없음으로 흐트러졌다. 아니 죽을지도 모르는 사지에 고작 꿀떡을 먹으러 들어왔다? 이건 기가 차다 못해 믿기지 않을 이야기였다. 그런 왕의 모습을 알아차렸는지 예호는 필사적으로 그 여우의 변호를 해 나갔다.

"그 아이는 여기가 죽을 수 있는 곳인지도 모르고 들어왔습니다. 생각하는 것도 그저 어린아이 수준일 뿐이지요. 쉽게 말해 사기를 당한 겁니다. 그러니 부디 선처를!"

"……그래, 생각해 보지."

제현은 자신이 무슨 대답을 했는지도 모르고 도망치듯 황급히 그 자리를 빠져나왔다. 혼란스럽기만 한 머리를 부여잡으며.

백가(家)의 가옥 별당채. 그 옆에 작게 지어진 정자 안에서 백사린은 평화로이 차를 즐기고 있었다. 아니 적어도 겉은 그렇게만 보였다. 하지만 그녀의 마음속은 뒤죽박죽 혼란스러웠다.

얼마 전 연회에서 본 서아란의 모습을 떠올렸다. 수많은 이들의 매도 앞에서도 당당히 서서 제 주장을 하며 자연스럽게 흐름을 자신의 것으로 바꾸어 갔다. 그것은 백사린 그녀로서도 매우 힘든 일이었다.

그러나 아란은 백치였었다. 아무리 많은 것들을 배웠을 거라 가정하여도 고작 두 달도 채 안 되는 시간. 그런데 그 짧은 기간 동안 왕비라고 불러도 부족함이 없을 모습을 보여 주었다. 거기에다 지금 서아란은 동공왕를 두려워하거나 증오하며 피하지 않는다. 들리는 바로는 오히려 호의를 표하는 상태. 이대로라면 두 사람은 큰 마찰 없이 혼인을 올릴 것이고 서아란은 왕비라는 직책에 걸맞은 인물로서 동공국을 안정시킬 것이다.

그것은 분명 기뻐해야 할 일이다. 자신이 바라기도 했던 일이었으니. 하지만…… 막상 그것을 눈앞에 마주하자 왜 속이 쓰리기만 할까? 왜 자꾸만 그녀가 밉고 가슴이 아파 올까?

"아가씨! 아가씨!"

그때 별당채 안으로 제 어린 시비인 적이가 두 팔을 휘두르며 황급히 뛰어 들어왔다. 그리고 제 앞에 서서 거칠어진 호흡을 내쉬면서 이야기하려고 하였다.

"캑캑, 큽! 아, 아가씨 헤엑!"

"숨 좀 고르고 이야기하려무나."

백사린은 걱정스러운 시선으로 적이를 보며 그녀를 진정시켰다. 그에 어린 시비는 숨을 크게 들이켜고 내쉰다. 그렇게 몇 번의 심호흡을 해 폐의 잔경련을 진정시킨 적이는 눈을 반짝반짝 빛내며 다다다 말을 이어 갔다.

"어제 풍옥전에 있는 아란 고년이 가짜란 게 드러났대요! 무려 인간이 아닌 요물이라네요! 와아! 역시 그럴 줄 알았어. 백치는 무슨 백치야! 그리고요. 진짜 서아란이 지금 잡혀 왔대요. 모두 쉬쉬하고 있는데 조심스럽게 퍼지는 소문에 의하면 밖에서 다른 남자랑 혼인해서 애까지 배었다는 거예요. 아이고 남사스러워라! 정말 천박하기 그지없다니까! 하여튼 지금 궁 안이 난리가 보통 난리가 아니에요. 와! 그 벌거숭이 같은 서가(家)의 계집이 그 꼴이 되었다니 아주 속이 다 시원하네! 이로써 그 계집이 왕비가 되는 건 완전히 물 건너갔어요! 아암! 당연한 일이지요. 왕께서도 이제 눈에 씌인 콩깍지가 벗겨져도 완전히 벗겨져 나갔을걸요? 아주 학을 떼실 거예요. 드디어 아가씨에게도 기회가 온 거지요! 하늘도 분명히 알고 계시는 게 분명해요. 아가씨가 진정 동공국의 왕비가 되실 분이란 걸!"

정말 기분이 좋다는 듯 방방 뛰기까지 하는 적이를 보는 백사린의 눈은 혼란스럽기만 했다. 그녀가 인정한 왕비 후보가 서아란이 아닌 다른 존재라는 것에서부터 지금 완전히 파탄이 난 궁의 상황까지. 그녀는 억지로 평안을 유지하며 자신의 시비를 향해 입을 떼었다.

"적이야. 그런 말은 함부로 하는 게 아니란다. 네가 아무리 우습게 생각해도 서가의 아가씨는 전하께서 선택하신 분이야. 그만한 존중을 해 드리는 게 옳은 것이란다."

"예…… 그렇게까지 안 하셔도 되는데…… 다른 규수분들도 다 욕하시는데. 정말 아가씨는 마음이 너무 고우셔서 문제라니까요!"

마음이 곱다라. 남들 눈에는 그렇게 보이는 것일까? 백사린은 스스로에게 조소하며 차를 한 모금 입에 머금었다. 그녀는 자신이 그 누구보다 사갈 같다고 느껴지는데. 수많은 암투와 모의로 제게 덤벼드는 이들을 무너뜨리고 귀족파의 정상에 섰다. 굳이 남들과 다른 것을 꼽자면 제대로 된 왕비가 동공국에 존재하길 바란다는 것 하나일 뿐.

백사린은 조용히 두 눈을 꼬옥 감으며 생각을 정리했다. 지금 진짜 서아란이 다시 잡혀 왔다. 그것도 아이까지 가진 채로. 안 그래도 전부터 마음에 들지 않았는데 이번엔 정말 크게 일을 벌여 주었다. 아무리 생각해도 그 계집은 정말 왕비로서 일말의 자격조차 없었다.

그 때문인지 풍옥전에 있던 이가 가짜라는 것이 드러났다. 그녀의 눈에도 왕비로서 어울린다고 생각되던 이가 요물이었다. 그것이 가짜라는 걸 생각하니 참으로 다행이라는 생각이…….

"우웁."

"아가씨!"

백사린은 황급히 올라오는 구역질에 제 입을 틀어막았다. 그에 적이 당황스러워하며 황급히 사린에게로 다가왔으나 그녀는 손을 저어 상대를 물렸다. 백사린은 혼란에 빠진 것처럼 미친 듯이 눈동자가 흔들렸다.

'나 방금…… 그때의 그 서아란이 가짜란 사실을 다행이라 생각했어.'

그 존재가 가짜란 것을 안타까워해야 되는데 자신은 다행이라고 여겼다. 왜? 내가 왜? 도대체 내가 왜? 머릿속이 뒤죽박죽으로 흐트러지고 그런 생각을 한 자신에게 토악질이 올라온다. 미쳤다. 미쳤다. 가장 이상적인 상태가 파투 난 것에 대해 걱정해야 할 터인데.

그녀는 제 아랫입술을 짓씹으며 적이에게 억지로 웃음을 지었다. 그리고 괜찮다는 듯 몸을 바로 폈다.

"아가씨 얼굴이 새하얘지셨어요. 어서 의원이라도……."

"아니 멀쩡해. 그냥 갑자기 사레가 들렸을 뿐이야."

백사린은 아직도 메슥거리는 속을 억지로 누르며 적이를 안심시켰다. 그리고 두어 번 숨을 고른 다음 자꾸 마음에 걸리는 것에 대해 질문을 던졌다.

"그…… 요물은 어찌 되었다고 하니?"

"네? 아! 풍옥전에 있던 그것요? 그 자리에 그대로 제압해서 봉인해 두었다던데요? 에이, 바로 죽일 것이지 그게 뭐라고 살려 두는 건지."

적이의 말에 순간 숨이 턱 막혀 왔다. 왠지 모를 불안감이 마음속에 차오르며 자꾸만 신경을 건드렸다.

그것이 여기 있으면 안 된다.

왜?

그것이 여기 있으면 안 된다.

왜……?

그것이 여기 있으면 안 된다.

왜……?

그것이 여기 있으면…… 내게 ……가 오지 않을 테니까.

지하 감옥에 들어선 제현은 궁녀 차림의 한 소녀를 내려다보고 있었다. 공허하다는 듯 텅 빈 눈으로 응시하던 그는 고개를 들어 뒤따라오는 간수에게 의문을 표했다.

"여기는 서가(家)가 벌인 일에 연루된 것들만 넣어 두라 했을 터인데?"

"아…… 그게 이 궁녀는 풍옥전 소속 아이인데 주변에 사람이 없을 때를 노려 그 요물을 봉인한 비석들을 뽑으려 해서……."

제현은 어이가 없다는 얼굴이 되어 그 궁녀를 내려다보았다. 궁에서 공공의 적이 된 요물을 구하려 덤비는 사람이 있을 줄이야. 미쳐버린, 그것도 지금 광기를 드러내며 날뛰고 있는 폭군의 왕명을 거스르면서까지. 이 궁녀는 그 요물에게 홀렸던 것일까?

"……네 이름이 무엇이냐?"

제현은 은은하게 살기를 퍼뜨리면서 그녀에게 질문을 던졌다. 그럼에도 궁녀는 모든 걸 달관한 표정으로 시선을 내리깐 채 담담하게 제 이름을 말했다.

"'오단'이라고 합니다."

죽일 테면 죽여 보라는 태도가 기가 차기 그지없다. 제현은 어느새 감옥 안을 가득 채운 살기를 거두어들이며 질문을 이어 갔다.

"그래, 왜 요물을 구하려 했지?"

"짐승도 은혜를 입으면 갚는데 인간이라면 마땅히 은혜를 갚아야지요."

"……은혜를 입었다?"

"예."

그것이 무엇을 해 주었냐고 물어보려 했으나 제현은 말문을 닫아 버렸다. 참으로 웃긴 일이었다. 제게 있어선 풍옥전에 있는 그 요물은 찢어 죽여도 시원치 않을 존재여야 할 텐데. 다른 이들은 제 목숨 내놓고라도 그것을 살리려 한다. 고작 그것이 무엇이라고.

"아니 따지면 나도……."

……죽이질 못했지. 그는 쓰게 웃으며 오단을 남겨 두고 더 깊은 곳을 향해 걸음을 옮겼다. 지하 감옥 가장 깊은 곳에선 고통에 찬 신음소리가 흘러나오고 있었다. 지금 그가 가장 증오하는 존재가 바로 저곳에 틀어박혀 있다. 제현은 그의 얼굴을 떠올리자 지치고 지쳐 바닥으로 떨어진 분노가 다시 치솟아 오름을 느꼈다.

은명. 제 보물을 훔쳐 간 도둑놈. 거의 반죽음 상태로 끌고 온 걸 다시 살려 놓으라고 명령해 놓았다. 그랬기에 지금 내의원의 실력 좋은 이들이 모두 달라붙어 반시체의 목숨을 이어 놓고 있었다. 의원들은 동공왕을 보자마자 화들짝 놀라며 일어섰다.

"헛 저, 전하."

"되었다. 난 신경 쓰지 말고 저것의 목숨줄이나 제대로 붙여 놓아라."

그에 의원들은 바들바들 떨면서도 계속해서 의료 행위를 이어 나갔다. 은명은 당장이라도 숨이 넘어갈 듯 껄떡거리면서도 반개한 눈을 감지 않았다. 절대로 여기서 죽을 수 없다는 듯. 그리고 그런 그의 시야에 동공왕의 존재가 들어오자 눈을 부릅떴다.

"동—공—왕—! 왜! 왜 그렇게까지 아란을 괴롭히는 거냐!"

방금까지 거의 죽어 가던 인물이라고 볼 수 없을 정도로 노기를 드러내며 고함을 지른다. 그에 제현의 눈에서도 강하게 불똥이 튀었다.

"난 내 것을 지키려는 것일 뿐이다!"

"웃기지 마라! 그건 집착일 뿐이다! 그저 소유욕일 뿐이란 말이다아아아!"

"개소리! 난 세상 그 누구보다 아란을 사랑한다!"

"사랑한다면서 하는 짓은 왜 그따위인 거냐! 왜 자꾸 지옥 속으로 몰아넣느냔 말이다! 싫다잖아! 네놈이 싫다지 않으냐! 그렇다면 네놈이 아란을 사랑한다면 놓아주어야 하는 게 아니냔 말이다아아아!"

"허! 넌 네 심장을 다른 사람에게 넘겨줄 수 있는 모양이지! 심장이 없으면 죽는데! 넌 그게 가능하다고 생각하느냐!"

극명한 감정 대립 속에서 서로를 헐뜯으며 강하게 노려보았다. 시선으로 죽일 수 있다면 당장이라도 발기발기 찢어 버릴 듯이. 은명은 이를 아드득 갈며 다시금 악을 질러 댔다.

"어차피 내게 있어서 괴사해 들어갈 심장이라면 내가 죽더라도 다른 이의 품속에서 뛸 수 있게 해 주어야 하지 않느냔 말이다아아아아아— 컥, 커허억!"

은명은 소리를 지르다가 눈이 뒤집어지며 꺽꺽거리기 시작했다. 안 그래도 숨넘어가기 일보 직전인데 그리 분노를 터뜨리며 무리했으니. 제현은 제 할 말만 뱉고 또다시 사선을 넘나드는 그를 보며 이를 빠득빠득 갈았다. 저놈이 살아나면 가장 먼저 저 방자한 혀를 뽑아내어 버리리라.

그리고 아란 앞에서 가장 잔혹한 방법으로 죽여 버릴 것이다. 그러면 아란은…… 아란은…… 살 수 있을까? 지금도 절 마주 보면 죽을 듯이 발작하는 그녀가?

"어차피 내게 있어서 괴사해 들어갈 심장이라……."

제현은 고통스러운 듯 얼굴을 구겼다. 패배감이 가슴 깊은 곳에서부터 잠식해 들어간다. 그의 말이 맞았다. 이성적으로 생각하면 그게 사실이다. 자신 곁에 있기 때문에 내 심장과 같은 이가 죽어 간다면 다른 이에게 보내서라도 살려야 되겠지. 진정 사랑한다면 그게 옳은 일이리라.

그러면…… 나는?

심장이 없으면 단 하루도 살 수 없을 것 같은 나는 어쩌라고. 그 괴사해 들어가는 심장이라도 있기에 안심할 수 있는 나는 어찌하라고. 그것이 없다면 당장이라도 죽어 갈 것 같은 나는 어떡하란 말인가.

제현은 제 울분을 모조리 토해 내며 소리 지르고 싶었다. 하지만 늘 그렇듯이 그 괴로움을 안으로 삭였다. 익숙하게, 그렇지만 여전히 아프게.

“정말 이러면 안 되는데.”

“짧게 대화만 나눌 생각입니다.”

백사린의 말에 풍옥전을 지키는 도사와 병사들이 곤란하다는 듯 표정을 지었으나 그녀가 쥐여 주는 작은 ‘성의’에 헛기침을 두어 번 하였다.

“어차피 제압당해 별다른 힘도 쓰지 못한다고 알고 있습니다. 여차하면 가까이 계시는 성수청 도사 분들이 힘써 주시지 않겠습니까?”

부드러운 백사린의 웃음에 그들은 서로 눈치를 보며 슬그머니 자리를 비켜 주었다. 물론 도사들은 혹시나를 대비해 일정 거리를 유지한 채였다. 지금 그들 앞에 있는 규수는 귀족파의 수장 백세악의 독녀. 상황이 이 지경이 된 현재로선 가장 왕비가 될 가능성이 높아 보이는 여인이었다. 그녀가 적당히 타협하며 움직이는 데 괜히 목을 뻣뻣이 세워서는 훗날 도움될 것이 하나도 없으리라.

백사린은 휑한 풍옥전 안으로 조심스럽게 걸음을 옮겼다. 그리고 원형으로 세워진 비석 가운데 제압당해 있는 구미호를 볼 수 있었다. 사린은 지친 듯이 추욱 늘어져 있는 그녀를 보며 저도 모르게 아랫입술을 짓씹었다.

왜 여기까지 온 것일까? 지금의 동공왕을 생각하면 이 주변엔 얼씬도 하지 말아야 했다. 하지만 사린은 자꾸만 치밀어 오르는 불안감에 쫓기듯이 이곳으로 왔다. 그녀는 계속해서 두방망이질 치는 가슴을 꼭 누르며 구미호에게 다가갔다.

그러자 구미호의 더 정확한 모습이 눈에 들어왔다. 아이가 어른의 옷을 입은 듯 본래 몸보다 치수가 큰 옷을 입고 있었다. 새하얀 머리카락은 바닥에 이리저리 흐트러져 있고 머리와 같은 색의 꼬리들도 추욱 늘어져 있었다. 구미호는 인기척이 느껴지자 힘들게 고개를 들어 백사린을 올려 보았다.

"아!"

백사린은 그녀와 눈을 마주하자 저도 모르게 감탄사를 터뜨렸다. 아주 깨끗한 푸른 눈이었다. 그 안에 다른 불순물이 전혀 보이지 않는. 거기에다 별이 잘게 부서져 내린 듯한 신비가 섞여 있었다. 그것을 보며 느낀 것은 예쁘다나 신기하다가 아닌 '순수하다'. 그 감정의 정체를 깨달은 순간 사린은 마음 한구석이 불편해짐을 느꼈다.

"누구?"

구미호가 질문을 던지자 그녀는 황급히 시선을 내리깔며 대답했다.

"백사린이라고 합니다. 얼마 전에 연회에서 한 번 본 적이 있을 겁니다."

"아! 그때 예쁜 인간 여자!"

구미호가 반갑게 웃으며 말하자 그녀의 불편함이 한층 더 커졌다. 그때 백발의 소녀가 고개를 갸웃하며 물음을 던졌다.

"근데 무슨 일로?"

백사린은 제 분홍빛 머리카락을 매만지며 입을 꾹 다물었다. 그래, 도대체 무슨 일로 여기까지 온 것일까? 무엇을 확인하고자 한 것일까? 그녀는 평소처럼 차분한 마음으로 계산하지 못하고 막 일을 저지른 자신에게 당황스러움을 느끼고 있었다.

일단 저것과 대화라도 해 봐야 했다. 그래야 저도 모르는 이 감정을 깨달을 수 있을지 모른다.

"대화를 좀 하고 싶어 왔습니다."

"대화?"

"예, 대화요. 당신은 무슨 생각으로 궁에 들어온 것입니까?"

"꿀떡 먹으러. 여기 오면 꿀떡을 원하는 대로 먹을 수 있다고 했다."

"……네?"

사린은 순간 자신이 뭔가 잘못 들었나 고민을 했다. 언제 죽을지도 모르는 이곳에 고작 꿀떡이나 먹으러 온 것이라니. 그녀는 순간 허탈감에 긴 한숨을 내뱉었다. 그리고 제 속에 있는 불편함이 한층 더 커진 것을 알 수 있었다. 왜? 도대체 왜?

그녀는 살포시 인상을 찌푸리면서 다시 질문을 이어 갔다.

"당신이 맡은 바가 무엇인지 알고는 있습니까?"

"응. 제현의 반려가 사라졌다. 그래서 내가 잠시 대용품으로 있는다."

대용품. 꿀떡. 서가(家). 대충 사건의 큰 그림의 윤곽이 보이는 듯했다. 예상이지만 저 요물은 따로 목적이 있어 궁에 들어온 것이 아니라 서가에 의해 이용을 당한 것일 뿐이리라. 하지만 뭔가를 알아냈으면 기분이 풀려야 하는데 오히려 마음이 뒤틀리는 느낌이었다. 꼭…… 무언가를 인정할 수 없다는 듯이.

백사린은 미간을 찌푸리며 저도 모르게 말을 내뱉었다.

"당신은 서아란이 되돌아온 것은 알고 있습니까?"

"어…… 응. 나 들었다."

당연히 안다는 듯 돌아온 구미호의 대답. 그에 불편함과 더불어 방금 전의 불안감까지 한층 더 커졌다. 점점 더 마음속이 뒤죽박죽이 되며 머리까지 혼란스러워진다. 평소처럼 침착하게 생각을 해야 되는데 자꾸만 몸의 통제가 자신을 벗어났다. 그렇기에 이번에 던진 말 역시 이성의 간섭을 받지 않고 나온 것이었다.

"그럼 당신은 쓸모를 다한 것이군요."

"어?"

"당신의 역할은 서아란의 대용품. 하지만 진짜 서아란이 되돌아온 이상 당신은 더 이상 여기에 있을 이유가 없습니다."

"그게…… 나도 안다. 하지만……."

당혹감으로 굳는 구미호의 표정을 보며 사린은 왠지 모를 상쾌함을 느꼈다. 조금만, 조금만 더 하면 된다. 그녀는 자신이 그런 생각을 하고 있다는 사실 자체를 깨닫지 못한 채 말을 이어 갔다.

"당신은 더 이상 여기에 있을 필요가 없군요."

"아니 그게…… 어쩌면 어디 쓸모 있을 데가……."

"없어요. 서아란이 돌아온 이상 당신의 자리는 이제 없습니다. 혹시 당신이 이곳에서 서아란으로 지내면서 그 자리가 자신의 것이라고 착각한 것이 아닙니까? 그래서 혹시나 하고 기대하는 것은요? 그런 생각은 버리십시오. 동공왕 전하와 함께 지내면서 알기 싫어도 절실하게 알게 되었을 겁니다. 그분이 서아란이란 분을 얼마나 사랑하시는지. 진짜가 돌아온 이상 가짜는 폐기 처리 당할 뿐입니다."

"아……."

사린의 잔인한 말에 구미호의 얼굴에 슬픔이란 감정이 묻어 나왔다. 그것을 보며 사린은 일그러진 미소를 지었다. 상대를 상처 입히며 속에서 차오르는 안도에 그녀는 그제야 기뻐할 수 있었다. 불안한 요소를 지워 냈다는 것에서 검은 즐거움을 느낀다.

'됐다. 드디어 내게도 '기회' 가…….'

움찔.

백사린은 사고가 멈추었다. 방금 자신이 무슨 생각을 한 것인가! 무엇에서 기쁨을 느낀 것인가! 그녀는 속에서 올라오는 토악질에 제 입을 손으로 막았다.

역겹다. 더럽다. 그 누구도 아닌 어찌 자신이 그런 생각을 할 수 있는가!

사린이 휘청거리며 뒤로 물러서자 구미호는 방금의 슬픔을 지우고 걱정스러운 시선을 그녀에게 던졌다. 그것에 사린은 또다시 불편함을 느낀다. 그리고 깨닫는다. 왜 이 소녀와 마주하며 불편함을 느낀 건지.

이 아이는 너무나 순수했다. 동공왕과 마주하며 웃고 그에게 선물을 주고 편지를 건네는 그 모든 것에 아무런 계산도 들어가 있지 않았으리라. 티 하나 묻지 않은 순수한 호의…… 그것에 동공왕의 마음이 흔들리지 않았을까? 그분이 이 요물을 죽이지 않았다는 것이 변덕일 뿐인 걸까? 혹시 그분이…….

"나, 난……."

더듬거리며 나온 말. 허나 그녀는 그 말을 끝마치지 못하고 그대로 뒤돌아서서 도망을 쳤다. 그 소녀와 마주하고 있을 때마다 그 순백의 마음을 확인하게 된다. 그리고 혹여 동공왕이 그 소녀를 마음에 들어 할까 불안해한 것이다. 그래서 제게 기회가 오지 않을까 봐.

풍옥전의 병사들이 급히 뛰어나오는 사린을 보며 무어라 말했으나 그녀는 무시하고 무작정 달려갔다. 어느 방향도 잡지 않고 한참을 달려간 그녀는 가까운 벽에 자신의 몸을 기대었다. 그리고 이내 무너져 내렸다.

"나, 난……."

그녀는 부들부들 떨리는 손을 들어 제 얼굴을 감쌌다. 그리고 스스로를 향해 비웃었다. 자신은 다른 여인들과 다르다고 생각했다. 수준 낮은 여인들을 깔보며 자신은 왕비의 격에 어울리는 자라고 그에 걸맞은 이상을 가진 이라고 착각했다. 그런데 오늘 그 자리에서 이것이 다 오만이고 거만이었다는 걸 절실히 깨달았다.

자신보다 왕비의 자질이 더 우수한 이가 있다면 양보할 수 있다고 생각했다. 저보다 더 뛰어난 이를 보지 못했으니까. 남을 질투하는 것은 편협한 사고를 가진 사람의 행동이라고만 생각했다. 아직 질투할 만한 이를 만나지 못했으니까.

"하지만 나도 결국은…… 다른 여인들과 똑같았던 거구나."

남에게 양보하지 못하고 질투하며 결국 상처를 입힌다. 그녀를 이루던 세계가 아작하며 금이 가며 서서히 무너져 내리기 시작했다. 그렇게 백사린은 그 자리에서 오열했다.

늦은 밤. 오늘도 제현은 제 침실 앞에 멈춰 서 한동안 멍하니 서 있었다. 벌써 나흘째. 그는 머뭇거리다가 결국 제 얼굴을 쓸어내렸다. 그리고 조심스럽게 문을 열었다. 네 개나 되는 등불을 켜 놓았기 때문일까? 덕분에 방 안은 생각보다 훨씬 밝았다.

"히, 히익!"

그렇기에 저를 발견하고 구석에서 몸을 웅크리는 아란의 모습을 쉽게 확인할 수 있었다. 아무것도 하지 않았는데 벌써부터 경기를 일으키려는 모습이었다. 그에 제현은 참혹하다는 듯 얼굴을 일그러뜨리며 방 안으로 한걸음 내디뎠다. 그와 동시에 코에서 지린내가 잡혔다. 제현이 아란의 아래로 고개를 내리자 바닥에 누런 액체가 퍼져 나가는 게 보였다.

그는 고개를 들어 저를 바라보는 아란과 눈을 맞추었다. 그녀의 눈은 공포로 가득 차 있었다. 저를 잡아먹을 악마를 보는 듯한 눈길. 그 안엔 짙은 두려움과 경계심 이외엔 아무것도 없었다. 그녀는 배 속의 아이를 필사적으로 보호하려는 듯 제 배를 끌어안고 바들바들 떨어대고 있었다.

"하아—"

결국 제현은 깊은 한숨을 쉬며 오늘도 침실 안으로 들어가지 못하고 다시 밖으로 나왔다. 그래도 두 달 전까진 이러지 않았다. 그가 분노를 드러내면 함께 악을 쓰며 고래고래 소리를 질렀지. 그녀가 저런 태도를 보인 것은 그가 그녀의 정인을 초주검으로 만들고 그녀의 아이까지 죽이려 한 이후.

그녀는 완전히 망가졌다. 제현의 존재만으로 경기를 일으킬 만큼. 그 정도로 공포에 사로잡혔으니 이제 아예 도주할 생각조차 하지 못하리라.

자, 축배를 들자! 원하는 대로 아란을 완벽히 감옥에 가두었다. 그 자유롭던 두 날개를 부러뜨리고 망가진 인형으로 만들어 그에게 묶어 두었다. 지금은 두려움에 저리 발작을 해도 적절한 협박과 위협을 통해 제가 원하는 대로 행동하도록 교육시키면 될 것이다! 그러면 그녀는 저를 향해 사랑한다 말하고 안겨 오며 평생 동안 곁에서 있어 주겠지. 비록 그 원동력이 공포라고 해도.

쾅.

"웃기는 소리!"

제현은 벽을 주먹으로 내리치며 소리를 질렀다. 진정 이런 관계를 원하던 건 아니었다. 함께 행복해지고 싶었다. 그런데 언제부터 제가 이런 끔찍한 생각을 하며 그녀를 몰아가게 되었던가!

잘못한 것은 그였다. 가끔이지만 가늘게라도 이어지던 관계를 완전히 파투 낸 것이 바로 그였다. 아무리 광기에 미쳐 돌아 버리더라도 단 한 번이라도 이성적인 생각이라는 것을 해야 했었다.

아란이 다른 남자와 있는 것을 봤을 때는 진정 눈이 돌아가는 기분이었다. 하지만 지금은 그때보다 더욱더 미쳐 버릴 것 같았다. 분노와 증오로 머리가 뜨겁다가도 슬픔과 자괴감으로 순식간에 심장이 식어 버린다. 그런 느낌이 하루에 수백 번은 반복되고 있으니.

그는 휘청거리며 침전 밖으로 걸어 나갔다. 그리고 자리를 지키고 있던 야직 궁녀와 눈길이 부딪쳤다. 궁녀의 눈에 공포감이 깃들며 쩌적 하고 굳는다. 마치 보지 말아야 할 악마라도 본 것처럼. 궁녀는 재빨리 시선을 내리며 그를 향해 인사를 올렸다.

"동공국의 태양께 인사를 드립니다."

제현은 쓰게 웃으며 하늘을 보았다. 금속 같은 달이 차가운 달빛을 흩뿌리며 고고히 떠 있었다. 그는 고통스러운 마음을 부여잡고 목적 없이 걸음을 옮겼다. 궁이니 만큼 밤임에도 수많은 사람이 돌아다녔다.

내관과 궁녀와 관리들. 그 하나하나가 제현과 마주칠 때마다 괴물과 마주한 듯 두려움이 가득한 눈길로 응시한다. 그들의 시선 중 단 하나라도 온기가 깃든 것이 없었다. 안 그래도 미쳐 버릴 것 같은 상황에서 그러한 눈길들은 더더욱 그의 마음에 생채기를 냈다. 꼭 그들이 저를 책망하는 것만 같았다.

이 모든 것을 망친 것은 바로 너라고. 너만 없었으면 되었다고. 너 같은 것은 태어나지 말아야 했다고.

궁에 살다 보면 원하지 않아도 원치 않는 말들을 자주 듣게 되었다. 지금 그 과거의 원망 서린 말들이 사방에서 쏟아져 내리는 기분이었다. 이럴 때면 정말 속에서 치솟아 오르는 살의를 참기가 힘들어졌다. 누구라도 좋으니 이 더러운 기분을 풀어 버릴 수 있게 찢어발겨 죽여 버리고 싶었다.

"흐응~ 전하, 오늘은 정말 위태위태해 보이십니다."

우뚝.

간드러지는 목소리가 들리자 제현은 그 자리에서 멈춰 섰다. 때맞추어 여울이 뒤에서 그의 몸을 감싸 안아 왔다. 그녀는 유혹이라도 하듯 풍만한 몸을 그에게 밀착시키며 귓가에 속삭였다.

"힘드시면 저라도 위로해 드릴 수 있는데 말입니다."

"……떨어져라."

으르렁거리는 위협을 담은 말에 여울은 쿡쿡 웃으며 슬쩍 물러섰다.

"요즘 정말 힘드신 모양입니다. 평소 같으면 말보다 검이 먼저 날아왔을 텐데요."

그녀는 도톰한 입술을 혀로 싸악 핥으며 색기 어린 미소를 지었다. 근래 들어 이무기는 기대하고 기대했던 파탄을 만족스러울 정도로 즐거이 구경할 수 있었다. 과실은 익으면 익을수록 맛있다고 했던가? 그 여우가 궁 안에 들어와서 두 달 동안 꾸준히 숙성시켜 낸 상황이 펑 하고 터지자 정말 황홀할 정도의 미주가 만들어졌다.

절망하며 끝없이 추락하는 제현도, 당당했었지만 완전히 망가져 버린 서아란도, 고고한 척하다 무너져 내린 백사린도, 제현의 심기를 거슬러 죽기 직전까지 몰린 은명도, 풍옥전에 묶인 그 구미호도……. 정말로 짜릿할 정도의 쾌감을 주는 구경거리였다.

거기에다 공포로 뒤덮여서 끝없이 음의 기운을 만들어 내는 궁은 불행을 연주하는 아주 훌륭한 극장이었다. 이 모든 것이 다 그녀가 매우 사랑하는 것들이었다.

"왜 그리 괴로워하시나이까?"

여울이 매혹적인 음성으로 입을 열었다. 아무런 반응도 보이지 않는 제현을 보며 그녀는 춤을 추듯 그의 주변을 빙글빙글 돌았다.

"이 모든 게 평소와 같지 않습니까? 굳이 다른 게 있다면…… 그래서아란 고것이지요."

순간 일그러지는 제현의 얼굴을 보며 여울은 쿡쿡 웃음을 터뜨렸다.

“그녀가 당신을 악마 보듯 해서 그럽니까? 뭐 어때요? 어차피 많은 이들 중 한 명이 더 추가되었을 뿐이잖습니까?”

“그녀는…….”

“아! 사랑하는 사람이라고요? 그래서요? 그녀를 만나기 전에는 모든 이들이 당신을 두려워하며 피해 다녔지요. 서아란을 만났기 때문에 상황이 조금 변한 거예요. 쉽게 생각해요. 과거로 돌아간 거라고.”

여울은 뱀의 혀처럼 독을 품은 말을 그에게 속삭였다. 그 한 마디 한 마디가 그를 좀 먹어 가도록. 이무기의 그림자가 인간의 형상을 잃고 거대한 뱀으로 변해 땅에 비치었다. 그리고 제현의 그림자를 칭칭 감기 시작했다.

“세상에 당신의 편은 없어요. 당신을 이용하려는 자들뿐이지요. 과거로부터 봐 왔잖아요. 그리고 지금도 계속 보고 계시지요. 그럼 당신도 그냥 주변 이들을 이용하면 되는 거예요. 살의를 푸는 고깃덩이로, 색욕을 푸는 창녀로, 재미있게 해 줄 장난감으로.”

“난…….”

“서아란도 그렇게 이용하세요. 그녀도 어차피 다른 이들과 같은 시선으로 당신을 보잖아요. 다 똑같아요. 그러니까 그렇게 당신을 위해 ‘사용’ 하는 거예요. 당신을 인간으로 봐 주는 자가 없으니 더 이상 인간의 탈을 쓸 필요 없이 ‘악마’ 가 되어도 상관없잖아요.”

제현의 눈이 검게 죽어 갔다.

자신을 인간으로 봐 주는 이가 아무도 없다. 그래 아무도 없다. 모두의 시선은 한결같이 그를 향해 외쳤다. ‘악마’ 라고.

땅에 드리워진 거대한 뱀의 그림자가 제현의 그림자를 향해 그 입을 크게 벌렸다. 마치 단번에 삼킬 듯이. 뱀의 입 안에서 드러난 날카로운 독니가 땅에 비치었다.

‘제현!’

움찔.

그 순간 그는 누군가 자신을 부르는 소릴 들은 듯했다. 그와 함께 그의 뇌리에 별이 부서져 내리는 푸른 눈이 스치고 지나갔다. 아무런 어둠도 섞이지 않은 순수하고 맑은 눈동자.

'제현은 악마가 아니다.'

'왜?'

'슬퍼 보이니까. 제현은 슬퍼 보인다.'

그리고 또렷하게 떠오르는 과거의 대화. 그래, 그녀가 그에게 그렇게 말해 주었다. 아직 그를 인간으로 봐 주는 이가 하나 있었다.

하지만 요물인데?

그래도 나를 인간으로 봐 준다.

거짓말일지도 몰라.

그래도 믿고 싶다.

절박한 상황에서 내려온 동아줄을 발견한 것처럼 제현의 눈빛이 제색을 찾아 돌아왔다. 그와 함께 제현의 그림자를 칭칭 감았던 이무기의 그림자가 찢겨져 나간다. 그에 여울의 얼굴이 맛난 음식을 눈앞에서 놓친 맹수처럼 추악하게 일그러졌다.

"너……."

"가고 싶은 곳이 있다. 넌 따라오지 마라."

제현이 망설임 없이 뒤돌아서자 그녀는 그를 향해 무심코 손을 뻗었다. 하지만 손끝에서 튀어 오르는 하얀 불똥에 흠칫하고 도로 물렸다. 여울은 멍하니 제현의 오른손을 내려다보았다. 거기엔 하얗게 빛나는 꽃잎이 하나 붙어 있었다.

"선화(仙花)의 정? 분명 그때 부쉈을 텐데?"

이무기의 얼굴이 경악으로 물들었다. 선화의 정이 들어 있는 향낭을 분명 천살성이 뜨는 날 찢어발겨 버렸다. 제현의 손에 쥐여 있던 걸 제 손으로 터뜨려…….

"파편……이 남아 있었나……."

여울은 안면을 와작 일그러뜨리며 이를 갈았다. 그렇게 흩어지고도 제현에게 찰싹 붙어 있었다니 그 여우가 그를 어떻게 생각하는지 드러나는 부분이었다. 그녀는 이를 바득바득 갈며 빛을 잃어 가는 선화의 정 파편을 바라보았다. 아마 마지막 남은 힘을 다 쓴 것일 테지.

이대로 제현을 제 인형으로 만들 수 있을 거라 생각했는데. 그를 해하는 행위가 아니기에 잡을 수 있었던 단 한 번의 기회가 어이없게 날아가 버렸다. 그녀는 닭 쫓던 개 지붕 쳐다보듯 멀어지는 제현의 뒷모습을 노려보았다.

풍옥전 앞에 선 제현은 안으로 들어서지 못하고 머뭇거리고 있었다. 저도 모르게 떠오른 생각에 이곳에 왔지만 막상 만나고자 하니 발걸음이 떼어지지 않았다. 이곳에 와서 가만히 서 있기만 하는 그를 보며 병사들이 긴장한 듯 마른침을 꼴깍꼴깍 삼키고 있었다. 공포심에 반쯤 잠긴 채 곁눈질하는 그들을 마주하고 있는 것도 곤욕인 터라 제현은 결국 풍옥전 안으로 들어섰다.

그 요물은 전에 봉인했던 때 그대로 바닥에 제압당해 있었다. 맘대로 움직이지도 못하고 계속 짓눌려 있었을 터이니 아마 많이 지쳐 있을 것이다.

"모두들 물러가라."

제현은 주변에 보초를 서고 있는 병사들과 도사들을 물린 뒤 그녀에게로 걸어갔다. 이유를 알 수 없는 떨림과 함께 한 걸음 한 걸음 나아간다. 그리고 그녀 바로 앞에서 멈춰 섰다.

"도로롱 도로롱. 음냐음냐. 코—"

……자냐? 태평하게 잠들어 있는 그녀를 보며 제현은 괜히 긴장한 제 자신을 향해 한숨을 내쉬었다. 하긴 밤이긴 밤이었다. 다른 이들은 다 잠들어 있을 시간대이기도 했다. 그는 픽 하고 웃으며 구미호를 봉인한 비석 중 하나에 몸을 기대어 앉아 그녀의 모습을 구경하였다.

바닥에 흐트러진 백발, 축 늘어진 하얀 꼬리들, 제 몸보다 큰 의복, 그 안으로 보이는 새하얀 피부. 여인이라기보단 소녀에 가까운 모습이었다. 그때 그녀의 눈꺼풀이 파르르 떨리더니 그 안에 있던 푸른 눈을 드러내었다.

"으음— 응? 제현?"

구미호는 그를 보더니 눈을 동그랗게 뜨고는 반갑다는 듯 웃음을 지었다. 거대한 힘에 짓눌린 꼬리들도 기분 좋다는 듯 약간이지만 살랑살랑 움직인다. 꼭 주인을 반기는 강아지와 같은 형상이라 제현은 쿡 웃음을 터뜨렸다.

참으로 바보 같지 아니한가? 저를 이렇게 만들어 놓은 당사자가 누구인지 알면서도 저리 좋다고 반기다니. 저러니 제가 백치라는 거짓에 그대로 속아 넘어간 것일지도 몰랐다. 나 아무것도 몰라요라는 순진한 표정을 보며 제현은 무심코 질문을 던졌다.

"너 누가 널 그리 묶어 놓은 건지 알기나 하나?"

"응. 제현이 명령했다."

"그런데도 내가 반가워?"

"응!"

야…… 제현은 순간 어이없다는 표정을 지어 보였다. 그러나 활짝 웃는 그녀의 얼굴에 그럼 또 어떠냐는 기분으로 넘겼다. 그는 고개를 들어 밤하늘을 올려다보았다. 수많은 별들이 반짝반짝 빛을 내고 있었다. 지금 그의 앞에 있는 이 아이의 눈에도 저런 것들이 담겨 있다. 여기서 저 아이와 마주하고 있는 것만으로 턱 막혔던 무언가가 풀리며 편안한 기분이 들었다.

참으로 웃기기도 하지. 눈이 뒤집혀 잡아 죽일 듯이 몰아갈 땐 언제고 고작 삼 일도 안 지나서 화가 가라앉다니. 그가 그리 싫어하는 인외의 존재인데도 말이다. 심지어 이 아이는 그를 속이고 제 감정을 가지고 논 요물이지 않은가? 본래라면 당장이라도 분노를 토해 내며 죽여 버리는 것이 정상이었다.

"정말 홀리기라도 한 건가?"

제현은 그리 중얼거리며 저를 빤히 바라보고 있는 구미호에게로 시선을 옮겼다. 그리고 무심코 툭 질문을 하나 던졌다.

"도대체 궁엔 왜 들어온 거야?"

"꿀떡을 준다고 해서?"

사기당했구나. 진예호라고 했던가? 얼마 전 서진인을 문책할 때 스스로 죄를 뒤집어쓰면서 그가 했던 고백을 떠올렸다. 분명 그자도 이 여우와 똑같은 말을 했었지. 제현은 차분하게 가라앉은 마음으로 질문을 이어 갔다.

"나한테서 맛있는 냄새가 나지 않아?"

"맛있는 냄새?"

"그래, 특히 내 심장에서."

"인간은 본래 맛있는 냄새가 나는 거야? 난 모르겠던데?"

"……아니다."

정말 아무것도 모른다는 듯 눈을 반짝이며 되묻는 그녀의 모습에 그는 허탈한 한숨을 내쉬었다. 그러고 보니 스승에게 들은 적이 있었다. 영스러운 존재 중에 요괴 말고도 신선이라는 것이 존재한다고. 아마 지금 눈앞에 있는 이것은 신선 쪽이지 싶다. 살아오면서 본 영스러운 존재가 절 잡아먹기 위해 달려든 요괴밖에 없었으니…… 지금 앞에서 맑은 눈을 말똥말똥하게 뜨고 저를 보는 존재가 신기하기만 했다.

"널 그렇게 만든 내가 밉지 않아? 너를 이용한 사람들도 말이야?"
"아니."
당연히 밉고 싫다는 대답이 나와야 하건만 구미호는 즉각적으로 부정을 했다. 왠지 이 아이라면 그리 대답할 것 같았다. 그러나 궁금증이 드는 것은 별개의 문제였다. 제현은 그녀를 향해 의문을 던졌다.
"왜?"
"음— 나 제현을 속였다. 그러니 제현이 내게 화내는 것은 당연하다. 그리고…… 사람들은 나와의 약속을 지켰다. 나 꿀떡 많이 먹었다."
"내가 화를 참지 못하고 널 죽일 수도 있는 상황이었어."
"그건 정당한 방위다. 그 누구도 아니고 제현의 반려 행세를 하며 그녀가 누릴 걸 누렸다. 제현이 날 죽이려 했다면 나는 많이 슬펐겠지만…… 그건 당연한 거다."
따지고 보면 틀린 말은 아니지만. 그렇다고 전혀 남을 원망하지 않는 그녀가 신기하기만 하다. 어쩌면 날카로울 수도 있는 대화가 잔잔히 이어진다. 바람 한 점 불지 않아 고요한 호수와 같은 분위기.
그러던 중 처음으로 구미호가 먼저 질문을 던졌다. 잠시의 머뭇거림 끝에 조심스럽게 입을 연다.
"나 이제 쓸모없어?"
뭔가 불안해하는 듯 보이기도 하고 슬퍼하는 듯 보이기도 한다. 왜 그런 표정일까 의문이 들긴 했지만 제현은 별다른 생각 없이 그녀의 물음에 답했다.
"그래, 쓸모없지. 더 이상 아란의 연기를 할 필요가 없으니."
"그렇구나."
기운 없는 그녀의 대답. 제현은 그것에서 기이한 이질감을 느꼈으나 별것이 아니겠지란 생각으로 넘어갔다. 지금은 더 이상 복잡한 고민을 하고 싶지 않았다. 그냥…… 이런 안정된 분위기를 계속해서 느끼고 싶었다. 구미호가 축 늘어져 입술을 오물거리고만 있자 제현은 그녀를 부르려다가 멈칫하고 멈췄다.

그러고 보니 지금까지 저 아이의 이름도 모르고 있었다. 딱히 알 필요가 있을까 의문이 들었지만…… 알아 둬서 나쁠 것은 없을 듯싶었다.

"너…… 이름이 뭐야?"

제현은 가라앉은 눈길로 그녀를 바라보며 물었다. 그에 구미호는 눈을 크게 떴다가 이내 사르르 웃으며 답했다.

「하나린.」

마치 바람이 속삭이는 듯 이슬이 굴러 내리는 듯 부드럽고 영롱한 울림이 퍼져 나갔다. 그 짧은 이름은 기묘한 감정을 내포한 채 제현의 정신을 휘어 감았다.

"하나린…… 하나린……."

제현은 멍하니 그 이름을 읊조렸다. 예쁜 이름이었다. 계속해서 부르고 싶을 만큼.

그는 두 눈을 감으며 등 뒤의 비석에 제 머리를 기대었다. 이 공간에 맴도는 신비한 분위기가 그를 안정되게 만들었다. 방금 전 미친 듯이 요동치던 그 감정이 모두 거짓이라는 듯. 이대로 모든 것을 내려놓고 잠시 쉬고 싶었다. 제현은 예지몽을 꿨던 날 그녀를 향해 달려가 필사적으로 매달렸던 때를 떠올렸다. 그리고 그때 들었던 아름다운 노래도.

"전에 노래 불러 줬던 거 기억나?"

"전에?"

"내게 무릎베개를 해 줬던 날."

"아!"

그렇게까지 말하자 그녀…… 하나린은 무언가 떠올랐다는 듯 감탄사를 터뜨렸다. 그에 제현은 미소를 지으며 말했다.

"또 불러 줄 수 있어?"

그 물음에 답하듯 그녀가 영롱한 목소리로 노래를 부르기 시작했다. 알아들을 수 없는 언어들이 모이고 모여 부드러운 선율을 만들어 냈다. 흐릿한 정신 사이를 비집고 들어온 노랫가락은 지쳐 버린 그의 마음을 정성스럽게 어루만져 간다. 포근한 느낌에 그의 노곤한 의식은 점차 아래로 가라앉아 갔다.

바람 소리를 닮은 듯 물방울이 또르륵 굴러가는 소리를 닮은 듯. 그렇게 자연이 속삭이는 것만 같은 아름다운 노랫소리. 제현은 그렇게 서서히 깊은 잠에 빠져들었다.

하나린은 제현이 편안하게 숨을 고르는 소리가 들리자 노래를 멈추었다. 그리고 슬픔이 담긴 눈길로 그를 올려다보았다. 그가 말했다. 자신은 더 이상 쓸모가 없다고. 즉 더 이상 여기에 그녀의 자리는 없었다.

하나린은 서서히 자리에서 일어나기 시작했다. 그런 하나린의 움직임을 따라 그녀를 묶으려는 주박이 반발하며 초록색 불똥이 튀어 올랐다.

타닥타닥타닥.

허나 그녀의 움직임을 막지 못한다. 온전히 자리에서 일어선 구미호는 제현을 향해 한 걸음씩 한 걸음씩 다가갔다. 여전히 초록색 불똥이 튀며 그녀의 움직임을 방해했으나 하나린은 그의 바로 앞까지 도달하였다. 편히 잠들어 있는 그를 한참 동안 내려다보던 그녀는 슬프게 웃었다. 그리고 천천히 고개를 숙여 그의 이마에 가벼운 입맞춤을 했다.

"……안녕."

짧은 인사. 그것을 끝으로 이별을 고하며 하나린의 모습은 풍옥전에서, 아니 궁에서 사라져 버렸다.

종장

눈 위로 톡톡 두드리는 햇빛, 그리고 참새가 짹짹 우는 소리에 잠에서 깨어나는 듯 제현의 눈꺼풀이 파르르 떨렸다. 그리고 서서히 눈을 떴다. 반사적으로 '하나린'이란 이름을 떠올리며 그녀의 존재를 찾던 그는 그대로 딱딱하게 굳어 버렸다.

"하나린……."

제현은 넋이 나간 모습으로 텅 비어 버린 봉인진 내부를 바라보았다. 없다. 그녀가 사라졌다. 그는 휘청거리며 일어서서 주변을 둘러보았다. 따뜻한 햇볕이 비추는 것과 달리 인기척 하나 없는 풍옥전은 을씨년스러웠다. 그는 제 얼굴을 손으로 덮으며 헛웃음을 지었다.

"하—"

전혀 감지하지 못했다. 그녀가 도망가는 낌새조차 눈치채지 못했다. 그는 너무나 어이없어 그녀가 있었던 자리를 멍하니 바라보았다. 이렇게 간단하게 사라질 수 있었단 말인가? 그렇다면 왜 지금까지 도망가지 않고 여기에 있었던 것일까?

'나 이제 쓸모없어?'

그 순간 어젯밤 그녀의 물음이 머릿속에 떠올랐다. 제현은 저도 모르게 가슴이 스산해지는 느낌이었다. 그때 자신이 무어라 대답하였더라?

'그래, 쓸모없지. 더 이상 아란의 연기를 할 필요가 없으니.'

그렇다. 그녀에게 궁에서 떠나라고 한 이는 바로 자신이었다.

"하하하…… 하하하하하하하하하하하!"

제현은 미친 듯이 웃음을 터뜨렸다. 광기에 취해 스스로를 향해 비웃었다. 그는 제 얼굴을 쥐어뜯을 듯이 감싸며 몸을 웅크렸다. 밤 동안 떠돌던 편안한 분위기는 이미 자취를 감춘 지 오래였다.

무슨 상관이던가? 어차피 서로 잘 알지 못하던 사이였지 않은가? 그냥 스쳐 가는 인연일 뿐이었다. 그것에게 큰 신경을 쓸 필요는 없다. 제현은 그렇게 자신에게 최면을 걸었다. 하지만 마음 한구석에서 한 가지 의문이 떠올랐다.

'진짜?'

그의 머릿속에서 근 두 달간의 일들이 빠르게 스쳐 지나갔다. 엉뚱한 말과 행동을 하며 사고 치기도 하고 제게 선물과 편지를 주기도 하고 위로를 건네기도 하고 부탁을 하기도 하고 마지막엔 그의 광기에 젖은 진면목을 보기도 했다.

허나 그런 그를 향해 따라오는 눈길은 아무런 계산도, 악의도 없는 맑은 눈동자, 마주할 때 보여 주는 표정은 환한 웃음, 언제나 어떠한 상황에서도 다가오는 순수한 호의.

찌릿.

심장이 망가질 듯이 아려 왔다. 숨이 제대로 쉬어지지 않는다. 그가 그녀에게 어떤 감정을 품었는가는 스스로도 몰랐다. 소중함인가? 연정인가? 경외인가? 혼란스럽기 그지없다. 하지만 이것 하나만은 분명했다.

'잡아! 당장 그녀를 잡아!'

제현은 비틀거리며 풍옥전 문을 향해 걸어갔다. 하지만 어떻게 그녀를 찾는단 말인가? 이렇게 홀연히 사라져 버리는 능력을 가진 그녀를. 어찌 그녀를 잡아야 하는가? 그 순간 떠오르는 사실에 그는 얄게 웃음을 뱉었다.

"쿡쿡쿡 그래, 있었지. 그녀를 데려온 이가."

서가(家)의 진예호. 지금 그는 그의 수중에 놓여 있었다. 제현의 입가에 의미 모를 미소가 걸렸다. 그는 희번덕거리는 눈으로 휘청휘청 걸음을 옮겨 갔다.

"아가씨…… 식사 좀 하세요."

"입맛이 없구나."

적이는 며칠 전부터 식음을 전폐하고 멍하니 있는 백사린을 걱정스러운 눈으로 바라보았다. 도대체 무슨 일인 걸까? 궁에 다녀온 이후 거의 폐인과 같은 모습으로 방에서 나오질 않는 그녀였다. 적이는 이번에야말로 아가씨에게 음식을 먹이리라 다짐하며 방 안으로 탁자를 들였다. 그리고 자리에 퍼질러 앉아 생떼를 부렸다.

"아가씨가 수저를 드실 때까지 절대 나가지 않을 거예요!"

"적이야……."

"불가(不可)! 무조건 드셔야 해요!"

적은 눈을 부릅뜨며 절대 물러서지 않겠다는 의지를 불태웠다. 그에 결국 백사린은 내키지 않는 모습으로 수저를 들었다. 며칠 굶었기에 소화되기 좋은 죽이 나와 있었다. 그녀는 쥐가 파먹듯이 조금씩 죽을 입 안으로 밀어 넣었다. 그 모습을 보며 이제야 마음이 놓인다는 듯 적이가 궁의 소식을 전해 왔다.

"서가(家) 사람들에 대한 형벌이 잠시 뒤로 밀린 모양이에요. 그 풍옥전에 있는 요물이 사라져서요. 아이참 그렇게 겹겹이 감시 인원이 가득한 궁을 어찌 빠져나갔대? 아니 그 전에 동공왕 전하와 함께 있었다던데."

움찔.

백사린은 적이의 말에 놀란 표정으로 수저를 내려놓았다. 그리고 파르르 떨리는 입술을 열어 질문을 던졌다.

"요물이…… 사라져?"

"예. 환영처럼 자취를 감추었대요."

어린 시비의 확언에 안 그래도 여윈 사린의 얼굴이 새하얗게 질렸다. 그녀는 주먹을 꼬옥 쥐며 제 아랫입술을 짓씹었다. 저 때문이다. 제가 한 말 때문에 그 요물이 사라졌다. 그 아이는 분명…….

"하아— 이런 주제에 왕비의 자질을 논하다니……."

사린은 인정하였다. 저는 분명 왕비가 된다면 악하지 않은 왕비가 될 것이다. 하지만 결코 완벽한 왕비가 되진 못한다. 썩은 귀족들이 많은 이런 세대에 완벽하지 못한 왕비는 상대에게 틈을 내줄 수 있다. 그리고 만약 그 틈 때문에 지금과 같은 상황을 다시 마주하게 된다면 이번과 같은 사건을 또다시 저지르지 않을 자신이 없었다.

그러므로 자신은 왕비가 되어선 안 된다. 백사린은 천천히 심호흡을 하며 적이를 바라보았다.

"그래서 전하께선 어떻게 대처하시니?"

"예, 들리는 바로는 당장에 그 요물을 잡아들이려는 것 같습니다."

그녀는 천천히 고개를 끄덕였다. 어리광은 이 정도면 충분했다. 이제 전하의 행보에 집중을 하자. 그리고 그분이 요물을 되찾아 와서 어찌 대하는지 보고 계획을 세우자. 만약 전하께서 그 요물을 곁에 두려하신다면…… 그를 위해 부족한 능력이나마 힘을 더하자.

백사린의 흐릿했던 눈동자가 강한 다짐과 함께 또렷하게 빛났다.

왕비가 될 수 없다면…… 그럴 자격이 되지 않는다면 차라리 왕비가 되는 이의 옆에서 힘을 실어 주리라!

넓은 들판 하얀 포를 입은 소녀가 홀로 뛰놀고 있었다. 바람이 불며 들판에 황금색 물결이 치자 소녀의 하얀 머리도 바람과 함께 춤을 추었다. 한참을 그리 혼자 뒹굴며 뛰던 소녀는 움찔하고 그 자리에서 멈춰 섰다.

바람이 그녀를 향해 무언가를 속삭인 걸까? 소녀, 하나린은 궁이 있는 방향을 한동안 응시했다. 그리고 품속에서 파랗게 빛나는 용잠을 꺼내 내려다보았다. 슬픈 웃음을 짓던 하나린은 청옥으로 만들어진 용잠을 도로 품속에 집어넣고는 궁과 반대되는 방향으로 다시금 나아가기 시작했다.

〈2부에서 계속〉

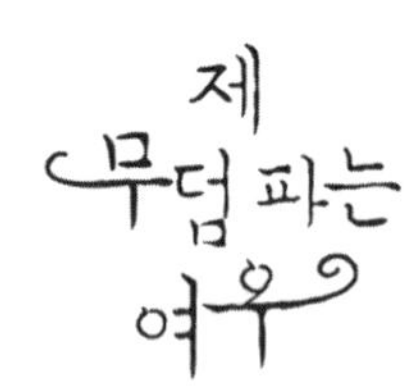

1판 1쇄 찍음 2016년 08월 23일
1판 1쇄 펴냄 2016년 08월 30일

지은이 은빛광대
펴낸이 정 필
펴낸곳 (주)뿔미디어

출판등록 2002년 9월 11일 (제1081-1-132호)
주소 경기도 부천시 원미구 소향로 17, 303(두성프라자)
전화 032)651-6513 팩스 032)651-6094
E-mail bbulmedia@hanmail.net
홈페이지 http://bbulmedia.com

ISBN 979-11-315-7326-6 04810
ISBN 979-11-315-7325-9 04810 (SET)

※파본은 구입하신 서점에서 교환하여 드립니다.

※이 책은 (주)뿔미디어를 통해 독점 계약되었습니다.
저작권법에 의해 보호를 받는 저작물이므로 무단 전재와 무단 복제를 엄금합니다.